EL LABERINTO DE LA ROSA

Traducción de Luisa Borovsky

EL LABERINTO DE LA ROSA

TITANIA HARDIE

punto de lectura

Título original: *The Rose Labyrinth*

Octubre 2009, Santillana Ediciones Generales, S.L.
Torrelaguna, 60. 28043 Madrid (España)
Teléfono 91 744 90 60
www.puntodelectura.com

ISBN: 978-84-663-2367-3
Depósito legal: NA-2.073-2009
Impreso en España – Printed in Spain

Diseño de colección: Más!gráfica

Impreso por Rotativas Estella, S.A.

A mi esposo, Gavrik Losey,
mi paz cuando se desata la tormenta.

«En las grandes contiendas, cada bando dice actuar de acuerdo con la voluntad de Dios. Ambos *pueden* equivocarse y uno de ellos *debe* estar equivocado. Dios no puede estar, al mismo tiempo, *a favor* y *en contra* de una misma cosa».

Abraham Lincoln

\+ ELOHIM + ELOHI +

ADONAI					ZEBAOTH
	4	14	15	1	
	9	7	6	12	
	5	11	10	8	
	16	2	3	13	

\+ ROGYEL + JOSPHIEL +

«“Vexilla Regis prodeunt inferni
verso di noi; però dinanzi mira”,
disse ’l maestro mio “se tu ’l discerni”».

Prólogo

Abril de 1600, día de San Jorge, en una posada en el camino a Londres

Un anciano de barba blanca como la nieve se sienta a la cabecera de la mesa situada junto al fuego de un comedor. Mantiene la cabeza gacha y aferra un objeto oscuro y brillante con los finos dedos de su mano derecha. Ante él tiene una mesa cubierta de pimpollos de Rosa mundi, con sus pétalos blancos salpicados de rosa intenso, por lo cual quienes se acomodan en torno a ella saben que cuanto ocurra allí es secreto, la unión del espíritu y el alma de todos los presentes y el nacimiento de algo único, por el cual esperan: el Hijo del Filósofo. Ellos permanecen reunidos en silencio a la espera de sus palabras, a diferencia de los huéspedes de las habitaciones contiguas de la posada, que arman un gran bullicio detrás de las puertas cerradas a cal y canto. Una puerta se abre y se cierra con suavidad, y un arrastrar de pies rompe de pronto el silencio. Un sirviente pasa casi desapercibido al entrar y deposita una nota en las delicadas manos del anciano. Él la lee con lentitud, frunce el ceño y en su frente alta, sorprendentemente lisa para un hombre de su edad, se dibuja una arruga sombría. Después de un largo rato, observa una por una las caras de quienes se reúnen en torno a la larga mesa y habla al fin con una voz apenas más audible que cuando pronuncia la oración de vísperas.

—Hace algún tiempo, en el mes de las luces, el Signor Bruno fue quemado en la hoguera en Campo dei Fiori. Le habían concedido cuarenta días para abjurar de sus herejías: afirmar que la Tierra no era el centro de este universo, que había muchos otros soles y planetas más allá del nuestro, y que la divinidad de nuestro Salvador no era tal, en sentido estricto. Los monjes le ofrecieron besar un crucifijo en señal de arrepentimiento por los errores cometidos, pero él miró hacia otro lado. Como muestra de piedad, las autoridades eclesiásticas colocaron un collar de pólvora alrededor del cuello antes de encender el fuego para que explotase y de ese modo acelerar el fin. También le fijaron la lengua a la mandíbula para impedir que siguiera hablando. —El anciano dirige la vista a cada uno de los hombres con quienes comparte la cena y espera unos instantes antes de retomar la palabra—. En consecuencia, ahora la trama comienza a desvelarse para algunos de nosotros, y aquí comienza otro viaje. —Sus ojos se dirigen a un hombre encorvado sobre una jarra, situado al otro lado de la mesa, a la izquierda. Su vecino le propina un leve codazo y le susurra un aviso para alertarle acerca de la mirada del hombre que habla, puesta únicamente en él. Los dos hombres se miran, como petrificados, hasta que el más joven permite que una sonrisa a medias suavice sus rasgos, lo cual impulsa al anciano a seguir hablando con aplomo—. ¿Existe alguna manera de utilizar la fuerza implacable de nuestra inteligencia para mantener sus ideas de amor y armonía universal tan frescas como el rocío? —pregunta con un tono más enérgico—. ¿Será posible que triunfen *Los trabajos de amor perdidos?*

1

El canto de un mirlo interrumpió su sueño inquieto a pesar de que las contraventanas de la casa de campo seguían cerradas a cal y canto.

Will había llegado a última hora de la tarde, cuando la tenue luz crepuscular de septiembre se había desvanecido, pero el brillo de la luna le había bastado para encontrar la llave de la casa, oculta entre los geranios. Se despertó en medio de la oscuridad, aterrado y extrañamente desorientado, a pesar de que un minúsculo haz de luz lograba abrirse paso hasta el interior de la habitación. La mañana había llegado sin que él lo advirtiera.

Se levantó de un salto y se esforzó por abrir los pestillos de la ventana, pero la madera se había hinchado a causa del clima lluvioso y las persianas permanecieron atascadas unos instantes antes de que descubriera el modo de enrollarlas. Una intensa luz le bañó de pronto en cuanto lo consiguió. Era una perfecta mañana de principios de otoño, los rayos de sol atravesaban ya el velo de niebla baja. El aroma a mirra de las rosas penetraba en la casa junto con la luz y el aire húmedo, mezclado con un característico matiz de lavanda francesa procedente de algún cerco de setos ubicado más abajo. Junto con la fragancia se deslizaban recuerdos verdaderamente amargos, pero al menos restablecían cierta sensación de calma y apartaban de su mente los rostros fantasmales que habían poblado sus sueños.

Aunque la noche anterior había olvidado encender el calentador eléctrico, estaba desesperado por ducharse para quitarse el polvo del largo camino recorrido desde Lucca. El agua fría le pareció refrescante. Se lamentó sólo porque el calor habría aliviado la rigidez de su cuerpo. La Ducati 998 no era una moto adecuada para hacer turismo, sin duda. Era tan quisquillosa como una supermodelo. Resultaba estimulante conducirla porque se adecuaba a la perfección al talante y la excentricidad de Will, al ser increíblemente rápida y absurdamente exigente. Sin embargo, si debía ser honesto, era incómoda después de recorrer largos tramos sin descanso. Sentía las rodillas un poco apretujadas dentro de la ropa de cuero al llegar la noche, pero decidía ignorarlo. Esa clase de transporte no era apta para pusilánimes.

La imagen de su rostro en el espejo le confirmó la opinión materna, que lo consideraba «un ángel un poco caído». Sus facciones guardaban cierta semejanza con las de los extras de las películas de Zeffirelli, con la mandíbula delineada por una sombra de barba. Rió al comprobar que su aspecto actual habría inquietado incluso a su madre. Había algo maniaco en el rostro que se carcajeaba frente a él y se percató de que no había logrado evitar que los demonios de ese viaje se acercaran demasiado a su alma.

Se recortó la barba de varios días en lugar de afeitarse, y mientras limpiaba el jabón de la máquina de afeitar, de pronto, vio, junto al lavatorio, una rosa algo marchita, perfectamente disecada en un antiguo frasco de tinta. Tal vez su hermano Alex hubiera estado allí con alguien en las dos últimas semanas. Sonrió, intrigado ante esa posibilidad. En los últimos tiempos, él había estado tan absorto en sus pensamientos que apenas sabía qué hacían los demás.

—Le llamaré cuando anochezca —se prometió en voz alta, y se sorprendió al oír el tono poco familiar de su propia voz—, en cuanto llegue a Caen.

El transbordador salía casi a medianoche. Antes, quería hacer algunas cosas.

En la cocina, alumbrada por la serena luz de la mañana, comenzó a relajarse, por primera vez en varias semanas. Fue desprendiéndose de la vaga sensación de inquietud que lo había acosado últimamente. Desde el huerto, a través de la puerta abierta llegaba el olor de las manzanas, trayendo consigo el reconfortante recuerdo de los treinta y un otoños que había disfrutado antes de aquél. Había ido de un lugar a otro, había conocido infinidad de personas, pero se sentía a gusto en casa. Enjuagó la copa manchada con el vino rojo que había bebido la noche anterior y puso en el horno el resto de su barra de pan francés a fin de que recuperara su textura. Decidió ir a cerciorarse del paradero de la moto, ya que apenas recordaba dónde la había dejado. La perspectiva de hallar refugio era lo único que le había mantenido en movimiento durante esas últimas horas extenuantes, durante las que había viajado a toda velocidad desde Lyón, un amparo que se materializaba en el áspero y picante Meaux *brie* que junto con una *baguette* había puesto en su mochila, una copa de St. Emilion de su padre y una cama.

Una calma plácida reinaba en el exterior. Las últimas glicinias trepaban por la fachada de la casa. La casa había permanecido deshabitada durante muchos meses, pero no había evidencias del momento doloroso que atravesaba la familia, salvo algunos indicios superficiales de abandono, como el césped sin cortar y el sendero sin barrer. Daba la impresión de que nadie quería visitarla después de la repentina y terrible pérdida de la madre de Will a causa del cáncer, a finales de enero. Ella podía llegar fácilmente hasta allí cualquier fin de semana largo desde la casa de Hampshire. Había sido su guarida, su refugio. Le gustaba pintar y dedicarse a la jardinería en esa casa. Su fantasma acechaba en todos los rincones aun en ese momento, a plena luz del día. El padre de Will sufría en silencio, hablaba poco y trabajaba más que nunca para no pensar demasiado. Y Alex aparentemente prefería afrontar los acontecimientos sin dar a conocer sus sentimientos íntimos, pero Will se enorgullecía de ser como su progenitora: emocional para afrontar la vida y apasionado en las relaciones. Y allí, en el lugar encantado de su madre, la echaba de menos.

Recorrió con la vista el corto sendero cubierto de guijarros que iba desde el camino hasta la puerta. Nada fuera de lo común le llamó la atención. Si bien la soledad era casi deprimente, la agradeció. Al parecer, nadie sabía dónde estaba ni se preocupaba por conocer su paradero. Al menos, hasta ese momento. Involuntariamente, jugueteó con el pequeño objeto de plata que pendía de la cadena que le rodeaba el cuello; de pronto lo aferró posesivamente. Luego fue hacia el jardín de rosas de su madre. Ella había pasado más de veinte años formando una colección de rosas antiguas en homenaje a los personajes ilustres que habían cultivado esas especies; en Malmaison se habrían sentido verdaderamente como en su casa. Su madre había pintado, bordado y cocinado en compañía de esas rosas. Si habían advertido que ella ya no estaba, no se lo habían dicho a nadie. Cuando él era pequeño, ella había levantado con sus propias manos una fuente entre los arriates. Era una espiral con una imagen de Venus, patrona de las rosas, en el centro y con un mosaico brillante, formado con trozos de porcelana. Ejercía una atracción magnética sobre él.

Will comprobó distraídamente que la moto de color amarillo brillante estaba sucia a causa del largo viaje pero completamente a salvo, a la sombra, junto a la casa. Volvió sobre sus pasos. Mientras entraba en la cocina, el aroma a buen café lo transportó de nuevo al presente. Pasó sus manos por los rizos despeinados. Su cabello estaba limpio y el aire cálido ya lo había secado, pero necesitaba con urgencia un buen corte. Sería mejor que se ocupara de eso antes del almuerzo del domingo, cuando se celebraría el cumpleaños de Alex. La relación con su padre ya era lo bastante fría sin necesidad de que tuviera el aspecto de un vagabundo.

Su hermano era más rubio, tenía el cabello más lacio, siempre estaba aseado y cuidado, y Will, después de haber pasado un mes en Roma, había comenzado a parecerse a los habitantes de esa ciudad, lo cual le agradaba, pues le gustaba mezclarse con la gente de cualquier lugar donde estuviera. No había manteca, pero en la despensa descubrió la última tanda de mermelada que había preparado su madre y untó el pan caliente con una cantidad generosa. Mientras se lamía el pulgar, vio en el aparador una postal que le llamó la atención. Indudablemente, era su caligrafía. «Para Will y Siân», ésas eran sus primeras palabras. La tomó entre sus manos. ¿Cuándo la habría escrito?

Para Will y Siân. Procurad descansar unos días. Queda un poco de carne de venado en el congelador, quizá podáis aprovecharla. Por favor, atended el parterre por mí. Nos vemos en casa para la Navidad. D.

Seguramente en noviembre. Él y Siân se habían pasado a la greña la mayor parte del año anterior y se habían separado a finales del verano. La relación había sido conflictiva desde agosto, cuando él cumplió los treinta y uno. La exigencia incesante de compromiso por parte de Siân le había persuadido de que era mejor abandonar la idea de pasar una semana juntos en la casa de Normandía. Por aquel entonces, ella no tenía otros amigos en el lugar y dependía por completo de él al no hablar ni una palabra de francés, por lo que, en ese momento, Will dudó de que la relación pudiera prosperar. En consecuencia, nunca habían acudido allí para recoger la nota, recorrer el jardín de hierbas medicinales de su madre o compartir una última cena en el Pays d'Auge.

Sonrió al pensar en ella. Su disgusto se había aplacado después de tres meses de viaje. Siân era de una inusual singularidad, no era una chica que le gustara a cualquiera, pero en cierto modo esa cualidad la volvía doblemente atractiva para él, y de pronto, imprevistamente, añoró su cuerpo, como si advirtiera por primera vez el espacio vacío que había dejado en la cama y en el corazón, pero dejando de lado la pasión, el núcleo de aquella relación, sabía que la decisión de ponerle fin había sido correcta. Era un amor de primavera y la estación había cambiado. Él no era comprensivo ni pragmático como Alex, no siempre llevaba a buen término lo que emprendía y nunca podría ser el marido que deseaba Siân, el hombre exitoso, el que iría con ella de compras a Conran Shop los domingos, el enamorado capaz de vender la Ducati para comprar un Volvo. Ella había manifestado pasión por su rebeldía, pero había intentado domesticarle desde el primer momento. A Will le divertía cocinar para ella, hacerla reír y hacerle el amor como nadie lo había hecho, pero sabía que no sería capaz de anular su personalidad para silenciar las vehementes opiniones políticas que siempre habían provocado violentas discusiones con sus estúpidas novias y sus dóciles compañeros. En suma, sería incapaz de vivir en un mundo seguro y, desde su punto de vista, insípido. Estaba decidido a llevar una existencia intensa a cualquier precio.

Miró el anverso de la postal y vio el rosetón central de la catedral de Chartres. Su madre lo había pintado más de una vez, desde dentro, desde fuera. Le gustaba la luz que se filtraba a través de los cristales, la manera en que penetraba en la oscuridad y hacía arder los ojos.

Jugó unos minutos con su teléfono móvil. Ya estaba cargado y, sin apartar la vista de la tarjeta, escribió un mensaje a su hermano.

> ¡Al fin han invadido Normandía! ¿Has estado aquí últimamente? Mi barco parte de Caen esta noche a las 23.15. Te llamaré antes. Tengo muchas preguntas que hacerte. W

Deslizó el móvil dentro del bolsillo de su chaqueta de cuero con un movimiento suave, y ocultó la postal a la altura del pecho junto al preciado documento que le había impulsado a recorrer Italia durante todo el verano para realizar una frenética búsqueda. Empezaba ya a hilvanar algunas de las respuestas obtenidas, pero las preguntas seguían surgiendo a su alrededor de un modo interminable, y el misterio se volvía más profundo. Dio unos pasos con sus botas polvorientas, cerró la puerta de un portazo y depositó la llave en su lugar secreto. Ni siquiera limpió el polvo de la moto, sólo se puso el casco, cogió los guantes de la mochila y se montó ágilmente en el asiento.

Necesitaría combustible para recorrer los sesenta kilómetros que lo separaban de Chartres.

2

19 de septiembre de 2003, Chelsea, Londres

La luz de un sol equinoccial se filtró entre el espeso follaje y dio de lleno en los ojos a Lucy, haciéndole parpadear. Estaba sentada bajo una morera de impecable linaje en el Chelsea Physic Garden, contenta tan sólo por estar allí. El árbol tenía frutos cuyo penetrante aroma impregnaba el aire. Esa mañana se había sentido mejor y sus médicos habían accedido cautelosamente a que hiciera una «tranquila caminata» para ocupar parte del tiempo que a ella le parecía extrañamente en suspenso, con la condición de que hiciera también frecuentes descansos. En realidad, había recorrido un trayecto bastante largo, pero no tenía intención de decirlo. Era muy bueno atravesar los límites de ese edificio donde los sentimientos y las emociones eran patrimonio común, y gozar de un rato de intimidad para estar a solas con sus pensamientos. Esas oportunidades eran una especie de milagro y tenía previsto aprovecharlas, estar fuera el máximo tiempo posible.

Esperaba pacientemente una compleja y peligrosa operación cardiaca, demasiado para detenerse a pensar en ella. Estaba lista para ser transferida a Harefield en cuanto hubiera el primer indicio de que era posible realizarla. La belleza de la estación la emocionó y ese día volvió a sentirse viva. Keats tenía razón: el otoño era la mejor estación del año inglés. La arrullaron las abejas, las cortadoras de césped y la voz de un niño procedente de algún lugar cercano, y en especial, la ausencia de los ruidos que produce el tráfico.

Esa brillante mañana de septiembre, arrobada y asombrosamente esperanzada, leía en un gastado volumen de poemas de John Donne:

Mientras los hombres virtuosos mueren de forma apacible
Y susurran a sus almas; para partir luego
Mientras algún triste amigo dice
Que aún respira, y otros dicen que no:

Vamos a fundirnos, en silencio...

28 de marzo de 1609, en un meandro del río, cerca de Londres

Un anciano agoniza en una lujosa casa señorial a orillas del Támesis. Ha seguido con ansiedad los acontecimientos que marcaron el sino del Signor Bruno, el también filósofo y erudito es un amigo, un hombre de amplios conocimientos y sabiduría. Además de Bruno, es el único ser, entre los vivos, que ha tenido acceso a los mismos extraordinarios secretos. La reina había muerto hacía poco. Isabel, la gran soberana, había sido para él como una ahijada, había depositado su confianza en aquel hombre a lo largo de muchos años: solía decir de él que era «sus ojos». También la reina había muerto, poco antes. Su sucesor es el adusto rey escocés que cree fervientemente en fantasmas y espíritus malignos y teme de todo aquel que, de cualquier manera, pueda desafiar su autoridad. El anciano vive aislado del mundo en esta casa, una propiedad heredada de su madre, desde hace varios años.

La noche siguiente al equinoccio de marzo es singularmente neblinosa. La bruma rebota en los faroles mientras la chalana remonta decididamente el río desde Chelsea hacia Mortlake en plena marea alta. En la penumbra, una figura envuelta en una capa tropieza con un pilar y se encamina hacia la puerta, donde una mujer pequeña y erguida, de edad incierta le hace pasar. El joven se dirige a la alcoba de su viejo maestro a toda velocidad, haciendo parpadear la luz de las velas, que parecen estar a punto de apagarse.

—Oh, maestro Saunders, sabía que vendríais a verme —dice suavemente el anciano—. Dudé sobre la pertinencia de encargaros esta tarea, mas, ¡ay!, en ninguna otra persona puedo confiar.

—Su Ilustrísima, lamento veros en estas circunstancias. ¿Deseáis que os ayude a prepararos para este último y largo viaje, que los ángeles os han anunciado?

El anciano logra esbozar una sonrisa pesimista, irónica.

—¿Viaje? Sí, he vivido suficiente, a decir verdad, ya debería estar en camino. Escuchadme atentamente, Patrick. Sin duda estoy muriendo, mi tiempo es escaso. No puedo responder las preguntas que, bien lo sé, desearéis formular, pero os pido encarecidamente que me escuchéis.

Los jadeos van en aumento a medida que el anciano pronuncia sus palabras. Su respiración entrecortada revela sólo en parte el esfuerzo que debe hacer para hablar con claridad.

—Hay una carta escrita de mi puño y letra junto a los tres cofres que veis aquí a mi lado —prosiguió lentamente—. Encontraréis en ella explicación para todo aquello que ahora no pudierais comprender. En cualquier momento recibiremos a tres visitantes que, a mi pedido, realizarán una operación. Os ruego que no temáis por mí, y que estéis presente mientas ellos permanezcan aquí. Cuando todo haya concluido, os entregarán estos tres ataúdes. Seguid entonces las instrucciones de mi carta. No os apartéis de ellas, os lo imploro. Éste es mi último deseo, y semejante tarea excede las posibilidades de Kate, mi querida hija. Sabéis que en ese deseo están involucradas las ideas de toda una vida.

Tres figuras silenciosas, envueltas en sendos capotes, ingresan en el aposento y rodean al hombre. Traen consigo un estuche de cuero enrollado, que despliegan dejando a la vista los instrumentos quirúrgicos que contiene. Una mano finamente enguantada toma la muñeca del anciano para medirle el pulso. Esperan. Por fin, ella asiente.

Sin torrentes de lágrimas ni tempestuosos suspiros...

La delicada mano enguantada, ahora ensangrentada, guarda el corazón aún caliente del doctor John Dee en el cofre recubierto de plomo. Recogen los restantes instrumentos, uno de oro y el otro de plata, que son entregados al ahora perplejo Patrick Saunders, quien los toma rápidamente junto con la carta y el preciado regalo de unos libros, y se marcha profundamente conmovido.

19 de septiembre de 2003, Chelsea, Londres

Lucy miró hacia arriba al oír el ruido de un avión con el vestigio de una sonrisa en los labios y abandonó sus ensoñaciones. El tiempo había cambiado de forma imprevista, y lo que en principio no era más que un chubasco se transformó en lluvia intensa. Se alejó del árbol cubriéndose inútilmente la cabeza con el libro de poesía. No obstante, confiaba en que las musas la protegerían. Su cuerpo, cubierto por una camisa de seda color carne y una falda con puntilla del mismo tono, se movía en el aire saturado de humedad como si fuera parte de la escena un cuadro impresionista a punto de desvanecerse.

Oyó la señal del busca: era un mensaje del hospital Brompton. Debía volver de inmediato.

3

*Tengo la voluntad de ser lo que soy, y lo que seré es sólo lo que soy.**

El hermano menor había recibido el misterioso escrito y la sencilla llave de plata en una carta adjunta al testamento materno. La tradición familiar establecía que dichos objetos debían pasar de madre a hija pero, dado que ella tenía dos hijos varones, durante sus últimas semanas se había devanado los sesos con verdadera angustia en un intento de dilucidar el destino de esos objetos peculiares, aparentemente sin valor, que habían sido legados a lo largo de tantas generaciones. En ausencia de una hija, tal vez habría debido recibirlos Alex, el hermano mayor, pero Will y ella eran, en cierto modo, una sola persona. Y si bien quería por igual a sus dos hijos, sentía que Will era el destinatario correcto. La carta parecía decir precisamente eso.

Ella había alentado la esperanza de tener una nieta cuando Alex se casó, pues ésa habría sido la solución, pero debido a las exigencias y presiones desmedidas de su trabajo, él rara vez estaba en casa, lo que había provocado

* *I have a will to be what I am, and what I will be is only what I am.*

el fracaso de su matrimonio, sin que hubiera tenido una hija. Y Will... Ella le conocía lo suficiente para no esperar que formara una familia. Era inteligente, cariñoso, bondadoso e irascible. Su hijo menor, con un aspecto desaliñado y la sensualidad a flor de piel, atraía inevitablemente a las mujeres. Sus dos hijos eran buenos deportistas. Ambos jugaban al críquet en el equipo local. Will habría podido representar al condado si tal hubiera sido su deseo. Era un bateador medio bastante versátil, lanzaba con precisión para apuntarse las cuatro carreras y mandaba la pelota fuera del campo para lograr las seis con un estilo tan poco elegante como efectivo. Además, era un experto consumado en el arte de desviar la trayectoria cuando lanzaba la bola hacia la última línea de bateadores, y reía al ver a sus adversarios correr en la dirección equivocada. Ese talento no había pasado desapercibido, pero en más de una ocasión él se había negado a dedicar el debido tiempo al entrenamiento, porque no estaba dispuesto a sacrificar sus vacaciones de verano. Jugaba por placer, en su tiempo libre, jamás lo haría por dinero, por lo cual nadie podría depender de él. Ése era Will.

Ella había imaginado que finalmente Siân lograría el objetivo de llevarle al altar. Era apasionada, atractiva, decidida y se proponía sentar cabeza. Acababa de cumplir treinta años, no esperaría eternamente. Quizá algún día Will tendría una hijita. Su madre presentía que engendrarían una niña a causa de la sensibilidad que se escondía detrás de su masculinidad. Esa llave —sin importar adónde permitiera acceder— sin duda estaba destinada a la hija de Will. Él se la entregaría. Sí, confiaría en lo que podían lograr el transcurso del tiempo y la firme determinación de Siân. La llave sería para Will. La introdujo en un enorme sobre, junto con la nota que escribió y el antiguo pergamino:

Para Will, cuando sea algo o alguien que no es ahora.

Y no dijo ni una palabra más sobre el asunto, ni siquiera en sus últimos momentos, cuando ella y su hijo se despidieron.

Will había contemplado su talismán como si fuera una joya. Lo había examinado a la luz, lo había observado en escenarios diversos: en un puerto, de madrugada; bajo el demoniaco resplandor de su triste habitación; expuesto al viento helado de enero, inmediatamente después del funeral de su madre; en el Valle de los Templos, en Agrigento; y una vez más, en el diminuto espacio del que disponía en la sala de lectura de la biblioteca vaticana, donde había pasado días investigando los archivos, en busca de la oscura historia de Campo dei Fiori. Una llave, un objeto extremadamente simbólico. ¿Qué cerradura abriría? Aquella a la cual correspondía aparentemente se había esfumado con el paso de los años, había desaparecido en la vorágine del tiempo. Advirtió que ni siquiera sabía quién había sido su primer dueño. En realidad, nada sabía acerca de su familia materna y su imperturbable padre se negaba de plano a hablar sobre el tema.

*Soy lo que soy, y lo que soy es lo que verás.**

* *I am what I am, and what I am is what you will see.*

Su mente repetía otra vez esas enigmáticas palabras mientras recorría los últimos kilómetros de la carretera comarcal que le conducía a Chartres. Se sabía el camino al dedillo y lograba fácilmente la proeza de no descuidar la conducción mientras observaba el texto del antiguo pergamino, que había fotocopiado para llevarlo consigo en la cazadora de cuero durante todo el verano. Había preferido aferrarse a la prenda en lugar de separarse del precioso legado aun en el caluroso clima de Sicilia. La pequeña llave encontró su lugar en una cadena que le rodeaba el cuello, donde permanecería hasta su muerte, si fuera necesario.

Había intentado explicarse por qué necesitaba saber mucho más sobre la manera en que esa llave había sido legada a otras personas. Sabía que incluso Alex consideraba que su interés se estaba convirtiendo en una preocupante obsesión. Su hermano mayor habría tratado de resolver el acertijo de una manera muy diferente, por supuesto. Habría reservado para hacer sus conjeturas los momentos libres que le dejaban el trabajo, su trabajo de investigación y la estrecha relación con su hijo pequeño. Las responsabilidades le habrían impedido perderse de vista para pasar el verano en Europa, pero Will estaba hecho de otra pasta, le consumía el deseo de saber qué significaba todo aquello, sería incapaz de prestar atención a otra cosa hasta que resolviera este «enigma de la esfinge» y encontrara la cerradura que coincidiera con la misteriosa llave. Su propia identidad parecía comprometida en ese enigma. No eran los rumores que aseguraban que la llave era «el tesoro más preciado de nuestra familia» los que daban sustento a su búsqueda. No le interesaba el oro o las joyas, se preguntaba qué secreto podía ser tan importante para que la familia conservara ese objeto a lo largo de los siglos.

Will trabajaba como reportero gráfico independiente y estaba bien relacionado. Tomando una cerveza, había comentado el tema con un colega con quien había trabado una gran amistad tras muchos años de trabajo y éste le había ofrecido la posibilidad de llevar un fragmento del pergamino a un primo suyo que trabajaba en Oxford a fin de determinar la antigüedad gracias al carbono radiactivo. De ese modo, al menos sabría a qué época pertenecía de forma aproximada.

Will se había entretenido tomando fotografías en el teatro griego de Taormina aquel sofocante día de mediados de julio cuando, de pronto, en su móvil apareció el siguiente mensaje:

> Muestras examinadas para ti. Ambas coinciden en que probablemente sea del siglo 16. ¿Te interesa? Te veo.
> Simon

¡Verdaderamente interesante! ¿Qué sucedió en Campo dei Fiori, el «campo de las flores», a finales del siglo XVI? Ésa era apenas la primera referencia del documento, pero no se le ocurría cuál podía ser su relación con la llave a pesar de que era hábil en la resolución de crucigramas y anagramas. Comenzaba a hilvanar algunas ideas tras varias semanas de viaje e investigación, pero en su mente aún se arremolinaban miles de datos que tenían la misma probabilidad de ser importantes como de ser irrelevantes. Dedicó su último día en Roma a enviarse a sí mismo por correo electrónico las fotografías de todos los lugares que parecían tener cierta relevancia, y páginas web con datos acerca de la situación política en esa ciudad durante el siglo XVI. Había encargado en Amazon una lista de libros que estarían esperándole en casa de Alex. Quería saber acerca de los Cenci, de Bruno y de Galileo. Debía volver a leer los datos que tenía sobre ellos, atentamente, sin prisa, aun cuando esa información le llevara hacia extraños callejones por donde pasaban siniestras figuras encapuchadas que parecían bailar una danza elegante. Más de una vez había creído que se trataba de una danza «alegre» y sentía un extraño desasosiego cuando descubría que las callejuelas no tenían salida. Roma solía tentarlo a mirar sobre el hombro, para descubrir que detrás sólo había paranoia.

A pesar de que la visera del casco le limitaba bastante la visibilidad, atisbó a lo lejos la catedral de Chartres, que sobresalía en medio de la planicie a varios kilómetros, como si fuera un impactante espejismo. Se dirigió hacia allí a toda velocidad y de pronto apareció frente a él, imponente y magnífica. Supuso que un peregrino medieval se habría sentido insignificante al verla y comprendió que la sorprendente imagen de la gran catedral dominando el paisaje —y las múltiples ideas con las cuales la asociaba— siempre sería algo mágico para él.

Will giró en una esquina y disminuyó la velocidad. La moto recuperó instantáneamente su peso y él se concentró en conducir suavemente a través del laberinto de senderos medievales. El motor se apagó dos veces mientras estudiaba las características del terreno; se irritaba si no le prestaban la debida atención. Will se escabulló por las zonas de acceso restringido como si fuera un lugareño, ignoró las invitaciones para aparcar en los lugares indicados y se deslizó hacia las agujas de la catedral. Al pasar por Place Billard y la Rue des Changes, el ruido sordo del motor Testastretta interrumpió el silencio monástico de la ciudad. Se dirigió furtivamente al borde de la acera del lado sur de la catedral y fijó el estribo de apoyo de la motocicleta en un área para aparcar con terminales de pago electrónico. Era mediodía, a juzgar por el poderoso aroma de los *moules marinières* y la sopa de cebolla procedente de un restaurante situado justo enfrente. Pensó que quizá debería almorzar después de su visita, pues hacía tiempo que no disfrutaba de una buena comida.

Echó un vistazo al panorama familiar de las dos torres desiguales, rematadas con chapiteles. Se quitó el casco en un gesto caballeresco mientras caminaba bajo la sombra del imponente portal del oeste. Sus ojos intentaron adaptarse a esa oscuridad casi hermética. Desde distintos ángulos llegaban a sus oídos susurros en diferentes idiomas: bandadas de turistas observaban boquiabiertas la belleza de la vidriera situada sobre sus cabezas. Will creía que estaba allí para ver lo mismo que ellos, pero atrajo su mirada algo que no recordaba haber notado en ninguna de sus anteriores visitas a la catedral, y eso que habían sido cerca de una docena a lo largo de los años. Habían quitado muchos de los asientos y sus ojos se fijaron, absortos, en el enorme círculo de mármol negro y blanco incrustado en el piso de la gran nave gótica, entre las columnas. Salpicado por el extraño brillo coloreado de los cristales del vitral, el laberinto dominaba todo el ámbito de la enorme iglesia. Pudo distinguir claramente el diseño de la flor, en el centro, a pesar de la chica que estaba allí con los ojos cerrados. Seguramente lo había cruzado, camino al altar, más de una vez, y nunca había mirado hacia abajo.

Cerca de allí, una joven francesa proporcionaba información a un grupo de turistas, en correcto inglés y con tono respetuoso. Will esbozó una sonrisa; sin duda, era una estudiante que hacía ese trabajo durante las vacaciones de verano.

—Éste es el famoso laberinto de Chartres, y como ustedes saben, los laberintos son muy antiguos. Los hay en muchos países, pero cuando vemos uno de ellos desde el interior de una catedral medieval como la de Chartres, el símbolo pagano adquiere obviamente un claro significado cristiano. También había dédalos en las catedrales de Auxerre, Amiens, Reims, Sens y Arras. Todos ellos fueron eliminados en los siglos XVII y XVIII. Resulta comprensible que para el clero fuera molesto ver a la gente recorriéndolos. Éste es el que mejor se ha conservado...

Will se sintió atraído y se acercó un poco más. Ella le sonrió en medio de una frase, aun a sabiendas de que no formaba parte de su grupo. Probablemente, él logró transmitir al devolverle la sonrisa que valoraba verdaderamente sus conocimientos y ella continuó sin interrupciones.

—... y éste data aproximadamente del año 1200. Observen otra vez el rosetón que acabamos de ver, el que mira al oeste y tiene detrás la escena del Juicio Final. Fue realizado alrededor del año 1215, ¿se acuerdan? Como pueden apreciar, el laberinto refleja el tamaño de la puerta, la distancia desde la puerta hasta el suelo, y al mismo tiempo la altura desde la puerta hasta el rosetón. Esto concuerda con la idea de que recorrer el laberinto en la tierra equivale a ascender una escalera hacia el mundo celestial. El ancho máximo entre los pilares es de 16,4 metros y como recordarán, ésta es la nave gótica más grande de Francia. Es necesario caminar más de 260 metros para recorrer toda su longitud, como lo hacían los peregrinos medievales. El trayecto recibía el nombre de «Viaje a Jerusalén» y posiblemente los peregrinos iban de rodillas, lo cual constituía una especie de penitencia. Jerusalén era el centro del mundo en los mapas de aquella época y para muchos creyentes, aun hoy en día, el Juicio Final está fuertemente ligado a las profecías sobre la Ciudad Santa y el Gran Templo. Ahora, si tienen la amabilidad de seguirme, veremos el vitral de Adán y Eva.

Cuando ella giró con la mano en alto para indicar a su grupo que la siguiera, Will le tocó suavemente el brazo.

—*Mademoiselle, s'il vous plaît; je n'ai jamais vu le labyrinthe comme ça, je ne l'ai aperçu jusqu'à ce jour... Comment est-ce que c'est possible?*

Ella no se ofendió por la intrusión.

—*Les vendredis, seule! Chaque vendredi entre avril et octobre. Vous avez de la chance aujourd'hui, n'est-ce pas?* —contestó y se echó a reír cordialmente antes de marcharse junto a su rebaño.

Una joven salió del centro del laberinto con los ojos abiertos como platos una vez hubo completado el recorrido. Parecía un poco desasosegada. Era la misma que había visto antes.

—Disculpa, ella dijo que está abierto sólo los viernes, ¿verdad? ¡Vaya! Entonces, tuve suerte. Acudí hoy porque es el equinoccio de otoño. Desde este día, la energía femenina vuelve a ser dominante hasta la primavera.

La muchacha era estadounidense, espontánea y franca; y le devolvió la sonrisa a Will.

—Deberías recorrerlo, es increíble. Éste es un buen momento y la luz, perfecta. Tuve que esperar muchísimo hasta que el laberinto estuvo vacío. Te recomiendo hacerlo ahora.

Will asintió.

—De acuerdo, gracias.

Se sintió extrañamente tímido. No era un hombre religioso, al menos no a la manera convencional. Tenía algunas ideas sobre la espiritualidad, sentía que los seres humanos no abarcaban la vastedad de los enigmas del universo, pero fundamentalmente no aceptaba aquello de la inmaculada concepción y, por cierto, no era una persona dispuesta a dar a conocer lo que pensaba sobre el alma. Sin embargo, descubrió que los pies le llevaban hacia el punto de partida.

De acuerdo, yo también lo haré. Sólo los viernes..., pensó y sonrió para sus adentros. *Además, es el equinoccio*, se dijo con ironía. Aunque no mantenía una actitud crítica hacia esa chica tan amable, le divertía que aquel día tuviera un significado especial para ella.

Echó a andar hacia la única entrada y dio tres pasos hacia el altar para luego girar a la izquierda por un hermoso sendero curvo que describía un círculo completo. Tuvo que mirar atentamente al suelo durante los primeros instantes para poder seguir la dirección elegida, ya que los tramos no eran demasiado extensos. Advirtió que estaba recorriendo el sendero coloreado por la luz, delimitado por la franja oscura. Simbólicamente, caminaba por la luz y evitaba la oscuridad.

Apretó el casco contra el cuerpo, entornó levemente los ojos, y echó a caminar sin prestar demasiada atención en dónde ponía el pie. El segundo círculo le llevó casi hasta el centro del dédalo y él pensó que terminaría en la flor casi de inmediato, pero el maravilloso sendero se enroscó sobre sí mismo en una breve sucesión de curvas, como una hermosa serpiente, hasta que apareció otra vez una gran curva pronunciada que le acercó al centro y luego le alejó de allí, llevándole hacia otro cuadrante. Se entregó a sus sensaciones: sus ojos se detuvieron en los intensos colores procedentes de la ventana del este que le moteaban las facciones. Al hacer una pausa, vio la escena: un hombre salía por el portal de una ciudad amurallada sobre un fondo azul cobalto; detrás de él, se distinguía un círculo donde acechaba un hombre, que desenvainaba una espada, sobre un fondo de magnífico color rubí. El acechador vestía un espléndido atavío verde mientras que el hombre del primer plano usaba una toga azul y llevaba sobre el hombro un capote amarillo.

El rayo oblicuo de luz equinoccial de mediodía se filtraba por los cristales: el rojo, el azul y el amarillo incidían sobre el rostro de Will. Se sintió un poco mareado. La experiencia resultaba inesperadamente intensa y conmovedora. Rió con cierta suficiencia y se dijo que no debía emprender el «camino a Damasco».

Únicamente él recorría el laberinto. Todo indicaba que le habían cedido generosamente el lugar. No obstante, distinguió vagamente algunos semblantes que seguían sus movimientos con sorpresa. No les prestó atención. Se dedicó a disfrutar de las sensaciones fluctuantes en su rostro cuando pasaba de la luz a la oscuridad y nuevamente a la luz; en los pies, cuando recorrían cortos senderos para seguir después por otros más largos, adelantando y retrocediendo en una sofisticada versión del juego de la gallina ciega. En su mente volvió a aparecer la misteriosa frase del documento...

Entonces, nuestras dos almas,

¡Todo aquello fue quemado en el Campo de las Flores! Arranca un pimpollo y piensa en lo que ha sido; en siglos de traición, sufrimiento y disputas...

Los pies de Will avanzaban a ciegas. Solamente pensaba en aquella hoja de papel y no dejaba de palparse la chaqueta mientras seguía caminando por el laberinto, con pasos cortos y rítmicos.

> Soy lo que soy y lo que soy es lo que soy. Deseo ser lo que soy y lo que seré es sólo lo que soy. Si tengo la voluntad de ser, no seré más que aquello que he sido. Si soy lo que deseo ser, siempre se preguntarán qué soy o qué he sido. Quiero cambiar el Muro y realizar mi Deseo.*

Soy el muro mismo, ésa es la verdad
Y ésta es la grieta recta y siniestra
A través de la cual susurrarán los temerosos amantes.

* *I am what I am, and what I am is what I am. I have a will to be what I am, and what I will be is only what I am. If I have a will to be, I will to be no more than what I was. If I was what I am willed to be, yet they ever will be wondering what I am or what I ever was. I want to change the Wall, and make my Will.*

Cada par se suma a todas las piezas unidas; la de abajo a la izquierda es un cuadrado; la de abajo a la derecha es un cuadrado; la de arriba a la izquierda es un cuadrado; la de arriba a la derecha es un cuadrado. El corazón también es un cuadrado.

QUE SON UNA...

Y yo estoy a mitad de camino a través de la órbita. Y si tú tomas la mitad del todo y formas pares para igualarme, pronto habrás agotado todos los pares.

Ahora, no mires más allá del día. Mi alfa y mi omega. Haz de estas dos mitades un todo. Toma el canto del mismo número en el antiguo libro del rey. El mismo número de pasos hacia adelante desde el principio. El mismo número de pasos hacia atrás desde el final, omitiendo sólo la última palabra. Amén.

*Soy lo que soy, y lo que soy es lo que verás.**

Considérame muy atentamente.

NO SUFRÍS UNA RUPTURA, SINO UNA EXPANSIÓN

Will había sentido la cabeza pesada en un principio, pero luego la notó cada vez más despejada. No era consciente de que atraía la mirada de los demás: la de un niño

* *I am what I am, and what I am is what you will see.*

tomado de la mano de su madre, una señora que se quitaba las gafas para observar sus pasos sin el menor atisbo de brusquedad o alarma; la de un pelirrojo vivaz que se había detenido para conversar con su novia y descubría que la había cautivado ese hombre endemoniadamente apuesto. Un sacerdote le observaba, asintiendo con aprobación. Y un hombre situado detrás de la columna del norte, que también parecía hipnotizado por la experiencia que vivía Will, tomó una fotografía digital del hombre del laberinto.

Los pies de Will danzaban, ligeros; sus palabras sonaban como un rosario: *I have a will to be what I am... If I was what I am willed to be...*

Había llegado al centro del laberinto, y miraba de lleno hacia el oeste, hacia el Gran Rosetón que estaba justo encima de él. Ocho ángeles brillantes le observaban desde los pétalos mayores de la rosa central, sentados por parejas entre un águila, un hombre alado, un buey y un león. Will estaba dichoso. No se había transformado súbitamente en un hombre de fe, pero le maravillaba el efecto de los pasos, la luz, los sonidos que poblaban la gran catedral y su propia mente, en éxtasis. Y, más asombroso aún, comprendía parte del mensaje escrito en la hoja de papel que guardaba junto a su corazón, veía algo que antes no había advertido. Él *era* Will. Su destino era descubrir qué abría esa llave y ser iniciado en su significado y su valor. Eso sucedería sin necesidad de que él interviniera, podía ser incluso un elemento bastante pasivo.

Con seis pasos decididos se alejó del centro, donde alguna vez —aún se veían los pernos— se había colocado una placa que mostraba a Teseo y al derrotado Minotauro.

Giró hacia la izquierda y sintió el inconfundible perfume de las rosas, una fragancia que le pareció exótica. Sus pies giraron en un ángulo de ciento ochenta grados y siguió caminando con la esperanza de ver quién o qué había rociado ese aroma, pero nada ni nadie apareció ante sus ojos. Distinguió de nuevo el perfume cuando volvió a girar hacia el este, y le pareció ver una tela flameante, pero era sólo fruto de una ilusión óptica y de su propio vértigo. Logró completar el recorrido del laberinto sin interferencias.

Salió desde el centro del laberinto casi sin aliento, caminó por la nave principal hasta dejar atrás el altar y llegó a la Capilla de la Virgen, donde encendió un cirio. Costaba dos euros con cincuenta céntimos, pero valía la pena. Sintió que su madre estaba allí, junto a él, que le protegía.

—«Ahora soy lo que entonces no era»* —dijo con voz serena.

Abandonó la catedral por el atrio del norte dando grandes zancadas. No sentía el contacto de sus pies con el suelo. Tampoco advirtió que una sombra surgida desde detrás de la columna se deslizaba en la luz mortecina.

* *I am now what I was not then.*

4

La lluvia perdió intensidad y Lucy aminoró el paso por primera vez desde que saliera del Physic Garden. El busca volvió a sonar, pero aún no deseaba dar por terminado su momento de libertad; la clínica había sido un lugar más solitario de lo habitual durante la última semana. Por otra parte, en alguna oportunidad ya se había apresurado a volver desde Chelsea u otro lugar sólo para descubrir que se trataba de una falsa alarma. Le había sucedido dos veces en los últimos quince días. Quizá en este caso fuera diferente, pero una parte de ella tenía la certeza de que debía esperar hasta que él regresara.

Recorrió despreocupadamente una manzana de Flood Street. Luego fue hacia la izquierda y siguió por un sendero paralelo a St. Loo Avenue, aun cuando sabía que se desviaba un poco de su camino. Los árboles ya estaban tiñéndose de dorado después de un verano excepcionalmente bueno. Ella adoraba las avenidas frondosas de esa zona, donde se había construido la antigua mansión de estilo Tudor en la cual, a principios de la década de 1540, la propia princesa Isabel había plantado moreras en el jardín. Aún estaban espléndidas, a unas pocas manzanas de allí, cerca de Cheyne Row. Imperaba la calma en Chelsea

Manor Street. Lucy torció hacia la izquierda y siguió por Phene Street, pasó por el pub, que a esa hora atendía a los numerosos clientes que almorzaban allí los viernes. Recordó lo que había oído sobre el doctor Phene, el hombre a quien se le adjudicaba la idea de haber plantado árboles a lo largo de toda la calle. El plan había atraído a la reina Victoria y luego se había difundido por toda Europa. Al menos, es lo que se decía. Tal vez no fuera cierto, pero en el bonito jardín del pub quedaban todavía algunos árboles magníficos que daban testimonio de la visión de futuro del doctor Phene.

Un hombre de unos treinta años que iba hacia el pub le guiñó el ojo sonriendo de una manera franca, atractiva y pícara. Lucy sonrió también, halagada. Eso significaba que tal vez no tuviera tan mal aspecto. Se sentía como una niña abandonada, pero a pesar de su salud frágil y aun cuando en los últimos tiempos no había percibido —estaba demasiado achacosa y preocupada— que llamaba la atención dondequiera que fuera.

Mientras se acercaba al enorme paredón que rodeaba el hospital surgió en ella una repentina tentación: como un niño que falta a clase sin permiso, sintió deseos de hacer una verdadera travesura, de no entrar. Allí sus días transcurrían morosos, lejos del mundo real. Constantemente sentía que, como Alicia, no encontraba el camino para salir de la madriguera del conejo. Nada parecía real y debía esforzarse por llevar la cuenta de los días, por saber en qué mes y en qué época vivía. Las horas se sucedían, monótonas. Para obligarse a mantener la mente activa había devorado libros sobre los temas más diversos, Wordsworth, J. M. Barrie, algo de Schopenhauer. En ningún otro momento de su vida había leído tanto. El cubrecama de retales que estaba cosiendo progresaba poco a poco. Todo lo demás parecía suceder a cámara lenta. Aparecían recuerdos de otra vida cuando estaba fuera, razón por la cual en ese momento sintió deseos de permanecer en medio de esa energía en lugar de regresar a su claustro, pero habría sido muy injusta con el maravilloso equipo de gente que cuidaba de ella. Era paciente de uno de los principales hospitales especializados en cardiología de todo el mundo —un instituto médico que estaba a la vanguardia en materia de tecnología— donde habría esperado ser espectadora de un animado espectáculo de vanidades en conflicto y una amable falta de compromiso con los pacientes gravemente enfermos. Ocurrió lo contrario. El señor Azziz era una de las personas más extraordinarias que había conocido y sin importar cuán atareado estuviera con sus cirugías y sus consultas, pasaba a verla con frecuencia para conversar sin formalidades, formularle preguntas personales y demostrar un interés sincero en saber quién era; la enfermera Cook, que parecía ser una persona dedicada exclusivamente a cumplir con su deber, era, sin embargo, increíblemente agradable; y el doctor Stafford nunca daba por terminada su jornada sin telefonearla para conversar simplemente sobre lo que había sucedido ese día en el hospital. Lucy no tenía una familia digna de esa denominación y sus escasos parientes estaban muy lejos, en Sidney, por lo cual el equipo del hospital la había adoptado y parecían empeñados en hacerla sonreír tanto como fuera posible. Estaban francamente decididos a que superara su enfermedad, ponían el mayor entusiasmo en su recuperación, no le permitían flaquear y elogiaban su coraje; de ningún modo podía permitirse defraudar la confianza que depositaban en ella.

En la entrada vio una ambulancia con las puertas traseras abiertas, nada fuera de lo común. No obstante, aunque brillaba el sol, se estremeció.

—Te llevaremos al hospital Harefield, querida. Lo que estabas esperando, si no me equivoco —le dijo él con una sonrisa amable, como si tuviera en sus manos las riendas de Pegaso y estuviera listo para llevarla volando hasta la luna.

Ella trató de corresponder a su entusiasmo, pero se sintió súbitamente muy pequeña y sola, no encontraba el menor romanticismo en aquello que tenía por delante.

No despegó los labios. Desapareció tras la gran puerta de entrada.

Quienes habían comenzado el fin de semana con algunas horas de antelación y deseaban comer atestaban el Phene Arms. Aunque el clima había intimidado a la mayoría de los clientes, Simon fue hacia el jardín en busca de más espacio. Verificó con la mano que los asientos no estuvieran demasiado húmedos y eligió una mesa que parecía seca al tacto, bastante protegida, debajo de un árbol. Mientras tomaba una cerveza, escribía en una postal donde se veía la bandera de Gran Bretaña: «Bienvenido a casa. Seguramente habrás visto la cita de *Sueño de una noche de verano*. ¿Qué significa? ¿Hay un jardín secreto con una llave en un muro?». No tuvo tiempo de completar lo que deseaba redactar cuando en el quicio de la puerta apareció una figura alta y esbelta, vestida con un impermeable blanco y unos vaqueros a la moda. Guardó la postal en el bolsillo con ademán discreto.

—Eres un verdadero espartano, Simon —dijo Siân antes de doblar el abrigo y depositarlo sobre el asiento para protegerse de la humedad.

—Me alegra verte, bombón —repuso con cierta suficiencia para dejar claro que el apelativo habitual y el tono amistoso estaban totalmente exentos de intenciones seductoras. Trataba de aplacar la ligera ansiedad que le producía la cita para almorzar con una mujer tan atractiva que había sido la novia de un amigo. Todo en ella rezumaba sensualidad y el perfume característico de la mujer evocaba una habitación llena de lilas y jazmines exóticos. Él se sentía un poco culpable.

—Pareces el peligro del barrio. ¿Qué has hecho en los últimos tiempos?

—El trabajo me ha desbordado. Hago muchas cosas a la vez, pero después de haber pasado tanto tiempo inactiva es bueno un periodo de actividad frenética. No he parado un momento, pero al menos mi cuenta bancaria ha recuperado su equilibrio. Creo haber logrado todo aquello por lo que he trabajado, sin duda es magnífico. La semana pasada estuve en las islas Seychelles trabajando en un anuncio de publicidad que me absorbió por completo.

Simon era un periodista serio e incisivo, y si bien viajaba a menudo por motivos de trabajo, sus tareas nunca le habían llevado a lugares tan exóticos y exclusivos como las islas Seychelles.

—¿Fue muy penoso? —inquirió Simon con exagerada ironía.

Ella soltó una carcajada. Él se alegró de verla tan animada y enérgica, ya que había temido encontrarla triste y llorosa cuando recibió su llamada para acordar esa cita. Y como sabía muy bien que Will regresaría al día siguiente, su mente había armado una lista con los favores que ella podía pedirle. Sin embargo, parecía tranquila.

—Es raro, ¿verdad? No tenía iniciativa cuando estaba con Will, parecía una autómata. Como siempre creí que mi trabajo le disgustaba, dejé de valorar mi carrera, pero tú sabes que soy una buena diseñadora. No me asusta trabajar mucho. Además, si el trabajo es interesante, es una buena manera de ocupar el tiempo. No es un sacrificio —explicó con una risita nerviosa, mientras con un dedo retocaba sus labios cuidadosamente maquillados—. Ni siquiera cuando implica pasar horas adaptando el escote de la modelo, como me tocó hacer la semana pasada en ese lugar paradisiaco. Me pagan bien por ello. Dios sabe cuánto necesito el dinero ahora que tengo que valerme por mí misma.

—Mmm... Estás decididamente radiante, Siân. Diría que otras cosas están saliendo bien, además del trabajo.

Simon se animó a descubrir qué había detrás de todo aquello. Era compañero de Will y le debía lealtad, pero no podía evitarlo: Siân le caía bien, valoraba sus cualidades, deseaba que superara el dolor de la separación. No era fácil estar enamorada de un hombre como Will, y sabía que su amigo también deseaba que ella siguiera su propio camino y volviera a ser feliz.

Siân miró su copa de Chablis. No sabía cómo se lo tomaría Simon, pero quería hablar sobre el asunto, quería que un amigo de Will le diera tácitamente su aprobación.

—Es algo nuevo, una especie de... —Simon asintió, alentándola a continuar. Ella tenía la cabeza apoyada en el brazo. El lenguaje de su cuerpo era encantadoramente seductor. Prosiguió sin mirarlo—. No sé cómo acabará la cosa, pero él es muy especial, muy tierno. Tal vez no sea lo que habitualmente prefiero, pero es fascinante. Aún no puedo definirlo bien. Acaba de regresar de Estados Unidos, me parece que estuvo en la costa este, aunque creo que estudió algo en el Medio Oeste, en Kansas. Está haciendo una investigación para su tesis, no recuerdo sobre qué tema, es muy inteligente, rubio, refinado, algo conservador y bastante reservado. Muy distinto de Will, a pesar de su parentesco.

Sus palabras le cogieron desprevenido. Brevemente, con una actitud falsamente recatada, Siân le había hecho una descripción mucho más completa de lo esperado. Con sorpresa descubrió que estaba ofendido. Will era exigente, podía ser difícil a veces, pero era fiel a sí mismo, no copiaba a nadie. Siempre había creído que Siân también lo sabía. Sin embargo, allí estaba ella, presentando las credenciales de un nuevo amante. Le pareció un poco vulgar, pero no dijo lo que realmente pensaba, porque estaba acostumbrado a ser cortés cuando la ocasión lo exigía.

—Espero que seas feliz, Siân. Creo que lo mereces. Has superado la separación sin perder la dignidad ni la entereza, pero no exhibas tu triunfo ante Will, a menos que pretendas averiguar si está celoso.

—Simon... —Ella dudó. Su actitud era completamente ajena a una persona tan segura como Siân—. Él... Como te dije, está relacionado con Will... —Siân bebió un poco de vino. Simon, entretanto, trataba de encontrar la manera de aceptar la idea que de pronto apareció en su mente, la de que ella iba a decirle que había comenzado a salir con el rubio y fascinante Alexander. *Qué gusto tan horroroso. No puede ser Alex. Siân no es su tipo. Es absurdo. ¡Por supuesto! Ella dijo que era estadounidense*, pensó. Sólo había sido una ridícula confusión por su parte, que le provocó un involuntario estremecimiento. Entonces, ¿de quién se trataba?—. Calvin es primo de Will. En realidad, no se conocen, pero su madre es prima de la madre de Will.

Simon se relajó mientras Siân intentaba esclarecer el árbol genealógico de la madre de Will. Nuevamente pudo escucharla con atención y comprender sus explicaciones. Dejaron de palpitarle las sienes. Esa relación no era motivo de preocupación para él, y tampoco para Will. Era extraño, e incluso un poco retorcido. Sí, había algo de eso, pero sin duda era mejor que oír la quinta sinfonía de Mahler y dejarse llevar por la desesperación.

—... y este verano, cuando vino a Londres para estudiar, quiso conocerlos a todos. Los primos intercambiaban tarjetas de Navidad y alguna carta de vez en cuando, no mucho más. La madre de Calvin no pudo asistir al funeral cuando Diana murió a principios de este año, y él pensó que sería correcto hacerles una visita para dar personalmente el pésame. En fin, es su manera educada de hacer las cosas. La parte divertida es que vino a mi casa cuando Will ya se había ido a Italia y Alex estaba dando conferencias en algún otro país.

Simon asintió otra vez. La sangre volvía a fluir normalmente. Will estaba en condiciones de manejar todo aquello.

—... y me preguntó tanto por Will, verdaderamente tanto, que sin darme cuenta comencé a hablarle sobre él, a un perfecto desconocido. Hablé durante horas, días. Para mi sorpresa, fue una catarsis. Lloré, él me consoló, el resto lo hizo la naturaleza humana. «Moderno caballero con excelente currículum vítae y valores anticuados busca damisela para salvar su ego herido». Nada original, pero muy satisfactorio.

Por toda respuesta Simon lanzó una carcajada.

Ella le observó atentamente. No lograba descifrar el significado de su risa.

—¿Crees que a Will le molestará?

—¿Eso es lo que quieres? —la desafió Simon.

Ella le dio una respuesta evasiva.

—Supongo que no es la persona ideal para entablar una relación pero, como suele decirse, el corazón parece tener sus propias razones —explicó. Y con una mirada suplicante, agregó—: Y el mío estaba roto, Simon, insensibilizado desde la Navidad. Pasaba casi todas las noches llorando hasta que llegó Calvin. Nunca habrá otro Will, lo sé muy bien, pero ¿me queda otra opción? La única es dejar atrás nuestra historia. El año pasado sucedió algo doloroso entre Will y yo. Nadie más que Alex lo sabe. Will nunca me perdonará. No deseo que se cuestionen mis razones. No elegí a su primo para disgustarle. Simplemente creo que el destino nos eligió, nos unió. Calvin dice que nunca ha entregado su corazón, tal vez tampoco lo haga conmigo, pero siento...

Siân se detuvo. No tenía manera de explicar lo que sentía.

Aquella muestra de honestidad impresionó a Simon, que encontró irresistibles sus ojos azul marino, sus bucles cobrizos. Era una *femme fatale* prerrafaelista.

—Siân, no creo que debas preocuparte. Will es adulto y aun cuando admito que a cualquier hombre le gustaría que lloraran largo rato por él, es una persona generosa. Tal vez le agrade este chico.

Ella le sonrió agradecida. Era inconcebible que Will le dedicara cinco minutos a una persona como Calvin, tan atento a la vestimenta y a su imagen, demasiado pendiente de la gente. Le resultaría exasperante, pero apreciaba la ayuda de Simon y estaba contenta de haber revelado lo que le sucedía.

—Pidamos algo para comer —propuso Simon y tomó las copas vacías.

Siân le tocó el brazo cuando partía con ellas para pedir otra ronda.

—Yo invito. Tengo dinero, ¿recuerdas?

Ella se sentía feliz. Como de costumbre, había obtenido lo que deseaba.

5

Las grandes cadenas chirriaron y las puertas se abrieron con lentitud. El enorme interior blanco del Mont St. Michel aún estaba lleno de una variedad de vehículos, a pesar de que septiembre llegaba a su fin y la mayoría de las familias de turistas ya habían cruzado el canal para regresar a las escuelas, los trabajos y la rutina de la vida cotidiana. Las habituales hordas de visitantes, dudosos vendedores de antigüedades y evasores de impuestos, unas parejas de franceses y algunos estudiantes universitarios que aún no habían reanudado el año académico iban hacia Portsmouth para pasar *le weekend*, por lo que se veía gran cantidad de automóviles caros, con y sin perros. El inmaculado Lancia Fulvia azul oscuro atrajo la atención de Will. Había visto algunos en el continente, una elegante versión del modelo de los años sesenta. Le impresionó su belleza clásica, con los cristales ligeramente tintados y las líneas ondulantes. Y era rápido, realmente veloz, la clase de automóvil que a Will posiblemente le encantaría tener cuando cumpliera unos años más. Por el momento, la Ducati le llevaría rápidamente desde la última escala del viaje de regreso al hogar, donde tanto ansiaba estar.

El aire frío de la mañana le sugirió que en Bretaña el otoño parecía llegar más temprano que en Normandía. Un sol desvaído asomaba entre la bruma marina, pero la temperatura aún era desalentadora. Sacó los guantes de la mochila y verificó que llevaba el pasaporte en el interior de la cazadora de cuero. Apartó la motocicleta de donde la había aparcado y encendió el motor. Metió primera con el pie y soltó suavemente el embrague. Estaba un poco cansado. No solía dormir bien durante los viajes nocturnos, ni siquiera cuando lo hacía en un camarote de primera clase, como en esa oportunidad. Su mente había estado activa toda la noche, incluso desde Chartres, y no lograba poner en orden los pensamientos, descubrimientos e ideas inquietantes que había concebido. En ese momento no podía volver a pensar en todo aquello. Esperaría hasta que pudiera hablar con Alex. Albergaba la esperanza de que entonces pudiera comprenderlo todo mejor.

Con delicadeza, Claudia, pronto estaremos en casa, pensó casi en voz alta, mientras maniobraba la vigorosa máquina sobre la superficie resbaladiza e irregular de la pasarela y se dirigía a la oficina de la aduana. El oficial de vigilancia alzó la mano para indicarle que se detuviera. Will abrió la cremallera de la chaqueta, buscó el pasaporte y se quitó el casco al tiempo que se lo entregaba al agente, quien verificó su parecido con el hombre de la fotografía de un vistazo rápido y asintió.

Will se apoyó en el asiento y pensó qué camino elegiría: la autopista A34 norte, que pasa por Southampton y va hacia Winchester. Saldría cerca de Kings Worthy, seguiría por carreteras comarcales hasta Barton Stacey, dejaría atrás la colina y cruzaría el puente sobre el Test, junto al vivero de truchas, y desde allí continuaría hasta Longparish. Sopesó por un momento la posibilidad de efectuar todo el recorrido por la autopista, hasta Tufton y luego Whitchurch, pero los automovilistas imprudentes de los sábados provocaban demasiados accidentes en ese trayecto. Las carreteras secundarias le recordaban en cambio que Inglaterra tenía su propia hermosura, tanto como los girasoles y amapolas de la Toscana, las hileras de lavanda de Provenza y las granjas y los edificios con ornamentos de yeso del Pays d'Auge. Sin duda, en esa época del año habría niebla a lo largo del río de los valles hasta que el sol lograra disiparla, lo cual sucedería en pocas horas. Se sintió repentinamente nostálgico. Añoraba ver a su padre y a su sobrino, abrazarlos, compartir serenamente su tiempo con Alex. Podrían disfrutar de un trago en el pub después del almuerzo.

Faltaba un poco más de una hora para que eso fuera posible. Podía ir a más velocidad sin que la policía lo molestara si elegía la ruta pintoresca. Había un paso para el ganado un poco antes de llegar a la casa, pero no tenía prisa. Sólo Dios sabía a qué hora llegaría su hermano, quizá no lo hiciera hasta tarde. Dejó escapar un profundo suspiro: sería conveniente que alguien serenara a su padre.

Se detuvo de forma inopinada e intentó una vez más llamar a su hermano al teléfono móvil.

—Sandy, ¿dónde demonios estáis? Por Dios, es sábado. ¿Ha surgido algún imprevisto de última hora? Supongo que seguís ocupados, porque el teléfono está apagado. He dejado mensajes en todas partes. —Will se sintió desilusionado. Cuando pensó en las llamadas y los mensajes de texto sin respuesta consideró la posibilidad de que, mientras él estaba impaciente por hablarle, algo hubiera retenido a Alex en el hospital—. Ahora voy camino a The Chantry. —Trató de no sonar tan exigente—. Papá no me ha respondido, tal vez no esté levantado, o quizá se haya ido a buscar el periódico. ¿Podemos reunirnos sin él, en el pub, un poco más tarde? No podrás creer lo que tengo que contarte y no puedo decirlo delante de papá. Por favor, ven hoy, necesito hablar contigo a solas, y si no es hoy... —Se detuvo. No quería considerar esa opción—. Por favor, llámame en cuanto escuches este mensaje —pidió, y luego recordó algo—: ¿Sabes dónde está la Biblia de mamá, la que es realmente antigua? Bueno, hablaremos más tarde.

Los rayos del sol atravesaban el manto de niebla helada y pesada como si fueran dedos para luego arrancar destellos sobre el curso del río, que culebreaba entre los árboles despertando el lado romántico de Will, cuya mente era un hervidero de ideas desde el mediodía anterior. Necesitaba la calma del río. Advirtió que detrás de él un automóvil había seguido ese camino cuando cruzó la A30. Se alejó sin esfuerzo. Pasó por debajo de la A303. El camino volvió a subir, luego bajó a lo largo de una suave curva hacia el fondo del valle y le llevó directamente a casa.

En ese momento, más que nunca, sintió que era su hogar. Aún no tenía apartamento nuevo en Londres, había estado de acuerdo en que Siân siguiera ocupando el anterior, después de haber pagado tres meses de renta por adelantado cuando se separaron, unos meses antes. Todavía quedaban allí muchas de sus pertenencias. Debería llevárselas y establecerse de nuevo en Londres. No podía seguir hospedándose en casa de Alex. Sin embargo, su residencia estaba en Hampshire, siempre había estado allí, con su habitación oscura, sus libros y la mayoría de sus discos de música. Henry, su padre, no se había recuperado desde la muerte de su madre. Will había partido en junio, huyendo de Henry y de Siân; ahora debía hacer frente a esa realidad y poner en orden sus relaciones.

Si bien el sol otoñal ya estaba alto, ligeramente por encima del hombro derecho, hacia el sureste, cuando subió por la colina divisó a sus pies el valle cubierto por una espesa capa de niebla, aún intacta. Pensó que no bastaba con decir que era la «época de la niebla»; hablar de «manto de niebla», si bien era un lugar común, daba una idea más acabada de lo que sucedía. Desde su motocicleta podía ver que el camino caía en una pendiente empinada mientras describía una suave curva antes de desaparecer tras un muro blanco, con matices amarillos en la parte superior, donde le alcanzaban los rayos del sol. Will cambió rápidamente la marcha para disminuir la velocidad. Al hacerlo, el manto blanco le envolvió en una luz brillante que redujo su visibilidad a unos pocos metros en cuestión de segundos. Sintió que se hallaba otra vez en el laberinto de Chartres y sonrió para sus adentros mientras a través de su casco observaba la calígine. Conocía el camino como la palma de su mano: cruzaría un puente al final de la colina y luego seguiría en línea recta hasta dejar atrás el lago de pesca y atravesar un segundo puente, después, pasaría delante de algunas cabañas dispersas y al llegar a una intersección de tres caminos, elegiría la dirección que lo llevaría al pueblo. Iría hacia la derecha, recorrería los cinco kilómetros a lo largo de los cuales se extendía Longparish y llegaría a la casa que había pertenecido a su familia materna durante siglos.

Deseó estar cerca de los libros y del jardín de su madre. La atmósfera del lugar hacía que la sintiera cerca. Ella solía decir que las brumas eran los «espíritus del río». Recordó que cuando era más joven, al finalizar la temporada de críquet, la densa niebla bajaba súbitamente, a veces, en cuestión de pocos minutos, en cuanto anochecía. Sucedía con tanta rapidez que el bateador podía ver aparecer de pronto la bola como si surgiera de la niebla por arte de magia. Esos días terminaban temprano, con una sesión más prolongada de lo habitual en el pub The Cricketers, dado que resultaba casi imposible conducir hasta que se disipara la niebla. Los compañeros solían quedarse a cenar en casa y luego su madre desplegaba sacos de dormir en el ático.

El rugido de un motor y un destello de luz le devolvieron bruscamente a la realidad. Un vehículo situado detrás de él aceleraba en dirección al puente. Sintió que algo le arrebataba el manillar de las manos. La motocicleta describió un brusco giro hacia la izquierda, llevando la rueda delantera hacia la barandilla de hierro que flanqueaba la cabecera del puente, tal como había previsto. El carenado de protección de la rodilla se rompió tras un brusco tirón y él salió despedido por encima del manillar, sufriendo una grave raspadura cuando voló por encima de la barandilla y cayó de cabeza a las aguas del río Test, cuatro metros más abajo. Estaba relajado a pesar del dolor abrasador de la pierna, más preocupado por la Ducati que por sus propias heridas. El sol atravesaba la niebla y proyectaba sorprendentes escamas de luz de diferentes colores mientras caía, al parecer sin fin.

Un idiota le había rebasado en el puente. Tal vez no le había visto. Él no había visto u oído a nadie. Se había salvado gracias a que el instinto le había impulsado a lanzarse hacia adelante en cuanto comprendió que perdía el dominio de la moto. Se precipitó de espaldas hacia el río, sobre cuyas aguas cristalinas se golpeó en la nuca y los hombros. Permaneció consciente y sereno, lo cual era casi un milagro. Registró por un instante la belleza del lecho pedregoso donde yacía mientras corría el agua terriblemente fría. El murmullo de la corriente resultaba sorprendentemente alto y el río era bastante profundo a pesar de ser relativamente pequeño. Estaba muy aliviado a pesar del sobresalto, ya que era capaz de sentir las extremidades. Evidentemente, sus heridas no eran graves, sólo le latía el muslo, entumecido por el agua helada. El casco no se había salido por completo, lo cual era una bendición, y estaba lo suficientemente consciente para comprender que debía impulsarse rápidamente hacia la orilla. El agua era profunda, y de lo contrario se ahogaría allí mismo. La fuerza del río, que siempre lo había inspirado, movilizó una vez más sus últimas reservas de energía, con las que se arrastró, sacó del agua parte del cuerpo y lo apoyó en la suave pendiente de la orilla. Tuvo lucidez suficiente para advertir que se hallaba sólo a un kilómetro y medio de su casa antes de sentir vértigo y náuseas. Cayó hacia adelante, totalmente desmayado. En un sueño distante, oyó la voz de una chica estadounidense que le decía «Ve a buscarlo» y la voz de Alex «Por favor, deje un mensaje después de la señal». Luego se oyó el chillido del motor de su motocicleta, similar al gemido de un adorador del demonio.

El Lancia azul le esperaba a la salida del puente. La puerta se abrió. Se encendió una minúscula luz rubí. Un fino par de zapatos hechos a mano, que remataban un pantalón de franela gris, bajaron del automóvil, junto con la figura de un hombre con un abrigo de color marrón. La silueta avanzó hacia la motocicleta gimiente. Una mano enguantada apartó el pedal de los hierros del puente y jugueteó con la llave. En medio del profundo silencio posterior a esa acción, el crujido de la mochila pareció ensordecedor. El hombre la abrió y examinó su contenido. El perro de alguna granja contigua a la carretera rompió a ladrar con furia. Él ignoró ese sonido, avanzó en dirección al puente, caminó junto a la barandilla de protección hacia el lugar donde estaba tendido Will, aún parcialmente inmerso en su gélido sueño. Había una capa de vapor sobre el río, allí donde el agua y el aire se encontraban. La visibilidad era muy limitada. El hombre giró el cuerpo inerte de Will con el pie hasta dejarle boca arriba y comenzó a inclinarse hacia él. Sabiéndose a salvo, porque la niebla le mantenía oculto a los ojos de cualquier observador, ignoró el sonido de alguien que se movía en una casa, tal vez a unos doscientos metros de distancia. Luego, las voces se oyeron más cerca, por encima de los ladridos.

El hombre se incorporó bruscamente y regresó hacia el Lancia. El motor ronroneó suavemente, el rojo brillante del faro trasero parpadeó un instante y luego el automóvil se fundió en el denso velo de niebla.

6

Will rió. Sentía la cabeza hueca, pero se veía a sí mismo como Dante mientras pasaba del Purgatorio al Paraíso. La celestial criatura acuclillada junto a él tenía una voz tan clara y penetrante como la del ángel de Dante. «*Cantava in voce assai più che la nostra viva*», pensó.

—¿Will? —repitió ella.

Melissa trató de no ponerse histérica aunque al principio creyó que estaba muerto. Se enfrentaba a un dilema: ¿debía moverlo, corriendo el riesgo de dañar su columna, o dejarlo en el agua helada?

Gritó frenéticamente en dirección al sendero que, a sus espaldas, conducía a su casa de campo. Él tenía la mirada perdida y reía de manera incoherente. La señal del teléfono móvil disminuía a causa de la maldita niebla. Ella se comunicó con el 999, pidió una ambulancia, escuchó los consejos acerca de la posición de la víctima, respondió preguntas sobre el cuello del accidentado, describió la pérdida de sangre, la gravedad de la herida en la pierna. No podía controlar su voz, temía hacer algo incorrecto, pero se esforzó por dominar la situación: le cubrió con su abrigo y procuró simular serenidad.

¿Por qué está tan preocupada?, se preguntó Will en su fuero interno. Observó atentamente los detalles de su rostro algo parecido a un querubín de Rafael, una especie de ángel adulto. Percibió la suavidad de sus manos y el calor que se desprendía de su abrigo. Escuchó palabras como «tendones», «torniquete», «hipotermia», y lo más extraño de todo, «herida en la cabeza», lo cual era totalmente ajeno a su propia experiencia. Él flotaba libremente, vagamente consciente de que el pequeño charco de agua formado a su lado se teñía de rojo, como si se hubiera derramado una botella de clarete. No sentía dolor ni estaba preocupado, por el contrario, se sentía alegre y sereno. Destellos coloridos viajaban por su mente en un recorrido extraordinario y caleidoscópico, como en la infancia lo hacían las esmeraldas y los rubíes del collar de su madre.

Sonaron las sirenas. Instintivamente se encogió al oírlas. De pronto, sintió que no quería estar en ese lugar. Pensó en dejar otro mensaje después de la señal.

Casi podía decirse que la silueta vestida con una chaqueta verde oliva y unos vaqueros descoloridos estaba distendida mientras dejaba un portafolios y una bolsa de FAO Schwarz en el piso y un abrigo sobre la mesa baja, para deslizarse luego hacia el asiento situado junto a ella. Si bien el salón VIP estaba sorprendentemente lleno, Alex había encontrado un lugar desde donde hacer algunas llamadas sin molestar a aquellos que estaban concentrados en sus portátiles.

Miró su reloj. Era un poco tarde para telefonear a Inglaterra y confirmar con Anna que, como estaba previsto, pasaría a buscar a su hijo a la mañana siguiente. No obstante, a pesar de la hora, quería llamar a su padre. Lo intentó una vez más. Pulsó la tecla de marcado rápido y esperó. Después de una breve incertidumbre, nuevamente oyó la grabación del contestador automático. Era sábado por la noche, Alex habría esperado que su padre todavía estuviera despierto y de charla con Will.

Frunció ligeramente el ceño y dejó un segundo mensaje.

—Papá, no sé si recibiste el mensaje anterior —aventuró con voz pausada—. Mi teléfono no funciona del todo bien aquí y no logro escuchar los mensajes de voz que me llegan, pero si lo recibiste, sabrás que anoche la conferencia se prolongó y no cogimos el avión. Algunos de nosotros nos hospedamos en Nueva Jersey, en la casa de un colega. Ahora estoy en el aeropuerto Kennedy y el vuelo saldrá en el horario previsto. Te pido disculpas por el cambio de planes. De todos modos, podremos almorzar mañana. Recibí una llamada de mi secretaria y tendré que desviarme un poco de la ruta para pasar por Harefield, pero tengo el coche en Heathrow y en el camino pasaré a buscar a Max por casa de Anna. Estaremos allí a mediodía. —Alex se detuvo abruptamente. Habría preferido hablar con una persona en lugar de una máquina. Sonrió y cambió levemente el tono de su voz—. Hola, Will, tengo entendido que regresabas ayer u hoy. Imagino que probablemente habréis salido los dos a cenar. Max y yo te echamos de menos. ¡Reservadme una copa de buen vino! Que durmáis bien.

Alex había permanecido despierto con la esperanza de mantener un breve diálogo con su hermano, pero el cansancio comenzaba a abrumarle tras cuatro días de constante actividad y sus respectivas noches de eventos sociales que se prolongaban hasta la madrugada. Además, tenía pavor a los vuelos nocturnos. No podía dormir en los aviones, ya que tenía un sueño muy ligero debido a su trabajo. Largos años de guardias nocturnas y dieciocho horas diarias como médico interno le habían acostumbrado a no dormir profundamente, sólo dormitaba con el oído atento a cualquier sonido. De todos modos, agradecía la comodidad de su asiento en clase preferente, donde la comida y las películas reemplazarían en parte el verdadero descanso.

Tampoco había gozado del día libre para poder relajarse. Un afamado bioquímico le había llevado, junto con los demás médicos, a recorrer Ridgewood para apreciar la belleza del otoño. Aún no estaba en todo su esplendor pero de todos modos era encantador y después de pasar tres días en una sala de conferencias, sin luz ni ventilación natural, entre cuadernos, botellas de agua y proyecciones de clips, el grupo lo agradeció. Los árboles y la compañía habían sido realmente agradables e incluso había tenido tiempo de tomar un taxi hasta la Quinta Avenida y comprar un regalo para Max en la legendaria tienda de juguetes Schwarz. Al día siguiente podría distenderse, caminar por el pueblo tranquilo, dejar atrás el campo de críquet, la sede del club con el techo de paja, y dirigirse al pub preferido de su madre, donde celebraría su trigésimo cuarto cumpleaños.

Por primera vez en muchos años iba a ser un grupo exclusivamente masculino. Había considerado la posibilidad de que Siân quisiera celebrarlo con ellos, se preguntaba si debía alentar todavía alguna esperanza con respecto a Will, pero su padre había dicho, de un modo algo extraño, que Siân no había respondido a su invitación. Habitualmente, ella no era tan descortés, seguramente esperaba que el mismo Will la llamara para invitarla, y eso no sucedería. Alex también había pensado que Anna podría unirse al festejo. Se habían divorciado dos años antes, pero aún conservaban un vínculo bastante estrecho y mantenían una relación armoniosa por el bien de Max, pero, por sus propios motivos, tampoco ella los acompañaría.

Lo peor, sin duda, era la ausencia de su madre. Bondadosa, ecuánime, sólida como una roca, los había mantenido unidos en medio de las penas y los conflictos sin tomar partido.

Su padre afrontaba la pena silenciosamente, trabajando más que nunca: era un abogado respetado por todos que ejercía en un medio rural, un hombre de buen corazón, pero evitaba hablar sobre la vida solitaria que debía acostumbrarse a llevar. Al principio, Alex y Will habían tratado de visitarle más a menudo, aunque, si eso significaba algo para él, jamás lo dijo. Una persona del pueblo se ocupaba de la limpieza. Él cuidaba el jardín durante los fines de semana, pero el fuego del hogar estaba apagado. *Una parte del fuego que nos animaba a todos se ha consumido*, caviló Alex.

Al día siguiente habría risas. Su hermano estaría de regreso, eso era por sí solo una alegría. Aunque, *sin dramas, por favor, Will.* Alex rió para sus adentros ante esa idea, mientras recogía sus bolsas y el abrigo para dirigirse hacia los controles de seguridad. Él y Max se habían acostumbrado a ver a Will en su apartamento durante un par de meses, sería muy bueno gozar de una jornada distendida.

Debía de haberse quedado dormido. Cuando despertó, vio figuras que bailaban a su alrededor una danza sombría, como aquellas tragedias que se interpretaban en el Globe Theatre y concluían con una macabra bergamasca. Pensó en el capote del ángel: como en el vitral de Chartres, el personaje es atacado, luego le dan un manto. Deseaba recordar qué significaba, pero, salvo aquellos que tenían importancia en la historia del arte, había olvidado la mayoría de los relatos bíblicos. Estaba más versado en la antigüedad clásica que en la infinidad de cuentos que inspiraban los adornos de tantas diminutas iglesias.

Recordaba la historia de Santa Fina en San Gimignano, la de Santa Lucía en Sicilia, pero los samaritanos e hijos pródigos se le mezclaban con ruiseñores y campos de maíz. Por alguna razón, en ese momento todas esas disparatadas imágenes adquirían significado para él.

La luz entró al abrirse la puerta. Oyó de nuevo la voz del ángel. Le hablaba a otra persona cuya voz era suave, masculina, vacilante, tal vez con cierto acento. Todo quedó en silencio cuando la puerta se cerró. *Cuánto revuelo, todos andan de puntillas a mi alrededor*, pensó Will. Quiso tocar la llave que llevaba colgada para asegurarse de que estaba a salvo. Le extrañó que el brazo no respondiera a su orden hasta que comprendió que le habían sedado y se despreocupó. Trató de hablar con la silueta que se movía en silencio en torno a él para preguntarle dónde estaba y qué había ocurrido, pero las palabras se desvanecieron en sus labios, que no emitieron sonido alguno. La frustración no le perturbó. Estaba despreocupado y perezoso, de modo que simplemente dejó que su cuerpo se hundiera en la nube de sábanas blancas y que su mente vagara libremente.

Reconoció la voz de su padre.

—¿Cuándo sucedió? —preguntó éste con voz queda.

Will rió para sus adentros al oír la pregunta. Su progenitor hablaba con la otra persona presente en la habitación, sin advertir que él lo escuchaba atentamente, a pesar de que podía atribuir escaso significado a sus palabras. Era incapaz de concentrarse en las palabras paternas, pues aún pensaba en italiano o en francés, y seguía inmerso en las impresiones que le habían causado el sol siciliano, el aroma a limón, el sabor del delicioso vino elaborado en las faldas del Etna. Y lo más placentero: el viaje en barco a Fonte Ciane, los tallos de los exuberantes papiros que surgían del agua. Una hermosa muchacha siciliana, no, era de la Toscana, estaba con él, eran los únicos que esperaban el barco aunque era temporada alta. El día era sofocante. Habían compartido su provisión de agua, pan y frutas y habían convidado al barquero. Los cabellos de la chica —negros, espesos y ondulados, con aroma a azahares— caían por debajo de su cintura. El viento cálido los hacía ondear, paralelos al agua. Él le dijo, en un italiano sumamente precario, que podía imaginar delfines nadando en su cabello ondulado. Ella entremezcló italiano e inglés para contarle la historia de una ninfa atrapada por Alph, el antiguo afluente. Escapó a su pasión gracias a la ayuda de Artemisa, que la convirtió en un manantial, pero el río logró atraparla en un último abrazo y el agua se tornó salada a causa de esa unión. «Ocurrió aquí mismo», le aseguró. Will dudó, ¿se trataba de una invitación a un abrazo salobre o de una advertencia para que no provocara la ira de la diosa? El día era perfecto para ambas cosas. Él llevaría consigo, hasta la muerte, su aroma, su espontaneidad y su casta sensualidad.

Los largos dedos de Henry Stafford se movieron involuntariamente y buscaron refugio en su cabello gris pero aún abundante, como si quisiera ocultarse.

—Discutimos. Qué absurdo.

—Señor Stafford, no piense en cosas negativas —le sugirió la mujer de uniforme blanco que estaba junto a él—. Es inútil para todos ustedes, de veras. Limítese a hablar con él. Nunca sabemos cuánto perciben en estado de coma, pero creemos que la audición es lo último que se pierde. Él tiene conciencia de cosas que usted y yo no podemos comprender, que superan ampliamente nuestra capacidad. Creo firmemente en ello.

—Él quería saber sobre la familia de su madre y esa estúpida llave —mencionó el señor Stafford mirando la palma de su mano—. Nunca me gustó hablar sobre eso. Creo decididamente en el raciocinio. Pasó el verano lejos, partió impulsado por la pasión, no se sentía feliz conmigo. Hoy regresaba a casa. Esta noche quería hablar con él acerca de su madre. Era una mujer extraordinaria, más sabia que cualquiera de nosotros. Y, por supuesto, él la echa de menos. Todos lo hacemos. ¿Por qué no pude, sencillamente, decirle lo que deseaba saber?

Podía afirmarse que Ruth Martin era la más sabia entre sus colegas. Largos años de trabajo en la unidad de cuidados intensivos le habían enseñado a escuchar a los familiares. Ellos necesitaban toda la confianza que ella fuera capaz de brindarles, mucho más que los pacientes. La última tomografía computarizada no presagiaba nada bueno, pero deseaba ofrecer a ese padre algo que le ayudara a sobrellevar las próximas horas de oscura incertidumbre.

—Dígale lo que sea, ahora. Es un oyente cautivo, y la suya es la voz que más desea oír.

Pero la única voz que Will oía era la propia, a un volumen tan alto que creía estar gritándole a su hermano: «Sandy, *quel âge auras tu demain?* Eres un Virgo, ¿a que sí? Como Astrea. Entre las divinidades, la última en abandonar la tierra...». Will no podía compaginar la información pero seguía adelante, subiendo la montaña. Un penacho de humo aureolaba el cráter. Aunque era una tarea agotadora, quería ver el panorama desde la cima, anhelaba palpar el poder del volcán. Pensó en Deméter mientras recorría el Etna en busca de su hija: debía decirle que la había encontrado. «Si tu alma quiere estar en India, cruzar el océano, ¿puede hacerlo en un instante?». ¿Dónde lo había leído? No conseguía recordarlo. Su mente buscaba en el enorme disco duro de su memoria. Era Bruno, vio su rostro. Will estaba cerca de la cima, la atmósfera no era sulfurosa, como había previsto, por el contrario, era limpia y olía a limas y a vides. Y a rosa.

¡Shh! Su padre le hablaba. Por un instante las palabras adquirían forma, luego se desvanecían, ahogadas por las de otra persona.

Los seres vivos no morirán. Son cuerpos compuestos que sencillamente se disgregan en lugar de morir, tal como sucede con una disolución. Al disolverse no se destruyen, se reaniman. Después de todo, ¿qué es la energía vital?

Henry Stafford siguió hablando a pesar de que no creía que su hijo pudiera oírle.

—No hay duda de su valía. Su interés por la metafísica no era lo único digno de mención en su vida. Fue un gran matemático, un científico, un traductor, y también un espía que habría podido trabajar para Walsingham, se ha dicho que fue el primero en denominarse 007. Tenía la mejor biblioteca de toda Inglaterra, pero se le recuerda como el astrólogo de la reina Isabel, un hombre que conversaba con los espíritus, o intentaba hacerlo. Y yo no soy muy tolerante con esas cosas, pero tu madre era más flexible. Nosotros simplemente no hablábamos sobre el tema. Ésa era mi voluntad, y ella accedía. En la combinación genética, sin duda John Dee ha contribuido en buena medida a tu riqueza, tu inteligencia y tal vez a tu misticismo, Will. Creo que la llave abre alguna pertenencia de Dee.

Henry ignoró el equipo que mantenía a Will lejos de su alcance y le aferró la mano que descansaba sobre la colcha. El joven tenía pelo corto y bien arreglado. El rostro bronceado conservaba el atractivo, pero aun así estaba alarmantemente pálido.

Tal vez su hijo le había escuchado. No podía asegurarlo.

Will se halló de pronto en el centro del laberinto, donde el aroma de las rosas le colmaba de dicha y la luz fluía sobre él, y en el mismo momento, en un tiempo paralelo, se hallaba bajo una luz intensa en la cima del Etna, donde hacía un calor sofocante y el aire estaba impregnado de aroma a cítricos. *Kennst du das Land, wo die Zitronen blühn?* (¿Conoces la tierra donde florecen los limoneros?), pensó. Había cometido un gran error. Había perdido mucho tiempo, no había aprendido debidamente ningún idioma, sólo un poco de cada uno, nunca lo suficiente para mantener una conversación de nivel intelectual con una persona de otra época y otra cultura. ¿Cómo podía ver el mundo desde la perspectiva de otro si no era capaz de completar una oración significativa? Comprendió que todo residía en la palabra.

«Dodone, Delhi, Delos.»

En su mente distinguió un triángulo. Luego, miró de cerca el diseño del mango de la llavecita. Había una perla en el centro de una espiral. ¿Por qué nunca antes la había visto? Miró sus manos, que aferraban algo tibio y curtido. Un libro triste y viejo. Le dio la vuelta. Le costaba mucho enfocar el título, grabado en letras doradas: «Ah. El viejo libro del rey». Se leía un nombre encima del dibujo de la portada, «Diana Stafford».

Una lágrima escapó de los ojos de su padre, que no se disculpó.

Will flotaba en un perfumado mar de luz. Conservaba su sentido del humor. Era como el paraíso, pero diseñado por Muji: blanco, despejado, bonito. Deseaba apoyar su mano en el hombro de su padre, y mentalmente lo hizo. Aunque sus labios parecían petrificados, habló: «¡Ah!, pero esas lágrimas son perlas que derrama tu amor. Son valiosas, redimen todas las acciones erradas».

Henry Stafford tomó el gran sobre que estaba junto a la cama, cerró el puño en torno a la llave y salió de la habitación donde se oían las suaves exhalaciones de los aparatos.

—Melissa, permítame que la lleve a casa. Ha sido una noche larga y fue muy amable al quedarse aquí...

La voz de Henry se apagó. La joven apoyó una mano firme sobre el hombro.

—Gracias.

No dijo más. Era casi medianoche y ambos estaban exhaustos en el pleno sentido de la palabra. Ella no conocía demasiado al señor Stafford. Su madre había trabajado ocasionalmente como dactilógrafa para él. No obstante, esa noche habían recorrido juntos un largo camino. Acababan de convertirse en viejos amigos.

Henry recorrió el camino desde el hospital Winchester, donde habían nacido sus hijos y había muerto su esposa, hasta su casa en unos veinte minutos. Los dos tenían sueño, y Henry agradecía la silenciosa compañía de Melissa.

Únicamente había dos vehículos en el área reservada a las visitas. Aunque pareciera increíble, alguien había aparcado el BMW gris de Henry. Un Lancia azul se había detenido a mitad de camino, frente a la puerta de entrada. Obviamente se trataba de una emergencia. Henry prefirió dar marcha atrás y avanzar después, para no encontrarse con otra persona que estuviera sufriendo, por lo que transcurrieron varios minutos antes de que abandonaran el hospital.

7

El uniformado funcionario encargado del control de pasaportes le recordó a Alex que el 11 de septiembre había dejado una profunda huella. Iba provisto de un arma, la gorra y una expresión imperturbable. Le examinó como si en él se concentrara toda la amenaza terrorista contra los Estados Unidos. Las luces se encendieron y un ordenador emitió un zumbido. El funcionario entrecerró los ojos con gesto de sospecha. Luego recuperó la benevolencia y depositó bruscamente el pasaporte en la mano de Alex, sin más comentario que el obligado «que tenga un buen día».

La atención del inmunólogo inglés estaba notoriamente en otra parte. Ya estaba concentrado en la clase sobre comunicación celular que daría a sus alumnos. Avanzó con paso distraído hacia los controles de seguridad, dejó el maletín en la cinta transportadora, se dirigió al escáner detrás de otro pasajero que realizaba el mismo ritual, apenas consciente de sus acciones. Algo estaba sonando. Un hombre impecablemente ataviado que estaba en la fila, detrás de otras tres o cuatro personas, no había apartado la vista de Alex. Ahora otras cabezas giraban hacia él.

Toda aquella secuencia de hechos se le antojaba como una ensoñación algo irreal. Tenía la mente y los músculos agarrotados por la fatiga. La áspera voz de la autoridad irrumpió bruscamente en la escena:

—Señor, vacíe los bolsillos —ordenó. Alex comprendió que se dirigía a él—. Deposite las monedas en la bandeja y vuelva a intentarlo —indicó, con un fingido humor neoyorquino, que no parecía propio de él.

Rebuscó con calma en los bolsillos del abrigo y extrajo de ellos un puñado de monedas y un libro envuelto en una pequeña bolsa de plástico. El funcionario cogió la bolsa, miró el contenido y mientras la mostraba a un colega señaló a Alex que dejara sus monedas en una bandeja, junto al libro. Él agregó su teléfono móvil.

—Un libro extraordinario* —murmuró el segundo funcionario, en tono casi inaudible.

Él dudó de que en realidad hubiera hablado. Le miró brevemente y por un segundo tuvo la impresión de que ambos compartían un secreto personal. Luego, sonaron las alarmas, un pitido sordo atravesó el aire y el primer funcionario, con el rostro repentinamente pétreo, le invitó a repetir todo el procedimiento. Alex volvió a pasar por el escáner y aún estaba observando al segundo funcionario con una sonrisa silenciosa cuando súbitamente comprendió qué ocurría y tomó la pluma estilográfica del bolsillo interior de la chaqueta.

—Aquí está el culpable —observó satisfecho el funcionario principal, con el aire de un agente del FBI que acaba de resolver un caso importante, que pone en peligro

* En castellano en el original. *(N. de la T.)*

vidas humanas—. Me temo que tendremos que quedárnosla, señor.

Se estaba armando un alboroto en torno a los equipos de detección. Los demás pasajeros refunfuñaban por la demora. Desde una perspectiva totalmente objetiva, Alex tenía conciencia de que se encogía de hombros, y no precisamente a modo de disculpa. Su madre le había regalado esa pluma hacía años, cuando había ingresado en Cambridge y no se iría sin ella. Su mirada se dirigió a su interrogador y suavizó la creciente tensión.

—Le tengo mucho cariño. ¿Podríamos pedir a algún miembro de la tripulación que la lleve y me permita recogerla después de pasar el control?

El funcionario estaba perplejo. Observó el nombre de Alex grabado en la pluma.

—Es una petición poco convencional, señor, pero considero que es una sugerencia pacífica. Veremos qué puede hacerse —propuso, y le entregó el objeto infractor a su compañero, que sonreía impasible y sutilmente transmitía confianza a Alex. Luego tomó nota de los datos del vuelo para efectuar los arreglos pertinentes y le devolvió rápidamente los demás objetos, mirándolo abiertamente mientras le entregaba el libro.

—¿*E'*muy metafísico, verdad?*

Alex habría deseado que su castellano fuera más fluido. Al funcionario le halagó escuchar una frase en su idioma, la que fuera, y asintió suavemente.

—Es un viaje largo, ya he visto las películas. El libro será mejor compañía.

* En castellano en el original. *(N. de la T.)*

El funcionario no dejó constancia escrita sobre la pluma y con un gesto le indicó que pasara. Aquel incidente en realidad no había ocurrido. La singular humanidad que había caracterizado el episodio conmovió a Alex. Extrañamente, comprendió que todavía no había prestado demasiada atención al libro con el que había logrado forjar un efímero vínculo. En realidad, nunca se había preocupado por saber de qué se trataba. Verdaderamente extraordinario.

Todavía reflexionaba acerca del libro y la estilográfica cuando oyó la voz animada de la azafata. Alex cogió una manta para combatir el frío que le provocaba el cansancio y observó el pequeño libro en su bolsa de plástico. Lo había depositado en su mano una simpática médica sudamericana cuando él salía de la conferencia para ir a Jersey.

—Esto puede brindarle una visión acerca del desatino que implica tratar de descubrir la diferencia entre espiritualidad y realidad. Que tenga buen viaje y buena suerte.

Y desapareció tras darle una afectuosa palmada en el brazo.

Había guardado el libro con su correspondiente bolsa en el bolsillo del abrigo, sin detenerse a pensar en él, por el momento había cerrado la puerta a ese mundo. Ahora, mientras se hundía en el cómodo asiento, dirigía su atención a *Cien años de soledad.*

> «Muchos años después, cuando se enfrentó a un pelotón de fusilamiento, el coronel Aureliano Buendía recordó la lejana tarde en la que su padre lo había llevado a conocer el hielo».

Los primeros renglones le hechizaron. Era tal el poder de Gabriel García Márquez que sentía al autor hablándole al oído. Jamás habría pensado en comprar ese libro. Qué circunstancia afortunada. Y allí estaba, un oyente cautivo con todo el tiempo disponible.

Cuando alcanzaron la altitud de crucero, la azafata le dedicó una sonrisa servicial mientras le ofrecía el menú y un trago.

—Guardo su pluma estilográfica, doctor Stafford. Según veo, tiene mucho apego por las tradiciones, ¡ya casi nadie sabe escribir con buena letra! —observó y rió, mostrando sus adorables dientes blancos—. Se la entregaré en cuanto lleguemos a Heathrow y los pasajeros abandonen el avión —afirmó, ofreciéndole champán como gesto de buena voluntad—. Me sorprende muchísimo que hayan aceptado su propuesta. Seguramente se debe a su aplomo inglés.

Él sonrió abiertamente, como un niño, no aceptó la copa de champán pero accedió a probar la *truite amandine* del menú. Regresó junto al pirata Francis Drake, que en el siglo XVI había destruido Riohacha, modificando involuntariamente la vida de las personas que Alex estaba a punto de conocer en esa página. Llegó la cena, comió y continuó con la lectura. Un colega roncaba suavemente detrás de él.

Había algo convincente en el estilo de ese escritor. La fatiga se alzó a su alrededor como una gran manta protectora. Dormitó, como lo hacía habitualmente, despertó y siguió leyendo, efectuando pausas para pensar en los detalles y complejidades del libro y establecer comparaciones con la historia de su propia familia: eran mundos completamente distintos, y sin embargo, había coincidencias. El galeón en medio de la selva tropical: Will, siempre en la búsqueda, sus travesías quijotescas. La mujer que era demasiado bella para ser sepultada en la tierra, y mágicamente se elevaba al cielo envuelta en la sábana que estaba tendiendo para que se secara: intangible como su madre. El estilo narrativo confería apariencia de realidad a un relato fabuloso. Alex no dudaba de que su hermano había leído ese libro, y que le había encantado. Lo había visto en su propio apartamento, entre los muchos objetos que su hermano amontonaba allí en los últimos tiempos. Will no tenía propiedades a su nombre. En cambio, contaba con numerosos estantes de bienes culturales: música —grabada y en partituras—, libros apilados hasta el techo, primeras ediciones de Penguin que a menudo despertaban en Siân el deseo de amenazarlo: «Esos libros horribles y mugrientos o yo», pero como no era una propuesta en absoluto conveniente para ella, se había resignado a amontonarlos en los estantes amarrados con lazos decorativos, para disimular su aspecto deslucido. Alex sabía mejor que ella cuál habría sido la elección. No obstante, ahora, al verlos proliferar en su casa, se solidarizaba con Siân. Ansiaba hablar con Will sobre el libro, en realidad habría deseado hacerlo en ese mismo momento: lo fantástico y la cruda emoción que expresaba sin duda le habrían atraído. Entonces comprendió algo. Si bien él y su hermano eran dos caras de una misma moneda —el hijo mayor de papá, el niño mimado de mamá—, Alex sabía que no había explorado verdaderamente el nivel más profundo de su propio ser y que había en Will una faceta seria que él no deseaba mostrar. Lamentó que los padres manifiesten la tendencia de asignar roles a sus hijos aun cuando los animen buenas intenciones. «Alex es tan constante, trabajador, una mente verdaderamente lógica. Será un médico excelente. Algo imposible para su hermano. Will es un soñador. No tiene buena ortografía aunque vive leyendo. Toca el piano como Chopin, pero sólo Dios sabe si alguna vez logrará algo, no se decide por nada». A Will siempre le habían causado gracia esa clase de comentarios, a los cuales respondía que «preferiría haber sido George Sand», pero en su fuero le herían, así como a Alex le irritaba que él se evadiera. Eran las dos facetas de una oposición binaria, totalmente correlacionadas, dependientes de una manera poco estimulante. Su madre los conocía mejor y combatía las opiniones familiares: «Los dos son hombres inteligentes y llenos de talento. Esperemos, ya se verá cómo aprovechan sus días en este mundo».

El médico advirtió que necesitaba dormir. Su mente divagaba. A esa idea le siguió otra, inquietante. ¿Todo estaba en orden? La angustia amenazó su descanso nocturno, pero la desestimó. Era sólo producto de su cansancio. Tal vez su padre y su hermano habían discutido después de la cena, y Alex habría debido estar allí para cumplir con su habitual rol de pacificador. El sol había salido mientras él leía. Ya asomaba por encima de la franja púrpura de una nube, que se esfumaba hasta tornarse blanca. Al mismo tiempo, la luna había palidecido y se había desvanecido en el cielo, al otro lado del mar. ¿Era sólo que el avión se desplazaba en dirección opuesta a la dirección del tiempo? Alex dormitó un poco. Volvió a leer y finalmente cerró la contraportada, donde decía que «... las razas condenadas a cien años de soledad no tienen una segunda oportunidad en la Tierra». Lo cual significaba que su redención quedaba en manos de Dios.

Alex y Will solían discutir sobre temas filosóficos cuando no polemizaban acerca de Ian Botham y Gary Sobers, tratando de discernir cuál era el jugador de críquet más completo. Había olvidado esa parte de la relación con su hermano, la profundidad de las ideas que intercambiaban cuando eran niños. Eran interesantes, aunque Alex advertía que no habían sido de mucha ayuda en el momento de la muerte de su madre. Acudió a su mente la imagen de Will después del funeral, con un cigarrillo entre los labios mientras hacía resonar furiosamente en el piano las notas de la emotiva *Fantasía Impromptu* de Chopin. Un espantoso hábito que había retomado cuando su madre estaba enferma y que afortunadamente había vuelto a abandonar después de su muerte. Y aparentemente, también la música.

¿Qué había cambiado? En realidad, sólo el tiempo. En el caso de Alex, especialmente, una escasez rayana en lo increíble. Will le había persuadido para que hablara sobre el dolor que le había causado el fracaso de su matrimonio con Anna y él a su vez, se había animado a hablar sobre la tristeza que sentía por haberse separado de Siân, pero Alex ya no podía encontrar tiempo para esas confidencias. Se eludían, cada uno a su manera. No obstante, la mera existencia del otro solía brindarles suficiente apoyo. *Will, aunque sueles estar en el fin del mundo la mayor parte del tiempo, te he echado de menos*, pensó Alex. Trató de que su cerebro regresara a la realidad. Estaba seguro de que la nostalgia por su hermano menor se desvanecería en cuanto volviera a desplazarse ruidosamente en el tranquilo apartamento de Alex en Chelsea. Will habría tomado posesión de la cocina en una semana, insistiría en ocuparse de las comidas y no dejaría una sola sartén limpia. Alex rió en silencio y observó la contraportada del libro.

—Personal de cabina, aterrizaremos en diez minutos.

La azafata le dio una palmada en el hombro, le ayudó a enderezar su asiento y recogió los vasos que quedaban en la cabina. Unos instantes más tarde se oyó el ruido sordo que habitualmente producían las ruedas al trabarse. Alex sintió que el enorme avión se balanceaba nerviosamente, como un caballo que se prepara para dar un salto, y luego rectificaba el rumbo para descender suavemente al suelo y galopar hacia la pista de aterrizaje. Al fin, el ruido de las turbinas rompió el hechizo. Se hallaba en casa.

El control de pasaportes se realizó a un ritmo notablemente vivo y fue bastante civilizado debido a que a esa hora de la mañana los numerosos vuelos intercontinentales liberaban en el aeropuerto verdaderas riadas humanas.

—Buenos días. Gracias, señor. Bienvenido, doctor Stafford. —La azafata le encontró en la sala donde iba a recoger el equipaje—. Seguramente querrá tenerla. ¡Es más poderosa que una espada!

Al pasar junto a él, le dejó en la mano aquella pluma con la que había escrito buena parte de su historia. No tuvo tiempo de darle las gracias, ya que conectó el móvil mientras esperaba sus maletas y vio que tenía siete mensajes. Tenía acceso al despacho rápido en la aduana por haber viajado en clase preferente. Se dirigía con su equipaje hacia la salida cuando el mundo se detuvo: «Alex, me temo que le ha sucedido algo grave a Will. Más de lo que suponía en mi mensaje anterior. Por favor, llámame en cuanto recibas éste. Necesito tu consejo», imploraba su padre con voz ronca.

Alex oyó dos mensajes más antes de interrumpir la secuencia, inversa al transcurso de las horas, que le obligaba a viajar hacia atrás en el tiempo.

Salió a toda prisa de la terminal con el semblante desencajado.

—Son las 16.43. ¿Quieres cerrar?

—¡Por supuesto! —exclamó Jane Cook.

Hizo clic en el botón «sí» y cerró el ordenador portátil. Sentada frente a su escritorio, levantó el teléfono, luego dejó nuevamente el auricular en su lugar. Estaba demorando el momento de llamar a su hijita. Se había retrasado tanto que no era capaz de dar una disculpa. Pensó que al menos alguien iba a beneficiarse de sus horas de trabajo extra.

Buena parte de su singular ocupación se basaba en la hipótesis de que el donante no iba a recuperarse, y aunque a veces eso le hacía trabajar en vano, otras conseguía reducir sustancialmente el tiempo entre el óbito y la recepción, lo cual era de vital importancia. La segunda fase de su cometido podía seguir su curso normal si todo sucedía conforme a lo planificado. La pobre Lucy ya había sufrido una decepción en las últimas cuarenta y ocho horas. Todos se habían puesto en marcha sólo para descubrir que el corazón no era adecuado, un órgano de segunda categoría, que, aparentemente, serviría, pero que finalmente no reunió los requisitos necesarios. No quería que se llevara otro chasco.

Cuarenta personas estaban involucradas en el proceso previo a la intervención quirúrgica. En ese momento eran en su mayoría desconocidos. El aluvión de llamadas telefónicas y mensajes de correo electrónico había permitido saber a la jefa de enfermeras Cook que el tiempo estimado de llegada del helicóptero con el corazón para el trasplante era de unos diez minutos. Al pulsar otra tecla de su teléfono, confirmó que el corazón estaría allí en otros quince o veinte minutos después del aterrizaje.

La coordinadora de trasplantes de corazón consultó el reloj. Había transcurrido poco más de una hora y veinte minutos desde que el cirujano extrajera el corazón del donante y lo depositara en un contenedor especial que lo transportaría hasta Harefield. No estaba mal a tenor de las circunstancias. En rigor, no era la mejor manera de organizar el traslado de un órgano, pero no habían contado con un equipo móvil que permitiera transportar al donante, por lo cual la ablación del corazón se había realizado *in situ* y luego lo habían trasladado a Londres. El equipo se había desempeñado con minuciosa dedicación, como siempre. Jane pensaba que no era la primera vez que la gente acudía al Servicio Nacional de Salud. ¿En algún otro lugar del mundo obtendrían tanto de un servicio de salud?

Por ser domingo, los veinte minutos previstos desde el aeropuerto de Heathrow se reducirían a quince.

—Casi perfecto —fue el único comentario del director del equipo, el experto cirujano Amel Azziz, cuando revisó el órgano para hacer las comprobaciones pertinentes—. No está mal —había agregado con expresión satisfecha.

«Dios», como lo apodaba su equipo en sus conversaciones en privado, había declarado de esa lacónica manera que él estaba en su reino celestial y en la tierra todo estaba en orden. Jane sabía que Lucy King estaría a salvo en sus manos.

—La compatibilidad de los tejidos y el grupo sanguíneo parece mucho mejor de lo que tendríamos derecho a pedir. Supongo que todo está listo, de modo que puedo ocuparme de mi higiene —afirmó—. Salvo que tengas algún problema del que deba estar al tanto —agregó mirando a Jane por encima de sus gafas. Ella se sintió feliz de haberle complacido.

—En absoluto. Todo está en orden, señor.

El calificativo de «señor» era algo burlón. Hacía tiempo que se había ganado el derecho de llamarle por su nombre, pero le gustaba decir «señor» o «él mismo» cuando se refería afectuosamente a él en presencia de otras personas.

—Por supuesto, Jane, no lo dudo —dijo, y le guiñó el ojo.

Y así era, por supuesto. Después de todo, ¿no era ella la mejor coordinadora de equipo? Por ese motivo trabajaba para «Dios», y aunque pensaba mucho en él —con un interés profesional— nunca iba a permitir que lo supiera. Y a su vez, el cirujano tenía la certeza de que ella jamás le decepcionaría. Se habían considerado todos los detalles, desde el momento en que el donante había sido declarado muerto a causa de una hemorragia cerebral. El escáner indicaba una ausencia total de actividad cardiaca y el equipo de animación asistida quedó en silenciosa sinfonía con el espíritu, cualquiera que fuera el significado de esa expresión. Habían transcurrido unas horas desde entonces. El donante tenía una credencial que le identificaba como tal, de modo que no había obstáculos para seguir adelante. De todos modos, un familiar cercano se hallaba presente en la clínica cuando murió y había firmado el formulario de consentimiento. Las copias de toda la documentación ya estaban en los archivos y en el ordenador.

El teléfono volvió a sonar, requiriendo la atención de Jane, que regresó al escritorio. Esta vez la llamada la había cogido por sorpresa. Había movilizado todos los recursos y había convocado a todos los miembros del equipo. Todo se había confirmado una y otra vez. Debía de ser una simple demora. El doctor Azziz le dedicó una mirada interrogativa, pero ella asintió para darle confianza, ocultando su verdadera sensación.

—Maldición —dijo en voz alta. La palabra había escapado involuntariamente de su boca y se reprochó por haber utilizado ese lenguaje delante del médico.

Esa noche no cenaría con su familia. Por la mañana, cuando ella le había anunciado a su hija que debía ir a trabajar, la pequeña Sarah, mientras le rodeaba el cuello con los brazos para impedirle que se marchara, le había reprochado:

—Otro fin de semana en el trabajo. ¿Cuándo podré estar realmente contigo?

Jane no pudo evitar decirse que las personas con responsabilidades familiares no deberían encargarse de ese tipo de trabajo. Luego, reanudó su tarea con total profesionalidad en un abrir y cerrar de ojos.

Pulsó una tecla para cortar la llamada y marcó un número en cuanto obtuvo línea.

—Hola, James. ¿Puedes hacer una sustitución ahora mismo? —preguntó, y asintió varias veces para sí misma y una más mirando al señor Azziz—. ¡Genial! —dijo, colgó el auricular y puso los ojos en blanco—. Habría preferido que esta llamada no fuera necesaria —le explicó a «Dios». Su acento irlandés contribuía a darle a su voz un matiz optimista—. Su inmunólogo preferido estaba disponible de acuerdo con la información de que dispongo, pero al final no hemos logrado ponernos en contacto. Viajó para impartir una conferencia y al parecer, llega con un día de retraso. La secretaria no puede encontrarlo, aunque insiste en que tenía previsto estar aquí hoy para celebrar su cumpleaños. De todos modos, le reemplazará el doctor Novell, que sigue en el edificio, vendrá en cinco minutos y no lo demoraremos demasiado.

Jane era la eficiencia personificada y su aplomo infundió seguridad al cirujano encargado del trasplante. Ahora bien, en su fuero interno estaba muy molesta, ya que ella trabajaba durante el fin de semana y no iba a volver a su casa para disfrutar de un almuerzo distendido con su familia. Nadie podía ignorar a un paciente aunque fuera su día libre o el día de su cumpleaños. No hay excusas si se está en la lista. Jane imaginó una escena en un elegante pub campestre donde la familia del doctor Stafford se había reunido ante una botella de buen vino, y éste tenía el teléfono móvil negligentemente apagado, pero sonrió ante el mundo y se felicitó porque todos los integrantes de su equipo eran excelentes profesionales.

Azziz adivinó el pensamiento que le empañaba la frente del mismo modo que las nubes velaban la luna.

—Creo que podríamos disculpar al doctor Stafford en las fechas especiales y los días festivos, ¿no te parece? Estas dificultades sólo cogen desprevenidos a los vulgares mortales, no a ti, Jane. Tú nunca te desorientas.

El encanto de Azziz y la confianza depositada en ella la serenaron por completo. En realidad, no había motivo para preocuparse. James Lovell era un médico de primera y estaba disponible. Basta con informar a la paciente acerca de esa modificación, seguramente no habría problemas. Ella comprendía que tal vez el señor Azziz no se sintiera plenamente dichoso con la situación, pero podría sobrellevarla. Le gustaba estar rodeado de las personas que conocía, en las cuales confiaba y depender un poco de Alexander Stafford. Le apodaba La Esfinge.

—Tal vez no hable mucho, pero ve absolutamente todo y sabe más de lo que está dispuesto a mostrar —le había dicho sobre él a Jane en alguna oportunidad, a pesar de que sabía que se habría sentido más cómoda con ese médico si hubiera sido más exuberante y más fácil de entender. Era propensa a confundir su reserva con una crítica silenciosa hacia los demás, lo cual era injustificado, y el señor Azziz lo sabía—. Es un joven sobrio y racional pero jamás condena las ideas y las debilidades de los demás. Me agrada.

De todos modos, en esa ocasión deberá operar sin su Esfinge sabelotodo, pensó Jane. Estaba perdido en un avión o había quedado incomunicado por su cumpleaños. Durante las próximas doce horas ella no podía hacer más. Comería algo y descansaría un poco. Estaría disponible si la necesitaban. Sin embargo, no podía irse.

—No te preocupes, Jane. Yo mismo hablaré con la paciente. Se decepcionará, sólo él puede saber cuánto.

Azziz se desvió brevemente de su camino al quirófano.

—Lucy, hoy estás especialmente bella. Ahora y durante las próximas horas, estás en mis manos y en las de Alá.

Ella sonrió a través de la bruma de los sedantes. Parecía rodearla un halo, y su cabello azabache enmarcaba su rostro pálido, clásico. No había luces o sombras, sus rasgos parecían casi borrados. El señor Azziz pensó que su apariencia era demasiado etérea para alguien que había estado luchando contra una enfermedad traicionera y estaba a punto de someterse a una intervención quirúrgica que le cambiaría la vida.

—Estoy dispuesta a recibir su protección, y la de Alá, por unas horas —repuso ella con sorprendente fortaleza.

Sin embargo, el cirujano advirtió un deje de temor detrás de la aparente seguridad.

—Todos juntos iremos a un lugar mágico —afirmó, mirando a Lucy como si fuera una niña inteligente—. Lamento mucho decirte que el doctor Stafford no podrá estar con nosotros hoy. Parece que es su día libre y no es posible localizarle en ningún lugar. Tal vez no haya regresado de su viaje. Sé que tenía la intención de venir a brindarte su apoyo y que desearía hacerlo. En esta ocasión he controlado yo mismo la compatibilidad de los tejidos y además contamos hoy con el doctor Lovell. El doctor Stafford estará de regreso a lo sumo pasado mañana y hasta entonces no estarás demasiado al tanto de lo que ocurra.

Lucy se sintió completamente abatida al oír esas noticias. Respetaba mucho al doctor Stafford y durante esa semana había descubierto que se había acostumbrado a contar con su proximidad. Era el ser más noble que había conocido. Y ella habría preferido no emprender semejante viaje hacia la ignota oscuridad sin su luminosa presencia. Todos, salvo el señor Azziz, confundían el delgado velo de energía que emanaba de ella con los efectos de los sedantes. Para él, al igual que para el doctor Stafford, ninguna sutileza pasaba desapercibida. Sonrió y le dio una palmada en la delgada mano.

A Jane Cook le pareció asombroso que él, casi imperceptiblemente, aplacara cualquier duda que Lucy pudiera albergar sobre la operación. Su actitud aparentemente serena brindaba tanta confianza al equipo como a los pacientes. Les hacía creer que nada de lo que él hiciera podía salir mal, a pesar de las terribles advertencias que recibía cada paciente antes de dar la conformidad. Amel era especial, más que cualquiera de los cirujanos con los que ella había trabajado.

Jane llamó a Sarah después de la hora del té. Esa tarde su papá la había llevado al parque. Afuera, el atardecer se veía encantador. La lluvia de la semana anterior había cesado. Tomó la pila de carpetas de su escritorio y fue hacia las salas.

Mientras apretaban su cabello en una gorra y la colocaban en la camilla, Lucy miró, sin enfocar verdaderamente, los desvaídos colores de su colcha de retales. La había cosido a lo largo de los últimos meses, desde que llegó de Colombia, donde había contraído el Mal de Chagas. Tenía veintiocho años y aunque debido a su enfermedad aparentaba diecinueve, vivía cada día con la sabiduría de una vieja bruja. Había formado una historia cosiendo durante semanas, de acuerdo con los dictados de su estado de ánimo, trozos de colores brillantes o pasteles. Sus enormes ojos fatigados se posaron brevemente en la parte que había terminado recientemente: un corazón que volaba por un cielo nocturno hacia una minúscula y delgada luna plateada. Era una evocación de su madre, que se alejó volando cuando ella era pequeña, un vuelo del que nunca regresó, y al cual ella nunca se sobrepuso. Fue un profundo cambio en su vida. Pero en aquel momento, en el nebuloso espacio que ocupaba mientras la anestesia se apoderaba de ella, veía al corazón alado de otra manera, nueva, era el suyo, nunca antes lo había visto así. Los párpados le pesaron y al final se rindió para luego sumirse en un maravilloso sueño.

8

Lucy sintió la presencia del doctor Stafford incluso antes de abrir los ojos. Él tenía un olor diferente al de cualquier otra persona del hospital, a vetiver, o quizá a bergamota. Ella sonrió con los ojos aún apretados por un rato. Luego los abrió y habló.

—Estoy segura de que nunca he tenido un aspecto mejor que el de hoy —afirmó con una voz pastosa que no reconoció como suya. Se hallaba en la unidad de cuidados intensivos y le dolían algunas partes del cuerpo de cuya existencia jamás había tenido conciencia, pero en la mirada vivaz de Alex advirtió que había logrado transmitir un matiz de ironía. Se sentía agradablemente somnolienta a pesar de los moratones, los cables y las brutales incisiones.

—Tienes un aspecto magnífico para haber pasado sólo ocho o nueve horas desde la operación.

La voz del médico era clara y suave, como de costumbre, pero cansada. Y ella sabía que no decía la verdad. Sin preguntarlo, sabía que se veía tan mal como se sentía. Alex, sin embargo, la observaba con una serenidad que brindaba confianza. Espiando por debajo de la mascarilla estéril, notó que esos ojos estaban desprovistos de su habitual brillo, aunque se esforzaban por atraer los suyos.

Él se acercó.

—Por otra parte, no esperes mi compasión. Esperaba encontrarte levantada, caminando en la cinta de correr. De acuerdo con un mensaje urgente que recibió mi secretaria, la operación estaba programada para el viernes pasado. No puedo creer que quisieras demorarla, o que reconsideraras tu decisión. ¿Qué ocurrió?

Lucy trató de hablar para asegurarle que no había tenido miedo y explicarle el motivo por el cual se había pospuesto la cirugía, pero él sonrió y la detuvo apoyando un dedo sobre sus labios.

—No te preocupes, todavía te duele la garganta, es por el tubo. El señor Azziz me contará toda la historia. Sólo dime si te sientes bien.

Lentamente Lucy recuperó la voz, quería hablar con él.

—Me gustaría poder decir que sí —respondió pausadamente al tiempo que intentaba librarse del efecto de los poderosos calmantes que la sumían en un profundo sueño—. Estoy tratando de aclarar las ideas y decir algo inteligente —agregó, como un gato que se despereza después de dormir largo rato junto al fuego—. Ah, mi corazón, olvidé que... Hoy he nacido, es el primer día de una nueva vida.

—Quizá fuera más correcto decir que ocurrió ayer a primera hora, cuando terminó la operación. Muchas felicidades. Ayer también fue mi cumpleaños, de modo que tenemos algo en común.

Lucy sonrió, ligeramente turbada.

—Una enfermera me dijo que tu cumpleaños fue el domingo, que estabas almorzando en el campo.

—En realidad fue ayer, 22 de septiembre —explicó Alex, sin poder aceptar aquello de «domingo en el campo»—. ¿Todavía estás cansada a causa de los sedantes?

—He dormido mucho, ¿verdad? ¿Llevas un tiempo aquí?

Sus palabras sonaron suaves, pero muy diferentes. A pesar del tubo, movió ligeramente el cuello. Vio que él tenía un libro y que había estado en el sillón, lo cual era inusual, ya que nunca se estaba quieto. Otro rostro cubierto por una mascarilla entró en la habitación y anotó algo en su planilla. Alex la cogió a continuación. Cuando la puerta se abrió, Lucy sintió la maravillosa fragancia de los narcisos. ¿Dónde estaban? ¿Dónde florecían en septiembre? ¿Grace los había traído?

—Quería estar aquí cuando despertaras —le explicó Alex. Se había entretenido haciendo algunas anotaciones mientras esperaba que saliera la enfermera—. El señor Azziz me pidió que me ocupara de algunas cosas antes de tu operación y no pude llegar a tiempo. Sentía que te había defraudado, pero compruebo con fastidio que te las has arreglado muy bien sin mí —bromeó, y obtuvo el deseado efecto de despertar una cálida sonrisa—. Llegué ayer por la noche, pero no me esperabas despierta.

—También los médicos tienen derecho a celebrar su cumpleaños. Y no recuerdo qué sucedió el lunes. ¿Estuviste en los Estados Unidos?

—Habría venido directamente después del almuerzo, Lucy. Es que... sucedió algo. Mi familia me necesitaba.

En la voz de Alex se percibió una momentánea pérdida de seguridad que confundió a la enferma. La frase que acababa de pronunciar era halagadora y enigmática al mismo tiempo, pero la distancia entre los dos se disipó rápidamente, en cuanto él dejó el historial médico en su lugar y volvió a mirarla claramente.

—He controlado tu medicación y he leído el informe y las observaciones. Aún no he visto los comentarios sobre tu operación, pero hablaré hoy con el señor Azziz o el señor Denham. Esta intervención puede tener un resultado totalmente sorprendente. Tu corazón ya no es el de antes, pero quizá sea mejor. Aparecieron dos órganos compatibles en dos días, eres afortunada.

En realidad, ella se sentía como si hubiera sufrido un terrible accidente de coche. Las drogas no lograban enmascarar el dolor agudo. A pesar de que tenía una vaga conciencia de sí misma trataba de distinguir en la cara de Alex Stafford algo que no estaba habitualmente allí. No era capaz de descubrirlo ni de reconocer con claridad al extraño que le había quitado su paz y su serena fortaleza. Tampoco podía intentar falsas expresiones de coraje, su condición física no se lo permitía, era agotador. Sin embargo, hizo un esfuerzo.

—Hoy no te preocupes por nada. No iré a ninguna parte. Necesitas uno de éstos —comentó, señalando el suero que goteaba— y dormir. Nunca te he visto tan cansado. Pues sí que has tenido un viaje accidentado.

Aun en medio del ensueño que le provocaban las drogas y a pesar de que la mascarilla le ocultaba la mayor parte de la cara, ella vio con claridad que Alex había pasado en vela varias noches. Era un hombre apuesto, con rasgos bellamente delineados, y siempre amable. A las enfermeras les encantaba hablar de él, pero ese día estaba pálido y tenía los ojos enrojecidos. No era un hombre para invitar a tomar el té.

—Muy bien —respondió él con una sonrisa, agradecido por la aguda percepción de la paciente—. Vendré a verte esta noche, y mañana estarás de vuelta en la unidad de telemetría. Me reuniré con el señor Denham y decidiremos qué antibióticos necesitas para prevenir posibles infecciones posteriores a la intervención —explicó, acomodando el cubrecama—. ¿Te apetece algo? —preguntó. Había recuperado el control de sí mismo. La máscara que ocultaba al hombre detrás del médico sólo se había movido por un segundo—. No podrás comer durante un par de días, de modo que todavía no puedes pedir carne asada y panecillos de Yorkshire.

Lucy era vegetariana, y Alex lo sabía, pero la idea le pareció divertida y extrañamente reconfortante: sus tías solían ofrecerle esa comida cuando era niño.

—No me apetece nada por ahora, gracias. ¿Podré tomar té con limón mañana? Me muero de ganas de tomar una taza de té.

—Mmm... Buena idea. Vas a tener que aficionarte al descafeinado, y sin leche. Supongo que el nutricionista vendrá a verte mañana. Sé que estás acostumbrada a una dieta sin grasas, ahora también tendrás que evitar el sodio. Como la prednisolona aumenta el nivel de glucosa, haremos un seguimiento cuidadoso del nivel de glucosa en sangre.

—Y tampoco puedo comer pomelo a causa de alguna otra droga —se burló la convaleciente. Él ya se lo había dicho y ella le había escuchado atentamente.

—Lo siento, esto no es para cualquiera, son muchas las cosas que hay que tener en cuenta —repuso Alex y rió sinceramente. El sonido de su propia risa le alegró—. Sí, el pomelo está prohibido debido a la ciclosporina. Has estudiado danza durante años, ¿verdad? Dudo que tus hábitos alimentarios nos causen problemas, pero convendría que recuperes un poco de peso —agregó. Lucy estaba extremadamente delgada.

—Buenos días, Lucy King. En realidad, ya es mediodía. —Un enmascarado señor Azziz había aparecido en el quicio de la puerta con sigilo. Vestía una bata blanca de cirugía en lugar de la azul que solía lucir—. ¿Tienes la impresión de haber viajado hasta Ciudad Esmeralda y haber regresado con un corazón nuevo y la bravura de un león?

La precisión con que Azziz pronunciaba cada palabra le confería un tono siempre benéfico.

—Buenos días, querido doctor mago. Me siento... extrañamente apacible.

La enferma estaba radiante: las dos personas del hospital que más estimaba le dedicaban su atención. Se sentía más corpórea. La luz se filtraba por la pequeña ventana de la unidad de cuidados intensivos y se descomponía en los colores del prisma, que le recordaban a su cubrecama de retales. Tal vez fuera un mensaje de la diosa del arco iris para decirle que había vuelto a la vida.

—He tenido un sueño que está más allá de lo que el ingenio de un hombre puede explicar —respondió Lucy con sorprendente dominio.

Las palabras eran más que elocuentes.

Alex y Amel Azziz la miraron muy serios; luego, el cirujano sonrió y dijo a su inmunólogo:

—Doctor Stafford.

Alex comprendió al instante la silenciosa complicidad. A juzgar por su mirada, Azziz estaba al tanto de todo, pero se limitó a decir:

—Me alegra verte. Ven a verme cuando tengas un minuto.

Alex asintió y el cirujano se dirigió a Lucy.

—Bien, ahora te dejaremos descansar un poco más. Creo que podrás salir de la unidad de cuidados intensivos mañana, se te ve demasiado bien para que permanezcas aquí, pero tómate las cosas con tranquilidad. Has dado la vuelta al mundo, por decirlo de alguna manera. Doctor Stafford, estaré en mi oficina.

Sus palabras habían sonado con la serenidad de siempre; después, su figura desapareció en el acto, como si fuera un fantasma. El aroma de las flores flotó de nuevo en la puerta y Lucy volvió a percibirlo.

—Esas flores de ahí fuera tienen una fragancia característica, son narcisos. ¿Sabe si alguien las dejó para mí? No entiendo cómo pueden estar ahí. ¿Junquillos de primavera en otoño? Sin embargo, en Sidney solían florecer bajo mi ventana en pleno invierno.

—¡Menudo olfato tienes! Son de la florería Liberty. Siempre tienen flores de otra estación. Es sólo una manera de disculparme por haber faltado a la función. No puedes tenerlas aquí, pero me alegra que sean de tu agrado. Simbolizan una nueva primavera, Lucy. En uno o dos días regresarán contigo a tu habitación. Ahora, debes dejar de hablar y yo he de permitirte que descanses. Vendré a verte, salvo que me llamen del otro hospital.

Y también él se fue. La convaleciente pensó en el significado de la compra de esas flores y, a través de la bruma de los sedantes se esforzó por comprender por qué eran tan importantes para ella. ¿No era algo fuera de lo común? Se alejó cautelosamente de esa zona peligrosa. Ella era su paciente, sólo una de las personas a las que atendía. Él era igualmente encantador y bondadoso con todos sus pacientes, como ella bien sabía. A su compañera de habitación, la señora Morris, le había llevado un libro la semana anterior y a una enfermera, una planta de orquídeas para su cumpleaños, dos semanas atrás.

En cualquier caso, Lucy raramente expresaba sus sentimientos y se habría alejado si hubiera estado en condiciones, pero dejó que sus sentidos flotaran en el aire perfumado, en una red de ensoñaciones, al final de un arco iris.

La atmósfera del apartamento era sombría y pesada, pero una ligera brisa movía la cortina que cubría una ventana abierta. Era un día inusualmente bello de finales de septiembre. La luz del sol penetraba en la habitación y la fragancia de unas rosas blancas que estaban sobre el piano llegaba hasta Siân. El teléfono sonó otra vez y ella se cubrió las orejas. Calvin, con una taza en la mano, corrió presuroso desde la pequeña cocina para responder.

—Hola. Lo siento, gracias por el pésame. Le diré que ha telefoneado. Aún no se ha despertado, no puede atenderle —dijo y escuchó unos instantes antes de interrumpir a su interlocutor—. Sí, puede llamar a su hermano si desea saber cuáles son los preparativos para el viernes.

Calvin recitó velozmente un número de teléfono y se despidió en un tiempo récord.

Siân se asomó y le miró agradecida. Tenía las mejillas llenas de churretes.

—Eres un sol. Estás ocupándote de todo esto en mi lugar. Lo siento. No puedo creer que me haya afectado tanto. ¿Cómo es posible que las noticias lleguen tan rápido?

—Sin duda, es un duro golpe. ¿Cuánto tiempo estuvisteis juntos? Cuando pierdes a alguien con quien has tenido una relación tan íntima durante años, no es posible hacer como si nada pasara. —Calvin le dio la taza de café y luego cogió su abrigo y sus llaves—. Voy a la tienda, a comprar algo para el almuerzo. ¿Te gustaría un poco de pollo asado y ensalada? —inquirió, e hizo una pausa a la espera de su respuesta, pero ella apenas lo había oído. Él recogió la tarjeta que había llegado con las flores y la puso en sus manos para recordarle—: No olvides que el hermano de Will quiere que le llames.

Calvin estaba a punto de atravesar la puerta cuando sonó su teléfono móvil.

—¡Por Dios! ¿No pueden dejarnos en paz un par de días? —exclamó Siân, ya con la paciencia agotada.

Quería concentrarse en sus propias emociones en lugar de ser importunada por la agobiante solidaridad de sus amigos. Era demasiado. Se había tomado un día libre y de pronto todo el mundo estaba al tanto de sus asuntos. Ella había apagado su teléfono móvil, pero una cantidad de colegas bienintencionados habían logrado comunicarse con Calvin para interesarse por ella. Esta vez, al responder meneó la cabeza indicando que la llamada era para él. La saludó con la mano y cerró la pesada puerta al salir.

—Es un asunto extraño —afirmó con un hilo de voz mientras apretaba el paso para alejarse del frente del amplio edificio victoriano y evitar ser oído. Esas calles residenciales eran muy silenciosas—. Primero muere mi primo, luego alguien entra subrepticiamente en la casa de su padre. ¿Tuviste algo que ver con todo eso? Comprendo que todos queremos información, pero es demasiado pronto.

—Lo sé, Calvin —respondió la persona que le había llamado, sin exteriorizar sus emociones—. No sé nada sobre eso. Tengo toda mi fe depositada en tu éxito, y también el profesor Walters.

—No temas, Guy. Localizaré la llave. Volveré a visitar a su padre. Insistiré. Veré qué puedo averiguar, pero seamos al menos respetuosos.

—No nos defraudes, Calvin. Creemos que esa llave va a conducirnos a unos documentos de la mayor importancia. Es nuestra oportunidad de conocer toda la historia. A mí me presionan desde arriba. Ya sabes que FW no siempre es un hombre paciente, por mucho que proclame lo contrario.

Calvin advirtió una nota de nerviosismo en la voz de su interlocutor, lo cual resultaba extraño.

—Créeme, Guy. No he invertido tanto tiempo para... —Hizo una pausa para encontrar las palabras apropiadas— terminar con las manos vacías. Soy miembro de la familia, estaré presente el viernes en el funeral. Te llamaré después del fin de semana. No entorpezcas mi tarea. Es un proceso delicado y necesito tu confianza para poder ayudarte.

—Ayúdanos, Calvin. No olvides lo que está en juego para ti.

La comunicación se cortó.

Alex encontró a Courtney Denham analizando los resultados de unos estudios en la oficina de Amel.

—Puedo regresar más tarde —le ofreció, girando sobre sus talones.

—No te preocupes, ya terminé. Te alegrará saber que la operación de Lucy King salió a pedir de boca. Tal vez la compatibilidad de los tejidos con el primer órgano que encontramos era mayor, pero este corazón es infinitamente mejor. Esa chica es una luchadora.

Alex profesaba verdadero cariño a Courtney. Éste jamás había perdido por completo aquel acento melifluo, que le delataba como oriundo de Trinidad y Tobago, y siempre cargado de humor, lo cual agradecía sobremanera en aquella ocasión. Era también un eminente cardiólogo.

Denham se acercó a él y le aferró la mano.

—Lo lamento, Alex. Will era un tipo muy especial. Tenía un sentido del humor increíble. Yo le admiraba.

Alex fue incapaz de articular la palabra «gracias», pero se sintió agradecido y le devolvió el apretón de manos. Courtney salió de la habitación.

—No deberías estar aquí hoy, Alex. Le pedí a tu secretaria que te lo dijera. Podemos arreglarnos sin ti por el momento.

—Así es más fácil, Amel. Prefiero quedarme y ser útil. Además, Lucy no tiene familiares en Gran Bretaña, por lo que creo que depende de nosotros más que otros pacientes.

El apoyo de los parientes es una parte vital del proceso posoperatorio y es algo de lo que ella carece por completo. Sé que su compañera de apartamento es como una hermana, pero no es lo mismo. Estoy feliz de hacer mi parte.

Otros habrían evitado el tema en atención a la sensibilidad exacerbada de Alex, pero Amel tenía otro punto de vista acerca de las necesidades de aquél.

—Tengo entendido que fue un accidente. ¿Sabes cómo ocurrió?

Alex se sintió extrañamente aliviado al oír la pregunta. Le parecía que no podía hablar sobre eso con su padre, que había perdido a su esposa y su hijo en menos de un año. No había querido responder las preguntas de Alex sobre los informes de la policía y otros conductores.

—Se supone que Will chocó con un puente que cruza un río de aguas caudalosas a causa de la niebla. Sugieren que probablemente estaba cansado y no prestó atención —repuso sin emoción y miró a Amel—, pero a mí me parece casi imposible. Will era muy experto con la moto. Si estaba cansado, demasiado según entiendo, se habría detenido a un lado del camino. Admito que vivía peligrosamente, pero sabía cuál era el límite entre la osadía y la locura.

—Tal vez la niebla desdibujó el límite.

—Él conocía el río y todos los caminos mejor que nadie. Sencillamente, no me creo que cometiera un error de cálculo tan grave. ¿Cómo se explica que alguien haya regresado ileso después de haber recorrido Italia, Francia y Grecia y luego sufra un accidente trágico a pocos kilómetros de su casa?

—¿De verdad crees que no se trata de eso?

Amel miró francamente a su colega y amigo. Estaba dispuesto a apoyar al joven médico frente a cualquiera y defenderle de posibles acusaciones sobre un exceso de imaginación. No era de los que urden teorías conspirativas.

—Me pregunto si otro conductor pudo haberle cerrado el paso. La primera persona en llegar al lugar fue una vecina, le brindó primeros auxilios y avisó a los servicios de emergencia. Informó a mi padre y a la policía de que le parecía haber oído el motor de otro vehículo, aunque no podía asegurarlo. Yo no quiero perturbar a mi familia, pero me parece muy posible que alguien haya chocado contra él y luego se marchara, víctima de un ataque de pánico.

Amel veía que, exteriormente, su amigo y joven colega sobrellevaba muy bien todo aquello, tal y como había hecho cuando murió su madre, unos meses antes, pero en la voz de Alex advertía un matiz de tensión inhabitual en él. Y sabía que no lo admitiría.

—Déjale eso a la policía y llora en paz a tu hermano, Alex —le aconsejó Amel y se acercó a él para apoyar una mano en su hombro—. Lamento no haberle conocido. Todos cuantos le trataron de por aquí hablan bien de él y están conmovidos. Iré al funeral, si me lo permites.

Alex siempre consideró a Amel el hombre más ocupado del planeta, y aquel detalle le emocionó tanto que tardó un instante en reaccionar y darle las gracias.

—Eres muy bondadoso, Amel. Sería estupendo que acudieras si te resulta posible. Es el viernes —dijo Alex, y bajó la vista a las manos—. Apenas tuve tiempo para pensar qué habría deseado Will para su funeral.

—Los funerales son para los vivos, Alex, no para los muertos. Lo importante es qué necesitáis tú, tu padre, sus amigos. Trata de cumplir con la necesidad de decir formalmente adiós. —Amel sabía que Alex no profesaba ninguna religión ni era un hombre creyente. Ya habían conversado honestamente sobre el tema—. ¿Will compartía tu punto de vista con respecto a la religión? Tal vez debería decir... tu falta de fe.

—Creo que Will habría sido más feliz con un testamento escrito por Shakespeare que con la Biblia, pero tenía extrañas maneras de hallar su espiritualidad. En el último mensaje que me dejó hablaba sobre la Biblia de nuestra madre. Y en su cazadora había una postal de Chartres y una copia en francés del *Cantar de los Cantares.* En realidad, no lo sé.

—Shakespeare está bien para mí. Dejemos que otros hagan sus propias contribuciones. Como sabes, me gusta el consejo de Hamlet a Horacio, cuando dice que podría haber «más cosas en el Cielo y la Tierra...».

Alex sonrió. Sabía que Amel era un gran científico y aun así, también era una persona religiosa. En largas conversaciones se había revelado como un hombre complejo. Alex respetaba los puntos de vista de Amel, aunque eran distintos de los suyos. Él le había sugerido que Alá observaba divertido cómo los hombres intentaban obtener claves que les permitieran desvelar los inmensos secretos del universo, que seguía sus progresos como un padre indulgente, en especial los de Darwin. Para Amel, Dios y ciencia no eran conceptos opuestos. La ciencia le daba algunas herramientas para descubrir sus propios poderes divinos. Y tenía un largo camino por delante.

Alex contempló aquel rostro bondadoso y sabio. Se sentiría feliz de tenerle allí el viernes. Su presencia le ayudaría.

9

Crabtree Lane descendía hacia el río y durante los fines de semana se convertía en un pequeño remanso de tranquilidad que era la viva antítesis del frenesí, a pesar de su céntrica ubicación en la capital. Esa helada noche de octubre, una ligera niebla flotaba en la orilla. Alex aparcó su vehículo en el exterior de una casa antigua que había sido testigo de los escarceos amorosos de Carlos II, en el transcurso de los cuales llevó de paseo por el Támesis a sucesivas amantes, más de trescientos años antes. Él y Anna habían comprado la vivienda de enfrente hacía ocho años, cuando ella estaba embarazada de Max, contando con la ayuda de los padres de ambos para hacer frente al pago inicial. El edificio se hallaba cerca del trabajo y del río, lo cual le encantaba. Y también tenía cierto aire campestre que había fascinado a su esposa. Madre e hijo habían permanecido en ella, y ocasionalmente Alex deseaba que los tres, Anna, Max y la casa con los dos bellos árboles, todavía fueran suyos para vivir allí. Eso no significaba que antes no los hubiera apreciado, pero su vida de médico especializado en la donación de órganos y dedicado a la investigación le exigía dedicación e incontables horas, que él entregaba a esa tarea sin advertir el deterioro de su vida familiar ni el hecho de que no prestaba la debida atención a su joven esposa y a su hijito. Ella nunca fue especialmente vengativa, jamás le obligó a reconocerse culpable de aquello que sabía que no podía cambiar, pero un día, al despertarse, descubrieron que su relación los había superado. No hubo demasiada hostilidad ni peleas sobre la custodia del hijo o su manutención, sino la tristeza residual de que dos personas inteligentes no pudieran evitar los peligros de una vocación que los abocaría al fracaso.

Max era un chico alto para su edad, con ojos de un color verde castaño similares a los de su padre. Se abalanzó hacia la puerta cuando Alex tocó el timbre para llevárselo el fin de semana.

—Tengo que mostrarte algo asombroso —exclamó, y comenzó a arrastrar a su padre por las escaleras antes de que pudiera quitarse el abrigo—. He estado jugando con los nuevos Sims que me trajiste. No te vas a creer lo que hacen, papá.

Anna apareció antes de que el muchacho pudiera llevarse al recién llegado. Su cabello rubio estaba cuidadosamente recogido y estaba vestida con sencillez y elegancia, con una larga camisa color crema, ceñida por un cinturón, y un pantalón del mismo color. Todo indicaba que estaba a punto de salir, pero Alex se alegró al comprobar que no parecía tener prisa.

—¿Has terminado de trabajar por hoy, Al? ¿Puedo ofrecerte una copa de vino?

Parecía preocupada por su ex esposo, a quien respetaba enormemente como persona y como padre. Tenía aspecto abatido, como si no hubiera dormido una noche entera durante todo un mes, lo cual era probable, pero Alex no hablaba con nadie de lo que habitaba su mente o su corazón cualesquiera que fueran los demonios que le rondaran. Tenía la costumbre de seguir sus propios consejos. En opinión de su esposa, era su mayor defecto.

—Acepto, Anna, gracias. Parecía que el día de hoy no se iba a acabar en la vida —admitió Alex y fue hacia la cocina con ella—. Papá me llamó para decirme que había mantenido una conversación informal con el policía a cargo de la investigación, aunque todavía le falta un par de meses para completarla. No he parado de trabajar desde las seis de la mañana y esta noche debo clasificar las últimas cosas de Will que están en mi apartamento. He estado tropezando con ellas, debería donar algunas. Además, hoy la compañía aseguradora nos devolvió la moto. Está bastante bien, pero no logro decidir qué hacer con ella. De pronto imagino que la llevaré nuevamente al campo y luego pienso en venderla. Típico de Will, llegaba y nunca se iba del todo, ¿verdad? Desde mayo estuvo entrando y saliendo de mi vida constantemente.

Ella advirtió que su voz sonaba segura, y le alcanzó una copa.

—¿Necesitas ayuda con eso? Será una tarea difícil.

A juzgar por su modo de hablar, Anna no le estaba preguntando si quería hablar del tema, era una oferta concreta. Max seguía colgado de la manga de su padre, no deseaba separarse de él y Anna le comprendía, pero también percibía una posibilidad que se esfumaría en un instante si no lograba que el niño les concediera un espacio.

—Max, deja que papá hable unos minutos conmigo y luego los dos iremos a ver tu juego.

No le resultó sencillo disuadirlo, hasta que mencionó que la casa de los Sims podría incendiarse, o que el esposo perdería su ascenso en el trabajo si él no pulsaba la tecla de pausa.

El muchacho salió disparado y Alex siguió a Anna hacia la sala de estar. Ella la había redecorado recientemente. El estilo campestre que alguna vez había sido su favorito había dado paso a un ambiente despejado y moderno, que le confería cierta liviandad. Lirios blancos en un sencillo jarrón de vidrio, una vela blanca y perfumada que otorgaba a la habitación un aire de santidad, un cuadro al estilo de Ingres en la pared. El fuego estaba encendido y Alex se hundió en un sillón cerca del hogar. Comenzó preguntando por su hijo, quería saber si Max había hablado mucho sobre su tío, cómo estaba afrontando la situación.

—De una manera muy parecida a la tuya —respondió Anna con una mezcla de ironía y tristeza en la voz—. No dice demasiado, salvo cuando le hago una pregunta directa.

Alex comprendió la crítica y trató de sonreír.

—Hablaré con él.

—Por lo que parece, quedan aún muchos asuntos de orden práctico por resolver.

—Todo esto es una pesadilla —repuso Alex con énfasis—. Como sabes, se perpetró un robo en casa cuando papá estaba en el hospital, extraordinariamente sincronizado. —Anna asintió—. La policía cree que fueron unos niños, porque se llevaron un poco de calderilla y algunos CD, nada verdaderamente valioso, como las joyas de mamá...

Anna se había horrorizado cuando tuvo noticia del allanamiento en el funeral. No concebía que alguien fuera tan insensible, pero pronto comprendió que el responsable sencillamente había detectado una oportunidad, una casa vacía, sin dedicar ni un segundo a considerar la dolorosa circunstancia de sus ocupantes en ese momento.

—Las desgracias nunca vienen solas —comentó, parafraseando el refrán.

—... pero ahora nos damos cuenta de que faltan dos o tres cosas. Un par de viejos libros de mamá que estaban en la casa, incluyendo la Biblia que había heredado de la abuela y había pertenecido a su familia a lo largo de varias generaciones. Supongo que es valiosa y absolutamente imposible de reponer. Tenía numerosas anotaciones en los márgenes, a lo largo del tiempo se habían registrado los nacimientos y las muertes de los miembros de la familia. —Anna sacudió la cabeza con incredulidad—. Y un retrato diminuto, siempre habíamos pensado en la posibilidad de tasarlo. En realidad, apenas más que una miniatura. Una mujer ataviada a la usanza del siglo XVI, el estilo del pintor es muy parecido al de Hilliard, aunque no creemos que fuera una de sus obras. Nadie ha dicho jamás de quién podría tratarse. Ahora ya no está. Me consta que mamá le tenía mucho cariño.

—Sí, creo que lo recuerdo, aquel con un fondo azul oscuro que estaba en el escritorio de Diana. Entonces, sabían qué estaban robando, estaban al tanto de cuáles eran los objetos de valor.

—Eso parece. Incluso la policía está revisando su teoría. Además, en el pueblo nadie cree que fuera gente del lugar. Todos opinan que esa clase de cosas no ocurren en Longparish —comentó Alex con una sonrisa triste.

—¿Cuál crees que será el veredicto final del encargado de la investigación, Al?

Anna tuvo que controlar su propia voz. No lograba aceptar la muerte de Will. Habían pasado cuatro semanas y seguía esperando que tocara el timbre en cualquier momento. Era increíble que hubiera muerto una persona tan llena de vida. Era una de las peores pérdidas que le había causado su fracasado matrimonio. Will era el hermano que nunca había tenido. Se mostraba bondadoso y alegre con ella e indulgente con Max, siempre era el primero en acudir en su ayuda si Alex no estaba disponible. Le echaría espantosamente de menos. Sólo Dios sabía cuánto debían de estar sufriendo Alex y Henry.

—Lo más probable es que cierren el caso con la conclusión de que fue una muerte por causa fortuita a resultas de un aneurisma craneal, a menos que lleguen a la conclusión de que Will estaba consciente y una herida previa fue lo que provocó la hemorragia en la cabeza. Eso lo convertiría en un desafortunado accidente, pero están descuidando otros detalles. Las marcas del casco confirman que no iba a gran velocidad. Los investigadores sugieren que fue sólo una desdichada combinación de niebla y cansancio. Aceptar esa hipótesis sería como creer aún que la Tierra es plana.

Anna no logró responder. Estaba de acuerdo con él. Podía imaginar a Will con la columna quebrada, con una pierna rota. Solía cortarse con sus herramientas o quemarse porque conversaba mientras cocinaba. Jamás habría imaginado que pudiera fallar en una curva o chocar contra un puente mientras conducía su adorada motocicleta, lo hacía con estilo. Ella había reído tontamente, como una adolescente, el día que Will llegó para enseñársela.

—Nunca he tenido una moto con la que sea tan fácil hacer piruetas, parece que la rueda delantera puede girar en ambos sentidos, como un yoyó, basta accionar el pedal —les había explicado a ella y a Max—. ¡Mirad!

Y sin decir más había arrancado en dirección a Crabtree Lane, había aumentado las revoluciones y se había lanzado hacia ellos con la rueda en el aire, despertando alaridos de emoción en su sobrino y provocando consternación en los vecinos.

No, Will no habría podido chocar con la moto. La cuidaba demasiado.

—Papá, *por favor*, ven a ver a los Sims —clamó impaciente Max desde la escalera, estirando interminablemente el «por favor»—. Hice que la familia se parezca a nosotros. Debes verla. Tu Sim incluso olvidó afeitarse bien hoy, tiene un aspecto parecido al tuyo, raro.

La ocurrencia del muchacho era cierta e hizo reír a Anna. Alex se había levantado a primera hora de la mañana para atender a un alud de llamadas y luego había ido tan agobiado de tiempo como de costumbre, por lo que a las cinco de la tarde una sombra de barba le oscurecía las mejillas, algo muy inusual en él. Anna, sin embargo, le veía más atractivo y relajado que al Alex de antaño. Will siempre se burlaba de la extrema pulcritud de su hermano, por lo que habría encontrado la broma de lo más divertida.

—Con ese juego que le regalaste puedes diseñar cada personaje a tu gusto. Así ha reunido nuevamente a casi toda la familia en su ordenador. Es su manera de lidiar con las cosas —explicó Anna, mirando tristemente a Alex. Sabía muy bien que su hijito ya había vivido suficientes situaciones traumáticas en sus primeros años, debido a la separación de sus padres y la muerte de su abuela para poder procesar adecuadamente las noticias acerca de su tío—. Aparentemente, le ha suplicado a alguien llamado «la parca» que resucite a Will. No ha tenido éxito, pero nuestro Max persiste en su petición.

Alex meneó la cabeza, entre divertido e incrédulo. Íntimamente pensaba que era perverso, pero comprendía totalmente el anhelo de su hijo.

—Vamos, Max, muéstrame cómo funciona. ¿Quieres traerte los CD a Chelsea esta noche?

Alex dio un brinco de sorpresa cuando se incorporó para dejar la copa sobre la repisa de la chimenea. El vaso estuvo a punto de caérsele de las manos. Una postal le había llamado la atención.

—¿El laberinto de Chartres? —inquirió al tiempo que fijaba los ojos en Anna a la espera de una explicación.

—Will se la envió a Max. Fue muy extraño, Alex. Llegó el sábado por la mañana, después del funeral. Parece un mensaje de ultratumba. El matasellos es del 19 de septiembre, el día anterior al accidente.

Anna la sacó del sobre y se la entregó para que la leyera. En el reverso había un grupo de cinco cuadrados combinados, como en un rompecabezas.

> Nunca sabemos adónde nos lleva nuestro camino. Vendré otra vez aquí contigo en la primavera o en pleno verano, y lo recorreremos juntos. No conozco otra rayuela mejor. Hasta pronto. A Max con cariño. Will

—Me envió una igual, pero desde Lucca, un pueblo de la Toscana —afirmó Alex. Miró pensativamente a Anna—. ¿Puedo cogerla prestada unos días? Me gustaría hacer una reproducción.

Anna abrió los ojos, completamente sorprendida. ¿Alex se había vuelto sentimental? ¿O era sólo que quería reconstruir los últimos días de su hermano? Ambas cosas parecían inverosímiles. Contenta de poder ayudar en algo, depositó la tarjeta en sus manos.

—¿Harás una copia? Max no desearía perderla.

Alex guardó la postal en el bolsillo interior de la chaqueta y subió la escalera para ver a su hijo.

El móvil sonó cuando Alex salía por la puerta en compañía de Max, llevando su bolsa y el programa de los Sims. Anna acarició la cabeza de Max y reprimió un suspiro, temiendo que se hubiera malogrado el plan del fin de semana y que el hospital pidiese que el doctor Stafford regresara de inmediato. Los viernes y sábados eran los días más ajetreados para los trasplantes de órganos, habían destruido sus mejores planes una docena de veces.

—Alex Stafford.

—Alex, soy Siân. —Su voz denotaba nerviosismo.

—¿Estás bien?

Siân eludió la respuesta.

—Alex, hoy es mi cumpleaños —anunció, e hizo una pausa. Alex comenzó a disculparse por haberlo olvidado y con voz amable le deseó un feliz día. Ella continuó rápidamente—. No, Alex, escúchame. He recibido unas rosas increíblemente hermosas —comenzó a decir, y volvió a interrumpir la frase, sin saber qué decir. Alex esperó que siguiera adelante, tampoco él sabía qué debía decir. Al fin ella añadió—: La tarjeta dice... Las envía Will, Alex. Las malditas rosas son un regalo de Will.

10

Las lluvias de finales de septiembre habían dado paso a quince días soleados durante el mes de octubre, un tiempo que estaba en plena armonía con la nueva luminosidad del mundo de Lucy. Le habían advertido que existían muchas posibilidades de que sufriera una depresión después de la intervención y también que tal vez sintiera, además de dolores generalizados, una especie de letargo que le drenaría las fuerzas, pero ninguna de las predicciones se había cumplido. Tampoco había surgido el problema del crecimiento generalizado de vello, un posible efecto secundario de los fármacos prescritos. Tres días después de haber sido operada ya caminaba un poco y transcurridos diez días estaba de vuelta en su apartamento de la mansión eduardiana de Battersea que compartía con su mejor amiga, la alta y grácil Grace.

Ambas eran productoras de televisión y trabajaban muchas horas en lugares perdidos de la mano de Dios. Grace se dedicaba a los programas de entretenimiento, los más apropiados para su carácter siempre alegre. Sin embargo, tenía más talento de lo que esto sugería. Se había graduado con honores en Historia en la Universidad de Durham, pero no le sacaba partido a su título. Era una parte vital de la vida de Lucy, la había conocido prácticamente cuando llegó a Londres, a los veintiún años. Había decidido abandonar la playa de las afueras de Sidney, donde había llevado una existencia recogida, para conocer mundo en cuanto terminó la carrera de sociología, aunque su trabajo como productora y directora de documentales la habían conducido al ámbito de la antropología e incluso de las ciencias naturales. Había viajado a las regiones desoladas de Perú y luego a Colombia para llevar a cabo un proyecto a cuyo regreso trajo consigo una extraña enfermedad. Fue la sagaz Grace quien lo advirtió y convenció a su amiga de que debía acudir a una consulta.

En un primer momento se sentía cansada, lo cual no resulta extraño si se tenía en cuenta que el rodaje había requerido un gran esfuerzo físico y lo mucho que la habían afectado la altura y las largas semanas de grandes madrugones y noches sin apenas conciliar el sueño durante los largos desplazamientos en avión. Además, había comenzado a trabajar en unas condiciones desfavorables, ya que todavía se hallaba convaleciente tras una larga bronquitis, una debilidad heredada de su madre que solía trastornar su vida durante los inviernos húmedos. Cuando partió, en enero, todavía estaba un poco débil, aunque no tanto como para declinar una oferta de tanto interés. En marzo, unos días después de su regreso, Lucy notó que tenía el ojo hinchado, y luego llegó la fiebre. Grace no se alarmaba con facilidad, pero, en cuanto la vio, la había obligado a tomar un taxi y la había llevado de inmediato al Hospital de Enfermedades Tropicales. Sabía que los síntomas podían tener relación con el lugar donde Lucy había trabajado e insistió en que debía ver con urgencia a un médico.

Una rápida batería de análisis de sangre confirmó enseguida lo que habían insinuado la diarrea, los vómitos, la absoluta falta de apetito y la acusada pérdida de peso: había contraído el Mal de Chagas. El parásito transmitido por un pequeño insecto era fácilmente detectable.

Aunque en su fuero interno no lo creía en absoluto, Lucy dijo en público que se consideraba sumamente afortunada, pues una cantidad muy pequeña de casos resultaban lo bastante agudos para provocar esa reacción. A veces, la escasez de síntomas dificultaba el diagnóstico, lo cual hacía imposible la curación del enfermo y el mal se agravaba con el transcurso del tiempo mientras que ella iba a tener la fortuna de tomar la medicación de inmediato, lo cual generalmente suponía una alta probabilidad de que el tratamiento fuera eficaz.

Sin embargo, la suerte de Lucy se torció y aunque su cuerpo respondió a los fármacos en un plazo razonable y superó el Mal de Chagas, la siniestra enfermedad ya había hecho estragos en su corazón. Su belleza se había esfumado y resultaba evidente para cuantos la conocían que era la sombra de lo que había sido.

La transfirieron al hospital Brompton, especializado en cardiología, a principios de mayo. Perdió la conciencia del tiempo cuando escuchó el dictamen médico. Iba a necesitar un corazón nuevo casi sin lugar a dudas.

Tuvo claro el riesgo de que quizá no hallaran uno. No era una persona especialmente pesimista, pero había terminado por convertirse en una persona realista, y así era como se definía, a fuerza de poner freno a sus esperanzas durante toda su vida. Era una mujer pragmática e inasequible al desaliento, una superviviente desde su nacimiento.

La había criado un padre bienintencionado, pero marcad por el estricto código de conducta dictado por su madre siciliana, una mujer que jamás perdonaba pasadas ofensas. Se sintió profundamente herido cuando la madre de Lucy partió sin dar explicación alguna. Había otro hombre, ella lo sabía. Su madre había volado a Europa en busca de la felicidad, dejando a un esposo y a una hija como víctimas de ese drama. El hombre humillado fue incapaz de expresar sus emociones o de permitirse amar o confiar en otro ser. El claro parecido de su hija con su hermosa madre hacía intolerable el dolor. Se convirtió en un padre responsable, pero jamás afectuoso. Todos juzgaron con dureza a la antigua señora King, en especial la temperamental abuela de Lucy, pero ésta conservó un reducto en su corazón para comprender algún día la decisión materna.

El traslado a Londres había sido un intento por estar más cerca de ella, aunque no sabía dónde buscarla. «Europa» no era una localización demasiado específica, y si bien suponía que podía estar en Italia, no conocía su paradero, ni siquiera tenía una pista. Su padre se negaba a responder a sus preguntas, tal vez tampoco tuviera información. De modo que dejó el problema de lado y vivió como una huérfana. Encontró agradable no tener que dar explicaciones ni gustar a nadie, pero sabía que estaba viviendo en un mundo a medias, donde aplicaba las facultades intelectuales pero suprimía las emociones.

Sin embargo, en esa última hora de luz de un helado viernes de octubre, con un corazón nuevo y un renovado sentido de la vida, recorrió a pie más de dos kilómetros hasta Chelsea para efectuar el control cardiológico semanal, llena de esperanza y felicidad, sin fatiga.

las incisiones comienzan a cicatrizar, seguramente estás comiendo alimentos ricos en vitamina B, pescado y cosas por el estilo. Aparentemente los inmunólogos han encontrado el equilibrio adecuado para tu medicación. Tienes buen aspecto, pero ¿cómo te sientes?

El ejercicio le había dado un poco de color. Su respuesta fue casi coqueta.

—Tan bien como me ve. Más que bien. Ya no dependo de Grace, no tengo problemas con los medicamentos, no necesito electrólisis, nada. Es otoño y ni siquiera he tenido un dolor de garganta.

Courtney rió de buena gana.

—Muy bien. Desearía que aleccionases a otros pacientes acerca de su actitud. ¿Duermes bien? —Ella asintió—. ¿No te sientes deprimida, no sientes que te falta adrenalina? —preguntó Courtney algo sorprendido.

Lucy sacudió la cabeza con decisión.

—No, me alimento bien; de hecho, he vuelto a cocinar e incluso tengo mi propia tabla para cortar el pan. A Grace le hace gracia, pero respeta mis motivos. He limpiado hasta el último rincón de la cocina con productos antibacterianos y la nutricionista dice que está contenta conmigo. Hago unos minutos extra de ejercicio en la bicicleta todos los días. Ahora puedo caminar un poco. Hoy llegué aquí dando un paseo desde el otro lado del río, es mucho más interesante que pasar horas en la cinta de correr. De todos modos, me alegra no haber tenido necesidad de caminar hasta Harefield.

Ella le miró. No esperaba que le dedicara una mirada reprobatoria. El doctor Denham pasaba de pie demasiadas horas, como muchos cirujanos, pero se mantenía en forma. Gozaba de la reputación de ser el mejor corredor entre los representantes del hospital en la maratón de Londres y Lucy sabía que jugaba al tenis con otros médicos de forma asidua. Obviamente, aprobaba su interés por fortalecerse. Entonces, agregó:

—No tengo problemas para dormir. Puedo oír que mi corazón late con rapidez incluso cuando descanso.

—Mmm... ¿Recuerdas nuestra conversación a ese respecto? A tu nuevo corazón le faltan las conexiones nerviosas que habitualmente le permitirían reflejar un cambio de actividad, razón por la cual late con mucha más velocidad que el antiguo órgano. Sencillamente no responde inmediatamente a un aumento o una disminución en la exigencia física. Esas conexiones tardarán bastante en restablecerse.

—Recuerdo que usted y el señor Azziz me lo explicaron, aunque no me preocupa. En realidad creo que puede disimular cómo me siento frente a otras personas, lo cual puede ser útil.

—Sí, vas a ser una buena jugadora de póquer por un tiempo. Sólo recuerda que no sería normal que sintieras dolor en el pecho, es lo que todos debemos vigilar atentamente. Por lo demás, tu estado es realmente excelente. Y bien, ¿hay algo que te preocupe?

—No... —respondió Lucy con cierto reparo. Courtney Denham esperó que continuara—. Físicamente me siento casi sobrenaturalmente bien, mucho mejor que antes del trasplante.

—¿Y emocionalmente? —Denham la alentó a hablar sobre el tema. No sabía demasiado acerca de su vida personal, pero le parecía que no tenía un novio formal. Tal vez en su casa hubiera otro problema. O, si tenía relación con alguien, la presión de los cuidados posteriores a la cirugía podía ser una carga para una persona que no estuviera preparada o favorablemente dispuesta. Se necesita una higiene minuciosa cuando el sistema inmunológico ha sido eliminado de forma tan radical, y lo mismo vale para quien comparte la vida amorosa de una persona recién operada, todo lo cual hacía de la intimidad algo frustrante incluso para parejas consolidadas desde hacía tiempo y casi imposible si el compañero no tenía una actitud desprovista de egoísmo. De pronto el médico tuvo una idea—. ¿Has pensado en viajar a Australia para ver a tu familia, Lucy? —Denham la miró un instante. La joven no dejaba traslucir sus emociones, pero era muy probable que quisiera ver a los suyos tras haber pasado por una experiencia tan extrema. Todos los médicos comentaban que su familia no había viajado a Gran Bretaña para verla—. En general, no recomendamos hacer viajes al exterior durante los primeros meses posteriores al trasplante. Haremos un seguimiento muy detallado, por supuesto. Si la mejoría continúa como hasta ahora y deseas ver a tus padres, seguramente te daremos la aprobación poco después de fin de año.

Durante unos instantes ella lo miró fijamente, preguntándose cómo interpretaría su réplica.

—No, no deseo viajar, señor Denham. Lo que me ocurre es que el mundo en el que me encuentro, de pronto, es totalmente distinto. —Lucy efectuó una pausa, sabedora de que él le dedicaba toda su atención—. Mis sueños son intensos, realmente vívidos. Mis gustos culinarios han cambiado un poco, y... mi orientación es diferente.

—Sueños, sabores, sí, lo comprendo. Has pasado por una experiencia difícil. Los cambios en el gusto tal vez se deban a que tu cerebro decide lo que debes comer. Las drogas habitualmente producen más hambre, especialmente la prednisolona. Deberías hablar sobre esto con el doctor Stafford. —A Lucy no le convencía la explicación, pero le dejó hablar—. No estoy seguro de comprender a qué te refieres cuando hablas de orientación.

—Siempre he sido diestra, señor Denham, pero ahora automáticamente cojo la pluma con la mano izquierda, y también la cuchara de sopa. Y siento que mi lado izquierdo es más fuerte.

—No he oído nada parecido antes, pero, en realidad, no me preocupa. Tu corazón es una bomba, no hemos interferido con el cerebro, que es el órgano que determina la motricidad. Tal vez sea una respuesta al suero, una reacción pasajera de tu mano derecha, incluso una sensación dolorosa a causa de la operación, aunque normalmente ocurriría en el lado izquierdo. Es bastante curioso. ¿Te han sacado más sangre del brazo derecho? En cualquier caso, veamos si dura. No tiene importancia —repuso y anotó algo en el formulario—. ¿Alguna otra cosa?

—La comida. He sido vegetariana alrededor de diez años. Ahora me apetece comer carne otra vez.

—Bien, estoy de acuerdo. Es tu instinto, que te empuja a obtener energía, Lucy, y posiblemente también la medicación, pero limita la ingesta de carne roja por el bien de tu nuevo corazón. Tu nutricionista se va a decantar a favor del pescado y el pollo. También controlaremos eso más adelante —afirmó e hizo una segunda anotación.

—Y luego están los sueños, los he tenido verdaderamente intensos, llenos de imágenes extrañas y sonidos turbadores —persistió ella, a sabiendas de que no podía explicarlo con más claridad.

—Lucy, has estado al borde de la muerte. Primero, el Mal de Chagas, luego los tratamientos farmacológicos agresivos, y por último, un trasplante, una operación larga y difícil, sin mencionar ahora el posoperatorio. No me sorprendería que tu mente recorriera caminos sinuosos durante un tiempo. —Denham la miró y comprobó que sus palabras no la habían tranquilizado—. Ahora bien, quizá debamos considerar la posibilidad de que consultes a un psicólogo para que puedas hablar sobre esto en profundidad. Estas medicinas tienen a veces efectos secundarios muy desagradables. Estoy seguro de que te hemos mencionado los efectos favorables y desfavorables de algunos medicamentos. Pediré una consulta y alguien del hospital te llamará en un par de días. También hablaré sobre esto con el doctor Stafford. Es el experto en esta área. Quizá desee proponer una nueva combinación de medicamentos —aventuró, y le dedicó una mirada amable...

... aunque ella sintió que le parecía irracional cuanto le estaba contando, por lo que dejó de intentar buscar explicaciones y le agradeció su interés con una sonrisa, dando por terminada la consulta. El médico había apuntado algunas cosas, pero a Lucy le parecían insuficientes.

No veas la cantidad de cosas raras que le voy a contar al psicólogo, pensó.

Padre e hijo se detuvieron frente al apartamento que Alex había adquirido en Royal Avenue hacía dos años, después del divorcio. Era un refugio tranquilo situado estratégicamente cerca de uno de sus puestos de trabajo, en el lado este de una pequeña plaza cubierta de grava, acordonada para aislarla del tránsito, al final de King's Road. Abarcaba los dos pisos más bajos de una antigua casa victoriana, uno de los cuales había comprado con dinero que le había dejado su madre, e incluía un jardín ornamental al que se accedía desde el sótano y la planta baja.

Max tomó a su padre de la mano y cruzaron la calle juntos. Alguien los esperaba en los peldaños, bajo la luz rosada del ocaso londinense.

—Dijiste que nos veríamos esta noche, ¿no? —preguntó Simon con aire de disculpa ante la intrusión. Saludó a Max, a quien conocía bien. Ambos habían compartido momentos con Will.

—Lo siento, Simon. Sí, por supuesto. Te esperaba. Algo raro me demoró. Entra —invitó Alex. Abrió la puerta principal y luego su entrada individual y se dirigió a su hijo—. Ya puedes poner tus cosas en su sitio ahora que todo vuelve a estar en orden. —No había permitido que Max ocupara su habitación hasta que estuviera libre de las pertenencias de su hermano, sabedor de que el niño se angustiaría, por lo que durante las últimas visitas le había cedido buena parte de su propia cama a su hijo. Esa noche tenía previsto pedir ayuda a Simon para terminar de retirar del pasillo las cajas restantes. Su primo había sido el mejor amigo de su hermano, sabía que le alegraba poder colaborar con él, y llevarse discretamente algunas de las cosas del difunto—. Después prepararé algo para la cena.

—Nunca aprendiste a cocinar tan bien como el tío Will, papá —observó Max, mirando a su padre con tristeza. Alex no se ofendió.

—Eso significa que no suelo prepararte salchichas y patatas fritas tan a menudo como lo hacía tu tío —repuso, sonriendo con expresión de remordimiento.

Max asintió y se echó la mochila al hombro para llevarla a la habitación. Vio el portátil casi nuevo de su tío en un rincón, situado junto a la mesa baja.

—El ordenador del tío Will aún está aquí. ¿Puedo usarlo para jugar a los Sims? Las imágenes se ven mucho mejor en Mac que en PC.

—Creo que sí, aunque no estoy seguro de que el juego funcione en el sistema operativo del Mac. De todos modos, puedes intentarlo —respondió, e inclinándose hacia su hijo y tratando de adoptar una actitud firme le indicó—: Ahora, guarda tus cosas.

Mientras el muchacho bajaba su carga por la escalera a la habitación del sótano que daba a la calle, Alex se aflojó la corbata y se desabotonó el cuello de la camisa antes de ponerse a cortar unos trozos de pollo e informar a Simon de la absurda llamada de la ex novia de su hermano. Había requerido un gran despliegue de persuasión, pero el florista finalmente le había revelado el número de orden, y él la había rastreado. Así supo que Will había encargado las flores en Chartres, el 19 de septiembre a las 13.15, hora de Greenwich, es decir, algo antes de las 15.00 en Francia. Era difícil saber qué le había impulsado a hacer el encargo con un mes de anticipación. Will nunca fue tan organizado.

Simon trató de persuadirle de que no se trataba de algo extraordinario.

—Eso tampoco significa que tu hermano no fuera romántico, Alex. Es absolutamente coherente con su personalidad espontánea —contestó con una voz deliberadamente atenuada.

—Dime qué tiene de espontáneo encargar flores un mes antes de la fecha del envío, máxime cuando ellos habían cortado definitivamente. Will me confesó que no había marcha atrás. La atracción física que le provocaba Siân era como una droga a la que se había hecho adicto. Había dejado de amarla y en el plano intelectual nunca habían tenido demasiado en común. Creo que Siân es una chica inteligente, pero con una formación distinta y sus intereses eran, sencillamente, diferentes.

Simon estaba raro e iba asintiendo en silencio a las afirmaciones de su interlocutor, pero muchas cervezas después, tal vez demasiadas, admitió que eso también coincidía con lo que el fallecido le había dicho a él.

—Él me dijo que los gastos de Siân triplicaban los suyos, que nunca leía libros, y ni siquiera quería salir a pasear con él, pero tal vez había empezado a echarla de menos y a pensar en una reconciliación.

—Eso es lo que ella cree, sin duda, y se ha quedado a cuadros, pero estoy seguro de que no hay nada de nada. Will siempre decía que Siân era como una niña bonita y consentida, acostumbrada a hacer su voluntad, a utilizar la atracción magnética que ejercía en los hombres y completamente incapaz de pensar profundamente en algo no concerniente a su persona. Tal vez fuera un poco duro, pero a veces le desesperaba su indiferencia hacia los demás y ambos tenían valores aparentemente muy distintos. A ella le gustaban las cosas bonitas, quería tener un guardarropa de Chanel y Prada, sí, sí, no podemos culparla por ello, forma parte de su trabajo, mientras que él siempre decía que le habría gustado trabajar para una organización internacional de ayuda solidaria o algo similar.

Una cebolla siseó cuando Alex la echó en la sartén.

—Will comprendió que había dejado que las cosas llegaran demasiado lejos después de la muerte de mamá, cuando ella comenzó a presionarlo para que se casaran. En realidad, no podía casarse con Siân, ya que él nunca podría ser lo que ella necesitaba, y honestamente, era injusto. Debía luchar contra su atracción física. Supongo que no era fácil, porque ella sabía cuál era su poder y cómo utilizarlo. —Alex no podía evitar la imparcialidad al respecto—. Y creo que era un arma de doble filo. Pobre Siân, no es fácil lidiar con la parte que le toca. ¿Es culpable de haber amado durante tres años a alguien que ni siquiera sabía cuáles eran sus objetivos en la vida? Y seamos justos, también a él le gustaban mucho los lujos.

Alex echó un vistazo a una botella casi vacía de un coñac caro que Will había abierto y bebido. Comprendía que si bien su hermano sabía que la separación era sin duda lo correcto, ambos habían resultado heridos, no sólo Siân.

Sin dejar de escucharle, Simon se puso a hurgar en la enorme pila de libros que Alex le había reservado en una caja. La cerró y la aseguró con cinta adhesiva para luego llevarla a la entrada, donde había amontonado algunas otras cosas. Regresó para ayudar a Max, que acababa de conectar el rutilante Apple blanco a una toma de alimentación. Sonrió para sus adentros al pensar en lo que había dicho Alex. Su hermano estaba en lo cierto. También a Will le gustaban los juguetitos caros. No tenía una moto cualquiera, no, sino una Ducati. No se conformaba con cualquier portátil antiguo, él debía usar el más sofisticado iBook. El piano del apartamento que compartía con Siân era un Bechstein. Únicamente usaba objetos de calidad. Prefería carecer de ellos antes que aceptar algo más ordinario. Había sido un hombre inteligente y de buen fondo, pero también a él le chiflaban las cosas bonitas.

—¿Qué decía la tarjeta? —inquirió—. La que acompañaba a las rosas.

Alex alcanzó a Max y Simon sendas bebidas, de diferentes colores. Luego cogió un papel del bolsillo de su chaqueta.

«De pies ligeros, lacerada por las espinas, roja de sangre, manchada por el amor, el corazón destrozado: ahora, blanca pureza. *Bon anniversaire. Toujours*, William».

—Siân estaba inconsolable —dijo Alex. Luego, se dispuso a ayudar a su hijo y al amigo de su hermano en la tarea de iniciar el ordenador—. Eran rosas blancas, ¿te lo había dicho?

Simon negó con la cabeza.

—Will y sus malditos anagramas, pero tienes razón. Las rosas blancas simbolizan el amor puro, no la pasión. Es una gran diferencia. Y las envió para su cumpleaños, tal vez intentaba decirle que no la odiaba y siempre la amaría a su manera.

Max apartó la vista de la pantalla.

—Él seguía amando a Siân —aseguró con absoluta naturalidad.

—Eso creo —repuso su padre con una sonrisa—, aunque de un modo diferente. —Luego, dirigiéndose tanto al niño como a su invitado, añadió—: Queda un misterio por resolver. ¿Qué sucedió en las horas que transcurrieron desde que Will salió de la catedral hasta que tomó el transbordador? Tenía algo entre ceja y ceja. Me dejó varios mensajes en el móvil, y en el penúltimo decía que tenía que contarme algo extraordinario. Me pregunto qué sería.

Max había tratado de que el ordenador le hablara, pero él y Simon no lograban conectarlo. Apareció la contraseña: *La única mujer que puedo manejar...*

—Papá, ¿cuál era la contraseña del tío Will? ¿Cuál era la única mujer que podía manejar? No era Siân, tampoco la abuela. Hemos intentado con las dos.

Alex se encogió de hombros despreocupadamente.

—¿Qué nombre le puso a la moto? —sugirió.

—Claudia —respondieron al unísono Max y Simon, e hicieron la prueba.

—*Touché*, Alex. —Simon no podía creer que fuera tan fácil. De pronto se encontró observando el fondo de pantalla que había elegido Will, con una pintura de Joshua Reynolds que mostraba a Cleopatra disolviendo una perla en una copa de vino. La imagen hizo que se sintiera extrañamente cerca de él otra vez y miró a Alex, repentinamente inspirado—. No sabemos qué le rondaba por la cabeza, pero, fuera lo que fuera, quizá envió alguna pista a su propia dirección de correo. Se envió a sí mismo ideas y documentación desde Roma, lo sé porque él me lo dijo.

—Lo que dices es tan elemental como inteligente, Simon. ¿Puedes conectarte al servidor?

Max los miró, desilusionado por la demora.

—Revisaremos rápidamente el correo, cenaremos e inmediatamente después podrás volver a tu juego, Max. La comida estará lista en diez minutos.

—Creo que tu papá tiene razón, el juego para PC no funcionará en este ordenador, es un sistema operativo completamente diferente.

Max se encaminó en silencio y malhumorado hacia el ordenador paterno, ubicado al otro lado del espacioso recibidor de la planta baja, que tenía una cocina sin tabiques en el centro. Cargó el programa y se puso a jugar allí. Alex sonrió con resignación. Sabía que su hijo deseaba usar el ordenador Apple para sentirse cerca de Will. Se acercó a él y le besó en la cabeza antes de tomar la copa y reunirse con Simon frente al iBook. Tenía la impresión de que su primo estaba en lo cierto al suponer que todas las fotografías e ideas de Will iban a encontrarse allí. Ese ordenador formaba parte de su vida laboral, allí retocaba y editaba sus fotografías antes de enviarlas, allí guardaba todo. Se preguntaba por qué no se le había ocurrido antes.

—¡M... Maldición! —exclamó Simon. Había cambiado la palabra a tiempo, recordando que estaba Max—. «Claudia» no abre la conexión a Internet. Y antes de que lo preguntes, ya lo intenté con otras palabras obvias. El nombre de tu casa en el campo, su primera novia... —Se le veía abatido. Como no sea agotar el *Oxford Dictionary*, no sé qué hacer. De todos modos, Will era un poco disléxico, ¿verdad? Su escritura era creativa, pero errática.

Alex asintió. Sin una pista, jamás sabrían qué palabra utilizaba. Regresó a la encimera, coló la pasta y la mezcló con el pollo.

—Max, ven a comer.

—Espera, papá. Tengo que darles más dinero, luego puedo hacer una pausa.

—¿Más dinero?

—Es una trampa —explicó Max, riendo abiertamente—. Puedes hacer que los personajes obtengan más dinero para jugar.

Alex se acercó para verlo y para sacar de allí a su hijo antes de que la comida se enfriara.

—Basta con ir a «Rosebud»* y teclear algunos símbolos. Cuanto más lo haces, más dinero obtienen. Son trucos de jugadores. Me lo enseñó el tío Will.

Alex volvió junto a Simon, que también lo había oído.

—El nombre del trineo es la palabra clave en el final de *Ciudadano Kane*, ¿verdad? Era la película preferida de Will.

Simon estuvo de acuerdo y escribió la palabra. La conexión se estableció de inmediato.

La pasta se enfriaba, pero los ojos de Alex estaban atrapados por un mensaje guardado como borrador, a la espera de ser editado, y no había sido enviado, lo cual explicaba por qué no lo había recibido. Simon le miró pidiendo aprobación con los ojos para abrirlo. Alex asintió. Simon leyó en voz alta las primeras palabras: «Keter

* Palabra clave usada en el programa Los Sims 1 para obtener dinero adicional y palabra pronunciada antes de morir por el protagonista de *Ciudadano Kane*. *(N. del E.)*

representa el Origen en el Árbol de la Vida. Es el Sol más allá del Sol, la Luz Última, el depósito de conciencia de todos los que se han iniciado en la alquimia. Es posible acceder al origen durante los Encuentros de Luz, que están más allá del tiempo y el espacio. Pueden tener lugar en la imaginación del verdadero "Experto", con la protección de la Rosa. En esos Encuentros de Luz, todos los Expertos pueden conectarse, no sólo con el Origen, sino con los demás miembros de su cofradía en todo el mundo, incluyendo los antiguos sabios y alquimistas. Todos los reyes con una rosa roja deben unirse con su reina con rosa blanca, para producir cambios en sí mismos y en aquellos que los rodean. Así es como el río subterráneo de la sabiduría fluye ininterrumpidamente desde las épocas remotas».

Allí terminaba el texto de una carga poética tan grande que causó una viva impresión en los dos hombres, hasta el punto de que ambos se olvidaron de la pasta e intercambiaron una mirada en busca de información a fin de comprenderlo, pero Alex no sabía más que Simon y movió la cabeza para indicar que no tenía la menor idea sobre el posible significado de esas palabras. Luego, de pronto, Simon vio destellar un icono al pie de la pantalla.

—Alex, alguien está intentando acceder a nuestro ordenador. Parece que estaban esperando que nos conectáramos... —La voz de Simon se apagó y volvió a observar la señal de alerta junto con Alex. La pantalla se diluyó en varios colores y el programa que protegía contra las intrusiones había generado un mapa donde se veía que los *hackers* atacaban desde algún lugar de Gran Bretaña. Un disco verde comenzó a girar, ampliándose desde el centro de la pantalla, y luego formó un cuadrado:

S A T O R
A R E P O
T E N E T
O P E R A
R O T A S

11

El nerviosismo de Lucy iba en aumento. No era bueno para su corazón, pero ¿acaso había remedio? Tenía que estar en Cadogan Pier a las cinco, eran casi las cuatro y media y aún estaba en casa sin haber resuelto el asunto del peinado ni haber elegido los zapatos.

Decídete, se dijo con firmeza. *Esta vez se trata de una verdadera cita con Alex Stafford. ¿Por qué deberías preocuparte?*

Alex la había telefoneado once días antes, un lunes a primera hora de la mañana, a raíz de su última consulta con el doctor Denham. La había invitado a almorzar de un modo informal con la intención aparente de conversar sobre los problemas relacionados con la medicación, pero la charla continuó después de algunos minutos dedicados a los esteroides y las alteraciones en el estado de ánimo. Ese almuerzo había sido su primera aventura, su regreso al mundo real en más de un sentido. Fue la ocasión para el «por favor, llámame Alex». Ella sintió que había cruzado el límite entre el trabajo y la diversión. Lo consideró un éxito. Él había sonreído y la había escuchado con atención. No había hablado sobre sí mismo, pero era un agradable punto de partida.

Lucy pensó que él tenía cierto interés en ella, tal vez había sido así desde el principio. Era difícil saberlo. Alex era la clase de médico que lograba la excelencia en su actitud hacia el paciente, pero era imposible descubrir qué clase de persona era. Ella advertía que, en cierto modo, él era menos elocuente con ella que con otras personas, parecía un poco más tímido, o más vacilante, y ella lo interpretaba como un indicio de que se sentía atraído, pero luego pensaba que podía deberse a que ella no tenía un novio que fuera a visitarla, ni familia, sólo Grace y una fila de colegas bromistas, la mitad de ellos homosexuales. Tal vez él procuraba demostrar que *no* tenía segundas intenciones, advertirle que no debía malinterpretar el trato excelente que brindaba a una paciente y definir los límites de su relación profesional. En realidad, eso le parecía más razonable. Hasta que consideró el asunto de las flores que él le había llevado después de la operación. El barómetro osciló hacia el otro extremo y nuevamente Lucy comenzó a preguntarse si atribuía a sus miradas un significado que en realidad no tenían.

La invitación del lunes 20 de octubre a las nueve y media interrumpió el punto muerto al que habían llegado: «Courtney Denham me pidió que hablara contigo sobre la medicación, Lucy, lo cual me brinda una excusa perfecta para preguntarte si querrías almorzar conmigo. No dispongo de mucho tiempo, pero tal vez podamos encontrar un lugar fuera del hospital donde las condiciones de higiene en la cocina sean fiables. Conozco un lugar cercano y es perfecto».

La nota estaba escrita con suma naturalidad. Le sorprendía haber aceptado tan deprisa, así como haberse alegrado tanto por la invitación. Ella no se arriesgaba a involucrarse demasiado con nadie. Tenía infinidad de amigos en lugares del mundo muy diferentes y algunos admiradores masculinos, pero no era amante de ninguno. Concebía las aventuras amorosas como entretenimiento y siempre reprimía las emociones. Huía en cuanto una relación parecía seria, pero él era su médico, y se tranquilizó rápidamente diciéndose que era imposible otro tipo de relación y la cita para comer no suponía riesgo alguno.

El almuerzo informal tuvo lugar en el encantador jardín del restaurante Dan's, en Sydney Street, a cinco minutos del hospital Brompton, un hermoso y soleado día de octubre. Consistió en dos platos sencillos y agua mineral y, según recordaba, el sonido de su propia voz burbujeante mientras satirizaba algunas escenas de su vida y sus experiencias en Sudamérica, que parecían entretenerle. Era muy raro que ella hablara sobre sí misma, pero sabía que había dado muestras de su ingenio.

Él la había acompañado con suma cortesía hasta la puerta de su casa sin dejar de conversar serenamente durante el trayecto. En conclusión, nada de nada. Ella esperó que sonara el teléfono, pero los días pasaron sin que éste abandonara su irritante silencio. Admitió que él debía mantener una distancia profesional con respecto a ella, aún era uno de sus médicos. Ya no tenía mucho que hacer en su caso, salvo controlar sus antibióticos y el posible rechazo de los tejidos, pero seguía uniéndoles una relación profesional, con sus parámetros. No debía apartarse de la realidad. Era razonable olvidarlo.

Pero no podía. Consultó a Grace. Al recordar, reconsideró el desdeñoso calificativo de «almuerzo de trabajo» y le dijo a su amiga que habían mantenido una animada conversación durante una hora y se habían reído mucho. No obstante, admitió que Alex no había hablado sobre su vida personal. Grace la alertó: eso no era buen indicio. En general las mujeres escuchaban mientras los hombres se pavoneaban. Sí, en este caso era diferente, Lucy estaba de acuerdo, pero sospechaba que era eso, precisamente, lo que le otorgaba encanto a ese hombre. Ella estaba fascinada, él era físicamente atractivo, tentador aunque inalcanzable, divorciado, con un hijo pequeño. Demasiado complicado. Se contentó diciéndose que lo olvidaría con facilidad en cuanto estuviera en condiciones de volver a trabajar.

Y de pronto, después de nueve días de silencio, allí estaba Alex, invitándola abiertamente a una velada de la que participarían sus colegas, la fiesta de Halloween del hospital. El objetivo, además de reunir al personal de los dos hospitales hermanos, era recolectar fondos. Él le advirtió que no esperara nada parecido al baile del Chelsea Arts. Sólo iban a comprar entradas trabajadores, estudiantes y amigos, pero así se recaudaría dinero para ambos centros. Aparentemente, era un requisito indispensable que ella luciera su mejor sentido del humor, él no podía faltar y lo disfrutaría mucho más si ella lo acompañaba.

—Prometo cuidarte debidamente —había dicho—. Esta clase de celebraciones pueden ser un poco exuberantes cuando la multitud se desinhibe, Amel me lo recordó cuando le mencioné que me gustaría invitarte.

Alex no quería poner en riesgo su recuperación. Le aseguró que la fiesta duraría sólo un par de horas pues tendría lugar a bordo de un barco que navegaría por el

Támesis, de modo que la marea y el tiempo contratado limitaban la duración de la misma. Se disculpó porque tendrían que encontrarse allí: él saldría a toda velocidad de su trabajo en Harefield, pero luego podían cenar tranquilamente, si ella no estaba demasiado cansada y después la llevaría a casa.

—Oh, es una fiesta temática, ¿no te lo había dicho? «Los espíritus de la muerte llegan desde el pasado». Deberías llevar algún disfraz, si puedes conseguirlo.

Lucy había colgado el teléfono casi sin haber hablado. No se le había ocurrido nada. Faltaban dos días, él no le había dicho cuál sería su disfraz, y ella estaba ansiosa por no desentonar involuntariamente. Con ayuda de Grace, se había decantado por Ariadna, con sus hilos y su preocupación por el diestro príncipe. Grace pensó, con picardía, que era apropiado. Sugirió que un traje clásico, con pliegues, cubriría sus cicatrices sin ocultar los mejores atributos físicos de su amiga: el hermoso cabello oscuro, las facciones grecorromanas, el cuello de cisne y la figura menuda y femenina.

—¿No es ésa la idea? —había dicho escuetamente Grace.

Fue presa de un ataque de pánico al ver la hora en el reloj y acomodó los pasadores y los broches de perlas. Dos bucles de cabello negro le enmarcaban el rostro y recogía el resto de su melena en una trenza enrollada sobre su cabeza, de un modo que realzaba la hermosura del cuello y los hombros. Era una modista consumada y había cosido en muy poco tiempo un traje de seda color crema que destacaba discretamente sus pechos. La seda flotaba sobre su silueta, otorgándole una elegancia etérea, que Grace calificó de mágica. Lucy le había dado algunos toques personales al vestido a pesar de la premura y lo había adornado con perlas. No se vestía sólo para Alex, sino para un destinatario que no podía definir. Ahora que la «verdadera cita» había llegado, se sentía extrañamente aletargada mientras contemplaba su rostro en el espejo.

—Ponte los zapatos de Jimmy Choo, Lucy. —La voz de Grace la despertó de su encantamiento—. Tu doctor mide un poco más de un metro ochenta, te darán la estatura que necesitas. Pareces una estrella de cine, y aún sabes *caminar* con ellos. —Su amiga conservaba la calma y ante la expresión ansiosa de Lucy le aseguró que estaba preciosa—. Pero cálzate ya, de lo contrario no habrá en la Tierra zapato que pueda evitar que Cenicienta pierda esta ocasión.

Lucy miró el reloj horrorizada, tomó el chal y el bolso antes de bajar las escaleras a toda prisa para dirigirse a Prince of Wales Drive. Aminoró un poco el paso cuando notó que se le aceleraba el corazón para evitar que los médicos tuvieran que trabajar en lugar de pasar una noche divertida. Cruzó los dedos para que apareciera un taxi por arte de magia o de lo contrario iba a llegar tarde, como de costumbre.

Sus deseos se hicieron realidad. Un taxi blanco como su propio traje cambió de sentido en el Chelsea Embankment para recogerla y la dejó tras un breve trayecto por el embarcadero. Lucy avanzó con paso vacilante sobre el empedrado. La Parca estaba a la entrada luciendo un traje muy vívido. Parecía que su dueño también había llegado directamente desde su trabajo, llevar a los muertos a otro mundo. Ella sintió un extraño pavor.

Lucy dio un respingo cuando oyó una voz dulce detrás de ella.

—¿Quién es esta diosa?

Se encontró con un personaje clásico del carnaval veneciano cuando se dio la vuelta. Lucía una exquisita máscara dorada rematada en una corona de papel maché, sujeta a un palo. Se sorprendió verdaderamente cuando la máscara bajó, dejando a la vista el rostro sonriente de Alex, que ofrecía un aspecto imponente, casi byroniano, lo cual le pareció por completo ajeno a su personalidad. Su cabello estaba algo más largo y muy levemente ondulado, y lucía un atisbo de barba. Le gustó; realmente le favorecía, era una persona distinta, una nueva faceta de su carácter que debía conocer. ¿Así era el inmaculado Alex fuera del trabajo? ¿O estaba fingiendo, interpretando un papel para la velada?

Mientras Lucy se acostumbraba a los cambios de su fisonomía, él se había concentrado en observarla, sin prisa. Luego, sin más comentario que una amplia sonrisa de admiración, la tomó de la mano y la condujo hacia La Parca.

—Billetes para el paseo por el río rumbo al Hades, rápido, por favor, doctor Stafford y... diosa. Estamos listos para zarpar y la mitad de las personas a bordo ya están ebrias —dijo la silueta encapuchada, mirando los tiques—. A la derecha del salón está la banda de música y a la izquierda, en el bar, las bebidas. También debajo de la toldilla, en la cubierta de proa, pueden subir por la escalera que está pasando el bar. Que se diviertan.

A Lucy le causó gracia la actitud alegre y servicial de La Muerte.

Cuando terminaban de recorrer la pasarela para entrar en el barco, dos figuras enmascaradas, disfrazadas de espíritus, aparecieron frente a ellos, cerrándoles el paso.

—Mil perdones, almas bondadosas, pero deben pagar al conductor de la nave por este viaje al reino de la muerte —dijo una de ellas, tendiendo su mano.

Alex sacó de su bolsillo un billete de diez libras y se lo entregó al espíritu. Su compañera lo cogió y lo sostuvo entre sus largos y blancos dedos. Pasó los dedos de la otra mano sobre el billete y mágicamente desapareció. Ella hizo una espléndida reverencia.

—¿Tal vez un Troilo para esta Crésida, buen doctor? —suplicó.

Alex buscó nuevamente en su bolsillo. Esta vez sacó un billete de cinco libras.

—Mejor una Elizabeth Fry para tu Charles Darwin —repuso con una sonrisa mientras seguía su camino junto a Lucy.

—Es verdad, señor, pero nosotros, los mendicantes, hemos de adecuarnos a la época, algo se ha perdido con el tiempo, ¿está de acuerdo? —Alex rió—. Es por una buena causa, como usted sabe. De modo que, gracias, bondadoso señor.

—A la izquierda, las bebidas; a la derecha, el baile. —Alex dejó que Lucy eligiera mientras avanzaban vacilantes por un pasillo entre ambos salones.

—Echemos un vistazo.

Lucy abrió la puerta principal. Un ruido seco escapó del salón por un instante. El lugar parecía una escena del *Inferno* de Dante. Figuras disfrazadas de toda edad y condición giraban en medio de una nube de humo artificial, agitando brazos y piernas de tal modo que formaban una especie de friso. La puerta estaba flanqueada por dos esqueletos. Los participantes aparentemente blandían partes de cuerpos por encima de sus cabezas, todos palpitaban al son de un ritmo primordial. Lucy tuvo la sensación de que no se trataba de puro atrezo, pero no pudo confirmarlo con Alex, ni siquiera podía oír su propia voz. Sabía que los estudiantes solían gastar esa clase de bromas y había oído hablar sobre el macabro humor que los médicos internos ostentaban en esas ocasiones. Prefería no preguntar.

Fingiendo estar horrorizado, Alex cerró decididamente la puerta del salón de baile, aislándose así del ruido.

—A la izquierda —propuso. Lucy asintió. Ambos se dirigieron a la otra puerta y entraron en el bar.

El salón estaba atestado de personas con disfraces de personajes famosos. En uno de los extremos se había instalado la barra. La atendía un desmelenado doctor Frankenstein y varios de sus colaboradores. La escenografía de fondo imitaba un laboratorio de anatomía. Había hileras de campanas de vidrio mezcladas con retortas, frascos de colores y otros aparatos donde se exhibían cerebros, hígados, riñones, manos y pies, todos conservados en formol.

—Damien Hirst* se sentiría aquí como en su casa —comentó Lucy mientras se abrían paso.

—Excesiva crudeza, tal vez —dijo Alex. Confiaba en que el irónico sentido del humor de Lucy le permitiría

* Polémico y millonario artista inglés cuya obra tiene como tema central la muerte y en la que ha usado cadáveres. *(N. del E.)*

tomar distancia. Pero sin duda aquello no era apto para pusilánimes.

—Hola, doctor Stafford —saludó Frankenstein—. Usted y su invitada probablemente se sientan más a gusto arriba. Hace diez minutos he visto al honorable Azziz, cuando subía conversando con un administrador. Se llega por esa escalera —añadió, y señaló la dirección con el codo derecho mientras abría dos botellas de cerveza con una mano y luego vertía las cuatro que tenía en total en ambas manos en sendos vasos—. Seis libras, por favor —informó a una reina Isabel de flameante cabello rojo mientras ella hurgaba en su bolso.

—Este corsé es terriblemente incómodo —se quejó la soberana con un marcado acento del sur de Londres sin dejar de mirar a Alex mientras pagaba. Luego, tomó con ambas manos los vasos que descansaban en la barra y volvió a mezclarse entre la multitud con dificultad.

—No lo había notado —comentó el doctor Frankenstein, sin dirigirse a nadie en particular, aunque miró a Alex, haciéndole reír. Frankenstein sirvió casi media botella de champán con zumo de naranja para él y Lucy, y los despidió. Como Alex tenía las manos ocupadas con las copas, ella se aferró a su brazo y cruzaron el bar en busca de aire fresco.

La embarcación ya surcaba las aguas del río bajo la luz crepuscular cuando llegaron arriba. A primera vista, aquello parecía una reunión de los aristocráticos médicos de Londres y sus amigos, alrededor de 1750. A Lucy le pareció una escena irreal. Al cabo de unos instantes reconoció a algunos de los personajes. Los había visto en alguna de sus incontables visitas a uno u otro hospital. Se habían congregado allí unas cincuenta personas, algunas de pie, otras sentadas. Tres enfermeras de cutis fresco con largos y vaporosos vestidos le dedicaron risitas tontas al doctor Stafford. Lucy comprendió que eran las Parcas. Dieron media vuelta, resignadas, en cuanto ella apareció detrás de Alex y se mezclaron con un grupo de jóvenes médicos internos.

Los médicos más prestigiosos se acercaban a los directivos y los miembros del directorio. La escena tenía una especie de afectada naturalidad, parecían a punto de bailar una *quadrille*.

Le extrañó que Jane Cook no estuviera allí. Lucy se lo preguntó a Alex en voz baja.

—Está atendiendo el negocio. De lo contrario, la verías aquí. Es leal al hospital hasta las últimas consecuencias, pero no podría confraternizar con Amel si para ello tuviera que descuidar su trabajo. Él es su héroe.

—Y el mío. Todos le necesitamos, lo sabes.

La zona de mesas y sillas estaba cubierta con un toldo y rodeada por mamparas de plástico transparente a fin de permitir la vista panorámica del río y al mismo tiempo conservar el calor proporcionado por las estufas exteriores. La zona estaba tranquila, pues los integrantes de esa escenografía macabra y obscena del nivel inferior no habían logrado subir las escaleras. Amel, absurdamente disfrazado como «Scott de la Antártida», permanecía de pie, en el borde de la cubierta, enfrascado en una conversación con dos mujeres, una de ellas morena y delgada; la otra rubia, voluptuosa, y no menos atractiva. Alex y Lucy se acercaron hacia el cirujano, que los saludó con afecto.

—¿Cómo no te has disfrazado de macedonio, Alejandro Magno? Cuánto me alegra que estés aquí, con tu radiante compañera. Lucy, estás hermosa, y yo, en absoluto sorprendido, sino encantado. —Azziz le tomó la delicada mano entre las suyas y la miró detenidamente. La australiana sintió que su cumplido era sincero—. Te presento a estas hermosas damas, que son también médicas eminentes: Zarina Anwar y Angelica LeRoy, ambas jefas de cirugía a quienes no dejamos salir a menudo de Harefield. Ellas nos asistieron al señor Denham y a mí en tu trasplante. Señoras, seis semanas después, y mucho mejor que cuando la vieron por primera vez, permítanme presentarles a Lucy King, documentalista de televisión.

Lucy abrió desmesuradamente los ojos, sorprendida, ante esas dos mujeres: la morena, discreta y refinada, con uñas inmaculadas, y la rubia, sonriente y simpática.

—¿Te sorprende, Lucy? Aunque sea bueno, jamás podría mantener la concentración durante tanto tiempo sin ayuda, pasamos casi ocho horas contigo, de modo que debo permitir que mis compañeras tomen el control en ciertos momentos y se encarguen de algunas cosas específicas que hacen mejor que yo. Nadie practica suturas más pulcras que las de Angelica.

La aludida le tendió la mano; parecía una versión rubia y con algunos años más de Escarlata O'Hara. Advirtió que Lucy admiraba su lujoso traje.

—¿Te gusta este vestido? Debo decir que yo adoro la época, y esta clase de traje me recuerda mi hogar.

—¿Su hogar?

—Sí, Mardi Gras. Nací en Nueva Orleans. —Lucy se encontró bajo el hechizo de la melosa voz que pronunciaba el nombre del lugar donde había nacido como si fuera una sola y larga sílaba—. Vine aquí sólo para un año y así tener la oportunidad de trabajar con el señor Azziz, uno de los grandes artistas en este campo. Aparentemente, él le confiere «un plus» al trabajo, eso me motivó a venir. ¿Qué opina, señor Stafford? ¡Oh, lo siento! ¿Doctor Stafford?

El director administrativo del hospital formaba parte de un grupo a pocos pasos de ellos. Había escuchado la conversación y venía a rescatarla. Evidentemente, a Angelica «se le había escapado».

—No te preocupes, Angelica. Únicamente el Colegio Real de Cirujanos puede comprender la misteriosa razón por la cual «señor» y «doctor» son cosas opuestas. Yo todavía me equivoco.

Alex rió y asintió. No lograba explicárselo a sus amigos, quienes creían que era correcto decirle «señor» tanto a él como a un desconcertado colega estadounidense.

—Por favor, Angelica, llámame Alex a secas. Y respondiendo a tu pregunta, sí, en verdad creo que es así. Alá se alegra cuando Amel se enfunda la bata de cirujano y va a luchar en el quirófano.

Lucy no captó el significado de las palabras de Alex, pero Amel le sonrió abiertamente.

—No te burles de mí, jovencito. Yo procuro no olvidar que perteneces a uno de los «pueblos del libro», aunque hoy en día son muchos quienes olvidan tan respetuoso precepto. Por supuesto, sigo resistiéndome a creer que no eres creyente de verdad, por lo que me aferraré a esa creencia para ofrecerte con gusto mis respetos. Te los has ganado, en todo sentido.

Luego, Azziz volvió a centrar toda su atención en Lucy.

—Mi querida Lucy, es estupendo que esta noche estés aquí, entre nosotros, con un aspecto tan saludable. Dame tu chal, no lo necesitarás todavía. Esas estufas dan tanto calor que parece que fuera una cálida noche de verano, al menos por ahora.

—Gracias.

Lucy comprendió intuitivamente que Amel trataba de ayudarla a borrar la línea divisoria entre paciente y médicos, pero respondió con un tono algo sumiso. Se quitó el chal y se lo entregó a su cirujano, que lo dejó en una silla.

La espigada Zarina había atraído rápidamente la atención de Alex. Ambos conversaban, aparentemente en un tono más serio. Él tomó suavemente del brazo a Lucy, invitándola a sumarse. Ella apreció el gesto, escuchó y sonrió, respondió a las preguntas que le hicieron. Sin embargo, lo hizo con asombrosa timidez, no se sentía parte de ese grupo. Observó el juego sutil de relaciones que había entre todos ellos, que mostraba un amplio espectro de conductas humanas. Si bien los personajes eran distintos, tal vez no fuera muy diferente de su medio, la televisión. Eso le llevó a preguntarse si volvería a trabajar alguna vez. Mientras navegaba, rodeada de un medio social desconocido, esa idea acaparó su mente. Al menos, gracias a las personas que la acompañaban, aún estaba en este mundo.

De pronto, oyó que alguien pronunciaba su nombre.

—Lucy, ¿conoces el río? —Era la voz de Courtney Denham, con su melódico acento. Estaba junto a su esposa, escuchando las conversaciones, observando su actitud insegura. Estaba muy atractivo con su disfraz de Otelo.

Lucy se alegró de verle. Se escabulló del grupo de Alex por un momento.

—¡Hola! En realidad, no lo conozco bien —respondió, sin saber cómo dirigirse a él. Aún seguía viéndole una vez por semana en calidad de paciente—, pero debería. He vivido bastante tiempo en Londres. ¿Es aquí donde se realizan las regatas de Oxford y Cambridge?

—No está mal para tratarse de una... oriunda de las colonias. Sí, la competición discurre desde el puente que dejamos atrás hace un instante, en Hammersmith, hasta Chiswick Eyot. —Denham interrumpió la explicación para presentar a Desdémona, una mujer atractiva, con una figura espléndida—. Ésta es mi esposa Catherine...

—Courtney me ha hablado de ti, Lucy —saludó la aludida, dedicándole una sonrisa entusiasta.

—Nuestra casa está precisamente detrás de estos árboles, en las afueras de Castelnau, en Barnes —prosiguió el doctor—, pronto llegaremos a Mortlake.

Los tres mantuvieron una conversación distendida en cuanto la australiana descubrió que no debía tener miedo alguno a cruzar la línea de la relación entre médico y paciente. Prestó atención a los lugares que Courtney señalaba conforme iban navegando hasta que una imprevista sacudida del barco interrumpió sus comentarios. Todos permanecieron inmóviles, un recipiente con hielo para el champán y unas copas cayeron al piso. El barco viró abruptamente hacia la orilla, la proa se hundía mientras accionaban rápidamente los motores para desviarlo.

La sirena sonó tres veces en señal de alerta. Lucy dio un respingo y todos los presentes, mientras recuperaban la compostura, trataban de comprender la causa del inconveniente. Al ver la cubierta inferior hicieron un profundo silencio. Debajo de la proa aparecía una bruñida chalana de color rojo y oro, una de las más hermosas que Lucy había visto, perfecta en cada uno de sus detalles. Provocó suspiros y exclamaciones de asombro entre las Parcas.

Aun bajo la luz con destellos ambarinos Lucy fue capaz de distinguir a los ocupantes con asombrosa claridad. Dos filas de heraldos con trompetas se alineaban en el borde del bote. Los remeros se esforzaban por apartar la embarcación de la turbulencia que producía el buque de paseo mientras trataba de eludirla. Un pequeño grupo de personas disfrazadas de nobles se protegía debajo de una toldilla con bordes dorados. Uno de sus miembros, que destacaba entre los demás, se puso de pie. Junto a él estaba un hombre con traje oscuro y un collar que indicaba su alta investidura.

La joven identificó la imagen como parte de una escenificación gracias a su experiencia profesional como cineasta. Los detalles se habían reproducido con maestría. Probablemente, aquella recreación había requerido más dinero que una costosa producción de Hollywood. ¿Por qué navegaba por el Támesis en Halloween? Tal vez el embajador de Italia estuviera celebrando su propia versión del carnaval veneciano, pero entre los ocupantes de la embarcación no figuraba ninguna de las celebridades del momento. La chalana seguía en el medio del río observada por unas doscientas personas, felizmente inconscientes del alboroto que habían causado al cruzarse en el curso de otra embarcación. Entretanto, la mayor parte del personal del hospital estaba tan ebria que era incapaz de recordar en qué día de la semana estaban.

—Toda esa resaca es por una buena causa —bromeó Alex.

De pronto, Lucy se estremeció. ¿Qué estaba mirando?

Las puertas del salón de baile se abrieron y varios bailarines acudieron presurosos a la cubierta para ver qué estaba sucediendo. El nivel de ruido se multiplicó por cien. Al menos eso le pareció a Lucy. Por encima de todo se destacaba el nítido sonido de las trompetas. Una fanfarria que la pequeña distancia entre ambas embarcaciones permitía oír claramente.

—¡Qué festejo de Halloween! —comentó a su derecha una afectada voz sudafricana.

—No es eso, resulta demasiado artificial, parece cosa de cine —respondió su compañera.

—Una ópera, querida, Cecil B no forma parte del grupo. Me gustaría estar allí, con uno de esos preciosos trajes, y observar esa figura magnífica con la capa sobre el hombro, provocativa, al estilo de Lord Byron. Apuesto a que tendrá mucho éxito.

—En fin, nos han entretenido.

—Comamos unos canapés. Oh, tu vestido es espléndido, querida —dijo tontamente la primera voz dirigiéndose a Lucy, y a continuación, ambas salieron con grandes aspavientos.

Lucy no había comprendido los comentarios ni tampoco se había percatado de que Alex estaba junto a ella, ya que tenía los cinco sentidos puestos en el grupo de la chalana. Tenía la impresión de que su atención era correspondida.

Parecían mirarla a ella, cautivados por su imagen y la del barco. Un individuo de tez morena engalanado con un traje de terciopelo atrajo irresistiblemente la mirada de Lucy. Ambos parecían amantes que se habían separado y habían vuelto a unirse durante unos segundos que parecían durar una eternidad.

Ella percibió un aroma exótico y bizarro cuando las proas de ambas embarcaciones se pusieron a la misma altura. La nave olía a rosas y a limas, a hombres exhaustos y a comida. Entonces escuchó su voz, con un timbre vibrante, similar al tañido de una campana.

—*Sator Arepo Tenet Opera Rotas.*

Las palabras resonaron con la misma claridad que si ese hombre estuviera junto a ella. Las dos embarcaciones se tambalearon al pasar velozmente una junto a la otra, surcando las aguas, tan revueltas que por un momento pareció que Escila había llegado hasta el Támesis. Se levantó un succionador remolino entre ambos barcos durante unos segundos, pero luego los separó el oleaje. La barca se enderezó y en medio de la creciente oscuridad Lucy la vio dirigirse hacia la costa, donde creyó entrever unos peldaños, un jardín y, apenas visible entre unas casas, un sendero que conducía a una iglesia situada más lejos.

El corazón de la joven palpitaba con un ruido sordo y todo cuanto la circundaba le pareció hueco. Tenía la sensación de que su cabeza estaba sumergida en el agua y un eco sonoro llenaba el espacio. Los pasajeros del barco parecían estar en el limbo. Sin embargo, podía sentir el calor procedente del cuerpo de Alex, percibía que estaba cerca de ella. Podía ver claramente la orilla. Un hombre con barba, vestido con toga, como un académico, corría por el jardín seguido por otras personas. Los ocupantes de la barca comenzaron a salir hacia los escalones. Volvió a escuchar el toque a rebato, que en esta ocasión resonaba con un ruido metálico cascado, como una campana de iglesia, en lugar de emitir un sonido melodioso. ¡Qué festejo tan sorprendente! Los cuidados atavíos del cortejo resultaban desconcertantes. Los heraldos con su brillante traje rojo aún hacían sonar fanfarrias. El hombre con apariencia de profesor hizo una reverencia al personaje principesco de la barca, un sujeto de aspecto extranjero cuyo atuendo sugería que se trataba de un monje. Éste desembarcó, seguido por varios nobles con lujosos trajes y otras personas, aparentemente de menor rango. Miraron hacia el río por un instante y se despidieron con discreción. Luego avanzaron por la hierba, en medio de la agonizante luz del crepúsculo.

Los viajeros del barco de Lucy recuperaron la calma poco a poco y enseguida empezaron a charlotear.

—Una fiesta de disfraces fastuosa de verdad —comentó una voz.

—Increíble —comentó otra—. Es difícil decir de qué se trataba en realidad.

—Algo siniestro, en mi opinión —agregó un tercero, turbado por el comentario—. Parecían espías, daba la impresión de que estudiaban nuestros movimientos.

El runrún de conversaciones volvió a disminuir cuando los bailarines regresaron a la pista, cerrando las puertas tras de sí.

El barco había llegado al final del recorrido. Giró y comenzó el regreso, río abajo. Lucy estaba muda. Catherine Denham tenía la cabeza inclinada, se la veía pensativa.

Ambas intercambiaron miradas de simpatía, pero no despegaron los labios.

—Parecían salidos del palacio de Hampton Court —le comentó Angelica a Zarina, que tenía un aspecto preocupado. Ella, por el contrario, hablaba con la alegría de un niño que había tenido el privilegio de presenciar una escena extraordinaria—. Era como si hubieran atravesado el velo que separa el mundo de los vivos y los muertos.

—Es cosa de los Estudios Twickenham, sin duda —insistió Zarina.

En realidad, eran de Oxford, les corrigió Lucy para sus adentros.

Alex y Amel se habían alejado de su grupo y flanqueaban a la joven australiana, que permanecía pegada a la barandilla, mirando por encima de las aguas oscuras la costa del río en su intento de distinguir algún indicio de la barca roja y dorada y de los peldaños donde habían puesto pie sus pasajeros.

Alex miraba en todas direcciones, repitiendo las extrañas palabras que había visto con Simon dos noches atrás: «*Sator Arepo...*». Apoyó suavemente su mano cálida en la espalda de Lucy. Al comprobar que temblaba, tomó su chal y lo colocó sobre sus hombros.

—El dedo que se mueve, escríbelo —sugirió en voz baja. Amel asintió, pensativo.

No intercambiaron ni una palabra más mientras el bote pasaba frente a Mortlake Reach; cada uno de ellos estaba sumido en sus pensamientos. La aguja de St. Mary, en Mortlake, surgía detrás de una hilera de casitas, que habían visto en el camino de ida. Ahora la oscuridad les impedía distinguirlas. Ante sus ojos desfilaron almacenes, un pub y un hermoso edificio de estilo georgiano, pero la noche se había tragado definitivamente los peldaños, la gran barca y sus ocupantes.

Mortlake, 15 de junio de 1583

La chalana de la reina se mece en el oleaje del Támesis mientras se dirige hacia los peldaños de Mortlake Reach. Los gritos y lamentos de los pasajeros resuenan cada vez que la barca sufre una sacudida a resultas de las ondulaciones producidas por la otra embarcación, una de apariencia extraña. Da la impresión de que un viento llegado del otoño ha turbado el paseo veraniego. El río es un hervidero de barcas, como de costumbre, pero la gente del común ha de ceder el paso a la embarcación real.

El Signor Bruno los hace callar.

—Ella no es mortal aunque haya estado en el reino de los muertos. Es una diosa, un ángel de luz. Lucina, la iluminadora —asegura con marcado acento italiano, pronunciando las palabras con notable claridad, y señala a una persona que se apresura a saludarlos.

Un hombre alto, delgado y apuesto aparece en la orilla. Tiene la tez clara y lleva la barba puntiaguda. Viste una blusa de artista, de tela clara y mangas amplias. Detrás están su esposa y sus sirvientes, y un enjambre de niños que corretean por el jardín, entre las casas y los pabellones, hacia los peldaños del galpón. El hombre ha estado esperando que la barca real se detenga allí en su viaje de regreso de Oxford a Londres. Las fanfarrias de los heraldos reales anuncian el arribo de su Alteza Real, lord Albert Laski, señor de Sieradz, con su carismático amigo y discípulo, el cortesano sir Philip Sidney, y otros compañeros. Sus sueños se han hecho realidad.

John Dee ha permanecido atento a los grandes debates acontecidos en Oxford durante los días anteriores. La corriente del río llevó los rumores. Ahora el doctor Dee está ansioso por reunirse con Giordano Bruno, el afamado monje italiano que ha alborotado a la universidad proponiendo una serie de teorías científicas y filosóficas que, en opinión del doctor Dee, están más allá de la comprensión —y por lo tanto de la aceptación— de las conservadoras autoridades de la universidad, a quienes Bruno ha calificado de «pedantes». Ellos, a su vez, han dicho que él es «un malabarista», pero contra él también se elevan cargos más graves: herejía y blasfemia. Él tiene ideas acerca de la inmortalidad del alma y la reencarnación, habla sobre la existencia de otros sistemas solares y muchos soles que emiten una luz propia, que los planetas se limitan a reflejar. La teoría de Copérnico es heliocéntrica, el centro del universo es el Sol. Bruno sostiene que el universo es teocéntrico: el centro de todo es Dios. Dee se adhiere a esas ideas y coincide en que se debe buscar a Dios en la naturaleza, en la luz del sol, en la belleza de todo lo que nace de la tierra. Hace poco ha dicho a sus amigos:

—Nosotros mismos y las cosas a las que denominamos nuestras posesiones, vienen y van.

Una idea poderosa y convincente, tal vez un poco rara. Sin embargo, de acuerdo con lo que Dee puede inferir, el trabajo de Bruno también está íntimamente relacionado con su propio campo de estudio, y él desea seguir investigando.

—Gran Príncipe, mucha honra me hacéis al venir aquí, Dios sea loado —le saluda Dee y hace una reverencia grandiosa y elegante ante el hombre con traje de terciopelo—. Altezas, caballeros, sean bienvenidos a mi casa y a mi biblioteca —invita, aunque se dirige en particular al joven cortesano de aspecto deslumbrante, quien le responde con una reverencia, y luego, con menos formalidad, estrecha afectuosamente la mano de su anfitrión, que ha sido durante largo tiempo su tutor. Los dos hombres miran brevemente hacia el Támesis. A continuación el doctor Dee observa al pequeño hombre moreno, oriundo de Nápoles. Poco después, el italiano se muestra poco preocupado por las cortesías y muy interesado en el río.

—¿Habéis visto su misteriosa belleza? —se limita a preguntar a Dee.

El anciano asiente lentamente, reflexiona sobre esa idea, observa el curso del río, donde el barco iluminado con antorchas que anticipó el arribo de sus amigos ya se pierde de vista. Un barco fantasmal. Vuelve a prestar atención a su huésped y le estrecha la mano.

—Signor Bruno, esta visión es extraña. Los demonios pueden tentarnos por medio de espíritus aparentemente luminosos.

El italiano permanece inmutable.

—Aunque es oscura, es la más clara. El árbol de la Cábala nos dice por medio del primer *sefirot*, *kether*, que la fuente de luz guía nuestras intenciones y nuestras actividades. ¿La habéis oído? Es el hálito que anima el laúd de Apolo. Cuando el amor habla, lo hacen todos los dioses. Y hacen que el cielo acompañe su armonía. *Sator Arepo Tenet Opera Rotas.*

—Dios tiene en sus manos la rueda de la creación. Y cuán excepcional, complejo, maravilloso es este mundo —agrega Dee en inglés.

Ambos dan media vuelta y caminan con su séquito por los parques, en dirección a la casa.

—Y ella es celestial —susurra Bruno, volviéndose una vez para buscar la fugaz aparición.

12

Alex rodeó a Lucy con el brazo en ademán protector en cuanto regresaron al muelle. Luego, condujo rápidamente hasta el coche a la joven, que se había puesto el chal con ribetes dorados. El médico estaba disgustado consigo mismo por haber olvidado el escaso tiempo transcurrido desde la operación y haberla puesto en peligro, a pesar de ser una paciente modelo que no había mostrado el menor indicio de posible enfermedad desde el momento en que abandonó el hospital. Su recuperación había sido ejemplar, pero esa noche había estado desconcertantemente silenciosa, algo la había agotado. Le inquietaba la posibilidad de que se hubiera enfriado, pues estaba helada cuando la tocó, hecho que podía resultar catastrófico si no se actuaba de inmediato. El doctor se impuso al hombre mientras conducía rumbo al hospital Brompton. Apartó una mano del volante para apretarle la mano y la acarició en un gesto que expresaba preocupación, cuidado y afecto. Ella pensó que habría sido romántico si Alex no hubiera estado tan alarmado.

Cuando llegaron a una de las entradas laterales de la clínica, se sintió reconfortada de que se dirigieran al ascensor sin que él sopesara la posibilidad de utilizar una silla de ruedas. La instaló sin contratiempo alguno en una habitación privada y la conectó al cardiógrafo. Alex recuperó la calma mientras daba instrucciones a quienes le rodeaban. Un par de médicos se sorprendieron al verle ejercer como médico experto en lugar de adoptar su rol habitual de inmunólogo. Él no iba a delegar en nadie la atención de Lucy.

—¿De veras estoy al borde la muerte, doctor? —preguntó ella, un poco espantada ante el alboroto que se estaba produciendo por su causa, e intentó atemperarlo con una frivolidad—. ¿De qué se extraña? Creo que esta noche, en el muelle, me dejó bajo su custodia. —Era evidente que no estaba tan preocupada como él, pero la intuición le indicaba que cualquier posibilidad de intimidad entre ellos se desvanecía, como había sucedido con el buen humor de Alex cuando la vio tan pálida y advirtió que tenía mucho frío.

—Por supuesto, estoy acentuando los rasgos trágicos de esta comedia —dijo él, tratando de reír, para aliviar su aflicción—, pero por esta única vez tendrás que consentir que sea precavido.

—Lo consideraré un halago —repuso Lucy, intentando provocarle, pero él estaba concentrado sólo en la tarea que debía realizar, indiferente a sus dichos irónicos, que un observador habría podido interpretar como un coqueteo.

A pesar de que Alex le había rogado que se despreocupara por esa noche, apareció Amel, seguido por las carcajadas de los esqueletos que formaban su equipo.

—¿Te traeremos de regreso de tu amada inmunología? —preguntó Amel, divertido al ver que Alex estaba midiendo la presión arterial de Lucy y que asumía toda la responsabilidad con respecto a ella—. Creo que estás exagerando, pero he venido para determinar si lo que dice mi intuición, difiere de una evaluación experta. Mi reserva para la cena puede esperar media hora. —Lucy se sentía culpable: era precisamente eso lo que habría deseado evitar, pero Amel lanzó exclamaciones de alegría cuando el monitor mostró un resultado favorable. Al mirar a su paciente estuvo de acuerdo con Alex en que tenía un aspecto algo fantasmal y estaba absurdamente helada—. Pero estoy seguro que no hay motivo de preocupación alguno. No es necesario hacer un angiograma. El corazón es muy fuerte y late perfectamente. Los nervios aún no han comenzado a conectarse, por supuesto, pero el corazón es sólido. Sin embargo, tu cara está pálida, Lucy, y en tus ojos puedo ver que esta noche algo te ha asustado, de modo que opino que mi colega está haciendo lo correcto —afirmó al tiempo que lanzaba de soslayo una sonrisa burlona a Alex—. Tal vez te mantengamos en observación sólo por esta noche. Una cortesía de mi parte, doctor Stafford —agregó, con una sonrisa dirigida a su paciente.

Alex agradeció a Amel el gesto de asumir personalmente la responsabilidad de esa decisión antes de abandonar la habitación para telefonear a Grace y explicarle que su compañera de apartamento no iba a volver a casa esa noche. Entretanto, la paciente habló con el cirujano de su decepción, como un niño que ve frustradas las expectativas que había alimentado con respecto a su cumpleaños.

—Es su manera de decirte cuánto le importas —explico él en un intento de brindarle algún consuelo. Tal vez percibía con más claridad que ella misma la profundidad de sus sentimientos—. Me da la sensación de que se pasa de precavido y sólo cogiste frío en el barco. Un baño caliente y un buen descanso habrían bastado, pero no pasa nada por hacer las cosas como es debido. Al fin y al cabo, sólo han pasado seis o siete semanas desde la operación.

Lucy asintió con resignación.

—Estoy acostumbrada a tener el arranque de la yegua y la llegada de la burra. Podría decirse que es una constante en mi vida —comentó, desanimada.

Amel se inclinó hacia ella y la miró por encima de sus gafas.

—¿Por qué tienes tanta prisa? Acostúmbrate a la idea de que ahora el tiempo está de tu lado. De hecho, tu pulso y tu presión están bien, y creo que es muy bueno que estés aquí. Estoy muy contento con tu progreso, en breve haremos un ecocardiograma y una biopsia, y una mini-MOT para Navidad, lo cual es una buena señal. En mi opinión, este pequeño episodio no indica que haya rechazo, sobre eso nadie sabe más que Alex. Tiene un olfato de primera para esta clase de cosas.

Entonces regresó el dueño del olfato de primera y Amel consideró apropiado recordarles a ambos que tenía una reserva para cenar con dos encantadoras compañeras.

—Estoy conforme con el electrocardiograma, Alex. No es necesario un ecocardiograma. Tal vez un antibiótico y podemos dejarla ir por la mañana. Para entonces necesitará alimentarse bien —dictaminó, y les dirigió a ambos una sonrisa extraña—. Una velada interesante, ¿verdad? —Y cuando se disponía a marcharse, se dirigió a Alex—: Y escribir es provechoso.

Alex no necesitaba recordatorio alguno y había decidido no efectuar ningún comentario sobre el extraño incidente en el agua, aunque las palabras que había oído seguían sonando en su interior, ya que de inmediato le habían remitido al extraordinario dispositivo de seguridad que Will había cargado en su portátil, la misteriosa Sator Square. Ahora le parecía percibir ecos y reverberaciones en todo aquello que lo rodeaba. A la luz del recorrido que él mismo había realizado esa noche por el Támesis, cavilaba sobre el correo electrónico de Will, sobre la mención de un interminable río de sabiduría. Era consciente de que Amel y Lucy tampoco encontraban una explicación completamente racional para semejante escena.

Observó pensativo a Amel cuando se marchaba y acto seguido miró a Lucy. Una frágil criatura vestida con una bata de hospital había usurpado el lugar de la diosa celestial y él asumió el rol de encargado del guardarropa: había traído unas perchas acolchadas para colgar el maravilloso modelo de seda. La joven estaba agotada, pero aun así había en su rostro una radiante claridad. Él pensó que emanaba una sabiduría similar a la de Palas Atenea, pero también era tan vulnerable como cualquier Florence Dombey o Catherine Morland. Se había lanzado al ancho mundo sin protección familiar. Sin duda, no era el momento de abandonarla.

—Tengo que terminar de redactar mis notas sobre algunos pacientes. ¿Te importa si me siento aquí y las acabo? —preguntó, señalando la silla que estaba junto a la cama—. Estaré más tranquilo si yo mismo te vigilo. —Lucy le dirigió una mirada inquisitiva—. No significa que desconfíe de los médicos internos, algunos de ellos estarán despiertos durante treinta horas o más, pero así aliviaré mi propia sensación de negligencia.

El rostro de la australiana se distendió por primera vez a lo largo de una hora. La joven se limitó a asentir, pues no confiaba en su voz. Alex, creyendo entender lo que esa expresión le decía, le sonrió.

—Procura dormir, Lucy. No permitas que yo te lo impida.

Ella cerró sus ojos, como un niño obediente, y se durmió de inmediato. Se dejó arrastrar rápidamente hacia un sueño en el que vio a unos individuos de lujosos atavíos, primero a bordo de una chalana y luego en un gélido escenario...

... donde un hombre andrajoso se arrodillaba ante otro sentado que vestía un espléndido y grueso traje de color rojo con orlas de brocado. El hombre arrodillado no era nada agraciado. Tenía la tez morena y era de corta estatura. Usaba un sayo de lana ordinaria, tal vez fuera el hábito de un monje. Lucy tuvo la impresión de que estaba a punto de recibir una especie de reprimenda de su adversario, a pesar de lo cual mantenía una perversa distracción, no prestaba suficiente atención a su juez de forma premeditada. Las estrechas ventanas de la cámara donde se hallaban daban a un puente y por ellas se filtraba una tenue luz invernal que hacía parpadear al enjuiciador.

—Es el Ponte Sant'Angelo, Lucina —informó a Lucy. Él la miró fijamente a los ojos, como ya lo había hecho, más temprano, esa misma noche. Ella trató de sonreírle para brindarle consuelo. Le hablaba el hombre que había visto vestido de monje a bordo de la chalana—. Éste es el puente donde Beatrice Cenci, que había vivido sólo veinticinco años en este mundo, fue decapitada por matar a su padre —le dijo a Lucy con voz serena— después de que él la hubiera violado en repetidas ocasiones. Su hermano mayor fue traído hasta aquí para ser encarcelado, hace sólo un año. Su Santidad quiso que fuera un castigo ejemplarizante para otras familias indisciplinadas.

Ella no sabía cómo reaccionar ante él. A continuación apartó la vista de ella y de la ventana para dirigirla al hombre vestido de rojo, a quien interpeló con la misma claridad con la que se había dirigido a ella.

—La Iglesia es culpable, señoría. Se ha apartado de las enseñanzas de los apóstoles que convirtieron a la gente por medio de la predicación y el ejemplo de una vida santa. Ahora, quienes no desean ser católicos deben soportar sufrimientos y castigos. Se utiliza la fuerza, en lugar del amor, para que aquellos que dudan acepten la «verdad».

Luego, el monje se alejó silenciosamente del hombre de cuyo poder dependía su destino terrenal y miró otra vez el brillante espíritu de Lucy como si estuviera poseído y le hablara —como él habría dicho— a los ángeles.

—No hay otro dios que el alma del hombre. Podéis estar segura de ello, Lucina. Y ¿cómo lo honramos?

El hombre de rojo, que debía de ser un cardenal a juicio de la durmiente, dijo algo al hombre arrodillado que ella no consiguió escuchar, aunque se refería a que él mismo se encerraba en su propia prisión y arrojaba la llave. La joven pudo oírle con claridad cuando alzó la voz para dirigirse a los carceleros.

—Entregadle a las autoridades de la ciudad para que hagan lo que deben, pero aseguraos de que muera de la manera más piadosa posible y sin derramamiento de sangre.

Lucy advirtió que el monje, que había sido obligado a arrodillarse, se había erguido en su modesta estatura.

—Es mucho más grande vuestro temor al pronunciar esta sentencia que el mío al recibirla —comentó con voz extraordinariamente serena, carente de miedo o ira. Sus palabras enmudecieron a todos los presentes.

Lucy era incapaz de controlar su cuerpo, presa de una extrema flojera, mientras observaba el desarrollo de esos acontecimientos. El sonido de las botas sobre los adoquines la paralizaba y los gélidos personajes de aquella misteriosa escena le daban frío. Las extremidades le pesaban y las sentía lejos. Se removió en la cama, todavía dormida, y sintió el tirón de los cables que tenía sujetos al pecho. Al entreabrir los ojos vio la sombra de un ángel sentado junto a ella, con la cabeza hacia abajo. Le pesaban los párpados, de modo que los cerró y se durmió.

La mañana estaba soleada cuando se despertó. Se notaba liviana como una pluma y el corazón latía rítmicamente, al compás de sus sensaciones. La silla estaba vacía, salvo por el bolso con sus efectos personales que había enviado Grace, pero en la mesilla contigua halló un pequeño ramo de rosas diminutas acompañado de una nota escrita con una pluma estilográfica, con una llamativa letra cursiva.

Para la dormida Ariadna, cuando despierte. Hoy paso el día con mi hijo, pero mañana estoy libre. ¿Eres lo suficientemente valiente para acompañarme a almorzar con unos amigos en Mortlake?

La nota estaba firmada por Alessandro, el personaje cuya identidad había elegido para la noche anterior. El médico había vuelto a retirarse. Tal vez reapareciera el hombre. Sí, tenía mucho interés en ver de nuevo Mortlake a la luz del día.

—¿Las pongo en agua? —preguntó una enfermera con voz alegre.

Lucy sonrió serenamente.

—No, gracias. No voy a quedarme y deseo llevármelas a casa.

13

Sobre la cama yacían tres conjuntos descartados. Siân quería irradiar ese día una sensación de seguridad de la cual carecía por completo. Era estilista profesional y parecía tener un don a la hora de elegir un atuendo que ocultara su preocupación y le otorgara un aspecto impasible, aunque necesitara invertir tanto tiempo como para urdir la portada de *Vogue*. ¿Qué le sucedía ese día? No podía realizar la hazaña de adornarse sin esfuerzo.

Irían a pie desde Barnes Common hasta Mortlake a petición de Calvin. ¿Zapatos bajos o botas? Luego estaba previsto que almorzaran en un antiguo pub situado en la orilla del río. Debía usar algo práctico, sin dejar de ser femenina. No iban a comer en The Ivy. Además, hacía mucho frío a pesar de que estaban a principios de noviembre. Su novio debía causar una buena impresión. Era la segunda vez que el mejor amigo de su ex amante se encontraba con ese hombre relativamente «nuevo» en su vida, y eso le causaba ansiedad.

Su máximo temor era la reprobación de Alex. Le preocupaba que él considerara erróneo el hecho de que hubiera reemplazado a su excepcional hermano por un primo al cual había visto sólo una vez, en el funeral de su hermano, cuando todos estaban conmocionados, demasiado atónitos para razonar.

Tenía la sensación de que Alex se había mostrado frío con Calvin. Ella intentaba tranquilizarse pensando que quizá él tenía la cabeza en otro sitio, a pesar de que ese mismo día había pronunciado el panegírico, un discurso cálido, sutilmente humorístico, frente a una iglesia colmada de gente, sin que le temblara la voz, con una cadencia intensa, y había logrado que incluso el deprimido Simon, sentado junto a ella, le mirara con admiración y le escuchara con un gesto cercano a la sonrisa. Siân aún lloraba al recordar las palabras finales, las que versaban sobre que estamos hechos de la misma sustancia que los sueños y nuestra vida está envuelta en uno. Will solía recitarle esos versos de *La tempestad.* Tal vez había presentido su destino. Sintió un nudo en la garganta, pero logró atajar las lágrimas haciendo un gran esfuerzo. Habría sido demasiado para ese día.

Sonó el portero electrónico. Se oyó la voz de Calvin, anunciando que subía. Tenía que decidir y tratar de relajarse. Se puso una chaqueta rosa con botones de distintos colores en los puños y le sujetó una rosa de seda a la solapa. Siân tenía un aspecto peculiar y a la vez elegante, con el que se sintió conforme.

—Will me dejó, no pueden culparme porque haya otra persona en mi vida. Alex siempre ha sido muy bondadoso, no puede hacerme sufrir por esto —susurró para sí con un hilo de voz...

... pero sentía una ansiedad y un nerviosismo imposibles de ocultar.

A las once, Alex rescató a Lucy de su solitario domingo. Notó que los malos espíritus del viernes por la noche habían huido. Su cabello oscuro estaba recogido en una alta cola de caballo anudada con un pañuelo, que le daba un aspecto recatadamente sensual, pero sin duda encantador. Él la tomó suavemente de la mano y la condujo hasta el coche. Conversaron con despreocupación mientras Alex, en previsión de que el encuentro con sus amigos pudiera intimidar un poco a la joven, le explicaba que la invitación había surgido de un primo al que, en realidad, casi no conocía. Éste deseaba verle antes de regresar a los Estados Unidos.

Alex tenía una agenda muy apretada y ése era el único día posible para el encuentro a pesar de que todavía faltaban unas semanas para el regreso. Él no se había detenido a pensar cómo se sentía, hasta el momento no tenía reparos.

Simon le saludó en cuanto aparcó en Woodlands Road, detrás de su llamativo vehículo con tracción a las cuatro ruedas. Lanzó un silbido de admiración nada más ver a Lucy, que caminaba hacia él del brazo de Alex. Los hombres se estrecharon la mano con firmeza. Alex efectuó las presentaciones. Simon no entendía por qué los médicos siempre tenían tan buena suerte.

—¿Nos conocemos? —le preguntó Lucy de inmediato. Le agradó la expresión franca e inteligente de Simon.

—Sin duda lo recordaría. —No siempre era posible contar con la caballerosidad de Simon. Al igual que Will, tenía una mirada crítica y un ingenio irónico que se negaba obstinadamente a someterse a las convenciones sociales, pero esta dama era demoledoramente bella y él agregó con honestidad—: Pero estoy encantado de conocerla ahora.

Ella le sonrió con naturalidad y se sintió a sus anchas mientras caminaba entre él y Alex.

—Siân y Calvin estarán en algún lugar cerca de la laguna de los patos —comentó Alex plácidamente. No obstante, Simon se preguntaba cómo se sentiría por dentro.

—Estoy ansioso —respondió Simon—. En el funeral apenas hablé con él.

La joven permaneció en silencio. Había tenido noticia, de labios de Amel, de la horrenda muerte que se había producido recientemente en la familia de Alex y suponía que quizá aún no se habían disipado los fantasmas, pero él no había mencionado aquel asunto y ella no le conocía lo suficiente para sacar el tema a colación, decir que lo sabía y expresarle cuánto lo lamentaba. Esperaría una ocasión en la cual, si el estado de ánimo era propicio, una copa de vino le animara a hablar con ella. Esa ocasión y esa confidencia indicarían un cambio.

Los hombres conversaban mientras paseaban por el Common hasta que divisaron a una pareja que se dirigía hacia ellos desde la laguna. Lucy se puso tensa cuando se acortó la distancia y pudo verles las caras. Tras efectuar las presentaciones pertinentes, Alex fue sumamente cortés, y abrazó afectuosamente a la chica. Simon también la besó con cariño y mantuvo un comportamiento correcto con el novio, aunque tampoco parecía simpatizar con él.

A Lucy le causaba rechazo. Podía decirse que era un hombre de buena planta. Tenía el cabello rubio, muy limpio. Estaba elegantemente vestido, con una chaqueta color chocolate, pantalones color caqui y una camisa informal, pero por desgracia, aunque fuera primo de Alex, le inspiraba cierta desconfianza.

Sin embargo, encontró fascinante a su exótica acompañante, a la que le calculó un par de años más que ella. Tenía rizos rojizos, la estatura de una modelo y un magnetismo inefable, parecía una pintura de Rossetti que había cobrado vida. Era una persona extravertida a juzgar por su aspecto, aunque también expresaba cierta vulnerabilidad. Lucy percibió sufrimiento en ella, y se preguntó cuál sería el motivo.

Siân, por su parte, miró detenidamente a Lucy y en un segundo decidió que le agradaba lo que veía. Las mujeres solían ponerla nerviosa, se sentía mucho mejor entre hombres, pero esa cautivante belleza clásica, tan distinta de la suya, con sus enormes y cariñosos ojos, le infundió confianza, reconoció en ella una esencia bondadosa. Le alegraron tanto la presencia de la muchacha como la posibilidad de que sucediera algo especial en la vida de Alex. Se había aislado por decisión propia desde el divorcio, y ese día se le veía relajado y dichoso, elegantemente vestido con una camisa rosa, un suéter celeste grisáceo y unos vaqueros. Siân sonrió complacida.

Lucy estaba tan absorta en sus impresiones que no había prestado atención a la conversación. Comprendió que Calvin estaba explicando la relación familiar. Sus respectivas abuelas eran hermanas, una había viajado a América y la comunicación entre todos los miembros de la familia se había limitado a una esporádica correspondencia.

—Recuerdo que mi madre le escribía a una prima que vivía en Nantucket, según creo.

Alex nunca había hablado sobre su familia, el tema le interesó a Lucy y volvió a escuchar lo que decían.

—Sí, cierto. La abuela conoció a mi abuelo cuando él estaba en París, y ella estudiaba pintura, o perfeccionaba su francés, no lo sé exactamente. Fue un amor a primera vista, de acuerdo con la mayoría de los relatos, y ella lo siguió cuando regresó a los Estados Unidos. Nantucket fue el lugar que albergó a su gran familia. Mi madre y su familia paterna aún viven allí.

—¿Cómo llegaste al Medio Oeste? —inquirió Alex. Recordaba que Siân había dicho que vivía en Kansas.

—Allí está la universidad donde estudio.

Simon había prestado atención a sus zapatos caros y su estilo Hamptons. Imaginaba que era un graduado en administración de empresas.

—¿Qué estudias? —le preguntó.

—Teología —respondió Calvin dedicándole una sonrisa. Simon intentó no molestarse al ver la hilera de dientes perfectos.

Alex contuvo la risa. *Un primo de Will y mío relacionado con la Iglesia*, pensó.

Una idea parecida parecía divertir a Simon, que comentó:

—Muy bien.

Calvin no detectó ironía alguna en sus palabras.

Alex los invitó a ir hacia White Hart Lane y les pidió a todos que caminaran hasta The Ship mientras él llevaba a Lucy en coche. No iba a repetir el error del viernes por la noche exponiéndola al aire libre. Ella protestó.

—Por favor, no te preocupes por mí. Sabes que entreno en la cinta de correr y cubro a pie el trayecto desde Battersea hasta el hospital cuando hace buen tiempo. Me conviene el ejercicio —insistió, desafiando al médico a contradecirla con una mezcla de dulzura y firmeza.

—Sí, pero con moderación —replicó Alex. Se negaba a ser desautorizado. Ella se rindió ante su protector y él se dirigió hacia el automóvil.

—¿Has estado enferma, Lucy? —preguntó Siân con genuina preocupación.

—Me hicieron un trasplante de corazón hará cosa de un par de meses, pero debo valerme por mí misma, no quiero que me protejan en exceso.

—Si estuviera en tu lugar, lo disfrutaría —le aconsejó, tomándola del brazo—. A Alex le encantará cuidarte. Se le da muy bien.

Alex y Lucy se fueron en coche mientras los demás paseaban con garbo por el sendero que iba hacia el río. Cuando volvieron a encontrarse, diez minutos después, Alex y Lucy estaban cómodamente sentados ante una mesa redonda ubicada junto a la ventana, con vistas al agua. Él le hablaba sobre la perspectiva, opuesta a la que tenían desde el barco.

—¡Qué lugar tan hermoso! —exclamó Calvin con entusiasmo, apartando de la mesa una silla para que Siân tomara asiento.

—Solíamos venir aquí en marzo, a esperar que se declarara la guerra entre los hermanos —dijo ella—. Will estaba en la UCL, pero apoyaba a Oxford en la regata sólo para fastidiar a Alex, que se graduó en Cambridge. Nunca reaccionaste, Alex, aunque Will festejó ruidosamente las dos últimas regatas que ganó Oxford.

—Anotad el día de la regata en vuestros calendarios y reservadlo —aconsejó Alex. Estaba atrapado entre emociones contradictorias, pero logró reír—. La vista del Támesis es un buen tónico, incluso en invierno —comentó mientras servía en las copas el vino que había estado esperando, pasando por alto la suya, llena de agua mineral.

—Alex, ¿vas a trabajar más tarde? —Siân estaba acostumbrada a sus almuerzos abstemios, raramente se quejaba.

—Únicamente si me llaman, pero es igual.

—Supongo que por eso los médicos beben desenfrenadamente, ¿no, Alex? —sugirió Calvin, mirando a los presentes con seriedad. Alex se limitó a enarcar una ceja.

Lucy y Alex conversaron acerca de las mejores opciones para ella en cuanto les dieron la carta del menú. Debía evitar las ensaladas y cuanto pudiera haber sido recalentado. Ella se decantó por el pollo asado.

—¿Por qué querías venir aquí? —quiso saber Alex, dirigiéndose a su nuevo pariente con entusiasmo—. ¿Qué te atrae de Mortlake Church?

Calvin entrecruzó las manos, miró abiertamente a Alex e hizo una histriónica pausa que estuvo a punto de provocar la risa de su primo.

—¿Sabes algo acerca del doctor John Dee?

—¿El astrólogo de la reina Isabel I? No mucho. Creo recordar que tradujo *Los elementos* de Euclides o al menos prologó el libro. Fue el primero en enseñar las teorías de

Euclides en Europa después de la época clásica y se dice que Shakespeare le utilizó de modelo para su personaje Próspero en *La tempestad.* Una extraña mezcla de ciencia y magia. ¿Es correcto?

—Lo es, pero ¿sabes que somos parientes suyos? ¿Te lo dijo tu madre?

—No, en absoluto. ¿Estamos emparentados a través de él?

Simon se acodó para no perderse detalle de la conversación. Miraba fijamente al estadounidense.

—A través de la línea femenina, sin duda —respondió Calvin con inesperada firmeza.

—Entonces nuestro parentesco puede rastrearse a través del ADN mitocondrial —comentó Alex con gracejo mientras miraba a Calvin, pero éste apenas prestó atención a la ocurrencia pues parecía estar sopesando algo en su fuero interno y no quería apresurarse ni cometer un error.

—Creo que tu hermano había heredado algo de tu madre. Algo que había pertenecido a Dee. En realidad, a su hija Katherine. Me sorprende que no lo sepas, Alex.

Lucy advirtió que Simon apretó un poco las manos. Se esforzaba por ocultar su agitación.

—Perdón, Calvin, ¿de qué época estás hablando? ¿El reinado de Isabel? —preguntó ella.

—Sí, Dee vivió durante el largo reinado de Isabel y murió a los pocos años de que el nuevo monarca ocupara el otro, pero Jacobo no tenía tiempo para dedicarle. Sus mejores años fueron los de la Reina Virgen. Está sepultado aquí, en St. Mary. Por ese motivo he creído que es un lugar apropiado. Después, me gustaría ver la iglesia.

Los ojos verdes de Alex le observaban con serenidad, no dejaban ver sus pensamientos o emociones. Desvió la mirada hacia Siân al oírle decir enfáticamente:

—Entonces es esa llave que Will recibió cuando Diana murió. ¿Te refieres a eso?

—Tal vez. Posiblemente. Lo sabría si la viera —dijo, tratando vanamente de conferir a sus palabras un tono despreocupado, y miró nuevamente a Alex—. Supongo que no sabes qué ha sido de ella.

Aunque solía ser una persona muy reservada, Alex reaccionó instantáneamente ante la pregunta, ocultando así que su respuesta era deliberada. Cogió rápidamente algo que llevaba en el bolsillo de la camisa: pendía de una cadena frente a sus acompañantes. Tres pares de ojos quedaron hipnotizados por el objeto.

—La tengo yo —dijo suavemente.

Siân observó la llave como si se tratara de una aparición fugaz. Las manos de Will estaban allí, con ella, exhibiéndola reverentemente. Pero le emocionaba especialmente que Alex —habitualmente un hombre tan aplomado— tuviera algo que perteneció a Will, un eslabón inextricable. Era una revelación ver a Alex con semejante objeto. Sintió deseos de llorar.

Calvin hizo un esfuerzo denodado para evitar que el temblor de manos le delatara. Quería tocarla, pero antes de que pudiera hablar, Lucy, que había sido una simple observadora durante la mayor parte de la conversación, alargó una mano hacia ella y la acunó en su palma.

—¡Alex, es hermosa! ¿Puedo tenerla?

Él sonrió algo, sorprendido por su fascinación. Era una simple llave de plata, antigua tal vez, aunque modestamente decorada con un minúsculo grabado y una pequeña perla. Él se la entregó gustoso. Ella la recibió en la palma de la mano y cerró los dedos en torno a la reliquia, también sus párpados se cerraron. La luz del sol jugaba en sus largas pestañas oscuras, Lucy era parte de esa luz.

El tiempo parecía haberse detenido. Calvin trataba de encontrar una manera de pedir la llave, pero Alex estaba conmovido por algo intangible que percibía en el rostro de Lucy.

—¿Te gustaría conservarla por un tiempo?

Sus propias palabras le sonaban ridículas, sentía que violaban una instancia etérea, pero se sintió obligado a pronunciarlas. Ella le asintió en silencio para no romper el hechizo. Con una mirada que Alex nunca había visto, pero que esperaba volver a ver, le dijo claramente que sí y le transmitió otras emociones que él no podía denominar.

Simon fue el único que no miró con ojos desorbitados cuando Alex mostró la pequeña llave. Había estado observando a Calvin, a quien ahora veía debatiéndose interiormente. Decidió formular una pregunta muy práctica.

—¿Alguien sabe qué abre esa llave?

—Es la joya más preciada de la familia —respondió Calvin con fervor—, pero no sabemos de qué se trata —agregó, mirando brevemente a Alex antes de seguir observando la llave en poder de Lucy—. Se supone que la llave trae mala fortuna si no pasa de madre a hija, ¿lo sabías?

—Pues no —repuso con seriedad. Talismanes y maldiciones no formaban parte de su vocabulario—. Mi madre se la legó a Will y lo que pudiera haberle dicho es un secreto entre ellos —sentenció—. Parece que tú sabes mucho más que nosotros —agregó, con tono burlón.

—Mi madre me dijo que debía pasar de madre a hija, creemos que quizá a una sobrina si no hubiera hijas. De otro modo, algo malo podía suceder, se supone que eso rompería una cadena.

La expresión de Lucy era un desafío mudo para Calvin. Ella no dijo una palabra.

—En fin, no tiene demasiada importancia si no podemos encontrar el escritorio, la puerta o la caja que abre. —Siân sintió la necesidad de atenuar lo que estaba sucediendo. Sin duda, quería que Alex conservara la llave. Will había perdido muchas horas de sueño por ella desde la muerte de Diana y Siân la asociaba tristemente con su propio dolor por esa muerte e incluso tal vez con la obsesión que había despertado en Will y había provocado su separación. Permanecería con Alex: él, a diferencia de Will, no permitiría que le acechara como un fantasma.

Llegó el almuerzo y alivió la tensión. Calvin no consiguió que se volviera a hablar de la llave ni de la maldición a pesar de sus decididos esfuerzos. No tenía apetito y se alegró cuando llegó el momento de ir a la iglesia.

Fue incapaz de resistirse mientras paseaban y abordó el tema directamente con Alex.

—La llave debería estar acompañada por algún documento que, según recordaba mi abuela, aún estaba intacto. Según creo, allí se menciona la ubicación de aquello que abre la llave.

—No estoy al tanto, pero revisaré los papeles de Will. El encargado de la investigación aún tiene algunas de sus pertenencias —contestó Alex, simulando indiferencia, y por primera vez ocultó algo de lo que sabía.

Cuando abrió la puerta de St. Mary, preguntó:

—Entonces ¿qué sabes del doctor Dee? ¿Por qué debemos recordarlo?

Antes de responder, Calvin observó la pequeña iglesia, cuyo interior parecía soleado y, aun así, opresivo. Por el rabillo del ojo vio que Lucy había percibido de inmediato esa atmósfera. Mantenía la mano firmemente apretada contra el pecho. Él quiso hablarle, pero no deseaba comportarse groseramente con Alex.

—Fue la primera persona que empleó la expresión «Imperio Británico» y ayudó a los barcos de la reina a descubrirlo, utilizando sus mapas. Poseía una gran biblioteca, una de las más grandes de Europa. Su colección de libros incluía más de tres mil volúmenes y raros manuscritos mientras que tu Universidad de Cambridge tiene unos trescientos libros. Hay quien equipara el saqueo y la dispersión de la misma al incendio de la biblioteca de Alejandría.

—Sí, ahora que lo dices, recuerdo que algunos volúmenes están en el Real Colegio de Médicos. Esa biblioteca debió de ser la inspiración para los libros de Próspero, sin duda —apostilló Alex, que a sabiendas desvió el tema hacia un terreno poco conocido por su primo.

—También fue el primer James Bond, por denominarlo de alguna manera —continuó Calvin—. Uno de los espías del grupo de élite de Walsingham. Entre ellos se contaba sir Philip Sidney, el yerno de Dee, a quien él mismo instruía. El código personal del doctor Dee era «007». Los ceros eran el símbolo que lo calificaba como «los ojos» de la reina, a lo cual se sumaba el poder espiritual del número siete, que era un dígito sagrado, por supuesto y además tenía un significado personal para Dee, pero lo más interesante es que él y un hombre llamado Kelly practicaban la alquimia —prosiguió Calvin aclarándose la garganta—. Y también podían hablar con los ángeles. Se rumoreaba que así habían tenido acceso a secretos increíbles. —Calvin miró a Alex—. Algunos aún lo creen.

—¡Quizá tú seas uno de ellos! —exclamó Simon, que había escuchado el relato del norteamericano.

Su ingeniosa réplica provocó una nueva sonrisa por parte de Alex y le alejó del extraño estado de ánimo en el que había caído poco antes. Se había ensimismado en la adorable visión de Lucy, que miraba detenidamente el altar principal, como si hubiera perdido algo, con la actitud reverente de un niño. *Ha sido un día verdaderamente placentero, pleno de diversión y entretenimiento imprevisto*, se dijo Alex, y sonrió abiertamente, sumido en sus pensamientos.

Día de los Fieles Difuntos, iglesia de St. Mary, 1609

—Qué agradable es guarecerse en este lugar tan lleno de sosiego.

Katherine Dee encuentra un refugio donde protegerse del frío, inusual para un día de noviembre. Susurra esas palabras mientras cierra la pesada puerta de la iglesia y se desliza silenciosamente hacia el interior. Aún no ha cumplido treinta años, su carácter es tan bondadoso como firme, posee una sabiduría excepcional para su edad, le agrada huir del frívolo alboroto de los juerguistas y de los bailes de la feria al aire libre que se realizan con motivo del día festivo. Katherine suspira, cierra los ojos mientras recupera el ritmo normal de su respiración. Percibe un tenue olor a incienso y el aroma de las tardías flores otoñales que decoran la iglesia para la celebración del Día de los Fieles Difuntos. La gente permanece fiel a la tradición de los abuelos a pesar de que durante el reinado de la gran reina Isabel se han fusionado las festividades de Todos los Santos y la de los Fieles Difuntos. Todavía traen pasteles y otros alimentos como ofrenda a las almas de los seres queridos que han muerto, y siguen rezando por los fieles. Ella también lo hará.

Le conmueve ver ese espacio vacío. Todos han abandonado ya la iglesia para entretenerse con las actividades, la comida y la música que llena High Street. El oficio religioso ha finalizado hace largo rato. Katherine camina velozmente hacia los peldaños del altar y se arrodilla para depositar allí un ramillete de hierbas y flores recogido de entre las últimas ofrendas que encontró en el jardín de su casa mientras se dirigía a la iglesia. El romero aún crece con vigor y algunas clavellinas han sobrevivido, al igual que una rosa de Damasco —del color favorito de su difunta madre, entre amarillo y rosado— que ha florecido tardíamente. Ha desafiado milagrosamente la helada de esa mañana, posterior a la fría noche de luna nueva.

La mujer saborea la quietud del lugar antes de sentarse llena de paz a los pies de la tumba paterna. Observa la brillante lápida metálica colocada hace poco, una donación hecha por sus mejores amigos. Katherine piensa que habría sido del agrado de su padre, ya que a su alrededor hay un resplandor, un efecto alquímico que transmuta la piedra descolorida en un material dorado y brillante.

—La placa es preciosa, de veras, señorita Kate.

Se sobresalta al oír la voz del sacerdote que se aproxima a ella. La mujer asiente tranquila al ver su rostro familiar. Él mira atentamente las flores.

—Las clavellinas son para un ser muy querido —explica Kate—. Solía macerarlas en vino para aliviar su dolor en sus últimos días.

El vicario mira con tristeza a la muchacha que ha dedicado los años de su juventud a ese hombre eminente pero arruinado. Se pregunta cómo serán sus días ahora que han pasado sus oportunidades de casarse.

—¿Has traído romero para honrar su memoria, Kate?

Ella asiente y medita antes de seguir hablando.

—No obstante, la rosa era su favorita, su perfecta compañera. Simboliza el anhelo de toda la humanidad por alcanzar la sabiduría divina. —Kate mira al joven coadjutor directamente a los ojos, preguntándose si dirá algo en contra, de acuerdo con su propia teología, algo distinta de la suya, pero él sigue silencioso y ella continúa—: El único camino hacia esa sabiduría es el amor, y el conocimiento. La rosa expresa el significado del universo. En verdad, el significado del universo puede explicarse por medio de una rosa como ésta. Comprender el misterio de la rosa equivale a comprender la esencia del universo. A través de su sencilla perfección podemos convertirnos en seres más perfectos.

Ella le mira, pero sus palabras no se dirigen a él, atraviesan el tiempo y el espacio.

—Para entender las posibilidades de la rosa, la humanidad debe desarrollar su capacidad de amar hasta amar a todas las personas, todas las criaturas, a todo aquello que es diferente y ajeno a nosotros. Debemos ampliar nuestra capacidad de saber y comprender por medio de la amorosa inteligencia del corazón.

Kate sonríe al hombre, que se siente hechizado por un afortunado encantamiento. Ella deja las flores en la tumba de su padre, hace una silenciosa reverencia y se marcha.

14

Simon había procesado una infinidad de ideas a lo largo de la tarde. Alex y Lucy se dirigían al coche de éste y él los siguió en cuanto logró liberarse de la otra pareja. Su lógica ecléctica podía seleccionar información de variadas fuentes y establecer una relación. Esa característica compartida con Will explicaba una faceta de su amistad. Aun a riesgo de frustrar a Cupido, debía consultar a Alex acerca de sus impresiones.

Simon sugirió buscar un lugar tranquilo para tomar café, pero Alex estaba preocupado por Lucy, a quien quería dejar en casa para que no se resfriara. Se la veía un poco cansada desde hacía media hora, y él no deseaba que ningún percance empañara las peculiares cualidades de esa jornada. Impulsado por una ternura que no fue del todo bien recibida o incluso visible para la propia dama, le propuso a Simon que se encontraran en Chelsea un poco más tarde, cuando él hubiera dejado a Lucy en su apartamento, situado al otro lado del río.

—Pueden llamarme de Brompton, es mejor que no esté muy lejos.

Ella no solía ser exigente, estaba condicionada por las experiencias de la niñez, en la que nadie mostraba consideración hacia sus deseos. Pero en esa ocasión su actitud fue extrañamente obstinada. No permitiría que hablaran por ella. Por primera vez, adoptaría un papel activo para decidir adónde iría con Alex. Si su salud en un principio los había unido, de pronto se convertía en un elemento perturbador.

—Alex, he pasado un día tranquilo y no estoy cansada. Me encantaría ir con vosotros a tomar café —afirmó, mirándole con ojos expresivos. Las objeciones de Alex se esfumaron.

—Sólo si prometes dejar que encienda el fuego y sentarte en un sillón junto al hogar.

En consecuencia, no mucho después, Lucy se encontró confortablemente sentada con una taza de té en las manos y *Minty*, el gato de Alex o, más probablemente, de su hijo, sobre la falda, en una soleada sala de estar con vistas a los árboles del parque. La joven se detuvo a apreciar el buen gusto del anfitrión, manifiesto en los detalles del antiguo hogar de mármol gris y en el hecho de que la habitación estuviera lo suficientemente desordenada para permitir que se sintiera cómoda y relajada. Estaba muy contenta. Comenzó a hablar con Alex y Simon mientras el primero trajinaba sin prisa en la cocina. Compartió con ambos varias ideas relacionadas con lo ocurrido esa tarde, sobre las cuales cavilaba desde hacía una hora.

—No hay indicios de la tumba de Dee en ninguna parte y de su casa sólo se conserva una parte del antiguo muro del jardín. Toda su vida terrenal parece haber sido un sueño, únicamente pervive su espíritu. La iglesia ha cambiado enormemente desde principios del siglo XVII

—expuso Lucy con un deje de tristeza, aunque también con énfasis.

—La misma sustancia de la que están hechos los sueños... —comentó Alex, risueño—. Me gustó el relato más bien místico que figura en la guía, donde dice que unos años más tarde el recuerdo de Dee provocó una tempestad dirigida a sir Everard Digby. Una dosis de magia muy adecuada para el personaje de Próspero.

Simon iba a contestar una frivolidad sobre la incompetencia de las restauraciones efectuadas en las iglesias de todo el país durante la época victoriana, pero se mordió la lengua y cambió repentinamente de tema. La había observado cada vez con mayor interés y cayó en la cuenta de algo mientras Alex regresaba con una cafetera llena.

—¿Sabes, Lucy? Creo que tienes razón. He visto tu rostro antes, es inconfundible. —Ella le miró con picardía, comprendió que era un halago—. Me he pasado todo el almuerzo intentando recordar dónde ocurrió y ahora estoy seguro de haberte visto hará cosa de unas semanas en el pub Phene Arms. Creo que te observé a conciencia —comentó, riendo con suficiencia.

Lucy asintió serenamente a modo de confirmación. Simon era el hombre que le había guiñado el ojo aquel día lluvioso, cuando regresaba presurosa al hospital.

—Sí, aunque yo no estaba dentro del pub. Pasaba por allí de regreso a Brompton. Tienes buena memoria. —En aquel momento su gesto le había parecido simpático, tal vez por eso inconscientemente recordaba ese rostro.

—Lo extraño es que yo iba a encontrarme con Siân para almorzar con ella. Debería haberte invitado a compartir la mesa aunque fueras una desconocida. Hablo en serio, os entendisteis a las mil maravillas.

—Eso estuvo bien. Ella está desorientada. No suele encontrarse a gusto con otras mujeres, creo que hoy se sintió bien la mayor parte del tiempo —comentó Alex.

—Sin embargo, es una persona que sufre. —La mirada de Lucy paseó por los rostros de Alex y Simon. No quería ser impertinente—. ¿Era la novia de tu hermano? —La pregunta no necesitaba respuesta. Lucy lo había inferido a partir de lo que se había dicho durante el almuerzo.

—Estuvieron juntos más de tres años, pero se habían separado en mayo. No lo decidió Siân —explicó Alex. Sus palabras no expresaban plenamente la profundidad de su reflexión.

—Al parecer, ella está empezando de nuevo, o al menos lo intenta —comentó Simon mirando a Alex. Luego cambió el tono y dijo con cruel ironía—: Nada mejor que una muerte temprana en circunstancias trágicas para elevarte a una categoría casi divina. Un gesto digno de James Dean por parte de Will. Ahora, la pobre chica nunca podrá superarlo.

—Pero él desearía que lo hiciera —opinó Lucy.

—Sí, es lo que desearía. —Alex sonrió con pesar y dio por concluida la conversación—. ¿Qué piensas de su nueva pareja, Simon?

—Mi madre solía decir: «Si no encuentras algo bueno que decir sobre una persona, no digas nada». —Simon echó la cabeza hacia atrás y rió—. Me temo que debo imponerme el silencio.

—Hay algo inquietante en él —observó Lucy con la vista puesta en los rostros de Alex y Simon—, pero quizá únicamente sea que no os gusta ese hombre para Siân.

Simon reaccionó de inmediato.

—No confío en él, y punto. ¿Viste sus ojos cuando le entregaste la llave a Lucy? Era obvio que la codiciaba.

—Se parece un poco a *La isla del tesoro*, ¿no crees? —dijo Alex, un poco incrédulo—. Me sorprendió la fascinación que ejerció sobre Will, pero creo que se debía a su relación con nuestra madre y el interés en saber sobre su familia y el lugar que le correspondía a sí mismo dentro de ella. Siempre sintió que se parecía mucho a mamá. Creo que su curiosidad era una especie de búsqueda de identidad. A Calvin esa llave sólo le interesaría si pensara que puede abrir el joyero de la reina, lo cual es muy improbable.

—Pero la información acerca del doctor Dee es esclarecedora —observó Simon, esperando alguna orden muda de Alex, que no llegó—. No sé nada respecto a él, pero hice que analizaran el documento de Will. ¿Te lo dijo? —Alex meneó la cabeza—. Mi primo trabaja en Oxford y puede determinar fechas por medio de carbono radiactivo. Existe un margen de error, por supuesto, pero determinó que fue escrito entre 1550 y 1650.

—Lo cual se aproxima bastante a la época de Dee —afirmó Alex. Luego cruzó la habitación en dirección a un estante de donde cogió un archivador. Regresó y enseñó a sus acompañantes un grueso y antiguo pergamino—. Éste es el original. Will lo dejó aquí para que estuviera a salvo y se llevó una copia al salir de viaje. También está entre sus cosas. Calvin me preguntó por él en la iglesia.

Lucy, que los había estado escuchando atentamente, habló con sorprendente determinación.

—Quizá debería guardar silencio, ya que esto nada tiene que ver conmigo, pero a mí me ocurre lo mismo que a Simon. No me siento cómoda con Calvin, Alex. No mira directamente a nadie, sino que, por el contrario, desvía rápidamente la vista como si no fuera capaz de mirar a los ojos. Estoy de acuerdo contigo, Simon. Él quería la llave, y la deseaba con tal intensidad que me vi obligada a negársela. Tengo la sensación de que esa llave abre algo que le interesa especialmente y es probable que él sepa de qué se trata.

—La joya más preciada... —les recordó burlonamente Simon.

Alex rió.

—Todas las joyas de valor fueron robadas hace tiempo. La casa de campo perteneció a la familia de mi madre. Allí hay algunos libros antiguos y unos pocos objetos bellos, pero no era un linaje adinerado y estoy convencido de que vendieron todos los objetos valiosos.

—¿Me dejas echarle un vistazo? —pidió Lucy. Dejó al gato en el suelo con dulzura y se inclinó hacia delante para coger el pergamino cuidadosamente plegado que le tendía Alex. Una postal cayó de la plegadura cuando tuvo lugar la entrega. La joven la levantó del suelo sin mirarla demasiado y la depositó sobre la mesa. Tenía la atención centrada en el pergamino—. ¿Esto es del siglo XVI? —exclamó con el ceño fruncido mientras caía en la cuenta de que quizá no debería haberlo tocado sin guantes.

—O principios del siglo XVII —afirmó Simon, que se agachó junto a ella para mirarlo nuevamente—. No parece un vulgar mapa para una búsqueda del tesoro.

—Pero esto es sólo una parte —afirmó la joven con una autoridad que sorprendió a Simon y Alex—. Abra lo que abra la llave, a este pergamino le falta una parte.

Ambos la miraron.

—¿Y cómo lo sabe Casandra? —preguntó Alex. No pudo evitar un tono algo severo.

—No lo sé, únicamente lo presiento. —En la voz de Lucy no se percibía misticismo ni petulancia; no obstante, era firme—. Ésta es la «parte clave», por lo que si existe otra página, depende de ésta.

Alex la escuchó con atención y sin efectuar comentario alguno.

—Will me envió por correo electrónico desde Roma algunas notas acerca del pergamino, entre otras cosas —explicó Simon. Luego se sentó en el suelo, con las piernas flexionadas y el mentón apoyado en el brazo—, y comencé a revisarlas cuando pudimos entrar en este iBook, un par de semanas antes. La mayoría de ellas son una maraña disléxica similar a ese intrincado texto acerca de los alquimistas y la luz que leímos aquí y que yo imprimí, pero parece estar enfocado a la Inquisición, como lo confirma sobre todo la fecha que indica el carbono y las primeras palabras, que aluden al Campo dei Fiori, el lugar donde se quemaba gente en la hoguera en aquella época. Will había escrito una lista de nombres con algunos datos sobre ellos. La víctima más pintoresca de todas parece ser un tipo llamado Bruno, un hombre que, por decirlo de alguna manera, hablaba con los ángeles. —Simon miró a Lucy y a Alex y agregó—: Y si el doctor Dee hablaba con ángeles, la Inquisición también se habría interesado por conocer los detalles.

—Mira, como Calvin. —Alex soltó una risa desganada—. Quizá sea un moderno inquisidor. —El busca del médico empezó a pitar y él se encaminó hacia el teléfono de la cocina mientras escuchaba las palabras de Simon.

—No es gracioso. ¿Es posible que Calvin tenga algún interés en acceder al ordenador de Will?

Lucy y Alex le miraron con cierta incomodidad.

—Lo siento —dijo Simon—, tal vez no debería haberlo dicho, pero aquello de *Sator Arepo* es precisamente la clase de cosas que él estudia.

—¿A qué te refieres con «aquello de *Sator Arepo*»? —le interrumpió Lucy. Esas mismas palabras resonaban en su mente desde hacía dos noches—. ¿Qué significa exactamente?

—«Toda la creación está en manos del Señor». Se puede traducir de otras maneras, pero ése es el significado. Quizá sea un conjuro que protege del mal o un código privado entre los primeros cristianos. Will me envió un mensaje de texto diciendo que tenía la impresión de ser vigilado durante el viaje, aunque pensaba que quizá no fuera más que paranoia. Y nosotros encontramos el *«Sator Square»* en su ordenador. Probablemente, lo puso allí para que nadie pudiera leer su correo. En sus notas he descubierto que esto le estaba desesperando. Me preocupa la posibilidad de que Siân le haya contado demasiado sobre el antiguo novio a su nueva pareja.

El anfitrión hablaba por teléfono, pero miraba con inquietud a Simon y seguía sus palabras con atención.

—Jill, soy Alex Stafford. ¿Jane quiere que vaya a Harefield o me necesitan ahí? —Alzó la vista del auricular mientras aguardaba respuesta—. No tenemos dudas de que alguien trataba de leer los mensajes de su cuenta de correo electrónico... ¿Tenéis ahí el problema? Llegaré lo más deprisa posible. —Alex colgó el teléfono—. Tal vez deberíamos revisar esto, Simon. No me extrañaría lo más mínimo que Calvin tuviera curiosidad por conocer los movimientos de Will. Tengo la sensación de que no es completamente sincero con nosotros. Si Lucy tiene razón y él quiere examinar la llave, es razonable pensar que ha descubierto la contraseña y los números de cuenta, dado que campa a sus anchas por el apartamento de Siân. ¿Tienes tiempo para averiguar algo sobre Dee?

La australiana les había escuchado a medias, pues por un lado atendía a la conversación mantenida entre Alex y Simon y por otro la postal que había caído del pergamino situada en la bandeja del café, había atraído su interés.

—Yo dispongo de tiempo —replicó ella—. Deja que emplee la mente en algo útil. Aún sigo de baja en el trabajo. Estoy convaleciente, pero no senil. Además, la investigación también forma parte de *mi* trabajo.

Alex advirtió que, cuanto más la conocía, más fascinante le parecía. Le dedicó una sonrisa.

—De acuerdo, gracias. Ahora debo llevarte a casa. Lamento haber interrumpido la reunión. Simon, te llamaré mañana o pasado mañana. Tengo prisa. Un enfermo de diez años va camino al hospital desde Ormond Street.

—En ese caso, déjame llevar a Lucy a su casa. Si ella está de acuerdo.

Lucy miró la tarjeta con impaciencia. Luego respondió gentilmente:

—Sí, por supuesto. Gracias, Simon.

Alex atravesó la habitación en dirección a ella y se detuvo para abrazarla suavemente.

—Mañana o pasado mañana te llamaré también a ti —prometió; luego, observó la postal con el hermoso rostro que había atraído la mirada de Lucy—. Es el retrato de Beatrice Cenci pintado por Guido Reni —añadió antes de irse—. Will la envió desde Roma. Le gustaba mucho leer a Shelley.

Ese nombre había aparecido en el reciente y vívido sueño de Lucy. No pudo apartar la vista del retrato.

El médico les pidió que cerraran la puerta con fuerza al salir y partió.

Siân cerró la puerta del piloto con verdadera rabia tras haber conducido en silencio durante veinte minutos.

—¿Era necesario que insistieras con esa llave? No quiero tenerla cerca —le gritó a Calvin, con incontenible emoción—. Siento que alejaba a Will de mí.

—Sí, creo que así era.

Siân le miró boquiabierta.

—¿A qué demonios te refieres?

Calvin vaciló un instante.

—¿A qué te refieres *tú?*

—A que él estaba tan preocupado por ese objeto que a veces parecía ignorar mi presencia. Se había convertido en una especie de obsesión.

—Siân, yo me tomo muy en serio la... —Calvin cerró los ojos y luego pronunció claramente la palabra— la... *maldición*. Mi madre me indicó que las mujeres de la familia debían heredar la llave. Will nunca debió recibir la llave. Ella vaticinó que le causaría daño.

—¿De verdad crees que el accidente de Will fue consecuencia de una maldición? —Siân no podía conceder la menor credibilidad a esa idea tras haber vivido mucho tiempo en el seno de una familia cuyos miembros no eran supersticiosos.

—Sí, lo creo—respondió estoicamente Calvin—. Lo digo completamente en serio. El accidente fue demasiado extraño. La niebla repentina. El río. Tú dijiste que él era un motorista consumado. Y murió a causa de un aneurisma craneal. Según entiendo, es como si una antigua herida del pasado regresara para matar. Suele suceder si alguien ha tenido antes una herida en la cabeza y algo la daña otra vez. Así se acciona la bomba del tiempo. —Sus ojos azules la miraban con cierta hostilidad—. No debería haber sucedido, y sostengo con la misma seriedad que lo más probable es que os separarais por culpa de la llave.

Siân se quedó atónita. Estaba disgustada, alterada y completamente sorprendida. Aquella línea de argumentación no la había convencido lo más mínimo. Will era un deportista. Se había caído y golpeado docenas de veces a lo largo de su vida. Ella estaba al tanto de lo del coágulo, y no era una maldición, pero le preocupaba que ese hombre, que ahora se comportaba con ella de modo tan diferente, se creyera de veras lo que decía. Estudió sus facciones en un intento de comprenderle. Sabía que era una persona religiosa, pero jamás le había parecido irracional. Tenía un estricto sistema de creencias, diferente al suyo, por lo cual prefería vivir en otro lugar y pasar sólo algunas noches con ella, pero ahora estaba insinuando que

Will y ella se habían separado debido al infortunio que había producido un objeto inanimado. Era ridículo.

Calvin había estado observando sus propios dedos unos instantes, aparentemente mientras trataba de decidir si iba a seguir hablando. Al fin se decidió.

—Esa chica, Lucy, no debería tenerla. Es peligroso. Trae mala suerte. Ha de estar en poder de una persona que sepa qué se trae entre manos. Deberían dármela para que se la lleve a mi madre.

Calvin dio por terminada la conversación sin más explicaciones, cerró la puerta de un portazo y se fue.

15

Las decoraciones navideñas de la estancia no lograban levantarle el ánimo. Las últimas semanas habían sido infernales para Lucy. Esperaba los resultados de la biopsia con pánico, a pesar de que el procedimiento no era especialmente doloroso. Una profunda melancolía se apoderó de ella en cuanto comenzaron las migrañas y las pesadillas, agravando su malestar. Había dejado de tener la sensación de que estaba reconstruyendo su vida y de que tenía un futuro por delante.

Era muy difícil de entender. El periodo posterior al trasplante había comenzado bien. El progreso era ejemplar y la medicación no le había causado efectos secundarios particularmente desagradables, salvo un ligero temblor en las manos, los antojos gastronómicos y la extraña sensación de que a veces su mente no le pertenecía del todo. Gozaba de una salud física y psicológica mejor de lo previsto hasta que a principios de noviembre pilló el resfriado que puso en marcha a Alex y Courtney Denham. Ella sabía que las infecciones eran algo serio, pero había sido minuciosa con la higiene, la dieta y los hábitos, y se trata de un simple resfriado; pese a ello, la fiebre le subió de forma descontrolada y Alex se culpó por la noche en el barco, la excursión a Mortlake, incluso por la posibilidad de que hubiera estado en contacto con la arena higiénica del gato en su apartamento, por más que Amel insistiera en que su actitud no había sido siquiera cercana a la negligencia. No encontraba otros motivos que pudieran haberla llevado de un periodo de brillante recuperación, inmediatamente posterior al trasplante, a la espiral descendente en la que se hallaba. La vigilaba como una madre primeriza a un recién nacido. Era totalmente profesional y nunca le comunicaba su alarma, pero sus actos le decían que había vuelto a ser su médico internista, y que la relación entre dos personas que se atraían estaba en suspenso. Largas conversaciones con el señor Azziz, el señor Denham y un nuevo consultor del hospital Brompton indicaban que Alex estaba inquieto de verdad. Pasaba largas horas en el laboratorio, hacía personalmente los estudios, cambiaba la medicación y se inquietaba.

Esas preocupaciones se agravaron desde otro frente cuando su hijo se partió el brazo al caerse en una pista de patinaje. La doble fractura requirió una operación y Alex prácticamente desaparecía en sus horas libres. Lucy lo comprendió, pero fue un duro golpe. No podía mantener una conversación con él a fin de descubrir su estado de ánimo en el marco de la relación actual ni gozaban de un momento de intimidad ante la presencia del personal del hospital y a sus ausencias, ya que regía el toque de queda en cuanto terminaba la jornada de trabajo y regresaba junto a Max. Era una absurda paradoja: él era la persona más involucrada en el control de su sistema inmunológico y en la posibilidad de que su nuevo corazón fuera rechazado, y era eso precisamente lo que los había hecho volver a una relación enteramente profesional antes de que se hubiera afianzado el vínculo personal entre ellos. La joven creía que había desaparecido también la oportunidad de mayor intimidad e intentó sobreponerse a su destino, pero la tensión acabó por superarla y dañó su sistema nervioso.

Si hasta entonces había evitado pensar en los horrores que había vivido, en ese momento tuvo conciencia de sus coqueteos con la muerte a lo largo de todo ese año, y la persona en quien comenzaba a confiar lo suficiente para quererla parecía alejarse de ella.

Lucy sufrió una sucesión de terribles jaquecas, malos presentimientos y pesadillas pobladas por rostros hostiles. Se despertaba aterrorizada y con la sensación de ser observada por alguien de quien deseaba esconderse. En consecuencia, ingresó una vez más en el hospital para ser objeto de una nueva serie de estudios.

Por todo lo que, ese día gris, un lunes 22 de diciembre, contemplaba cómo se vivía la Navidad en el hospital. El único aspecto positivo era que al menos podría ver a Alex. A finales de noviembre se había ido al otro hospital con sus alumnos y había pasado la semana anterior en Cambridge. Bromeaba con Grace diciendo que ya había olvidado cómo era Alex y se preguntaba quién se ocuparía de alimentar a su gato, pero esa ligereza era fingida y se sentía como una niña abandonada ahora que habían vuelto al punto de partida. Él era el doctor Stafford, su muy amable, aunque en ese momento muy ausente, médico consultor. El hombre, Alex, estaba en otro lugar, tal vez en la casa de su ex esposa, junto a su hijo. Al menos tenía la llave como talismán y se aferraba ferozmente a ella.

—Esto no está nada mal —aseguró Simon nada más irrumpir en la monotonía de su habitación de hospital con una pila de libros y en compañía de Grace. Inmediatamente vio el rostro abatido de Lucy.

Ella le dedicó una sonrisa lastimosa. El placer de sus visitas era la única alegría que había tenido en las últimas semanas. Simon la había llevado a su casa después de aquel café en casa de Alex, tal como había prometido. Él y Grace se sintieron atraídos al momento. Ella literalmente se deslumbró al verle. Le impresionaron su irreverencia y su encanto indolente, y Grace, que había heredado de los antepasados africanos de su madre unos pómulos salientes y unas curvas sensuales, y de su padre judío un humor espontáneo e inteligente, le indujo a interpretar maravillosamente su papel. Simon anunció su regreso so pretexto de llevarle a Lucy unos libros para que investigara sobre el doctor Dee. Grace aprovechó la oportunidad y al cabo de unas semanas estaban embarcados en una tórrida relación. La joven australiana se alegró por su amiga, que había vivido una sucesión de amores frustrados durante más de un año, pero aquello agudizó el dolor ocasionado por lo difuso de su relación con Alex. No obstante, se animó al verlos en su habitación.

—Mira, un poquito de lectura entretenida —comentó Lucy acerca de la enorme cantidad de libros que habían descargado en sus brazos.

—Grace me pidió que te mantuviera ocupada. Dice que corres peligro de convertirte en una sentimental. La biografía de Dee parece entretenida, pero quizá se te atraganten las matemáticas y toda esa basura de la Hermética. ¿Estás segura de querer más...? Will había pedido esos libros a Amazon y los enviaron a casa de Alex. Pensamos que también debíamos traerlos. —Simon trataba de despertar el interés de Lucy hablando de cualquier cosa que pudiera distraerla de su situación, pero el rostro silencioso y pálido de la joven le recordó la deliberada calma de una joven novicia, no le pareció natural. Casi sin proponérselo, agregó—: Resulta curioso, en un primer momento se creyó que Dee había muerto un 22 de diciembre, pero estudios más recientes han determinado que el óbito quizá hubiera tenido lugar a finales de marzo, unos meses después. Vas a tener que leerte la biografía para comprender el motivo de ese cambio de opinión, y hay algo aún más escalofriante: la leyenda asegura que sepultaron su corazón en el altar principal de la iglesia de Mortlake. No dudo que estarás interesada en desentrañar ese detalle morboso.

Por alguna extraña razón, el rostro de Lucy acentuó su expresión a modo de respuesta ante ese despliegue de información por parte de Simon y su interesante vocabulario. Sonrió con cierto aire de misterio, contenta de poder dedicarse a pensar en algo estimulante.

Unas migrañas infernales le habían dificultado la lectura hasta que al fin habían logrado controlarlas con un cambio en la medicación, pero le habían impedido avanzar con la investigación, una actividad que le hacía sentirse más cerca de Alex, precisamente donde deseaba estar.

—No te exijas demasiado, Lucy —le pidió amablemente Grace—. Lo principal es que te mejores. Alex lo dijo claramente. Sabes que mis padres aún confían en que puedas estar con nosotros en Shropshire para Navidad.

Lucy apreció el gesto de Grace y lo agradeció. No obstante, secretamente esperaba algo distinto de una ocasión festiva.

—Gracias, estoy segura de que me sentiré mejor cuando tenga noticias de la biopsia.

—Sus médicos tendrán que ponerse de acuerdo y dejar que se vaya antes de que haga planes para viajar, señorita King.

Lucy se sonrojó, feliz de oír aquella voz. Su dueño había entrado en la habitación, detrás de Simon, sin que ella se diese cuenta.

—¿Tengo alguna esperanza de que puedan influir en su opinión, doctor Stafford? —respondió Lucy. Delante de otras personas era más fácil coquetear.

—¡Sin duda! —dijo Alex. En un segundo había logrado modificar el humor de Lucy—. Espero que ustedes dos no estén cansando a mi paciente. Me temo que he venido a causarle un poco de dolor en el cuello.

La paciente rió y con gestos le indicó a Grace qué aguja utilizarían en esa parte de su cuerpo. Su amiga le dio un beso en la frente y tomó de la mano a Simon para dejarla a solas con Alex.

—Te llamaré más tarde. Avísame cuando esté lista para huir de aquí, Alex.

—Déjala en mis manos, Grace —respondió él, con una sonrisa irónica.

Grace y Simon salieron. Alex se sentó despreocupadamente en la cama. A Lucy le pareció una actitud maravillosamente informal.

—¿Te sientes mejor? —preguntó, con voz algo vacilante, como si dudara de ser bien recibido.

—Sí, de verdad. Me alegra verte. —La voz de la paciente también sonaba cautelosa. Sabía que los interrumpirían en cualquier momento—. ¿Cómo está tu hijo? Esperaba que pudiera venir contigo, para conocerlo.

Alex meneó la cabeza.

—Éste no es el mejor de los lugares. Ahora mismo no le gustan demasiado los hospitales, pero le quitarán el yeso la víspera de Navidad. Por cierto, esto no le ha desanimado y sigue pensando en esquiar —contestó Alex; percibió ansiedad en el rostro de Lucy—. ¿Has vuelto a dormir bien?

—Eso parece. El personaje de la capa negra y la guadaña no tiene protagonismo alguno por el momento —replicó, apelando a la ironía—. Simon me ha dado tarea. Estos libros son algunos de los que pidió Will. Si encuentro algo interesante, te lo diré —propuso ella, tratando de mostrar una buena predisposición.

—No hay prisa, Lucy. Pronto tendremos tiempo para hablar sobre eso. Por el momento creo que debemos concentrarnos en que salgas de aquí y vuelvas a casa.

Una persona menos insegura habría considerado que aquellas palabras eran alentadoras, pero ese día Lucy no era un espíritu alegre. Llegó un enfermero. Alex cogió la camilla y se despidió.

—Las Parcas están esperando para conectar un cable a tu cuello —afirmó, e inclinándose hacia ella, susurró—: Y les he recomendado que lo hagan con maestría.

Esas palabras provocaron una sonrisa tímida y más distendida. Guiada por Alex, avanzó por los pasillos para reunirse con el cardiólogo y los técnicos. Se sentía segura otra vez.

Calvin atravesó la recepción en dirección al salón donde se servía el desayuno. El aroma de las lilas era embriagador y embellecía aún más el antiguo hotel. Llevaba consigo su abrigo color marrón claro y jugueteaba discretamente con uno de los grandes botones. Vio la cabeza del profesor reflejada en el vidrio. Hundió la mano en el bolsillo y la sacó rápidamente.

—El profesor Walters ya está en la mesa, señor Petersen. ¿Me permite su abrigo?

El *maître* del Claridge entregó la prenda a un asistente y luego le guió hacia una mesa situada en un rincón del salón; a ella se sentaba un hombre de unos cincuenta y cinco años. Vestía ropa cara: una camisa con rayas rosadas, un jersey azul marino y un pañuelo de seda color carne en lugar de corbata. Calvin intuyó los gemelos de los puños de la camisa gracias al brillo. El profesor Fitzalan Walters dejó a un lado su ejemplar del *New York Times* y se puso en pie cuando él se acercó a la mesa. Le tendió una mano cubierta de pecas y apoyó la otra sobre el brazo de su invitado. Un camarero le invitó a sentarse. Calvin quedó impresionado por la prestancia de ese hombre de talla relativamente pequeña.

—Me alegra que sea posible vernos durante mi estancia en Londres, Calvin. —Fitzalan tenía una voz profunda con un ligero acento del sur de los Estados Unidos que indicaba que pertenecía a una familia tradicional y acaudalada y exigía atención—. ¿Volverás a casa para Navidad?

—Viajaré pasado mañana.

El profesor era un hombre importante y ocupado, uno de los directores de la Escuela de Teología de The College, una institución educativa fundada en Kansas en 1870 con una filial en Indiana que había prosperado con el transcurso de los años. Entre sus alumnos se contaba una gran cantidad de senadores, jueces y figuras prestigiosas de todos los ámbitos de la vida pública. De hecho, un título de The College era una especie de pasaporte para obtener un buen empleo en la justicia, la política, o en Washington. Ante los no iniciados, Walters la definía como una institución fundamentalista neoconservadora. El profesor daba la impresión de saberlo todo. Diez años atrás había escrito un libro fundamental acerca del segundo advenimiento de Cristo. Se adecuaba a la perfección a los principios morales y al interés de Calvin por encontrar un puesto de profesor que le permitiera mantenerse hasta que completara su licenciatura y, a continuación, su doctorado. Un anuncio ofertando un puesto en The College pareció ser lo que esperaba y se ofreció. El profesor Walters —FW, como solían llamarle sus amigos— se había interesado vivamente por Calvin desde la primera entrevista. Habían conversado largamente sobre el doctor John Dee, un antepasado de Calvin. En realidad, le habría correspondido a él el esfuerzo por congraciarse con el profesor. No obstante, fue éste quien se sintió halagado. Algunas personas opinaban que Dee era un demente, pero Walters le respetaba y deseaba saber más sobre él. Muchos creían que el doctor Dee verdaderamente había recibido —tal como le anunciara el ángel en sus conversaciones— detalles sobre el Apocalipsis y la segunda llegada de Cristo. Se preguntaban si los habría incluido en sus escritos y cuál habría sido el destino de la mayor parte de ellos. Se sabía que la casa del doctor Dee había sido allanada y su biblioteca, saqueada, mientras él estaba de viaje por Bohemia, en la década de 1580. Aparentemente, Walters conocía muchos detalles sobre la vida y obra del doctor Dee, muchos más que sobre él mismo.

La conversación había sido muy provechosa y FW premió a Calvin con el puesto de profesor que necesitaba y luego le ayudó a conseguir una beca de posgrado para que pudiera viajar, investigar y así completar su tesis. Calvin provenía de una familia con bienes inmobiliarios y algunas inversiones en bolsa, pero con escaso dinero en efectivo, de modo que agradeció el mecenazgo. Más adelante, cuando Calvin conoció mejor al profesor Walters, algunas de sus ideas sobre diseño inteligente, el éxtasis y el creacionismo le parecieron un tanto extremistas, y se alarmó mucho cuando Walters expresó en público que podía responsabilizarse del horror del 11-S a los paganos, las feministas y los homosexuales tanto como a cualquier terrorista islámico. No obstante, nunca habló de ese tema con su protector. Era el hombre de confianza de FW en diversos asuntos y eso le gustaba. Su asociación cobró un nuevo ímpetu cuando Calvin mencionó de pasada la muerte de un primo inglés y una llave con una historia fascinante que estuvo a punto de caer en manos de su madre. Explicó que debía haber sido cedida siguiendo la línea femenina, pero la había recibido un primo, en Inglaterra, quebrando así una tradición centenaria. Creía que podía estar vinculada con libros y documentos que su ilustre antepasado consideraba tal vez demasiado comprometidos para darlos a conocer, teniendo en cuenta las divisiones doctrinarias de principios del siglo XVII. FW se mostró sorprendido de que Calvin no le hubiera hablado antes sobre la existencia de esa llave.

Calvin sopesaba hasta qué punto era estrecho el vínculo que le unía con aquel hombre mientras el camarero le ponía una servilleta. Walters le invitó a pedir con tono jovial. Él ya había elegido un tradicional desayuno inglés.

—Me encantan estas salchichas. Es imposible conseguir otras parecidas en casa —comentó. Calvin se preguntaba qué estaría pensando. Era impropio de FW andarse con rodeos—. ¿Has realizado algún avance con respecto a tus primos ingleses y el doctor Dee? —preguntó Walters entre un bocado y otro sin dejar de observar a Calvin para evaluar sus reacciones.

—¿Puedo tomar nota, señor? —preguntó diligentemente el camarero. Calvin estaba a punto de pedir huevos Benedicto, pero Walters le interrumpió antes de que pudiera articular la primera vocal.

—Un desayuno inglés, huevos fritos, pero por un solo lado, sin darle vuelta a la sartén, salchichas y tostadas con mantequilla. Asegúrese de que la mantequilla esté caliente. —Walters ignoró la proximidad del camarero y dirigiéndose a Calvin, agregó, sin bajar la voz—: Estos ingleses no entienden qué es una tostada con mantequilla caliente.

—Lo sabemos, señor —acotó el camarero con una sonrisa imperturbable—. La tostada se unta con mantequilla fuera de la tostadora para que impregne el pan y quede húmeda y esponjosa. ¿Algo más, señor? ¿Café normal o descafeinado?

Calvin asintió a modo de agradecimiento antes de que Walters despidiera con frialdad al camarero:

—Es todo, gracias.

—Sí, de hecho he almorzado con mi primo y sus amigos hace poco —respondió Calvin en cuanto se perdió de vista el camarero—. He estado... —Hizo un alto mientras se devanaba los sesos para hallar la palabra adecuada— *viendo* a la ex novia del otro hermano. Murió trágicamente. No sé si mi supervisor se lo dijo. Sufrió un accidente hace unos meses.

Calvin evitaba deliberadamente dar certezas, pero sus fríos ojos de color gris azulado estaban fijos en su compañero de desayuno. Quería evaluar su reacción acerca de estas noticias. Se preguntaba si alguien de la facultad lo sabía y había sido responsable del asalto a la casa de la familia en un momento tan oportuno.

Trataste de que ella te lo dijera, pensaba Walters. Sin embargo, miró gravemente a su compañero, recorrió su rostro y asintió:

—Sí, Guy me informó. Lo sé todo. Fue verdaderamente desafortunado. No puedes hacerle preguntas.

Llegó el desayuno y Calvin continuó.

—No, pero su ex novia estaba disgustada por la separación y me reveló muchas cosas acerca de la familia. Necesitaba hablar con alguien. —Difería con premeditación el momento de revelar algún dato de interés para su mentor, que no prestaba atención por una cuestión de amabilidad. No se apresuró, sino que terminó de comer un huevo antes de proseguir—: El almuerzo resultó interesante. Me he enterado de que ahora es el hermano quien tiene la llave. La he visto con mis propios ojos. No sabe demasiado acerca del documento que la acompaña. Es muy extraño. Traté de decirle a Siân, la novia, los problemas que depara no seguir la línea hereditaria, es decir, lo que ocurre cuando no es una mujer quien hereda la llave. La familia ignoraba tener un parentesco con Dee. El padre lo consideraba una superstición o algo de lo cual correspondía avergonzarse. Me preocupa que no hayan observado el precepto. —Calvin hablaba con despreocupación, pero advertía el interés con que su interlocutor escuchaba cada palabra—. He de admitir que esperaba que ocurriera un desastre. Mi madre me previno claramente de lo que pasaría si se rompía la cadena, y tengo la impresión de que guarda alguna relación con la muerte de mi primo. Es exactamente el tipo de infortunio que ella había vaticinado —agregó, e hizo una pausa a la espera de algún comentario, pero no se produjo—. Ellos no lo comprenden. No parecen respetar estas poderosas ideas. Un objeto está maldito si Dios lo maldice y el efecto es el mismo cuando lo hace un ángel —concluyó, mirando a su interlocutor—. Ahora mi relación con Siân es tensa, pero sigo viéndola.

No lo dudo, pensó Walters. Era consciente de los encantos de la joven tras haberla visto con sus propios ojos.

—Calvin —empezó, inclinándose hacia él—, ya hemos conversado sobre esto. Quizá estemos ante uno de los grandes descubrimientos históricos de nuestra época y ambos deseamos que The College forme parte de él. Alcanzarías la gloria académica y sería la llave para lograr el éxito desde el punto de vista de tu carrera. Y, desde una perspectiva religiosa, sin duda sería fascinante. Espero que pueda verificar la teoría del éxtasis, hemos trabajado con ese objetivo durante años. Dee obviamente debía de saber mucho sobre el tema. Yo diría que tú tan sólo tienes que... reclamar lo que te pertenece.

La voz de Walters se fue apagando sugestivamente, sin el menor atisbo de urgencia. No obstante, Calvin sabía que era su oportunidad de convertirse en una especie de héroe para The College. Muchas personas, y no sólo aquellas que pertenecían a esa universidad, se esforzarían por tener en su poder el legado de John Dee. Cualquier hombre podía advertir la importancia que le otorgaría. En el caso de Calvin, debía sumar a eso que su valedor, un hombre influyente en el ámbito político y social, era plenamente consciente de su valor. Comprendió de inmediato la orden recibida: recuperar del modo que fuera la llave que estaba en poder de Alex o de Lucy, si ella aún la conservaba. FW no iba a esperar eternamente.

El camarero dejó discretamente la cuenta sobre la mesa. El profesor Walters firmó sin mirar y fue generoso con la propina. Él y Calvin se pusieron en pie, el *maître* apareció con el abrigo y Walters dejó otro billete americano en su mano y sujetó a Calvin del brazo.

—¿Dispones de un minuto? —No era una pregunta—. Vayamos a mi suite. Hay algo que tal vez te interese y un par de personas que deberías conocer. Voy a ayudarte a comprender la posible importancia de este hallazgo.

Cuando atravesaban el elegante vestíbulo *art déco* un hombre se levantó de una silla y fue hacia el ascensor que estaba frente a él. Walters y Calvin le siguieron y dirigieron su mirada a la puerta.

—¿Has conseguido todo, Mefistófeles? —preguntó Walters sin mirarle.

—Sí, profesor Walters. Fue muy instructivo —respondió el desconocido, entregándole a Walters un pequeño portafolios de cuero.

—Se llama Angelo, aunque suelo darle otros nombres. A veces puede ser un ángel un tanto malvado. Trabaja para mí, aquí en Europa —explicó el profesor Walters de forma evasiva. Calvin se volvió para observar ese extraño rostro carente de rasgos destacables, excepto por los ojos amarillos como los de un gato. Calvin no pudo identificar su acento.

—Encantado de conocerte —saludó Calvin, aunque no era cierto. Advirtió que el desconocido estaba impecablemente vestido con un traje oscuro y un abrigo de cachemira. Angelo asintió con amabilidad al cumplido, Calvin se sintió ligeramente incómodo. Se preguntó a qué se había referido FW cuando lo calificó de «ángel malvado».

—Llevé a los invitados a la sala de estar de la suite y les serví café, como me indicó, señor.

—Gracias.

La puerta del ascensor se abrió y los tres salieron al corredor.

—La suite Davies está a la izquierda —les guió Walters.

Angelo abrió la puerta y retrocedió. Walters entró seguido por Calvin, quien echó un vistazo a la hermosa habitación decorada en amarillo y blanco, con su brillante piso de madera. Dos hombres estaban en pie frente a una ventana por donde entraba la luz matinal. Walters atravesó la sala y estrechó a cada uno de ellos en un abrazo formal.

—Éste es el joven sobre el que les he hablado, Calvin Petersen. Es mi *protégé*, el hombre que, según espero, nos conducirá hacia las respuestas que hemos estado buscando durante años —explicó FW con un tono inusualmente solemne—. Calvin, te presento a mis colegas —dijo, haciendo un ademán, pero sin pronunciar sus nombres. No obstante, Calvin tenía la vaga impresión de haber visto esas caras, tal vez fueran políticos o habían participado en programas de televisión sobre temas religiosos.

FW puso el maletín sobre la mesa y lo abrió. De allí sacó algo que parecía un pergamino y un exquisito retrato en miniatura.

—¿Y bien, mi ángel malvado? —preguntó con aplomo.

Angelo avanzó con las manos cruzadas.

—Señor, como expliqué a V&A, esto fue recientemente legado a nuestra universidad. Ellos confirmaron que el retrato fue pintado a finales del siglo XVI y es posible que sea un Hilliard, pero aparentemente no está catalogado, por lo que tal vez sea sólo una copia de un original perdido. Aún no pueden precisarlo. El Fitzwilliam Museum de Cambridge está interesado en los documentos —agregó, tomando algunos de ellos—. Son lo que ellos denominan «buenas copias» de un texto original, tal vez perdido. Según dijeron, no es posible confirmarlo antes de hacer un análisis más exhaustivo, pero es posible que hayan pertenecido al doctor Dee, salvo esta única página, que parece ser una especie de síntesis de una pieza teatral. Hicieron una copia y pedirán a un perito calígrafo que la examine si así lo deseamos. Parecen bastante optimistas con respecto a ella, aunque se muestran cautelosos porque podría tratarse de una falsificación. —Angelo observó a su expectante auditorio y prosiguió—. Los libritos en latín aún están en poder del librero anticuario encargado de examinarlos, pero la Biblia es muy antigua y valiosa. He trabajado sobre los pasajes con anotaciones, que son reveladoras, al menos en apariencia.

Cuando Angelo concluyó su informe, Walters hizo una señal de aprobación y le entregó la miniatura a Calvin.

—No es necesario aclarar que todo esto es rigurosamente *sub rosa*, Calvin. Una hermosa dama, ¿verdad? ¿Crees que puede haber sido un antiguo miembro de tu familia?

Calvin entornó los ojos sin querer al observar aquel rostro. Comprendía las implicaciones de la pregunta. ¿Qué relación tenía él con todo aquello? En cuestión de segundos lo relacionó con el robo en la casa de campo de la familia Stafford, ocurrido mientras Will agonizaba en el hospital. Abrió la boca para hablar con el profesor Walters, pero cambió de idea y trató de ocultar sus pensamientos. ¿Hasta dónde era capaz de llegar esa gente? Esas desagradables ideas le distraían de aquello que le señalaba el instinto, hacer lo que fuera necesario para lograr su premio. Entonces, se concentró en la imagen de esa hermosa mujer que le observaba desde el fondo azul, con su corsé profusamente bordado. Puso unos ojos como platos.

—No estoy seguro —repuso lentamente—, pero creo que almorcé con ella hace unas semanas. Incluso es posible que... —Calvin estaba tan atónito que pensaba en voz alta, no podía evitarlo— ella sea la actual poseedora de la llave.

16

El timbre volvió a sonar. El portero no estaba en su mesa, o tal vez había permitido que ese hombre llegara hasta su puerta.

—Taxi, querida. Está reservado a nombre de King.

Lucy le miró desconcertada.

—Debo entregarle esta nota y esperar diez minutos —dijo, y le guiñó el ojo mientras le entregaba un sobre sellado—. Estaré aquí fuera.

Grace llegaría tarde al trabajo a causa de los imprevistos de esa mañana.

—¿Qué ocurre ahora? Si esto sigue así, nunca atravesaré esa puerta —proclamó riendo y espió por encima del hombro de su amiga la tarjeta escrita a mano:

3 de febrero. Mademoiselle, coja un abrigo grueso, zapatos cómodos y su pasaporte.
Dépêche toi!, Alexandre.

—Yo las pondré en agua —intervino Grace, y recogió la espléndida caja que había traído el portero poco antes—. Prepárate, Lucy. Obviamente, irás a un lugar asquerosamente romántico, como París —sugirió y comenzó a cantar una canción de Edith Piaf mientras se lanzaba hacia un jarrón.

—No lo comprendo, Grace. Me manda una tarjeta y un costoso frasco de mi perfume favorito de rosa búlgara para Navidad, antes de que me vaya a Shropshire. Luego, no está disponible durante todo el mes de enero, y la llamada telefónica más larga, un paupérrimo sustituto, ha durado diez minutos. Daría cualquier cosa por saber sus sentimientos. Está interesado y luego no lo está. ¡Es irritante!

Grace desestimó su razonamiento.

—Lucy, ese hombre está interesado. Se tomó la molestia de identificar cuál era tu perfume y resolvió el mayor de los problemas, dónde adquirirlo, y ahora... ¡Mira esto! —exclamó, y rodeó con el brazo las dos docenas de rosas rojas de largos tallos que estaba arreglando—. ¡Y el taxi! Lo siento, pero no puedes culpar a un hombre por tener mucho trabajo. Estaba impartiendo clases, ¿no? Simon dice que no ha tenido un día libre en todo el mes de enero. Sin duda ha hecho algo especial para poder salir hoy. ¡Qué romántico! Evidentemente, te llevará a un lugar muy especial.

El nuevo corazón de Lucy sufrió otro ataque de ansiedad. No resultaba sencillo admitir lo que sentía por Alex Stafford. La posible falta a la ética profesional y la incertidumbre acerca de su vida privada le imponían una actitud de alerta. Observó a la sonriente Grace y de pronto cayó en la cuenta.

—¿Cómo lo sabes? —preguntó, agitando la nota en dirección a su compañera.

—No tengo tiempo de explicártelo. Llegarías tarde.

—¿Lo organizó con tu complicidad? —Grace sonrió y no respondió. Lucy la siguió hasta la cocina—. Ha de haber una explicación para que hoy ni tú ni nadie pueda almorzar conmigo. ¿Cómo podías estar tan segura de que tendría una propuesta mejor?

—Bueno —comenzó Grace mientras arreglaba las rosas, que para su tranquilidad, no tenían espinas—, sé que pidió toda clase de favores para tener un día libre esta semana, porque era tu cumpleaños, pero no le dije cuál era el perfume que usabas y no sé qué planea hacer hoy. —Tras mirar a Lucy, agregó—: Sólo una tonta podría dudar de su interés. Trabaja sin descanso y además está terminando el doctorado. No suele tener tiempo libre y además es extremadamente cauteloso con respecto a tu salud, lo cual es comprensible después del último fiasco. Quiere que te recuperes, no desea que su cortejo sea la causa de tu muerte, y a pesar de todo logra encontrar tiempo para llamarte todos los días. ¿No es realmente adorable? En un mundo donde todos corren y los romances terminan antes de haber empezado, es deliciosamente anticuado y tranquilizador. Él no es como otros hombres. Por supuesto, si tú tienes otra opinión, me quedo con las rosas.

Lucy la miró angustiada.

—Dos o tres llamadas por semana no es lo mismo que «todos los días», sobre todo si no *dice* nada cuando telefonea.

—¡De eso se trata! —exclamó Grace, y rió abiertamente—. Ahora, muévete. Ponte algo bonito pero abrigado. El taxi espera.

Alex abrió la puerta del taxi que la llevó hasta Chiswick y pagó el viaje. En el Key Bridge la luz estaba moteada de nieve.

—¡Feliz cumpleaños! —la felicitó mientras le ajustaba el abrigo.

—¿No iremos a París? —se burló Lucy—. Esperaba encontrarme contigo en la estación de Waterloo.

—Ah, tenías previsto almorzar en Boffinger, ¿verdad? —repuso Alex entre risas, y la tomó de la mano, apretándola más que de costumbre para llevarla hacia el lugar donde había aparcado su automóvil—. Me disculpo por haberte pedido que nos encontráramos aquí. Tenía que conducir desde North Circular Road. No pude salir del otro hospital hasta esta mañana y debía hacer algunos trámites. —Lucy esperó hasta que Alex abrió la puerta. El aroma la dejó sin aliento. La capota negra del Audi había ocultado su contenido: el espacioso asiento trasero estaba lleno de fragantes ramos de narcisos, jacintos, violetas y otras flores primaverales. No podía hablar, se sentía feliz.

—Por el regreso de la doncella —dijo Alex. Ella le miró inquisitivamente—. Tu cumpleaños es una fecha especial. En realidad, el día siguiente. Para los paganos era el primer soplo de primavera, el día en que Perséfone regresa del inframundo.

—Al igual que yo —afirmó Lucy, y le abrazó—. ¿Adónde vas a llevarme? Creí que necesitaría el pasaporte.

—Y así es —respondió Alex, imitando su entonación. Después de controlar los espejos retrovisores, puso en marcha el coche. Entonces, le explicó—: Pensé en llevarte a almorzar al campo, al pueblo en el que me crié, donde está la casa de mi familia. ¡Es un lugar digno de una postal! Según dice L. P. Hartley, el pasado es un país extranjero. Allí está mi pasado.

Lucy rió con alegría.

—No se me ocurriría un lugar mejor, Alex. Es perfecto. Gracias.

Instalada en el generoso asiento del acompañante, tapizado de cuero color arena, disfrutó del delicioso aroma de las flores y de la proximidad del cuerpo de Alex.

No había esperado que ese día transcurriera así. Se había armado de valor para aceptar que no habría festejos en su cumpleaños. Y entonces, en esa cápsula cálida que la ocultaba de la temperatura exterior —el termómetro marcaba sólo un grado—, dejó que el conductor se concentrara en el tráfico, que iba hacia las afueras de la ciudad y abrió la conversación.

—Tu ilustre antepasado me ha fascinado, Alex, aunque he leído sólo la mitad de los libros que me dio Simon. Están llenos de sorpresas.

—Imaginaba que serían huesos duros de roer, sobre todo considerando que Calvin está tan embelesado con todo eso.

—¡En absoluto! Sé que eres un defensor de la Ilustración, pero deberíamos tratar de comprender a tu antepasado desde la óptica de su propia época, para apreciar la influencia que tuvo en la Inglaterra isabelina. Era un verdadero hombre del Renacimiento, con un profundo conocimiento de la astronomía y la historia, una autoridad en temas navales y, de acuerdo con todas las referencias, un profesor brillante.

—Drake y Gilbert llegaron al Nuevo Mundo gracias a la ayuda de Dee. En realidad, no creo que pueda hacerle justicia.

—Bueno, yo no sé absolutamente nada sobre él y, con este clima, tenemos una hora por delante hasta llegar a Hampshire. Hazme una semblanza de ese hombre.

Alex estaba particularmente animado ese día y ella se relajó para disfrutarlo plenamente.

—Lo primero que debería explicar sobre John Dee es que buena parte de lo que sabemos de él, o de la imagen que tenemos de él, si prefieres decirlo de otro modo, se lo debemos a Meric Casaubon, un erudito del siglo XVII decidido a destruir cualquier aspecto positivo de su reputación. Casaubon nos ha impedido ver a Dee sin prejuicios. Él creía que Dee se engañaba y que sus prácticas eran «oscuras», así las denominaba. Publicó los detalles más morbosos de la vida de Dee. Aunque no abundaban, él se las ingenió para descubrir algunas rarezas.

Alex sonrió.

—Entonces, no fue un biógrafo imparcial.

Lucy negó con la cabeza.

—Estaba muy lejos de serlo, pero lo que *más* podría interesarnos es que Casaubon pudo acceder a una extraordinaria cantidad de documentos personales de Dee de la manera más extraña.

—Adelante —pidió Alex, intrigado.

—Fue sir Robert Cotton quien, a principios del siglo XVII, por alguna razón inexplicable, sugirió efectuar excavaciones en los terrenos de la casa de Dee en Mortlake. Ten en cuenta que la biblioteca Cottoniana se encuentra en la British Library. Las excavaciones fueron un éxito.

Alex miró a Lucy.

—De modo que nuestra llave y otros hallazgos son producto de esa inspiración. —Lucy le respondió afirmativamente con una mirada—. ¿Por qué lo enterró todo? ¿De verdad eran tan peligrosas sus ideas?

—Cotton descubrió un escondite con documentos dañados por la humedad, pero aún legibles, y entre ellos estaban las transcripciones de los diálogos de Dee y Kelley con ángeles, que más tarde Cotton le entregó a Casaubon.

—Con ángeles. —La voz de Alex adquirió su conocido tono irónico.

La joven fue incapaz de contener la risa. Se reacomodó en su asiento para poder mirarle a la cara.

—Prometiste que lo juzgarías desde la perspectiva de su época. Muchos de sus contemporáneos tenían creencias e ideas similares.

En la voz de Lucy había humor y súplica. Alex la oía, encantado por la pasión que le provocaba el tema. Escuchó admirado mientras ella narraba con destreza su visión del ambiente de la época.

—El mundo isabelino estaba poblado por una ecléctica combinación de personajes: políticos, teólogos, poetas y dramaturgos, exploradores y fascinantes piratas como Raleigh y Drake, pero el censo incluía también una extraordinaria variedad de espíritus —hadas, demonios, brujas, fantasmas, ánimas— buenos y malos, y hechiceros que hablaban con ellos. Era totalmente coherente con la urdimbre de ese mundo que Spenser escribiera el gran poema épico *La reina de las hadas* y que un fantasma desencadenara los conflictos de Hamlet. Esa fascinante mezcla de mundo terrenal y etéreo se debía tanto al interés por el ocultismo, en el más alto nivel intelectual, como a una tradición de supersticiones e influencias folclóricas. Se fundaba en el legado de la magia y la cábala, heredados de los grandes neoplatónicos del Renacimiento italiano. Tenía por objetivo abarcar las esferas más profundas del conocimiento oculto, desdibujando los límites entre la ciencia y la espiritualidad. En Gran Bretaña la cara visible de ese movimiento era John Dee.

Alex había admirado, absorto, su control profesional de un flujo de información tan abundante y complejo, pero cuando habló de Dee, el hombre a quien él conocía por haber difundido las teorías de Euclides, se quedó perplejo.

—Es difícil de asimilar que un hombre sea famoso como matemático de cierto talento, y también como mago. Me pregunto cómo podía reconciliar en su persona el interés por la ciencia y el ocultismo.

—Debes tener en cuenta que en esa época incluso la matemática era considerada una materia muy próxima a la «magia negra». El cálculo era un pariente desagradablemente cercano al conjuro y la elaboración de cartas astrales.

Alex rió. Recordó que a Will no le gustaban las matemáticas, a las que siempre se refería como «la asignatura diabólica» cuando su hermano le entregaba resueltos los ejercicios de la escuela.

—No obstante, según nos dijo Calvin, Dee siempre se declaró un cristiano devoto, e incluso partidario de la Reforma religiosa de los Tudor.

—Sí, estoy de acuerdo en que, desde la perspectiva de nuestra época, es extraño, pero Dee estaba influido por una maraña de ideas extraordinarias originadas en la Europa del siglo xv. Fue en aquella época cuando llegaron a Italia libros de Constantinopla y de España, después de que los Reyes Católicos expulsaran a los judíos. Una de sus ideas más importantes fue tomada de las enseñanzas de la cábala. La otra fue consecuencia del descubrimiento de un grupo de documentos sobre Hermes Trismegisto, que se conocieron con el nombre de *Corpus Hermeticum*.

Lucy miró a Alex. Ése era el núcleo de su información y quería asegurarse de que él le prestara atención mientras lidiaba con el camino resbaladizo y las ráfagas de nieve, cada vez más intensas, que ponían a prueba la eficacia de los limpiaparabrisas. Hizo una pausa, para considerar que la doncella había elegido resurgir en medio de un clima terrible.

—No te detengas —pidió Alex, mirándola fascinado—. Me gusta oír tu voz.

Ella sonrió, disfrutaba de ocupar el lugar de quien tiene autoridad.

—Los filósofos renacentistas Pico della Mirandola y Marsilio Ficino trabajaron para los Medici, y el abuelo de Lorenzo, Cosimo Medici, les encargó que dejaran de lado cualquier otra cosa y se concentraran en los textos de Hermes que acababa de obtener. Tradujeron los escritos de Hermes, los cuales provocaron una oleada de misticismo que se expandió por toda Europa. Este Hermes no era el mensajero de los dioses griegos, sino un legendario sabio egipcio, una especie de híbrido greco-egipcio que encarnaba tanto las cualidades del Hermes griego como las del escriba y dios egipcio Toth. Los eruditos renacentistas lo apodaban el «Moisés egipcio».

Fuera, la temperatura estaba disminuyendo. Alex aumentó la intensidad de la calefacción.

—¿Eso significa que podría ser un personaje imaginario?

—En realidad, era semejante a un dios con los atributos de un hombre heroico. Los libros y documentos difundidos bajo el título de *Corpus Hermeticum* —textos que en teoría fueron escritos por el propio Hermes y otros, en griego y latín, referidos a él— surgieron a partir de ese personaje mítico, pero los florentinos, después de leerlos, creyeron que se trataba de un sacerdote y sabio que en realidad había existido.

»Para ellos era una fuente de sabiduría antigua y sagrada contemporánea a Moisés y suponían que había influido en Platón, aunque es más probable que los textos herméticos se fundaran en algunas de las enseñanzas platónicas, entre otras. Lo destacable es que los textos eran realistas y fascinantes, y eso les motivó a creer que la sabiduría de Hermes era muy antigua. No obstante, muchos estudiosos de nuestra época opinan que, en realidad, los textos datan del siglo I de la era cristiana, aunque conservan tradiciones orales mucho más antiguas, referidas a las ideas religiosas de los egipcios antes del cristianismo, y para los pensadores liberales de aquel entonces, que buscaban verdades religiosas capaces de trascender la creciente división entre grupos religiosos, fue una nueva perspectiva. Esos textos les permitían escapar de los dilemas fundamentales de la fe: permanecer fieles a la Iglesia de Roma o unirse a Lutero y Calvino; vilipendiar o no a judíos y musulmanes. Las ideas expresadas en los textos herméticos les condujeron a la propia esencia divina. Y estaban bastante acertados al profesarles su respeto porque, como ahora sabemos, la cosmovisión de los egipcios influyó en Moisés.

Alex apoyó su mano sobre el regazo de Lucy para pedirle que hiciera una pausa. El aroma embriagador de las flores en el ámbito cerrado del automóvil, combinado con las poderosas ideas que estaba expresando, le marearon.

—Espera, Lucy. Veamos si he comprendido bien. Cuando hablamos de hermetismo, ¿nos referimos a los textos que surgieron en torno a ese ser humano, supuestamente real, investido con los atributos divinos del dios griego con ese mismo nombre? —Ella asintió. Él formuló otra pregunta—: Y la importancia de Hermes consistía en...

—En que aparentemente les hablaba de una verdad religiosa absoluta, sin rótulos. Ficino denominó a los documentos herméticos «un rayo de luz divina». Al estudiar sus enseñanzas sintió que podía superar los engaños de la mente y comprender la mente de Dios. Algo sumamente atractivo en un momento en el cual las distintas posiciones con respecto a la doctrina dispersaban a la gente en varias direcciones. El conocimiento de la hermética permitiría aprehender la mente de Dios sin intermediaciones. Hermes habría anticipado incluso la llegada de Cristo desde la posición aventajada de la sabiduría egipcia. En sus enseñanzas había un matiz de magia y ocultismo y un gran respeto hacia las mujeres, fundado en el culto a Isis. Hermes llegó a ser una figura tan respetada que su imagen fue colocada en el altar de la catedral de Siena.

Mientras escuchaba a Lucy, Alex pensaba cuánto habría interesado esa corriente de pensamiento a su madre, considerando su enfoque ecuménico sobre la espiritualidad y su moderado feminismo.

—De acuerdo —dijo, pensativo—, se aceptaba ampliamente que los textos herméticos rivalizaran con el Génesis, dada la relación entre su origen y su autoridad espiritual.

Lucy asintió enfáticamente.

—Correcto. En particular, así lo creían figuras como Giordano Bruno y Ficino.

El tráfico era escaso y el silencio, fantasmagórico a causa de la nevada que restringía notoriamente la visibilidad, incluso en una autopista. Súbitamente apareció, no muy lejos del coche de Alex, un ciervo solitario que cruzó el camino en dirección a un matorral. Ambos sonrieron, cautivados. Alex se contuvo, y no hizo comentarios.

—¿Y qué relación tiene con la cábala?

—Ése era el tema que le interesaba a Pico. Las enseñanzas de la cábala, tanto las que se transmitían oralmente como los textos escritos, se conocieron en Italia después de la expulsión de los judíos de España. Para Pico, se trataba de una antigua tradición de sabiduría mística relacionada con la lengua hebrea, que provenía de Moisés. Como sabemos, para los judíos el hebreo era la lengua de Dios. La cábala asignaba un valor numérico a cada una de las letras del antiguo alfabeto, lo cual se denomina Numerología, y preservaba así el secreto de la magia, que se consideraba inherente a la lengua hebrea. Cada letra equivale a un número. Se creía incluso que en el idioma hebreo contemporáneo a Pico las palabras tenían poder divino.

Lucy hizo una breve pausa y miró a Alex para comprobar que seguía el hilo de su explicación. Las miradas de ambos se encontraron apenas un instante, ya que él estaba concentrado en el camino.

—Es decir, se creía que el lenguaje en sí mismo transmitía información más profunda que la que aparentemente comunicaba, que contenía un lenguaje oculto. Una especie de mensaje para los iniciados. Te sigo.

—Bien. YHVH es el tetragrama del nombre de Dios, en hebreo antiguo se escribía con cuatro consonantes. Hay quienes opinan que no puede pronunciarse, porque no tiene vocales, Jehová y Yahvé son algunas de las pronunciaciones posibles.

—Amel dice que la palabra Yahvé se origina en una palabra egipcia que significa «surge el poder de la Luna» —la interrumpió Alex—. Deriva de Yah, el nombre de una deidad lunar de los egipcios y de una diosa babilonia.

Lucy puso los ojos en blanco.

—Alex, lo que dices es muy interesante, pero, por favor, no me distraigas —pidió graciosamente—. Estamos llegando a lo más emocionante, a la esencia de los postulados de la cábala. —Él asintió y le sonrió—. Ahora bien —prosiguió ella—, para los cristianos, un aspecto atractivo de la cábala consistía en que aparentemente confirmaba que Jesús era hijo de Dios: cuando se utiliza el nombre Iesu para denominar a Jesús o mejor aún Jeshua o la variante Joshua, se añade una «ese» a las consonantes YHVH. Y es esa «ese» la que permite que el nombre se pronuncie. Para los cabalistas cristianos, hacer audible el nombre de Dios equivalía a que el Verbo se hiciera carne.

Alex lanzó una carcajada y miró a Lucy casi al mismo tiempo que salían de la autopista para ir hacia la pequeña aldea de Longparish.

—En fin, aunque ésa fuera la etimología de Yahvé, es un argumento extravagante. Mi hermano lo habría dicho de una manera mucho más irreverente: ¿«compraron» esa explicación?

Lucy rió.

—Era posible convencer a los expertos de aquella época en función de la destreza para manipular el alfabeto hebreo y estirar las consonantes para suplantar las vocales faltantes, pero parte del objetivo era convertir a musulmanes y judíos a la cristiandad, lograr que aceptaran la idea de la Trinidad.

Alex asintió, pensativo.

—*Plus ça change!* Pero nos hemos alejado bastante de John Dee.

—Eso parece. Pero es necesario que entiendas esta red de ideas, algo compleja, para comprender qué cosas estimulaban la imaginación de Dee. La cábala cristiana dio su bendición a la comunión con los ángeles, a través de sus nombres sagrados en hebreo, los cuales tenían el mágico poder de conducir al mago, es decir, a quien los pronunciaba, directamente hacia Dios, sin restricciones doctrinarias.

—En la antigüedad, los nombres entrañaban poder. Quien conocía el verdadero nombre de un ente y lo pronunciaba, tenía poder sobre él.

—Y esto, efectivamente era aquello a lo que Moisés había tenido acceso. Creían que había sido un mago, un iniciado. También Hermes Trismegisto. El iniciado emprendía un recorrido desde el mundo terrenal, pasaba por el Éter, un paraíso a medias, y llegaba al mundo celestial, el paraíso verdadero, o el nirvana, si prefieres llamarlo así, pero los ángeles protegían la magia y el viaje de los malos espíritus, de modo que Dee podía ser tanto un fervoroso científico como un conjurador de ángeles. Para él, los conceptos neoplatónicos que habían inspirado el Renacimiento y que habían despertado la ira del implacable enemigo de Lorenzo de Medici, el viejo Savonarola, eran ideas elevadas. Era seguidor de un fraile llamado Giorgi, que escribió un libro sobre las enseñanzas de Hermes y la cábala, llamado *De Harmonia Mundi*, que postulaba una filosofía de armonía universal.

—Pero seguramente cualquier esperanza de lograr algún grado de unidad en la práctica de la fe sencillamente no se materializó en la época de Dee —sugirió Alex, apoyando una mano en el brazo de Lucy.

Ella rió suavemente.

—Seguramente así fue. El hombre que mencionó Simon, Giordano Bruno, lo expresó maravillosamente. Dijo que los métodos utilizados por la Iglesia para intimidar a las personas y recuperar fieles no eran propios de los apóstoles, que habían predicado el amor. En los siglos XVI y XVII quienes no deseaban ser católicos se enfrentaban a la tortura a manos de los inquisidores y a su vez, en algunos países del norte de Europa, quienes deseaban seguir practicando el catolicismo eran quemados en la hoguera. La Reforma y la reacción católica produjeron divisiones. Las perspectivas eran más que pesimistas para los intelectuales liberales de aquella época. La esperanza parecía estar en eludir a cualquiera de las facciones de la Iglesia y hablar directamente con los ángeles de Dios, pero la magia y la comunión con los ángeles fueron consideradas una terrible herejía.

Alex conducía el automóvil a lo largo de sinuosos senderos cubiertos de nieve. Pasaron unos instantes antes de que hablara.

—Entonces, Dee era un hombre del Renacimiento tardío, que exploraba la filosofía oculta de un modo científico, por medio de la alquimia y la astrología, la matemática y la geometría, porque todo aquello le aproximaría a la comprensión de Dios. Amel aún cree que no se equivocaba demasiado.

—Y sobre todo, la Hermética justificaba su estudio de la astrología, porque demostraba que los egipcios habían erigido sus monumentos para reflejar las constelaciones. Muchos estudiosos reconocen ahora que ese objetivo les permitió comprender que el centro de nuestro sistema planetario no era la Tierra sino el Sol; les diferenció del pensamiento medieval.

Alex meditó sobre ese punto y se demoró unos minutos antes de hablar.

—Pero ¿de verdad crees que Dee estaba interesado en los aspectos innovadores de esta filosofía?

—Sin duda. Él colaboró para transformar a la reina Isabel en una heroína neoplatónica. Dee influyó en las obras de personas como Spenser y Philip Sidney. También desafió al poder colonial de España al postular que los británicos tenían derecho a realizar sus propias expediciones. La expresión «Imperio Británico» fue acuñada por Dee, era parte de su manera de ver el mundo.

—Calvin habló sobre eso, pero sin duda es algo que pesa en su contra.

—Ahora, pero no sucede lo mismo si colocas al personaje en su época y en su contexto. Su concepto de Britania era un reto a la hegemonía mundial de España y la Iglesia Católica. Que los estadounidenses hablen inglés en lugar de español se debe en parte a Dee. —Alex estaba concentrado en sus pensamientos. Lucy le observó, riendo con suficiencia—. Te he agotado.

—Me has hechizado —aseguró Alex. Y era verdad.

Alex disminuyó la velocidad del vehículo cuando entraron en el pueblo.

—Mira la nieve sobre el techo de paja.

Lucy no lo había notado, observó el lugar donde se encontraban y suspiró profundamente. Era un pueblo que conservaba sus rasgos auténticos, al que el clima había pintado de blanco. Las casas se inclinaban por el peso de los años: los techos se hundían bajo las centenarias tejas cocidas al sol; las ventanas se apoyaban en vigas combadas. El río corría delante de los jardines y debajo de los antiguos puentes. Estaba fascinada.

Eran aproximadamente las once y media cuando Alex aparcó en The Plough, el pub preferido de su madre. La abrigó con su propia bufanda y sus guantes y le abotonó el abrigo hasta arriba. Pasearon por el camino, muy juntos, para compartir el calor de sus cuerpos. Un sol desvaído se esforzaba por alumbrar débilmente los tejados y los senderos, pero Lucy tenía una infinidad de sensaciones, además del frío. Dejó que la quietud, los retazos de color de las puertas y las flores que asomaban en los arriates, la simple supervivencia del pueblo —con su tienda, su iglesia, su correo, sus campos de juego— penetraran en su alma. El clima apagaba la mayoría de los indicios de vida, pero una o dos personas que salían de casa o del coche saludaron a Alex. Era su lugar, el de su infancia.

Pasaron por un campo de críquet y él le señaló el edificio del club, con su techo de paja, que parecía cansado del frío.

—Era mi segundo hogar durante los meses de verano. Éste fue el escenario de mis primeros besos, bajo estos árboles, y de las largas resacas después de partidos perdidos, más largas aún si ganábamos. Mi madre solía venir a traernos la merienda.

Ella intuyó que esos comentarios ligeros ocultaban otros recuerdos, pero no le forzó a hablar de ellos. Por el contrario, estaba atenta a esos detalles de su vida como la hierba seca al olor de la lluvia. Le provocaba una sensación que nunca había experimentado, el placer de ver el mundo a través de los ojos de otra persona, de alguien que se estaba convirtiendo en un ser amado. Comprendió que la falta de recuerdos similares en su propia infancia hacía que ella fuera una persona más difícil de conocer. Alex —seguro de su identidad— era capaz de conmover íntimamente a los demás, con suavidad y firmeza, no temía a las sombras. Sin importar qué ocurriera a su alrededor, siempre era él mismo. La fortaleza de la joven residía en su capacidad de reprimir su afecto. Un torrente de emociones profundas podría destruirla, arrasar con su único credo. De pronto no era sorprendente que su corazón hubiera sido su talón de Aquiles.

Después de una pausa breve para que Alex recogiera algunos narcisos blancos del maletero del coche, cambiaron de dirección y se encaminaron hacia la iglesia. Él abrió el portal. Ella jugaba a ser turista. Él le enseñó detalles de ese edificio del siglo XIII como las antiquísimas vidrieras y el techo de madera. Salieron del ámbito oscuro de la iglesia hacia el jardín, donde una débil luz solar iluminaba la ligera nevada, y caminaron en silencio hacia el nuevo sector del cementerio. Lucy sabía cuál sería la siguiente escala y dudaba de que su presencia fuera de ayuda. Alex avanzaba erguido y meditabundo, sin hablar ni pedir consuelo. Se agachó frente a las dos tumbas, una demasiado nueva para arriesgarse a hablar de ese dolor, la otra, no mucho más antigua. Depositó las flores en silencio y si ofrendó alguna frase lo hizo en silencio. Súbitamente, se puso en pie otra vez, tomó a Lucy del brazo y se alejaron de allí. Todas las palabras que ella pudo haber pronunciado no salieron de sus labios. Era incapaz de articular palabra en el sentido más literal de la expresión. Pensó que tal vez lo había decepcionado, o había pasado por alto una oportunidad, pero la tranquilizó la serena fortaleza de su cuerpo mientras desandaban el sendero, recorrían el camino de regreso y cruzaban en dirección al pub.

El humor de Alex cambió cuando pidieron el almuerzo nada más regresar de aquel ensueño. Todos los parroquianos que entraban en el pub para comer o beber se dirigían a Alex, y él, mientras comía sin prisa, preguntaba sobre las vacaciones, los familiares, el trabajo, a quienes ocupaban o bien dejaban libres los asientos de la barra y las mesas. Él conocía sus historias, formaba parte de esa comunidad. A ella eso le gustaba, la rescataba de su falta de fe en los demás, la liberaba de la idea de que todos los seres humanos estaban aislados, atrapados en el callejón sin salida de sus intereses individuales. Estaba animada y alegre.

—El hombre aún puede ser un animal social.

—Oh, eso espero. Renunciaría a todo si pensara que no somos capaces de valorar la diversidad de los seres humanos —afirmó Alex, y la miró con una seriedad que parecía exceder el tono de su comentario. Después de beber un descafeinado y compartir un postre, le propuso—: Ahora, si tienes fuerzas, me gustaría mostrarte mi casa. Creo que es digna de que tú la veas.

Alex pronunció esas palabras con sorprendente vacilación. Tal vez le preocupaba que no fuera bien recibida. ¿Quería estar allí a solas con ella? ¿Temía que esa situación pudiera crear ciertas expectativas? Lucy percibió que ése era un momento fundamental en su relación y se sintió atormentada por la duda.

Luego, él explicó:

—No he sentido deseos de ir desde hace meses. Es una casa familiar, y mi familia ya no la habita, salvo mi padre. —Alex miró a Lucy con su cara afeitada y su cabello cuidadosamente cortado. A ella nunca le había parecido tan joven. La serena autoridad que era habitual en él estaba ausente en ese momento—. Me haría feliz que vinieras conmigo. Papá está trabajando en Winchester, pero le dejaré una nota.

Lucy se calmó y dijo espontáneamente:

—Sí, por favor, Alex, debes llevarme.

El momento embarazoso había pasado.

Grandes cúmulos de nieve orlaban los bordes del sendero y el jazmín de invierno del porche luchaba contra los rigores meteorológicos. En primer lugar, a Lucy le impresionó el jardín. Alguien le había dedicado mucho esfuerzo. La casa era grande, pero no suntuosa, tal vez de la época Tudor, y el techo de paja tenía un diseño espigado por el cual los conocedores habrían identificado al artesano que lo había realizado.

Al entrar, la joven percibió que el interior estaba templado. El lugar la cautivó de inmediato. El hogar era desmesuradamente grande. Frente a las ventanas francesas que miraban al jardín había un pequeño piano de cola. Imperaba un ambiente sereno.

—Mi madre solía tener flores en todas partes, aun en invierno —comentó Alex, disculpándose por no ofrecerle un ámbito más acogedor. No obstante, el cómodo banco de madera con respaldo alto, con una funda de cretona y mantas de color carne, y otros muebles mullidos, le daban calidez. Más allá de algunos elementos masculinos, un par de pantuflas de cuero, periódicos plegados, la presencia de un ferviente espíritu femenino era tangible en aquella habitación.

Alex se acodó en una mesa.

—¿Quieres un té? Supongo que te gustará más que tomar café.

—Sí, por favor. ¿Te molesta si echo un vistazo? —preguntó Lucy mirando a su alrededor.

—Para eso hemos venido —respondió Alex. A continuación fue a la cocina y puso un calentador de agua sobre la cocina de hierro del Rayburn. Entonces advirtió que había un paquete sobre la mesa de roble. Mientras Lucy curioseaba por el gabinete con su correspondiente biblioteca y el comedor, Alex trataba de abrir el envoltorio de cartón y quitar los protectores plásticos con burbujas de aire. Al ver cuál era el contenido cogió el teléfono colgado en la pared y marcó un número.

—Papá, no estás en los juzgados, ¿verdad? Estoy en casa. Vine a almorzar con una amiga en el pub por su cumpleaños. ¿Estás bien? Acabo de ver el paquete de la policía. ¿Qué han dicho?

Lucy percibió inquietud en la voz de Alex. Mientras él hablaba, se sentó en el brazo de un cómodo sillón.

—¿Eso es todo? ¿No saben nada más? ¿Nos han devuelto otras cosas?

Luego Lucy oyó que Alex hablaba con su padre sobre el tiempo y le explicaba que partiría en breve pero volvería a visitarle el fin de semana, con Max. Cuando colgó el teléfono, la miró.

—Ven a ver esto.

Alex le puso en las manos una pequeña pintura con gran cuidado y un gesto ceremonioso. A ella le sorprendió que fuera mucho más pesada de lo que había previsto. Observó el rostro de una mujer de cabello oscuro, hermosos ojos castaños, almendrados, y un corpiño con bordados que formaban ciervos y árboles. El retrato medía sólo unos centímetros. Lucy no podía apartar la vista de él. El reloj de péndulo dio la media hora. Tal vez pasó otro minuto hasta que, con una voz apenas audible, preguntó:

—¿Quién es?

—Una lejana antepasada de mi madre. Eso creemos, no estamos completamente seguros. El retrato fue robado de la casa unos meses atrás. La Interpol acaba de recuperarlo. Mi padre no sabe exactamente cómo lo encontraron. Prácticamente lo habíamos dado por perdido —explicó Alex, mirándola con una expresión grave y divertida a la vez—. ¿Te recuerda a alguien?

Lucy lo miró fijamente.

—Por supuesto —respondió.

Luego volvió a sentarse, sin soltar el retrato. Alex preparó el té. Ninguno de los dos podía pasar por alto la semejanza: aquél era su propio rostro.

Lucy comenzó a sentir un fuerte dolor de cabeza y se sintió mareada, pero no dijo nada, pues ya se había sentido así en otras ocasiones después de su operación. Solía decirle a Grace que por haber estado al borde de la muerte era sumamente sensible al sufrimiento de los demás. Grace bromeaba, comentando que era típico de las personas que han estado a punto de morir, pero ella no era Juana de Arco o Santa Teresa, y no hablaría sobre ese tema con Alex. Él le sirvió el té. Ella sintió náuseas. Habría deseado dejar la taza, pero se negaba a permitir que su frágil salud malograra otra salida con Alex. Él le hablaba, pero ella no podía concentrarse en sus palabras.

Observó otra vez el rostro de aquella mujer, los detalles del retrato. Abandonó el banco donde estaba sentada, cerca de Alex, llevando consigo, distraídamente, la miniatura. Dio unos pasos por la habitación y se sentó frente al piano sin pedir autorización. Absorta, tocó suavemente algunas teclas con una mano. Se oyeron unos densos acordes. Alex le preguntó si sabía tocar el piano. Ella respondió con un hilo de voz que sólo le faltaba aprobar el examen para ser concertista. Miró inexpresivamente a Alex. Estaba a punto de vomitar. Él acudió a su lado de inmediato.

—Es sólo el viaje, Alex. Estoy cansada. No te asustes. Creo que es la primera vez que me relajo en varias semanas —dijo, no estaba dispuesta a desperdiciar ese día y luchó contra la náusea—. Me he sentido feliz todo el día y me alegra enormemente que me hayas traído aquí —agregó, mirando los ojos preocupados de Alex, que hurgaban en los suyos de un modo no enteramente profesional.

Se sintió incómoda por no ser capaz de ocultarle nada, de modo que apartó la vista y la fijó nuevamente en su mano izquierda, deteniéndose en los detalles del vestido de la mujer del retrato. Trató de concentrarse para descubrir cuál era el árbol que dibujaba el bordado, el árbol de la sabiduría.

—Es una morera, ¿verdad? —preguntó mientras tocaba la llave que llevaba colgada al cuello—. Alex, lo que esta llave abre, está aquí, debajo de una morera, en tu jardín...

El cuerpo de la muchacha se dobló hacia delante a causa del esfuerzo que le había costado pronunciar esa frase. Él la acogió suavemente en sus brazos. El cuerpo de Lucy parecía ligero como una pluma. Subió a grandes zancadas los peldaños de la escalera, la dejó sobre una cama, le quitó los zapatos y la cubrió con una manta abrigada. Ella notó el tacto de una mano en la frente mientras con la otra mano él le sujetaba la muñeca y le tomaba el pulso sin inquietarse. Luego, se quedó dormida.

Las luces estaban encendidas y ya había oscurecido cuando se despertó. Bajó las escaleras. Un hombre mayor, elegantemente vestido, estaba leyendo un documento junto a una lámpara. El fuego estaba encendido. La miró amablemente.

—Soy una huésped terrible, lo lamento. Me llamo Lucy.

Él se puso rápidamente en pie.

—Oh, pobrecita, no tienes por qué disculparte. ¿Te sientes mejor? Llamaré a Alex —dijo solícito, y después de guiarla hacia un sillón, abrió la puerta trasera para pedirle a su hijo que entrara. Alex reapareció, le tomó las manos para controlar su temperatura y le examinó con atención las pupilas.

—Me has dado un buen susto —dijo con una nota de alivio en la voz—. Culparemos del susto a la comida demasiado elaborada, ¿estás de acuerdo?

Ella asintió agradecida. Quería simular que nunca había experimentado aquella extraña reacción. Si su padre no hubiera estado presente, le habría besado. Alex comprendió y eludió el tema, pero le dedicó una sonrisa traviesa.

—¿Has visto lo que dejé junto a la cama? —preguntó.

Lucy meneó la cabeza. Él fue a la habitación de arriba y al regresar depositó, sobre una mesa lateral que estaba junto a ella, un pequeño cofre de madera sencillamente labrado.

—Creo que tú tienes la llave.

Lucy permaneció sentada con la vista fija en el cofre durante quince minutos. Era una sencilla cajita de roble algo sucia y salpicada con manchas de moho. Los renegridos cerrojos metálicos eran de plata, sin duda. Nada indicaba que fuera un objeto valioso y se sintió un poco abatida al ver algo tan poco excitante. Era evidente que no contenía joyas. ¿De verdad le correspondía a ella abrirlo?

Alex le trajo té y tostadas, y se sentó para observarla, tan divertido como intrigado. Por su parte, Henry corrió las cortinas y se ocupó del fuego mientras se las arreglaba para ocultar una cierta curiosidad bajo un velo de amable indiferencia, pero seguía los movimientos de la dubitativa Lucy por el rabillo del ojo. Ninguno de los dos la apremió. El reloj de péndulo resonó en medio del silencio.

Ella cogió la llave y la orientó hacia la pequeña cerradura de plata. Miró con ansiedad a Alex y a su padre, y preguntó:

—¿Debo hacerlo yo?

Él se puso en pie con una sonrisa en los labios, se acercó, se arrodilló junto a ella y le aferró la mano temblorosa entre las suyas para serenarla.

—Adelante.

La voz de Alex le dio coraje, introdujo la llave en la cerradura y la giró. Esperaba que estuviera oxidada y opusiera resistencia e incluso que no funcionara, pero se abrió fácilmente. Lucy se puso unos guantes que Alex le entregó y los dos hombres la observaron mientras levantaba la tapa y dejaba salir un olor a moho que hablaba del paso de los siglos. Henry se acercó.

Lucy miró con atención el contenido, dudó y reverentemente sacó un sobre de cuero amarillento flojamente atado con un cordón. Lo desató suavemente y se encontró con varios pergaminos plegados, sellados con un símbolo mágico. Estaban cubiertos de un polvo blanco que podía ser sal, alumbre o tal vez cal. Alex los observaba expectante. Evidentemente, estaban en perfectas condiciones. Sin pronunciar una palabra, Henry salió de la habitación y regresó con una navaja pequeña y afilada. Lucy deslizó el filo por la cera.

—Lirio azul —afirmó.

Conocía bien el delicado aroma de los lirios secos, que se agregaban al popurrí de pétalos para acentuar el perfume y favorecer la conservación.

En un instante pudieron apreciar un conjunto de acertijos escritos con una hermosa caligrafía y una pequeña moneda de oro que había caído al desplegarlos.

17

—Puedes venir conmigo o quedarte, pero yo voy a ir sin importar cuál sea tu decisión.

Lucy nunca había discutido con Alex a pesar de las frustraciones y las confusiones y en ese momento estaba a punto de hacerlo. Le costaba tomar esa decisión. Le había llevado semanas conseguir el permiso y todo estaba en orden. Ya trabajaba media jornada y debía organizar por sí misma su agenda. Había reservado una habitación para alojarse desde el viernes hasta el domingo y estaba mentalmente preparada para la experiencia. Más aún, sentía que era *inevitable*. Debía ir en ese momento.

Alex estaba alterado. Había trabajado sin descanso todo el mes, en las horas que le dejaban libres sus alumnos y el hospital, para completar la tesis, lo cual había sido un gran desafío, estimulado por el deseo de disponer después de un poco de tiempo para disfrutar. Ella había dicho que tenía dos semanas libres antes de ir a Chartres para el equinoccio de primavera. Le interesaba particularmente viajar en esa fecha y había hecho los arreglos necesarios para que los responsables de la catedral le permitieran recorrer el laberinto antes del comienzo de la temporada, durante las horas en las que estaba cerrada. No había sido fácil y había apelado a sus credenciales como productora de televisión para conseguirlo. Las postales de Will la habían intrigado. Quería ver con sus propios ojos lo mismo que había visto el hermano de Alex. Deseaba celebrar el antiguo rito de la primavera en el momento apropiado.

Si bien le sorprendía que fuera tan importante para ella, en realidad Alex estaba inquieto y preocupado ante la perspectiva de que viajara sola. De modo que unos días antes de que partiera, mientras almorzaban, le dijo, sencillamente:

—Me gustaría ir contigo.

Lucy se sintió inundada de placer y alivio. No había esperado esa declaración.

Habían mantenido una relación cada vez más estrecha desde el día de su cumpleaños, dentro de los límites impuestos por la escasez de tiempo.

—No es aconsejable comenzar una relación con un hombre divorciado que tiene un hijo al que aún no he conocido, un trabajo a jornada completa y una tesis por completar —había dicho Lucy a Grace.

Sin embargo, en secreto albergaba una preocupación mayor. Durante semanas se preguntó si el hecho de que no hubieran tenido relaciones íntimas se debía a su incierto estado de salud. Ella sabía que había perdido a su madre y a un hermano en menos de un año. Él jamás mencionaba el tema, nunca se permitía quitarse la máscara, pero ella entendía sin necesidad de explicaciones que su dolor aún no se había mitigado. Si no se atrevía a comenzar una relación plena por temor a que terminara súbitamente, no podía culparle. Transcurrido el primer año posterior a un trasplante cardiaco la probabilidad de supervivencia era cada vez mayor, pero obviamente, no había garantías. En aquella ocasión tuvo la esperanza de poder dejar de lado sus dudas. Durante semanas no había pensado prácticamente en otra cosa. Por fin había descubierto qué sucedía entre ellos y cuál era el motivo de su incertidumbre.

Alex, por su parte, había logrado tener el viernes y todo el fin de semana libres. Planeaba recorrer el laberinto con ella al atardecer y luego, por fin, pasar un tiempo a solas con Lucy, cuando de pronto sus planes se desbarataron de una manera totalmente imprevisible. Para ella, fue imposible tolerarlo. Si le hubiera escuchado, la pena que había en su voz le habría dicho la mitad de lo que necesitaba saber, pero se sintió absurdamente frustrada. Sintió que el destino conspiraba contra ellos y se convenció de que esa relación no sería posible. Supo que no debía entregar su corazón. Absorta en sus propios sentimientos —una alegría inesperada seguida por una profunda desilusión— hizo oídos sordos a las emociones que le transmitió Alex. Todo lo que registró fue la mala noticia de que su ex esposa le había pedido que se hiciera cargo de Max durante el fin de semana porque su familia atravesaba una situación crítica, su madre estaba en el hospital o algo semejante.

—Está bien, Alex —contestó de un modo que dejó claro que no era así.

Dijo que entendía que él tuviera sus obligaciones, que de todos modos haría el viaje sola. Nunca le había pedido que la acompañara. Se obligó a ser cortés y decir «buenas noches». Colgó el teléfono y se echó a llorar, por primera vez en mucho tiempo. Ya no recordaba qué era llorar.

Alex dejó el teléfono y partió el lápiz que tenía en la mano. Jamás abandonaría a Anna en una emergencia. Y nunca decepcionaría a Max. Ya no estaba Will para ayudarle. No había otra solución, se veía obligado a decepcionar a Lucy. Ella no podía cambiar la fecha y él no podía cambiar la situación. Estaban en un callejón sin salida.

Grace y Simon la llevaron a Waterloo el viernes por la mañana. Simon bajó su maleta del Land Rover.

—¿Estás segura de que no quieres que te acompañemos? Siempre estamos dispuestos a escoltarte.

Lucy le abrazó.

—Eres maravilloso, pero creo que quiero hacer esto sola. A decir verdad, necesito pasar un tiempo a solas. Tengo mucho en que pensar.

—¿Sabes qué vas a buscar?

—No tengo ni idea. Os enviaré una postal si lo descubro —prometió entre risas.

—¡Que sea una postal de un ángel! —comentó Simon con una sonrisa irónica.

Lucy y Simon habían pasado los dos domingos anteriores sentados en el suelo en el apartamento de Alex, con las manos enguantadas, rodeados por los textos de los asombrosos documentos que Lucy había encontrado en el cofre, en Longparish. Un extraño regalo de cumpleaños, así lo había denominado Alex: dieciocho pliegos de pergamino antiguo, que les habían distraído de su cena esa noche de nevada. Los acertijos, y las pistas de cada uno de esos pliegos se entrecruzaban con otros igualmente difíciles de resolver. Will había conseguido una especie de copia del primero, que había legado junto con la llave. Tal como Lucy había pensado, constituían una serie de pergaminos escritos en ambas caras. Habían sido sepultados en la casa de la familia de Alex, debajo de la morera gigante del jardín, exactamente como ella había dicho, acompañados por un solo «ángel» isabelino de oro, una moneda de considerable valor.

Henry había sugerido que era la manera en que Dee había pagado al barquero: un ángel había garantizado la supervivencia del cofre a lo largo de los siglos. Evidentemente, había estado allí durante cuatrocientos años; según indicaba la marca de «0», la moneda había sido acuñada alrededor del año 1600. Ninguno de los documentos estaba dañado y todos eran aún legibles, sólo tenían algunas manchas de moho. Mientras sus amigos seguían embelesados por los versos y los diseños entrecruzados, Alex les contó nuevamente que ni siquiera habían sido enterrados a mucha profundidad. Aparentemente, nadie supo que estaban allí. Con una saludable dosis de escepticismo, les dijo que se suponía que el árbol era un retoño de la gran morera de Shakespeare, la misma que le había obsequiado el rey Jaime, obsesionado por desarrollar la industria de la seda. El rey había importado un género de morera —la *Morus nigra*— que no resistía al gusano de seda. No obstante, el antiguo árbol era espléndido. Alex recordaba que durante toda su infancia, en cuanto aparecían los frutos tentadores, él y su hermano se hartaban de comerlos y luego entraban en la casa con las manos y la boca manchadas de color morado. Aún podía sentir el sabor de las moras. Por qué los habían sepultado debajo de la morera —y por qué Lucy lo había descubierto— era un enigma en sí mismo. Desde aquel día, por toda explicación ella había afirmado que el retrato se lo había dicho.

Lucy apartó de sus pensamientos a Alex y su apartamento, y besó a su amigo.

—Cuídate, niña.

Simon dejó a Lucy al otro lado de la barrera y rodeó la cintura de Grace. Ella abordó el Eurostar y ocupó su asiento sumida en una profunda tristeza. Aquél no era el viaje que había soñado durante los últimos días, habría deseado que el teléfono no sonara la noche anterior, pero estaba decidida a hacer ese recorrido y se aferró a la intensa sensación de que así lograría satisfacer un deseo imposible de definir. Luego afrontaría el problema con el doctor Stafford. Las Parcas se habían aliado otra vez, evidentemente ella no debía ilusionarse con él. Un destino muy diferente la esperaba allí fuera, y Lucy lo descubriría.

Alex recogió a Max en Crabtree Lane para permitir que la angustiada Anna se ocupara de su familia. Ella le explicó que su madre debía someterse a una cirugía exploratoria. Él se mostró optimista, le dio algunos consejos y un poco de tranquilidad. Decidió que invitaría a Max a desayunar; luego le llevó a la escuela. Compró algunos comestibles y mientras conducía el coche hacia su casa el cansancio se apoderó de él. Era su primer día libre después de varias semanas y no sabía qué hacer. Corregiría algunos de los trabajos de sus alumnos. Iría a pasear por el río.

Leería. Lo único que deseaba hacer era llamar a Lucy. ¿Para decirle qué? Ella no era feliz con él: racionalmente comprendía el dilema que afrontaba, pero emocionalmente estaba debilitada. Resolvió dejar que las cosas se enfriaran un poco; luego, cogió el teléfono y marcó el número del móvil de Lucy.

—Sí —respondió una voz inexpresiva. Seguramente había visto su número telefónico.

—Lucy.

—¿Alex?

Ella se esforzaba por atemperar la desilusión, pero su voz era gélida y él no lograba hablar. Quería recordarle que tomara su medicación teniendo en cuenta la hora de Francia, que observara los horarios de las comidas, que se abrigara, lo cual no era más que una excusa para decirle cuánto deseaba estar allí, junto a ella, pero a Lucy le molestarían sus mimos, no compensarían su ausencia.

—Buena suerte esta noche. —Ella no respondió, y él agregó con un hilo de voz—: Pisa suavemente...

Alex no sabía si ella había leído el poema de Yeats, pero no fue capaz de decir nada más. Colgó el auricular y se guardó la postal del laberinto de Chartres que Will le había enviado a Max, a la cual él tenía tanto apego.

—En fin —murmuró—, nunca te habías metido en un problema de esta envergadura, ¿verdad?

A continuación dejó la postal sobre la mesa del comedor y tomó el desconcertante manojo de documentos que habían salido a la luz después de la chocante revelación de Lucy. Disponía de un día libre. Quizá fuera la ocasión para revisarlos con detenimiento.

Eran las 6.30 p.m. El sacristán y Lucy se encontraron bajo el arco del transepto. Ella nunca había estado en Chartres, jamás un templo la había emocionado tanto. Durante la hora anterior había dejado que la luz que atravesaba los vitrales le cosquilleara en la cara. Se había sentado y había fijado su mirada en los rosetones. Era impresionante. No lograba comprenderlo acabadamente. Pensaba en el modo en que se comportaba la luz. El edificio era muy alto y la luz inducía a mirar hacia arriba. En Inglaterra las catedrales eran más largas y más bajas. Alex le había dicho que ese diseño era perfecto para la luz persistente del crepúsculo inglés. En Francia el sol era más brillante y la luz penetraba en la oscuridad con un vigor excepcional, obligando a mirar hacia arriba constantemente.

La australiana había encendido una vela por su madre, dondequiera que estuviera, una por su padre y otras dos, por dos personas a las cuales nunca conocería. Había tratado de alejar de sus pensamientos a Alex y su familia, pero descubrió que no era posible. Aunque las palabras que había pronunciado durante su llamada habían sido por demás escasas, la habían conmovido. Deseaba que él estuviera allí. Un hombre había estado observándola. Era uno de los aspectos desagradables de ser una mujer joven que viaja sola. Había olvidado cuán irritante podía ser, cuán perturbador, y deseaba poder agarrar a Alex del brazo. Al menos ya estaba en compañía del sacristán y otras tres personas que realizarían ese recorrido en privado. El sacristán le dijo que cada uno de ellos haría el recorrido sagrado. Se habían retirado los asientos y se habían encendido velas a lo largo de los grandes senderos serpenteantes. El marco era imponente.

Un guía que acompañaba al sacristán comenzó a dar explicaciones en inglés.

—En el siglo XII algunas catedrales fueron declaradas lugares de peregrinación a fin de disminuir la cantidad de peregrinos que viajaban hacia Tierra Santa, un lugar convulsionado en la época de las Cruzadas. Muchas de estas catedrales tenían laberintos, que comenzaron a ser conocidos como el Camino a Jerusalén. Así como los laberintos de la antigüedad habían simbolizado la danza de la primavera para celebrar el regreso del verdor, originariamente los laberintos de las catedrales eran recorridos en la Pascua. La caminata era reflexiva, serena, concentrada. Muchas personas descubren que les acerca a lo celestial, que les permite comprender la voluntad divina. En el lapso que dura el recorrido, pierden la noción del tiempo, dejan de lado los asuntos temporales y materiales y se interesan por lo intangible, lo espiritual.

La información continuó fluyendo, pero los pensamientos de Lucy comenzaron a girar descontroladamente. Las velas formaban un halo de luz que se combaba hacia delante y hacia atrás y proyectaba sombras en la larga nave. Pidió que los otros hicieran el recorrido antes que ella, debía caminar sin que nadie la observara. Su mente bullía y se entregó al extraordinario juego de luces y sombras. Quería perder la noción del tiempo.

Había pasado más de media hora cuando le llegó el turno. Sus pies se dirigieron al laberinto, animados por su propia voluntad.

Eran las seis de la tarde. Max se disponía a ver la televisión después de haber cenado más temprano que de costumbre. Alex se tendió en el sofá junto a él, con una copa de vino de Burdeos. Había clasificado cuidadosamente los documentos y tomó nuevamente el primer pliego. Pensó que Lucy estaba en Chartres con la copia del mismo texto que había pertenecido a Will. «Entonces, nuestras dos almas...». Sintió que Donne había comprendido algo especialmente importante. Él y Lucy estaban separados por el espacio pero unidos por el pensamiento. En ese momento habría dicho que sus almas eran una. Estaban más allá del tiempo. Calculó que en Francia debían de ser las siete. Sacó la postal de Will donde se veía el laberinto, la miró, luego siguió leyendo el texto del antiguo documento.

*Soy lo que soy y lo que soy es lo que soy... Tengo la voluntad de ser lo que soy.**

Alex jugó con las palabras, todas monosílabas, una y otra vez. Al cabo de unos instantes se incorporó y escribió en un cuaderno: *Will, I am.* William.

Observó nuevamente la postal, leyó el mensaje que había escrito para Max y comenzó a trabajar sobre el diseño geométrico que Will había dibujado. Max le hizo una pregunta, a la que respondió «sí» sin haberle escuchado. Volvió a incorporarse y a mirar la postal y luego, el texto.

* *I am what I am, and what I am is what I am... I have a Will to be what I am.*

La de abajo a la izquierda es un cuadrado. Siguió las indicaciones de Will. Era prácticamente lo que había imaginado: los cinco cuadrados que se entrecruzaban eran una representación visual de las palabras. Recordó los cuadrados matemáticos que había estudiado en Cambridge. Números mágicos. Habitualmente, la suma de la secuencia completa daba por resultado un número y las sumas de las secciones interiores del cuadrado también tenían un resultado en común.

Estoy a mitad del camino a través de la órbita. Alex bebió un poco de vino. En uno de los pliegos de pergamino había un cuadrado mágico. *¿Cuál es la mitad del resultado total?*, se preguntó.

+ ELOHIM + ELOHI +

	4	14	15	1	
ADONAI	9	7	6	12	ZEBAOTH
	5	11	10	8	
	16	2	3	13	

+ ROGYEL + JOSPHIEL +

Le indicaron que caminara con cuidado entre las velas encendidas. Lucy asintió y, de puntillas, ingresó en el primer tramo del serpenteante sendero. «Pisa suavemente...». En sus oídos volvió a sonar la voz de

Alex, pensó en las palabras de Yeats acerca de pisar los sueños. *También los míos*, se dijo. Esos versos siguieron presentes en su mente. Luego, sus pensamientos volvieron a ser dispersos y oyó la voz de Alex, que leía para ella el documento de Will. «Entonces, nuestras dos almas...». Lucy continuó con los versos del poema de Donne: «... que son una, aunque deba partir, no sufrirán una ruptura, sino una expansión...». Y luego, Alex le dijo: *«I am what I am, and what I am is what I am... I have a Will to be what I am»*. Retrocedió, avanzó y luego dio media vuelta mientras esas palabras resonaban en su mente. Mareada por la luz trémula de las velas, Lucy recordó que no había almorzado. Sentía una presencia celestial y su alma era deliciosamente libre mientras caminaba con sumo cuidado.

De pronto, abrió los ojos para romper el hechizo de la voz que sonaba en su interior. Aunque creía estar sola, le pareció que un hombre se alejaba del centro del laberinto. Se estremeció. Alguien había pisado su tumba. Dio media vuelta para verle otra vez, pero sólo percibió el temblor de las llamas, las luces. Luego, la voz suave y profunda de Alex regresó para darle consuelo y serenidad. «Ésta es la verdad, y ésta es la grieta recta y siniestra, a través de la cual susurrarán los temerosos amantes». La joven sonrió. Era extraordinario el modo en que fluía su espiritualidad. Cada una de las palabras del documento de Will le recordaba a Alex. Ellos eran amantes temerosos, ella podía oír sus susurros, y según parecía, sólo habían sufrido una separación temporal, semejante a una grieta, una ruptura, para luego volver a unirse. Un paso equivocado podía ser irremediable.

En ese momento, se volvió hacia el gran rosetón y pudo oler su propio perfume; el aroma llegó flotando hasta su rostro. Una corriente de aire hizo flamear la luz de las velas. Sintió una vez más que alguien se movía por el laberinto, pero era una ilusión óptica. Tembló ligeramente. Oyó la voz de Alex que la serenaba y la ayudaba a controlar la respiración. De algún modo, él estaba allí. Tal vez en ese momento estaba pensando en ella. «El centro también es un cuadrado», se dijo y llegó al centro del laberinto, donde, de acuerdo con las palabras del guía, alguna vez se había colocado una imagen de Teseo. Algo pasó en dirección contraria y la rozó. Lucy se recogió la falda para evitar que pudiera prenderse con las velas y volvió a relajarse cuando una brisa le trajo el aroma del perfume que Alex le había regalado para Navidad. Sintió el calor de un cuerpo junto al suyo, oyó una voz que le hablaba al oído. «Estoy a mitad de camino a través de la órbita». Era la voz de Alex, no cabía duda.

Abrió de nuevo los ojos que hasta entonces había mantenido entrecerrados y contuvo el aliento: la cara de Alex ondulaba en el resplandor de la luz y el aroma a rosa que emanaba de las cien velas encendidas. No estaba afeitado, por el contrario lucía una barba de algunos días. Su cabello no le recordó al Alex del día de su cumpleaños. Se veía más largo e incluso un poco más ondulado que aquella noche en el barco. Comprendió que era fruto de su imaginación, pero le sentía muy tangible. «No mires más allá de hoy. Mi alfa y mi omega», le instó su voz amable, tranquilizadora, profunda, musical. «Haz de estas dos mitades un todo».

Alex hizo las sumas y comprendió de inmediato que la tabla de Júpiter, dibujada en un pequeño pliego de pergamino, daba por resultado los cuadrados que coincidían exactamente con el dibujo de Will. *A mitad de camino a través.* Ese pliego era el punto medio. Había partido de la hipótesis de que era la pieza central del rompecabezas. Ahora podía asegurarlo. *Mi alfa y mi omega.* El principio y el fin coincidían. ¿Se refería al mismo día, al mismo lugar? Una ráfaga de inspiración indujo a Alex a coger un libro del estante. Verificó una fecha. Luego alcanzó la Biblia que formaba parte de los objetos de Will que el encargado de la investigación judicial había devuelto recientemente. Era una versión moderna de la Biblia del rey Jaime. ¿El viejo libro del rey? Una canción del mismo número. Alex echó un vistazo al *Cantar de los cantares*, del cual, según recordó, Will tenía una copia en francés, que había traído precisamente de Francia, pero no estaba numerado correlativamente. ¿Will se habría saltado los mismos números? ¿Había cometido el mismo error? Alex se propuso numerar los salmos.

Lucy flotaba en su ensoñación sobre un campo de flores y llamas. Oyó una voz y supo de inmediato que era la que más amaba. Su corazón latió con una fuerza y alegría desconocidas hasta entonces. Sabía que el ruido sordo y el ritmo se parecían peligrosamente a los de un ataque cardiaco, porque se dejaba ir, pero sentía miedo y no estaba sola. «El mismo número de pasos hacia adelante desde el principio», recordó que eso decía el texto de Will. Descubrió que había transcurrido prácticamente medio año —el periodo comprendido entre el equinoccio de otoño al de primavera— a partir de la fecha en que se realizó la operación que le salvó la vida. Estaba a mitad de camino de ese primer año crucial. Y estaba saliendo del centro del laberinto, preparada para caminar un número igual de pasos hacia el final del recorrido. «Nuestras dos almas son una». La voz de Alex estaba junto a ella, dentro de ella, otra vez. «Soy lo que soy, y lo que soy es lo que verás».*

Lucy comprendió el significado de las palabras escritas en la copia del pergamino: nuestros dos corazones son uno. Sus ojos se abrieron desmesuradamente. ¡Oh, Dios! Mi alfa y mi omega. Mi principio y mi fin.

Alex comenzó por el salmo 23, «el Señor es mi pastor». No le reveló claves misteriosas ni mensajes, no había nada fuera de lo común. Entonces consideró que 23 era la mitad y duplicó el número para obtener el total, lo cual le condujo hasta el salmo 46, y contó el mismo número de pasos —o palabras— desde el principio. Escribió la palabra que había llegado en el dorso de la postal de Chartres que Will había enviado. Luego contó el mismo número de palabras hacia atrás y escribió la palabra correspondiente junto a la primera. Alex contuvo el aliento, sintió a su alrededor un profundo silencio. Había creado una misteriosa palabra compuesta de significado icónico, que produjo un resultado extraordinario cuando la relacionó con el nombre que había escrito al principio: William.

Arrojó el lápiz sobre la mesa y pronunció todas las palabras. Luego rió. Max le miró desconcertado. Debía enseñárselo a Lucy: ella estaba con él. En el laberinto.

* *I am what I am, and what I am is what you will see.*

Lucy dio el último paso en el sendero serpenteante y salió hacia la intensa luz de las velas. Apenas advertía la presencia de otras personas. Había comprendido la importancia vital de las palabras escritas en el documento adjunto a la llave. La omega de alguien había sido su alfa. Lo que soy es lo que verás. Ella lo había visto. Sabía su nombre. Debía decírselo a Alex.

Se despidió del sacristán con un beso, dejó un poco de dinero en la mano del guía y salió presurosa, casi bailando, de la gran catedral, rumbo al atrio del norte. Sin hacer una pausa para recuperar el aliento, encendió su teléfono móvil y marcó el número.

—Hola —dijo Alex. En su voz se percibía cierta emoción. La sincronía no le había sorprendido.

Ella quería decirle en ese mismo instante cómo se sentía, que lamentaba haber sido tan inflexible cuando él la llamó, pero alguien caminaba junto a ella y le daba confianza, de modo que empezó de una manera diferente.

—He de decirte algo. En realidad, debo preguntarte algo. Probablemente esté de regreso mañana.

Su mente era un torbellino. Tenía muchas cosas que decir, no sabía cómo expresar las ideas que la abrasaban, como el calor de mil velas.

—Yo también quiero verte —repuso Alex con voz firme y receptiva al mismo tiempo—. No es mi intención arruinarte el fin de semana, pero he realizado un descubrimiento y tengo que mostrarte algo absolutamente extraordinario. He resuelto el enigma del texto que tú tienes.

—Sí, yo también, Alex.

Ella pronunció de nuevo su nombre y él esperó pacientemente que siguiera hablando. No era sencillo, trataba de encontrar palabras para hacer una pregunta extraña y compleja, para confiarle sus emociones, pero había gente a su alrededor. Aunque la devoraba la ansiedad, debía hablar con él a solas.

—Alex, ¿estás ahí?

—Tal vez prefieras quedarte otro día y regresar el domingo. Llevaré a Max a casa de Anna alrededor de las tres, o un poco más temprano. El domingo por la tarde sería ideal. Puedo cocinar para ti. —Alex se sintió estúpido. Si hubiera sido Will le habría dicho sencillamente que la quería, que regresara ya mismo. Habría dejado de lado cualquier otra cosa. Y no le habría preocupado que Max estuviera allí. Así es la vida.

—¿Lucy?

Ella calló. De pronto advirtió que un hombre había escuchado sus palabras y la miraba fijamente mientras se acercaba a ella, de una manera inquietante. Era el mismo hombre impecablemente vestido que la había mirado con lujuria ese mismo día en la iglesia.

—¡Alex! —gritó Lucy, aterrorizada. Él oyó el ruido del teléfono al caer, voces ahogadas, los gritos infantiles de Lucy. Los sonidos se alejaron. Un reloj dio la media hora. Después, nada.

18

La mano le apretaba la boca con tanta fuerza que a Lucy le costaba respirar; además, no estaba acostumbrada a moverse con tanta rapidez, siempre trataba de regular su actividad física por el bien de su corazón. El brazo libre del hombre sujetó con firmeza los de Lucy. Ella consiguió apoyar la mano derecha sobre el pecho e intentó serenarse. Pensó que si tenía un hada madrina o un ángel guardián, era un buen momento para conocerlo.

Sintió olor a limas. Le resultó extraño que ese aroma no le desagradara a pesar de lo aborrecible de la circunstancia con que estaba asociado. Se obligó a no desmoronarse y se esforzó más aún por olvidar el dolor que sentía en el cuerpo. Piernas, brazos y hombros trataron de liberarse del hombre que la atenazaba. Sintió que volvían a abrirse las heridas, producto de la operación. Era inútil dar puntapiés, estaba en inferioridad de condiciones físicas. Cualquier contorsión le provocaba más dolor. Trató de pensar, pero se lo impedía el dolor.

Llegaron a la entrada de un aparcamiento subterráneo. Prácticamente la arrastraron fuera del coche. El hombre comenzó a correr con ella por la empinada espiral que dibujaba una escalera que bajaba hacia los distintos niveles del aparcamiento. La cautiva se sentía más mareada conforme iban descendiendo. La insensibilidad de las piernas y la náusea de un estómago revuelto le recordaron los síntomas del Mal de Chagas. *Literalmente, he regresado al inframundo*, se dijo. Otro hombre estaba apoyado contra un coche, en la penumbra. La joven pensó que podía gritar para pedir ayuda, hasta que comprendió que les estaba esperando. La introdujeron de cualquier modo en un lujoso automóvil y la lanzaron sobre el hermoso tapizado de cuero del asiento trasero. El captor se deslizó dentro del vehículo y le empujó la cabeza hacia abajo de forma brusca. El otro hombre arrancó el coche a toda velocidad. Lucy se sentía enferma, débil y asustada. Su mente evaluó la sórdida perspectiva que se le presentaba. Comprendió que había sido muy afortunada por no haber vivido antes situaciones similares, teniendo en cuenta que había viajado con frecuencia a lugares remotos. Para superar cualquier tipo de ataque sexual, es necesario permanecer sereno, con la mente tan fría como sea posible. *Usa tu cerebro, Lucy, siempre te han dicho que eres inteligente. De tu conducta puede depender que vivas o mueras.* De pronto la asaltó la escalofriante idea de que, si las cosas salían mal, el laberinto podría ser su omega. Por lo tanto, se relajó y comenzó a respirar lentamente, mientras repetía como una plegaria las palabras de Alex. Se refugió en el éxtasis que había experimentado en el laberinto, en la unidad con él, en aquello que sentía su corazón.

—Tengo un problema, Siân. ¿Puedes ayudarme? —En su voz había una urgencia que no era propia del hombre que ella conocía.

—Sólo dime cómo, Alex.

La puso al tanto del viaje de Lucy a Chartres con sucinta rapidez. Ya había telefoneado a las autoridades francesas a fin de facilitarles la información sobre los últimos movimientos de la joven y les había advertido que estaba convaleciente de un trasplante de corazón.

Éstas reaccionaron con presteza y le llamaron en cuanto localizaron cerca de la catedral el teléfono móvil de Lucy. Le informaron además de que alguien había revuelto el equipaje que ésta tenía en el hotel. Él estaba desesperado. Ignoraba su paradero, y le preocupaba sobremanera que no tomara su medicación, dado su estado de salud. Era imprescindible que ingiriera los inmunosupresores. Debía tomar un avión sin demora.

—¿Puedes quedarte con Max?

—Con gusto, Alex.

—¿Es una ocasión especialmente poco propicia para hacerte esta petición?

—De ninguna manera, íbamos a salir a cenar. Algo sin importancia después de lo que me has contado. En veinte minutos estaré allí.

—Es un atrevimiento lo que voy a pedirte después de que estás deshaciendo tus planes para ayudarme, Siân —empezó Alex con voz entrecortada—, pero ¿podrías acudir tú sola, sin Calvin? Es que Max...

Se interrumpió para mirar a su hijo, que se había sentado junto a él para ofrecerle tácitamente su apoyo aun cuando no podía comprender la situación desde la perspectiva de un adulto. Alex fue totalmente sincero, no quería que su hijo conociera todavía a quien había reemplazado a Will. En realidad, a él le causaba rechazo la idea de que ese extraño primo al que había conocido unos meses antes estuviera en su apartamento y tuviera acceso a su vida privada.

—No hay problema, Alex. Te comprendo. Dame un poco de tiempo para poner algunas cosas en un bolso. Si necesitara algo más, vendré a buscarlas mañana, con Max.

Siân llegó a casa de Alex antes de que él terminara de hablar con Anna para contarle lo sucedido. Él le aseguró que todo lo concerniente a Max estaba bajo control. Anna conocía a su ex esposo, sabía que era un hombre aplomado, que no se permitía crear situaciones de alarma. Comprendió que le sucedía algo verdaderamente importante y que estaba evidentemente preocupado. Max tenía confianza con Siân, de modo que Anna dio su aprobación, y prometió regresar tan pronto como fuera posible.

Alex estaba guardando su pasaporte y algunas cosas más cuando abrió la puerta. Finalmente, Calvin la había acompañado. La miró inquisitivamente mientras ella saludaba a Max con un cariñoso abrazo.

—Calvin no se quedará, Alex. Sólo me trajo hasta aquí, pero tiene que decirte algo importante, creo que debes saberlo —dijo, y dando media vuelta miró insistentemente a su novio, invitándole a hablar.

Alex le observó con recelo.

—No tengo mucho tiempo, Calvin. ¿Es importante?

—Mucho. Déjame llevarte al aeropuerto. Hablaremos por el camino. —Esa noche no se percibía en su voz la acostumbrada combinación de zalamería y seguridad. Por el contrario, su tono era vacilante y culposo—. Debes llevar esos papeles relacionados con Dee. Sé que los has encontrado.

Alex quiso reír pero la situación era verdaderamente grave. No daba crédito a sus oídos. Creía que esa búsqueda del tesoro tenía interés sólo para su familia, era un misterio o, a lo sumo, un fascinante conjunto de acertijos para poner a prueba el ingenio de las futuras generaciones, pero las palabras de Calvin implicaban que algo mucho más importante estaba en juego, que ese misterio podía tener incluso una faceta siniestra.

A continuación, Alex habló con una serenidad demoledora, con un tono de voz desconocido para Siân.

—¿Qué relación guarda todo esto contigo? —preguntó, pronunciando cada sílaba con tanto énfasis que incluso su hijo le miró con preocupación.

—Tal vez hablé con demasiada espontaneidad en el lugar equivocado. Quizá estoy asociado a ciertas personas cuyas prioridades son discutibles, pero sin duda, están muy interesados en apoderarse de algo que habéis heredado.

—Calvin, quiero que me digas todo lo que sabes. Debes decírmelo. Nunca, en toda mi vida, quise lastimar a un hombre, pero eso cambiará si algo le sucede a Lucy. —Alex miró a Calvin con un enfado tan justificado que le obligó a desviar la vista.

Luego miró al suelo. Max había estado sentado allí poco antes. Por primera vez vio que su hijo había dibujado una especie de rompecabezas copiado del dorso de algunos de los pliegos que él no había utilizado. Nunca le había prestado demasiada atención a ese diseño. Sonrió y le guiñó el ojo a su hijo, que pareció aliviado al ver que su padre había recuperado su personalidad habitual. Alex recogió los pergaminos, los guardó en el sobre y los introdujo en un portafolios. Recogió el maletín con su instrumental médico y se puso el abrigo con una sola mano.

—Pórtate muy bien con Siân. Te quiero —dijo Alex. Luego besó a su hijo y le abrazó con fuerza—. Eres muy inteligente. —A continuación miró a Siân casi con la misma emoción y la abrazó. Sus labios dibujaron en silencio la palabra «gracias».

Los dos hombres se marcharon.

El vehículo se detuvo entre las siluetas de los árboles de las montañas, que eran de una belleza casi fuera de lugar; desde las mismas se dominaba la llanura de Chartres. El conductor sacó bruscamente del coche a Lucy. Tenía náuseas, pero no estaba lastimada y estaba decidida a ver el lado positivo de las cosas. Pero el frío la había entumecido. Al salir de la catedral se había echado encima su abrigo liviano, pero no bastaba para protegerse de la gélida atmósfera crepuscular. La temperatura descendía a medida que el sol de marzo se ocultaba. Los últimos resplandores le permitieron distinguir el hermoso edificio de una granja algo ruinosa. En aquel momento no le interesaban los detalles arquitectónicos. Era extraño sentir tanto terror en medio de tanta belleza. Dos hombres la empujaron a través de la puerta y se encontró en una habitación húmeda, con un fuego escaso, donde un tercer hombre leía, sentado frente a una mesa, a cierta distancia del hogar. Parecía indiferente a su llegada.

Lucy se alarmó. No entendía de qué se trataba todo aquello. Se sintió completamente abatida. Aquello no parecía un ataque a una mujer sola. El temor se apoderó de ella. No se le ocurría cómo afrontar esa situación. En realidad, no sabía a qué debía enfrentarse.

—Confío en que no la hayan lastimado, señorita King. —El único custodio de la antigua granja apartó la vista de su libro—. Una intervención cardiaca es algo serio, produce una transformación.

El comentario la confundió. ¿Cómo lo sabía? Lucy miró a ese hombre casi atractivo: tenía unos cuarenta años, un poco de sobrepeso, en el cabello rizado asomaban algunas canas y parecía ser de mediana estatura. Estaba sentado frente a una sencilla mesa de granja, con un tablero de ajedrez: la partida había quedado inconclusa. Ella decidió no hablar —no se sentía capaz de hacerlo— y se obligó a aparentar serenidad. No respondió a las preguntas sobre su llegada a ese desolado paraje. Sus ojos recorrieron la habitación y volvieron a mirar ese rostro. El hombre parecía entretenido o tal vez impresionado por su silencio. Súbitamente, puso fin a la inercia.

—Gracias, caballeros. Mefistófeles, ¿tendrías la bondad de salir y llamar a nuestro superior? Creo que le agradaría tener noticias sobre nosotros. Y ahora —agregó, sin dirigirse abiertamente a Lucy—, nosotros esperaremos.

Su interlocutor retomó la lectura de su libro con absoluta indiferencia mientras que la figura del secuestrador desaparecía por la puerta principal. Al oír su desagradable nombre Lucy pensó que, en efecto, aquel lugar tenía algo de infernal, y sonrió con tristeza.

Lucy aún no había despegado los labios al cabo de una hora, aunque comenzaba a creer que no corría peligro por el momento. Miró a su alrededor en un intento por descubrir el motivo de la escasa iluminación de la habitación. El fuego era a todas luces insuficiente y había corriente de aire, por lo que se sentía cada vez más helada, pero no dijo nada. El conductor, un hombre alto de ojos grises, hablaba fluidamente en francés con el hombre sentado. Se dirigió a la destartalada cocina, donde Lucy no podía verle, y regresó con un vaso de agua. Ella evitó una necia demostración de desprecio y aceptó el vaso sin decir una palabra, pero no bebió.

Sonó un teléfono móvil. El hombre sentado a la mesa contestó sin prisa. Escuchó largo rato antes de hablar.

—Ponlo al teléfono.

Lucy advirtió en ese momento que era un estadounidense con un leve acento sureño, pero no carecía por completo de la calidez de la doctora Angelica.

—Tenemos a la chica —anunció con tono alegre y divertido. A Lucy le recordó un gato que juega con un pájaro herido al que en realidad no desea comer—. Creo que podemos conseguir la llave —afirmó mientras hacía un gesto al hombre que había secuestrado a Lucy en el atrio de la catedral, que abandonó una silla situada en la parte más oscura de la habitación y se acercó a ella para arrancarle la cadena que llevaba en el cuello, la fina cadena de oro que Alex le había regalado para su cumpleaños unas semanas antes. La pequeña llave se soltó. La piel le quedó magullada. Ella se sintió mancillada y miró los ojos amarillos del hombre que bien merecía su nombre diabólico.

—Sí, ya la tenemos —dijo la encantadora voz del gato sureño—, y ahora, buen doctor, creo que yo tengo algo que usted quiere. Y usted tiene algo que yo quiero. No hay necesidad de involucrar a otras personas, y eso no sucederá si usted sigue las instrucciones de la carta. Pero, por favor, créame que si encuentro a la *gendarmerie* rondando mi puerta o percibo la más mínima ambigüedad por su parte, puedo ser un hombre colérico. El intercambio más que conveniente que le estoy ofreciendo no sería posible. Espero haber sido suficientemente claro. —Lucy advirtió que sus palabras eran concisas y que había pronunciado la palabra «*gendarmerie*» en un francés excelente.

El hombre se puso en pie y caminó lentamente en dirección al hogar. Lucy pudo oír la voz de Alex en el auricular y recuperó la confianza: era tan serena como siempre.

—... comprendo que esos documentos que parecen despertar su interés tienen escaso atractivo para mí. Me maravilla que hombres adultos estén tan fascinados con ellos. ¿En realidad cree...?

Su captor volvió a alejarse a fin de negarle la posibilidad de saber qué sucedía. Le miró a la cara. Los intentos de medirse con Alex en un enfrentamiento dialéctico eran lamentables. Levantó del suelo una pieza de ajedrez y jugueteó con ella. Por fin regresó y se sentó junto a ella para que volviera a oír con claridad la voz de Alex. La joven comprendió que esperaba una reacción emocional de su parte.

—... se está recuperando de una cirugía y necesita ser tratada con suma consideración. Removeré cielo y tierra para asegurarme de que usted sufra lo indecible y le prometo ser implacable por mucho que me asegure el señor Petersen que no es usted de los que se arredra ante nada. De modo que dejemos de lado el ajedrez verbal, fijemos nuestras condiciones y atengámonos a ellas. Mi vuelo sale hacia el aeropuerto Charles De Gaulle en quince minutos y llega a las 11 p.m. ¿Cómo sugiere que...?

La secuestrada apartó la cabeza del teléfono. Comprendía que sus captores querían que Alex les llevara los documentos que había desenterrado pero no entendía cómo se habían enterado, por qué eran tan importantes ni qué demonios tenía que ver el «señor Petersen» con todo aquello. Se negó a mirar al hombre que la mantenía prisionera y trató de no oír las últimas palabras que pronunció:

—Es un gran placer negociar con una persona inteligente. Ahorra mucho tiempo y sufrimiento. No pude asistir a una función de ópera a causa de este asunto, aunque algunos personajes muy importantes le asegurarán que yo *estoy* allí ahora mismo, tomando una copa de champán en el intervalo. ¿Le gusta la ópera, doctor Stafford? ¿Conoce *Lucia di Lammermoor*?

Alex se resistió al oír la última indicación con respecto a la manera en que se reuniría con Lucy, pero sabía que ya había jugado casi todas sus cartas y tendría que aceptar esa condición. Apagó el móvil y siguió al último pasajero que abordaba su avión, reflexionando acerca de la tácita amenaza que acababa de oír con claridad.

La adrenalina le había mantenido concentrado a lo largo de la última hora extenuante, pero se permitió un momento de intimidad en cuanto se abrochó el cinturón de seguridad a fin de evaluar lo que le habían comunicado tan precipitadamente. Después de ofrecerse infructuosamente a acompañarle a Francia, Calvin había intentado durante el trayecto en coche explicarle a Alex quiénes eran aquellos tres hombres obsesionados por la posesión de los documentos del doctor John Dee. A la vista del secuestro de Lucy, lo más alarmante de todo eran las sugerencias de Calvin acerca de la clase de personas que les rodeaban y las conexiones que tenían en las altas esferas de los gobiernos de tres continentes. El hombre con quien Alex había hablado era aquel a quien Calvin llamaba Guy, «el americano en París». Prefería vivir la mayor parte del tiempo en Francia porque tenía el orgullo de ser descendiente de un templario y tenía a todo tipo de hombres a su disposición. La manera en que Calvin pronunció su nombre le recordó a Alex la mantequilla clarificada, lo cual, de alguna manera, le fue de utilidad: escurridizo, pero no sólido.

En alguna de las tandas de información que conmocionaron a Alex, Calvin había mencionado a otros hombres relacionados con su colega, que parecían excesivamente fascinados por su antepasado y su hipotético rol de confidente de los ángeles. Alex advirtió que todos utilizaban apodos en lugar de nombres verdaderos y su ámbito de influencia se extendía, de acuerdo con las palabras de Calvin, a políticos situados en cargos importantes. El primo americano le había informado con un tono de verdadera angustia que ellos jamás se manchaban las manos haciendo el trabajo sucio y había terminado con una conclusión tajante: era imposible engañarlos y no les interesaba el dinero. Le había asegurado que lo que buscaban era propaganda y que la utilizarían con un importante objetivo político. Además, contaban con la protección de muchos hombres prominentes, interesados en sus descubrimientos, pero, según creía Calvin, no llegarían al extremo de causar daños graves en tanto consiguieran sus propósitos. Por el momento, sería mejor hacer las cosas a su manera.

Los sentimientos de Alex hacia su primo eran turbulentos, oscilaban entre la furia, la incredulidad e incluso la piedad. Mientras escuchaba su extenso discurso, se había preguntado más de una vez si era honesto con él, si tenía algún propósito oculto. No obstante, había escuchado con atención *qué* decía o no decía, y *cómo* lo decía, había formulado pocas preguntas y había ocultado sus ideas.

Quería tener libertad para reflexionar sobre todo aquello y para analizarlo con su propio criterio. Sólo tenía la certeza de que, en treinta y cinco minutos, Calvin le había dicho más que suficiente para trastornarlo. Alex tenía presente una verdad sobre la que había cavilado muchas veces, aunque nunca de una manera tan personal: en el mundo había personas lo suficientemente religiosas para odiar, pero no para amar. Muy próximo a la desesperación, comprendió que debía recuperar a Lucy sana y salva, a cualquier precio, y marcharse.

19

Alex se pasó todo el vuelo sumido en sus pensamientos acerca de las implicaciones de la obsesión que aquella gente tenía por Dee y los comúnmente conocidos libros sobre los ángeles. ¿Podría existir una relación con el accidente fatal de su hermano? El veredicto del encargado de la investigación había corroborado, un mes antes, que la muerte fue accidental, pero él tenía nuevos motivos para sospechar. Sin embargo, debería dejar esas reflexiones para otro momento; abrían demasiadas heridas, y su preocupación inmediata era encontrar a Lucy. Los modales de aquel hombre, Guy, el descendiente del templario, le desarmaban de puro encanto cuando conversaba por teléfono, pero sus métodos no lo serían tanto cuando se le pusiera a prueba. Alex era escéptico con respecto al argumento tranquilizador de Calvin, quien le había asegurado que evitarían causar daño. Sentía que la vida de Lucy estaba en la cuerda floja. Debía reunirse con ella cuanto antes porque se enfrentaría a una segunda catástrofe, potencialmente mayor, si no tomaba su medicación. La policía había hallado en el escenario del secuestro el bolso además del teléfono; por lo tanto, Lucy no tenía consigo sus medicamentos. Él debería proporcionárselos.

A pesar de que el avión aterrizó con diez minutos de demora, Alex tenía la mente activa y despejada mientras iba a retirar el vehículo que ya habían alquilado y pagado en efectivo para él, lo cual era un indicio de que disponían de una red de contactos. Le invadía la desagradable sensación de estar desprotegido en un vehículo tan fácil de rastrear por ellos, pero no tenía demasiadas opciones. Veinte minutos después le hicieron entrega de un pequeño Citroën a bordo del cual abandonó el recinto aeroportuario por una carretera, resbaladiza a causa de la lluvia, en dirección a una casa situada en Arbonne-la-Forêt. Debía ignorar las condiciones climáticas si deseaba llegar en menos de una hora. La hora acordada era las doce y media. No podía demorarse, por ellos y por Lucy. Ella debía haber tomado sus medicamentos a las nueve y esas horas de retraso podían poner en peligro su vida.

El viaje hacia Fontainebleau y luego hacia Arbonne fue sorprendentemente veloz teniendo en cuenta la adversidad del clima. No había tráfico en el camino, y Alex, que conocía bien el primer tramo de la ruta, no tuvo problemas para seguir las señales después de Fontainebleau. Entró en el pueblo, recorrió un sendero y comenzó a mirar los nombres de las casas. Encontró fácilmente la que buscaba: destacaba de las demás porque estaba iluminada. Golpeó la puerta. Un ama de llaves abrió.

—*Je suis désolé...*

—*Oui, Monsieur. Il attend. Entrez, s'il vous plaît.*

La mujer estaba nerviosa. Alex comprendió que le habían endilgado el asunto contra su voluntad. Ella le invitó a sentarse en una amplia habitación con paredes de piedra. Tal vez había sido parte de una sencilla granja, remodelada para darle un aspecto más señorial. En la pared había fotografías de una hermosa joven rubia de pómulos salientes. Alex las observó confundido.

—No encontrará pistas aquí, doctor Stafford. Esta casa pertenece a una actriz alemana que fue mi amante hace tiempo, pero desde hace años no estamos en buenos términos.

Un hombre de cabello oscuro y piel bronceada, con un jersey de cuello vuelto color crema y pantalón oscuro de pana, bajó por una ostentosa escalera desde lo que antiguamente habría sido un ático o un granero. No era la voz del hombre con quien había conversado por teléfono.

—Ella no sabe que estoy aquí y su hija embarazada está en Londres... No creo que a ninguna de ellas le alegre verme, de modo que sería prudente que controle sus modales.

Alex distinguió un leve acento de origen desconocido enmascarado por un inglés aprendido en una escuela de los Estados Unidos. El aspecto de ese hombre, aunque no sus maneras, le recordaron a un brillante médico israelí especialista en asma y alergia.

—No me interesa. Tengo algunos documentos para usted. Desearía entregárselos y terminar con nuestro asunto —contestó, midiendo sus palabras, con un tono de voz que expresaba un dominio de sí mismo que, si bien no era real, resultó convincente. Luego extrajo el dossier del maletín. Con las manos enguantadas, el hombre analizó minuciosamente cada uno de los pergaminos. El tiempo pasaba peligrosamente y Alex se inquietaba: Lucy debía tomar sus medicamentos. Comentó que se trataba de documentos antiguos y frágiles, que no debían manipularse innecesariamente.

Su interlocutor se sorprendió ante la falta de interés o conocimientos por parte de Alex y se preguntó qué pensaba *él* sobre el contenido de esos documentos. El médico declaró con voz firme que no sabía nada y que consideraba exagerado el interés que despertaban. Nunca reveló la palabra que había escrito en la postal de Will unas horas antes y se mantuvo sereno hasta que le autorizaron a retirarse.

Alex conducía el Citroën en dirección al oeste poco después de la 1 a.m. El regreso a Chartres le llevaría casi una hora a causa de la lluvia a pesar de que recorrería la mayor parte del trayecto por una autopista. Su teléfono móvil sonó.

—La suya ha sido una interpretación impecable, doctor Stafford —dijo una voz lisonjera, que volvía a ser la del caballero templario—, y nosotros somos caballeros. Por lo tanto: *la porte d'hiver*. A las dos en punto. *Je vous souhaite une bonne nuit. Au revoir*.

El reloj de la catedral acababa de dar las dos cuando Alex vio a Lucy, sola, acurrucada y temblorosa en el portal del atrio del norte. Eso le disgustó. Se quitó el pesado abrigo y se lo echó encima de los hombros. De pronto, volvió la vista atrás a tiempo de ver cómo un automóvil oscuro con los focos apagados se alejaba a toda velocidad. Escrutó otra vez el rostro de Lucy, evaluó rápidamente su estado físico y emocional. Ella le sonrió con esfuerzo.

—No volverán a apoderarse de mí. No probé nada de lo que me ofrecieron. Ni siquiera bebí un sorbo de agua.

Después de unos instantes, Alex comprendió que Lucy hablaba como Perséfone al regresar del inframundo. Sonrió aliviado e incrédulo. Permaneció un rato aferrado a ella, para darle calor. Sin embargo, Lucy percibió que él temblaba un poco. Difícilmente podía imaginar la angustia con que había vivido las horas anteriores. Por primera vez se sentía más fuerte que él. No hubo fragilidad en la manera en que retribuyó su abrazo y levantó el rostro para mirarlo.

—Estoy bien, Alex. Sabía que me rescatarías —afirmó—, pero ¿qué hay en esos documentos?

Él no pudo responder.

—El hotel está muy cerca.

—No iremos allí.

Alex tomó un botellín de agua de un bolsillo del abrigo y unas cápsulas del otro y se las ofreció a la muchacha. La introdujo en el coche después de que se las tomara. Efectuó una breve parada frente al Grand Monarque Hotel, negándose a soltar su mano mientras pagaba la factura al conserje y recogía el pasaporte y las pertenencias de Lucy. Hizo una brevísima escala para dar las gracias a la policía así como para recuperar el bolso y el teléfono. Les informó de que ella estaba ilesa pero conmocionada. La preocupación primordial era su salud, por lo cual responderían a sus preguntas más tarde, después de haber descansado. Alex hablaba un francés fluido y sus palabras no admitían réplica, de modo que rápidamente siguieron su camino. Durante los treinta minutos de viaje aferró la mano de Lucy, soltándola sólo para cambiar las marchas. Eran casi las tres cuando llegaron al camino que conducía a la casa cercana a L'Aigle. Alex guardó el coche en el garaje y cerró cuidadosamente la puerta a pesar de lo avanzado de la hora.

Corrieron bajo una lluvia helada. Él cogió una llave oculta debajo de un tiesto de geranio sin flores. Encendió algunas luces, dejó las ventanas cerradas y le indicó dónde estaba el baño antes de subir a toda velocidad la escalera y juguetear con algunos interruptores. Regresó antes de que Lucy hubiera encontrado una silla.

—Este lugar... —dijo Lucy con el rostro resplandeciente a pesar de la fatiga.

Contempló la amplia sala de estar con vistas a un pequeño invernáculo, los muebles blancos de mimbre, recientemente tapizados, las acuarelas en las paredes, un piano, un violonchelo apoyado en un taburete, fotos por todas partes. Se sentía como una niña que ha regresado a casa. Se instaló en un antiguo sillón de madera, frente a una mesa ubicada junto a un aparador donde brillaba la vajilla de porcelana.

Alex encendió la cocina de gas y puso a calentar una tetera; luego, fue hacia un minúsculo corredor, hurgó en el congelador y regresó con una rebanada de pan de centeno. Aún no estaba listo para relajarse y oír los comentarios de Lucy.

—No sé desde cuándo está aquí, pero revivirá si lo tostamos. No deberíamos arriesgarnos con la mantequilla, pero debes comer algo —explicó Alex antes de proseguir con sus quehaceres y por fin le entregó una taza de té y una tostada untada con miel de procedencia intachable.

Luego fue otra vez a la planta alta. Lucy recuperó el color gracias al calor del té y de la casa aunque sentía que la fatiga se apoderaba de ella. Alex reapareció y se apoyó en una esquina de la mesa de la cocina. Miró sus enormes ojos, cansados y ojerosos, y sonrió.

—Todo está en orden. He encendido el fuego arriba, y el agua ya está caliente, puedes darte una ducha rápida.

Lucy se puso en pie y apoyó con suavidad los dedos en los labios de Alex para hacerle callar.

—No es una ducha lo que necesito, Alex..., ni tampoco un médico.

Ella le perfiló la sonrisa con el pulgar y él lo tomó y lo besó. Saboreó la dulzura deliciosa de la miel. Sus ojos verdes miraron los ojos castaños de Lucy para comprender qué le decían. Al instante colocó una mano detrás de su cabeza y sus labios se unieron suavemente.

No tenía sentido apresurarse ahora después de lo mucho que habían esperado aquel momento. Alex se dejó llevar por su aliento a miel y la besó lánguidamente antes de inclinarse para levantar el cuerpo menudo y apoyarlo contra el suyo. Sin dejar de mirarle a los ojos, Lucy le rodeó espontáneamente con sus piernas. Él la llevó suavemente escaleras arriba. La madera de pino que ardía en el hogar ya había perfumado ligeramente la habitación. Alex la sentó dulcemente sobre la gruesa manta de lana que cubría la cama. Se desvistieron el uno al otro sin prisa, deleitándose morosamente. Él le besó las mejillas y las pestañas, se tendió con ella en la suavidad de la manta y le acarició el contorno de la cintura y el vientre. Sus manos subieron reverentemente para recorrer con dedos sensibles la cruel cicatriz que dibujaba una curva alrededor de su pecho izquierdo, desde la costilla hasta la clavícula. Lucy reprimió un grito, sintió deseos de llorar.

—Es tan fea...

—Al contrario, es hermosa —la contradijo Alex—. Te salvó.

Y con sus besos recorrió lentamente toda la herida. Luego los labios y el cálido aliento de Alex rozaron el cuello de Lucy y volvieron a encontrarse con su boca.

Esta vez el deseo fue incontenible; la pasión, urgente. Lucy anhelaba con todos sus sentidos el calor de su cuerpo, la demora era una agonía, el placer era casi doloroso.

—¡Alex! —Lucy había dejado escapar esa palabra con tal ardor que él llevó decididamente la mano hacia su cadera. Luego, al oír nuevamente su nombre, la levantó un poco y entró en ella. Los dos comenzaron a respirar agitadamente.

Las manos de Alex aferraron la cintura de Lucy, ella le rodeó con sus piernas y le sintió en la profundidad de su cuerpo, con tanta intensidad que se le deshilacharon los pensamientos. Él siguió besándola mientras sus dedos buscaban un camino entre sus cuerpos entrelazados y comenzaban a bajar desde el ombligo. Ella le detuvo.

—No, Alex, no sigas.

Él abrió los ojos sin comprender. La miró fijamente y ella no pudo resistirse, le entregó su alma. De improviso, su cuerpo se liberó. Cedió a las sensaciones casi dolorosas que recorrían todo su cuerpo. Nunca se había sentido tan expuesta y tan imperiosamente auténtica. Sus sentidos habían regresado del largo exilio que ella misma les había impuesto. Aunque no podía explicar cómo había sucedido, se había permitido confiar en él, había ansiado unirse a él, y eso se traducía en el magnetismo de sus cuerpos. Él percibió todo su placer, los primeros acordes, exquisitos e irrepetibles, de la intimidad entre ellos, y sólo entonces se dejó llevar por su cadencia.

Lucy perdió la noción del tiempo hasta que descubrió que los brazos de Alex la rodeaban. Ambos se habían saciado. Ella se durmió oyendo los latidos del corazón de Alex y el sonido del viento.

20

Lucy oyó un repiqueteo antes de advertir el espacio vacío en la cama. Abrió los párpados con indolencia y distinguió la silueta de Alex junto a la chimenea, donde avivaba el fuego agregando leños que despedían un fresco aroma a pino. Las persianas no estaban cerradas con el pasador, y el viento sacudía los cristales de la ventana.

—Es temprano, aún no son las siete, y hace un día de perros —dijo Alex con voz suave y ronca, y regresó junto a ella—, pero mi dama es hermosa, un buen motivo para no moverme de aquí —agregó mientras se acercaba al calor del cuerpo de Lucy para acunarla entre sus brazos. Ella le besó los dedos, que olían a almendras tostadas. Fue sólo el preludio. Su lengua siguió explorando el cuerpo de Alex. Él rió.

—¿Siempre eres tan exigente? ¿Después de haber dormido sólo dos horas?

—Ya es hora de que sea más exigente... Nunca me he sentido tan bien después de dormir dos horas —replicó Lucy. Luego se apoyó en un codo para mirarle de frente y vio el brillo juguetón de sus ojos verdes—. Acercaos, os lo ruego. ¿Permitiréis que yo tome el mando? —inquirió al tiempo que se erguía para adoptar una posición dominante.

—Sí, mi señora.

Alex la despertó con un beso poco después de las diez y apoyó un dedo sobre sus labios para que no hablara.

—Llamaré a Siân y después saldré para comprar leche y algo para comer. Aquí no hay gran cosa.

—¿Quieres que vaya contigo?

—Volveré enseguida. ¿Te sientes segura? —preguntó Alex. Al ver que la soñolienta Lucy asentía, agregó—: Entonces, quédate en la cama. O si prefieres, puedes darte un baño, el agua está caliente. Afuera hay tormenta.

Desayunaron tarde. El tiempo desapacible les invitó a permanecer en su refugio. Conversaron como nunca lo habían hecho, sin interrupción. Primero hablaron sobre la casa: los senderos entre los árboles, el huerto, la historia del edificio, las fotografías de la familia. Lucy aspiraba el perfume embriagador de la madera y las piñas quemadas que los protegían de la humedad, preguntaba sobre las celebraciones familiares y los momentos que evocaban las imágenes colgadas en las paredes. Alex habló un poco sobre Will y más sobre su madre. Lucy dijo algo sobre sí misma. Ambos estaban pensativos, atentos a las palabras del otro. Se encontraban relajados ahora que nadie les necesitaba, pues Siân disfrutaba desempeñando el rol de madre, consintiéndoselo todo a Max.

—Quédate donde estás —le había dicho a Alex—. Ocúpate solamente de cuidar a Lucy.

Luego conversaron sobre la terrible experiencia que habían vivido y expusieron sus impresiones sobre los protagonistas involucrados. Alex habló sobre el extraño papel jugado por Calvin en aquella trama.

—Sabían que tú tenías la llave. Sólo Calvin pudo darles esa información. Eso te convirtió en su objetivo.

Mientras le escuchaba, Lucy advirtió que Alex seguía rumiando sobre lo sucedido. Ella no hizo comentarios, pero la relación entre Siân y Calvin comenzó a inquietarla.

Más tarde llamaron a la *gendarmerie*. No olvidaban que debían mantener alejada a la policía para evitar complicaciones. Si bien Alex no quería resignarse tibiamente a dejar las cosas como estaban, pensó que lo más sabio era adoptar una actitud pragmática, de modo que respondieron con evasivas a las preguntas de los policías, y permanecieron juntos.

Al levantarse, Alex había descubierto en el congelador la carne de ternera que su madre había mencionado en la nota para Will. A las cinco de la tarde ya estaba lo bastante descongelada como para permitirle empezar a cocinar. Abrió una botella de buen vino, vertió un poco en la cacerola y sirvió dos copas, momento en el que recordó que Lucy quería preguntarle algo cuando lo llamó, emocionada, al salir del laberinto.

Ella se puso tensa por primera vez. Alex comprendió que le resultaba difícil hablar sobre el tema y no la apremió. Ese asunto había estado siempre presente en la mente de Lucy mientras había estado prisionera en manos de los amigos de Calvin. Lo había analizado una y otra vez hasta llegar a una conclusión que había logrado aceptar con gran esfuerzo, pero sabía que, sin importar qué palabras utilizara, no había manera de hacer esa pregunta sin provocar reacciones que no podía controlar y se preguntaba qué efecto tendría sobre su relación con Alex. Deseaba fervientemente formularla, pero se sentía totalmente incapaz de hacerlo. Comenzó de una manera elíptica.

—¿Cuál es el primer recuerdo que tienes de mí? —preguntó Lucy, sin timidez, mirando seriamente a Alex. Él comprendió que la pregunta tenía un trasfondo complejo—. Me gustaría saber cuándo comencé a despertar tu interés. ¿Lo recuerdas? ¿Fue después del trasplante? —Alex acarició el rostro de Lucy. Sus dedos olían a hojas de laurel trituradas. Ella trató de aclarar la pregunta—. Si sólo se tratara de preguntarte si crees que eres una persona fuerte, no vacilaría. Pero me pregunto también cuán fuertes somos nosotros, y aún no soy capaz de dar una respuesta.

—No fue tu fragilidad lo que me atrajo, si es lo que te preocupa. Nunca te vi como una víctima que necesitaba protección. Por el contrario, me encantó tu independencia y tu dominio de la situación. Te presté atención por primera vez... en mayo, según creo. Te oí reír y pensé, «qué mujer tan fascinante». Eras joven, hermosa y te enfrentabas al riesgo de morir y sin embargo conservabas el encanto y el sentido del humor. Yo no habría tenido tu coraje. Tú te aferraste a la esperanza y en ningún momento te compadeciste de ti misma.

Los labios de Lucy dibujaron una leve sonrisa al oírlo. Ella también recordaba con precisión aquel momento: Alex parecía reflejar toda la luz de la habitación, su presencia luminosa tuvo un poderoso efecto sobre ella en aquella instancia sombría.

—¿Tanto te gustó la antigua Lucy?

Alex pasó su mano por los cabellos de Lucy y asintió. La miró a los ojos, tratando de descubrir lo que sentía.

—¿Por qué estás triste?

La forma en que la miraba y la bondad de Alex solían hacer que Lucy se sintiera vulnerable, casi incómodamente desnuda. Se puso en pie, atravesó la cocina para mirar hacia fuera y recuperar el control de su persona. Cuando estuvo en condiciones de mirarle otra vez, dijo, sencillamente:

—Creo que tengo el corazón de tu hermano.

Pasaron treinta segundos, pero a Lucy le parecía que el tiempo se había detenido por toda la eternidad.

—Dime algo, Alex —pidió. Se había apartado físicamente de él y no encontraba las palabras que le permitieran sortear esa distancia. Observó su cara, tratando de descubrir qué pensaba. Era un misterio. Intentó cambiar el enfoque—. Creí que tal vez supieras quién había sido mi donante.

Sus palabras no produjeron conmoción sino ternura. Alex comprendía que ella luchaba con algo enorme. Meneó la cabeza.

—Yo no estaba allí. Es un dato que sólo conoce el coordinador, si bien algunos aspectos de la vida del donante, o la causa de la muerte, pueden ser de interés para todo el equipo —explicó con serenidad—, pero, como recordarás, en ese momento yo no formaba parte del equipo. ¿Por qué crees que es el corazón de Will?

—Bueno, porque la fecha coincide —respondió. Alex asintió y ella continuó—: Pero es mucho más que eso. Ahora, cuando recuerdo los últimos meses, no comprendo cómo no me di cuenta antes. Obviamente, teniendo un hermano como tú, Will era donante de órganos. —Alex la miró con escepticismo, pero ella se defendió con nuevos argumentos—: Escúchame un momento, ya no soy vegetariana, y tengo sueños incomprensibles.

—Es la medicación —replicó él, sin intención de ser condescendiente—. Has estado bajo el efecto de un cóctel de drogas brutales durante los primeros seis meses.

—Sí, Courtney dijo lo mismo, y le creí, pero cada vez que me encuentro con alguien de tu círculo de amigos, descubro que ya lo conozco. Siân, por ejemplo, y Simon me resultan familiares. —Alex la miró extrañado. Ella rió a medias al advertir que él dudaba de su cordura—. Sé que parece una locura, pero no he perdido el juicio, te lo aseguro. Son demasiadas coincidencias. Yo conocía tu casa de Hampshire y me sentí como en mi casa en cuanto llegamos aquí.

—Te sentiste aliviada por haber encontrado un refugio seguro. Lo único que me importaba era brindarte esa sensación.

—Sí —dijo ella, sonriendo cariñosamente—. Pero recuerda lo que me sucedió aquel día en Longparish: el dolor de cabeza, las náuseas, el frío. Honestamente, sentí que iba a morir. Estoy segura de que se debió a que estuve frente a la tumba de Will, en los lugares que él solía frecuentar... —Alex iba a interrumpirla, pero ella continuó—: Y varias veces estuve a punto de llamarte «Sandy», aunque era un trato demasiado íntimo para dos personas que no hace mucho que se conocen. Supongo que Will te llamaba así.

Alex rió, sorprendido, ante ese desafío. Era verdad. Nadie más que Will lo llamaba así, desde la infancia. No obstante, aunque no quería prejuzgarle, Lucy lo había llevado a un territorio extraño.

—Tal vez se me escapó. O lo mencionó Siân.

—No, Alex, nadie me lo dijo. Y creo que te llamaba así por el color rubio rojizo de tu cabello.

Él la miró con aire pensativo. Para bien de Lucy, se esforzaba por no creerla, pero era extraño.

—Quiero preguntarte algo sin importancia. ¿Will era zurdo?

Alex la miró con los ojos muy abiertos.

—Y después de la operación tú tienes tendencia a usar la mano izquierda. Lucy, todo esto es verdaderamente interesante —respondió, tratando de acompañar su entusiasmo—. Pero no es prueba suficiente. Las drogas para prevenir el rechazo podrían ser en buena medida responsables de todo esto.

—Sí, es posible, estoy de acuerdo. ¿Te atreves a ponerlo en duda? ¿Te sientes capaz de saber la verdad?

Lucy vio una expresión sombría en los ojos de Alex. Aún eran fuertes, pero había algo más, otra emoción. Preguntas, ideas, mudas discusiones. Otro hombre no habría sido tan considerado, pero tal vez Alex era la única persona que trataba de comprender su mundo interior. Él se puso en pie y cogió su teléfono móvil. Marcó un número y se lo acercó a Lucy antes de que le atendieran.

—No me lo dijeron. Olvidé decirte que le pasé este caso a James Lovell a principios de esta semana. Creí que sería oportuno.

—Hola, Jane, soy Alex Stafford.

Ella tuvo sólo un instante para reflexionar acerca de las implicaciones de que Alex hubiera decidido dejarla en manos de otro médico. Luego le escuchó mientras se compadecía de Jane, que una vez más tenía que trabajar un sábado, y bromeaba con ella diciéndole que no deseaba que lo llamaran desde el hospital, que era su fin de semana libre, que de todas maneras no estaba en Londres y que prometía llevarle una botella de Calvados. Le pareció que estaba más conversador que de costumbre. Entonces, tomó a Lucy de la mano y le pidió a Jane que revisara sus archivos y le dijera de qué región provenía el corazón de Lucy.

—Jane, es importante. De lo contrario, no te lo pediría.

Lucy observó a Alex en espera de la respuesta durante unos instantes que le parecieron interminables. De pronto, él asintió.

—Sí, entiendo. ¿Hay más detalles? ¿Figura algo acerca del hospital? —Alex decidió ir directo al grano—. ¿Puedes decirme sencillamente quién fue el donante?

El auricular quedó en silencio. Alex miró a Lucy de soslayo.

—Jane, prometo no hacer más preguntas. Sólo dime si el nombre del donante significa algo para mí.

Lucy percibió el cambio en la voz de Jane: su contagioso entusiasmo irlandés desapareció súbitamente. Comprendió que en el momento de la muerte de Will muchas personas habían relacionado su nombre con el de Alex. Quizá entonces Jane no había reparado en ello, pero retrospectivamente ese nombre adquiría significado.

Alex apretó los dedos de Lucy.

—No te preocupes. Es una gran ayuda. Gracias, Jane. Vete a casa, tu familia te espera.

Alex cortó. Miró los aterciopelados ojos de Lucy. Más que castaños, se los veía grises como el acero. La estrechó entre sus brazos sin decir una palabra. Ella retribuyó piadosamente el abrazo. Después de unos instantes, él aflojó la presión de sus brazos y dijo solamente:

—¿Cómo lo descubriste?

Ella tomó una rápida decisión. Alex era un hombre razonable e inmensamente tolerante con respecto a las ideas, los credos y las religiones de los demás, pero únicamente creía en lo que percibían sus cinco sentidos. No obstante, le tomó las manos y le miró con serena fortaleza. Había visto la morada de los muertos, le contaría cómo era aun a riesgo de hacer el ridículo.

—Anoche vi a Will. En la luz. En el laberinto.

Lucy cogió las copas y condujo a Alex hacia la sala de estar, donde estaba la estufa de leña. Le explicó que, jugando con el nombre, había descubierto el significado del texto de Will: *Will, I am*. Había oído las palabras que hablaban de que dos almas se habían convertido en una y al principio había creído que se referían a lo que sentía por él, por Alex, lo cual era correcto, pero percibió que tenían un segundo significado. La omega de alguien, es decir, su fin, de alguien había sido su principio. Y luego había *visto* realmente el rostro de Will. Creyó que era el de Alex, el que más deseaba ver, aunque distorsionado por la luz de las velas: el mentón algo más cuadrado, la complexión más robusta, un aire un poco menos refinado, el cabello mucho más oscuro, completamente rizado, pero de todos modos, le recordaba el atractivo rostro de Alex.

—Era la cara de este niño encantador, convertido en hombre —afirmó Lucy, señalando la repisa del hogar, donde se veía una fotografía de los dos hermanos cuando tenían diez y doce años. Entre ellos había más semejanzas que diferencias.

Y luego explicó que había *oído* la voz. En ese momento, Alex seguramente estaba hablando imaginariamente con ella.

—Sí —dijo él, sorprendido—, así es.

Lucy lo sabía, pero también creía que eso tenía un segundo significado. La voz de Will también estaba allí, muy parecida a la de su hermano, tal vez algo más melodiosa, un poco más alegre y menos serena. Y ella había sentido que algo tangible la había rozado. Will estaba allí, recorriendo el laberinto por segunda vez, con ella. Podía creerlo o no. No tenía importancia. Ella sabía que era verdad.

Pasaron unos instantes antes de que Alex hablara. Pensaba en la médica sudamericana que le había dado el libro de García Márquez, invitándole a considerar el espacio existente entre la realidad y la espiritualidad.

—Se han realizado y se siguen realizando investigaciones sobre este tema —repuso tras beber un poco de vino—. Se denomina memoria celular. Algunos médicos la ubican categóricamente en el ámbito del mito y otros se indignan ante la mera posibilidad de considerarlo un tema científico, y también los hay que proponen que las células tienen, por decirlo de alguna manera, pensamiento propio, y que mover un tejido vivo de un cuerpo a otro no implica privarlas de sus «recuerdos». Es posible que las cadenas de aminoácidos que envían mensajes desde el cerebro hacia otras partes del cuerpo también se generen en el corazón. Hasta ahora nunca había adoptado una posición con respecto a este tema. Estoy al tanto de algunos testimonios famosos, sobre todo en América. Algunas historias son realmente extraordinarias y sería injusto no tener una actitud abierta hacia ellas, pero por el momento nada se ha comprobado fehacientemente. Si el cerebro no es el único centro generador de ideas, si también el corazón, como algunos sugieren, tiene su propio sistema nervioso, tal vez esto sea posible. —Alex miró a Lucy, que le escuchaba atentamente, tratando de comprender—. Courtney lo descartaría de plano, pero hablaré con Amel. Seguramente su opinión será valiosa —agregó mientras alzaba la copa a la luz de las llamas—, pero es extraño, porque no todas las personas tienen este tipo de experiencias. Si así fuera, la hipótesis sería más sólida.

Lucy le miró con tristeza. Sus temores aún no habían desaparecido.

—Alex, más allá de que puedas asimilar lo que te he contado, lo más importante para mí es saber cómo te sientes sabiendo que tengo el corazón de Will. ¿Aún crees que es sólo un bombeador de sangre? ¿Te crea algún conflicto?

Alex estaba tendido de espaldas, con las manos apoyadas en el suelo, junto al fuego. Se incorporó rápidamente y acarició la mejilla de Lucy con el pulgar.

—Will había muerto. Yo mismo lo verifiqué. Estaba allí en ese momento. Ahora sabes por qué no pude estar contigo.

Lucy posó su mano firme en la espalda de Alex.

—Tal vez Will se llevó consigo muchas cosas, pero no un corazón viviente. Si de alguna manera la muerte de mi hermano sirvió para salvarte, se lo agradeceré cada día de mi vida —afirmó Alex, y tomando entre sus manos el rostro de Lucy la miró para darle tranquilidad—. ¿Es un problema para ti?

—Eres tú quien dio vida a mi corazón, Alex. Había estado oculto entre las sombras durante toda mi vida, hasta que lograste que confiara en ti, pero creo que Will también desempeñó un papel. Por primera vez tuve el impulso de *escuchar* lo que me decía el corazón. Seguramente él era un hombre apasionado, y su corazón, ese gran legado, no podía ser feliz en medio de la frialdad. Si me dijeras que eso es producto de mi psicología, lo aceptaría. Pero para mí su corazón es más que una bomba. Puedo sentir su... —Lucy trató de encontrar el lenguaje apropiado para expresar sensaciones tan extrañas— su beatífica dicha. Él no codiciaba nada. No está rondando a mi alrededor. Siento que está en un lugar puro, en las alturas. Percibo que no perdió el sentido del humor ni siquiera en sus últimos minutos de vida. Yo no temía a la muerte, pero él ha logrado que tenga menos miedo a la vida.

—Lo más convincente de cuanto has mencionado es que Will dio muestras de su ingenio irreverente hasta el último momento —dijo Alex riendo—. A menudo discutíamos acaloradamente sobre un tema. Cuando se hablaba de Newton, Will se identificaba con los poetas románticos. Keats, y creo que también Lamb, sostenían que sir Isaac había destruido la poesía del arco iris reduciéndolo a un prisma. Y Will se sumaba a ellos, en parte para ponerme a prueba. Yo he defendido el punto de vista de Newton y sigo haciéndolo, pero esta noche has hecho que lo reconsidere. Tal vez el corazón no es sólo un órgano. Y quizá sea oportuno creer en la diosa del arco iris y comprender que el todo es más que la suma de las partes.

Alex desanudó los lazos de la fina rebeca cruzada de cachemira que llevaba Lucy y puso sus largos dedos entre sus pechos con tierna sensualidad antes de besarla.

—Es maravilloso que estés aquí conmigo —le dijo.

Y si de ese modo se refería a más de una persona, Lucy le importaba tanto como la otra.

El espejo retrovisor alertó a Simon cuando capturó la imagen de un hombre al pasar junto a su coche vestido con unos vaqueros caros y una chaqueta de pana más cara aún. Esperó unos segundos, salió del asiento del conductor e interceptó al desprevenido Calvin: subió velozmente un breve tramo de escalera y levantó el brazo, listo para darle un puñetazo, pero éste respondió muy rápido y aferró con habilidad el brazo sorprendentemente desarrollado de su atacante.

—Podemos solucionar esto aquí mismo si prefieres, pero tal vez sería mejor que entraras —le propuso.

Simon estaba algo desconcertado.

—No tengo hermanos, Calvin, sólo a mi madre. Will Stafford lo era todo para mí y tengo la desagradable certeza de que sabes algo sobre su accidente que todavía no has dicho.

Los dos hombres se estudiaron con hostilidad manifiesta. Una viandante que cruzaba a toda prisa por la acera con una bolsa de la panadería desvió la vista al advertir la actitud recelosa y expectante de ambos. Al fin, Calvin dio una mínima muestra de hospitalidad a su inesperado visitante.

—No puedo ofrecerte grandes comodidades, pero creo que estaremos mejor dentro —comentó al tiempo que soltaba el brazo de Simon. Luego abrió la puerta y su invitado lo siguió entusiasta.

Simon no conocía ningún piso estudiantil comparable al de Calvin. Percibió un grado de limpieza exagerado cuando echó un vistazo a la sala de estar. Vio un estante con algunos libros amorosamente ordenados, zapatos impecablemente ubicados y el abrigo cubierto por una funda. Había pocos muebles, pero eran caros. Alex era organizado y metódico, pero su primo parecía tener una conducta compulsiva rayana en la obsesión. Simon pensó que jamás habría imaginado que un hombre como él pudiera ser el sucesor de Will en la vida de Siân.

Calvin se sentó recatadamente en un sofá. Controlaba minuciosamente su lenguaje corporal. Se demoró un instante en invitar a Simon a tomar asiento en un sillón *art déco* con un llamativo tapizado que estaba frente a él. El visitante prefirió permanecer en pie.

—Responde, sin rodeos, Calvin. Desafortunadamente, estás relacionado con personas que son muy importantes para mí —dijo Simon, disgustado consigo mismo porque el tono de su voz delataba su emoción—. Quiero saberlo todo sobre la llave, los documentos de Dee y la intriga en la que estás involucrado. No estoy dispuesto a tragarme nada de lo que has dicho hasta ahora, así que más te vale terminar con esta farsa y decirme la verdad. Puedes engañar a Alex, porque es un hombre que quiere creer en la bondad de las personas, pero yo no soy tan piadoso y a mis dos contactos en Scotland Yard les encantaría recibir información confidencial.

Calvin meditó antes de responder, pero al fin se enfrentó a Simon con voz calma.

—Las cosas... se han ido de las manos. Lo que ellos quieren no es lo mismo que yo quiero —afirmó con voz inexpresiva. Después se puso en pie, atravesó la pequeña habitación y abrió el cajón de un escritorio, de donde sacó un par de libros muy ajados que entregó a su visitante. Volvió a sentarse, decidido a dejar claro que era el amo del lugar y que manejaba el tiempo a su voluntad—. Estudio con personas que creen a pies juntillas las palabras de la Biblia y la han tergiversado sólo lo justo para poder escribir sus libros. Quizá te causen gracia, Simon, pero te sugiero que no les subestimes —comentó al advertir la ironía y la incredulidad de su interlocutor—. Ellos creen que Cristo vendrá y están convencidos de que sucederá muy pronto. Las ideas de Dee les interesan. Esos libros son parte de una colección y su autor es uno de los historiadores estadounidenses más exitosos. Ellos se adhieren a una teología y siguen una política que no son las mías. —Simon miró las cubiertas de los libros sin entenderle. En una de ellas vio cuatro caballos galopando y más abajo el cañón de un arma. No comprendió el significado. No obstante, advirtió algo extraño en Calvin, que siguió hablando—: Yo creo en la doctrina de Jesús y las enseñanzas de las Sagradas Escrituras, pero no estoy de acuerdo en que se utilice esa fe para delinear la cultura y los objetivos políticos, en que se convierta en un argumento moral para promover la guerra. El director de mi universidad es un hombre carismático, pero está utilizando la religión como un arma. Mi posición es totalmente distinta.

Simon escuchó a Calvin durante casi una hora y se marchó llevándose dos libros con títulos extravagantes y cubiertas inquietantes de su biblioteca personal. Era casi creíble que Calvin se adhiriera a sus ideas religiosas pero no estuviera de acuerdo con su política. Sin embargo, su olfato de periodista lo objetaba. Tenía la fuerte sospecha de que Calvin estaba preocupado en obtener sus propios beneficios y que, de hecho, le había revelado muy poco acerca de lo que estaba sucediendo. Se había marchado sin saber por qué los cristianos evangelistas con quienes se relacionaba codiciaban los documentos de Dee y sin poder definir con certeza cuál era el interés inconfesable que el propio Calvin tenía en ellos.

Pero estaba decidido a descubrirlo.

21

—¿Trajiste tú esta rosa para mí ayer? —Lucy salió del baño sujetando la toalla que la envolvía. Observó más detenidamente el capullo delicado y mustio. Era perfumado y colorido, pero al mirarlo atentamente vio que la lluvia lo había dañado un poco—. Tendrías que haberlo hecho ayer, el veintiuno, por el equinoccio de primavera.

Alex fue hacia ella desde la habitación contigua. El baño estaba situado en medio de los dormitorios de los dos hermanos.

—No, creí que tú la habías traído. Me sorprendió que hubieras encontrado una rosa tan temprana. —Alex meneó la cabeza—. Ahora que lo dices, me habría gustado hacerlo, pero dudo que todavía haya flores. ¿Quién ha estado aquí? Quizá alguien pidió prestada la casa —comentó, y luego se acercó a la flor para observarla—. En realidad, está marchita, pero se ha conservado maravillosamente. Tiene marcas de escarcha.

—Sin embargo, tiene una exquisita fragancia a mirra. ¿Crees que la cortaron hace mucho?

Lucy regresó al dormitorio sin esperar la respuesta. Las persianas estaban entornadas y la ventana abierta. Alex había llevado una bandeja de desayuno con una tetera y *brioches*.

—¿Ahora bebes mi brebaje? —preguntó Lucy entre risas—. Me estás consintiendo. Debo regresar al mundo real mañana y me espera una larga jornada.

Alex se preguntó en qué consistía ese «mundo real», pero respondió con deliberada liviandad:

—Como a todos. Debemos coger un avión alrededor de las cuatro. Antes tengo que devolver el coche y pagar la diferencia. Sería conveniente que almorzáramos temprano.

Lucy adivinó fácilmente lo que Alex estaba pensando.

—Desearía no tener que marcharme de aquí jamás. Me siento segura, protegida, y las sábanas huelen a lavanda...

Ese lugar, la casa de la madre de Alex, la había conmovido profundamente.

Sentía que había encontrado algo cuya pérdida no había advertido hasta entonces. A pesar de los momentos de tensión que habían vivido, esa casa fue una mágica poción de amor. Allí, junto a Alex, se había sentido relajada, completa, sana. Lucy dejó caer la toalla y fue hacia la ventana. Por primera vez en varios meses no se preocupó por ocultar sus cicatrices. La lluvia había dado paso al sol y se veía un doble arco iris.

—Alex, mira. —Él se acercó, la abrazó desde atrás y se inclinó hacia el alféizar.

—Poesía y ciencia —aconsejó con una sonrisa—. Debes ver el jardín antes del almuerzo.

—Déjame cocinar para ti —propuso. Él aceptó.

La hierba estaba empapada y había algunas ramas en el suelo, pero la tormenta no había causado grandes daños en el huerto. Lucy vio un centenar de rosales. Aunque todavía no tenía flores propiamente dichas, ya se distinguían diminutos capullos. Luego señaló la espiral de la fuente situada en el centro de los arriates. Alex le explicó que su madre había realizado esa artesanía. El agua helada la desbordaba. Sin embargo, pudo distinguir la figura de Venus en el centro. Detrás de las flores, en un muro de piedra que servía de barrera contra el viento, descubrió un reloj solar: un antiguo brazo de hierro apuntaba su dedo hacia Venus. Había sol suficiente, y como una niña intrigada, Lucy miró su reloj para verificar la hora, pero frunció la nariz cuando comprobó que no era correcta. Alex rió.

—Fue calibrado como un reloj lunar. Mi madre se llamaba Diana, como la diosa de la Luna, y le encantaba la luz de la luna. En algún momento utilizó el reloj solar que está en el otro sector del jardín, y teníamos que hacer los ajustes necesarios. Según recuerdo, cuarenta y ocho minutos de corrección por cada día de luna llena, cuando el mediodía coincide con la medianoche. Pero después era necesario hacer muchos cálculos, de modo que éste tiene las correcciones indicadas en la placa.

—Es mágico. Tu madre era admirable.

Alex asintió. La tristeza que Lucy percibió en su gesto no se debía al hecho de haberla perdido sino a la pena de haber estado lejos de ella mientras vivía. Él prefirió hablar de ese tema en otra ocasión.

—¿Damos un paseo por el huerto?

Lucy pisó una baldosa floja decorada con una gran estrella mientras se alejaban de la zona del reloj lunar. Alex oyó el ruido.

—Hay que reparar todo esto. Intentaré poner un poco de orden si puedo venir aquí otro fin de semana largo con buen tiempo. Traeré a Max. ¿Estarías dispuesta a ponerte los guantes de jardinería?

—Ya conoces la respuesta.

Lucy se alegró de que la incluyera en la visita con su hijo. Tomó la mano de Alex y caminó con él hacia el pequeño bosque. Cuando llegaron a un sector donde la hierba estaba alta, húmeda y enmarañada, él la cargó sobre su espalda. Ella se preguntó si estaría alucinando a causa de la medicación, pero Alex estaba realmente allí, olía a vetiver —el aroma predominante del Acqua di Parma— y a madera húmeda. Ella le besó el cuello.

Alex telefoneó a Max; éste estaba aprovechando la ocasión para arrastrar a Siân a todos sus lugares favoritos. Entretanto, Lucy cortó ajos de ascalonia y limones y puso en una fuente el pez de San Pedro que habían conseguido en el mercado el día anterior. La cocina era espaciosa e iluminada, estaba bien equipada y había una enorme variedad de hierbas. Era un placer cocinar allí. Introdujo el pescado en el horno y echó un poco de arroz en una cacerola de agua hirviendo. Luego, bebió un vaso de agua, regresó a la sala de estar y se dirigió directamente hacia el piano. Alex le había dicho que, en efecto, era el piano de Will. Hacía años que había dejado de tocar, aunque alguna vez había sido una pianista bastante buena. Quiso saber si podía hacerlo de nuevo. Tragó saliva cuando leyó la partitura que estaba sobre el piano.

—¿Lo intentarás? —preguntó Alex, acercándose a ella.

—Esto supera un poco mi nivel. La *sonata Waldstein*, el *Impromptu* de Schubert, todas estas piezas increíblemente difíciles de Chopin. Ni un solo nocturno a la vista. ¿Era tan buen pianista?

Alex asintió decididamente. Ella, por el contrario, meneó la cabeza.

—Entonces, tendré que practicar —concluyó. Lucy movió el violonchelo y miró a Alex—. Era tuyo. La lira del dios Apolo —dijo sin dudar.

—Lo he abandonado, no tengo tiempo. Solíamos tocar tríos, Will y yo éramos los menos diestros, mi madre era una violinista de primer nivel. Cuando ya no pudo tocar debido a su enfermedad, yo también dejé de hacerlo. Will siempre tocaba para ella, cuando llovía se pasaba días enteros frente al piano. Yo no podía imaginar que estaba enferma. En los últimos tiempos todos nos reuníamos aquí para tocar. —La voz de Alex se fue apagando a medida que hablaba—. Por favor, toca un poco de música. Es triste que un instrumento tan bello esté silencioso.

—No te hagas demasiadas ilusiones —repuso Lucy con suficiencia, aunque ansiaba acariciar las teclas. Miró a Alex un rato, hasta que se decidió. Sus manos, bastante seguras, encontraron su camino sin dificultad. Alex la escuchaba mientras ella tocaba una pieza de Debussy. No era una obra particularmente difícil, pero la interpretaba con gran sentimiento. Le conmovió especialmente su elección. La pieza era breve y a modo de aprobación, él asintió cuando terminó.

—La niña de los cabellos de lino —dijo, con voz tenue—. Will solía llamarla «La niña de los muslos de caballo» —Lucy rió al oír la ocurrencia—. Había olvidado que era tan bella. ¿Puedes tocarla otra vez?

La joven accedió de buen grado y el tiempo retrocedió para Alex mientras las notas se desgranaban hasta llegar al día de su boda, cuando se casó con Anna. Will había dicho que el cabello de Anna era como «el viento entre los maizales» y había interpretado esa pieza para ellos en la iglesia del pueblo donde ella había nacido, en Yorkshire. Y le había dicho a Alex que si realmente la amaba se mantuviera firmemente unido a ella. Se preguntó qué le diría Will ahora, acerca de Lucy. Tal vez, que no repitiera el error. El cabello de Lucy era como una seda negra, no se parecía en nada a Anna. Sin embargo, percibió la delgadez de un velo. Se sorprendió, no habría sido capaz de imaginarlo, ni siquiera el día anterior. Fue hacia ella y le besó el cabello.

—Gracias.

Lucy fregaba los platos y Alex arrojaba unas espinas de pescado a la basura cuando sonó su teléfono. Lamentaba haberlo encendido, pero habría debido presentarse en el hospital ese día, de modo que miró con optimismo a Lucy y respondió.

—Alex Stafford —dijo.

—Nos ha entregado la mitad. Hemos revisado los documentos y faltan la mitad de las páginas. —Era la voz del hombre con quien se había batido en un duelo verbal el viernes por la noche, con su leve cadencia de Kentucky.

—No sé de qué habla. Les he entregado cuanto tengo. Tal vez sea conveniente que revise los libros que indudablemente usted mismo nos ha robado.

—Entonces no han encontrado todo. El último pergamino es claro: «a mitad de camino a través de la órbita». Ésta es la mitad de la documentación. Supongo que el resto es el texto que en realidad estamos buscando. Ahora, piense usted por mí, doctor Stafford, muchas cosas dependen de esto. ¿Dónde puede estar?

—¿Qué espera encontrar? ¿El dobladillo del vestido de un ángel?

—No hable tan a la ligera, doctor Stafford. No olvide cuál es su posición. Ya sabe que soy un hombre que consigue lo que desea. Le llamaré mañana a esta misma hora para que me dé la respuesta —le amenazó, y cortó.

Lucy observó a Alex. Había oído algunos fragmentos del diálogo y de inmediato había comprendido de qué se trataba. ¿Les entregaste todo?

Alex asintió.

—Todos los originales. Aún tengo las fotocopias que hice para que tú pudieras trabajar sin que se dañaran. Hasta donde sé, no me quedé con nada.

—¿Cuánto debemos temer a esta gente?

—Me gustaría saberlo —dijo Alex, dubitativo—. Hasta ahora, tú has demostrado una intuición excelente con respecto a este asunto. ¿Tienes la sensación de que hay algo más?

Lucy se quitó los guantes de goma y se apoyó en el fregadero.

—Todavía no me has dicho qué descubriste en la primera hoja de Will. Tú también la habías descifrado.

Supongo que llegaste a una conclusión ligeramente distinta de la mía.

Alex la tomó de la mano y la condujo a la biblioteca de la sala.

—¿Ves alguna Biblia? —Ambos revisaron los estantes. Ella descubrió un libro con la cubierta algo gastada. Tenía una inscripción: «Domingo de Ramos, 1970». Era un regalo que Alex había recibido de sus padrinos el día de su bautismo—. Bien. Es una Biblia del rey Jacobo. —Lucy le siguió hasta el sofá, donde Alex continuó con la explicación.

—Al igual que tú, llegué a la conclusión de que la primera parte significa: «*Will I am*». Supuse que se refería a Will. Luego comencé a pensar en alguien cuyo alfa y omega coincidieran en la misma fecha. Y de inmediato lo relacioné con Shakespeare, pues coincidían la época y el nombre. Yo recordaba que había nacido el 23 de abril y que había muerto en esa misma fecha y corroboré que era correcto. Parecía una posibilidad. Pensé en la «canción del mismo número en el viejo libro del rey» y después de fracasar con el *Cantar de los Cantares* supuse que debían de ser los Salmos. Entonces lo intenté con el famoso salmo 23, lo leí, e hice los cálculos. Nada. Pero ¿cuál es el resultado de multiplicar por dos el número veintitrés, es decir, de unir las dos mitades, la fecha de nacimiento y la fecha de su muerte, en un solo número?

—Cuarenta y seis. —Lucy pasó las páginas hasta encontrar el salmo 46. Alex y ella se miraron: un trozo de hoja de palma, plegada en forma de cruz, cayó del libro—. Se suele hacer el Domingo de Ramos. ¿Ha estado ahí desde tu bautismo?

Alex meneó la cabeza con incredulidad.

—Es extraño, señala esa página. Cuenta el mismo número de pasos desde el principio y dime qué obtienes.

Lucy recorrió con el dedo cuarenta y seis palabras desde el principio. Luego miró a Alex y le dedicó una leve sonrisa.

—No me digas que si cuento el mismo número desde el final...

—Debes omitir la última palabra, ¿recuerdas? Es «Selah» en este ejemplar, pero es «Amén» en el que tengo en mi apartamento, el que Will llevaba en su mochila.

Lucy siguió las instrucciones. Tembló al posar el dedo en la palabra cuarenta y seis: «lanza»*.

—Alex, eres un genio. ¿Esto es real?

—¿Estamos de acuerdo en que el mensaje completo dice «William Shakespeare», quien casualmente tenía cuarenta y seis años cuando se imprimió la Biblia del rey Jacobo?

—No es raro, y a la vez es terriblemente extraño. ¿Es un código?

—Tengo la impresión de que Shakespeare está implicado en los documentos. De qué manera, no puedo imaginarlo. Pero seguramente esto no satisface el pedido de «más».

Lucy permaneció callada un instante, con los ojos vidriosos.

—¿Will lo había descubierto?

—Tal vez tú lo sepas —se burló Alex, aunque sin malicia—. Me encantaría averiguar qué hizo después de

* La autora hace un juego de palabras con el nombre de Shakespeare y la palabra «lanza», *spear* en inglés. *(N. del E.)*

visitar la catedral y recorrer el laberinto. Los mensajes que me envió sugieren que tenía algo que decirme. Cuando revisé sus pertenencias encontré la postal de Chartres y la nota que mi madre le dejó sobre la carne, junto con la factura del almuerzo en un restaurante. Se había cortado el cabello. Y había dibujado un ciervo o un venado en una pequeña hoja de papel. Y como sabes, había encargado flores para Siân un poco antes de las tres, pero el transbordador no zarpaba hasta tarde. ¿Qué pasó por su cabeza durante las horas restantes hasta la salida?

—Desearía saberlo y decírtelo, Alex, pero no soy Will. Sólo tengo una parte significativa de él conmigo, pero si mi intuición funciona, diría que hay algunas cosas peculiares. ¿Dijiste que las flores que le envió a Siân eran rosas?

—Rosas blancas. Para su cumpleaños, que sería un mes más tarde.

Lucy asintió.

—El laberinto olía a rosas. Quizá el perfume que me regalaste flotaba en el aire cálido, pero también puede ser un fenómeno del dédalo mismo. ¿Es posible que la rosa que está arriba tenga seis meses de antigüedad? ¿En ese caso, estaría tan bien conservada? ¿Es posible que ya estuviera cuando Will pasó por aquí?

Alex se encogió de hombros.

—¿Quieres decir que es probable que él la hubiera cortado?

—Era el equinoccio de otoño. Entonces, tenemos una rosa de otoño, un venado y el ciervo. Interesante, ¿verdad? El ciervo es uno de los atributos de Diana, la diosa de la Luna, ¿verdad? —preguntó Lucy, aunque no necesitaba oír la respuesta—. Y había un ciervo en el corpiño de la mujer de tu miniatura. Diría que Will regresó a esta casa. ¿Está en la ruta hacia el transbordador?

—Más o menos. ¿En qué estás pensando?

—¿Tu madre le dio alguna clave? —preguntó Lucy mirándole con gravedad. De pronto se le había ocurrido una idea—. ¿Qué decía el papel que le dejó junto con la llave?

—Algo como: «Para Will, cuando seas alguien que no eres ahora...» —Alex comprendió qué pensaba Lucy—. Supongo que ahora eres tú si piensas como un poeta más que como un científico. Tal vez la llave en realidad iba dirigida a ti.

—Ellos se llevaron la copia de oro que hiciste para mi cumpleaños.

—No importa. Tendrás otra vez la original de plata cuando lleguemos a casa.

—Nosotros somos parte de este enigma, Alex. Tú y yo somos los elegidos para resolverlo. ¿No fue acaso Alejandro quien cortó el nudo gordiano?

Alex rió.

—Casualmente, la insignia de la familia Stafford es un nudo. Supongo que mis padres me gastaron una broma cuando me llamaron Alexander. Ha sido parte de la heráldica de los Stafford al menos desde el siglo xv, pero ésa no es mi familia materna.

—Sin embargo, los Stafford están incluidos de algún modo en el misterio. Un Stafford fue embajador de Francia durante el reinado de la reina Isabel. Era el contacto con Giordano Bruno, quien fue quemado en la hoguera nada menos que en Campo dei Fiori, el campo de las flores. A eso seguramente se refiere el primer documento que recibió Will, y creo que él lo descubrió. Leí sobre el tema cuando investigaba sobre Dee y creo que Simon también lo mencionó. La conexión con el apellido Stafford me impresiona. Revisaré mis notas. Me pregunto si tendrá algún parentesco.

Lucy experimentó una súbita revelación.

—El jardín de estilo Tudor. Las rosas. La luna. El territorio de Diana. Vayamos a echar un vistazo.

Lucy recorrió con el dedo la espiral que Diana había creado en su fuente. Era un mosaico que describía su brillante trayectoria a través de un sendero azul y rojo rubí formado con trozos de platos de porcelana rotos. Los colores coincidían con tal exactitud que ella comprendió que habían sido rotos adrede. La fuente era poco profunda y estaba bordeada por conchas marinas. Lucy recordó a la dama de Shalott, que trabajaba con los reflejos para entretejer sus hilos gracias a que las escamas de plata reflejaban el cielo y el paisaje que las rodeaba. Mientras trazó la ruta hacia Venus, que estaba en el centro, la joven recordó los suaves dedos de Alex mientras seguían la curva de la cicatriz que rodeaba su pecho y encerraba su corazón. El movimiento era en sí mismo sensual, cautivante, misterioso.

Lucy giró hacia él para decirle algo, pero él estaba sumido en sus pensamientos mientras observaba el impreciso reloj solar y vaciló. Alex lo percibió y la invitó a compartir sus ideas.

—El sol no gobierna este lugar. Su vitalidad es esencial para las rosas, pero incluso en pleno verano, cuando el aroma es embriagador, mi madre solía traerme aquí mucho después de que hubiera oscurecido, para demostrarme que el perfume era más intenso, más atractivo, durante la noche. Todas las flores huelen más por la noche y las rosas blancas son luminosas a la luz de la luna. Para el reloj lunar el mediodía es la medianoche. La fontana refleja las estrellas: un fragmento del cielo en la tierra. El espíritu de este jardín es femenino. Mi madre creó este espacio para expresar otra visión del mundo y oponerse a la regla general. Aquí el Sol es consorte, un compañero vital, pero no es el soberano. No era suficiente que lo entendiéramos con el intelecto, ella necesitaba que lo aprehendiéramos con los sentidos —concluyó Alex, y miró a Lucy—. Quizá porque la suya era una casa habitada por hombres.

—Aparentemente, ella tenía su propia casa.

—Sí, pero era algo por lo que se preocupaba. Las mujeres eran las poseedoras de los secretos de la vida y la muerte, desde la prehistoria, antes de que se comprendiera cuál era el rol masculino en la procreación, porque ellas podían producir vida. Se las consideraba poseedoras de un conocimiento innato de los misterios de los dioses y así eran iniciadas en la sabiduría divina. Luego hubo un viraje hacia una visión masculina, racional, del mundo, relacionada con Apolo, que minimizó la importancia de la Luna, lo femenino, lo onírico, en la religión. El dios Sol, Apolo, aportó claridad y promovió la valoración de lo que era cognoscible en lugar de lo inexplicable. El dios de las visiones extáticas y del rito de la luna era Dionisio.

—Tú y Will —sugirió Lucy.

Alex rió.

—En cierto modo, sí. Sin embargo, mi madre tenía la esperanza de que la claridad y el misterio no fueran incompatibles y que de la unión de ambos surgiría una mejor comprensión del mundo. Tal vez pensaba que ella y mi padre, en algunos aspectos encarnaban esa unión.

Alex no dijo más. Lucy había comprendido y caminó hacia él para tomar su mano.

—Si pudiera elegir una madre, sería la tuya —dijo con una convicción que conmovió a Alex. Ella miró la cuña del reloj, que apuntaba hacia el acuoso reino de Venus. Vio que indicaba una hora entre las tres y las cuatro, cuando debería ser al menos una hora más temprano.

Alex siguió su mirada.

—Mucho más que cuarenta y ocho minutos.

Lucy imaginó a la madre de Alex a la luz del jardín.

—¿Sabes que Botticelli pintó *La Primavera* y el panel de *Venus y Marte* para reflejar la magia de un aspecto específico de los planetas, para inspirar en el espectador la comprensión de la armonía celestial? Seguramente tu madre sabía que cada persona es sólo una partícula microcósmica del universo aunque expresa la creación y la divinidad en su totalidad.

Mientras Alex la oía, la atención de Lucy se desplazó a la sombra del reloj. Faltaba un día para el equinoccio de primavera, el momento en que estaban en equilibrio lo femenino y lo masculino, la Luna y el Sol, el día y la noche. Un matrimonio celestial. Ella pensaba que era un momento perfecto para que ellos estuvieran en esa casa, «una consumación devotamente deseada». Se produciría alrededor de esa hora inexacta —las cuatro—, justo antes del amanecer, cuando se apaga la luz de la luna, antes de que el primer rayo de sol aparezca en los equinoccios.

—Alex, mira dónde cae la sombra.

En realidad eran poco más de las dos, pero la sombra se proyectaba hacia la baldosa con la estrella que debía ser reparada. Alex se agachó para volver a mirarla. Esta vez le intrigó que estuviera floja. Lucy se soltó el cabello y le dio su hebilla para que pudiera levantar el borde. La baldosa salió fácilmente de su lugar. Debajo había un hoyo profundo, sin contenido alguno.

—Indudablemente aquí había algo.

Alex miró a Lucy, frustrado. No tenía cómo guiarse en ese territorio. El hoyo sugería que su madre había creado ese lugar secreto con un objetivo importante que él desconocía por completo. Debajo de la estrella, aproximadamente a un pie de profundidad, se había albergado un objeto. Era suficiente para ocultar una caja o una botella.

—Alguien llegó hasta aquí antes que nosotros —afirmó.

Lucy aferró entre sus dedos la mano derecha de Alex, que aún sostenía la baldosa y la hizo girar, dejando la palma hacia arriba. Ambos se miraron y sonrieron.

—Will.

En el reverso de la baldosa había una segunda estrella, constituida por dos cuadrados que formaban algo semejante a los pétalos de una flor, cuidadosamente pintada, marcada con números y algunas palabras. La cerámica se había horneado para preservar el dibujo.

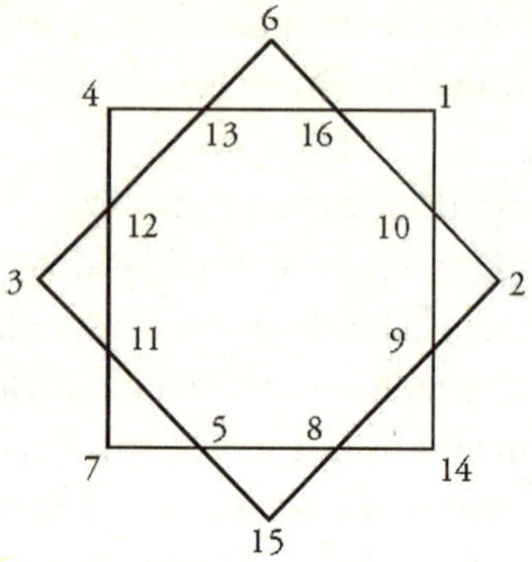

Debajo de la estrella se leía, en italiano: *E quindi uscimmo a riveder le stelle* («Y luego salimos a ver otra vez las estrellas»), y en el centro había una llave: la llave de repuesto de la Ducati.

22

Simon no dejaba de pensar en Calvin mientras observaba con aire ausente las imágenes reflejadas en el espejo retrovisor. Le intrigaban tanto las singularidades de las habitaciones del americano, como la total ausencia de detalles personales y la extraña escasez de libros académicos en los estantes. Difícilmente se podía considerar el alojamiento de un estudiante aplicado de posgrado. También le llamaba la atención la explicación, nada ingenua, con que Calvin había intentado responder a su comentario acerca de que los libros que usaba para estudiar eran demasiado antiguos y valiosos como para que fuera posible sacarlos de la biblioteca. ¿Eso le permitía obtener alguna conclusión? ¿Qué se traía Calvin entre manos?

Simon oyó el eco de las palabras de Yago: «No soy el que soy», pensó que eran muy acertadas. De pronto algo interrumpió su reflexión: vio asomar súbitamente tres cabezas que se acercaban a toda prisa hacia él. Encendió el motor.

Lucy había permanecido sumida en sus pensamientos durante todo el vuelo desde Orly, ya que se sentía protegida por la proximidad de Alex, y no había pensado en peligros ni urgencias a pesar de la amenazadora y alarmante llamada telefónica y el posterior hallazgo en el jardín, no consideró nada hasta que vio el gesto forzado de Grace, que la esperaba en el aeropuerto, y la mirada furtiva de Simon mientras ella se deslizaba en el asiento trasero de su maltratado vehículo con tracción en las cuatro ruedas. Se estremeció. Grace hizo lo propio junto a Simon; éste arrancó antes de que hubieran terminado de cerrar las puertas.

—Te debo una, Simon. Espero no haber sonado demasiado enigmático por teléfono.

—No lo suficiente, Alex —respondió Simon con una risa forzada—. ¿Vamos a tu casa o al apartamento de las chicas?

Alex registró el comentario de Simon con la esperanza de que fuera una broma, pero en vista de la manifiesta ansiedad de su amigo evitó ahondar sobre el tema y prefirió referirse al lugar de destino.

—En realidad, me gustaría invitaros a cenar en The Cricketers, en Longparish, a menos que tengáis otros planes.

—Un gran pub... Era el favorito de Will, por su cerveza. Hace tiempo que no lo visito, pero ¿por qué hoy? —preguntó Simon sin apartar la vista del espejo retrovisor.

—Lucy ha desenterrado nuevas piezas arqueológicas. Esta vez, en la casa de Francia.

La aludida aflojó el cinturón de seguridad y se inclinó hacia delante para que piloto y copiloto echaran un vistazo a la llave de la Ducati aún sujeta con una cinta adhesiva a la baldosa.

—La dejaron allí para que germinara en el jardín de rosas —comentó.

—Extraño lugar para guardar la llave de repuesto —opinó el conductor, sonriéndole a través del espejo—. ¿La Ducati está en el garaje de tu padre? —Alex asintió y Simon miró a Grace—. En ese caso, cenamos en The Cricketers —repuso y aceleró, todavía atento al espejo retrovisor—. Tenéis muchas cosas que contarnos, sin duda, pero antes os voy a dar una clase de historia moderna, pues también yo he desenterrado algunas cosas en las últimas cuarenta y ocho horas. Intenté encontrarte en tu apartamento, Alex, y Siân me puso al tanto de lo ocurrido. —Al oír esas palabras, Grace se volvió hacia Lucy y apretó afectuosamente su mano—. Entonces le hice una breve visita a Calvin.

Los ojos del conductor iban y venían de la carretera al espejo retrovisor. De pronto, señaló un vehículo situado en el acceso a la autopista. Había una rotonda a la salida del túnel. Adelantó a otro coche cuando se acercaban a ella, subió la rampa y regresó al camino de circunvalación para sorpresa de los pasajeros. El camino elegido recorría unos kilómetros dentro del área del aeropuerto. Sin embargo, el otro automóvil seguía detrás de ellos, más cerca que antes; luego, volvieron a alejarse. Lucy torció el gesto cuando se acercaron a la rotonda de acceso de la M25 a las terminales de carga. El vehículo perseguidor volvió a aumentar la velocidad. Los faros parpadearon y en un abrir y cerrar de ojos estuvieron a la par. Uno de los pasajeros bajó el cristal de la ventana. Simon frenó en seco, haciendo que el otro vehículo girara sobre el pavimento. El pasajero gritó una obscenidad a través de la ventana. Luego el coche viró bruscamente y se perdió de vista.

Todos guardaron silencio, conscientes de la maniobra de Simon, que volvió a dirigir el coche al camino y condujo en dirección a la M25.

—¿Era necesario? —inquirió Alex con voz serena, aceptando que su romántico fin de semana había terminado definitivamente. Comenzaba a sentir el mismo abatimiento que se había apoderado de él mientras hablaba con Calvin, dos noches antes.

—Podría haber provocado un terrible accidente, nada más siniestro —convino el conductor; su nerviosismo sorprendió a Lucy—. Entonces, primero la M3 y luego la A303, ¿verdad, Alex?

—No tardaremos mucho si vamos en dirección contraria al tráfico de los domingos. Estaremos allí alrededor de las seis. ¿Me dejas tu móvil para telefonear a mi padre y avisarle de que estamos de camino?

—No uses el tuyo si te han llamado a ese número —le recomendó Simon al tiempo que le entregaba a Alex el teléfono. Soltó un hondo suspiro cuando terminó de hablar. Tenía una larga historia que contar, y sabía que para Lucy y Alex sería difícil escucharla. Era irracional y a la vez tan simple que incluso él se había asustado.

No logró disimular su enorme enfado a pesar de que les informó con la mayor calma posible de que el día anterior había tenido una acalorada discusión con Calvin. Simon era periodista y había entrevistado a todo tipo de personas. Desde su punto de vista, la esencia de su trabajo consistía en observar a los demás y dejar que el público extrajera por sí mismo las conclusiones sobre el material que él les ofrecía; llegarían a la verdad si interpretaban correctamente los hechos. Lo que él percibía en el grupo de gente a la cual se enfrentaban Lucy y Alex era la absoluta convicción de ser dueños de la verdad, por lo cual no se sentían obligados a respetar las leyes.

—He conocido dictadores, presidentes, líderes religiosos. Y como sabes, Alex, cuando Will estaba disponible, los entrevistábamos juntos. Yo era el experto con las palabras y sus imágenes contaban la historia. Al final del día solíamos sentarnos en el bar de cualquier hotel internacional, en la capital de algún país remoto, y nos preguntábamos cómo demonios esos tipos gozaban de tanta impunidad. A veces nos enfurecían las cosas que nos decían, nos dejaban sin palabras. Nuestras conclusiones variaban, pero en general alzábamos nuestra copa para brindar por la libertad, la democracia y el estilo de vida occidental: «Larga vida...». Era algo extrañamente emotivo.

»Conocí de qué pasta estaba hecho Will durante una temporada de trabajo en África. Nuestro cometido en un principio consistía en hacernos eco del interés excepcional suscitado por la princesa Diana. Decidimos viajar juntos durante un mes y terminamos en el hotel Polana de Maputo, en la época posterior a la guerra civil que había vivido Mozambique: era un clásico escenario colonial en medio de una absoluta pobreza. Los niños se divertían y reían en las sucias calles sin más juguetes que una lata de Coca-Cola. Esa realidad le afectó a Will más que a mí. Al segundo día fuimos testigos de la explosión de una bomba en un autobús. Los pasajeros eran mujeres que viajaban con sus hijos. Ese atentado formaba parte de una oscura agenda que ninguno de los dos pudo comprender. Nos parecía inaceptable que algunas personas fueran capaces de cualquier cosa para imponer su voluntad, su visión del mundo. Una niña de cinco años murió en mis brazos. Will fue incapaz de fotografiarla. Sabía que el mundo debía ver eso, pero dijo que le parecía una violación.

»Últimamente, no tuvimos necesidad de viajar al Tercer Mundo para contemplar el horror. Estuvimos en Washington y contemplamos boquiabiertos la devastación y la columna de humo que se alzó desde el Pentágono durante días, el aire fétido, lleno de ceniza untuosa a causa del incendio. Como es comprensible, a ese hecho le siguió un clima de temor. Los fundamentalistas de todas las religiones aprovecharon la situación para perseguir sus propios objetivos. El derrocamiento de Sadam, los bombarderos suicidas, los fanáticos de todo tipo, cada uno reaccionó a su manera... —Simon hizo una pausa. Temía que su discurso no fuera lo suficientemente coherente para que sus amigos comprendieran el peligro que corrían—. Alex, lo que impulsó a Will a realizar esa épica búsqueda después de la muerte de tu madre fue, en mi opinión, la necesidad de descubrir algo sobre sí mismo: el motivo de su permanente inquietud, de su incapacidad para tolerar o, más específicamente, para consentir la injusticia.

»Quizá encontró algo y ese hallazgo le costó la vida. No estoy convencido de que la caída al río haya sido accidental después de hablar con Calvin.

—Siempre he pensado lo mismo y estos nuevos detalles me dan la certeza de que hubo algo maligno, como tú también presientes, pero prefiero no formular acusación alguna sin pruebas. Por favor, ninguno de nosotros debe mencionarle esta suposición a mi padre. Ya es suficientemente difícil para mí tolerarlo, a pesar de que la muerte forma parte de mi escenario cotidiano. —Después de reflexionar un momento, Alex agregó—: Y creo que por el momento sería mejor no decirle por qué motivo fui a buscar a Lucy a Francia. Hablaré con él cuando la ocasión sea más oportuna. Durante este último año ha sufrido demasiado y honestamente, no quiero preocuparle más de lo debido, pero, Simon —continuó Alex, después de un largo suspiro— lo que no entiendo es qué quieren y tampoco quiénes son.

—Lucy y tú habéis descubierto un documento que abre la puerta a la salvación, o eso creen ellos. Están convencidos de que su contenido, sea cual sea, les conducirá a una especie de Arca de la Alianza en la cual podrán hablar con los ángeles a fin de establecer el momento y los detalles precisos del Rapto, o bien que Dee ya dejó registro escrito de esa conversación hace cuatrocientos años. Según dice Calvin, una de las hipótesis sugiere que Dee se lo llevó consigo a la tumba por considerarlo demasiado conflictivo. Da la impresión de que enterró muchas otras cosas. Secuestraron a Lucy para lograr que tú les entregaras lo que tenías. Ahora han descubierto que sólo disponen de una parte del rompecabezas y quieren que consigas la porción restante, aunque tú no sepas por dónde empezar a buscarla. Y no están dispuestos a esperar.

La australiana había permanecido cavilando en silencio sobre las implicaciones de la pregunta de Alex y la respuesta de Simon hasta que de pronto advirtió que había perdido el hilo de la conversación.

—Disculpa, Simon, pero no te sigo. ¿De qué y de quién estás hablando? ¿A qué te refieres cuando hablas del Rapto?

Grace comprendió la confusión de Lucy. Aunque Simon solía transmitir la información con claridad, en esa ocasión la ansiedad se lo impedía. Su razonamiento partía de hipótesis tácitas y hablaba de forma errática.

—Tú y yo hemos estado hablando sobre esto desde que visitaste a Calvin, pero más valdrá que rebobines y les cuentes tu descubrimiento... ¿No podrías hablar un poco más despacio? —le pidió, dirigiéndose a él; luego, se volvió para disculparle ante sus amigos—. Está un poco alterado.

—Tienes razón, Grace, lo siento. Alex, las personas interesadas en ti y en tu antepasado son teólogos fundamentalistas, aunque te parezca desacertado denominarlos así, teniendo en cuenta todo lo que implica. Para nuestro propósito, debemos comprender que los amigos de Calvin son sólo un puñado de personas que comparten con muchas otras la idea de que la religión goza de autoridad absoluta y no admite críticas. Esperan que ciertos mandatos y prescripciones bíblicas no sólo se reconozcan públicamente, sino que se impongan por ley. Consideran que en la actualidad el rol de la religión en la sociedad está desacreditado y están empeñados en revertir esa tendencia. Estos integristas no son musulmanes sino cristianos, por supuesto, aunque la moral que impregna su visión del mundo y sus ideas tenga poco de piadosa o de cristiana. Defienden el creacionismo, vilipendian a Darwin e insisten en que su fe es la única verdadera, pero sobre todo les interesa el Apocalipsis, y analizan la historia desde una perspectiva apocalíptica. En consecuencia, consideran que todos los momentos históricos cruciales son sencillamente la expresión de una contienda universal. Para ellos, Jesús no es el Cordero de Dios o el Mensajero de la Paz, sino un mesías sanguinario en busca de venganza.

Grace le interrumpió abruptamente.

—Y por supuesto, en su mundo únicamente deciden los hombres.

—Sí, debo decir que es verdad —confirmó Simon, y continuó—. Bien, estos teólogos fundamentalistas, entre los que se cuenta Calvin, tienen la certeza de que en breve se producirá la segunda llegada de Cristo. Si bien este nuevo advenimiento es un principio básico del cristianismo, lo alarmante es que quieren acelerarlo para demostrar la veracidad de sus teorías, no les importa que el precio sea la vida de muchas madres y muchos niños. —Simon hizo una pausa para recobrar el aliento y asegurarse de que el auditorio seguía su razonamiento. Todos permanecieron inmóviles. Lucy estaba aturdida y un poco cegada por las luces de los vehículos que iban hacia Londres por el carril contrario; apretó la mano de Alex sin darse cuenta. El conductor siguió con su relato—. Este grupo cree que los hombres de fe serán literalmente elevados desde la tierra al paraíso eterno. Esto es lo que denominan el Rapto.

—¿Se elevarán desde la tierra? ¿Así de sencillo? —preguntó Lucy, creyendo que tal vez se tratara de una ironía.

—Como la mujer de *Cien años de soledad* —repuso Alex—. Es demasiado hermosa para ser enterrada en una tumba, de modo que la sábana que la envuelve la eleva hacia el cielo.

—Me temo que ellos no son tan literarios como García Márquez ni tienen el mismo grado de elevación espiritual. Una serie de libros de ciencia ficción ha popularizado esa teoría demencial, por extraño que pueda parecer, y ahora se venden por cientos, y para millones de estadounidenses lo que dicen esos libros no es ficción. Por lo cual, Alex, supongo que en cierto modo vale la comparación.

»Ahora bien, únicamente va a ser abducido un grupo selecto, por lo que los amigos de Calvin han formado una especie de club elitista y desprovisto de conciencia. El resto de los mortales, y eso incluye a la mayoría de los cristianos sensatos y humanitarios, a unos seiscientos millones de chinos, trescientos millones de asiáticos de otros países y no sé cuántos musulmanes, hindúes, judíos y, por cierto, a todos los cínicos como yo y los hombres de ciencia como tú, Alex, nos quedaremos aquí en la tierra, enfrentados a la alternativa de demostrar nuestra aptitud para la supervivencia o ponernos manos a la obra y arreglar el caos.

»Nosotros, los humanistas seculares, debemos afrontar el Apocalipsis y perecer en él, o eso prevén, mientras ellos, esos académicos dementes amigos de Calvin, beben champán con San Pedro.

A Alex todo aquello le causaba gracia, pero sabía que su amigo hablaba muy en serio.

—Simon, sé desde hace tiempo que las personas que tienen fe a menudo están dispuestas a morir por ella. Es su derecho. Pero la fe implica la voluntad de creer sin más. No hay explicaciones, razonamientos posibles. En el mundo de hoy la gente es educada, no puede existir un grupo capaz de imponer su fe ciega y sus ideas inverosímiles hasta ese extremo y recibir además apoyo gubernamental para que todos estemos dispuestos a dar nuestra vida por ellas. Al menos, no en Occidente. Es una visión demasiado pesimista.

—No intentes racionalizar los argumentos de esa gente, Alex. Esto no tiene nada que ver con la lógica, sino con el miedo a ser excluido, y ellos trabajan fervientemente para dar marcha atrás en el tiempo y abolir la Ilustración. Recordad a Jaime I y a su cazador de brujas. ¿Qué le diría hoy Shakespeare a un líder de Occidente, un presidente de «facetas fantásticamente oscuras», de quien se rumorea que está a favor del Rapto, que podría aprovechar una situación como aquélla, o promoverla? Éste es el quid de la cuestión.

»Un grupo denominado los Sionistas Cristianos sostiene que los judíos deben tener derecho a reconstruir el templo de Jerusalén y que deben recibir ayuda para realizar esa tarea a fin de que sea posible el segundo advenimiento. Eso supondría destruir uno de los lugares más sagrados del islam y podría disgustar a muchas personas, pero les da igual, pues se han comprometido en la creación del portal para la segunda llegada. Están bien relacionados, se ven a sí mismos como parte de una lucha universal, satanizan a sus opositores. Se oponen a la modernidad sin renunciar a aprovecharse de sus ventajas, pues se valen de todos los avances tecnológicos. Son ultraconservadores con respecto al papel de la mujer y de la investigación científica. Desaprueban con firmeza los valores de la Ilustración por los cuales nosotros veneramos a Kant y Voltaire, tus héroes, Alex, e incluso, los principios de la Constitución de los Estados Unidos. ¿No te parece irónico que estos personajes hayan cobrado poder y difundido sus ideas precisamente en el país idealizado como el paraíso del pensamiento liberal?

»Ten presente que no estoy hablando de un hombre oculto en una cueva en Afganistán, sino de cristianos reaccionarios con una fantasía vengativa en la cual ellos vencen de la manera más brutal al mundo de hoy, que, al menos en teoría, es racional, moderno y científico. La literatura y el control de los medios son los instrumentos que utilizan para librar su guerra verbal contra los pensadores liberales, los homosexuales, aquellas mujeres que desde su punto de vista son demasiado instruidas, los musulmanes en general, los países árabes y especialmente las Naciones Unidas.

»La obsesión por reconstruir el templo de Jerusalén obedece a que ese logro les facilitaría el reclamo del territorio bíblico de Judea y Samaria, es decir, la orilla occidental del Jordán. Insisten en que está escrito en el Antiguo Testamento, es parte de la inalterable alianza de Dios con el pueblo de Israel. Han interpretado la profecía reveladora de la segunda alianza de tal modo que consideran la unificación del territorio de Israel como una condición sine qua non para el segundo advenimiento.

»Jesucristo podrá regresar en cuanto los judíos tengan su templo —continuó Simon mientras miraba de refilón a Alex—. El Rapto tendrá lugar en cuanto el último bloque de piedra esté en su lugar, o tal vez incluso cuando se coloque la primera piedra. La democratización de Oriente Próximo nos parece un objetivo loable a todos, pero el objetivo verdadero en este caso no es mejorar la vida de sus habitantes. Por el contrario, la pretendida democratización se orienta a desvalorizar su fe para justificar la reconstrucción del templo. Ése y no otro ha sido el objetivo desde que se proclamó la independencia de Israel, en 1948. El templo ha sido la principal motivación para la constitución de ese Estado.

Alex miró con escepticismo a Simon.

—¿Intentas decirme que el primo que acabo de conocer y su mentor, un hombre de modales formalmente corteses que se declara descendiente de un caballero templario, creen verdaderamente en eso? ¿Y que ellos piensan que los documentos que Dee ocultó cuatro siglos atrás probarán milagrosamente esa teoría?

Simon se dispuso a salir de la carretera principal para ingresar en el camino que conducía al pueblo de Alex. La velocidad disminuyó y también los ruidos. Todos se sintieron aliviados. Las luces brillantes, el tráfico veloz y el aluvión de información habían agredido sus sentidos.

Sin embargo, Simon conservaba el mismo ímpetu y quería que Alex supiera cuáles eran los intereses en juego.

—Tales son sus pretensiones. Conocen los mecanismos de la propaganda. Más aún, están dispuestos a usar cualquier instrumento para atemorizar o intimidar, como tú bien sabes, Lucy, por tu propia experiencia. Por tanto, os aconsejo reflexionar si pensáis que la Inquisición fue un fenómeno irrepetible y trágico de la historia. Ellos cuentan con una financiación de dimensiones insospechadas. La actual configuración política les permite encontrar oyentes poderosos y crédulos. La intención implícita es la misma de siempre: convertir a los judíos al cristianismo.

Mis disculpas a tu padre, Grace. Van en pos de otra Cruzada y prevén tal cantidad de muertos que la cifra empequeñecería la del Holocausto. Los límites de Israel serían la ribera del Nilo y el Éufrates, el mar Mediterráneo y el desierto del Jordán. Para lograrlo deberían enfrentarse a los egipcios y los sirios, así como a los iraquíes y los libaneses. —Grace sintió náuseas. Simon giró la cabeza para mirar a Lucy y a Alex—. ¿Os hacéis una idea de la magnitud del conflicto?

Nubes rojas veteaban el cielo vespertino después de un día de calor sofocante. El profesor Fitzalan Walters se quitó el sombrero de jipijapa para permitir que la brisa refrescara su cabeza. La jornada había sido agotadora. Había conducido bajo un sol abrasador desde Cesárea para visitar las excavaciones arqueológicas cuyos estratos mostraban el paso de las civilizaciones a lo largo de miles de años y las fortificaciones del rey Salomón. Había departido animadamente con sus dos invitados. Ninguna cortesía era excesiva con el fin de conseguir el apoyo incondicional de quienes traían consigo el dinero de la industria petrolera y el poder del Congreso. Los corazones de los hombres latieron desbocados y no hubo palabras para expresar la euforia cuando llegaron al lugar llamado Armagedón. No obstante, intentaron hacerlo a través de la oración.

—Al fin hemos llegado al temible Meguido, el lugar donde moraron más de veinte civilizaciones a lo largo de diez mil años, ahí las ven, en las sucesivas capas de estas excavaciones. Los hombres han luchado y llorado en esta tierra desde los tiempos de Alejandro, pasando por las benditas Cruzadas, hasta la época de Napoleón. La nuestra será la última capa, porque el Apocalipsis será el lugar donde se librará la última batalla de la Revelación, el sitio de la futura victoria de Nuestro Señor.

—Por esa razón no debemos prestar atención alguna a todas esas tonterías sobre el calentamiento global, FW.

El más alto de los dos invitados, un hombre corpulento y de ojos grises, rió. El fuerte acento tejano no ocultaba su júbilo. Habría sido agradable en otro contexto.

FW asintió solemnemente, los tomó a ambos del brazo y les condujo por el último tramo de la serpenteante colina de Meguido, donde hicieron una pausa para reflexionar. El profesor Walters señaló con el sombrero el lugar situado delante de ellos con un gesto ampuloso.

—Jesucristo surgirá de entre nubes gloriosas y aparecerá en este lugar para llevarnos a su hogar. La sangre alcanzará un metro de altura en los trescientos kilómetros de este valle cuando Él concluya su gran tarea —afirmó mientras volvía a aferrar por detrás los brazos de sus acompañantes; deseaba que fueran partícipes de su dicha—. De acuerdo con la estimación de mis colaboradores, la sangre de más de dos mil millones de personas bañará este hermoso valle de Jezreel. Imaginen... Y nosotros estaremos junto a Él.

El embrujo creado por el profesor perduró mientras el tercero descendía bajo la luz polvorienta del atardecer en dirección al Mercedes de color gris metalizado donde les esperaban dos hombres de confianza. La atmósfera apenas se alteró cuando sonó el teléfono móvil. Hizo una seña a sus compañeros de viaje, invitándoles a protegerse del calor dentro del vehículo, y respondió.

—Habla Guy, FW.

—Llamas un poco más tarde de lo previsto, Guy. ¿Alguna novedad?

—Tenemos una serie de documentos muy interesantes, pero a juzgar por las anotaciones de la Biblia familiar no es el juego completo. Quizá oculten algo, pero tengo la sensación de que no lo saben o no tienen manera de conseguir la documentación restante.

—Sí, entiendo. ¿Y Calvin no ha podido aportar alguna idea?

Guy vaciló.

—No, es decir, no hasta ahora.

—Entonces, Guy, está absolutamente claro lo que debes hacer. Sigue vigilando la casa, no te apartes del muchacho y en lo posible evita que suceda algo... —El profesor hizo una pausa para elegir la palabra adecuada—. Algo *desafortunado*. Aborrezco la violencia innecesaria. Llámame mañana.

El profesor dio por terminada la conversación y entró en el coche que le estaba esperando. El vehículo partió levantando una nube de polvo rojo.

La tranquilidad de la carretera contrastaba con el estado de ánimo de los tres pasajeros de Simon.

—Es verdad, Alex —empezó Lucy al fin—. Tus antepasados, es decir, Dee y sus allegados, trataban de alcanzar la comprensión y la tolerancia para superar la estrechez de las ideas religiosas de su época, cuando el concepto de fe en Dios no era tan amplio como el de hoy. Como recordarás, ellos creían que la comunicación con los ángeles era un camino hacia la verdad, libre de interferencias doctrinarias. Así como Moisés había sido el receptor de la palabra divina, ellos esperaban que los ángeles les dijeran cuál era la verdadera voluntad de Dios.

»Bruno murió en la hoguera en Campo dei Fiori —continuó Lucy— no sólo por haber sugerido que la Tierra giraba alrededor del Sol, sino por haber postulado la existencia de varios sistemas solares orbitando alrededor de sus respectivos soles. Era un hombre muy adelantado a su época, incluso se anticipó a Galileo, pero eso no disminuyó su fe en Dios. Él notaba Su presencia en todas partes y en todas las cosas, en cada persona. Su herejía más ofensiva consistió en poner en duda que Jesús hubiera nacido de una "virgen". Estaba al corriente del tópico de muchos relatos clásicos en los cuales la hermosa mortal alumbraba a los hijos de un Dios invisible y eterno, y si bien creía en la bondad de las enseñanzas de Jesús, pretendía que los fieles reflexionaran y cuestionaran la filiación divina, que comprendieran la irracionalidad de esa noción. También ponía en duda que el pan se convirtiera en la carne de Cristo en la eucaristía, un fundamento básico de la doctrina cristiana. Ahora bien, varios siglos más tarde, es difícil comprender que un revisionismo tan moderado haya despertado tal indignación.

»Y a Dee le sucedió algo similar —agregó—. Comenzó a investigar los misterios de la naturaleza desde una perspectiva religiosa en un intento por eludir las diferencias doctrinarias, lo cual contribuyó a generar un ambiente propicio para el desarrollo de la ciencia. Ambos buscaban expresar el fervor religioso sin adherirse a un conjunto de principios dogmático, pero si entiendo bien lo que tú dices, Simon, las personas que aún hoy interpretan como verdades esas metáforas, y entre ellas se incluyen mis secuestradores en Francia, gozan de influencia suficiente entre los políticos de Occidente como para imponer nuevamente el dogma y abocar al mundo a la situación caótica de la cual Dee y sus condiscípulos trataban de escapar cuatrocientos años atrás.

—Ésa es la tendencia, sin duda, salvo que quienes intentan mostrarse tolerantes con las opiniones ajenas quizá tienen aún la oportunidad de pensar y hablar con independencia, de hacer preguntas racionales, y esto vale tanto para los escépticos como para los creyentes. Por desgracia, los compañeros de Calvin no ven fisuras en su teoría y creen en ella ciegamente, lo cual impide un debate en profundidad. Es el factor más negativo y desalentador de todo esto. Calvin tiene sus reparos, pero sus socios reaccionarios creen a pies juntillas que el doctor Dee hablaba libremente con los ángeles y que podrán entablar comunicación directa con ellos si logran saber cómo lo hacía, qué código utilizaba; podrán mantener una conversación que les revelará exactamente qué deben hacer o bien les permitirá descubrir que ya les ha sido revelado si obtienen el manual de instrucciones para operar un teléfono móvil capaz de comunicarles con el cielo. Están dispuestos a apartar de su camino a quien sea, con tanta violencia como sea necesaria para conseguir el número de teléfono de los ángeles. ¿A que es interesante?

Lucy sintió un dolor punzante cuando pasaron delante de la hermosa y sencilla fachada de la iglesia de

Longparish, donde los habitantes del pueblo habían manifestado su devoción a lo largo de los siglos.

—Dudo que a Dios le disgustara tanto que Eva hubiera comido el fruto del árbol de la sabiduría —dijo con fervor—. Según reza el Génesis, el conocimiento del bien y el mal confiere poderes divinos. Eva fue responsable de privarnos de la inocencia y acercarnos a la categoría de los dioses, capaces de pensar y actuar por medio de la razón. Sólo si recuperáramos ese estado de ignorancia podríamos creer en ese desatino del Rapto. Tus antepasados, Alex, no desalentaron a las mujeres que buscaban el conocimiento ni hicieron que se sintieran culpables por tener interés en saber. Se negaron a obedecer ciegamente a un Dios vengativo. La morera, el árbol de la sabiduría, es el lugar que eligieron para ocultar los documentos de Dee. Se decantaron por el modelo clásico de Ariadna, que rescata al hombre del laberinto, al de Eva, el origen del pecado y de la desdicha de la humanidad.

Al cabo de una hora de vehemente discusión habían llegado a la casa familiar de los Stafford. Las luces exteriores se encendieron automáticamente cuando Simon se adentró en el sendero que conducía a la casa. Todos permanecieron en silencio unos instantes hasta que Simon, mirando a Lucy, preguntó:

—¿Te atreves a descubrir adónde conduce la llave de Will y averiguar qué caja de Pandora puede abrir?

Ella no respondió. Unos segundos después vieron la figura erguida de Henry Stafford, que abría la puerta principal, feliz de recibir invitados.

—Y bien, ¿os vais a quedar ahí sentados toda la noche? Venid a tomar un trago.

23

—¿Champán, papá? —preguntó Alex entre risas—. Es una extravagancia para un domingo por la noche. ¿No te basta el Laphroaig?

Alex cogió la botella helada, la descorchó y escanció las copas. Únicamente Lucy rehusó beber con un gesto amable, pues probaba el alcohol en contadas ocasiones desde la operación.

—Hoy es el Día de la Madre, Alex. Podríamos brindar por los ausentes. —Henry y sus invitados recién llegados alzaron sus copas.

—La señora de la limpieza estuvo aquí el viernes y dejó puestas sábanas limpias en todas las camas, Simon. La habitación de invitados está a vuestra disposición si os apetece disfrutar de unas copas con la cena y regresar mañana a primera hora.

—Es muy amable de tu parte, Henry, y sería una grosería no aceptar esa invitación, pero ¿estáis todos dispuestos a levantaros temprano? —preguntó el aludido. Sus amigos asintieron con gesto distendido—. Veo que os ha cambiado el humor. Grace, por favor, recuérdame que debo llamar a mi madre o, de lo contrario, mañana tendré problemas.

—Yo llamé a la mía —comentó Grace con tranquilidad—. Por mi madre y la tuya, Simon —propuso, alzando su copa—. Y especialmente —agregó con suavidad—, por la señora Stafford.

—Lucy, ¿podemos brindar por tu madre también? Supongo que en Australia la fecha de esta celebración es otra.

Henry habló con una simpatía tan natural que para Lucy fue sencillo responder.

—Me encantaría beber por la madre de Alex, Henry. Alex, tomaré un poco de champán. —Él le entregó su copa y sirvió otra—. Por Diana —brindó Lucy, y todos se hicieron eco de su brindis.

—Aunque parezca extraño, papá, quiero hablar de ella en cuanto haya telefoneado al pub para pedirle a Elaine que nos reserve una mesa —apostilló Alex.

—Me encargué yo, Alex. Nos está esperando. He reservado una mesa junto a la ventana para las siete y media. Tenemos una hora por delante antes de salir hacia el pub si os parece bien la hora.

El mundo de Alex parecía haber experimentado un ligero cambio desde que visitara el jardín de Normandía en compañía de Lucy. Siempre había sido consciente de la serena fortaleza de su madre y de la diversidad de sus intereses y sus conocimientos. Siempre había pensado que su afición por el arte era una expresión de algún aspecto de su personalidad que había postergado por el bien de su matrimonio. Tal vez habría podido ser una pintora o una escultora profesional, o incluso diseñadora si hubiera pertenecido a la generación de sus hijos, pero ella estaba sujeta a las convenciones de las mujeres de clase media, para quienes lo primero era la familia. Los hijos y el hogar suponían la principal tarea y el arte embellecía los contornos, pero ese día Alex había descubierto un secreto, una faceta desconocida de su madre y estaba ansioso por saber más. A su padre le sorprendería que él hiciera ese tipo de preguntas. Las habría esperado de Will. La vida de Alex había estado llena de certezas y seguridad; sin embargo, allí había algo menos tangible, menos claro, más difícil de aprehender.

—Aún no te he dicho que Lucy y yo hicimos un viaje imprevisto a Normandía. Pasamos momentos muy agradables, aunque llovía mucho —comenzó Alex, mirando fijamente a su padre—. ¿Por qué compraste la casa de L'Aigle? ¿Fue cosa tuya o un deseo de mamá?

—Me alegra saber que estuviste allí, Alex.

Simon estaba a punto de llenar nuevamente la copa de Henry. Al mirarle para pedir su aprobación, vio que sonreía a su hijo y a Lucy. Lo interpretó como una bendición y descubrió que Henry, a pesar de su impenetrable silencio con respecto a las muertes que había sufrido la familia y al fracaso del matrimonio de su hijo, se había preocupado por Alex mucho más de lo que cualquiera habría imaginado.

Henry respondió a la pregunta de su hijo.

—Lo decidió ella, y me atrevería a decir que, más que un deseo, fue su firme voluntad y yo me alegré de acompañarla. El clima es mucho más templado en la Provenza, pero ella dijo que como el Pays d'Auge estaba cerca, podríamos disfrutar de la casa a menudo —explicó; luego, miró inquisitivamente a su hijo—. ¿Por qué lo preguntas?

—De una manera totalmente imprevista, Lucy y yo comprendimos hoy que ella había creado su jardín con forma de nudo con un propósito. Mamá nos habló sobre el significado de su jardín lunar cuando Will y yo éramos niños, ya sabes, eso de que estaba dedicado a la diosa Diana y que el nudo que había elegido para el diseño de ese jardín era el símbolo heráldico de la familia Stafford, por lo que el lugar era una especie de enigmática representación isabelina de su nombre. —Henry asintió y Alex continuó—. Pero creo que también era un lugar sagrado, un relicario. ¿Lo que digo tiene sentido para ti?

—Continúa —le invitó Henry con gesto sereno, reflexivo. Grace y Simon, por su parte, escuchaban inmóviles.

—Creo que esa región de Francia tenía un significado importante para ella. Tal vez por su proximidad a Chartres. Hoy hemos descubierto de forma casual que el jardín era el lugar de reposo para... algo que no podemos determinar con certeza. Encontramos una baldosa floja debajo de la cual hay un hoyo cuya profundidad permitiría colocar una estatuilla o tal vez otra caja, similar a la que Lucy nos señaló debajo de la morera. —Alex miró a su padre con la mayor franqueza, sabía que le sorprendía su curiosidad—. ¿Tienes idea de que hubiera planificado algo por el estilo?

—Alex —repuso Henry—, tu madre diseñó un jardín sólo para esconder un objeto secreto durante un periodo no determinado. ¿No lo sabíais ni Will ni tú? —preguntó, y bebió el champán de un trago.

—No tengo manera de averiguar cuándo lo decidió, pero aparentemente mamá guardó allí un objeto o cierta información. Yo no sabía nada al respecto y diría que tampoco Will, pero, por determinados motivos, creo que él acabó por averiguarlo y de eso quería hablarme con tanta urgencia —explicó—. ¿Tú estabas al tanto?

—Ella me lo ocultó, Alex. Yo no era la persona más indicada para hablar de temas místicos o de personas como John Dee y sus secretos, o de cualquier otro dato misterioso, pero en tu madre había una combinación fascinante. No era religiosa en el sentido convencional, y sin embargo, sentía respeto y curiosidad por todas las religiones. Podría decirse que era un ser «espiritual». Era tolerante con las distintas ideas sobre Dios y la fe. Tenía su punto de vista personal sobre el tema, y no le preocupaba en absoluto nuestro... agnosticismo. Diría que tú eres más ateo que yo.

Henry no parecía inquieto por las preguntas. Fue hasta el pasillo que conducía a la escalera y regresó con un tapiz.

—Mencionaste la región. ¿Recuerdas este bordado? Tu madre lo hizo hace mucho tiempo. Hay un almohadón con el mismo diseño en la casa de Normandía —explicó. Henry le entregó a Alex un tapiz al que no le había prestado atención hasta ese momento aunque estaba allí desde su niñez—. Guarda relación con la sagrada geometría de Chartres —agregó nada más recordar el significado que tenía para su esposa.

Alex observó el tapiz. Vio un ángel alado, un ser femenino bordado con hebras blancas y otras de tonos azules. En una mano tenía una hoja de palmera y en la otra una gavilla de trigo. Diferentes matices de azul formaban el fondo; la mayoría eran claros, pero había zonas oscuras como el cielo nocturno. Había un cometa dibujado encima de las prendas y el rostro del ángel estaba bordado con hilos dorados; la larga estela del mismo se prolongaba hasta la esquina inferior izquierda. La figura del cometa se repetía debajo de la criatura seráfica, aunque desprovista de rasgos humanos. Alex lo inclinó para que pudiera verlo Lucy, que estaba sentada junto a él.

—Creo que es la constelación de Virgo —aventuró ella, vacilante.

—Sí, Lucy, me parece que tienes razón —asintió Henry—. Ella comenzó a bordarlo cuando nació Alex. Ése es tu signo, ¿verdad? —preguntó luego, dirigiéndose a su hijo. Él asintió, perplejo—. Compramos la casa antes de concebir a Will, tú no habías cumplido un año. A principios de la primavera nos alojamos en la casa de tus abuelos, cerca de Ruán, para comenzar la búsqueda. ¿Sabes que te bautizaron en Chartres? Tu abuelo conocía a alguien allí, él hizo los arreglos necesarios y a tu madre le gustó la idea. Will fue bautizado en Winchester.

Lucy miró a Alex que, sorprendido, sacudió la cabeza.

—No lo sabía.

Luego, ella fijó la atención en el tapiz y advirtió que el hilo dorado dibujaba círculos en torno a cada estrella de la constelación de Virgo, diminutas figuras cristalinas formadas por puntos brillantes como piedras preciosas, y el conjunto formaba la figura del cometa, repetida en el diseño que se veía más abajo. Los vértices de las estrellas en la figura de la parte superior tenían símbolos que Lucy no logró descifrar. Simon y Grace se inclinaron hacia el tapiz para verlos.

—El símbolo de arriba, a la izquierda, es el número tres escrito al revés —opinó Grace, sin éxito.

—Son letras griegas, nada más críptico que el alfabeto griego —le rectificó Alex—. La que se ve aquí, donde el ala roza el brazo —dijo, señalando el tres invertido— es la letra épsilon. Esta otra, en la parte inferior de la figura con forma de diamante, es gamma, y la que está encima del ala es ny. Son las tres mayores estrellas de la constelación de Virgo. Las demás son mucho más pequeñas, pero aun así, brillantes. Ny se sitúa al extremo derecho de la constelación. Eta se halla en el medio de la figura del cometa y esta otra es beta, la que se ve en el vértice del romboide. Delta está frente a ella y alfa, la más brillante, está en la cola del cometa, señalando el triángulo. —A continuación, Alex señaló otros grupos de puntos junto a los cuales había una serie de minúsculos símbolos—. Esto es de lo más inusual. Tengo la impresión de que todas las estrellas de la constelación de Virgo están señaladas con letras griegas, pero en el dibujo de debajo se ve el contorno de la constelación sin la figura inscrita en ella.

Todos los presentes se acercaron para mirar. Lucy leyó en voz alta los nombres de varias ciudades francesas bordados junto a las estrellas.

—Aparentemente, Bayeux corresponde al punto señalado por épsilon; Amiens, a ny; Évreux coincide claramente con delta. Alex, ¿puedes decirnos qué indican las demás letras?

—Beta coincide con Reims, localidad donde está una de las catedrales más importantes de Francia, allí se coronaba a los reyes. Me parece que a Lyón le corresponde kappa, ¿estáis de acuerdo? —Alex frunció el ceño—. París coincide con eta y Chartres, con gamma. Muy extraño. Pero ¿por qué lo hizo?

Henry se quitó las gafas y respondió con sorprendente alegría.

—Recorrimos juntos esas catedrales cuando eras un bebé, Alex. Tu madre me dijo que esas grandes catedrales góticas de Francia son iglesias de «Notre Dame», es decir, que todas están consagradas a Nuestra Señora. Dijo que representan la constelación de Virgo, es decir, la virgen, en la tierra. Siempre creí que era una idea algo fantasiosa, pero a ella la hacía feliz. Virgo es la única constelación femenina del zodiaco, se la relaciona con Ceres, la diosa del cereal, y en el panteón egipcio, con Isis...

—... y por supuesto, en consecuencia, con la Virgen María. —Lucy llegó a esa conclusión a partir de lo que había leído en la guía de Chartres. Las otras catedrales, Reims, Bayeux y Amiens, también tenían laberintos, aunque sólo el de Chartres se conservaba intacto desde el año 1200. Fascinada, recordó la hoja de palmera plegada en forma de cruz que había caído de la Biblia—. Es curioso, la figura de Virgo sostiene una hoja de palmera, y tú fuiste bautizado un Domingo de Ramos. Dijiste que la estrella situada al final de la cola del cometa era alfa, ¿podría ser la casa de L'Aigle?

Alex la miró.

—Es una idea interesante: «Mi alfa y mi omega». ¿Crees que guarda relación con el documento de Will?

Lucy le sonrió.

—Es posible, si lo que había en el jardín era la estrella alfa de Virgo y a la vez, la última clave, es decir, omega: el principio y el fin.

Alex se sintió repentinamente incómodo.

—Papá, tú no crees que esta geometría sagrada tenga un significado, ¿verdad?

Henry meditó un instante antes de responder.

—Lo importante no es saber si lo tiene en realidad. Quizá sí, ¿quién sabe? Lo trascendente es que los arquitectos encargados del diseño de las catedrales góticas estaban convencidos de que era así.

»Da la sensación de que las construyeron con esa idea, aunque tú no la aceptes. Quizá lo que emocionaba a tu madre es que ese lugar, revestido de cristiandad, fuera un santuario consagrado a una deidad femenina más antigua. Le encantaba descubrir que un mito profundamente arraigado daba origen a otro y producía diversas manifestaciones de fe. Seguramente, le parecía conmovedor que hubieran conservado los antiguos ritos en lugar de erradicarlos. De esa manera, se hacía evidente que las distintas religiones tenían un principio común y, sin duda la alegró la relación entre Virgo y la Virgen María.

—Hay algo escrito en el dorso del tapiz —indicó Grace.

Al girarlo, Lucy leyó con entusiasmo:

—Ella es hermana y novia. Evidentemente, tu madre le asignaba a esta frase un significado, Alex. Hizo este tapiz, creó ese jardín. Le rondaba una idea por la cabeza, y Will seguramente había comenzado a descubrirla, ¿no lo crees?

En ese momento, Alex miró los rostros intrigados que le rodeaban y le pidió amablemente a Lucy:

—¿Puedes mostrarle a mi padre lo que encontramos en el jardín?

Ella sacó la baldosa y la giró con cuidado para que vieran la extraña figura de la estrella, la frase grabada debajo y la llave pegada con una cinta en el centro.

—Will encontró antes lo que había allí. Ésta es la llave de su motocicleta, ¿verdad?

Henry estudió con atención ese objeto.

—«Y salimos a ver otra vez las estrellas» —leyó con melancolía—. El *Inferno* de Dante. Son las mismas palabras inscritas en el reverso de la miniatura. La examiné cuidadosamente cuando la devolvió la Interpol.

Alex arqueó las cejas al oír a su padre. Henry comenzó a cavilar acerca de la motocicleta. Sacudía la cabeza mientras jugaba con el pulgar sobre la llave.

—Aunque no estaba muy dañada, la Ducati estuvo en reparación durante semanas. La policía la examinó con mucho detenimiento, supongo que allí no queda nada. En las alforjas encontramos sólo la mochila. Hasta ahora no hemos recibido nada más.

Alex pensó que entretanto tal vez alguien había tenido acceso a ella, pero no lo dijo.

—Tienes razón. De todos modos, podríamos revisarla, sólo para estar seguros.

La moto de carreras relució primorosa cuando Alex retiró la cubierta que la protegía del polvo.

—Es hermosa —admitió Grace con admiración—. Mi hermano se arrodillaría ante ella para rendirle honores.

—Era perfecta para Will —observó Simon mientras acariciaba el asiento y luego la estructura con las yemas de los dedos—. Él siempre quería lo mejor. Decía que era más fácil de conducir que su primera Ducati. Por supuesto, no puedes beber cerveza si quieres conducir una moto tan veloz como ésta. Sólo pueden hacerlo personas diestras y es francamente incómoda para recorrer grandes distancias. ¿Dónde está la llave?

Lucy vaciló sin saber la razón antes de despegar la llave de la baldosa y entregársela a Simon. De inmediato él montó sobre el asiento, apretó el acelerador y puso en marcha la moto. El novato hizo rugir el motor, que arrancó en primera e instantáneamente se caló y se apagó. Todos rieron ruidosamente.

Alex recuperó la llave sonriendo y abrió el baúl. Estaba vacío, tal y como Henry había anticipado. Luego, también él recorrió con sus manos los costados del vehículo. No había nada inusual, ningún compartimento además del tanque de combustible, y él sabía que Will no habría introducido nada que hubiera podido perjudicar el funcionamiento de su Ducati.

—¿Había algo en la bolsa trasera de la moto o en la mochila? —preguntó Alex a su padre sin dejar de sacudir la cabeza.

—Que yo recuerde, nada fuera de lo común. Por supuesto, yo no busqué nada en particular. Podemos revisar el contenido otra vez. ¿Qué esperas encontrar?

Alex advirtió la expresión meditabunda de Lucy, que permanecía en pie a varios metros de distancia, y se preguntó si se trataba de uno de sus imprevistos cambios de ánimo, si se sentía mal o simplemente estaba reflexionando. Aunque Alex tendía a creer que era una respuesta psicológica, sin duda sus reacciones tenían relación con Will, con los temas que le involucraban. No obstante, esa noche se la veía serena y dueña de sí misma. Ella sencillamente tendió su mano, pidiendo la llave. Él sonrió y se la entregó.

Lucy se apoyó en el asiento y se agachó para mirar desde abajo y tantear la parte inferior; con la mano derecha quitó la cubierta de un compartimiento situado detrás del asiento y con la izquierda insertó la llave en el espacio que había quedado a la vista. Alex se puso en cuclillas para mirar. El soporte del asiento se deslizó unos centímetros hacia atrás, revelando un compartimiento pequeño, cuidadosamente diseñado, evidentemente hecho por encargo de Will. Lucy quitó la tapa, que se mimetizaba con la carrocería de la motocicleta, y hurgó en el interior del mismo.

Cuatro rostros silenciosos la observaron cuando extrajo cuatro bolsitas de cuero y algo enrollado en un trozo de terciopelo negro, sujeto con un cordón de cuero. El rostro de Simon se ensombreció cuando Lucy le entregó a Alex el último objeto.

Grace observaba a su amiga, tan intrigada por el descubrimiento en sí mismo como por la extraña manera en que se había realizado.

—¡Dios santo! —exclamó Henry, no menos asombrado.

—La Leica de Will —indicó Alex, sin poder creerlo—. Me preguntaba dónde podría estar. Él siempre la envolvía así, incluso cuando estaba trabajando y la llevaba en el bolsillo. Ahora es casi imposible comprar una cámara como ésa. Cuestan una pequeña fortuna. Las bolsitas seguramente contienen lentes de repuesto, al menos dos.

La voz de Alex había recuperado el tono habitual. Sin embargo, Amel habría detectado un matiz diferente en la misma, tal como lo hicieron Henry y Lucy. Simon sopesó una de las bolsas de cuero.

—Según recuerdo, fue un regalo de tu abuelo, ¿es así? —le dijo a Alex. Luego, dirigiéndose a Henry, aclaró—: Tu padre, Henry. Will me dijo que se la regaló el día que cumplió ochenta años.

Henry parecía sereno, pero su rostro se contrajo.

—Mi padre cambió esta cámara por un cargamento de comida en las afueras de Fráncfort a finales de 1944 o principios de 1945. Sospecho que la aceptó únicamente para que el dueño se sintiera mejor, pero la verdad, nunca comprendió el valor de ese objeto. Aparentemente, ese hombre y su familia iban a cocinar un caballo que habían encontrado muerto en la nieve. Los niños tenían un aspecto penoso y estaban hambrientos.

Simon asintió.

—Will me dijo que su abuelo había entregado prácticamente todas las provisiones de su batallón a unos refugiados hambrientos. Habían llegado desde Dresde, huyendo de los rusos, y uno de ellos casi le obligó a aceptar la cámara. Para Will, ninguna cámara moderna era tan refinada como una Leica de aquella época.

Alex desató el cordón con sumo cuidado y abrió el paño que la cubría. Los engastes eran de níquel y la cubierta de ebonita. Tenía el aspecto de un objeto preciado y muy usado, pero estaba en excelentes condiciones. Descubrió que Will había utilizado parte del rollo de película al mirar el contador.

Entretanto, Lucy había abierto las demás bolsas de cuero para averiguar su contenido; encontró lentes originales en dos de ellas, tal y como había anticipado Alex, pero en la tercera había cuatro tubos con películas para revelar. Simon encontró dos más en su bolsa, y un tercero que parecía vacío al agitarlo. Lucy se lo quitó y abrió la tapa.

—Aquí hay una serie de indicaciones para el revelado, y un comprobante de envío. Remitió la película a alguien llamado Brown, con domicilio en la calle 34 de Nueva York, a través de un servicio especial desde la oficina de correos de Caen.

Alex se acercó para ver la nota.

—Roland Brown es un fotógrafo independiente que trabaja para la agencia fotográfica Magnum. Ellos vendían en los Estados Unidos las mejores fotos de Will. Roland era un buen amigo, creo que también tiene una oficina en Londres. Adoraba la Leica II de Will porque con las antiguas lentes se obtenían fotografías de una calidad completamente distinta, y la apreció más aún cuando se impuso la fotografía digital.

—A Will le encantaba porque el obturador era silencioso y nadie advertía que él estaba tomando sus fotografías —afirmó tranquilamente Lucy.

Simon asintió y Grace la miró sorprendida.

—¿Cómo demonios lo sabes?

Lucy sonrió.

—Las personas que hacen documentales en Sudamérica aprenden muchas cosas inútiles, distintas de las que saben los que se dedican a los programas de entretenimiento —respondió.

Alex la miró. Sin duda, el secreto de Lucy habría sido difícil de asimilar y sumamente emotivo para todos. Aunque no habían hablado sobre el asunto, en ese momento tuvo la certeza de que no debían divulgarlo.

—Vamos con retraso —les apremió él al tiempo que le tomaba la mano con cariño—. Será mejor que llevemos esto al pub, es demasiado valioso para dejarlo aquí.

Henry apagó la luz del garaje, todos se pusieron los abrigos y se encaminaron bajo el aire fresco.

—Son sólo cinco minutos de caminata —les aseguró Alex. Luego tomó a Lucy del brazo y le dijo al oído—: Sólo cinco minutos hasta el final del arco iris.

Ambos sonrieron.

24

Se produjo una vibrante discusión sobre el significado de «estar preparado para el Rapto» durante la cena. Simon dejó momentáneamente de lado el rechazo hacia quienes proponían esa teoría y se divirtió ridiculizándolos. Explicó que una mujer había diseñado un inodoro especial, con el retrato de Jesús en la taza a fin de que los ángeles vieran la imagen en el retrete e identificaran a qué grupo religioso pertenecían, por si los creyentes del Rapto o Arrebatamiento se encontraban en una situación embarazosa cuando llegara el Salvador. Algunos de ellos se sentaban todas las noches a la mesa familiar anhelando que una fuerza invisible les despegara de su silla y los elevara a través del techo hasta las nubes. Y otros «rapturistas» especialmente elocuentes sostenían que los católicos tenían buenas intenciones pero estaban mal informados: el Papa era el Anticristo. De otro modo, no habría accedido a orar junto a personas de otras religiones, que creían en falsos dioses: Dios se sentía traicionado por ese «adulterio espiritual».

Simon contaba con un auditorio embelesado que pasó de la incredulidad a las carcajadas.

—Es la pura verdad, lo juro —aseguró mientras alzaba las manos para defenderse de los ataques de sus amigos—. Quizá os parezca un tanto extravagante, pero las personas que se adhieren a estas ideas no hacen una lectura crítica de los elementos ficticios de la propaganda. He decidido hacer un artículo para dar a conocer sus ideas en el *Saturday Review*. Esperad a que lo publique.

A Henry le encantó esa idea. No obstante, le pareció oportuno diferenciar el relato que Simon les había ofrecido con tanto humor de los aspectos verdaderamente peligrosos de esa creencia. Le preocupaban las implicaciones políticas. Mencionó a un amigo suyo a quien había conocido cuando ambos estudiaban en Oxford y que ahora era deán en Winchester. Solía almorzar con él e iba a aprovechar una de esas ocasiones para preguntarle acerca de los Sionistas Cristianos. Quizá aportara otra perspectiva. También le aconsejó a su hijo que no tuviera una visión demasiado idealista de la medicina. Sabía que Alex prefería creer que la mayoría de los médicos estaban comprometidos con la tarea altruista de salvar vidas.

—Sé que elegiste tu especialidad movido por la creencia de que ese tipo de investigación hará posible un mundo mejor, en especial, un mundo con menos niños enfermos. Crees honestamente que las células madre constituyen una de las mayores esperanzas para el futuro, pero al regresar de algunas de tus conferencias has confesado que no todos comparten esa posición y que ciertos grupos con influencia en la política la rechazan abiertamente. Me has dicho que te acusan a ti, y a tus colegas, de querer usurpar las atribuciones de Dios y que apelan a argumentos beligerantes y ofensivos para desalentarte. Esas personas tienen muchos motivos para restringir tu investigación, más allá de sus objeciones morales, y esos reaccionarios que has encontrado en tus conferencias se parecen mucho a los fanáticos que ha descrito Simon. Si esos documentos de tu antepasado te han convertido en blanco de esa gente, ten cuidado. La carrera elegida es una muestra de tu actitud ante la vida, pero sería un error ignorar la perversidad que anima a esta clase de fanáticos. Son gente muy corta de miras, incapaces de admitir un punto de vista diferente al suyo y no están dispuestos a debatir. Hay odio e intolerancia en su discurso, y quizá también miedo. No pueden permitir que los liberales ni los científicos tengan razón, pues eso debilitaría los fundamentos de su ideología. Ellos le asignan arbitrariamente un significado a las palabras de la Biblia y no aprecian a los disidentes. No subestimes su locura.

Henry era un hombre de talante moderado, razón por la que le impresionó la nota de alarma en la voz y lo apasionado de su alegato. Alex cayó en la cuenta de que debía llamar a Anna, seguramente ya había regresado, para confirmar que ella y Max estaban bien, aunque tenía pensado restarle importancia al asunto del viaje para no preocuparlos. Sin duda, él y Lucy eran el principal objetivo, por estar directamente involucrados en el descubrimiento de los documentos.

La australiana había escuchado atentamente a Henry, sin hacer comentarios, y luego sugirió que, si él no se oponía, desearía utilizar el cuarto oscuro de Will para procesar las películas encontradas. Las fotografías podían proporcionarles información acerca del objeto oculto bajo la baldosa, o al menos sobre el itinerario de Will en Francia antes de que subiera al transbordador.

Alex ignoraba que ella supiera hacer ese trabajo. Decidió que lo más conveniente era simular lo contrario, pero había sido una jornada larga y tensa para ella y le preocupaba su salud.

—Es tarde, Lucy. Prefiero que regresemos algún día de la semana para que te ocupes de las películas.

Lucy tenía presente la advertencia de Henry y no quería demorarse.

—Yo preferiría hacerlo cuanto antes. El tiempo no juega a nuestro favor. Puedo tener las hojas de contactos en una hora... Si tú estás de acuerdo, Henry.

—No tengo ningún reparo. ¿Tú sabes hacerlo, Lucy? Yo no tengo la menor idea. ¿Y tú, Alex?

—Lucy es una mujer con dotes sorprendentes —respondió Alex, dedicando una sonrisa irónica a la joven—, pero no llegaremos a casa antes de las once, y hemos de despertarnos temprano y partir alrededor de las siete para llegar a Londres sin problemas. Debo llegar y ponerme al tanto de lo sucedido durante mi ausencia después de tres días lejos del trabajo.

Alex pidió la cuenta y planificaron los detalles de la partida mientras esperaban. Entretanto, Henry fue hasta la barra. Regresó a la mesa con una expresión satisfecha y sugirió que era hora de retirarse. Alex entrecerró burlonamente los ojos.

—¿Qué has hecho?

—Déjame que yo invite. Es un placer compartir la cena con cuatro personas inteligentes. No discutas, Alex. Me habéis salvado de comer pan y queso en casa, y oír los comentarios escépticos de Simon sobre la supervivencia del género humano ha sido como tener una parte de Will de nuevo entre nosotros. Hacía meses que no me reía tanto como hoy.

Alex se alegró al oír a su padre. Él y Lucy le flanquearon y, cogidos del brazo los tres, regresaron a la casa, mucho más animados.

A las diez y cuarto, Grace y Henry discutían sobre las diferentes interpretaciones del Apocalipsis. Alex preparaba otra cafetera una vez que se aseguró de que todo estaba en orden en casa de Anna y de encargarle a su vecina que alimentara al gato.

Simon estaba deseando escabullirse para ver qué hacía Lucy. Le sorprendía que ella estuviera al tanto de la existencia del cuarto oscuro de Will, ya que no era habitual que alguien hiciera su propio revelado. Él había observado al maestro muchas veces, aunque no recordaba los pasos con precisión suficiente para replicarlos y deseaba estar allí mientras ella trabajaba, de modo que se excusó en cuanto se sirvió una taza de café.

La antigua despensa de la casa, que disponía de agua corriente y un fregadero enlosado, se había transformado en cuarto oscuro. Simon encontró la puerta cerrada. Golpeó con firmeza y llamó a Lucy.

—¿Simon? —preguntó ella, y al oír que su amigo gruñía a modo de afirmación, explicó—: Dame un minuto. Podré abrirte en cuanto haya fijado los negativos.

Poco después una mano cubierta con un guante de algodón blanco apareció en el borde de la puerta, haciéndole señas para que entrara. Los ojos de Simon se adecuaron al resplandor satánico de la habitación. Lucy le invitó a sentarse en un banco mientras ella completaba el trabajo en la cubeta de revelado. Desechó los productos que había utilizado para fijar los negativos y la enjuagó con agua, luego volvió a abrirla cuidadosamente, cogió los negativos revelados y colgó las tiras sobre el fregadero para que comenzaran a secarse.

—¿Sobre qué están conversando ahora? —preguntó sonriente mientras tomaba una gamuza para quitar el exceso de líquido de la película.

—Sobre el Ángel del Apocalipsis. ¡Henry y Grace! No sabía que sus conocimientos eran tan amplios.

Lucy sonrió orgullosa al oír el cumplido que Simon había dedicado a su amiga.

—Es una chica muy inteligente, y también canta con una voz llena de emoción. Son muchas las cosas que no sabes sobre ella.

—Estaban hablando sobre la Revelación de Juan, escrita en el siglo I de la era cristiana, una alegoría que profetiza la destrucción del mal, la derrota de Satán y la llegada del reino de Cristo a la tierra. Se supone que el autor es Juan el Evangelista aunque no hay evidencias que permitan corroborarlo, lo cual es comprensible, considerando que se trata de un texto que predica el cristianismo, escrito bajo el dominio del Imperio Romano. La profecía se ha interpretado de diversas maneras a lo largo de la historia.

Si bien Simon hablaba con su característico entusiasmo, estaba completamente concentrado en los movimientos de Lucy. Ella le sonrió, siguió cortando los negativos y los dejó en el secador.

—Este cuarto oscuro tiene un equipamiento increíble. No estoy acostumbrada a lujos tales como una máquina para el secado —comentó Lucy. Encendió la luz al finalizar y se dispuso a pasar al área seca para trabajar con las hojas de contactos.

—¿Ya has revelado todos los rollos de película?

—Todos menos uno, porque debo seguir unas instrucciones especiales —contestó Lucy con aire pensativo—. Deberé hacerlo con cuidado, tal vez la dificultad resida en la luz con que fueron tomadas las fotografías. En cuanto a los demás, una vez que has cargado el primero, es fácil seguir con los otros. Fijaré las hojas de contactos hoy mismo y podremos seleccionar las que nos interesa imprimir en cuanto sepamos qué tenemos.

Simon estaba impresionado. Observó a la joven mientras ésta colocaba con soltura las tiras de negativos en las placas de contacto. Sin duda, sabía lo que se traía entre manos.

—Eres una chica admirable, Lucy. Le habrías agradado a Will. Creo que Alex habría contado con la aprobación sin reservas de su hermano. Él tenía una característica notable: siempre descubría algo especial en las mujeres, en *todas* ellas. Descubría el rasgo único y singular que constituía su verdadera belleza, y lo celebraba. Esa actitud daba muestras de su generosidad, pero creo que de haberte conocido le habría abrumado la cantidad de elogios que hubiera podido dedicarte.

Lucy se emocionó profundamente al oír a Simon. Se quitó los guantes y le dio un beso en la frente.

—Gracias, Simon. Es muy importante lo que me has dicho.

Luego encendió la luz roja y sacó de la caja unas hojas de papel para imprimir. Las colocó en la superficie seca y puso los contactos encima de una de las hojas. Simon la observó mientras los exponía a la luz por unos segundos y dejaba la hoja en un lugar oscuro. Lucy repitió los mismos pasos con cada una de las hojas de contactos.

—¿Cuánto tiempo crees que te llevará? ¿Quieres que te traiga un café?

—Supongo que otros quince minutos. Gracias por el café, pero sigo una dieta muy estricta y tengo prohibida la cafeína. —Sin apagar la luz roja, Lucy volvió al área húmeda se puso unos guantes de goma y colocó las hojas de contactos en la bandeja de revelado, cogiéndolas con pinzas.

—Te han prohibido el café, el chocolate, la crema, las grasas, la sal, el tabaco. Puedes beber muy poco alcohol... Espero que te hayan permitido otros placeres.

La joven estaba a la espera de que apareciera la imagen impresa y soltó una risa al oír la ocurrencia de Simon. El rubor de las mejillas pasó desapercibido bajo la luz roja. Era extremadamente reservada y prefería no hablar de ese tema con él por muy a gusto que se sintiera en compañía de Simon.

—Haces que me sienta una persona aburrida. Otros placeres están permitidos, pero eso no te autoriza a ser libidinoso —repuso con seriedad. Sin embargo, mientras enjuagaba nuevamente los contactos y los colgaba para que se secaran, en sus labios se dibujó una leve sonrisa.

—Hmm..., me alegra oírlo —repuso Simon. No quería tocar un tema sensible, pero Grace le había hablado de las frustraciones que Lucy había experimentado con Alex. Él tenía la seguridad de que éste había adoptado una actitud profesional y se había tomado su tiempo después de la operación, pero había advertido un cambio en ella a su regreso de Francia. Se le veía muy sexi. *Me alegro por ti, cariño*, pensó.

Ella se dio la vuelta, le miró impasible y volvió a encender la luz.

—Ponte esos guantes y ayúdame a sacar esto de las bandejas.

Simon obedeció. La voz recelosa de Lucy le indicó que no debía formular más preguntas.

Ella tomó algunos negativos y los rotuló mientras Simon luchaba con las películas. Luego, algo atrajo su mirada. Tomó el visor y lo colocó sobre la hoja, cerca de la fuente de luz. Alguien golpeó la puerta. Simon preguntó si podía abrir. Ella asintió sin apartar la vista de la hoja de contactos. Alex entró con una infusión de hierba limón, ansioso por saber qué ocurría. Advirtió que Lucy miraba fijamente las imágenes. Se alarmó. Fue directamente hacia ella y apoyó una mano protectora en su espalda.

—¿Qué pasa?

—Esto... Este vehículo —indicó. Miró a Alex, luego a Simon y volvió a observar las imágenes—. No sé dónde tomó Will estas fotografías, pero éste es el coche en el que me introdujeron cuando me secuestraron en Chartres.

—¿Estás segura?

—Absolutamente.

Lucy se sentó en el banco de madera al cabo de unos minutos y se puso a observar a los demás mientras analizaban la última hoja de contactos tratando de detectar en las imágenes algún elemento conocido. Alex no se apartaba de su lado, atento a sus reacciones; se la veía tranquila, pero pensativa.

—Aquí está —gritó de pronto Simon, que examinaba con el visor las últimas miniaturas del rollo encontrado dentro de la cámara; únicamente se habían utilizado treinta y dos de las cuarenta exposiciones posibles—. Will fotografió unos textos, y aquí parece que hay... —Simon los contó rápidamente— dieciocho otra vez. Igual que antes. Es imposible apreciar los detalles en la miniatura del contacto, pero parecen escritos a mano con diferentes caligrafías.

Lucy y Alex se precipitaron a la mesa para verlas. Alex comprendió que allí estaba lo que buscaban, lo que Guy el Templario y sus socios deseaban con tanta desesperación. Seguían sin saber qué había descubierto Will, pero indudablemente había fotografiado cada página con una lente de veinticinco milímetros.

—Ésta fue tomada en el jardín de rosas —aseguró Alex con firmeza—. Sospecho que envió los originales a Roland. Will quería ponerlos a salvo, es obvio.

—Entonces —intervino Simon—, debemos ampliar estas imágenes y tratar de rastrear los originales. Es evidente que Will sabía que era material altamente sensible o peligroso —afirmó, tan alarmado como Alex y Lucy.

Henry y Grace, por su parte, estaban desconcertados. No obstante, fue Henry quien rápidamente siguió analizando otro grupo de imágenes que le habían llamado la atención. Por fin, dijo:

—Alex, cuando termines con el visor, ¿puedes dármelo un momento?

Su hijo advirtió un leve cambio en la voz de Henry y le entregó el visor.

—Ésta podría ser de la catedral de Lucca, allí hay una plaza muy característica y muy bella. Tu madre y yo estuvimos allí hace algunos años, pero el coche que se ve aparcado aquí es exactamente igual a otro que he visto, muy característico de Italia, aunque diría que incluso en ese país es un clásico —observó, mirando fijamente a Alex—. Y lo que me llama particularmente la atención, es que aparentemente el mismo vehículo está aquí, en Chartres —agregó, señalando la imagen que ya había alertado a Lucy—. Es extraño, ¿verdad?

Lucy le miró sin parpadear.

—¿Ha visto este vehículo, Henry?

Ella evitó dar más información, pese a que cuando cerraba los ojos podía sentir el olor del tapizado de cuero, la fragancia a lima del hombre que estaba a su lado, el olor a tabaco del conductor. Se estremeció al recordarlo.

En efecto, Henry había visto el coche azul oscuro. Se quitó las gafas y trató de recordar. En un instante, su expresión cambió.

—Sí —respondió con convicción—. Es el automóvil que me dificultó la salida cuando estaba en el hospital de Winchester. Lo recuerdo muy bien, era medianoche, yo estaba con Melissa, no había otros vehículos aparcados en el sector de los visitantes y este coche se cruzó en mi camino y me cerró el paso. Fue necesario que maniobrara unos minutos para salir sin dañarlo. Tuve tiempo de sobra para observarlo. Es un vehículo espléndido, con el volante a la izquierda y matrícula extranjera. Un Lancia, azul oscuro, según me parece recordar. Pensé que una emergencia médica había arruinado las vacaciones de un turista.

—¿Estaba en el hospital la noche que Will pasó en la unidad de cuidados intensivos? —Alex estaba aterrorizado, aunque trataba de ocultarlo delante de su padre.

Henry asintió. Lucy miró a Alex, Simon a Lucy, y Grace a Henry. Desde el pequeño estudio de Diana llegó el sonido inoportunamente musical del reloj de péndulo. La sala pareció súbitamente helada. Todos comprendieron.

Siân supo que era medianoche porque el telediario de las doce interrumpió su agitado sueño. Cogió el mando a distancia y apagó el televisor. La luz roja del contestador automático titilaba de forma continua, lo cual significaba que nadie había llamado mientras dormía. Atravesó la gran habitación en dirección a la pequeña cocina, sacó una botella de vino casi vacía de la puerta del refrigerador y se sirvió el escaso contenido en una copa. Regresó a la sala de estar y desde la ventana abierta miró en dirección a la plaza, sumida en la penumbra. Todo permanecía en silencio.

Era demasiado tarde para telefonearle otra vez. Ella y Calvin se habían despedido en medio de una situación muy tensa y con un sentimiento de mutua animosidad, pero ya habían pasado dos días y la habría reconfortado hablar con él. Volvió a la cocina, bajó la persiana y apagó la luz. Una vez más llegó hasta la sala y descolgó el auricular, pero dudó al mirar el reloj. Eran casi las doce y cinco. Sí, definitivamente era demasiado tarde para llamar, o al menos su orgullo le aconsejaba que no lo hiciera. Quizá él había salido con alguien, pero ella jamás le dejaría ver su preocupación, no iba a darle esa satisfacción.

Desconectó la lámpara de pie. La luz se apagó y ella se encaminó hacia el dormitorio, decidida a probarse a sí misma y a Calvin que podía dormir serenamente.

Dos ojos amarillos observaron desde la plaza cómo las luces del apartamento se apagaban una tras otra y luego siguieron el avance de la figura delgada de Siân hacia la luz más tenue, procedente de la parte posterior de la vivienda. Una mano regordeta sacó un teléfono móvil del bolsillo interior de una impecable chaqueta de seda azul oscuro y en la oscuridad escribió un mensaje de texto, comentando la hora y los hechos triviales que acababa de observar. Los ojos regresaron a la posición original y nuevamente se dedicaron a mirar fijamente su objetivo.

25

Alex atisbó una fina telaraña en el marco de la puerta de entrada del subsuelo al insertar la llave en la cerradura. Sus hilos brillaban a la luz del sol. Él tuvo la sensación de haber estado ausente varias semanas en lugar de unos días. En el felpudo encontró la correspondencia, pero apenas reparó en ella. Fue hacia el dormitorio para cambiarse la camisa y elegir una corbata. Miró el reloj: eran las ocho y cuarto. Podría llegar al hospital a las ocho y media.

Había dejado a Lucy durmiendo en la cama de Will, donde ella se había refugiado instintivamente al llegar la medianoche, mientras él guiaba a Grace y Simon hacia el cuarto de huéspedes. La había encontrado allí, medio dormida. La perspectiva de pasar la noche en la habitación que su hermano había ocupado durante treinta y dos años le había parecido extraña, pero como no quería dejarla allí y dormir solo en su propia cama, se había deslizado silenciosamente junto a ella, la había rodeado con sus brazos y había dejado que sus pensamientos fluyeran serenamente en la quietud de la habitación. Alex y Lucy estaban aún en la misma posición cuando la alarma del reloj les indicó que debían despertarse. Ella se había vuelto hacia él para besarle, sonriendo. Luego, le había dicho que deseaba quedarse ese día en la casa para proseguir con el revelado de las fotografías. Henry estaba de acuerdo, y habían convenido que él la llevaría a la estación cuando regresara de los juzgados. Ella iría a trabajar al día siguiente. Alex no había puesto objeciones, se había despedido con un beso y había partido en compañía de Simon y Grace.

Su teléfono móvil sonó mientras subía brincando los peldaños de la escalera para ir a la cocina.

—*Ti amo, Alessandro*.

—Y yo a ti. Te llamaré más tarde. No te olvides de desayunar.

Alex apenas sonrió y cortó. Un sobre colocado sobre la mesa de la cocina atrajo su atención cuando recogió el maletín. Estaba escrito a mano y lacrado. Siân lo había dejado allí de forma intencionada. Él observó la caligrafía, lo sopesó, inspiró profundamente y rasgó con cuidado el sello. Miró el contenido: una hoja en blanco de papel grueso y un objeto metálico. Torció el gesto al extraer el contenido del sobre. Eran los trozos de la cadena de oro de Lucy y la réplica de la llave con la perla engarzada que él había encargado para su cumpleaños. ¿Calvin la había recuperado? Quería creerlo, pero albergaba serias dudas. Se puso el abrigo y guardó el sobre en el bolsillo. Marcó un número de teléfono en el móvil mientras se dirigía a la puerta. Estaba cruzando King's Road cuando Siân contestó su llamada.

—Gracias por ocuparte de mis cosas. Veo que has sobrevivido —saludó Alex, intentando dominar la ansiedad que asomaba en su voz.

—Me encantó. Max se pasó casi todo el fin de semana enfrascado con esos documentos que estuvisteis analizando el viernes por la noche. Me temo que los ha desparramado por tu escritorio, espero que no te moleste. Escucha, Alex, ahora no puedo hablar, voy de camino hacia el escenario de rodaje de un anuncio, pero dime una cosa, ¿está bien Lucy?

—Eso creo, Siân. Cuéntame rápido qué sabes del sobre que me dejaste en la cocina.

—Lo pasaron por debajo de la puerta el sábado. Max y yo habíamos salido a almorzar en el Rainforest Café y lo encontramos allí a nuestro regreso. Había algo dentro, no lo dejé en la entrada por temor a que se dañara. ¿Hay algún problema?

—No lo sé. ¿Se te ocurre quién pudo haberlo dejado?

—No, Alex, lo siento. ¿Qué había en el sobre?

—La cadena de Lucy y la copia de la llave de Will que yo había hecho para ella. Ellos se la arrancaron del cuello el viernes por la noche, en Francia. De esta manera nos hacen saber que llegaron aquí al día siguiente.

Siân percibió la misma actitud amenazante.

—¿Debería llamar a Calvin?

—Sí, por favor. Voy a llegar tarde a la clínica. Te llamaré esta noche. Gracias por lo del fin de semana.

—De nada, Alex. Dale besos a Lucy de mi parte.

Su secretaria le hizo señas en cuanto puso el pie en el hospital. La doctora Anwar estaba en el quirófano desde primera hora y le necesitaba con urgencia. Jane Cook le había dejado un mensaje, uno de sus alumnos le buscaba y el señor Azziz llegaría desde Harefield en breve y quería tomar un café con él a las once.

—Y el doctor Franks le ha pedido que participe en una conferencia sobre linfocitos mañana por la noche en el Imperial College, si fuera posible.

Alex sonrió. Todavía no eran las nueve. *Bienvenido a casa*, pensó.

—No te preocupes, Emma. Di que sí a todos, ahora voy a reunirme con Zarina Anwar.

La luz del sol se derramaba sobre la mesa donde desayunaba Lucy. Le resultaba reconfortante permanecer allí, donde se sentía acompañada, pues Alex y su familia parecían siempre presentes. No le era fácil relacionar aquel momento con la realidad de la noche anterior, pues aunque nadie había hablado demasiado, todos habían comprendido que el Lancia de las fotos de Will sugería que ese vehículo le había seguido y que él lo había descubierto, aunque no imaginaban cómo. El escalofriante relato de Henry sobre el automóvil que le cerraba el paso en el hospital esa dolorosa mañana de domingo había invitado a Alex a hablar nuevamente sobre la hipótesis de Melissa, quien creía haber escuchado el motor de un vehículo cerca del puente cuando sucedió el accidente. Tal vez el mismo coche había estado rondando la casa cuando entraron intrusos esa misma noche y Lucy lo había visto en Chartres. Todos se habían ido a la cama pensando en esas coincidencias. Ella había dormido a pierna suelta pese a todo y sólo el ruido del despertador y el beso matinal de Alex a primera hora habían interrumpido su sueño. Nada alteraba su tranquilidad. Estaba en casa.

Procuró actuar con normalidad a pesar de la amenaza latente. Estaba de acuerdo con Alex en la necesidad de conservar la calma y no perder los estribos. Él le había dejado encima de la mesa los cereales del desayuno y Henry le había dejado su número de teléfono en Winchester.

—Estaré en los juzgados por la mañana, pero déjale un mensaje a mi secretaria si me necesitas. Nos veremos a las cinco si todo estuviera en orden. A las cinco y media pasa por la estación el tren procedente de Andover. Lamento que debas marcharte. Ven a visitarme con Max y Alex para Pascua —le había dicho al despedirse. Luego estrechó su mano, le dio un juego de llaves y se marchó.

Lucy ya había seleccionado los negativos que deseaba ampliar al cabo de una hora. Se puso a imprimirlos y a las once pudo ver la primera tanda de fotografías. Se había visto obligada a ajustar un poco el foco en las copias de los documentos, pero el trabajo de Will era brillante y había obtenido un material de excelente calidad.

Lucy contuvo la respiración cuando, bajo la luz coloreada del cuarto oscuro, leyó las primeras palabras, escritas con una caligrafía clara y femenina, probablemente en el siglo XVIII:

Lucy Locket perdió la bolsa...

Y luego:

Ah, pero la hija del rey corre el peligro de dar una puntada equivocada, perder el hilo y marearse.

Y más adelante:

TAURUS 4. LA MARMITA DE ORO DEL ARCO IRIS.

Y escritas con una antigua máquina de escribir de tipografía extraña:

`Hoy murió la música.`

Por un momento tuvo la sensación de que esos textos se referían a ella: se llamaba Lucy, no había perdido una bolsa, pero sí una llave, era la hija del señor Rey* y había estado muy atenta para no dar una puntada equivocada mientras cosía el cubrecama de retazos en el hospital, y el hilo era un símbolo de su vida. ¿Era una simple coincidencia? ¿Y el arco iris? Ella y Alex siempre bromeaban a ese respecto, pero la última frase era demasiado enigmática. Aquella Lucy, sin duda, era ella misma. Por lo demás, le mostraría el texto a Alex y Simon para que trataran de ayudarla a descifrarlo. Ninguna otra persona tenía los elementos para hacerlo. No les adelantaría nada y esperaría sus comentarios.

Una vez terminada la primera tanda de fotografías, Lucy decidió tomar un té antes de continuar. Era casi mediodía. Pensó en llamar a Alex únicamente para oír el sonido de su voz.

La tetera silbó y ella vertió el agua sobre la bolsita de té. Cogió el móvil y se dirigió hacia la salida posterior

* En inglés el apellido King equivale al apellido español «Rey». *(N. de la T.)*

en un intento de alejarse de los gruesos muros de la casona para que la señal fuera más potente. Volvió a probar suerte. Logró comunicarse con la línea directa de Alex en el hospital. La atendió la secretaria, con tono de perro guardián. Antes solían hablar para decidir el horario de las consultas, pero la relación entre Lucy y Alex ya no era la misma.

—No, lo siento. Parece que no está en el edificio, señorita King. Yo misma lo he buscado hace un momento. Está muy ocupado y tiene actividades programadas en distintos lugares hasta última hora. ¿Quiere dejarle algún mensaje?

Lucy se cohibió. Sintió una punzada de culpabilidad ante esa intromisión. Dijo que no era importante, que hablaría con él más tarde.

El teléfono de la casa sonó y ella trató de ignorarlo, no muy segura sobre la pertinencia de atender esa llamada.

—Puedo pasarla con el doctor Lovell si se trata de una emergencia.

La joven australiana le explicó amablemente que no había urgencia alguna y que esperaría para hablar con el doctor Stafford en otro momento. El teléfono fijo había dejado de sonar cuando dio por terminada la conversación. Estaba desconcertada, pensó en la posibilidad de llamar a Alex a su móvil. A menudo estaba apagado mientras él trabajaba en el hospital, en especial si estaba visitando pacientes o cerca de los equipos de revisión, pero al menos podría dejarle un mensaje personal. Trató de pensar en positivo: sería un consuelo oír su voz, aunque fuera una grabación.

—*Buongiorno, Alessandro*. Pensé que, por casualidad, podría encontrarte, pero no estabas en el despacho y tu secretaria te protege de cualquier intrusión. ¿Podemos hablar más tarde? Las imágenes de la primera tanda de fotografías son interesantes. Allí se ve qué sucedía cuando recibiste esa llamada, a la una. No olvides la diferencia horaria entre Inglaterra y Francia. Vaya, el teléfono de la casa está sonando otra vez. Lo atenderé. Tal vez seas tú. *Ciao*.

Lucy cortó, corrió hacia la cocina y descolgó el auricular.

—No imaginas lo que acabo de descubrir en los archivos fotográficos de Will. No los había mirado desde que Alex los envió por correo electrónico a mi ordenador.

—Hola, Simon —contestó Lucy, tratando de ocultar la desilusión.

Simon le informó que había descubierto cuatro fotografías tomadas por la Nikon digital de Will en Sicilia y en Roma en las cuales se veía el famoso Lancia. Tres de ellas estaban algo borrosas, pero en la imagen restante se veía claramente. Tenía previsto hablar con su contacto en Scotland Yard e intentaría ampliarlas para leer el número de la matrícula.

—Creo que Jamie McPherson puede descubrir algo. Es muy discreto, así que no te preocupes. Es un chico joven pero listo. Déjalo de mi cuenta. También encontré varias fotos de una chica hermosa, que se parece en algo a ti, aunque tiene el cabello más largo y muy rizado. Y llamaré a Roland Brown, más tarde, cuando en Nueva York la gente ya esté despierta. ¿Cómo va tu trabajo?

Lucy comentó algunos detalles de lo que había visto en las ampliaciones, y le dijo que sentía que ella estaba implicada en los juegos de palabras de los documentos. Oyó que su teléfono móvil sonaba, pero Simon estaba entusiasmado con la conversación y era difícil interrumpirlo. Quería que se encontraran para cenar. Las nuevas pistas les permitirían seguir el rastro. Lucy se despidió rápidamente y cogió el teléfono móvil. Sólo escuchó un mensaje:

—Lucilu, son las doce y cuarto. Me he escapado a un lugar más tranquilo para llamarte. Como no atendiste el teléfono de la casa y en tu móvil responde el contestador, supongo que aún estás en el cuarto oscuro. Esto es una jaula de grillos. Estuve recorriendo las salas toda la mañana, y me pidieron ayuda en el quirófano, pero trataré de llamarte después del almuerzo. Dime en qué tren llegas e iré a esperarte a Waterloo. Ahora voy a reunirme con Amel para hablar un poco sobre ti. Llámame a la línea directa cuando te quedes libre. Es más seguro.

—Maldición —estalló Lucy.

Se dejó caer en el banco de roble, frustrada por haberse perdido las dos llamadas. En fin, dejaría que hablase con Amel e hiciera su trabajo, y le telefonearía después del almuerzo. Tomó su taza de té y se dirigió al laboratorio de Will, pensando en el acertijo de Lucy Locket.

—Te veo diferente —observó Amel...

... antes de convidar al invitado a un buen café y ofrecerle compartir su faláfel y unas hojas de parra. Alex sonrió con aire enigmático.

—Me siento diferente. Este fin de semana me vi transportado a un lugar desconocido, lo cual no es tan enigmático como pueda parecer —repuso, y miró a su mentor—. ¿Qué opinas de la memoria celular, Amel?

—¿Te refieres a la teoría según la cual las células del cuerpo contienen información sobre el gusto y la personalidad? —Amel guiñó el ojo a su discípulo favorito—. Es un tema interesante para ti, Alexander. ¿Guarda relación con la pregunta que le hiciste a Jane el sábado?

—¿Te lo contó?

—Está muy preocupada por las consecuencias que puede tener para ti. Cree que podría «alterarte». Le dije que no le diera más vueltas, que no te iba a afectar en absoluto. ¿Estoy en lo cierto?

—Sí, no me ha influido para mal. Sólo siento que Lucy es una persona aún más cercana a mí. Lo que me perturba es la manera en que ella lo descubrió.

—Courtney lo rechazaría de plano. Diría que es totalmente absurdo. No obstante, existen otras opiniones. Hay teorías que quizá te ayuden a comprender ese concepto. Tal vez Lucy ha dicho algo que despertó tu interés.

—Ella nota cambios como la alteración de los hábitos alimentarios o la intensidad de los sueños, síntomas que, a mi modo de ver, obedecen en buena medida a la medicación, pero hay un par de cosas intrigantes. Will era un melómano apasionado y ella tiene el deseo compulsivo de volver a tocar el piano después de muchos años. Asegura que su interés por la música clásica se ha renovado desde el trasplante. Quizá sea debido a factores psicológicos, lo admito, aunque me parece notable si lo relaciono con otros elementos. Asimismo, dice reconocer a los amigos de mi hermano, sabe qué piensan sobre algunos temas, lo cual es sorprendente, y lo más raro de todo, desde la operación tiene tendencia a usar la mano izquierda, algo que no puedo atribuir a los fármacos.

—¿Will era zurdo?

—Y ligeramente disléxico. Podríamos suponer, por ejemplo, que después de la operación ha predominado su lado izquierdo. Aunque hay otras cosas. Procuro ser objetivo, pero las actitudes de Lucy se parecen a las de Will cuando ella reacciona espontáneamente.

Amel asintió.

—Recuerdo una conversación con un brillante neurocardiólogo en el transcurso de una conferencia en Holanda, hace algún tiempo. Él estaba interesado en la manera en que el sistema nervioso relacionaba el cerebro y el corazón. Suponía que la relación entre los dos órganos era dinámica, un mutuo intercambio. Cada órgano podía influir en la función del otro. Compartía la idea de que el corazón era un cerebro en sí mismo, que poseía una red de neuronas, transmisores, proteínas y células de apoyo que le permiten funcionar con cierta independencia del cerebro, y quizá, incluso, tener sentimientos y experimentar sensaciones. —Alex escuchaba a su mentor con creciente interés. Él prosiguió—. Por lo tanto, la información se transforma en impulsos neurológicos, viaja desde el corazón hasta el cerebro a través de diversas vías y llega a la médula. Esos impulsos regulan el funcionamiento de las vías circulatorias y de los órganos. Tal vez podrían influir en nuestras percepciones y ciertos procesos cognitivos si alcanzaran ciertas partes del encéfalo.

—Exactamente. El hecho de que el sistema nervioso del corazón funcione con independencia del cerebro resulta ventajoso para un trasplante. Habitualmente, el corazón y el cerebro se comunican por medio de los cordones nerviosos de la columna vertebral, pero el sistema nervioso del corazón le permite funcionar en un nuevo organismo si esas conexiones nerviosas se cortan y no logran reconectarse durante un tiempo. Si aceptamos que el corazón tiene una suerte de cerebro propio, es posible que conserve algo semejante a lo que denominamos memoria. —Amel miró a Alex y siguió adelante con el razonamiento—. No hemos dicho nada sobre la posibilidad de que el *espíritu* de Lucy esté agregando algo. Hemos hablado de los fundamentos científicos de una teoría. También podríamos considerar la posibilidad de que su personalidad sea... particularmente compatible con la de tu hermano. Ella significa mucho para ti, tú tenías una relación estrecha con él. ¿Percibe Lucy matices sutiles, parece capaz de acceder a la esencia de Will de una manera que no sea posible explicar?

—¿Como si fueran gemelos?

—Sí, quizá. No hablo de algo científico y verificable de forma empírica, como la memoria celular, ¿a que es fascinante? Personalmente, todas estas hipótesis me producen una gran curiosidad, pero prefiero mostrarme cauteloso en la interpretación. A menudo cometemos el error de establecer arbitrariamente ciertas relaciones para apoyar un punto de vista personal. Eso no impide mantener una actitud abierta frente a este tipo de investigaciones. Pacientes inteligentes como Lucy, atentos a los cambios que experimentan y poco propensos a fantasear acerca de ellos, permitirán finalmente llegar a conclusiones más sólidas. Te sugiero conversar con los médicos e investigadores con experiencia en este campo en el transcurso de tu próxima conferencia. —Amel miró a Alex con preocupación—. Ahora bien, hay otro aspecto importante: ¿cómo os influye eso a vosotros dos?

—No puedo decirlo por ahora. No tengo motivos para dudar de la sinceridad de Lucy. En realidad, estoy seguro de que no fantasea. Hay cosas muy convincentes. Intentaré abordar el tema en futuras conferencias para invitar a otros a opinar. Si sólo se trata del efecto de los fármacos, sin duda es un efecto interesante.

—No me refiero a eso, sino al hecho de que tu hermano haya sido el donante del corazón de Lucy, al conflicto que eso supone. Crucé una apuesta con Jane y tendré que invitarla a almorzar en un buen lugar si pierdo. Le aseguré que eso no sería un obstáculo para vosotros, pero sin duda es algo extraño. Una parte de Will está en el cuerpo de Lucy, lo cual, de alguna manera la convierte en una especie de hermana para ti. Y no podemos olvidar las circunstancias por las cuales ella recibió ese corazón. Ella figuraba la primera de la lista, uno o dos días antes estuvimos a punto de operarla. Y sabes que no me gusta poner a los pacientes en esa situación para luego dar marcha atrás, pero el órgano disponible no era apto para una mujer tan joven. Es notable que la compatibilidad con el corazón de Will fuera casi perfecta. —El busca de Azziz los distrajo un instante, pero Amel leyó el mensaje y siguió hablando tranquilamente con su invitado—. Por supuesto, ninguno de nosotros conocía la identidad del donante, como bien sabes.

—¿Es un milagro? —preguntó Alex, sonriente—. Parece increíble que una parte fundamental de él esté tan cerca de mí, aunque es maravilloso. No me asusta, tú sabes que nosotros no permitimos que ese tipo de cosas nos afecten, pero para ella es extraño manifestar algunas de sus percepciones. Únicamente espero que no adopte los puntos de vista de Will. Afortunadamente, Lucy tiene una personalidad propia y definida. —Esta vez sonó el busca de Alex y él se puso en pie, dispuesto a marcharse—. Y por supuesto, es mucho más hermosa que Will —afirmó; luego, miró el mensaje y comprobó aliviado que era una emergencia de las que solían presentarse en el hospital.

—Ya lo sé —repuso Amel entre risas, mientras su colega abría la puerta. Alex estaba bien, no había motivo de alarma, no perdería su apuesta—. Es la válvula de Hancock, necesitaré que vengas conmigo al quirófano para trabajar con el anestesista. La respuesta inmunológica está creando problemas.

Alex cogió el busca para indicar que ya estaba al tanto de la urgencia. Ambos salieron presurosos por el corredor. Al cabo de unos minutos Alex advirtió que el reloj del quirófano indicaba que era casi la una. Se preguntó cuánto tiempo lo retendrían allí. Debatiéndose entre el deber y la preocupación, miró a Amel por encima de la máscara—. ¿Puedes darme diez minutos? Tengo que hacer algo urgente a la una en punto.

Amel le guiñó el ojo a modo de autorización.

—Ven cuando puedas.

Alex desapareció silenciosamente por la puerta de vaivén.

En el reloj del pasillo faltaban cuatro minutos para la una; en el reloj que Alex llevaba en el bolsillo, sólo uno. Súbitamente, asomó la cabeza por encima de la mampara del escritorio de Emma.

—¿Alguna llamada?

—Lucy King le llamó, Jane Cook quiere hablar urgentemente con usted y la doctora Anwar me pidió que le diera las gracias, ah, y esa estudiante tan bonita con piernas muy largas y falda muy corta acaba de dejar aquí su informe. Aseguró que no había podido terminarlo a tiempo —agregó Emma, mirando la expresión desconcertada de Alex—. Nada más. Jane llamó tres veces.

El tono cortante de Emma le causó gracia pero, sin hacer comentarios fue rápidamente hacia la puerta de salida, mirando su teléfono móvil. De pronto, volviéndose hacia su secretaria, preguntó:

—¿A qué hora llamó Lucy?

—Hace un rato —respondió secamente Emma. Advertía que si bien Alex se había tomado su tiempo, era obvio que él y Lucy ya habían comenzado una relación amorosa—. Unos minutos antes de las doce —contestó en voz más alta. Él ya se había ido.

Alex se encaminó hacia el jardín, donde un grupo de enfermeras del servicio de cardiología fumaban el cigarrillo de después del almuerzo. Su teléfono tenía buena señal y vio que había perdido dos llamadas y había recibido dos mensajes. Pulsó la tecla que le permitía recibir llamadas y esperó un minuto hasta que en el visor apareció la hora: la una y dos minutos. Su reloj —estaba seguro de que coincidía con la hora de Greenwich— marcaba la una y cinco. Después de deliberar un instante, se armó de valor y escuchó la cadenciosa voz sureña de Guy. Los mensajes aparecían en orden inverso, es decir, el más reciente era el primero. Luego escuchó el mensaje de Simon: había visto el automóvil en las fotografías digitales. Alex lo borró inmediatamente, antes de oír el resto. Hablaría con Simon por la noche. Luego escuchó un mensaje breve y hermoso de Lucy, que le hizo sonreír. Le respondería en un instante. El teléfono indicaba la una y cuatro minutos. Según su reloj, habían pasado siete minutos desde la una. Esperó, pensó en llamar a Lucy, y luego decidió no ocupar la línea.

Pasaron otros tres minutos. Se ofuscó, sintió que se burlaban de él. Habían dicho que llamarían a las dos, ¿ignoraban la diferencia horaria? El teléfono sonó cuando comenzaba a caminar nuevamente hacia el edificio. Alex contuvo la respiración.

—Sí, Alex Stafford —dijo, antes de comprobar que era nuevamente el buzón de voz. Le informaba de que había recibido un mensaje a la una y tres minutos. Alex sintió náuseas. «Doctor Stafford, es la hora convenida. No me gusta que me hagan esperar. Le llamaré más tarde. Si no tiene nada para mí, hay algo que puedo llevarme».

La voz era totalmente impersonal. Alex volvió a escuchar el mensaje y miró la hora en que había sido recibido. Lo había perdido por uno o dos minutos, seguramente mientras escuchaba los mensajes de Simon y Lucy. Se sintió frustrado. Pulsó las teclas, tratando de encontrar el número de teléfono de procedencia, pero no estaba registrado. El número de la persona que se había comunicado con él estaba bloqueado. La habitual calma del médico se volvió tensa. Decidió grabar un nuevo mensaje en su casilla: explicó que durante el horario de trabajo no siempre podía atender las llamadas y pidió que se comunicaran con su línea directa en el hospital. Sin embargo, no confiaba en que esa medida bastase y decidió llamar a Calvin. Seguramente él tendría algún número telefónico con el cual podría comunicarse, pero éste no respondió. Alex trató de ordenar sus ideas. Regresó junto a Emma y le entregó su teléfono móvil y le encargó que lo atendiera mientras se alejaba hacia el quirófano, dejándole el encargo de ponerse en contacto con él de inmediato si recibía alguna llamada en cualquiera de las dos líneas, lo cual, sin duda, sucedería. De pronto surgió en su mente una idea más desagradable y regresó corriendo hacia ella.

—Comunícame con mi padre. Si está en los juzgados, pídele a su secretaria que le envíe un mensaje diciendo que me llame sin demora. —Mientras Emma le observaba, Alex fue rápidamente a su oficina para llamar a Lucy. Volvió a responderle el contestador, evidentemente ella seguía en el cuarto oscuro. Dejó un mensaje con una voz deliberadamente calmada, sólo Amel y la mujer a quien llamaba habrían advertido que su serenidad era artificial.

—Lucy, llama a mi oficina en cuanto recibas este mensaje, por favor, y no abras la puerta.

Luego, Alex marcó el número de la casa, con la esperanza de que ella pudiera oírlo. Nada. Emma le miró a través del vidrio y al verlo tan abatido meneó la cabeza. Alzó el dedo índice para explicarle que Henry no estaría disponible por lo menos durante una hora. Él permaneció en pie, en silencio, tomó el abrigo que estaba colgado en la puerta y esperó. Súbitamente lo arrojó sobre la silla y se giró hacia el escritorio, y se puso a revisar la agenda de su móvil. Localizó un número y llamó desde su línea directa.

—Melissa, gracias a Dios. Soy Alex Stafford. ¿Podrías hacer algo por mí?

Lucy estaba a punto de terminar la impresión de los cuatro rollos de película cuando descubrió a su doble, una mujer algo más joven, con una gran melena rizada ondeando al viento por encima del mar. Sí, a primera vista eran sorprendentemente parecidas. Ella sintió que miraba a un fantasma. Se preguntó si se trataba de otra novia de Will. Le parecía haber visto esa cara en sueños, tal vez fuera únicamente su imaginación.

No obstante, el descubrimiento fundamental se produjo después. Lucy no advirtió su importancia hasta que amplió un poco más la fotografía. Al principio pensó que era sólo la baldosa con la llave de la Ducati que Will había dejado en el jardín de rosas, y no se equivocó, pero la llave era completamente distinta. Al ver la imagen aumentada comprendió que Will había pegado la llave de repuesto en el centro de una baldosa que con anterioridad había albergado otra llave. Amplió la imagen tanto como le fue posible sin distorsionar la imagen. La nueva llave se parecía mucho en forma y tamaño a la de plata, pero ésta era dorada y además, mientras que la llave de plata tenía una espiral y una perla, ésta otra tenía grabado un símbolo con un rubí incrustado. Daba la impresión de ser un ciervo muy similar al que se veía en el retrato en miniatura que le había enseñado Alex. Lucy recordó que, según él le había dicho, Will también había dibujado un ciervo.

De pronto oyó golpes en la ventana cubierta por las cortinas que impedían el paso de la luz. Una voz femenina gritaba su nombre. Lucy ordenó las fotografías y fue rápidamente hacia el corredor que comunicaba con la puerta trasera de la cocina.

—¿Puedes llamarle ya mismo?

Lucy le hizo señas invitándola a entrar, pero la mujer se fue de inmediato. Confundida, se dirigió hacia el teléfono de la casa para llamar a su línea directa y comunicarse con él.

—¿Estás bien?

—Sí —respondió Lucy, intrigada.

—No quise alarmarte, pero debía decirte que no salgas de la casa ni le abras la puerta a nadie. Papá irá directamente a casa en cuanto reciba mi mensaje.

—Alex, Melissa no habría podido pedirme que te llamase si no hubiera abierto la puerta. Anoche era Simon quien decía cosas incoherentes, y ahora tú. ¿Qué sucede?

—No lo sé. Nada, tal vez. Programé la alarma para que sonara casi a la una, a esa hora debía responder a la llamada de ellos y luego me reclamaron en el quirófano por una emergencia; logré salir justo a tiempo, al menos eso pensé, pero la llamada llegó mientras oía otros mensajes. Debí haber esperado, lo sé, pero ellos se retrasaron unos minutos. No me inspiran confianza. Estoy seguro de que me vigilan a mí, pero tal vez siguen creyendo que tú tienes la llave original o alguna otra cosa que les resulte atractiva, y lo más probable es que Calvin les haya dicho que tú desenterraste los documentos ahí, en esa casa. Lucy, no te muevas hasta que veas el coche de papá. Y asegúrate de que él te vea partir en el tren. He intentado comunicarme con Calvin y volveré a intentarlo ya mismo. Te llamaré nuevamente dentro de una hora para quedarme tranquilo. Por Dios, he dejado solo a Amel en el quirófano. ¿Has entendido?

Lucy apenas pudo responder antes de que Alex cortara. Se sintió ligeramente molesta. Miró la hora, era casi la una y media. Preparó té y recorrió la casa. Todo era grato, había olor a fuego encendido, a flores, se sentía cómoda, nada la inquietaba. Pensó que Alex estaba exagerando. Decidió encerrarse nuevamente en el sereno refugio de Will y continuar con su tarea.

Sus ojos volvieron a concentrarse en la baldosa. Will había cambiado las llaves. Había dejado el duplicado de la llave de su Ducati y se había llevado la otra. ¿Estaría en poder de Roland? Lucy rastreó todas las fotografías una vez más, en busca de pistas, hizo una segunda copia de algunas de ellas. Cuando miró la hora advirtió que ya eran más de las cuatro. Se sintió culpable y se angustió al pensar en Alex. Le llamó de inmediato.

«Lucy Locket perdió la bolsa...», pensaba mientras esperaba que él respondiera. «Y el gatito la encontró». ¿Dónde estaba el gatito?

Lucy oyó la voz de Emma, inesperadamente agitada.

—Hola, Lucy. Él me pidió que le comunicara si tú llamabas, pero salió del hospital hace diez minutos. Intenta llamarle al móvil, aunque no sé si responderá. Parece ser que su hijo ha sufrido un accidente.

Lucy salió del taxi y subió de puntillas. Las luces estaban encendidas y las cortinas descorridas. A través de los grandes ventanales pudo ver el cabello de Alex. Subió algunos peldaños y se inclinó hacia el subsuelo para ver mejor. Él descansaba en el sofá, con los ojos cerrados, y la cabeza inclinada en una posición incómoda. La joven vaciló, no se atrevía a tocar el timbre por temor a despertarle. En el bolsillo del abrigo tenía las llaves que Henry le había entregado. Abrió la puerta principal del edificio y luego la puerta del apartamento de Alex. Oyó los suaves acordes de una sinfonía de Mozart, dejó silenciosamente su bolso en el pasillo mientras el gato le rozaba los tobillos y de pronto advirtió que él tenía compañía. Cuando giró la cabeza y le sonrió, vio su rostro exhausto.

Alex habló con voz pausada. No parecía estar alarmado, lo cual era una buena señal.

—Te estaba esperando.

Ella respondió con la misma suavidad.

—Te llamé, pero tenías el móvil apagado y preferí no molestar.

Lucy fue hacia la sala de estar y enmudeció. Alex se incorporó. Su hijo dormía con una parte del cuerpo tendido en el sofá y la otra acurrucada en sus brazos. La imagen la cogió desprevenida, le provocó una mezcla de ternura y pena. El niño tenía una sutura en la frente y un raspón en la nariz, pero por lo demás, su aspecto era sereno y angelical.

—Por Dios, Alex, ¿es grave?

—No, está bien. Convencí a Anna para que me permitiera traerlo a mi casa con el argumento de que lo tendría en observación, pero lo hice porque me sentía culpable, en realidad no corre peligro. Sólo está agotado, no hay anormalidades en las pupilas ni en el pulso y en ningún momento estuvo inconsciente. Estoy abusando de mis prerrogativas.

Lucy se apoyó en la mesa de café y despejó suavemente un mechón de cabello rubio que caía sobre la frente de Max.

—Se parece mucho a ti. Cuéntame qué ocurrió. ¿Por qué te sientes culpable? —dijo Lucy en voz baja.

—Le empujaron bruscamente cuando salía de la escuela, mientras corría a encontrarse con Anna. Ella vio a un hombre corpulento que pasó corriendo junto a él y al principio no advirtió que Max había caído tan violentamente. *No* fue un accidente, aunque es lo que ella cree.

Ella había comenzado a hacer conjeturas desagradables desde temprano, cuando Alex la puso en alerta. No obstante, trató de mantener la calma.

—¿Estás completamente seguro?

—La llamada perdida y un hombre robusto idéntico al que tú mencionaste son demasiadas coincidencias —explicó serenamente Alex—. Anna no sabe que tiene una sutura... Fui directamente a ver a Courtney y Max me dijo que el hombre le pegó deliberadamente. Tú sabes que esto tiene relación con la llamada perdida. Es una advertencia magistral, saben cuál es mi parte más vulnerable.

Lucy le miró con ternura.

—No había considerado verdaderamente el riesgo que corrían Max o Anna —dijo Alex, casi para sus adentros—. Ellos no tienen nada que a esa gente le interese ni están directamente involucrados. Yo me preocupaba por ti, porque creía que nosotros dos éramos los más expuestos, los que sabíamos acerca de los documentos, pero no cometeré otra vez ese error. Encontraré un motivo para convencer a Anna, le diré que se lleve a Max a casa de sus padres por unos días. Le apartaré del camino hasta que encontremos los papeles de Will. —Alex estaba disgustado consigo mismo—. El ataque a Max fue premeditado. Les daré lo que sea, lo que podamos encontrar.

Nada justifica esto —declaró con firmeza, mirando al pequeño.

Lucy observó la imagen de ese padre con su hijito y sin darse cuenta se mordió el labio inferior.

Alex llevó al niño a la cama mientras ella preparaba una ensalada. Cuando él regresó, se abrazaron. No les impulsó el deseo sino la necesidad de brindarse mutuo apoyo. Luego, cambiando ligeramente el tono de voz, Alex preguntó:

—¿Papá te dio las llaves de Will?

Lucy asintió.

—¿Te molesta? Me sentí incómoda al aceptarlas, pero él insistió.

—Yo se lo sugerí, y tengo una más para ti. —Alex sacó el sobre lacrado que llevaba en el bolsillo del abrigo y lo dejó en su mano. Mientras ella miraba el contenido, se alejó un poco para elegir un CD. Luego miró a Lucy: estaba atónita.

—¿Cuándo llegó el sobre? —preguntó Lucy.

—El sábado, no sé exactamente a qué hora —contestó Alex. Ella respondió con un suspiro y él dijo, contrariado—: Querían hacernos saber que están al tanto de todos nuestros movimientos. ¿Has descubierto algo que podamos darles?

Lucy asintió mientras llevaba la comida a la mesa. Alex cogió una botella del refrigerador, y unas copas. Ella le habló de la otra llave, la que había descubierto en una de las fotografías de su hermano. Luego le hizo una pregunta, porque el tema la preocupaba.

—Si encontramos esa otra llave y los documentos originales, ¿deseas que se los entreguemos y nos resignemos a no resolver el enigma?

Alex meditó unos momentos. Sabía cuáles eran los argumentos posibles de Lucy: su madre se había esforzado por crear un lugar para que la llave y la segunda tanda de documentos estuvieran a salvo; sucesivas generaciones de mujeres de su familia habían preservado ese tesoro secreto hasta que llegara el momento en que debiera ser revelado, pero su hermano no había muerto por ese motivo, sin duda no era parte del plan.

—Mi madre no habría deseado ni lo de Will ni lo de Max, ni esta amenaza que empaña nuestra felicidad. Ya conoces mi opinión, Lucy. Confieso sentir una enorme curiosidad por todo este asunto y me intriga saber qué puede haber sido tan importante para mis antepasados, pero no existe reliquia familiar más valiosa que mis seres queridos. Debemos ceder. Mañana hallaré la forma de contestar a esa llamada y les entregaré las fotografías que has revelado. Espero que eso nos dé tiempo suficiente para descubrir los documentos restantes. No podemos hacer otra cosa. No quiero tener más trato con ellos.

—Alex... —Lucy iba a entrar en un terreno desagradable, por lo que eligió con cuidado cada palabra. Comprendía la reticencia de Alex, especialmente después de lo sucedido ese día, pero ella estaba involucrada de una manera particular en aquella historia, y tenía motivos apremiantes para continuar—. Puede ser doloroso considerar esta perspectiva, y sin duda es difícil para mí decirlo, pero si Will no hubiera muerto yo no estaría viva. Y Will no se habría convertido en algo que no era. Evidentemente, todo esto era más que un juego de salón, de otro modo tu madre no se habría esforzado tanto por preservarlo.

Alex la escuchaba sin enfadarse, Lucy hablaba con una pasión inusual, conmovedora. Sabía que sus emociones eran intensas, pero a menudo las reprimía. Al igual que él, ocultaba celosamente sus sentimientos más profundos. Ella comprendió el efecto que habían tenido sus palabras y decidió no darle tiempo para contradecirlas.

—Además —agregó—, Bruno ofrendó la libertad y la vida por aquello que consideraba importante. Dante colocaba en un lugar especial, una suerte de antesala del infierno, a las personas moralmente débiles, incapaces de alzarse contra la injusticia o de expresar una opinión, las que están dispuestas a negociar con respecto a cosas primordiales. Despreciaba a los indiferentes, los neutrales, los que vivían, según sus palabras, sin pena ni gloria.

—No merecían el paraíso, pero tenían prohibida la entrada al infierno para evitar que los condenados se sintieran superiores.

Lucy le sonrió y asintió.

—No hay cobardes en tu familia. Prefieren ser valientes a ser despreciados, y tú no eres diferente. De cualquier manera, ¿podemos conformarnos con alejarnos de esos amigos de Calvin? —Lucy miró a Alex, aunque su pregunta no necesitaba respuesta—. ¿Qué opina él de este último acontecimiento? —inquirió, acentuando amargamente la última palabra.

—No he podido encontrarlo. Siân no sabe dónde está.

Lucy frunció el ceño antes de formular su pregunta.

—Alex, ¿puedo llevarme tu teléfono móvil mañana? Yo estoy en condiciones de responder la llamada en cualquier momento. No convivo con emergencias médicas. Déjame acordar la entrega. Yo me reuniré con ellos. Te aseguro que no tengo miedo.

—¿No? —Alex intentó sonreír. Para reanimarlo, Lucy le devolvió la sonrisa. Su Alex, siempre tranquilo y heroico, en ese momento era un hombre debilitado porque habían atacado a un ser querido. Era una sombra del hombre que ella conocía.

—¿De los bravucones? No, los conozco desde niña. Tal vez mi abuela haya sido el motivo por el cual mi madre se fue de casa. Es más temible que cualquier «rapturista». —La respuesta de Lucy era cómica y Alex sonrió—. Lo único que me aterroriza es depender de otra persona para ser feliz, o dejarme llevar por la pasión.

Alex enredó sus dedos en los cabellos de Lucy para contagiarse de su fortaleza.

—¿Todavía?

Ella asintió lentamente. Sólo habían pasado tres noches desde que recorriera el laberinto de Chartres, mientras Alex estaba allí con Max. Las emociones que había reprimido durante toda su vida habían comenzado a liberarse ese fin de semana y habían transformado su relación con Alex. Poco tiempo antes, nada tenía sentido. De pronto, todo tenía significado. Durante meses, la atracción magnética que existía entre ellos le había impedido pensar en otra cosa, sólo anhelaba tener a Alex. Ahora tenía que vencer el hábito de negar sus sentimientos más profundos. Alex comprendía sus temores, no le permitiría que se desanimara. Se entregó completamente a ella, la besó, aflojó la tensión.

—Quédate —le pidió.

—No puedo. —Lucy respiró profundamente, meneó la cabeza enfáticamente y dijo—: No sería correcto. Tú tienes que ocuparte de tu hijo.

Él estuvo de acuerdo.

—Podemos vernos mañana.

Alex asintió, luego dudó.

—Daré una conferencia a las seis —explicó, aún tratando de dominar su deseo—. Podemos cenar después.

Acordaron cenar al día siguiente y con enorme esfuerzo Lucy se dispuso a partir.

—He hecho dos juegos de fotografías —dijo, señalando un paquete que había dejado en la mesa de la cocina—. Examina los nuevos documentos si te sientes con ánimo y verás más acertijos laberínticos —agregó con una sonrisa apenada, advirtiendo que él estaba a punto de abandonar la búsqueda. Se preguntó si él tenía razón al creer que debían retirarse. Sin duda, el juego se estaba volviendo peligroso.

Alex la tomó de la mano y la llevó hacia su escritorio con vistas al jardín trasero.

—Antes de que te vayas, mira: lo hizo Max con el juego de copias, antes de que viajara a Francia para buscarte.

Lucy abrió los ojos. La inteligencia de un niño de siete años había descubierto algo que nadie había imaginado. Max había armado el rompecabezas uniendo las figuras que estaban en el reverso de los textos. Allí se veía que faltaba la mitad de la figura: una parte de un rostro en una especie de laberinto.

—Si tuviéramos todos los documentos originales posiblemente podríamos trazar un recorrido por los recovecos para llegar hasta el centro.

Alex señaló con el dedo el tramo que Max había trazado con lápiz: parecía un verdadero laberinto.

—Como tú dijiste, para hacerlo necesitaríamos los originales. Will ha fotografiado un solo lado. ¡Pero Max ha hecho un descubrimiento sorprendente! —exclamó Lucy, meneando la cabeza—. Es un niño inteligente, como su padre. —Estaba admirada y orgullosa de los dos—. Nunca presté atención a los dibujos que están en el dorso de los documentos. Mira este barco, ¿no te recuerda...? —No fue necesario que Lucy completara la pregunta. Alex también reconoció la barca que habían visto durante su paseo por el Támesis. Ella acarició la estela que dejaba en el río—. Y aquí hay alguien caminando en un laberinto. Alex, esto me da escalofríos.

Él asintió distraídamente. Ella advirtió que en su mente se formaba un *collage* de imágenes y reformuló la pregunta que le había hecho antes.

—Hemos llegado hasta aquí. Con honestidad, ¿podemos abandonar? Tú y yo hemos encontrado los documentos que estuvieron enterrados cientos de años. Will encontró el segundo juego. Tengo la convicción de que estaban destinados a nosotros, por alguna razón también yo debía participar. —Alex vaciló—. Al menos echa un vistazo a las fotografías ampliadas. Hay algunos acertijos fascinantes con los que podrás lucir tu genio matemático. —Ella dio unos pasos y luego se volvió hacia él, con súbita curiosidad—. Alex, ¿qué día murió la música?

Él la miró asombrado.

—¿La canción?

Sus ojos parpadearon afirmativamente. Él pensó, en voz alta, lo mismo que ella.

—¿El accidente aéreo?

Ella volvió a sonreír.

—¿En febrero?

Lucy asintió, dichosa.

—Que disfrutes de tu lectura —le deseó, y le besó suavemente en los labios. Luego se escabulló, antes de que él pudiera impedírselo.

26

La fina capa de polvo depositada sobre el piano relucía bajo el sol de la mañana. Siân abrió la tapa y suspiró. La noche anterior había invocado al fantasma de Will con tanto anhelo que había tenido la convicción de que iba a regresar para sentarse junto a ella, hasta el extremo de que había permanecido ojo avizor, acurrucada en un sillón. Había bebido mucho vino y creyó haberle oído en determinado momento; no era la primera vez, pero ni ella era Heathcliff y ni él Cathy. Como de costumbre, no se oyó ningún sonido. Le habría gustado ser capaz de tocar el piano para revivir los acordes que él había interpretado. Cerró la tapa, apoyó los brazos en la madera y apretó la cara contra ella para sentir el olor, deseando que una nota rompiera el silencio. ¿Dónde estaban esos ángeles guardianes que acudían cuando los llamaba algún doliente? Calvin le había hablado de ellos cuando Will murió y ella le había creído, pero ninguno la escuchaba en ese momento, y ni siquiera podía llorar.

Siân se preguntó por qué se empecinaba en incordiar a Will cuando tocaba el piano. La respuesta le llegó de inmediato: porque pensaba que él se refugiaba en la música para huir de ella. Ahora comprendía que era la manera en que él expresaba sus ideas y sus emociones cuando las palabras no podían hacerlo. Pasaba días tocando el piano sin hablar cuando regresaba después de haber trabajado en otro país. Ella se sentía excluida de su vida. No obstante, esas circunstancias nunca habían dañado su relación sexual. Él percibía la confusión de Siân y la llevaba a la cama sin decir una palabra por mucho que le acosaran pensamientos sombríos y aporreara las teclas, produciendo sonidos, alegres o tristes. Ella no comprendía su sensibilidad ni lograba traducir los silencios de Will a un lenguaje comprensible. La inseguridad la dominaba y siempre terminaba provocando una pelea.

Siân se preguntaba si ella, en alguna medida, era responsable de la muerte de Will. Alex la había llamado la noche anterior y de sus palabras se deducía que estaba descubriendo vinculaciones entre los amigos de Calvin y las situaciones vividas por Max y Lucy, y si bien no lo había dicho explícitamente, sus preguntas le sugerían que el accidente de Will también podía estar relacionado con esa gente. Se horrorizó. No se consideraba una persona estúpida, pero solía actuar de una manera terriblemente irracional. No podía ocultarse a sí misma esa realidad. Se sintió espantosamente sola por primera vez desde el accidente de Will, y acusó la pérdida mucho más que en el primer momento. Además, le perturbaba el recuerdo de sus antiguas discusiones.

Oyó el timbre. El sonido le pareció similar al zumbido de una avispa. Dio un respingo. Era Calvin. ¿Debía recibirlo? Prefería permanecer enclaustrada junto al fantasma de Will. Las dudas acerca de la lealtad de Calvin la inquietaban. Se preguntaba si había hablado de más, si había sido un medio para que alguien lograra su objetivo. Tal vez había sido indiscreta con respecto a la vida de Will y su familia. El timbre sonó otra vez, con más insistencia. Ella miró el pedazo de cielo que se veía a través de la ventana, luego bajó la vista hacia Redcliff Square y se inclinó un poco para ver mejor. El día estaba increíblemente soleado y tranquilo. Un Audi verde oscuro con la capota baja estaba aparcado en doble fila. Velozmente, fue hasta el timbre para abrir la puerta de entrada al edificio. Luego, abrió la puerta de su apartamento y esperó.

Cuando él apareció en lo alto de la escalera, las lágrimas ardientes comenzaron a fluir una tras otra. Alex la abrazó y cerró la puerta.

—La única persona... —murmuró, apretada contra su traje de lino negro, incapaz de mirarle a la cara.

Alex la tomó por el mentón y le obligó a levantar la cabeza.

—Sabía que estabas afligida. Debía llevar a Max y pensé en venir a verte —explicó. Luego acarició con los pulgares las mejillas emborronadas de Siân, la miró a los ojos y frunció el ceño—. ¿Qué cenaste anoche, una botella de Sancerre? —Alex habría deseado preguntar con qué la había acompañado.

Ella hizo una mueca. Él ya había sido testigo de algunas de sus crisis.

—Escucha, Siân, Max se encuentra a salvo y esta mañana estaba como una rosa. Llegó a la escuela con una magnífica herida de guerra de la cual jactarse. Creo que fue una advertencia, que no tuvieron intención de dañarle verdaderamente. No hay razón para que te culpes por esto. No es propio de ti sospechar de las personas. De todos modos, necesito hablar con Calvin. Me parece que puede aclararnos algo. ¿Aún no has tenido noticias suyas?

—Nada, no responde al móvil ni tampoco al fijo de su habitación, aunque he llamado a la centralita de la residencia de estudiantes. Tal vez haya comenzado ya las vacaciones de Pascua —le informó Siân mientras Alex meneaba la cabeza—. Empiezo a preocuparme por él.

—Quizá deberíamos hacerlo —comentó Alex.

Calvin podía encontrarse en una situación desagradable si en realidad tenía una visión distinta acerca de la cruzada de sus compañeros y no apoyaba su ideología de forma incondicional, sobre todo si conocía sus planes en detalle, aunque también era posible que él fuera un espía consumado, capaz de simular una gran preocupación por Lucy para sugerirle que se deshiciera de los documentos de Dee. De esa manera, lograban su objetivo de la manera más sencilla. Alex no terminaba de comprender de qué lado estaba Calvin. Simon también había sugerido que él era un oportunista, que pertenecía a ese grupo porque trataba de obtener un beneficio personal. Aunque también podía ser un «rapturista» ferviente. No obstante, nunca había comentado ese tema con Siân.

—Hablaste con él por última vez el sábado. ¿No has sabido nada desde entonces?

Los rizos le cayeron sobre la frente cuando ella negó con la cabeza.

—Ya habíamos discutido en otras ocasiones y él había desaparecido uno o dos días. Nunca había reaccionado así. Nuestra relación ya lleva ocho o nueve meses. No habría esperado esta actitud, creo que evidentemente no le conozco. Tal vez comprende que estoy confundida y prefiere alejarse.

Alex la miró, pensativo, y se preguntó qué sentía verdaderamente por Calvin.

—Escucha, tengo el coche en doble fila y voy a llegar tarde al trabajo, pero me preocupa mucho verte así. Puedo decir que me ha surgido una emergencia si quieres que me quede contigo. Incluso yo puedo visitar a un paciente en su domicilio de vez en cuando.

Ella contempló los claros ojos verdes de Alex —los de su hermano eran castaños— y sonrió sin querer cuando percibió en ellos esa fortaleza inagotable a la que ella había apelado más de una vez.

—Sobreviviré. Tú debes ir al hospital. Te llamaré si tengo alguna novedad. Gracias por haber venido. Te necesitaba.

—Hablaremos más tarde. Esta noche estaré en el Imperial College y después cenaré con Lucy, pero llámame si me necesitas. Bebe un poco de agua. El alcohol deshidrata, provoca depresión y... tal vez esté acompañado de algo más. —Alex miró discretamente la mesa de café tratando de descubrir rastros de medicamentos o drogas. Ella prefirió no sincerarse y él evitó dar un sermón—. Prepárate un desayuno y luego ve a dormir. Olvidaste hacerlo anoche —le recomendó. Luego la abrazó y se dispuso a marcharse. De pronto se volvió hacia ella—. Podríamos cenar mañana. ¿Estás libre?

—Por supuesto, salvo que sepa algo de Calvin.

—Está invitado. Yo iré con Lucy. Elegiremos un lugar especial. A ella le encantará verte y yo podría hablar con Calvin. Si no has sabido de él hasta entonces, ya veremos. Te llamaré antes, pero de todos modos estaré aquí alrededor de las siete.

Alex perseveraba. Sólo había pasado una hora desde que Will apareciera en su puerta —el día de mayo en que él y Siân se separaron— cuando decidió hacer una visita a Siân. Temía que la situación la superara. La encontró desesperada. Nunca se lo dijo a su hermano. Ahora la veía peor incluso que aquella noche lejana y debía ocuparse de ella por muchas responsabilidades que tuviera. Siân se sentía engañada y estaba al borde del abismo.

—El carné de conducir está a nombre de un diplomático, razón por la cual Jamie McPherson tiene las manos atadas y no puede decirme nada más. No es un elemento suficiente para vincularle con un delito, por lo que estamos en un callejón sin salida si no podemos encontrar alguna prueba. Hasta ahora, sabemos que el vehículo tiene matrícula de Roma y el conductor es diplomático en Francia.

La frustración de Simon era evidente. Hurgó entre los papeles de Lucy, miró las copias de las fotografías que Will había tomado con la cámara digital y las dejó sobre el escritorio para que ella las revisara.

—¿No basta mi secuestro?

—No presentaste cargos y por el momento no pueden localizar los datos existentes sobre la denuncia. Muy conveniente.

—Cumplimos al pie de la letra sus instrucciones y mantuvimos a la policía lejos del asunto, y Alex fue demasiado cauteloso. Entonces ¿son verdaderamente intocables?

—Nadie goza de tal grado de impunidad. Debo intentarlo de otra manera, eso es todo.

Lucy decidió abandonar una edición de texto que estaba tratando de terminar. Hacía rato que el protector de pantalla ocultaba el guión que no lograba escribir. Era inútil luchar contra las distracciones: estaba absorta en las hojas de laurel de Alex, el jardín de rosas de Diana y la inquietante proximidad de un hombre que olía a lima. Su cuerpo estaba allí, consagrado al trabajo, pero su alma estaba lejos. Se lo dijo a su inesperado visitante, cuando lo vio en la recepción de la oficina de producción. Él estaba demasiado impaciente, en lugar de llamarla había decidido verla personalmente y ella, honestamente, agradeció la oportunidad de hacer una pausa.

—¿Quién los financia, Simon? —inquirió ella en voz baja.

—Probablemente, The College. Yo también me lo pregunto. Los alumnos de esa universidad han sido designados para ocupar numerosos cargos públicos. Lo estoy investigando, pero ¿cuál es el papel de Calvin en todo esto? Es un escapista más diestro que Houdini.

La joven se sobresaltó al oír la señal de un teléfono móvil. Luego comprobó que era el suyo y miró un poco avergonzada a Simon antes de responder a la llamada. Se alegró al oír la voz que le decía «buenos días».

—Sí, lo son. ¿Cómo va todo?

—Max está en plena forma, pero Siân parece a punto de desmoronarse. No debo perderla de vista. Anoche estuvo tomando vino con algo más, pero esta mañana me faltó valor para reprenderla. Se siente responsable de esta situación, aunque no lo sea. ¿Alguna novedad por allí?

—Pobre Siân. No, Alex. Hasta ahora impera un silencio monacal, roto únicamente por Simon, que ha invadido mi oficina y se esfuerza por echar a perder mi dieta saludable y mi ética protestante.

—¡Oh, haz una excepción y come un pastel! —gritó Simon, para que lo oyera Alex, cuya respuesta fue una carcajada en vez de la esperada protesta.

—Creo que puedo confiar en ti. Te llamé porque acabo de recordar algo obvio: esas tablas con números. Como recordarás, una de ellas formaba parte del primer grupo de documentos y la otra estaba debajo de la baldosa. Sin duda, ya has descubierto que las dos son cuadrados mágicos y que el resultado en ambos casos es 34. La más antigua es conocida como Tabla de Júpiter. Tengo la impresión de que guarda cierta relación con Dee y la invocación de los ángeles. En especial, las palabras que la rodean, las que designan a Dios y a los ángeles, sin duda eran relevantes para un círculo mágico. Pasé toda la noche revisando los libros de Will sobre esoterismo mientras velaba el sueño de Max. Por lo que he podido deducir, se considera que la influencia de Júpiter y Venus era capaz de contrarrestar la melancolía saturnina. Saturno era el planeta que gobernaba las mentes de los eruditos dedicados al estudio y práctica de la magia. La Tabla de Júpiter invoca claramente a Dios. Frances Yates, la historiadora experta en el Renacimiento, considera que podría ser el motivo por el cual Durero la incluyó en su *Melancolía*. Desde el punto de vista de Yates, el grabado muestra a un experto que durante la noche se dedica a la alquimia y la angeología, olvidando todos los placeres terrenales. La Tabla de Júpiter impide que el mago se obnubile, la protección de ese planeta equilibra su mente.

»Ahora bien, los números de la estrella de la baldosa también suman 34, una cifra que, según parece, simbolizaba el poder en la Antigüedad. Se le relacionaba con Dios y con la Divina Proporción. Es el número de Fibonacci. Eso me llevó a preguntarme si existiría alguna relación entre ese número y los enigmas de los textos.

Lucy parecía petrificada. Se llevó un dedo a los labios para pedir silencio a Simon.

—¿Crees que el número podría ser la clave?

—Sí. Dante lo eligió específicamente: ésa es la cantidad de libros que componen el *Inferno*. Y efectivamente, en el dorso de la baldosa con la estrella están inscritas las últimas palabras de esa obra. ¿Me sigues, Lucy? Son las palabras finales del canto número 34. Se dice que ese número simboliza el eje del mundo, el poder de comprensión del hombre, las dotes divinas, para decirlo en otras palabras. De modo que sí, creo que posiblemente sea una clave. ¿Recuerdas el acertijo de los esmaltes y las miniaturas? Diría que existe una relación entre ambas cosas, y el que habla sobre «la niñita en el estado del torbellino» y el vestido de la Madonna están específicamente vinculados con ese número. Me debes una cena como no la descubras —añadió socarronamente Alex—, que ya puedes pagarla ahora que has vuelto al trabajo, y a propósito, el último texto fue escrito con la antigua Olivetti de mi abuela. Reconocí inmediatamente la tipografía.

—«Es extraño, dijo Alicia». —Lucy decidió sondear un poco—. Pues sí que has mirado con atención las fotografías, o eso parece. ¿Eso significa que no has abandonado por completo la investigación?

—«Extraño, sin duda, dijo Dorothy». Doy por hecho que no has pasado por alto cuántas veces se menciona a la «hija del rey». Digamos que despertó mi curiosidad. Telefonéame en cuanto sepas algo. Emma prometió enviarme un aviso al busca.

Ella removió las fotografías hasta dar con las dos mencionadas por Alex y las puso delante de Simon.

—Mira esto. Alex aseguró que el número 34 está en algún lugar de estas imágenes, y que su abuela copió o escribió esa parte. Al parecer, se trata de la letra de su máquina de escribir. Está en juego mi orgullo. Hemos de encontrar la conexión.

Simon terminó su café e inclinó la cabeza hacia el escritorio para mirar las fotografías junto a Lucy.

—Me intriga sobremanera lo relativo al torbellino, la niña y el vestido de la Madonna. ¿Tiene alguna relación con la vida de algún santo?

Lucy había recibido una educación católica. Intentó recordar lo que había aprendido sobre los primeros mártires.

—¿En el año 34 de la era cristiana ocurrió algún hecho relacionado con el Rapto?

—«La historia del estado está escrita en la bandera y todo comienza en la seda del mismo color que el vestido de la Madonna» —leyó Simon en voz alta; luego, comentó—: La palabra «estado» me suena demasiado moderna. Las posibilidades son muchas, pero lo más obvio es, sin duda, pensar en los Estados Unidos. ¿De qué color es el vestido de la Madonna?

Ella se entusiasmó.

—Aunque parezca increíble, en Chartres tienen un tesoro único: el vestido que, según dicen, usaba la Virgen cuando dio a luz a Jesús. Yo lo vi, es blanco. Sin embargo, en las obras de arte, María suele aparecer con un vestido azul, que representa el cielo, que ella preside. Y su verdadero vestido o hábito podría ser rojo. Puedes sacar tus propias conclusiones.

—Claro como el barro. El vestido puede ser blanco, azul o rojo. Son tantas las banderas de esos colores que podríamos organizar una reunión cumbre. ¿Qué me dices del torbellino que se menciona en el párrafo siguiente? Se refiere a un tornado, ¿verdad?

Los dos leyeron al unísono:

«La niñita en el camino del torbellino miró el cielo, que presagiaba tormenta. Se desató una verdadera tempestad. Si el clima hubiera sido otro, la historia nunca habría comenzado. El aroma de los azahares se parece a un paseo por un campo de girasoles, uno de los cuales ha sido cortado y colocado en el centro de la escena. El camino de ladrillos es del mismo color, pero los zapatos, no».

—Bien, concentrémonos en el girasol —propuso Lucy y escribió la palabra en el buscador de su ordenador. Simon miró la información que apareció en el monitor.

—Comienza a florecer en julio... Hay once especies de girasol en... Kansas. Esto es interesante: aquí dice que el girasol es el símbolo del Estado de Kansas desde 1903. El color del girasol es amarillo, por lo cual el camino de ladrillos también es amarillo. —Lucy se puso de pie y cogió su teléfono móvil. Simon ocupó su silla y comenzó una nueva búsqueda—. «Pero los zapatos son de otro color...» —repitió Lucy y se perdió en sus razonamientos mientras esperaba que se estableciera la comunicación.

—Sorprendente. Tú mismo atendiste el teléfono. Aún no han llamado. Escucha, Alex, ¿en qué año nació tu abuela?

—Lucy, puedo decirte cuándo es el cumpleaños de mi hijo, el tuyo y el de mi madre, pero no me veo capaz de adivinar el de mi abuela.

—Inténtalo —pidió Lucy. Estaba chispeante y no iba a resignarse.

Alex hizo el cálculo en voz alta.

—Mi madre nació en 1942. Era la mayor de las chicas, pero los varones habían nacido antes y en medio estalló la guerra. Mi abuela debía de tener 38 o 39 años, por lo que diría que es muy probable...

—... que haya nacido en 1903.

—Sí, aproximadamente. ¿Por qué lo preguntas?

—Te lo diré más tarde, en la cena que me prometiste —repuso Lucy, y cortó—. Ya lo has oído, Simon. Es un camino de ladrillos amarillos, ¿verdad? Y los zapatos eran zapatillas rojas. Dorothy y *El mago de Oz*, pero no entiendo la relación con el vestido de la Madonna y el número 34. La abuela de Alex era mayor cuando nació Diana.

—Ajá —repuso Simon e inclinó el monitor para mostrarle lo que había encontrado. La bandera de Kansas tenía un girasol sobre un fondo azul, igual al vestido de la Madonna—. ¿Cuántas estrellas ves en la bandera?

—¿Debo contarlas? —preguntó Lucy. A continuación, las fue enumerando en voz alta—. La constelación tiene treinta y cuatro estrellas.

—Aparentemente, es el estado número 34 entre los que fueron admitidos en la confederación. Y, como tú descubriste rápidamente, el lugar donde transcurre la historia de *El mago de Oz* —explicó Simon, con la satisfacción de un gato que ha expulsado al perro de su sillón favorito—. Cielo, creo que Alex deberá pagar esta noche. Pídele que te lleve al restaurante de Gordon Ramsay.

Luego ambos se concentraron en el texto restante.

«La mujer que explicó acerca de ellos venció a su hermana en una ardiente final, pero fue escrito por un hombre, y es difícil saber cuánto comprendió. ¿No había un lugar mejor que el hogar o era tan sólo lo que la niñita con una guirnalda de flores debía cantar?».

—La película y el libro —afirmó Lucy—. Glinda era la Bruja Buena, supongo que la malvada era la hermana, y Dorothy regresa junto a la tía Em diciendo que «no hay mejor lugar que el hogar», pero el resto resulta un tanto misterioso.

—Es curioso. Estaba pensando que esa parte me recordó a los ardientes finales de las hermanas Williams, y pensé que el padre había escrito sus destinos, pero tu interpretación es más verosímil. Especialmente si consideramos el resto, que se relaciona con Kansas —comentó Simon, y siguió analizando el texto mientras Lucy miraba distraídamente a través de la ventana.

Sin duda Glinda había recibido el buen consejo pero, por supuesto, era el dominio del mago. Existe un paralelismo...

El marinero cuenta
cómo el barco
navegó hacia el sur
con buen viento

```
y cielo despejado
hasta que llegó a
la línea.
```

—Estos versos son una cita de *La canción del viejo marinero*, de Coleridge —aseguró Simon en un intento por encontrar una conexión; entonces, alzó los ojos y soltó de golpe los papeles sobre la mesa cuando vio el rostro demudado de su compañera—. ¿Has visto un fantasma?

—Simon, ¿cómo podían saberlo? Esto se escribió hace muchos años; habla de Calvin, ¿recuerdas dónde ha estudiado?

—¡Kansas! —exclamaron los dos al unísono.

El repiqueteo del teléfono de Alex sofocó una exclamación. La joven inspiró profundamente.

—Lucy King al habla —respondió con calma y voz firme.

—Oh, qué agradable sorpresa. Desapareció uno o dos días de nuestro radar. —Era la voz del hombre cuya compañía se había visto obligada a aceptar el viernes por la noche. Ella registró la información que él, tal vez torpemente, le había dado.

—Fue una necedad de su parte enemistarse con el doctor Stafford. El numerito de ayer fue de mal gusto. Yo le habría derrotado con más sutileza. —Lucy advirtió que hablaba con un ególatra y decidió aprovecharlo.

—Mi ayudante, a quien usted ha tenido el placer de conocer, puede ser un poco torpe a la hora de ejecutar mis órdenes. Es aconsejable que no lo olviden.

—Yo tenía la impresión de que usted controlaba mucho mejor a su equipo —afirmó Lucy. Al mirar a Simon, comprobó que estaba impresionado, y eso le infundió coraje—. Ahora hagamos nuestro trato. Por supuesto, no puede prescindir del doctor Stafford. Él está involucrado en la trama de esta búsqueda, es uno de los personajes de la saga y usted no puede extirparlo quirúrgicamente. Si ha tenido la agudeza suficiente para resolver alguno de los acertijos, sabrá que lo mejor es trabajar junto a él en lugar de perderlo.

—Una opinión valiosa, señorita King, pero no nos subestime. Nuestra mano llega muy lejos.

—Bien, veremos si lo bastante como para rascarse la espalda. ¿Podemos decidir cuál será el procedimiento?

Simon sonrió. Su adversario había encontrado una rival digna de él.

El aire límpido tenía un regusto a sal. Ante sus ojos se ofrecía una panorámica en la que llamaba la atención una franja de narcisos con algunos capullos en flor y otra de arena acumulada más arriba, coronada por otra más ancha, con distintos matices de azul y minúsculas pinceladas blancas. Se podía ver el mar desde la terraza con vistas al jardín. Faith Petersen dejó la tetera cubierta por una funda acolchada para aislarla de la temperatura exterior. Le parecía inadmisible perder la oportunidad de almorzar al aire libre con su hijo ese día tan espléndido. Se sentó en la silla de mimbre y se cubrió las piernas con una manta.

—¿Eso significa que no vendrás un par de semanas a casa para Pascua?

Durante un instante él se concentró en la mancha de color que surgió cuando un velón apareció en la lejanía.

—Te prometo intentarlo, pero tengo obligaciones en Londres y no puedo prever qué sucederá. Todavía no he terminado la investigación.

—Esperaba que vinieras con esa chica, Siân, queríamos conocerla. Parece encantadora. Ya lleváis un tiempo juntos. ¿Es algo serio? —La señora Petersen azuzaba a su hijo para que le revelara lo que se moría de ganas por saber. Tenía poco más de treinta años, era apuesto, un buen partido y, sin embargo, nunca había mostrado interés en casarse, y evitaba las compañías femeninas. Uno de sus amigos más cercanos había llegado a cuestionar su orientación sexual, lo cual había inspirado dudas incluso en su madre. Él nunca había intentado aclararlas, pues era de naturaleza reservada.

—Veremos —respondió, y cambió de tema—. Mamá, ¿alguna vez se te ocurrió que deberías haber sido la heredera de la llave después de la muerte de Diana? No tenía hijas. ¿Hablaste alguna vez de esa posibilidad con ella?

Faith había adivinado que él se traía algo entre manos y había esperado con paciencia a que lo dijera. Era impropio de su talante aparecer por sorpresa y ella intuía que la visita tenía un propósito definido.

—Es raro, ¿verdad? Es un misterio, todos queremos saber más, pero a decir verdad, Calvin, era poco probable que nosotros recibiéramos la llave. —Faith miró a su hijo con curiosidad—. ¿Realmente has visto ese pequeño y mágico objeto? Siempre me pregunté cómo era. ¿Es hermoso, valioso?

—Me pareció ordinario hasta decir basta. No lo tuve en las manos, pero me causó esa impresión. —Calvin retomó el hilo de la conversación—. Tú y la abuela erais los familiares más cercanos de Diana, ¿no habría sido más lógico que hubierais heredado la llave?

—No, Diana tiene hermanos y uno de ellos tiene una hija. Quizá la recibió ella. También hay otros aspectos que se deben tener en cuenta.

—Tal vez, pero si la llave debía heredarse a través de la línea femenina, la sucesora debía ser descendiente de Diana. ¿Estaba previsto que fuera a parar a manos de uno de los hijos si ella no tenía una hija? Y otra cosa más que no entiendo. ¿Por qué nunca se dividió entre los hermanos la casa de campo en Inglaterra, la casa donde se crió la abuela?

—¿Te sientes estafado? No puedes quejarte ni pizca de tu posición. Tu abuelo nos proporcionó a todos holgados ingresos gracias a las casas de Nantucket.

—Sólo estoy intrigado. Como te conté, ellos encontraron los documentos de Dee enterrados bajo un árbol en esa casa. Me gustaría comprender mejor en qué consiste ese legado, ¿puedes explicarme esa idea de la maldición?

—Tradicionalmente, las deliberaciones sobre la llave y sus herederos siempre estuvieron restringidas a las personas involucradas directamente. Supongo que incluso Diana habló muy poco de ese tema con sus hijos. Probablemente le inquietara la dificultad que implicaba elegir a uno de ellos. No sé más. La leyenda de la familia asegura que la llave, un documento escrito y la casa, junto con un par de cosas que no recuerdo, deben pasar a la hija mayor, con lo cual se opone claramente a la tradición inglesa del primogénito varón. Una o dos veces fueron recibidas por una nieta, según creo, porque la madre había muerto antes que la abuela, pero no es posible revisar la elección una vez que se ha designado el destinatario, por lo que era habitual esperar un tiempo antes de adoptar una decisión. Los demás hermanos recibían alguna suma de dinero o les ofrecían pagar su parte de la casa. La heredad de Longparish comenzó a revalorizarse hace unos pocos años. Ignoro cuál fue la decisión de Diana, pero me temo que ella sabía que era la última de la línea y que algo sucedería.

—¿A qué te refieres cuando dices «la última de la línea» y que «no es posible revisar la elección»? —preguntó Calvin, mirando fijamente a su madre.

—Mamá siempre decía que la llave del tesoro estaba destinada a una persona, desde el principio. Ha pasado de una generación a otra la historia de que la llave debe encontrar a su verdadero dueño y de que si alguien trata de apropiarse indebidamente de ella padecerá una desgracia. Es algo similar a una maldición. La elección del destinatario ha de ser muy sopesada, pues no es posible recuperarla una vez que ha sido entregada.

—¿Es algo semejante al Arca de la Alianza? Estaba escrito que si alguien la robaba sería castigado con la enfermedad.

—Sí, algo parecido —contestó Faith, riendo francamente—, si crees en esas cosas. Por lo que sé, la tradición ha seguido vigente a lo largo de muchas generaciones, no podría decir exactamente cuántas, pero no te sientas desplazado. Esa llave es una bendición sólo para la persona a la cual ha sido destinada, y una carga para todos los demás. —Faith dio por zanjado el asunto con esas palabras y pasó a otro tema—. Hablemos de algo más importante. ¿Cuánto tiempo vas a quedarte? Ni siquiera me has dicho para qué has venido. ¿Tenemos tiempo de dar un paseo por la playa?

—Por supuesto. Me gustaría quedarme esta noche. Mañana tengo una reunión importante en Boston y ya he reservado un billete de avión para esa misma noche. En realidad, prefería regresar el miércoles, pero supongo que tendré que conformarme con llegar el jueves.

Faith pensó que su hijo no actuaba con naturalidad y, como de costumbre, no daba a conocer sus verdaderos pensamientos.

—Qué pena —se limitó a decir con despreocupación, a pesar de todo—. No tendremos tiempo para salir a navegar. Debes volver para Pascua con tu novia.

27

Lucy se quedó petrificada al ver los girasoles encima del escritorio. Los observó mientras esperaba, inquieta. Pensó que podría tratarse de una broma que sólo ella y Alex estaban en condiciones de comprender, o que tal vez él sencillamente se los había regalado a Emma. La secretaria soltó una carcajada cuando Alex apareció en respuesta a un aviso en el busca. Él y Lucy estaban vestidos con los mismos colores. El doctor Stafford había combinado su traje negro con una camisa gris claro y una corbata de seda del mismo color. La coincidencia recordaba a un cuadro de James Whistler, era una suerte de sinfonía en gris, pero sin el verde.* Alex se detuvo abruptamente cuando vio los girasoles.

—¡Vaya, pero si visten con los mismos colores! Eso es algo fuera de lo común —exclamó Emma.

Él dejó caer unas carpetas cerca de las flores y admiró el aspecto formal y elegante de la inesperada visitante con ojos vivaces. Lucía un traje de chaqueta y pantalón de satén gris acero y unas botas con tacones

* Referencia a *Sinfonía en gris y verde: el océano*, una de las más reputadas obras del pintor. *(N. de la T.)*

finos. El guardarropa informal que él conocía estaba compuesto por prendas femeninas y holgadas, de diversos colores claros. Esa Lucy enérgica y profesional era nueva y misteriosa para Alex. Ella registró el halago que expresaba su mirada, pero se sintió cohibida por la presencia de la secretaria.

—¿Hay algún lugar donde podamos hablar?

Él la invitó a pasar a la oficina con un gesto inusualmente infantil. Luego se apoyó en su escritorio y adoptó una actitud más seria. Los grandes cristales impedían que el lugar fuera totalmente privado.

—Te han llamado —adivinó Alex.

—Todo está en orden. ¿Puedes entregarle estas copias a Calvin? —pidió Lucy, dándole un sobre—. Él será el correo. Me han dado un plazo de una semana para encontrar los originales. Pedí más tiempo, pero no accedieron. Si la suerte nos acompaña, para entonces Roland tendrá los documentos y cualquier otra cosa que Will le hubiera enviado. Espero que entre ellas esté la llave. Puedo hacer duplicados.

Alex advirtió que ella había asumido toda la responsabilidad en ese trato.

—Calvin sigue sin aparecer. Detesto depender de él, no me gusta que sea el intermediario. ¿Les dijiste cuándo hará la entrega?

—Vagamente, pero sugerí que sucedería en breve. Sin duda, conocen sus movimientos. Ellos propusieron que fuera el intermediario.

—Seguramente —comentó Alex. El arreglo no le parecía demasiado satisfactorio, pero no se opuso—. Entonces, debo hablar con Roland.

—Simon ya se ocupó de eso. Ellos se conocen, se vieron más de una vez en Nueva York. —Lucy miró tímidamente la mano de Alex. Las personas que estaban al otro lado del vidrio podían verles y eso la inhibía. No sabía con certeza cuáles eran los principios éticos que debía tener en cuenta, aunque formalmente él ya no era su médico—. No podré cenar contigo esta noche. En unas horas tomaré un avión con destino a Nueva York.

Él la miró alarmado y luego intentó encontrar una objeción razonable.

—Oh, Lucy... En teoría estás autorizada a viajar pero no es aconsejable que lo hagas durante tantas horas, salvo que te vayas de vacaciones. Debes evitar los viajes estresantes. Te acompañaré.

Ella apoyó suavemente sus dedos sobre los labios de Alex para hacerle callar.

—Es mucho más estresante estar aquí holgazaneando. No puedo pedirte que me acompañes por mucho que lo desee, considerando lo apretado de tu agenda. Courtney ya me autorizó a viajar a Francia, e incluso a Australia, para visitar a mi padre, si lo deseaba. Además, han pasado seis meses desde la operación, las pulsaciones y la presión arterial son normales.

—En este momento nos enfrentamos a una situación demencial. Preferiría que no te alejaras tanto de mí hasta que esto se resuelva. Me desespera que viajes sola. Aún estás convaleciente de una cirugía cardiaca.

Lucy meneó suavemente la cabeza.

—Lo siento, tus argumentos no son convincentes. Citaré vuestras propias palabras, lo que me dijisteis antes de Navidad: «No recomendamos hacer viajes al exterior durante los primeros meses posteriores al trasplante». ¿No crees que esos primeros meses ya han transcurrido? «Y cuando estés lista para hacerlo, es importante que elijas un país con altos estándares en materia de higiene y normas alimentarias». Diría que Estados Unidos es un país que cumple con esos requisitos, ¿estás de acuerdo? —Alex parecía abatido, frustrado y algo sorprendido. Lucy no le daba oportunidad de hacer más objeciones—. Debo ir, Alex. Es algo que debo hacer. Por Will, y por mí misma. Confía en mí, soy una persona adulta, resolveré todo con rapidez y eficiencia y estaré de regreso a lo sumo el viernes.

Él besó sus dedos, luego apretó la mano de Lucy contra su pecho.

—No puedo dejar de preocuparme. No soporto que estés lejos de mí en estas circunstancias.

—Entonces, consérvame aquí —dijo ella, retribuyendo la presión de la mano que había aferrado la suya—. Procura tomártelo con calma. Simon viajará conmigo, y él también me cuida, como un hermano. Ya está atrapado en esta historia. Hemos desvelado el misterio de los girasoles y lo del estado número 34.

—Además, los girasoles en general tienen 34 pétalos, como las margaritas, e incluso 34 círculos concéntricos de cápsulas que contienen las semillas. Y giran siguiendo el movimiento del sol. —Alex la besó, indiferente a los comentarios de los espectadores—. Tu decisión no me hace feliz —admitió. Se esforzó por mostrarse adusto, pero parte del atractivo de Lucy consistía precisamente en que no se subordinaba a la voluntad de otros. Habría viajado de todos modos aun sin contar con la autorización de Courtney.

Lucy le sonrió, como si hubiera adivinado sus pensamientos. En cierto modo, disfrutaba de su poder.

—Te acostumbrarás.

—¿A tu voluntad inquebrantable? —preguntó Alex. Ambos rieron—. Prométeme que no te alejarás de Simon en ningún momento. —Lucy asintió con recato—. ¿A qué hora sale tu avión?

—A las diez y media. Deberíamos estar en el aeropuerto dos horas antes. Simon me está esperando en su coche para llevarme a casa. Tengo que hacer el equipaje. —Lucy no sabía cómo despedirse. Se alejó unos pasos, luego sacó del bolsillo el teléfono de Alex—. Casi lo olvido. Necesitaría que tú o Henry le enviéis un fax a Roland autorizándonos a recoger el paquete que envió Will.

Alex asintió, sin soltarle la mano; luego le rodeó la cintura con los brazos.

—Dile a Simon que esté en tu casa a las siete y media. Yo os recogeré en Battersea. Saldré en cuanto termine la conferencia y me saltaré el consabido brindis. Llegaremos a tiempo.

Lucy se dejó caer en el confortable asiento entre jadeos. Su compañero de viaje permanecía de pie.

—Venga, vamos, Simon, que no hemos perdido el vuelo de chiripa. —Lucy detestaba llegar con el tiempo justo. Habían llegado al aeropuerto con bastante antelación, pero se había demorado comprando periódicos y simulando interés por los productos importados de una tienda mientras Lucy le observaba con creciente ansiedad, sin comprender semejante actitud—. Voy a necesitar otro corazón como sigas comportándote con tanto misterio.

—Lo siento —repuso Simon. Luego plegó su chaqueta, la dejó en el receptáculo que estaba arriba y colocó los documentos y las fotografías en el bolsillo del asiento de delante—. Así está bien. Estoy empezando a sospechar de mi propia sombra. ¿Qué te parece el cambio de categoría?

Simon había abandonado de pronto la fila del mostrador de facturación para canjear sus muchos puntos acumulados tras muchas horas de vuelo a fin de viajar en clase preferente.

—Preferiría que Grace y tú no hubierais perdido la oportunidad de pasar una semana en las islas del Egeo —respondió Lucy, esperando que él diera una explicación, aunque comprendía que se trataba de un ardid para cambiar de lugar en el último minuto, previendo la posibilidad de que los vigilaran. Simon lo sabía, de modo que evitó explicaciones innecesarias. Por toda respuesta, le dedicó una expresión irónica.

Simon tenía sobre el regazo el iBook de Will: un regalo de despedida de Alex, junto con las prescripciones de la medicación de Lucy, escritas a mano, y el teléfono de un colega de Nueva York a quien podían recurrir en cuanto ella estornudara.

—Podríamos aprovechar el tiempo revisando las pistas, con los nuevos datos que aportó Alex. Tengo ganas de hacerlo ahora, me estimuló tu duelo verbal con los «rapturistas». —Simon aceptó la copa de champán que le ofrecía la azafata—. Aquí arriba no tenemos acceso a libros de referencia en la web, pero podríamos hacer el intento de desvelar alguna de las claves.

—Me preguntaba si Will y Siân se apodaban entre sí de alguna manera especial. ¿Tú lo sabes?

—Ni idea. ¿No te parece una ocurrencia un poco descabellada? —opinó Simon, mirándola con perplejidad—. ¿Tiene relación con los acertijos?

—Tal vez. Alex tampoco lo sabía, lo único que recuerda es que ella solía decirle Willie cuando almorzaban juntos los domingos. Me contó que a Will no le agradaba que usara ese diminutivo frente a sus padres. Pero estoy segura de que tenían otros sobrenombres.

—Ahora que lo mencionas, recuerdo que Siân solía llamarle Willie, y él respondía con una mirada desagradable. Si estás en lo cierto, tratándose de Will sería algo sugerente, con una pizca de sagacidad, pero ¿me dirás alguna vez adónde quieres llegar con esa idea?

Lucy sonrió de forma enigmática.

—Por ahora, podrías sugerir alguna idea acerca de la importancia de que el girasol mire siempre en dirección al sol. ¿Existe algo que siga el movimiento de la luna? Y hoy, durante nuestra comunicación telefónica, ellos hablaron de «transformar la paja en oro». ¿A qué se referían? —Lucy había pasado toda la tarde analizando esa frase.

—Hmm. Aquí está tu acertijo —dijo Simon al abrir el portátil—. Me gustaría que le echases un vistazo a estas notas de Will. Las escribió durante su último día en Francia y las envió por correo electrónico desde algún cibercafé en Chartres. Aparentemente, eran ideas que iban surgiendo en su mente al azar. —Simon accedió al mensaje, que consistía únicamente en un breve párrafo. Había sido enviado el viernes 19 de septiembre a primera hora de la tarde.

Lucy leyó serenamente:

—«Debo estar atento a la presencia de la rosa. Es una flor complicada, llena de simbolismo y significados paradójicos. Representa lo secreto y lo silencioso, pero también conoce el inconsciente de las personas. La rosa guía a los expertos, a los alquimistas y a los miembros de la sociedad».

Esas palabras la conmovieron profundamente. Sentía que podía comprenderlas por medio de su propia experiencia en el laberinto aunque no tenía manera de explicárselo a Simon. Prefirió acomodarse en el asiento y prepararse para el despegue. Grace había prometido que le proporcionaría a Alex datos sobre la historia de Chartres, y él había decidido silenciar sus protestas y no permitir que los adversarios lograran su cometido. Estaba desempolvando sus conocimientos de latín y se dedicaría a analizar los textos con un enfoque matemático. Por su parte, ella tenía un cómplice voluntarioso y cordial. Todos ellos eran los soldados de Will. En una semana habrían desvelado el misterio.

De pronto, Lucy vio que el protector de pantalla del ordenador portátil se desvanecía para transformarse en la imagen de una mujer con un cáliz en las manos, encima del cual permanecía suspendida una perla. ¿Quién era?

—No te preocupes, Alex. Para ella la vida tiene un nuevo sentido y eso le da una fortaleza increíble —afirmó

Grace al tiempo que salía de la cocina con una botella de vino. Él la abrió mientras ella servía en los platos el arroz que había traído en un recipiente de cartón y dejaba el *curry* sobre un pequeño mantel.

—¿Soy tan transparente? —preguntó Alex, riendo con suficiencia—. Lo sé. Ella ha superado cuantas dificultades se le han presentado y Nueva York no la perturbará, pero su salud todavía requiere atención. Cualquier insignificancia puede ponerla en peligro: fiebre, un virus, ciertos alimentos. La medicación impide el normal funcionamiento del sistema inmunológico. Albergamos la esperanza de poder reducir los fármacos al mínimo indispensable, pero, por el momento, estamos atentos a cualquier fluctuación en la temperatura corporal que pudiera dar indicios de infección o rechazo del órgano trasplantado. Su vida depende de nuestra correcta interpretación. —Alex miró a la anfitriona, que parecía sorprendida al oírle pensar en voz alta—. Por otro lado, también hemos de tener en cuenta su aspecto magnífico, por supuesto. Siento que mi corazón y mi cabeza perciben cosas totalmente opuestas —confesó con una pincelada de misterio en la sonrisa—. No suelo permitir que las cosas me alteren, pero he adquirido el hábito de preocuparme por ella. Y me parece una sana costumbre.

Grace sonrió al oír la última frase.

—Me tranquiliza comprobar que eres humano. A partir de los comentarios de Lucy, imaginaba que eras una persona capaz de afrontar cualquier cosa sin parpadear, de moverse con frialdad en medio de una catástrofe.

Las palabras de Grace pretendían ser un cumplido, pero Alex la miró preocupado.

—¿Ésa es la imagen que tienes de mí? —preguntó, un poco turbado. Luego sonrió—. Me quedé en un estado catatónico cuando terminó mi matrimonio. No pude preverlo y lo lamento. La pobre Anna apenas me veía, y cuando lo hacía, yo estaba completamente agotado. Ella trabajaba en casa editando libros sin otra compañía que la de nuestro hijo. Yo trabajaba más de trece horas diarias cuando nació Max, estaba completando mi especialización y atendía emergencias, ya que eso iba a permitirme conseguir un puesto de internista. Después, cuando me especialicé en inmunología, tuve que seguir capacitándome y llegaba a casa con tareas pendientes. Así pasaron cinco años. Finalmente, llegaron los difíciles exámenes de patología. Sé que Anna se sintió abandonada. También ahora trabajo muchas horas, pero antes era indispensable. Ella pensaba que estaba obsesionado con la medicina, que no pensaba en otra cosa, y supongo que tenía razón. No pude culparla cuando me plantó. De hecho, llevaba mucho tiempo sin plantearme siquiera la posibilidad de empezar otra relación.

Grace le miró con cierta incredulidad y él rió.

—Bueno, no he sido un ermitaño, pero he evitado cualquier relación seria. Siempre estaba ocupado, alguien vivía una crisis más grave que la mía y me necesitaba. Me ofrecí voluntario para trabajar los fines de semana que no pasaba con Max. La medicina dedicada a los trasplantes es similar a un curso práctico de filosofía. Los problemas personales palidecen ante la lucha de los pacientes por sobrevivir un día, una semana, con la esperanza de que aparezca un órgano para ellos. Comienza a parecerte egoísta estar en crisis cuando alguien se debate entre la vida y la muerte, de modo que archivas lo que te pasa, o al menos lo intentas, pero no pude ignorar la muerte de Will —dijo Alex, mirando fijamente a Grace, que le escuchaba en silencio. Él respondió a su pregunta tácita—. Sí, le echo muchísimo de menos. Su existencia impregnaba sutilmente la mía.

Grace apoyó suavemente una mano en el hombro de Alex, comprendió el motivo de su indecisión con respecto a Lucy. Más allá de los aspectos éticos, también él estaba sufriendo y ellas no lo habían tenido en cuenta.

—Lo mismo le ocurre a Simon. A veces, cuando bebe unas cervezas, habla sobre él. Al parecer, Will ejercía una gran influencia en las personas.

Él asintió.

—Dame un poco de ese *curry*, y cuéntame cosas sobre Chartres.

Grace se percató de que Alex no iba a revelar nuevas intimidades, por lo que accedió de inmediato.

—No sólo sobre Chartres, pero empecemos por allí. He estado investigando desde la noche que pasamos en casa de tu padre, al igual que Lucy y Simon. He pasado horas leyendo sobre la historia de la catedral, aunque las guías oficiales son insuficientes. Supongo que tu madre tuvo sus razones, pero un buen historiador siempre consulta las fuentes. No hay ninguna evidencia sólida de que ese sitio haya sido utilizado antes del siglo v de la era cristiana. A partir de antiguas fuentes literarias se sabe que era un lugar sagrado para los carnutos, una tribu gala. Allí está la gruta de un druida, consagrada a una virgen anterior al cristianismo que, según creían, había tenido un hijo. La creencia deriva del culto de Isis e Ishtar. Probablemente,

Julio César se refería a estos mismos druidas cuando mencionaba a la Virgini Patriae de esa región. Tal vez sea el motivo por el cual los galos adoptaron el cristianismo. En la gruta subterránea hay incluso un dolmen anterior a la época de los druidas.

—¿A qué época pertenece?

—Aproximadamente al siglo II a. C. —Grace atravesó la habitación para buscar la guía de la catedral que Lucy había conseguido. Ella la abrió en la página donde se veía una escultura de la Virgen y el Niño y se la enseñó a Alex—. Esa efigie está inspirada en otra similar, que fue destruida en el siglo XVI.

»Algunos relatos sugieren que sucedió en el siglo XII. En cualquier caso, podría ser la virgen negra, tal vez de ébano, que adoraban los druidas. Francia tiene una rica tradición al respecto.

Alex miró atentamente la imagen.

—Entonces, la iglesia cristiana fue construida en el lugar donde había un icono femenino muy venerado.

—Sí, no hay datos acerca de la época anterior a los druidas, pero se sabe que, curiosamente, la orientación de Chartres es similar a la de Stonehenge, coincide casi a la perfección con la salida del sol en el solsticio de verano, es decir, se diferencia de las demás iglesias cristianas, que están orientadas hacia el este. La catedral tiene dos ejes, al igual que Stonehenge. Allí, la Piedra Talón marca el día más largo del calendario solar y su distancia con el calendario lunar queda expresada por una ecuación matemática que se denomina coma pitagórica.

—Sí —interrumpió Alex—, la diferencia entre los ciclos del sol y la luna. Si la arquitectura incluye los dos ejes, el número 34 tiene significado en algún lugar clave del edificio, porque es considerado el *axis mundi*, es decir, el eje del mundo.

Grace le miró de soslayo.

—Eso lo ignoro, pero en Chartres la «coma» es claramente visible. El edificio está ligeramente inclinado. Si miras hacia el este desde el gran pórtico del oeste, puedes verlo —explicó, señalando la página que mostraba el plano en la guía—. En este esquema no se aprecia, pero los ejes están torcidos y se mueven a la altura del transepto. Es deliberado. Las demás mediciones son precisas.

—¿Una combinación de lo femenino y lo masculino?

—Ingenioso, ¿verdad? Además, el estilo y la altura de las dos agujas de la fachada son diferentes. Parece extraño hasta que descubres que una de ellas tiene una veleta con forma de sol y la otra...

—... de luna. —Alex completó la frase y dejó su plato—. Seguramente fue eso lo que emocionó a mi madre. Ella se identificaba con la luna. El diseño de ese edificio expresaba la simbiosis de la energía masculina y femenina.

—Es una perspectiva interesante. La unión de dos energías aparentemente antagónicas. Se le ha denominado «efecto vibrado». Y, para subrayar la importancia de la luz, una diminuta abertura que acertadamente se denomina ventana de Saint Apollinaire, proyecta un rayo de sol sobre una cuña en el piso de adoquines... el veintiuno de junio.

—Igual que en Stonehenge.

Grace asintió con énfasis.

—Por supuesto, no aparecen fotos sobre este fenómeno en la guía, es más, ni siquiera lo menciona. Dejaría en evidencia la sucesión de cultos y religiones. Quizá lo mismo ocurre con el laberinto.

Alex, absorto, había cogido un trozo de pan de chapata, pero no atinaba a comerlo.

—Hoy he almorzado con Amel, el cirujano de Lucy. —Grace asintió al oír ese nombre, le resultaba familiar—. Se parece a los hombres del Renacimiento, habla siete idiomas, ama el arte, honra a la medicina y es un verdadero embajador de la humanidad. Conversamos sobre Chartres y me habló de los sufíes. ¿Has oído algo sobre ellos?

—Creo que son una secta de musulmanes místicos.

Alex asintió y explicó que, desde el punto de vista de Amel, algunos de los cruzados, los que permanecieron en Tierra Santa después de la exitosa primera Cruzada, se habían quedado fascinados con la arquitectura y las ideas del islam, y con la espiritualidad de los sufíes. En Jerusalén, los cristianos habían sido iniciados en la sabiduría y los conocimientos secretos de los judíos y los musulmanes. En especial, les había impresionado la belleza y los conceptos en los que se fundaba el diseño de la mezquita de al-Aqsa, en Haram el Sharif, es decir, el Monte del Templo. Se dice que desde allí Mahoma emprendió su mítico ascenso nocturno hacia el cielo. Comparada con la iglesia que Constantino hizo construir en el Santo Sepulcro, era obviamente más hermosa y espiritual. Los sufíes les enseñaron que los arcos en punta dirigen la energía y el espíritu hacia el cielo, mientras que los arcos romanos los dirigen hacia la tierra. Y los sufíes honraban a Cristo como uno de los siete sabios del islam.

—Como todos los buenos musulmanes —agregó Alex mientras llenaba de nuevo las copas—. Amel me explicó que, al igual que Dee y Bruno, los sufíes promovían la tolerancia religiosa. Reconocían que cada religión expresaba una forma de sabiduría y que todas derivaban de una misma verdad universal. Eran muy instruidos, conocían la Torá y las enseñanzas cristianas. Buena parte de los códigos arquitectónicos de las iglesias góticas, como Chartres o St. Denis, en París, pueden encontrarse en las enseñanzas místicas de los sufíes, que fueron transmitidas por los templarios, para quienes el número nueve era sagrado. Los caballeros del Temple eran nueve y durante nueve años no ingresaron nuevos caballeros a la orden.

—He leído sobre los arcos, déjame consultar mis apuntes. —Grace revisó su carpeta y le enseñó a Alex algunas páginas con bocetos que ella misma había dibujado—. La asociación de los druidas y los celtas se vincula también con el número nueve, la Triple Diosa. Se agregaron nuevas puertas hasta completar nueve cuando la catedral fue reconstruida a finales del siglo XII después de un incendio, y nueve arcos similares a los de la arquitectura islámica, los que tú mencionaste. Es difícil que sea una coincidencia.

Alex y Grace analizaron el plano que ella había trazado. Él se sorprendió al descubrir que los adoquines del laberinto medían treinta y cuatro centímetros de largo.

—El detalle resulta curioso si se tiene en cuenta que el centímetro fue una medida introducida por Napoleón. El sistema métrico en sí mismo sugiere pluralidad. Es un ejemplo a seguir, ¿verdad?

Grace suspiró profundamente.

—No para todos. Algunas personas no toleran cuestionamientos a las verdades absolutas de su religión. Pero

¿qué nos dice esto en relación con el doctor Dee y sus amigos? ¿Y por qué era importante para tu madre?

Alex sacó la billetera y desplegó cuidadosamente una hoja de papel.

—Anoche copié esto de uno de los libros de Will. Alguien lo había dibujado en la antigua Biblia de nuestra familia, siempre me llamaba la atención cuando era niño y lo reconocí de inmediato. Ahora sé que es el emblema de Dee, se llama «monas», que significa «uno». —Grace le observó unos instantes; luego, Alex continuó—: Lo diseñó él. Combina símbolos astrológicos y los que utilizamos para representar lo femenino y lo masculino, para formar una cruz similar a la cruz ansada de los egipcios. Después de darlo a conocer, Dee dudó que fuera conveniente, debido a que era un símbolo muy poderoso. Extrañamente, ubicó el símbolo de la luna en la cúspide, y al sol debajo.

Al oírlo Grace aplaudió con picardía y rió.

—Como correspondía. Su superior era una mujer, todos los hombres se subordinaban a ella.

Alex rió con ella.

—Sí, estoy de acuerdo, y considero el dato de la mayor importancia. Dee se traía entre manos algo que abarcaba a todas las religiones. Y el tema recurrente de la rosa puede relacionarse con los rosetones de Chartres. Giordano Bruno pasó una larga temporada en París, con Enrique IV, quien prometió alentar la tolerancia religiosa. Tal vez visitó Chartres y le atrajo el rayo de luz del solsticio. En fin, el nuestro es un laberinto de especulaciones.

—Propongo que investiguemos sobre Bruno, el sol y la rosa antes de que nuestra Ariadna regrese de Nueva

York. Mientras tanto, la última clave del día para ti: consulté a mi padre acerca de las letras hebreas que aparecen en cada página de los documentos antiguos.

—Las vi, pero no pude descifrarlas. ¿Él sabe leerlas?

—Hoy le envié los textos por fax. Lucy los había copiado para mí hace unas semanas, pero en ese momento el tema aún no me había atrapado. No tuvo mucho tiempo para analizarlos, pero como primera aproximación cree que todas las palabras tienen un significado cabalístico, tienen poderes mágicos.

—¿Como «abracadabra»?

El humor de Alex no pretendía ocultar su genuino interés. Grace estaba distendida, disfrutaba de su copa de vino y de la compañía de Alex, y rió con entusiasmo.

—Eso es árabe, tonto. Mi padre hará la traducción y nos dirá cuál es el significado. Mencionó algo sobre la «numerología».

—Es ingenioso, seguramente está en lo cierto. La numerología asigna un valor numérico a cada letra, y ya puedo imaginar cuál será el resultado de la suma para algunas palabras, pero ¿cuál será su significado?

28

Habían concertado una cita para almorzar a las doce y media, pero estaba a punto de cumplirse la hora y todavía seguían recorriendo la calle 34, en el centro de Manhattan, entre una columna de taxis amarillos. Simon y Lucy atravesaron la entrada del edificio donde Roland tenía su oficina, mirando fugazmente los paneles de la recepción para confirmar el piso al que iban. Luego se introdujeron a toda prisa en el ascensor y subieron vertiginosamente. Lucy estaba inquieta y extrañamente emotiva desde la noche anterior. Al llegar a su habitación, la diferencia horaria la había disuadido de la intención de llamar a Alex. No obstante, le dedicó una cálida sonrisa a Simon, convencido de que todo habría terminado en poco más de una hora. Para entonces, habrían cumplido su misión. Hasta el momento, habían observado furtivamente a la gente que pasaba por los corredores del hotel y por las calles que recorrían sin descubrir señales preocupantes.

El ascensor llegó al piso diecisiete, allí estaba la oficina de Roland. Sus sonrisas se desvanecieron en cuanto la puerta se abrió con suavidad y vieron ante ellos a un encargado de seguridad y detrás de él cintas negras y amarillas que rodeaban el «escenario del crimen», oculto detrás de las gruesas puertas de vidrio. A juzgar por el caos, los delincuentes se habían visto obligados a desaparecer antes de terminar su tarea. Se veían archivos, libros y otros elementos desparramados.

Cerca de la puerta del ascensor, una mujer atildada, de unos cuarenta años, conversaba con un policía uniformado y otro de paisano. En la parte posterior de la oficina hombres con monos blancos se movían como fantasmas. El trío se acercó a Simon y Lucy.

—¿Puedo ayudarla? —preguntó con cierta brusquedad la mujer, dirigiéndose a Lucy.

—Buenos días, soy Lucy King, y él es Simon Whelan. Hemos venido desde Londres para entrevistarnos con el señor Brown —contestó ella de forma escueta. Era obvio que el señor Brown no estaba «en casa».

—Ah, sí. Él lo mencionó. Soy Pearl Garret, una de sus socias. —Después de un breve apretón de manos, la mujer continuó—. Roland tuvo que viajar urgentemente a Boston, yo tenía previsto dejarles un mensaje en su hotel, pero como puede ver... —La señorita Garret se detuvo abruptamente y les invitó a observar el caótico escenario que tenían delante—. No he podido desocuparme desde las siete de la mañana, cuando recibí el aviso de la policía. Roland se pondrá en contacto con usted hoy, alrededor de las seis, Lucy. Eso es lo que me pidió que le dijera. Ya tiene su número y sugiere que la reunión se realice en su apartamento mañana, a primera hora —concluyó, incapaz de ocultar cierta molestia.

—Perdón, señorita Garret, necesitaríamos que regresara a la oficina —dijo su acompañante, desviando su atención hacia uno de los hombres con mono blanco, que les hacía señas.

—Les pido disculpas, como pueden ver, tenemos un pequeño problema. Aquí conservamos material muy especial, no todas las fotografías están grabadas en disco. Las más antiguas suelen despertar un interés paranoico en personajes de la política o el espectáculo. Podríamos decir que nuestros archivos están llenos de trapos sucios. Aún no sabemos qué se han llevado. —La señorita Garrett llamó al ascensor. La puerta se abrió casi de inmediato—. Que tengan un buen día, pueden divertirse jugando a ser turistas. Esta ciudad es una especie de Disneylandia para adultos —se justificó, sonriente, y dio media vuelta sin esperar respuesta.

—¿Es una coincidencia o deberíamos preocuparnos? —inquirió Simon, con un tono inusualmente serio, en cuanto llegaron a la planta baja.

Lucy no supo qué responder. Una infinidad de rostros se dirigían hacia ella, pero incluso entre la marea humana que poblaba las calles de esa gran ciudad a la hora del almuerzo, y a pesar de los acontecimientos de los últimos veinte minutos, no podía pensar más que en llamar a Alex. Durante la hora previa a la excursión al edificio de Roland había tenido la sensación opresiva de que Alex estaba en peligro. Recordaba la herida de Max. Sin duda se sentía frustrada por la situación que afrontaba, y estaba exhausta por haber pasado una noche sin dormir, pero algo más, que no lograba identificar, la irritaba.

Simon se abrió paso entre la muchedumbre y la tomó del brazo.

—Propongo que encontremos un lugar donde almorzar a pesar de todo.

Ella asintió agradecida ante la posibilidad de hacer una pausa. Las abrumadoras frustraciones de esa mañana le impedían enmascarar el cansancio. Lo ocurrido era absurdo: un robo cometido la noche anterior había movilizado a la policía hacia ese edificio, el agente de Will había cancelado la entrevista. Su socia sólo había dicho que debía viajar a Boston. ¿No era extraño? Se sentía desanimada y débil después de tantos sobresaltos: la salida apresurada de la oficina, la escala en el hospital, el viaje de Battersea a Heathrow, el disgusto de Alex, la noche en vela, y finalmente la cita cancelada.

Llegaron al Tick Tock Diner, y mientras Lucy iba hacia el baño, Simon pidió un sándwich y un café cargado. Ella había decidido romper su norma de no consumir cafeína con la esperanza de que la reanimara. Estudió el relleno del sándwich cuando volvió del servicio y sintió una arcada que le indicó que no iba a ser capaz de probar bocado. Simon advirtió su malestar, dejó el tenedor con el que había trinchado una patata frita, y se inclinó para aferrar su brazo.

—No acerté con la elección, ¿verdad? Tal vez habría sido mejor la hamburguesa vegetariana. —Simon había tratado de respetar las indicaciones de Alex: alimentos sin sal, nada que pudiera ser recalentado—. A juzgar por la expresión de tu cara, el cordero no es tu comida favorita.

Ella trató de reír.

—Lo siento, no es la comida. No entiendo qué me sucede. Por un lado, deseo estar contigo para entrevistarme con Roland y me alegra tener la posibilidad de reafirmar mi independencia alejándome de Alex, pero por otro me siento desgarrada, como si hubiera perdido una parte de mí, y no me siento del todo cómoda con esa sensación.

—Tranquilízate, cariño. Estás hecha polvo, al igual que yo. Y no precisamente porque pasamos una noche de juerga. Mientras dormitaba, no paraba de estrujarme la sesera a ver si resolvía los acertijos. Parecía un encuentro entre Bilbo Bolsón y Edipo Rey. Incluso seguía tratando de descifrar la numerología de algunas palabras. A veces, tengo la sensación de haber perdido más de un tornillo. —Simon miró a Lucy, vio su rostro completamente pálido, y recordó de inmediato la orden de Alex: debía cerciorarse de que Lucy comiera a intervalos regulares y tomara su medicación según el horario—. Y para ser honestos, Roland está tan comprometido como nosotros. Las circunstancias parecen extrañas, pero creo que deberíamos conservar la calma y esperar hasta mañana. Ahora, por el amor de Dios, ten piedad de mí y come algo o, de lo contrario, tu novio me dedicará una mirada desdeñosa cuando regresemos. Preferiría un arrebato de ira de Will al mesurado disgusto de Alex.

Ella picoteó un poco de ensalada y tomó los inmunosupresores.

—He estado pensando que Alex tiene 34 años, el número mágico de la Tabla de Júpiter. Las pistas que hablan de ser «leal» y «veraz» apuntan al nudo, que es el símbolo de los Stafford. Estoy empezando a creer que los documentos cuentan nuestra historia.

—Y esta conversación tiene lugar en la calle 34. Es espeluznante.

—¿Cuál es tu conclusión, Lucy?

—Tú me contaste que una noche, en casa de Alex, apareció ese cuadrado con la palabra Sator, el mismo que vimos ayer en el avión. —Él asintió—. Aparentemente en una de las páginas hay un bosquejo de la historia de Venus y Adonis. La diosa persigue al joven apuesto.

—Continúa.

—¿No te recuerda la historia de Will y Siân? Ella intenta retenerle a la desesperada y él se lanza a una frenética cacería, y lo más extraño de todo es que Will resulta literalmente corneado en el puente, sufre una herida en el muslo, exactamente igual que Adonis. Alex me contó que la lesión era considerable, pero no fue la causa de su muerte. De todos modos, coincidirás conmigo en que es extraño. Mientras Venus iba en busca de su amante herido, las rosas blancas que pisaba le lastimaban los pies: la sangre de la diosa las tiñó de rojo. Como recordarás, Will le envió a Siân rosas blancas, aunque nunca pudimos descubrir el motivo.

Simon estaba cautivado por las asociaciones de Lucy.

—Philip Sidney también murió a causa de una herida en el muslo: le había cedido la armadura a un soldado que la necesitaba. De todos modos, ni siquiera su armadura habría podido detener la bala de mosquete que le hirió la pierna, provocándole una gangrena. Murió al cabo de varios días.

—Con ese ejemplo pretendes demostrar la escasa relación entre esos hechos, pero él era discípulo de John Dee. —Lucy omitió decir que el hombre que viajaba en la barca por el Támesis se parecía notablemente a Sidney, un noble dedicado a la poesía y la crítica literaria, tan cautivador como Byron. De hecho, fue el Byron de su época. Ella había visto sus retratos en el museo y el parecido era indudable, pero era imposible explicar aquella inquietante experiencia de Halloween a alguien que no hubiera estado allí. Ninguna persona en su sano juicio le habría creído. Alex y Amel, en cambio, lo habían visto—. Uno de los textos es una cita de Sidney. Y hay otro elemento extraño: mi nombre significa «luz». ¿Recuerdas las líneas donde se menciona a «Nuestra Señora de la Luz», que comienza su recorrido en el mes de las candelarias? «Lucy» es una Señora de la Luz. Yo nací en febrero, el mes de las candelarias. Exactamente, el tres de febrero. Mi padre solía decir: «Ese día murió la música, Lucy». Es la frase que te señalé en uno de los textos, cuando viajábamos en el avión.

A Simon le pareció una referencia terriblemente triste. Se preguntó cómo habría sido la niñez de Lucy.

—Sí, lo recuerdo, el día que se estrelló el avión donde viajaban Buddy Holly, Big Bopper y otros músicos. Creo que fue en la década de 1950.

Lucy asintió. Advirtió la congoja de Simon pero no quiso hablar sobre su vida y continuó rápidamente con su argumentación.

—Llegó el turno de Alex. Algunas pistas mencionan a Alejandro Magno, el nudo de los Stafford y las rosas. Y uno de los primeros textos del primer grupo habla sobre el Estigio, el río que lleva al territorio de los muertos. Mi primera cita con Alex fue el día de Halloween. El festejo había sido bautizado «Los espíritus de la muerte regresan del pasado». Y yo me disfracé de Ariadna.

—Por eso te interesan los sobrenombres. Deberíamos analizar cada texto hasta descubrir cuál es tu papel en la historia. De ese modo sabríamos cómo termina. Mientras tanto, como estamos en la calle 34, podríamos «jugar a los turistas» y echar un vistazo al Empire State. Debe de ser impresionante.

Habían pasado unos minutos de las siete de la tarde cuando el coche de Alex dobló la esquina de Redcliffe Square y miró hacia la ventana del apartamento de Siân. Se tranquilizó un poco al ver las luces encendidas y comenzó a buscar un sitio donde aparcar. La había telefoneado poco antes sin obtener respuesta alguna. Tal vez Siân había salido un momento. Alex temía que hubiera decidido declinar su invitación. Salió del coche, accionó la alarma y las luces titilaron.

Mientras rodeaba la plaza, miró detenidamente la iglesia de St. Luke cuya alta aguja se destacaba entre el verdor. La conversación que había mantenido con Grace la noche anterior había despertado su interés por esa iglesia neogótica, cuya silueta parecía terriblemente adusta bajo la luz todavía invernal de marzo. La semana siguiente llegaría otra estación y traería consigo un estado de ánimo más favorable.

Alex vio el Fiat Uno de Siân aparcado frente a la entrada, en un espacio reservado a los habitantes del edificio. Eso significaba que no había ido lejos, lo cual resultaba tranquilizador, teniendo en cuenta el estado emocional en que la había encontrado el día anterior. Llamó por el portero automático. No obtuvo respuesta. Retrocedió y volvió a mirar hacia arriba. Sin duda, las luces encendidas eran las del apartamento de Siân. Volvió a tocar el timbre. Nada. Miró el reloj, se había demorado apenas unos minutos. ¿Estaría bañándose? Volvió a llamarla desde el teléfono móvil, pero la línea estaba ocupada. Alex reflexionó unos instantes. Si ella estuviera hablando por teléfono, se habría acercado al portero automático para abrirle, salvo que estuviera conversando con Calvin y no deseara ser interrumpida. Súbitamente le preocupó la posibilidad de que hubiera hecho alguna tontería y de inmediato pulsó otro timbre. En el intercomunicador se oyó una voz que le pidió que se identificara.

—Hola, soy el doctor Alex Stafford. He venido a ver a Siân, la vecina del quinto piso. Las luces están encendidas, pero ella no responde cuando llamo a su puerta. ¿Podría dejarme pasar? Ella me está esperando, me temo que no se encuentre bien.

—¿Qué piso me dijo?

—El quinto, Siân Powel. Soy el hermano de Will Stafford.

—Ah, sí, el médico. El último piso, ¿verdad?

Alex se impacientó. Al fin oyó el zumbido que le permitió abrir la puerta. Avanzó por el corredor largo y mal iluminado que conducía a la escalera empinada y aún más oscura. Subió con cuidado. En el descansillo del tercer piso hizo una pausa para recobrar el aliento. En ese momento advirtió que estaba cansado. Se había marchado bastante tarde de la casa de Grace y desde entonces no había dormido una hora entera, esperando inútilmente que Lucy le llamara. A las seis le había despertado una emergencia, de modo que había trabajado durante doce horas. Al fin vio la puerta del apartamento de Siân. Le pareció que estaba entreabierta. Se extrañó, pero efectivamente, así era. Quizá había salido a la terraza y la había dejado abierta para él. Subió los dos últimos tramos y pulsó la luz del corredor, pero no se encendió. No era sorprendente que Will hubiera elegido un apartamento en el piso más alto de un edificio sin ascensor.

En la penumbra del vestíbulo algo le llamó la atención. Alex se acercó a la puerta y pudo ver una línea blanca que contrastaba con la pintura satinada de color crema: el marco estaba rajado. La cadena de seguridad pendía de los tornillos casi sueltos. ¿Qué significaba todo aquello? Aguzó el oído en un intento de escuchar algún sonido. Nada. Pudo apreciar el desorden imperante en el interior en cuanto abrió la puerta con cautela. Las estanterías del vestíbulo se hallaban desprovistas de libros y objetos, ahora desparramados por el suelo. Atisbó el mismo desorden por el vano de la puerta que conducía al cuarto de estar. Los cajones estaban vacíos, los libros abiertos, algunos con las páginas hacia abajo, y la tapa del piano estaba levantada. El apartamento había sido revisado con metódica profesionalidad.

El recién llegado advirtió que algo se movía en la oscuridad, cerca de la sala de estar. Siân permanecía acurrucada contra una pared, con las rodillas flexionadas y los brazos cruzados, en posición fetal. Aferraba algo contra el pecho. El auricular del teléfono pendía del cable que salía del aparato colgado en la pared y se balanceaba suavemente cerca de ella. Alex se abrió paso entre los despojos y se arrodilló junto a Siân. Cuando ella le miró, pudo ver el hilo de sangre que le caía desde la nariz. Y aun en la penumbra advirtió que alrededor del corte que tenía en el pómulo se estaba formando un hematoma. Los ojos azules de Siân lo reconocieron.

—Eres tú —dijo, con una voz apenas audible—. Creí que él había regresado.

Siân rodeó el cuello de Alex con los brazos y le abrazó. Su ligero temblor se acentuó.

—Tranquila —repuso Alex con voz suave. Luego se apartó un poco para mirarla mejor. No parecía tener golpes en la cabeza. En unos segundos comprobó que las pupilas parecían normales y el pulso estaba un poco acelerado—. ¿Qué ha ocurrido? —Alex descartó una posible violación a tenor del estado en que se hallaba el apartamento. Hizo ademán de tomar el auricular para telefonear, pero Siân le detuvo. Meneó la cabeza e intentó ponerse de pie.

—Quise llamar a la policía, pero él me arrojó contra la pared y me dijo que regresaría si intentaba llamar a alguien. Pensé que iba a matarme pero sólo me golpeó con el dorso de la mano. —Siân tocó su nariz y vio que sus dedos se manchaban de sangre. Hizo una mueca de dolor cuando palpó el pómulo lastimado—. Prometió no hacerme daño si me quedaba quieta.

Intentó incorporarse de nuevo, esta vez con éxito.

Alex quería formularle muchas preguntas, comenzando por la identidad del agresor, pero su trabajo le había enseñado que debía tomarse las cosas con calma y trató de serenar a Siân. De pronto comprendió que el objeto que ella aferraba contra su pecho era la chaqueta que Will llevaba puesta el día en que murió. El personal de emergencia del hospital le había cortado las costuras para quitársela cómodamente. En el piso, frente a Siân, estaban las demás prendas que él vestía ese día: una camiseta, unos vaqueros gastados e incluso la ropa interior. Había empaquetado sus prendas de cuero, para el último tramo del viaje a casa había elegido la ropa más liviana y la chaqueta Ducati, su preferida. Si bien era menos abrigada, obviamente era más cómoda. Al mirar hacia el dormitorio, Alex vio la bolsa de plástico del hospital con los efectos personales de su hermano: la habían vaciado.

Siân adivinó los pensamientos de Alex y le miró con aire de culpabilidad.

—Henry me entregó la bolsa del hospital cuando se la devolvió el policía encargado de la investigación. Yo sólo quería la chaqueta: fue mi regalo para su último cumpleaños, un año antes del accidente. A él le encantaba, era una prenda poco común, tuve que encargarla especialmente en los Estados Unidos, ¿lo recuerdas? —Alex asintió—. Creo que Henry prefirió no tener estas cosas cerca. Para mí también era difícil, de modo que las guardé en el ropero y me olvidé de ellas hasta que él las encontró.

Alex escuchó su explicación; luego, la rodeó con el brazo y soportó el peso de su cuerpo mientras la conducía a la sala de estar. La apoyó en el brazo de un sillón mullido mientras quitaba los libros apilados en el asiento y después la ayudó a acomodarse.

—Recuéstate un segundo; en un momento compruebo si tienes alguna herida grave.

Alex buscó en su chaqueta una pequeña linterna médica e iluminó sus ojos hasta que logró que parpadearan. Satisfecho, encendió la lámpara de lectura y giró el rostro de Siân hacia la luz para examinar el cartílago de la nariz y el corte de la mejilla.

—Esto necesitará sutura, pero no deberían quedar marcas. Él tenía una sortija. —Ella asintió—. ¿Qué parte de tu cuerpo golpeó contra la pared?

Siân señaló el hombro derecho e hizo una mueca de dolor cuando él le tocó suavemente el antebrazo.

—¿Te duele mucho?

—Así es, pero no creo que esté fracturado.

Alex le pidió que ejerciera presión sobre su mano. Ella logró hacerlo.

—Tampoco yo lo creo. Ahora cuéntame cómo sucedió.

—Salí a comprar vino y vi tu llamada a mi regreso. Abrí sin preguntar cuando oí el portero automático, convencida de que habías llegado más temprano. Cuando él llamó a la puerta no pude verle por la mirilla, la luz del pasillo estaba apagada. No quité la cadena de seguridad, pero él lanzó todo su peso contra la puerta en cuanto accioné el picaporte y la cadena se cortó, así de simple. Él me empujó, me golpeó, me ordenó que no me moviera. Luego hizo este... —Siân miró el desastre circundante y rompió a llorar por primera vez—. Pensé que si llamaba a la policía él regresaría y me lastimaría de verdad.

Alex hizo girar lentamente el cuello de Siân hacia ambos lados. Pareció satisfecho. La columna no estaba dañada. Ella siguió sin soltar la chaqueta.

—¿Cuánto tiempo estuvo aquí? ¿Qué aspecto tenía? ¿Era un hombre corpulento?

—No lo sé, Alex. Tal vez fueron veinte minutos. No, seguramente más. Él era robusto, no demasiado alto, llevaba un traje caro, diría que de MaxMara, y guantes de cuero marrón. Se quitó deliberadamente uno de ellos para golpearme y luego volvió a ponérselo... Calzaba zapatos caros del mismo color que los guantes. —Alex sonrió al oír la descripción de la vestimenta. Sin duda, Siân lo había estudiado con una mirada profesional—. Me preguntó dónde estaba mi novio y me amenazó con golpearme otra vez porque no le respondí. Creo que no encontró lo que buscaba. ¿Se refería a Will?

—Diría que hablaba de Calvin —opinó Alex. Su mente era un torbellino. Echó un vistazo al apartamento y cogió el abrigo de Siân—. Se suponía que yo tenía que entregarle algo hoy, pero no he logrado encontrarlo en ninguna parte. ¿Aún no has tenido noticias de él? —Siân meneó la cabeza—. Ven. Un médico amigo mío atiende a víctimas de accidentes automovilísticos en una unidad de emergencia en Chelsea. Voy a pedirle que te haga un chequeo y luego vendrás conmigo a casa. Ya ordenaremos el apartamento mañana, después de que lo inspeccione la policía. Esto ha llegado demasiado lejos.

La altura no asustó a Lucy cuando miró hacia abajo. La brisa le agitaba la melena larga y sedosa y el aire fresco hacía relucir su piel aceitunada. Su aspecto había mejorado notablemente. Sonrió a su compañero.

—Lo sabías, ¿verdad? A esto se refería la pista que mencionaba la «extraña energía simiesca», las películas y el vestíbulo *art déco.*

—No estuve seguro hasta que llegamos aquí. El acertijo de King Kong era fácil y la aguja que apunta hacia la copa del manzano, por supuesto era la Gran Manzana, pero tenía dudas acerca de los diez mil pies cuadrados de mármol. Todo se relaciona con la calle 34. ¿Por qué ese número es tan importante?

El teléfono móvil de Lucy estaba sonando. El viento atenuaba el sonido, apenas audible. No podía ser Alex, en

Gran Bretaña eran apenas las nueve de la noche, a esa hora estaría cenando con Siân.

—Habla Sandy. ¿Dónde te encuentras? —Su voz sonaba más clara que nunca al compararla con el acento norteamericano. Lucy profirió un grito de alegría. ¿Qué significaba ese sobrenombre para ella?

—En lo alto del Empire State Building, en la calle 34. Como siempre nos aventajas, ya sabrás que es uno de nuestros misterios. —Luego, con un tono más serio, preguntó—: Alex, ¿todo está en orden? Estaba preocupada por ti..., pero estás cenando, no quiero ser una molestia. ¿No se trata de Max, verdad?

Alex meneó la cabeza aunque ella no podía verlo. Ya no se sorprendía por sus propias reacciones instintivas.

—No, no es Max, se trata de Siân. Recibió una visita inoportuna en su apartamento. No pude entregarle el paquete a nuestro intermediario, porque no aparece por ningún lado. Llamé incluso a su madre, y me dijo que pasó un día con ella en Nantucket, pero ya no está allí. Esta noche regresa en un avión desde Boston.

—¿Boston? —le interrumpió Lucy.

—No sé a qué está jugando. No puedo hablar mucho ahora, Siân se quedará conmigo esta noche. Está alterada y magullada, y su apartamento no es seguro. Ahora se está dando un baño. Necesito hablar con Simon sobre su contacto en Scotland Yard.

Lucy estaba horrorizada y no quería agregarle motivos de preocupación. Inmediatamente le dio el teléfono a Simon. La sucesión de improperios que salieron de su boca hizo que todas las personas que estaban en el mirador dirigieran su atención hacia él.

—El único motivo por el cual acatamos su orden de mantener alejada a la policía fue su promesa de que nadie resultaría lastimado. Es evidente que no la han cumplido —dijo Alex. A Simon le pareció que en su voz había más cansancio que ira, aunque siempre era difícil detectar qué expresaba esa voz—. Ellos han violado sus propias normas, es hora de que impongamos nuestras propias condiciones.

—Son capaces de cualquier cosa para lograr sus fines, Alex. Cuando encuentres a Calvin, prométeme que le mantendrás esposado hasta que yo llegue.

Simon sacó la PDA del bolsillo de la chaqueta e intercambió su información con Alex mientras meneaba la cabeza con enfado. Lucy escuchaba, con la mano helada en la boca del estómago, mientras él mencionaba números telefónicos y daba opiniones. A partir de sus respuestas, podía inferir que Alex estaba poco dispuesto a abundar en comentarios. Finalmente, Simon le devolvió el teléfono.

Lucy apoyó la oreja en el aparato para que el viento no le impidiera oír.

—Yo también te amo. —Sin duda, era lo que Alex había dicho, aunque ella aún no había hablado. Las palabras que siguieron, pronunciadas con una voz sorprendentemente reconfortante, más firme que la de Simon, la dejaron sin habla—: El nombre de John Dee suma 34 si aplicas la numerología, y otra cosa más, ¿sabías que tu cumpleaños es el día número 34 del año?

29

Alex había recogido el diario de la mañana en la entrada. Al regresar a la sala de estar levantó la cortina para ver la fecha, jueves 25 de marzo. Le sorprendió que Siân nunca se hubiera tomado la molestia de pedir que dejaran de enviarle el diario que leía Will. Era como si aquellos largos nueve meses no hubieran pasado para ella.

Depositó el periódico sobre la mesa y comenzó a inspeccionar el caos infernal en que se había convertido el apartamento. A simple vista parecía que había registrado el piso hasta el último rincón y que esa revisión se había realizado con una asombrosa economía de tiempo. Pudo apreciar por qué Siân lo consideraba una profanación. El portero del edificio estaba terminando con el encargo de reparar el marco de la puerta, y a cambio de treinta libras se había comprometido a encontrar una persona que ordenara y limpiara el apartamento una vez que Alex y la policía hubieran concluido su tarea. El inspector McPherson —el contacto de Simon— había enviado en su representación a unos oficiales no uniformados que se reunieron con Alex a primera hora. En ese momento estaban ocupados registrando el dormitorio y el vestíbulo para encontrar huellas dactilares o algún elemento que permitiera analizar el ADN. Alex intuyó que la búsqueda había fracasado, a juzgar por las palabras que intercambiaban.

Al mirar la sala de estar a la luz del día comprobó que, si bien había mucho desorden, prácticamente apenas había daños. En pocas horas estaría habitable. Siân podría regresar después del almuerzo, si insistía. Alex habría preferido que permaneciera en su casa ese día, mientras él ponía las cosas en orden. Le esperaban en el hospital a las ocho, pero aún tenía que resolver varias cosas antes de pensar siquiera en la posibilidad de que Siân regresara. Miró su reloj, preguntándose qué habría demorado a James McPherson, cuando el portero le avisó de que alguien había aparecido en la escalera. Fue hacia la puerta para presentarse y se encontró con un panorama desconcertante.

El hombre alto y apuesto que estaba de pie en el arco de acceso a la sala de estar había dejado caer la mandíbula, tenía los ojos desorbitados y su piel habitualmente bronceada estaba pálida. Alex advirtió que Calvin estaba verdaderamente conmocionado. Lo que vio era inimaginable, y le afectó profundamente. Esa reacción abrupta y espontánea de su primo le reveló algo que necesitaba saber. Tuvo la certeza de que él no estaba directamente involucrado en los acontecimientos de la noche anterior.

—Por Dios, Alex. ¿Dónde está ella? —preguntó mientras dejaba la bolsa de fin de semana en el piso y se giraba un poco para mirar con incredulidad a los dos hombres que buscaban huellas dactilares en el otro extremo del pasillo.

—Ella está bien —respondió Alex. El rostro de Calvin recuperó parte de su color aunque sus ojos seguían preguntando qué había ocurrido.

Alex habló con calma y evitó los comentarios personales. Aún no sabía cuál había sido exactamente el rol de Calvin. No deseaba eximirle de toda culpa, y sí culparle de algún grado de complicidad indirecta.

—Alguien entró aquí anoche, atacó a Siân y la hirió. —Calvin intentó hablar pero Alex alzó su mano para impedírselo—. Pero me alegra decir que no es grave. Sin duda, es alguien que tú conoces. Como puedes ver, buscaba algo. Creemos que no lo encontró. Amenazó a Siân para que no llamara a la policía y luego le pegó en la cara, porque ella no supo decirle dónde estaba su novio.

—Oh, Dios santo —contestó Calvin con voz apenas audible. Luego se sentó en el brazo del sofá que estaba junto al vano de la puerta. Alex advirtió que no podía sostenerse en pie—. ¿Vinieron a buscarme?

Alex le observó detenidamente, asoció ideas. Su voz adquirió un matiz más benévolo, aunque no menos inquisitivo.

—Estoy plenamente seguro de que buscaban el segundo grupo de documentos, el que Will había encontrado en Francia. Él los envió por correo pero antes hizo copias. Ellos acordaron con Lucy que tú serías el intermediario, los recogerías y los entregarías, pero desapareciste sin explicación y sin decir cuándo regresarías.

—Sí. Tienes todo el derecho de estar enfadado conmigo. Causé un daño mayúsculo. Pero ¿Siân está bien? —Ante la posibilidad de que algo le hubiera sucedido, la conmoción de Calvin dio paso a una furia que parecía genuina.

—Sí, Calvin. Está bien.

Alex advirtió rápidamente la reacción de Calvin. Fue hacia él arrastrando una silla y se sentó a su lado. Le relató imparcialmente los hechos de las últimas cuarenta y ocho horas, incluyendo el episodio de Max. Eligió cuidadosamente las palabras, prefirió hablar tan claramente como le fuera posible. Su mesura, especialmente cuando refirió lo ocurrido con su hijo, horrorizó a Calvin, que meneaba la cabeza, incrédulo y mudo, mientras le escuchaba.

—Obviamente, teniendo en cuenta lo que le sucedió a Will, la llevé a mi casa —concluyó Alex—. Aún estaba durmiendo en el cuarto de Max cuando me marché.

Calvin miró a Alex y asintió, mientras decía, casi para sí mismo:

—Tengo que encontrar a Guy o a Fitzalan Walters, que es en realidad quien imparte las órdenes. Sí, Alex, lo admito. Estoy comprometido en lo que ha sucedido, pero no por mí. Hay otras personas involucradas... —La expresión de Alex le reconfortó, hizo que no se sintiera completamente solo—. Me gustaría poder decírtelo.

Alex le sonrió e inclinó ligeramente la cabeza.

—Pero no puedes. Sin embargo, creo que deberías hacerlo.

Calvin le miró con una expresión muy cercana al alivio.

—Estás atrapado —le espetó Alex sin rodeos—. ¿Por qué fuiste a Boston?

—La gente que pagó mis estudios en Europa debía mantenerse... informada sobre el avance de los descubrimientos.

—Eso significa que aún podemos controlarlos.

Calvin asintió, mientras miraba sus manos con nerviosismo. Luego volvió la cabeza hacia el pasillo, indicando que no podía o no estaba dispuesto a hablar mientras esos hombres estuvieran cerca.

—Honestamente, esto me supera, por eso acordé una cita con uno de ellos en Boston —susurró Calvin—. Es cuanto puedo decir, además de que quiero mucho a Siân y jamás consentiría que le hicieran daño a ella o a cualquiera de vosotros. Creo que la muerte de Will habría podido evitarse si yo hubiera comprendido antes mi error.

La situación era tensa. Alex había tomado una decisión y estaba a punto de darla a conocer cuando una voz con acento escocés pronunció su nombre.

—¿Doctor Stafford?

Un hombre joven apareció en el umbral donde quince minutos antes Alex había visto a Calvin.

—Soy el inspector McPherson, o James el antiterrorista, si así lo prefieres —se presentó sin formalidades. Su voz cálida y divertida aplacó las emociones de Alex y Calvin. Ambos sonrieron para dar la bienvenida al recién llegado. Alex le tendió su mano.

—Hablamos por teléfono anoche. Veo que he llegado al lugar indicado. Supongo que este caballero es Calvin Petersen, la persona que mencionó.

Los dos hombres se habían puesto de pie. James McPherson estaba frente a ellos.

—He de hablar brevemente con ustedes, pues me esperan en otro lugar. Doctor Stafford, como recordará, en realidad yo no estoy aquí, y tampoco el señor Petersen. Bien, ¿será posible encontrar una taza en medio de este desorden y preparar café?

Alex rió. Sus acompañantes le siguieron hacia la cocina.

Lucy y Simon se sentaron con cierta inquietud en el taxi que se alejaba de los árboles en flor y el sector de tiendas. La suspensión del vehículo dejaba mucho que desear, y Simon se arrepintió de haber desayunado alguna tortita de más mientras avanzaban a tumbos desde el coqueto hotel del centro hacia el final de Jane Street, a orillas del río Hudson. El trayecto terminó en la esquina de Jane Street y West Street, cerca de Greenwich Village.

Lucy se sorprendió al ver que el edificio que buscaban era una construcción de ladrillos enorme y poco atractiva, que alguna vez, cuando todavía se utilizaban los muelles del Hudson, había sido un depósito. Había una deslucida puerta de servicio junto a la entrada para camiones. La joven llamó al portero automático.

—¡Hola! —contestó alegremente una voz anónima. Y cuando ella dijo su nombre agregó, con el mismo tono cordial—: Me alegra que haya venido. Diríjase al ascensor de en medio nada más entrar en el edificio y suba hasta el último piso. Yo la esperaré aquí arriba.

Lucy miró desconcertada a Simon, que le guiñó el ojo a modo de respuesta y abrió la puerta en cuanto sonó el zumbido de la entrada. Simon y Lucy se encontraron de pronto en un espacio vacío del tamaño de un campo de fútbol, mal iluminado por una docena de bombillas que pendían de cables pelados. Imperaba un olor extraño a lugar abandonado, papel mohoso y humedad provocada por las mareas del Hudson. Tal como había prometido la voz desconocida, en la zona central del antiguo depósito vieron el hueco de un gran ascensor de carga, en medio de la altísima estructura de hierro oxidado, típica de la década de 1920. La cabina del ascensor comenzó a bajar ruidosamente mientras avanzaban tímidamente por el espacio vacío.

—¿Crees que esto es seguro? —preguntó Lucy cuando llegó a la altura del suelo y se abrió la puerta de hierro. Simon no respondió. Sonriente, ingresó en la amplia cabina metálica llevándola de la mano—. ¡Ya conoces el lugar! ¿Por qué no me lo dijiste? —exclamó ella entre risas.

—Aún no has visto la planta alta —contestó Simon, cerrando cuidadosamente la puerta—. Tiene vista panorámica y el paisaje del río es increíble. Will y yo participamos de algunos festejos que se organizaron aquí. Roland nos alojó en su casa algunas veces cuando veníamos a trabajar a Nueva York. Es una persona muy especial. —Simon respondió a la expresión interrogativa de Lucy con una sonrisa aniñada cuando el ascensor comenzó a subir y acabó por añadir algunos detalles—: Roland nació en el Lejano Oeste, en Montana según creo, y si el arquetipo del montañés fuera real, él responde perfectamente a ese modelo. No le importan las apariencias. Se ha casado infinidad de veces. Ahora lleva una vida más monacal, pero todavía le encantan las mujeres. No podría decirte cuál es su edad, desde hace diez años siempre se le ve igual.

Lucy pensó que ninguna persona podía reunir las cualidades del personaje que Simon había descrito, una especie de John Wayne con una sensibilidad algo femenina. Sonrió al imaginarlo y siguió escuchando a su amigo mientras hablaba sobre ese personaje novelesco que sin duda le inspiraba simpatía.

—Más allá de su historia personal, Roland conoce a todo el mundo y gracias a eso ha amasado una fortuna y le ha permitido hacer ganar dinero a las personas a las cuales representa. —La voz de Simon se mezclaba con el chirrido del ascensor, que se acercaba al último piso—. Compró este edificio y lo pagó en efectivo mucho antes de que comenzara la moda de los áticos.

El comentario de Simon terminó en el mismo momento en que el ascensor llegó a lo alto y dejó de hacer ruido. Un hombre de frente despejada, ojos grises y mirada inteligente abrió el portón; de inmediato tendió la mano hacia Lucy y la estrechó afectuosamente.

—Roland Brown —se presentó—. Disculpadme por el contratiempo de ayer. Un imprevisto me obligó a viajar a Boston. —Luego se dirigió a Simon—. Lamento lo de Will. Pasad, quiero que me contéis todo lo que sepáis.

A Lucy le impresionó la estampa de ese hombre. Medía casi un metro ochenta y cinco, y llevaba el brillante cabello recogido en una cola de caballo. Se movía con la gracia de una bailarina a pesar de su corpulencia.

Al atravesar una puerta blindada, Lucy comprendió qué era un ático neoyorquino: el cuarto de estar ocupaba la superficie de media manzana; los ventanales que se alineaban a lo largo de tres paredes permitían ver un amplio panorama: el río se extendía hacia el oeste; se divisaba el puente George Washington, en la zona residencial, y un espacio desolado en el centro de la ciudad, el que alguna vez ocuparon las Torres Gemelas. Lucy lo observó absorta. Luego, dirigió su atención al suelo de tablas de madera, los muebles italianos de color blanco y negro, la cocina, mucho más grande que la de Alex. En la cuarta pared se veía una biblioteca. Y había fotos, con o sin marco en todas partes, desparramadas sobre la mesa, en las paredes y en el piso.

—Perdón, no tuve tiempo para ordenarlo un poco. —A Lucy le agradaba esa voz franca y nasal, así como el acento—. Llegué tarde y la persona que se encarga de la limpieza no vendrá hasta el viernes. Simon, hay café en la cafetera y leche en la nevera. Puedes servirlo mientras busco el paquete. Está en la bóveda. —Roland se disponía a salir cuando advirtió que Lucy le miraba desconcertada—. Aquí funcionaban las oficinas del depósito situado en la planta baja. ¿Quieres venir a echar un vistazo?

Ambos atravesaron una puerta y llegaron a una pequeña sala. Frente a ellos se distinguía una bóveda de seguridad con grandes pomos de metal y el nombre del fabricante grabado en letras doradas en las dos puertas. Simon aferró los tiradores y abrió las puertas de acero, dejando a la vista una habitación con estantes en las paredes. Lucy sintió que estaba en otro mundo.

—Siempre está abierta —comentó Simon mirando atentamente a Lucy—. La llave ya no existía cuando compré el edificio, pero es maravillosa.

Lucy le observó un instante y sintió una emoción abrumadora. A pesar de que ese hombre era un desconocido, quiso abrazarle.

—Lo apreciabas mucho.

—¿A Will? —Roland no dijo más, sólo asintió con emoción.

—¿Cómo era él? —le preguntó, mirándole atentamente—. No puedo hacerle esta pregunta a Alex, no todavía.

Roland comprendió y sonrió.

—No resulta fácil describirle. Era diferente de la mayoría de las personas con las que trabajo. Si se le ocurría una idea, iba tras ella. No aceptaba encargos, sólo hacía lo que le gustaba. Luego armaba un escándalo porque nadie quería comprarlo —dijo Roland, riendo—, pero el tiempo pasaba y tal vez un año después alguien le preguntaba a Pearl si teníamos algo sobre este o aquel tema. Siempre lo encontrábamos entre los trabajos que Will ya nos había entregado: sus fotografías relataban por sí mismas una historia, a veces las acompañaba algún texto. De pronto, esos hechos y esas personas, despertaban interés. Él siempre se adelantaba a las demandas del mercado. Sí, le apreciaba.

Roland cogió de un estante un paquete grande y se lo entregó a Lucy.

—Creo que esto es para ti —comentó. Su mirada dijo mucho más que sus palabras. Además de Alex y las personas directamente relacionadas con su trasplante, nadie conocía su secreto. Tal como Simon le había anticipado, Roland era especial. Lucy estaba fascinada y a la vez aterrorizada. Estuvo a punto de decírselo, pero él sonrió y meneó extrañamente la cabeza—. Si conoces a Alex, también conoces a Will. Simon nos espera.

Ambos salieron de la pequeña cámara. Lucy estaba absorta en sus pensamientos.

Tres tazas de café esperaban sobre una mesa baja en torno a la cual Simon había acomodado unas sillas. El anfitrión buscó un cuchillo en la cocina y se lo entregó a Lucy, que comenzó a cortar las cintas adhesivas mientras los hombres charlaban. No pudo seguir el hilo de la conversación, pues estaba completamente inmersa en sus reflexiones y atenta a sus movimientos. Con manos temblorosas, comenzó a retirar el papel de estraza y la envoltura de plástico con burbujas. El contenido olía a rosas.

Mortlake, 25 de marzo de 1609

Un sirviente entra para avivar el débil fuego del hogar. Kate Dee advierte que está amaneciendo. Ella sacude suavemente la cabeza para indicarle que se retire. Su padre parece bastante cómodo en el banco con almohadones, donde dormita serenamente después de haber pasado tres noches en vela. Ha rehusado ir a su alcoba, temiendo tal vez que ya no volvería a despertar si el sueño le vencía. Las paredes están revestidas con madera, la habitación es abrigada. Ella preferiría dejarle dormir.

Kate aleja el rostro de la luz de la vela para evitar que la sombra caiga sobre su labor. Tiene los dedos entumecidos después de largas horas dedicadas a la costura; la aguja, no obstante, sigue afilada. Ella trata de avanzar con la tarea tan rápido como puede, con la esperanza de que él pueda ver el bordado. Aunque Kate y su hermano Arthur se niegan a hablar sobre el tema, saben que en pocos días más su padre ya no estará junto a ellos, y ambos creen que será una bendición. Si bien ese hombre maravilloso, ingenuo, erudito, ha pasado largamente los ochenta años, precisamente ahora su mente comienza a dispersarse, a inquietarse por las cosas que, según cree, ha «perdido». Le preocupa su preciada sal de plata y oro, no encuentra sus cucharas decoradas con imágenes de los apóstoles. Kate no tiene el valor de decirle que Arthur se vio obligado a venderlas porque viven en la indigencia.

Rápidamente, vuelve a concentrarse en su labor. La aguja entra y sale velozmente del lienzo, bordando el diseño que ha dibujado con festón relleno, para crear sombras en las rosas. Desea terminar esa parte para enseñársela al anciano. Ha copiado el diseño de rosas rojas y blancas entrelazadas que decoran el techo de esa habitación, la favorita de su padre. De acuerdo con sus instrucciones, sólo bordará las rosas rojas. Aún no ha llegado el momento de hacerlo con las rosas blancas. Y debe bordar con hilo de seda gris la polilla de seda que simboliza a la vez la muerte que acecha y la trascendencia a la que aspiramos, «con el agradable estilo de bordado que os ha enseñado la señora Goodwin». Ella ha accedido a esa petición. Su mano experta está plasmando sobre la tela la polilla que simboliza la preciosa seda de nuestra alma y el ángel saturnino de rostro oscuro que protege a los alquimistas.

—Y la mujer oscura —susurra Kate.

Un libro cae al suelo cuando su padre se incorpora. Ella acude, como una abeja va hacia una flor.

—Descansad un poco más —le pide mientras acomoda un pequeño almohadón y vuelve a cubrirlo con la manta. Kate advierte que el amado rostro de su padre tiene el color del pergamino. Sus ojos la miran sin verla; ella se alegra cuando vuelve a cerrarlos. Dee logra esbozar una sonrisa que le da la tranquilidad suficiente para regresar a su sillón y tomar nuevamente el bastidor. Reanuda el bordado, y se pincha el dedo al oírle decir, con los ojos cerrados:

—Las palabras serán como los números. Al regresar, desandaréis vuestros pasos por el laberinto.

—Sí, padre —responde ella, sonriendo, sin apartar la vista de su labor. Sabe que su padre seguirá hablando hasta el último minuto de su vida—. Me lo habéis dicho. Debo contar en sentido inverso desde el fin de la Tabla de Júpiter y empezaré por el número trece, la fecha de vuestro cumpleaños.

—Así es, Kate. Y la palabra elegida en la frase será la número trece, sin contar «y». Tu hija, ruego a Dios que os dé una hija, deberá elegir la frase a la cual corresponderá la palabra que ocupa el octavo lugar, y su nieta hará lo mismo para la palabra que ocupa el duodécimo lugar.

—Y si no fuera yo, padre, porque como bien sabéis aún no me he casado, será mi sobrina, tu nieta Margarita, la encargada de llevar a cabo esa tarea. Ella elegirá la frase apropiada para incluir «Adonis» en el octavo lugar, como habéis pedido. —Kate aparta la vista del bordado para mirar a su padre. Es incapaz de culpar al destino que la ha elegido para cuidar de él en su vejez, tal como su madre habría deseado. Con veintiséis años cumplidos, sabe que sus esperanzas de casarse son escasas.

—Mi querida Katherine, ¿acaso no ves lo que está a vuestro lado? —dijo su padre, con sorprendente energía—. El maestro Saunders os ha amado en silencio durante los últimos tres años. Es un joven honesto y bondadoso. No deberíais negaros a aquello que es bueno para vos. —Dicho lo cual, volvió a dormirse.

Manhattan, 25 de marzo de 2004

Roland y Simon interrumpieron de pronto su animada conversación. Lucy había abierto el papel y el cartón arrugado. Luego quitó el grueso envoltorio de plástico, desplegó un papel de seda y tomó un objeto exquisitamente bordado a mano. Era un bolso con forma de sobre, similar a un portafolios, de lienzo grueso, con borlas en los extremos, espléndidamente bordado con hilos de seda rojos, dorados y ocres. En el centro, una gran perla en forma de lágrima le servía de botón. Lucy lo levantó para mirar los detalles a la luz.

En la parte de atrás vio la morera que ya le resultaba familiar, bordada con hilos de algodón de distintos colores. Se entrecruzaba con una luna y un sol formados por hebras de seda de colores suaves, bordados aparentemente con punto nudo y punto atrás. Pero en el frente, bordadas en relieve, se veían dos sencillas rosas rojas en uno de los extremos y una guarda roja y dorada —le recordó los ornamentos de los folios antiguos y el diseño del laberinto de Chartres—, que iba desde la base del bolso hacia el espacio luminoso. Al mirarlo más detenidamente, descubrió inscripciones con tinta dorada, dispersas, en algunos casos descoloridas. Aparentemente, las habían impreso con una técnica similar a la serigrafía o el dorado a la hoja. Algunas palabras se distinguían en relieve: «busca», «duerme», «Señora», y tal vez «Venus» y «reunión». Habría que descifrar el texto. No obstante, lo más sorprendente era el encantamiento que producía el conjunto. Alguien había hecho ese trabajo por amor. Y nadie habría mantenido un objeto enterrado durante tanto tiempo, porque habría sido imposible evitar que se degradara. Tal vez había sido uno de los últimos actos de Diana.

Los dos hombres estaban fascinados por igual. Durante algunos instantes el tiempo pareció detenerse.

—La polilla o la mariposa de la parte superior —dijo Roland al fin— simboliza un alma que se ha reencarnado o ha vuelto a la vida. Y ¿qué ves aquí?

La joven no lo había visto antes, pero asintió cuando él lo señaló. Daba la impresión de que unas manos anónimas habían remendado y bordado la funda más de una vez a lo largo de los siglos. Sin embargo, aún se distinguía la pericia del artesano original. Pensó que ese objeto estaba destinado a ella. La había esperado todo ese tiempo. Ese descubrimiento tenía un enorme significado para Lucy. Se sentía profunda, fervientemente unida a Alex y al mismo tiempo esa sensación le causaba desasosiego. Ella siempre había estado sola, no había sido verdaderamente importante para nadie, ahora pertenecía a alguien.

Ella apoyó el bolso en la mesa al borde del llanto y abrió diestramente el botón. Dentro, como había previsto, estaban los pergaminos, las primeras páginas, las que Will había copiado. Encontró una rosa blanca en el fondo del bolso. Estaba perfectamente disecada, como su gemela de L'Aigle, y desprendía un aroma suave y antiguo que impregnó la moderna sala.

Simon no dijo una sola palabra. Roland se inclinó hacia la mesa para palpar el bordado con gesto reverente.

—Es uno de los objetos más raros que he visto. Diría que es obra de Dios si fuera creyente, pero dado que no es así, os ruego que me digáis de dónde demonios ha salido esto, y qué es.

—Tenemos la esperanza de que sea la respuesta a muchas preguntas difíciles —dijo por fin Simon.

—Tal vez —respondió Lucy mirando a Roland con los ojos húmedos— ha llegado desde el propio Jardín del Edén.

30

La combinación del manzano silvestre y la magnolia en el jardincillo de delante hacían de la casa la más bonita de la manzana, sin duda. Una silueta esbelta y rubia apareció en la puerta y le besó la mejilla. Alex desapareció en el interior con una orquídea en la mano. Lucy contempló la escena desde el coche con una creciente sensación de pánico. Sus pensamientos eran inconexos y su pulso, arrítmico. Ante sus ojos se ofrecía el pasado de Alex y un primer atisbo de lo que podía ser su futuro.

Ella le había estado rehuyendo desde su regreso de Nueva York, aterrorizada ante la posibilidad de volverse dependiente de los sentimientos inigualables que Alex despertaba en ella. Únicamente habían estado juntos dos noches y la actitud tensa de la joven había impedido el contacto físico. Lucy necesitaba que las cosas se calmaran, quería reencontrarse consigo misma y se había refugiado en la obligación de poner al día el trabajo pendiente para evitar a Alex. El viernes anterior había sido el día memorable de su estudio de veinticuatro horas en Harefield, seis meses después del trasplante. Él había decidido tomarse el día libre y compensarlo trabajando el fin de semana a fin de poder acompañarla. Se había quedado a su lado mientras ella permanecía delante de los monitores hasta terminar aquella aburrida y dura prueba. Lucy estaba debilitada anímicamente, irritable, y malhumorada con Alex. Él optó por conservar la calma. Algunas veces, no obstante, creyó que iba a perder la paciencia. Se preguntó si Lucy intentaba disgustarle de forma premeditada.

Alex llevó a Lucy a su casa una vez terminada la investigación con el desconcierto escrito en el rostro, detalle que Grace advirtió de inmediato.

—Lucy, no juegues con los sentimientos de la gente —le espetó furiosa cuando él se marchó—. No eres la única persona a la que siempre han lastimado. Es hora de que dejes atrás a la niña herida en sus sentimientos y vivas como una mujer.

Ella jamás le había increpado de esa manera, pero acusó el golpe y supo de sopetón que le habían dicho la verdad. Nadie mejor que ella sabía que Alex había ocultado sus sentimientos, que era un actor consumado. Una vez más, había relegado su propio dolor por alguien que, según creía, necesitaba de su fortaleza. Su benevolencia había prevalecido, como siempre. Grace la había acusado con toda justicia de estar egoístamente sumergida en su propio drama. Ella misma advertía que al replegarse en sí misma no hacía más que repetir los esquemas del pasado, pero no lograba encontrar la salida. No obstante, o tal vez como consecuencia de esa realidad, había evitado a Alex durante los días previos a las festividades de Pascua. Se había sumergido en el trabajo, sabiendo que él haría lo mismo. Habían transcurrido quince días desde que regresara de Nueva York sin que hubieran mirado el material de Dee.

Y ahora, en un instante, antes de que pudiera prepararse, Alex apareció nuevamente en la puerta con su hijo y una maleta de fin de semana. Anna cerró la puerta y siguió a su ex marido hasta el coche. Lucy tragó saliva. Alex las presentó con una calma desconcertante y guardó el equipaje en el vehículo. Ellas intercambiaron saludos, Anna comentó con alegría la suerte que habían tenido con el tiempo, muy propicio para la salida de fin de semana. Lucy se quitó las gafas de sol, le estrechó la mano e incluso logró sonreír. El pánico había disminuido. Alex le explicó a su hijo que el flamante monopatín último modelo era un regalo de Lucy, que lo había comprado en los almacenes Bloomingdale's de Nueva York. El muchacho le sonrió con afecto. Anna le dio recuerdos para Henry mientras el niño se acomodaba en el asiento trasero, entusiasmado porque su padre había bajado la capota. Luego, Max le dio un CD a Lucy, y Alex encendió el motor. Anna les saludó con la mano mientras se alejaban. Todo había sido absurdamente simple. Alex le aferró la mano en ademán de comprensión. Las gafas de Lucy ocultaron unas lágrimas que escaparon silenciosamente.

Lucy y Max cantaron a viva voz durante todo el viaje. Cuando llegaron a Longparish, ella saludó a Henry con un abrazo conmovedor, el que habría deseado darle a Alex para pedirle disculpas. La sonrisa de éste dejó claro que comprendía mejor que ella misma su inseguridad y su timidez. Lucy se enclaustró en la cocina y, para deleite de Max, preparó platos que estaban prohibidos en su estricta dieta. La primera parte de la tarde del Viernes Santo la dedicó a leer en el jardín en compañía de Henry mientras Max y su padre salían a practicar con el monopatín.

Alex le había entregado un gran sobre antes de marcharse con su hijo. Al abrirlo encontró una hoja tamaño A4 con una hermosa ilustración: una esfera de cristal con montañas en el centro, similar a un planeta transparente, rodeada por las ramas de un gran árbol. Al pie se leía: «Axis Mundi». Recordó que Alex lo había mencionado antes del viaje a Nueva York y que ella no había comprendido el significado de la referencia. En ese momento observaba absorta la imagen. Era el centro del mundo, el lugar donde el cielo y la tierra se unían. Había dibujado con su propia pluma un caduceo, símbolo de la medicina, en otra hoja más pequeña acompañada de una nota con su letra inconfundible, donde explicaba que la vara era una representación del mismo *axis* y las serpientes eran el medio a través del cual el sanador cruzaba el eje de este mundo para volver con la sabiduría del mundo superior. El símbolo se relacionaba de diversas maneras con el número 34. Alex comentó brevemente que Dante había elegido ese número —los cantos del *Inferno* eran 34— precisamente porque representaba ese punto de convergencia, el centro de la Tierra, el límite con el infierno y el punto emergente para la armonía espiritual, para «volver a ver las estrellas».

Se acerca al centro y vuelve a alejarse, pensó Lucy mientras Henry podaba unos arbustos. *El camino a Jerusalén. El laberinto.*

Más tarde, Henry le pidió a Alex que lo acompañara a la biblioteca. Si bien no la habían excluido, Lucy consideró que debía permitirles cierta intimidad y decidió ir en busca de Max y dedicarle su tiempo. Aprendió quiénes eran los Sims, le escuchó hablar de su adorada abuela, que le había enseñado a chapurrear un poco de francés, y de su tío, al que tanto echaba de menos. Aún estaban compartiendo ese momento cuando Alex y Henry salieron de la biblioteca para reunirse con ellos. Sin embargo, descubrieron que los dos deseaban permanecer en el escritorio. Simon y Grace llegarían al día siguiente y Siân la mañana del Domingo de Pascua, de modo que los señores Stafford se dispusieron a acondicionar las habitaciones de la planta alta para recibir a las visitas.

Calvin se había vuelto a ausentar de forma repentina. Había viajado nada menos que a Jerusalén, modificando así el sorpresivo plan de visitar a su familia en Nantucket para presentar a Siân, razón por la cual Alex había decidido hacer una invitación de última hora. Lucy consideraba la decisión de lo más desafortunada pues sólo podría provocar incertidumbre a Siân. No le había sorprendido que Alex apoyara la idea original de Calvin, pero la había desconcertado por completo que no se cuestionara el posterior cambio de plan. Tal vez se debía a que aparentemente la situación se había equilibrado: después de su regreso de Nueva York, Calvin había entregado los documentos a sus superiores y el enfrentamiento había cesado. Ellos tenían los originales mientras que Lucy y Alex disponían de copias para proseguir con la investigación. El precioso bolso bordado seguía aún en poder de Lucy. No estaba dispuesta a cederlo, ni siquiera a Alex. No habían vuelto a saber de sus adversarios desde entonces. Tal vez a Alex le disgustaba que ellos poseyeran algo que no les pertenecía, pero no hablaba sobre el asunto. De todos modos, Lucy no confiaba en Calvin y la alegraba la perspectiva de que Siân les acompañara en Longparish después de visitar a su madre en Gales. En su opinión, ella debía librarse de ese hombre, no comprendía que Alex se mostrara tan ecuánime. Su criterio siempre le parecía respetable, pero en este caso creía que estaba un poco ciego con respecto a Calvin, quizá a causa del parentesco. Únicamente ese vínculo podía explicar esa actitud.

Max se rindió, agotado tras un día de actividad incesante, y subió al ático donde estaba su dormitorio por su propia voluntad a las nueve en punto. Los tres adultos conversaron durante la cena. Alex había conseguido salmón y lo había servido con una salsa holandesa al estragón. Lucy no comprendía por qué él siempre se disculpaba a la hora de presentar sus platos.

—¿A quién desearías igualar, Alex? Nunca me has servido una cena mala. Eres un gran cocinero, tus manos huelen como un jardín de hierbas —dijo Lucy, besándolas, y se sorprendió al comprobar que eran las primeras palabras afectuosas que le había dicho desde el viaje a Nueva York.

Henry comprendió que Alex y Lucy necesitaban estar a solas y se retiró a su cuarto para leer un buen libro, cerrando la puerta al salir. Sin embargo, ellos terminaron de fregar los platos sin haber intercambiado más que algunos monosílabos. Por fin, Alex rodeó las caderas de Lucy con sus brazos y la miró a los ojos. Era día festivo y no se había afeitado. A ella le encantaba verle así, tocó su barba incipiente, ése era su Alex, un hombre menos rígido, menos controlado. Ella se distendió un poco, pero todavía no lograba soltar la lengua. Él decidió hablar.

—Estuviste magnífica hoy. A Max le encantó estar contigo.

—¿Por qué no me dijiste que él era tan dulce y que todo iba a ser tan fácil?

Alex rió.

—No me lo preguntaste. No te dejes engañar, no es un ángel, pero creo que somos verdaderamente afortunados.

—Me he comportado de una manera intolerable.

—Intolerable —confirmó Alex con cierto humor—. Muy cautelosa.

—Totalmente inaccesible —comentó Lucy, tratando de reírse de sí misma.

—Me lo advertiste... —admitió él. En la sonrisa resignada de Lucy advirtió que estaba cansada de atormentarse. Abrumada por la dualidad de sus emociones, estaba dispuesta a sacrificar la felicidad que podía resultar de una relación sólida para evitar los conflictos y las tensiones que, como sabía, eran inevitables. Alex se apenó al verla tan afligida. Mirándola a los ojos, le preguntó—: ¿Qué es lo que quieres? ¿Cómo puedo ayudarte?

Ella se lo pensó durante un instante y luego dijo con naturalidad:

—¿Puedes llevarme a la cama y hacerme el amor?

Esta vez Alex la llevó a su habitación. En Francia, el deseo y el momento largamente demorado habían aplacado su angustia, y Lucy se había entregado a él sin pensarlo, pero había tenido tiempo de cavilar en el transcurso de las semanas siguientes, e incluso en ese momento, aunque quería confiar en sus sentidos, estaba observándose a sí misma. Alex la desvistió silenciosamente y la acarició con ternura. Sin embargo, pese a que su felicidad estaba en juego, Lucy no lograba controlar la necesidad de reprimir sus sensaciones.

Alex intuyó cuáles eran los pensamientos que le ensombrecían los ojos. Se tendió de espaldas junto a ella y deslizó un brazo por debajo de su cintura mientras que con la otra mano acarició el perfil de la silueta delicada y femenina de Lucy durante una eternidad, hasta que comprobó que respiraba de forma acompasada. Entonces, su cálida voz le susurró al oído:

—¿Qué palabra o color elegirías para describir lo que sientes cuando te toco aquí? —Alex recorrió con sus dedos los senos de Lucy y la cicatriz que había entre ellos.

—Intimidad —respondió ella, mirándole a la cara.

—¿Y aquí, en el vientre?

—Ternura, calidez —contestó estirándose y curvando la espalda como un gato.

Alex se incorporó ligeramente para examinar la maravilla de su cuerpo, las caderas y el abdomen, la ondulación de su cintura, el cuello y los delicados pezones, la espalda y la curva de las nalgas, rozándolos con la punta de los dedos, con la lengua, con su cara sin afeitar, a veces con el pulgar. No tenía prisa. Lucy debía prestar atención a las sensaciones y responder a ellas. Hubo más risas tiernas que respiraciones agitadas. Luego Alex elevó un poco más el torso para besar sus labios. Con la palma de la mano recorrió la parte interna del muslo, flexionó suavemente la pierna de Lucy y siguió subiendo con sus caricias. Ella contuvo el aliento y extendió los brazos hacia atrás.

—Violeta, azul y estrellas que titilan después de una tormenta.

—Eso no vale. Es más de una palabra. Sólo puedes pronunciar una. Concéntrate.

Los dedos de Alex habían alcanzado la parte más sedosa de su piel y suavemente se abrieron paso dentro de ella. Lucy contuvo el aliento, luego pronunció su nombre.

—¿Cuál es la palabra para esto? —preguntó Alex. Su cuerpo era firme, pero su voz era muy suave.

—Sublime... Alex, quiero que...

Moviéndose lentamente, él penetró en su cuerpo.

—¿Y ahora?

—Paraíso.

Lucy se dejó llevar por la pasión y comenzó a respirar agitadamente. Cuando el beso de Alex desdibujó los sonidos que salían de su boca, ella creyó que le iba a estallar el corazón. Él interrumpió su beso apenas un instante, para pedirle al oído que pronunciara una nueva palabra.

—No las hay. —Lucy lo atrajo hacia sí, le invitó a hundirse más profundamente en ella. Los movimientos suaves de Alex, sus besos, hicieron que su respiración se volviera cada vez más agitada. Ningún amante podía ser más laborioso, más insistente, más excitante.

—Lucy, ¿cuál es ahora la palabra?

Alex advirtió que un leve rubor teñía el rostro de Lucy. No necesitaba más que ese gesto de confianza para saber que se había entregado a él.

—Libertad. —La palabra fue casi un suspiro. Lucy no tenía fuerzas para hablar. Su cuerpo estaba enlazado al de Alex. Percibió un temblor, pero no pudo discernir cuál era el cuerpo que temblaba. Su cuerpo y sus ojos estaban unidos a los de su amante. Los movimientos y la respiración comenzaron a fluir al unísono—. Colores desconocidos, aun para el arco iris —susurró Lucy.

Alex rió.

—Has comprendido. Eres una diosa. Celestial —repuso, besándola suavemente después de cada frase. Los sentidos de Lucy no necesitaban más estímulo.

Sí, había comprendido. Había llegado a un lugar donde nunca había estado: era amada.

Lucy se tendió sobre la manta y los dos cuerpos se fundieron en uno.

Acondicionaron la mesa del jardín al amparo de un cortavientos y a las cuatro de la tarde, cuando llegó la hora del té, Lucy sacó del frigorífico las delicias que había cocinado el día anterior. Simon y Grace le agregaron un detalle aún más sibarita con una excelente botella de champán y pasaron una tarde muy agradable en los aledaños de The Old Chantry.

Max estaba feliz. Esa mañana, Lucy y su padre habían salido a pasear en bicicleta con él por el campo soleado. Si bien Alex no se había llevado ninguna sorpresa, el niño estaba impresionado por el estado físico de Lucy, que prácticamente les había aventajado. Ella estaba muy satisfecha con el resultado de tanto ejercicio en la bicicleta estática y había bromeado con Alex, diciendo que representaría al hospital, junto con él y Courtney, en la próxima maratón de Londres.

Simon no logró dominar su impaciencia e intentó obtener explicaciones sobre el comportamiento de Calvin en cuanto Max se puso a jugar con un amigo del pueblo. Deseaba saber cuál había sido su comportamiento desde el horrible episodio que había vivido Siân y quería aclarar el asunto antes de que llegara ella.

—Yo tengo la misma curiosidad. ¿Cómo puedes estar tan tranquilo? —inquirió Lucy.

Ella sabía que Alex prefería evaluar todas las pruebas antes de sacar conclusiones arbitrarias mientras que Simon solía actuar primero y reflexionar después, pero el sufrimiento de Siân le afectaba personalmente. Instintivamente deseaba protegerla y estaba furiosa con Calvin.

Alex había visitado a su padre el día anterior al asalto a la casa de Siân, por lo cual Henry ignoraba lo sucedido. Al enterarse, comentó:

—Es sospechoso.

Alex asintió.

—Lo sé —afirmó, y dirigiéndose a Simon, agregó—: Pero yo estaba en el apartamento de Siân a la mañana siguiente, con tu amigo de la policía y su equipo forense cuando Calvin llegó del aeropuerto y se encontró inesperadamente en medio de esa vorágine. Estaba desolado. No participó en ese episodio, incluso es posible que originalmente el ataque estuviera dirigido contra él. Tal vez no lo sabía hasta ese momento, pero ama a Siân. No pudo articular palabra cuando la vio en mi apartamento y luego se mostró verdaderamente cariñoso con ella. Aunque nunca estuve de su lado, su actitud me sorprendió.

—Alex, ¿cómo puedes ser tan benévolo con él? —Simon echaba espuma por la boca y golpeaba torpemente su plato contra la mesa—. Yo tomaré partido por Will y le acomodaré su costosa dentadura. No me importa cuánto cariño pueda inspirarle Siân. Es probable que ella quiera creer en él, pero tú eres demasiado sagaz para creerle. Sabes que pertenece a una agrupación repulsiva. Deseo que él y sus amigos encuentren realmente lo que buscan y descubran que pesa sobre ellos una maldición. De los relatos bíblicos, mi favorito es el que cuenta lo que sucedió cuando el Arca de la Alianza cayó en manos de los filisteos. ¡Todos terminaron con hemorroides! En este caso, eso también sería hacer justicia.

Grace se atragantó con el champán y Alex lanzó una carcajada.

—¡Era un castigo bastante duro para una época en la que no existían los medicamentos! Ahora hablando en serio, entiendo tus sentimientos hacia Calvin, pero creo que, al menos por ahora, deberíamos otorgarle el beneficio de la duda. Me encontré con él en el hospital, para almorzar, y hablamos largo y tendido. Solucionó el asunto de los documentos lo más deprisa posible, y desde entonces no he sabido nada de ellos...

—Ellos no deberían tener esos documentos —le interrumpió Simon con vehemencia.

—... y yo albergo la esperanza de que él se haya convertido en nuestro aliado —replicó Alex con deliberada lentitud, mirando a su amigo con franqueza—. Confía un poco en mí, Simon. A mi modo de ver, Calvin tiene una filosofía equivocada y sus creencias son totalmente ajenas a las mías, pero es un verdadero hombre de fe, y no puedo culparle por eso. Ha elegido un camino que no es el mío, pero es una persona reflexiva y tiene conciencia.

—¿Y tú crees que ama a Siân? Yo ni siquiera estoy convencida de que sea un hombre a quien le atraigan las mujeres. —Lucy estaba tensa, pues sentía que Alex ocultaba algo.

—¡Qué curioso, eso mismo pensé yo! No obstante, creo que está enamorado de Siân y la pobre necesita cerrar el pasado y seguir adelante. Ya ha sufrido bastante. Tratemos de apoyarla en la medida de lo posible.

Alex miró a su padre, que asintió. Grace, que hasta ese momento se había limitado a beber champán y escuchar, formuló una pregunta dirigida a todos los presentes.

—Si a Calvin le importa Siân, ¿por qué dio la vuelta al mundo sin decírselo, Alex? ¿Tenía miedo? Y ¿por qué la desilusionó con tanta crueldad con respecto al viaje a los Estados Unidos? Ella estaba entusiasmada.

—No puedo responderte a eso, aunque estoy de acuerdo en que la cancelación del viaje ha sido un duro golpe para ella, pero el grupo del profesor Walters se encuentra en Jerusalén por algún motivo, que seguramente podemos adivinar y nos disguste. Espero que Calvin sepa lo que hace al reunirse allí con ellos —dijo Alex, sirviendo en las copas de los invitados el champán que quedaba en la botella. Luego cambió súbitamente de tema—. Y bien, cómo le ha ido a los detectives con los «archivos Dee»? Es hora de revisar nuestros logros si queremos competir con ellos por el premio.

Lucy estaba segura de que Alex ocultaba algo, pero era evidente que no iba a hablar más. Ella estaba reflexionando sobre el asunto cuando advirtió que no había oído lo que Henry estaba diciendo.

—... esta semana una cena muy entretenida con mi amigo John, el deán de Winchester. Tiene algunas ideas interesantes acerca de estos Sionistas Cristianos de Simon.

—¡Bien, Henry! —exclamó Simon—. Pero, por favor, no los denomines así, como si fueran mis criaturas.

Henry levantó una mano.

—Te pido disculpas, Simon. Parece ser que son unos tipos detestables. John tenía noticias acerca de ellos y corroboró cada una de tus afirmaciones. Ni que decir tiene que no aprueba las ideas que derivan del Antiguo Testamento, porque se fundan más en las profecías que en la palabra de Jesús. John cree que la doctrina de este grupo puede desembocar en una guerra devastadora en Oriente Próximo, un verdadero baño de sangre, y que es necesario controlarlos para impedir que eso ocurra. Sería deseable que los servicios secretos tomaran cartas en el asunto. Esa idea del Rapto que tú mencionaste, Simon, significa que no les interesa el resto de la humanidad. Su premisa es «únete a nosotros o prepárate a morir», y a John le preocupa la inquietante cercanía de algunos miembros de la Iglesia Evangelista a la Casa Blanca, pues teme que estén exportando una teología violenta y apocalíptica, muy lejana al cristianismo, y que apelen a fuertes incentivos para lograr el reclutamiento. Espero que tu primo no haya sido atrapado por medio de esa estrategia, Alex. Y ahora, Lucy, me gustaría saber cómo recuperasteis los documentos. ¿Resultó difícil conseguirlos?

—Fue un episodio peculiar. Nos pusimos frenéticos cuando supimos que Calvin estaba en Boston al mismo tiempo que Roland, pero nuestras sospechas eran infundadas. El paquete de Will estaba en casa de Roland. Él fue sumamente amable —explicó, recordando el conmovedor encuentro y las emociones que él le había provocado. Lucy miró a Alex y le sonrió. Sólo ella podía comprender el significado de esa sonrisa.

—Se apenó al enterarse de la muerte de Will —agregó Simon—. No había recibido la noticia, tengo entendido que pasó un año en México o en Sudamérica. Prometió escribirte.

Henry asintió con tristeza. Sin embargo, involucrarse en algo que le permitía sentirse otra vez cerca de su esposa y su hijo le brindaba algún consuelo.

—Pero ¿tenía la llave que buscabais?

—Me temo que no —respondió Simon—. No sabía nada de ella. Únicamente tenía el paquete y una nota de Will, en la que le pedía que lo conservara hasta que fuera reclamado. Había guardado una rosa blanca en la bolsa de los documentos. Lucy cree que la cogió del jardín de Diana.

Alex salió del embeleso que le producía ver el interés que la búsqueda había despertado en su padre y miró de pronto a Lucy.

—¿Una rosa blanca? El símbolo de los misterios femeninos... Creo que la rosa es tan importante como el número 34.

—Tanto como las llaves, según creo —añadió Grace con entusiasmo—. Simon y yo revisamos los enigmas mientras tú editabas tu documental, Lucy —agregó mirando a su amiga—, y creemos que la primera página se refiere a San Pedro, «la roca», el custodio de las llaves del Paraíso, una de oro y la otra de plata. «Marta», a quien se menciona dos páginas más adelante, era la hermana de María Magdalena y la leyenda dice que fue a Francia. Las llaves también eran su símbolo.

Alex puso sobre la mesa una libreta y abrió la carpeta con las copias de los documentos.

—¿Las llaves que abren las puertas del cielo son de oro y plata? Entonces, nuestro par puede asociarse con esa idea. —Alex anotó sus reflexiones en la libreta y ordenó las páginas de los documentos—. En ese caso, es vital hallar la segunda llave, la del rubí. Quizá lo que abra nuestra llave es el lugar de entrada al cielo y necesitamos la llave de plata. —Concentrado en sus pensamientos, Alex no había bebido su champán.

—Y aún la conservamos —dijo Lucy—. Se les olvidó pedirla y yo no la mencioné.

Alex se preocupó un poco al oírla, pero asintió y revisó otra vez sus papeles.

—Probablemente el «símbolo de nuestra unión», como Marta, está en Francia. ¿Chartres quizá?

—O el jardín con forma de nudo de L'Aigle —sugirió Henry—. Un nudo representa matrimonio y lealtad.

—¿El lema de la familia está relacionado con ese significado? —preguntó Alex a su padre.

—«Leal y sincero», aunque Henry Stafford, duque de Buckingham, no hizo honor a su lema. Durante la Guerra de las Dos Rosas cambió de bando más a menudo que de caballo, pero nuestro antepasado fue Humphrey, siempre leal a York, por lo que Enrique Tudor le condenó a muerte. Lucy, la otra noche tú mencionaste al Stafford que fue embajador de Francia y conoció a Giordano Bruno. Esta mañana, en la biblioteca, revisé nuestra historia familiar y confirmé que se trataba de Edward, uno de nuestros antepasados. John Calvin fue padrino de uno de sus hijos.

—Es evidente —dijo amablemente Lucy— que los Stafford son tan importantes como los Dee en esta historia. —Y le dedicó a Henry una sonrisa. Seguramente Diana también lo había pensado.

—Pero un nudo donde se ve a Cupido o a Venus y Marte representa el amor —continuó Henry mirando cariñosamente a Lucy—. «El amor vence a la guerra», decía tu madre, Alex. Como sabes, fue St. Martin el personaje que eligió para la tesis con la cual se graduó en Apreciación de las Artes en la Sorbona. —Henry hizo una pausa para explicar a los demás—: Yo la conocí en París mientras estaba asignado a la policía militar de la OTAN.

Alex meditaba. Recordaba la historia de sus padres y sabía que sus antepasados habían luchado en el bando de la rosa blanca en la batalla de Bosworth. ¿Eso tenía algún significado?

—¿El símbolo de los Stafford tiene un nudo y un cisne?

—Y la cruz de San Jorge, y no te olvides del nudo gordiano: tu madre te regaló unos gemelos con forma de nudo para tu graduación.

Alex estaba pensando que, si bien al morir su madre le había dejado la llave a Will, él estaba incluido en el misterio de la familia desde su nacimiento. Miró a su padre sin decir nada, mordisqueó un trozo de pastel y recogió los papeles.

—Las rosas blancas de Siân. Will era partidario de York, un caballero «leal y sincero». ¿Se trata de una pista falsa o de una idea digna de ser considerada?

Lucy miraba a Alex con aire ausente, sumida en sus propias reflexiones. Tenía una taza en la mano, y observaba las rosas del juego de té de Diana.

—Comienzo a entender qué significan las rosas blancas. Los girasoles se orientan en dirección al sol, las rosas reviven a la luz de la luna. Algo distinto sucederá cuando la noche sea el verdadero día y una mujer ostente otra vez el poder, como la reina Isabel en la época de John Dee. Tal vez suceda ahora, mientras reina Isabel II. —Las palabras de Lucy habían conmovido a todos. Ella continuó rápidamente—. Y creo que en el segundo texto el «amoroso Enrique» es Enrique VIII, el monarca que se casó ocho veces —dijo Lucy con un risa—. De acuerdo con lo que leí sobre Isabel I, su madre, la segunda esposa de Enrique, llevaba un «ciervo» colgado del cuello y se decía que era capaz de convertirse en una liebre. La frase «las doncellas son mayo cuando son doncellas...» es una cita de Shakespeare en *Como gustéis.* Ejecutaron a Ana Bolena en el mes de mayo vestida de gris. ¿Creen que el acertijo se refiere a ella? St. Lucy era una «señora de Luz» y yo nací en febrero, el mes de las candelarias.

—Los documentos también aparecieron el día de tu cumpleaños, el 3 de febrero, aquí, en el jardín. Otro recorrido que comenzó el trigésimo cuarto día del año —apuntó Alex. Luego, sirvió té en la taza de Lucy y salió para llenar otra vez la tetera. Cuando regresó, traía té recién preparado y una carpeta antigua y amarillenta. Tenía la sensación de que Lucy la había materializado con un hechizo.

—Acerca de lo que dijiste, Alex, yo no lo había visto de esa manera —comentó ella, mirándole un poco confundida—. La «princesa Isabel», es decir, la protectora de Dee, era la hija de Ana. Podría decirse que tanto ella como yo somos «hijas del rey». Mis padres se conocieron al final de la guerra, al poco de que los aliados liberaran Italia. Mi madre era siciliana y mi padre inglés, de allí proviene mi apellido y mi nacionalidad.

Alex la miró con ternura. Desconocía esos datos, pues ella no solía hablar nunca acerca de su familia.

—Tal vez esta búsqueda nos concierne a nosotros y a ellos, a tu madre y a ti, pero me gustaría proponer algo más. María Bolena, la hermana de Ana, tuvo un hijo y una hija que llevaron el apellido Carey a pesar de que muy probablemente fueran hijos de Enrique VIII. El hijo de María se llamaba Enrique, en honor a su verdadero padre, y fue el lord chambelán de la reina Isabel y el principal mecenas de la compañía teatral de Shakespeare.

—Por supuesto, se llamaba The Lord Chamberlain's Men —acotó Henry.

—Y este Carey era a la vez hermano y primo de Isabel, pero fue la hija de María Bolena, es decir, la hermana del mecenas de Shakespeare, quien recibió la finca y los terrenos de Longparish que hasta la disolución de los monasterios habían pertenecido a la abadía de Wherwell. Por lo tanto, esta casa, que ha pertenecido a tu familia a lo largo de muchas generaciones y originalmente fue una capilla, estaba en los terrenos de María, la hija ilegítima del rey.

Alex abrió la carpeta que había traído y extrajo con mimo algunos papeles.

—Esto sugiere que existe una relación entre tu familia, los descendientes de Dee —indicó Simon, que había permanecido inmóvil, sosteniendo su copa—, o incluso el propio John Dee y un grupo de personas que podrían estar conectadas con Shakespeare a través del lord chambelán.

—Eso creo, Simon. Para decirlo claramente, la hermana del mecenas de Shakespeare era propietaria de este terreno, por lo cual supongo que ella donó esta casa o el terreno donde fue construida, a uno de mis antepasados, pero ¿por qué motivo?

—No olvidemos que en la Inglaterra católica una capilla era un lugar sagrado —observó Grace mientras examinaba con atención la parte más antigua de la casa—, dedicado a honrar a un muerto y a preservar la paz de su alma.

Alex sintió la mirada de Lucy fija en él.

—Es verdad —confirmó— pero aún hay más. —Alex desplegó un documento ajado, formado por varios pergaminos—. Ayer papá me dio esto. Forma parte del título de propiedad de la casa. Aún se distingue el nombre, aquí arriba —dijo, señalando un renglón del documento, escrito con una caligrafía antigua, difícil de leer. Grace se puso de pie inmediatamente para verlo de cerca—. Es cedida en este acto... —comenzó a leer.

Grace se inclinó hacia el documento para ayudarle.

—... en el año trigésimo cuarto del reinado de Isabel, por la Gracia de Dios Reina de Inglaterra, Francia e Irlanda... —Grace pasó por alto varias palabras y siguió leyendo lo que señalaba el dedo de Alex— ... a la señorita Lanyer —concluyó, sorprendida—. Isabel subió al trono a finales de 1558. Nos ponemos en 1592 o 1593 si le sumamos 34 años.

Alex escuchó con interés el comentario de Grace.

—Una de las mejores candidatas a ser la «dama oscura» de los sonetos de Shakespeare —concluyó al cabo de un instante— era la amante de Enrique Carey, Emilia Lannier, cuyo apellido paterno era Bassano. Su familia era oriunda de Venecia, era una mujer de una belleza deslumbrante y exótica, aficionada a la música, que más tarde publicó un poema notable donde absolvía a Eva. Habrías simpatizado con ella, Lucy. Algunos historiadores sugieren que Shakespeare fue su amante y confidente. De ser así, quizá gracias a ella logró expresar un punto de vista claramente feminista cuando sus obras lo requerían.

—¿Cómo lograste relacionar esos datos? —preguntó Lucy, algo angustiada.

—Ayer descubrí que uno de los libros que fue robado de esta casa era un ejemplar antiguo y muy valioso del poema de Emilia Lannier. Supongo que algo la vincula a esta casa, tal vez fue un legado que recibió de Henry Carey a través de su hermana, la propietaria de estas tierras. Si bien después de esa época hay una ausencia de datos un poco frustrante, aparentemente los hechos apoyan la hipótesis.

—Alex, te consideraba un científico —afirmó Grace mientras se hundía nuevamente en el sillón. Exhausta a causa de tantas emociones, decidió cortar un trozo de pastel de limón para ella y ofreció otro a Henry. De pronto, recuperó su sentido del humor—. No es mala tu historia, aunque sea literatura.

El médico rió, un poco avergonzado.

—¿De verdad lo crees, Grace? Yo era un niño interesado en la ciencia en una familia de artistas y debía esforzarme para estar a su nivel. Mi madre nos llevó a Will y a mí a ver infinidad de obras de Shakespeare en cuanto tuvimos edad suficiente para permanecer sentados y en silencio. Mi educación incluyó también otras más ligeras, como *Winnie the Pooh* y *Alicia en el País de las Maravillas*, pero no necesito leer el argumento en el programa cuando voy a ver una obra en el Globe Theatre. Más allá de mis experiencias, he vuelto a interesarme por estos temas durante las últimas dos semanas, como todos nosotros.

—No le escuches, Grace —bromeó Lucy, después de comprobar que el descendiente de Dee tenía muchas de sus características—. Alex sabe tanto de poesía como yo. En cambio, yo ignoro qué son las células madre.

El padre de Alex, que había permanecido silencioso, con los ojos cerrados, bajo el sol increíblemente cálido para esa época del año, le sonrió enigmáticamente.

—A partir de mi experiencia, diría que los hombres de ciencia suelen tener profundos conocimientos sobre las artes. Por el contrario, quienes nos dedicamos a las humanidades sabemos mucho menos sobre las disciplinas científicas, pero no pongas a Alex en un pedestal. No le gustan las alturas. —Henry había pronunciado esas palabras sin énfasis. Lucy no terminaba de comprender cuál era su significado. Tal vez Anna le había colocado en un lugar demasiado alto y la caída había sido inevitable—. Todas las interpretaciones propuestas son válidas —continuó él—. La reina Isabel, Lucy y Katherine Carey. Sería fascinante que la «dama oscura» de Shakespeare estuviera vinculada con esta casa. A tu madre le habría gustado, Alex. Tal vez ella lo sabía. —En las palabras de Henry se advertía que lamentaba profundamente el hecho de que su familia nunca se hubiera interesado en su propia historia—. ¿Qué significa «mayo» en relación con el acertijo?

—Creo que la época del año es un elemento importante —observó Alex y miró los pensativos rostros circundantes—. Simon, estás desconcertantemente callado.

Y así era, en efecto. El aludido no había despegado los labios, lo cual era de lo más extraño.

—Cierto, es que le he estado dando vueltas a estos datos nuevos —contestó con entusiasmo—. Grace y yo descubrimos una conexión con tu número mágico en el texto que comienza con «En un brazo, la rienda del brioso corcel...». Es el verso trigésimo cuarto de *Venus y Adonis*, de Shakespeare. Lucy señaló ya varias veces la referencia a esos personajes. —Simon efectuó una pausa para leer en voz alta la página que contenía la cita—. Grace tiene aquí una copia de *Venus y Adonis*, cuyo original se exhibe en la National Gallery y el código de referencia en el catálogo de la misma es NG34, es decir, fue la trigésimo cuarta obra que adquirió el museo a principios del siglo xix. Representa el ocaso del amor de Felipe y María Tudor. María también era hija de Enrique VIII. Venus le ruega a Adonis que no salga de caza, supongo que la pintura expresa así que María no quería que Felipe se alejara de ella.

—¡Para refugiarse en los brazos de su hermana Isabel! —exclamó Grace. La amiga de Lucy había tomado de su canasta una postal de la obra, que fue pasando por las manos de Simon, Lucy y Alex, hasta que al fin llegó a Henry.

—Por supuesto, en aquella época era posible numerar los versos —continuó Simon—, pero, a finales del siglo xvi o principios del xvii, ¿cómo podían saber que doscientos años más tarde a la pintura le correspondería el código NG34?

Cuatro rostros le observaron atentamente. Alex reprimió una risa escéptica.

—Ya puestos, también podrías agregar que ahora el código para llamar por teléfono a Felipe de Borbón es el 34.

Era una coincidencia absurda, pero no por ello menos asombrosa. En cierto modo, el número era un disparador de dudas existenciales. ¿La vida imitaba al arte?

A Lucy le entusiasmó la idea.

—Me encanta, pero consideremos el texto anterior: «¿Dónde dejé a la dulce dama dormida?». Le he cogido mucho cariño a Ariadna, la dama dormida que Teseo abandonó en Naxos. El cuadro de Tiziano la muestra observando el barco en el que Teseo se aleja cuando Dionisio atrae su mirada. Ariadna no debe morir y la más benévola de las Parcas le concede un indulto, le da un nuevo corazón, y se convierte en diosa por haber rescatado a un hombre del laberinto. Esa pintura es una de las más famosas de la National Gallery. Creo que podría resolver ese enigma.

Alex revisó sus papeles y al fin halló la página que buscaba. Hizo una marca con el lápiz y la separó.

—Pasemos a esta otra, que habla del río Estigio. Tiene otra referencia a *Venus y Adonis*. Lucy, desde la noche de nuestro paseo, le damos ese nombre al Támesis, tuvimos que pagar al barquero y vimos a la Parca. —Alex hizo una pausa para explicárselo a su padre—: El hospital había organizado un festejo de Halloween.

—Alex —respondió Lucy—, la «diosa celestial de la Luz» y el hombre cuya vida terrenal termina y está en condiciones de ingresar en las «Islas Bienaventuradas del Alma...».

Todos esperaban que Lucy completara la idea, pero ella no encontraba palabras para expresarla. Era demasiado rara. Recordó que su corazón había palpitado al ver esa extraña barca. De pronto comprendió que había sucedido cuarenta días después de su operación y de la muerte de Will. Tantos como había pasado Jesús en el desierto y Moisés en el Monte Sinaí. Era el periodo de tiempo que los egipcios estimaban necesario para la purificación de una momia, el mismo que un alma pasaba en el limbo. Quizá en ese momento el alma de Will había partido hacia los Campos Elíseos mientras su corazón permanecía con ella.

—Los documentos cuentan nuestra historia —fue todo lo que logró decir.

La respuesta de Alex la asombró.

—Sí, así es —concedió, sonriendo sutilmente.

La experiencia estaba resultando demasiado intensa para Lucy, cuyas emociones más íntimas estaban desbocadas. Necesitaba quedarse a solas, razón por la cual se escabulló a la cocina de Diana con la excusa de preparar más té y café mientras Grace seguía interrogando a Alex acerca de la mujer que había sido propietaria de los terrenos. Dejó que su mente flotara en ese santuario y luego se dirigió hacia el estudio de Diana, donde se sintió una intrusa mientras se calentaba el agua. El pequeño retrato de la mujer del siglo XVI con el hermoso corpiño con bordaduras de árboles, insectos y ciervos volvía a ocupar su lugar de siempre encima del escritorio. Lucy lo levantó y observó a la misteriosa beldad. Se preguntó quién era y si podía agregar algo a la historia que intentaban desvelar.

La tetera aún no silbaba. Lucy se sentó frente al portátil de Alex, en el mismo lugar donde ella y Max habían trabado amistad el día anterior. Escribió «Emilia Lannier, 1592». El apellido aparecía escrito de distintas maneras, pero su atención se concentró de inmediato en una información. Regresó velozmente a la cocina. Vertió el agua hirviendo con tanto apresuramiento que poco faltó para que se quemara la mano. Luego salió al jardín, embargada por la emoción.

—Lucina era la amante de Adonis —le decía Henry a Grace, que se había puesto las gafas para leer la página seleccionada— y ella lo liberó de su confinamiento en el árbol sagrado de mirra, así como Próspero liberó a Ariel del pino.

Todos miraron a Lucy mientras ella dejaba la tetera y la cafetera en la mesa.

—¿Qué sucede? —preguntó Simon.

—Creo —respondió, guiñando el ojo— que la miniatura que fue robada y restituida retrata a Emilia, la agraciada amante del lord chambelán.

Alex sabía cómo se había recuperado la pintura, y a instancias de quién. Se había enterado recientemente, pero no lo había dicho. Se arrellanó en el sillón de mimbre y cruzó los brazos, sorprendido.

—Continúa.

—No sabemos si se trata de la dama oscura, pero en 1592 estaba vergonzosamente embarazada del lord chambelán, por lo cual se casó apresuradamente con un músico llamado «Lannier». Sin embargo, bautizó a su hijo con el nombre de su verdadero padre, es decir, Enrique. Era la ocasión perfecta para que el lord chambelán le regalara una parcela en una heredad alejada, aunque oficialmente el propietario no fuera él, sino su hermana.

—Eso ocurrió en el año 34 del reinado de Isabel I —confirmó Alex—, pero ¿qué sucedió después? ¿Cómo llegó nuestra familia a ser dueña de esta casa?

—Tal vez existe algún vínculo entre ella y Shakespeare, o Dee o alguno de sus hijos —propuso Simon.

—Ella lo sabía todo —afirmó Lucy— y tal vez el legado que menciona el documento que estaban analizando sólo tiene valor afectivo, e incluye el retrato. Creo que ella pertenecía al círculo de Dee.

Ese descubrimiento impulsó a Alex a orientar la conversación hacia un tema que le intrigaba, y que tenía connotaciones menos personales.

—El documento siguiente, Lucy, contiene la pista que te mencioné a ti y a Simon cuando hablamos por teléfono, acerca del elemento esencial de la luna, y hace referencia a las miniaturas y los esmaltes —dijo, entregándole la hoja—. En un sentido, la esencia de la luna es femenina, pero el acertijo se refiere al selenio, ahora utilizado en la fabricación de señales de tránsito y esmaltes porque les confiere una tenue luminosidad. En los últimos tiempos ha adquirido importancia en la medicina, dado que al parecer tiene algún papel en la prevención del cáncer y sobre todo, en la eficacia del sistema inmunológico. Aún queda mucho por investigar, pero los ensayos parecen indicar que podría ayudar a los enfermos con VIH. Lo extraño —continuó, frunciendo ligeramente el ceño— es que ocupa el lugar número 34 en la tabla periódica de los elementos, que ni siquiera existía en la época de Dee.

—Tal vez un ángel le habló a Dee sobre el selenio —respondió Lucy.

Alex rió.

—Eso genera una pregunta: ¿quién escribió estos documentos? ¿Fue Dee o debemos suponer que alguien agregó más tarde la segunda tanda? Quizá lo hicieron las sucesivas generaciones de mujeres de la familia de mamá, porque sin duda ella agregó esta última pista. Son diecisiete, más el cuadrado mágico situado debajo de la baldosa, así como la primera tanda también está compuesta por diecisiete documentos y la Tabla de Júpiter.

—Ahora todo empieza a cobrar sentido —agregó Simon.

—¿Será que el tiempo «está maduro», como diría Lear? —sugirió Alex—. Nos estamos acercando a la respuesta después de cuatrocientos años.

—Son diecisiete mujeres y sus respectivas parejas, si tienes razón con respecto a que cada texto corresponde a una generación. Eso significa que Will y tú sois descendientes de esas 34 personas. —Lucy no quiso decir más que eso.

Era incapaz de pensar con claridad y el corazón le palpitaba de forma descontrolada. Las circunstancias debían encajar con exactitud, y así era. La muerte de Will le había dado la vida. Lucy era quien, simbólicamente, le había rescatado y le había resucitado, y lo mismo había hecho él por ella. Detrás de la explicación obvia, los textos ocultaban un significado que sólo ella y Alex podían percibir, pero también tenían un significado concreto, sin duda había una razón por la cual esos documentos aparecían, y esas ideas se aclaraban, precisamente en ese momento. Sin duda, la explicación se relacionaba con los «rapturistas», lo cual implicaba que ellos estaban inevitablemente involucrados.

—Esto es Bab El Rameh, Calvin —le informó Fitzalan Walters mientras contemplaban las piedras doradas de la antigua construcción. El sol de la tarde se desparramaba sobre los arcos romanos creando un resplandor dorado que suavizaba los contornos de los bloques de piedra.

—También se conoce como el Portal de la Misericordia. La tradición judía asegura que por allí va a entrar el Mesías.

La simetría y belleza de un portal que había sido testigo de la historia a lo largo del tiempo impresionaron profundamente a Calvin a pesar de haber pasado los dos últimos días visitando sitios antiguos y venerados. Tres religiones lo consideraban sagrado. Calvin llevaba una camisa demasiado abrigada para la ocasión. Por fortuna, comenzaba a refrescar ligeramente, pues tenía la nuca empapada de sudor al término de ese sofocante día de abril. La ciudad permanecía relativamente tranquila a pesar del elevado número de peregrinos llegados con motivo de la Pascua, judía o cristiana. Los fieles se dirigían hacia las numerosas sinagogas e iglesias de Jerusalén, un lugar tan rebosante de historia y belleza, de sufrimiento y conflictos, que conmovió profundamente a Calvin.

—Pero, además, el Arco Dorado, o Arco de la Misericordia, es precisamente el portal que atravesó Jesús al entrar en Jerusalén, y el próximo paso de la profecía divina será el rapto de los santos, Calvin, para llevarlos ante el Señor. —FW hablaba con el fervor que reservaba únicamente a los grandes escenarios y a las ocasiones aún más grandiosas. No había indicio alguno de sudor ni en su sombrero de paja ni en la inmaculada chaqueta, por lo que daba la impresión de que no le afectaba el calor—. Si los textos sobre los ángeles de Dee están en lo cierto, eso sucedería aquí mañana, Domingo de Pascua.

—Amén —dijo Guy, que se acercó cuando el profesor terminó su arenga. Hasta ese momento se había mantenido en un discreto segundo término para permitirles vivir plenamente esa experiencia—. Aquí, en Jerusalén, está su alfa y su omega. Aquí murió y aquí regresará a nosotros.

—Todas las pistas dan por resultado ese día de abril —repuso FW con solemnidad—. Mi corazón se colma de júbilo. Mañana veremos el caballo blanco, y los cielos se abrirán. Jesús vendrá a unirse con su novia: nosotros, sus fieles, los que hemos vuelto a nacer.

Calvin se puso las gafas de sol tanto para proteger los ojos de la luz intensa como para ocultarlos del hombre que estaba a su lado. Observó de nuevo el edificio.

—Según el Corán, ése es el Arco de la Misericordia, por donde pasarán los justos el día del Juicio Final, ¿verdad?

FW no le oyó, estaba absorto en sus visiones.

—Su sayo está bañado en sangre y su nombre es la palabra de Dios —dijo con voz exaltada, citando el texto de sus amadas Revelaciones.

Calvin tembló bajo el sol.

La tarde transcurrió entre posibles soluciones y resignadas incertidumbres al lado de las páginas llenas de antiguos acertijos. En un momento dado, Lucy alzó los ojos, miró a Alex y le comentó que deseaba consultar un libro.

—Seguro que en la biblioteca están las *Obras completas de Shakespeare* —conjeturó él mientras se levantaba para entrar en la casa en su busca...

... pero antes de entrar oyó gritar a Simon:

—Busca también un atlas.

Alex se demoró un rato. Echó un vistazo a los niños para verificar que todo estuviera en orden y buscó ropa de abrigo. Regresó a tiempo de oír la interesante pregunta que Lucy le formulaba a su padre.

—¿Qué podemos decir de Dido? ¿Cuál fue la imagen que le consoló?

—La reina Dido decidió arder en la pira funeraria cuando Eneas la abandonó. Juno se apiadó de ella y encargó a Iris que cortara un mechón del cabello de Dido para liberar su alma. Iris dejó una estela de siete colores mientras bajaba del cielo, y ésa fue la imagen de consuelo. La idea de que el alma abandona el cuerpo cuando puede unirse a un objeto era bastante común en la mitología grecorromana. El arco iris era considerado un puente hacia la sabiduría superior, el sendero al Paraíso.

—A Newton le atrajo ese simbolismo —comentó Alex mientras ayudaba a Lucy a ponerse una enorme chaqueta de punto. Los dos habían descubierto juntos que el arco iris simbolizaba la sabiduría superior. Alex se preguntaba si era posible que algún alma habitara en el objeto que Lucy había encontrado debajo del árbol.

Todos permanecieron absortos en sus propias cavilaciones durante un rato, ocupados en sus respectivas investigaciones. De pronto, Lucy apartó la vista del libro de Shakespeare.

—En más de un texto se citan versos del soneto 34, más precisamente de la última estrofa —exclamó para luego recitar—: «Ah, pero esas lágrimas son perlas que vierte tu amor». —Cuatro rostros serios la contemplaron.

Por su parte, Simon había descubierto algo significativo en el atlas mientras examinaba el área donde la longitud y la latitud correspondían a 34°. Explicó que, mientras viajaban en el avión, Lucy y él habían relacionado los versos en los que el viejo marinero navega hacia la «línea» con Sidney.

—Bahía Botany es el nombre más reciente de bahía Stingray, y está situada a 34° de latitud sur. Allí nació Lucy —dijo Simon, y sonrió—. Y también hemos comprendido a qué se refería tu madre, Alex. «Siguiendo los pasos de Eva» es, sin duda, una referencia a las huellas fosilizadas halladas cerca de Ciudad del Cabo. Corresponden a nuestra más remota antepasada de la especie *Homo sapiens*, es decir, Eva. A causa de los tesoros arqueológicos que alberga, la línea que va desde Ciudad del Cabo a Port Elizabeth es considerada la cuna de la humanidad, y naturalmente, está a 34° de latitud sur.

Lucy, al igual que los demás, ya estaba más allá del asombro, pero el descubrimiento de Simon planteaba una dificultad.

—¿Eso sugiere que la «marmita de oro» podría estar en un lugar distinto de Inglaterra? ¿Es posible que Dee la dejara allí en alguno de sus viajes?

—Es cierto, tenemos que seguir profundizando en este punto. No obstante, el número 34 está implícito en todos los textos, en cada una de sus palabras. Sospecho que nuestro error es no comprender cuál es la relación entre ellos. Tenemos a Venus, Adonis y Ariadna, el mes de mayo parece tener un significado concreto y las rosas aparecen en más de un acertijo. La respuesta al enigma de la primera página, que ha sido transmitido a través de todas las generaciones, es William Shakespeare. Y diría que «rosa» es casi un homónimo, un homófono de la palabra latina «ros», que significa «rocío», un elemento fundamental para la alquimia. En los libros de consulta de Will, debajo de la mónada que Dee había elegido como símbolo, encontré estas palabras: «Que Dios os regale el rocío del Paraíso y la untuosidad de la tierra». Sabemos que la alquimia era el principal interés de Dee.

—Alex —comentó Henry, dejando a un lado la página que estaba leyendo—, me parece fundamental relacionar las rosas con la belleza y la energía de las mujeres. Por su forma, la rosa evoca el atractivo y la capacidad de engendrar vida que son propios de lo femenino. Diría que expresan algo positivo y esperanzador con respecto a ellas. El material que estuve leyendo esta última semana me recordó que en el círculo de Dee, y entre los cortesanos ilustrados, la reina Isabel, nacida bajo el signo de Virgo, era conocida como Astrea, la diosa de la justicia en la Edad Dorada, cuando el Paraíso estaba en la Tierra y los dioses moraban en ella. Tal vez, aunque parezca increíble, Dee esperaba una nueva Edad Dorada, que no se demoraría en llegar, bajo el reinado de un sucesor de la reina Isabel.

Alex comprendió que las palabras de su padre tenían un profundo significado. En ese momento sonó su teléfono móvil y entró en la casa para responder a la llamada. Cuando regresó, Lucy advirtió preocupación en su gesto. Sin saber cómo, adivinó que era Calvin quien había llamado y que Alex no iba a hacer comentarios al respecto. No obstante, le pareció que el hecho de que no le cayera bien al resto del grupo no era suficiente para justificar ese secretismo.

Eran casi las seis y comenzaba a hacer frío. Alex recogió la vajilla en una bandeja. Luego llamó a los niños para anunciarles que era hora de llevar al amigo de Max a su casa. Henry seguía pensando en Shakespeare. Grace y Simon se pusieron prendas más abrigadas y salieron a recorrer el jardín. Lucy, pensativa, eligió otro sendero. Le atrajo la morera, completamente desprovista de brotes. Se acercó, se arrodilló junto a ella, la contempló, y en su mente surgió la imagen de una mujer que, con la mano enguantada, aferraba algo que latía, un pájaro tal vez. La imagen era inquietante, pero no le producía rechazo. Regresó por el mismo sendero y cortó algunas flores: narcisos perfumados para llevar a la habitación que compartía con Alex. Le recordaban los días posteriores al trasplante. Luego buscó algunas anémonas para el cuarto de Siân. Estaba cortándolas cuando de repente se le aclararon las ideas.

—Alex, ahora lo entiendo. —Lucy pronunció inconscientemente esas palabras, aunque con tal convicción que todos se acercaron a ella—. Lo que importa no son los 34° de latitud o longitud. Yo, al menos, no lo creo, pero el tiempo juega un papel. Alex descubrió que mi cumpleaños es el trigésimo cuarto día del año. En consecuencia, comencé a pensar que el grado 34 del zodiaco estaría a cuatro grados de Tauro, el signo que se relaciona con abril, mayo y el Minotauro.

—Y el laberinto —agregó Alex.

—Correspondería aproximadamente al 23 o 24 de abril, dependiendo del grado que corresponde exactamente a determinado año —continuó Lucy—. Hay un acertijo que pregunta: ¿Qué son los hombres cuando cortejan? En *Como gustéis*, son abril. Y diciembre, cuando se casan. Ahora bien, el 23 de abril era el día de San Jorge, originalmente una fiesta pagana, el día de «George el verde», o «el hombre verde», y en el lenguaje de los acertijos «verde», el color central del arco iris, podría ser el segundo nombre de Iris.

Cuatro pares de ojos la miraban fijamente a la espera de que diera a conocer su descubrimiento.

—Henry, ¿la cruz de San Jorge forma parte del escudo de la familia Stafford? —En cuanto Henry lo confirmó, Lucy les desafió con una sencilla afirmación—: Ese día fue el alfa y el omega de una persona. ¿Recordáis de quién se trata?

Alex se quedó boquiabierto y contempló hipnotizado los enormes ojos castaños de Lucy. Ella disfrutaba de su poder.

—William Shakespeare, por supuesto. Muy perspicaz, Lucy. Ése es el texto que mamá escribió de puño y letra: «Tauro cuatro, la marmita de oro al fin del arco iris». Seguramente es el símbolo sabiano que corresponde al grado del zodiaco en la fecha de su nacimiento.

—¿Has dicho símbolo sabiano? —preguntó Grace, intrigada.

—Fueron creados en la década de 1920 por Marc Edmund Jones. Cada uno de los trescientos sesenta grados del zodiaco inspira una frase o una imagen, una aproximación intuitiva a esa porción de un signo. Mamá tenía una copia.

Al cabo de un rato de reflexión en silencio, Henry formuló la pregunta que rondaba en la mente de todos.

—En ese caso, ¿dónde deberíais estar vosotros y qué va a suceder el 23 de abril?

Casi dos horas más tarde, Max llamó entusiasmado a su padre y a Lucy. Siguiendo las líneas del laberinto, había compaginado en el portátil de Alex los dibujos escaneados del reverso de los documentos. El laberinto completo apareció frente a ellos y en su interior se distinguía un rostro inconfundible.

—Bien —sonrió Alex—, creo que el hombre de Stratford está tratando de darnos la respuesta.

31

Los pubs ya estaban cerrados y el reloj de la catedral señalaba que habían pasado treinta minutos de una hora imposible de precisar. La penumbra y la tardía niebla de abril apenas permitían distinguir dos siluetas masculinas que aparecieron en el callejón trasero de St. Albans, la abadía que honra al primer mártir de Inglaterra. Ambos cruzaron como fantasmas la callejuela conocida como Holywell Hill. Uno de ellos llevaba una pequeña maleta. El otro sacó unas llaves del bolsillo del abrigo y abrió la puerta de una tienda de cerámica. No había un alma. Entraron sin ser vistos y desconectaron la alarma. No encendieron las luces.

Resultaba posible discernir los conjuntos de mesas redondas con sus respectivas sillas a pesar de la oscuridad. Sobre aquéllas había un juego de cerámica pintada y pinceles para decorar platos y otras piezas antes de ser horneadas. La puerta y las ventanas de la fachada habían sido reemplazadas, tal vez durante el último siglo, y dejaban pasar una luz amarillenta que permitía a los potenciales transeúntes ver el interior de la tienda.

Había un mostrador y una caja registradora a la izquierda de la puerta principal. Por la puerta trasera se accedía a otro pasadizo y quizá a más habitaciones, si las había, detrás de la pared posterior. A lo largo de esa pared se alineaban tres estanterías de pino sin lustrar, cargadas de cerámica en espera de la inspiración artística que las convertiría en piezas esmaltadas. Detrás de los anaqueles se ocultaba un fino revestimiento de madera del siglo XVIII. Una linterna, encendida por unos instantes, permitió apreciar el color rojizo de la misma. Eran esos paneles de madera, más que cualquier otra cosa, los que habían despertado el interés de los intrusos.

Los dos hombres dirigieron su atención a esa pared y trabajaron en silencio con sistemática eficiencia para vaciar los estantes y apilar con cuidado la cerámica sobre las mesas. El alumbrado de la calle proyectaba un misterioso resplandor sobre los paneles y creaba extrañas sombras. Una vez vaciados los anaqueles, apartaron las estanterías de la pared y las utilizaron como una mampara que les permitía moverse sin ser vistos desde el exterior.

Luego se quitaron los abrigos y los colocaron sobre la parte posterior de las estanterías para bloquear cualquier atisbo de luz que pudiera dejar al descubierto sus movimientos. Uno de los hombres encendió una linterna láser para que su compañero pudiera coger de la maleta un grupo de herramientas cuidadosamente envueltas. Las colocó en el suelo junto a otra linterna similar y una maza revestida de goma. Los hombres usaban guantes. Ninguno de ellos habló. El más alto se apostó para vigilar con atención la calle.

A continuación, el otro estudió con detenimiento los paneles. Eligió un cuchillo fino y de hoja delgada y lo sostuvo entre las manos a la luz del pequeño haz de la linterna antes de hundirlo para sondear los paneles. Dudó, luego deslizó el cuchillo en la unión de los dos paneles hasta que se topó con algo más sólido. Retiró ligeramente la hoja, eludió la obstrucción y siguió con su trabajo hasta que se encontró con otro similar.

Silbó para llamar la atención de su compañero en la penumbra. Éste se acercó y observó el panel mientras el primero repetía el procedimiento, pero esta vez, cuando se topó con un obstáculo, presionó con la hoja del cuchillo en lugar de eludirlo y rompió la madera. Los paneles inferiores se desplomaron a sus pies en medio de un gran estrépito. El hombre próximo a la ventana se lanzó al suelo y los dos asaltantes se mantuvieron expectantes por si el ruido había alertado a alguna persona que dormía en la planta alta del pub o a un peatón que pasaba por Holywell Hill. Un automóvil se iba acercando, cada vez más despacio. Se oyeron voces y brillaron las luces de otro coche que dobló raudamente la esquina. Los intrusos estaban alerta. No se movieron y permanecieron a la espera incluso cuando oyeron más voces. Luego, la puerta de un vehículo se cerró bruscamente y el coche se alejó en dirección a la colina. El hombre situado junto a los paneles volvió a inclinarse hacia la pared en cuanto transcurrieron cinco minutos e iluminó con el fino haz de luz de su linterna la abertura que había creado su cuchillo. Vio la textura irregular de un antiguo muro de ladrillo y reprimió un grito. No obstante, repasó las herramientas con gesto decidido y seleccionó la maza revestida de goma y un escoplo reforzado, junto con una lámina de plástico que extendió cuidadosamente en el piso. Acto seguido procedió a derribar un sector de la pared de ladrillo lo más silenciosamente posible, haciendo frecuentes pausas para corroborar que el ruido no atraía a personas indeseadas. Su compañero lo tranquilizaba con el pulgar hacia arriba. Aparentemente, todo estaba en orden.

El antiguo mortero de barro cedió con increíble rapidez y pudo aflojar los ladrillos con la mano. Luego, los dejó serenamente sobre la lámina de plástico. Logró atisbar una hermosa construcción oculta detrás de la pared a través del boquete recién abierto. Quizá algunos siglos antes había sido parte de la chimenea o el escondite secreto de un sacerdote. Con la ayuda de la linterna siguió curioseando a través de la abertura y llamó a su cómplice. Divisó dos cofres antiguos entre el polvo y las telarañas: el más grande era cuadrado y estaba atado con una cuerda vistosa; el otro tenía una tapa dorada y convexa, donde se leía una inscripción.

Los dos hombres se apresuraron a retirar los ladrillos restantes y arrastrar los arcones hacia el sector que estaba detrás de las estanterías. De inmediato prestaron atención al más pequeño. El primer intento de abrirlo reveló que estaba cerrado con llave. El rayo de luz láser permitió ver que estaba provisto de dos cerraduras ornamentadas a ambos lados de la tapa. Una mano enguantada la desempolvó para leer la inscripción. Los hombres vacilaron y se miraron inquisitivamente. Luego, hicieron a un lado ese cofre y se concentraron en el más grande.

El nudo del cordón estaba tieso, era difícil desatarlo. El más alto de los dos hombres se esforzó en vano. Su socio le entregó un cuchillo. Vaciló un instante antes de cortar limpiamente la cuerda.

Dentro de la caja había un gran pergamino cubierto con bocetos de complejos dispositivos mecánicos y anotaciones. Debajo, una serie de toscos instrumentos de experimentación científica: una extraña selección de tubos metálicos manchados, algunas abrazaderas, espejos y un objeto con forma de prisma que, a la luz de la linterna, reveló ser de fino cristal transparente. Envueltos por separado en una tela delicada, encontraron un conjunto de bocetos y anotaciones extraordinariamente detalladas, grabados o dibujados sobre un vidrio.

Los intrusos tomaron el contenido de la caja y lo depositaron cuidadosamente en el suelo para analizarlo. Por fin, uno de los hombres habló.

—*Non angli, sed angeli* —dijo y contuvo la risa. Las suyas fueron prácticamente las únicas palabras que se oyeron en la tienda.

Los dos asintieron, enrollaron cuidadosamente el pergamino, envolvieron el vidrio dibujado en la tela y volvieron a colocar ambos objetos en el cofre junto con las demás piezas. Un hombre sopló un tubito para desparramar una nueva capa de polvo sobre el cofre más pequeño, que permanecía intacto. En unos instantes lo devolvieron a su escondite original y conservaron el más grande.

Necesitaron una hora de trabajo a oscuras y en el mayor silencio posible para reparar la pared. Cuando el polvo se asentó, el primer hombre subió a una mesa y dedicó un rato a hacer ajustes con un destornillador en la lámpara del techo. El otro se escabulló detrás del mostrador y se ocupó de un aplique que estaba en la pared trasera, sobre los estantes. Diez minutos después, ambos se dirigieron a la puerta, cargando el cofre. Uno de ellos echó un vistazo final a la tienda para cerciorarse de que nada iba a delatar su visita.

El callejón estaba desierto. Reactivaron la alarma y cerraron la puerta al salir, para luego perderse en la oscuridad de la noche.

El carillón había anunciado con insistencia el día de San Jorge durante quince minutos ininterrumpidos. La voz de Lucy era casi inaudible en medio de la cascada de sonidos. De pronto apretó la mano de Alex y señaló el río con una indicación de la cabeza. Una de las dos figuras que caminaban hacia ellos se contoneaba con la provocativa elegancia de una modelo que recorre la pasarela. Lucy sonrió.

La mañana del domingo de Pascua, mientras los demás buscaban huevos escondidos, Lucy había encontrado a Siân en el dormitorio de Will, silenciosa y acurrucada contra la cabecera de la cama. Había pasado una hora desde su llegada. La chaqueta, con las costuras rasgadas, estaba sobre la cama. Siân la trajo hacia ella.

—Nunca tuve la oportunidad de despedirme —le explicó a Lucy—. Él se marchó una noche, furioso. La despedida iba a tener que esperar hasta el momento en que estuviéramos menos enfadados, y nunca llegó.

Lucy había considerado la posibilidad de hacer algún comentario, pero prefirió que el silencio hablara por ella y dejó que Siân realizara sus propias reflexiones y sólo la abrazó. Después de las lágrimas y las confesiones, le ofreció amablemente:

—¿Me permitirías arreglar la cazadora? Puedo coserla bien para que la uses. —Lucy comprendía, de una manera que tal vez habría fascinado a Alex y sin duda habría enfurecido a Simon, que esa prenda sería un símbolo de esa despedida, un extraño memento mori. Siân le entregó la prenda.

Más tarde, mientras Alex llevaba a Max, Simon y Grace a pasear por Winchester, Lucy se quedaba en casa, cosiendo con destreza, en compañía de Henry y Siân. Había encontrado en el estudio de Diana los utensilios para hacer labores con cuero. Esa tarea relajante le recordaba los días de espera en el hospital. Era consciente del profundo cambio que había experimentado su vida. Sin embargo, la perturbaba el contraste entre su buena fortuna y la pena de Siân. De pronto, Henry comenzó a hablar.

—Me he preguntado cuándo sería oportuno decírtelo, Siân. He conversado con Alex y él me asegura que éste es el momento indicado, de modo que confiaré en su buen criterio. —Henry hizo una pausa para dedicarle una mirada tranquilizadora. No iba a dar una mala noticia—. No sé si estás al tanto de que Will había suscrito una póliza de seguros que le cubría ante las eventualidades que podían presentarse cuando trabajaba en lugares de riesgo. —Siân miró a Henry sin comprender. Cerró la revista que estaba leyendo y le dedicó toda su atención. Él sonrió y continuó—. Será mejor hablar claro. Soy el administrador de los bienes de mi hijo y desde que, hace un mes, el encargado de la investigación judicial dictaminó que Will no fue responsable del accidente que le provocó la muerte, obra en mi poder un documento por el cual se establece que la mitad del importe de la póliza, que él había renovado poco antes, te corresponde a ti. En otras palabras, recibirás una herencia considerable. Tendré el cheque antes de fin de mes. Yo pensaba explicarte todo esto cuando te lo entregara, pero Alex opina que te haría bien recibir noticias alentadoras, y decidí adelantarme.

Completamente desconcertada, Siân tomó ciertas precauciones.

—Henry, nosotros nos habíamos separado. Seguramente se trata de un error.

—No, en absoluto. Él adoptó esa decisión en junio, cuando ya se había marchado del apartamento que compartía contigo. El otro beneficiario es Max. Creo que Will quería que gozaras de cierta independencia, seguridad y bienestar, aunque ya no fuera parte de tu vida. Es evidente que eras alguien muy importante para él. Todavía no sé a cuánto asciende el importe total de la indemnización, pero yo diría que puede constituir un adelanto sustancial para la compra de un apartamento. En lo personal, me siento muy feliz con su decisión, y lo mismo le ocurre a Alex.

Ante el extraordinario descubrimiento de que Will se preocupaba por ella tanto como para hacer esas previsiones, las lágrimas brotaron de los ojos de Siân. Lucy se puso rápidamente de pie y rodeó con sus brazos a Siân y Henry, sin separarse de su costura. En el entusiasmo se pinchó un dedo, e instintivamente lo apretó contra el forro de la cazadora, para amortiguar el pinchazo y restañar la sangre que comenzaba a manar de él. Al hacerlo, sus dedos palparon algo pequeño y rígido que había caído del bolsillo de la prenda y había quedado atrapado en el interior del forro. No tuvo dudas: ese «algo» era de oro, y tenía un rubí incrustado. Lucy sonrió incluso antes de verificar de qué se trataba.

Y así fue como aquella mañana de abril...

... una joven encantadora enfundada en una característica cazadora Ducati devolvió el saludo a Lucy, mientras los turistas y los aficionados al teatro paseaban por los alrededores de la iglesia, en una atmósfera festiva. La sonrisa de Siân irradiaba serenidad por primera vez en mucho tiempo mientras la pareja se acercaba a Lucy y Alex, que esperaban delante de la iglesia de la Santísima Trinidad. Incluso Alex sonrió al verla tan atractiva con la cazadora y Lucy admitió que Calvin estaba muy guapo con esos vaqueros de color claro y el cabello muy rubio y bien peinado, y notó que su estatura prácticamente igualaba la de Alex. También se le veía menos rígido que en el primer encuentro, y si bien no era el tipo de hombre que le atraía, comprendió por qué había despertado interés en Siân.

—Buen día, Kitty Fisher —la saludó Lucy, y la abrazó.

Siân rió y retribuyó el abrazo.

—Me alegra verte, Lucy Locket.

La proximidad de ambas permitió que Alex observara el contraste entre sus respectivos estilos. Apreció la audacia de Siân, vestida con sus vaqueros ajustados y la chaqueta de cuero. Y Lucy le pareció hermosa, con su chaquetilla corta de hilo de seda gris y un solo botón y su ceñido pantalón de hilo. Les sonrió y, tras reprimir un bostezo, se dispuso a caminar detrás de ellas en compañía de Calvin.

Los cuatro se dirigieron a la iglesia. Era viernes 23 de abril, y si bien la celebración principal por el día de San Jorge se realizaría al día siguiente, habitualmente se celebraba el sábado más próximo al día que indicaba el santoral, la iglesia ya estaba llena de ofrendas florales, y albergaba a devotos y curiosos por igual. Alex compró un permiso para que Lucy pudiera tomar fotografías con la Leica de Will. Esa cámara tenía las consabidas lentes de tinte rosado que conferían a las imágenes una sutileza que ella adoraba. Lucy retrocedió un poco por la nave lateral. Mientras enfocaba juguetonamente a Alex vio que Calvin tomaba discretamente de la mano a Siân y la conducía hacia el altar. Un hombre vestido con ropa cara leía en la primera fila de bancos. Su refinamiento era perceptible aun en la distancia. Esa imagen le resultó cautivadora e inquietante a la vez, no lograba apartar la vista de él. Únicamente se relajó cuando volvió a enfocar a Alex, que trataba de deslizarse subrepticiamente al otro lado de la reja de hierro que aislaba la tumba de Shakespeare del sector abierto al público.

Lucy fue hacia allí. El sepulcro también estaba cubierto de flores, a pesar de que la reja impedía el acceso, lo cual le pareció irritante. Se encaminó hacia la nave lateral, donde había visto un guía, y le enseñó su acreditación. Al cabo de unos minutos él la acompañó nuevamente al sector del altar y quitó reverentemente las ofrendas florales para que pudiera fotografiar la tumba. Alex meneó la cabeza. Aunque pareciera imposible, Lucy siempre conseguía que los demás hicieran su voluntad. Luego, leyó:

> **Buen amigo, en nombre de Jesús abstente**
> **de cavar el polvo aquí encerrado.**
> **Bendito sea el hombre que respete estas piedras**
> **y maldito el que remueva mis huesos.**

Hacer cálculos ya se había convertido en un hábito para Alex. La letra número 34 era una «g», no tenía demasiada utilidad, sólo podía atribuirla a «gamma», en relación con Chartres, pero la asociación le pareció absurda. De pronto, Lucy se acercó a él.

—Las primeras 34 letras dicen: «Buen amigo, en nombre de Jesús abstente de cavar», lo cual me dice que no es este el lugar que buscamos —indicó con un hilo de voz—. Nada excepcional va a suceder aquí hoy. ¿Qué piensas?

Lucy pareció no esperar respuesta alguna a juzgar por cómo estudiaba el busto del dramaturgo. Se preguntó qué pensaría el caballero isabelino que blandía una pluma de esas dos personas que trataban de resolver un enigma creado por él. Fue entonces cuando se fijó en la Biblia abierta sobre el atril. Llamó la atención de Alex con el codo y le pidió que mirase en aquella dirección. Estaba abierta en el salmo 46. Él entrecerró los ojos.

Súbitamente, Lucy le miró.

—Alex, ahora comprendo: «Will I am». Era el tema del documento central. Basta con sumar los valores numéricos de cada letra: cinco más nueve más tres más tres; la «I» vale nueve y las dos últimas letras, uno y cuatro respectivamente.

Lucy meneó la cabeza cuando obtuvo el resultado. Alex tardó apenas unos segundos en llegar a la misma conclusión.

Durante los quince minutos siguientes los dos se dedicaron a pensar posibles «principios» y «finales». Lucy se dirigió hacia la entrada de la iglesia, preguntándose todavía si el día de San Jorge les depararía algún descubrimiento útil. Atravesó el pórtico y se detuvo en el atrio para esperar a sus compañeros.

Calvin se había acercado a su primo en el transepto. Cuando le dio una palmada en el brazo, Alex advirtió que sus ojos le señalaban la primera fila de bancos. Vio a aquel hombre y le observó detenidamente unos segundos. Luego ambos esperaron a Siân, que regresaba del altar, y los tres atravesaron las puertas de madera para reunirse con Lucy. En cuanto salieron a la luz del sol, advirtieron que dos hombres estaban junto a ella. Uno se dedicaba a examinar un artístico llamador.

—Doctor Stafford —le saludó una voz familiar con acento de Kentucky. Alex trató de disimular la inquietud que le provocaba ese timbre—. Soy Guy Temple. Hemos hablado por teléfono.

Siân vio al hombre corpulento junto a Lucy e instintivamente se llevó la mano a la mejilla. Temple siguió hablando.

—*Je suis très content de faire votre connaissance.*

—Lo mismo digo.

Alex tenía la convicción de que al menos uno de esos hombres había tenido alguna participación en el accidente de su hermano. Los ojos de Lucy le confirmaron que el sujeto robusto e impecablemente ataviado que le cerraba el paso era el mismo que la había raptado en Francia.

—Creo que las damas ya han disfrutado de la compañía de Angelo en otras ocasiones —continuó Guy con una sonrisa cínica e intimidatoria.

—¿Hay alguna otra cosa en la que podamos ofrecerle nuestra ayuda, señor Temple? —inquirió Alex, esforzándose por mostrarse impasible.

La ira le dominaba a pesar de que era un sentimiento impropio de su temperamento. Vio a Calvin por el rabillo del ojo, había rodeado con su brazo la cintura de Siân. Todos sabían qué debían hacer. Sintió un profundo alivio al pensar que esa mañana Simon había elegido otro itinerario. Era poco probable que hubiera sido capaz de controlar su temperamento, puesto en aquella tesitura.

—Qué curioso, lo pregunta como si hubiera encontrado algo que nosotros buscamos —respondió Temple. Él y su secuaz cambiaron de posición en la escalinata y bloquearon por completo la salida.

—Si es una tumba lo que desean, han elegido el camino correcto —dijo Alex, y se inclinó hacia el hombre más alto tratando de aferrar la mano de Lucy, pero ella estaba demasiado lejos—. Sin embargo, me temo que no hay ángeles esperándole.

Guy permaneció indiferente al sarcasmo de Alex. Debía hacer su trabajo y quería demostrar su capacidad de lograr el objetivo sin armar ningún alboroto. Él sabía que ese día ocurriría algo trascendente, pero no estaba dispuesto a revelarlo.

—Dejemos de lado las formalidades, doctor. Sabe por qué estamos aquí. Es más, sin duda estaba esperándonos. Desapareceremos en cuanto obtengamos lo que queremos. —Angelo comenzó a llevar a Lucy hacia la puerta—. No ignora que necesitamos colaboración de su parte, o de la señorita King. Ella es la pieza fundamental, incluso quizá sea la poseedora de la llave. No desearíamos tentar al destino forzando las cerraduras.

Los devotos de la doctrina del Rapto creían supersticiosamente en la importancia de cumplir todas las prescripciones. Alex comprendió que esperaban de verdad ser raptados y elevados hacia el cielo, donde se encontrarían con el Señor, ese mismo día.

Lucy giró bruscamente para eludir a su custodio y se dirigió a Temple.

—¿Sabe dónde fue encontrada esa cerradura?

—Tal vez sea la persona indicada para decírmelo, Señora de la Luz. Es usted la Ariadna que nos guiará hacia la salida del laberinto, cuando acepte que nuestro interés es tan inexorable como legítimo y que le conviene ayudarnos a avanzar por sus rectas y sus curvas. Angelo la escoltará para que regrese junto a su ángel guardián.

Lucy frunció el ceño al oírle. *¿Cómo se atrevía a decir que su interés era legítimo?* Él leyó sus pensamientos y dijo:

—Sí, señorita King. Nosotros también hemos esperado nuestro momento. Ya estábamos al corriente del interés de Dee por el Apocalipsis, y sabíamos que tanto las estimaciones de aquella época como las de esta época confirman que éste es el momento óptimo para que suceda. Todas las medidas son susceptibles de interpretación, pero Dee había recibido instrucciones de los ángeles. Lo poco que obtuvimos de Calvin no hizo más que corroborar lo que ya sabíamos.

Calvin se había debatido entre la pasividad y una hostilidad mesurada hasta ese momento en que optó por hablar para disminuir la creciente hostilidad que expresaba el lenguaje corporal de Angelo, un personaje que, según advertía, podía causar problemas. Alex había llegado a la misma conclusión.

—Creo que a FW le agradaría que lográramos una solución pacífica, Guy —contestó con serenidad, con lo cual, tácitamente se estaba dirigiendo también a Angelo, el custodio.

Lucy se estremeció cuando oyó que Calvin pronunciaba el nombre de Temple con acento francés, lo cual confirmaba su sospecha de que ambos tenían una estrecha relación. Miró a Alex, para que de algún modo le indicara cómo actuar, pero él estaba concentrado, tratando de tomar una rápida decisión. Angelo, el hombre que estaba frente a él, obviamente era el mismo que había raptado a Lucy, atacado a Siân y muy probablemente también a Max. Todas las discusiones y las conjeturas previas sobre lo que haría si esa gente apareciera en Stratford le parecieron nimias. Calvin opinaba que los «rapturistas» debían evitar la violencia para no frustrar su «hallazgo», pero Alex, al ver por primera vez a Angelo, descubrió que era un hombre verdaderamente violento, indigno de confianza, y que seguramente había sido el causante del accidente de Will. Temple carecía de autoridad sobre él. Rápidamente trató de idear otro plan. No debía permitir que separaran a Lucy del grupo.

Calvin comprendió que Alex estaba ideando una estrategia. Tomó a Temple del brazo y le llevó hacia el parque, permitiendo que los demás le siguieran, por supuesto, custodiados por el robusto Angelo. Desde la nueva posición, Alex distinguió al tercer miembro del grupo, más alto y también impecablemente vestido, que esperaba al final del sendero, cerca de la calzada. Estaba tan quieto que parecía un muerto. No obstante, les observaba atentamente.

—Has de convencer al doctor Stafford de que Lucy estará a salvo, de lo contrario no colaborará contigo.

A juzgar por los acertijos, le necesitas. —La voz de Calvin no revelaba lo que verdaderamente sentía por Guy Temple—. Creo que Angelo es el problema.

Daba la impresión de que Calvin confiaba en el hombre con quien caminaba tranquilamente sobre la hierba.

—Piense lo que piense el profesor, Calvin —repuso Temple, que se había detenido de forma repentina—, me parece que ellos no comprenden a qué se enfrentan en esta fecha crucial. No es la primera vez que FW se equivoca. —La respuesta evidenciaba para Calvin tanto como para Alex, que estaba casi a la par que ellos, que Temple estaba desorientado y no sabía cómo proceder—. De todos modos —agregó, levantando un dedo para indicar al hombre apostado en el final del sendero que no se moviera de allí— estoy seguro de que el doctor Stafford se negará de plano a que nos llevemos a Lucy, con o sin Angelo, aun cuando ella deseara hacerlo.

Alex había escuchado lo suficiente como para actuar y se ofreció para acompañar a Temple y sus secuaces.

—Siempre y cuando liberéis de inmediato a Siân y Lucy, sin condiciones —agregó enfáticamente, en un tono que no admitía discusiones.

—No —rechazó Temple tajante—. Obviamente, ella es nuestra garantía de que no habrá trampas.

Habían llegado a un callejón sin salida. El tiempo parecía haberse detenido mientras el grupo permanecía de pie bajo el sol. La proximidad entre Angelo y Lucy inquietaba al doctor, que trataba de imaginar qué sucedería si en un lugar tan transitado como ése, sencillamente se arriesgara a empujarlo y huir, pero, además de su preocupación por lo que podría sucederle a Max y a Anna, sabía que era necesario poner un punto final a aquella situación. De lo contrario, esa gente seguiría acosándoles. Tenían autorización de Dios para hacerlo, y los justificaba la inminencia del hecho que tanto habían esperado.

Lucy había advertido el cambio sutil en la expresión de Alex. Su angustia no era visible para los demás, pero ella la percibió y de inmediato adoptó una decisión. Hizo una nueva propuesta: acompañaría a Temple y Angelo si ellos permitían que Siân, Alex y Calvin se marcharan, sin más condiciones.

—De ningún modo —objetó Alex, ignorando que Temple y Angelo estaban presentes—, estos hombres orquestaron tu secuestro en Francia, el asalto a la casa de mi familia, los ataques a Max y Siân en Londres. Dios sabe qué le hicieron a Will, pero yo sé que a la policía les encantaría atraparlos. Nunca han cumplido los tratos que hicieron conmigo. Es imposible confiar en ellos.

—Alex, sabes que yo no soy su objetivo. Ellos desean desvelar el misterio y tal vez lo mismo pueda decirse de nosotros. Sólo ese descubrimiento dará por terminado este asunto —afirmó Lucy, mirándole fijamente. Una sonrisa iluminó su rostro y dirigiéndose a Temple, dijo, desafiante—: Ya sabe que soy Ariadna, las pistas le han dicho que soy la persona que necesitan. Creo saber cuál será la respuesta final, aunque no la he encontrado en Stratford. De todos modos, soy la única persona que puede abrir la última cerradura —afirmó Lucy, exhibiendo una llave de oro con un rubí engarzado que estaba oculta debajo de su camisa. Todos la miraron con indescriptible fascinación. Calvin abrió exageradamente los ojos, los de Alex expresaban una infinidad de preguntas. Lucy permaneció imperturbable.

—Es un motivo por demás justificado para que no vayas con ellos —declaró enérgicamente Alex—. Lo que estamos buscando estuvo oculto y protegido durante siglos, sin duda para que esta clase de gente no acceda a la sabiduría o el conocimiento que contiene.

—Se equivoca, doctor Stafford —interrumpió el angloamericano—. El «final de los tiempos» es inevitable. Está escrito. Nada de cuanto usted o yo hagamos podrá detenerlo.

—Ésa es exactamente la razón por la cual no quiero que Lucy le acompañe —replicó Alex con firmeza—. Deberíamos buscar maneras de mejorar el mundo en lugar de aceptar que una profecía anuncia su destrucción. Cualquier ideología o filosofía que sea digna de respeto se orienta a enseñarnos a vivir plenamente en lugar de incitarnos a morir a cambio de la salvación garantizada. La esperanza es la fuerza que nos guía, a través de Dios, de la ciencia o de ambos. Quienes sólo pueden abogar a favor de un inevitable Armagedón han abandonado este mundo y cualquier esperanza. Nos arrastran a la desesperanza absoluta, a la cual ningún Dios piadoso desearía llevar a sus criaturas.

—Como prefiera, doctor Stafford —respondió Temple con hastío, y desvió la mirada. No estaba dispuesto a involucrarse en una discusión de ese tipo.

Alex sabía que no tenía sentido tratar de razonar. Temple prefería conseguir seguidores por medio del miedo. Nada le haría cambiar. No era posible convencerle de que el terror y la violencia eran inadmisibles para defender la fe.

Lucy se adelantó silenciosamente hacia Alex. Le sonrió y aferró sus manos: entre ellos se creó un secreto.

—Has hablado como lo habría hecho tu padre, y yo estoy de acuerdo contigo, pero no sé si reír o llorar. Serías un brillante abogado frente a cualquier jurado racional, pero iré con ellos porque, a pesar de lo que dijiste... Lucy Locket perdió su bolsa, y Kitty Fisher la encontró.

Alex había argumentado con elocuencia, con el corazón, frente a todos, para modificar la decisión de Lucy. El suyo había sido un alegato impresionante, pero ella era tan categórica como siempre.

Lucy y Alex se besaron.

—Alex, de todas las personas que he conocido eres la única que comprende que la verdadera fortaleza no consiste sólo en controlar la ira sino, muy a menudo, en controlar la acción. Sé fuerte ahora y confía en mí, deja la acción por mi cuenta. —Él la abrazó en silencio—. Y no te preocupes —agregó ella—, sabes que hay un ángel en mí.

Luego dio media vuelta para seguir a Temple hacia la calzada. En ese momento otro individuo misterioso salió de la iglesia y se dirigió presuroso hacia un Lancia Thesis gris oscuro, un coche que ninguno de ellos había visto, aparcado al final del sendero. Lucy se giró un instante, sólo para mirar a Alex antes de que se marcharan ella y sus extraños aliados.

Simon contestó al teléfono móvil a las siete y media.

—Grace y yo estábamos hambrientos y decidimos atiborrarnos de bacalao y patatas fritas en The Herne's Oak, en Old Windsor. ¿Muy apropiado, verdad? Herne es otra versión de «George el verde».

—Estáis disfrutando de una cena mejor que la nuestra —repuso Alex, mirando los tres rostros tensos congregados en torno al portátil de Calvin. Los bocadillos estaban intactos. Nadie tenía apetito, mucho menos Alex—. ¿Descubristeis algo?

—Sí y no —respondió Simon—. Nada especialmente interesante. Mortlake fue una completa pérdida de tiempo, tal y como pensaba Lucy. El alfa y el omega no están allí. Luego, fuimos directamente a la capilla más famosa consagrada a San Jorge, que está aquí, en Windsor. Un par de ojos oscuros no nos quitaron la vista de encima en todo el día, y por ahí siguen, en algún lugar del pub. Una cosa está clara, en ese lugar hay muchos ángeles esculpidos, pero no están los cofres del tesoro. Sin embargo —prosiguió con énfasis—, hemos obtenido un premio inesperado. Escucha esto.

Simon echó mano a la libreta donde tomaba notas en taquigrafía y miró rápidamente a su alrededor para cerciorarse de que nadie más le escuchara. Cuando Grace asintió, confirmando así que el espía no podía oírle, Simon comenzó a relatar la breve y extraña saga acaecida unas horas antes.

El ambiente festivo de la fecha había empezado a decaer a las 3.40 p.m., hora de Greenwich. Algo asustada, Grace apretó la mano de Simon. Ambos estaban totalmente absortos, contemplando las insignias de la Orden de la Jarretera exhibidas en la capilla de San Jorge. De pronto, oyeron ecos de pasos que resonaban en el enorme edificio. Ella se tensó al ver que un personaje vestido con un hábito se acercaba a ellos, mirándoles fijamente. Cuando estuvo lo suficientemente cerca para que Grace pudiera ver los poros de su piel, una sonrisa le iluminó el rostro y el hombre se presentó como el sacristán. A continuación preguntó la razón de su interés por los antiguos emblemas que se exhibían en la capilla. Grace hizo gala de su pasión por la historia y la heráldica, lo cual deleitó al sacristán. El religioso les reveló entonces que era alquimista y miembro de la Orden de los Rosacruces. Luego, les invitó a recorrer el exquisito edificio y les explicó que las rosas blancas simbolizan la esencia femenina tanto para los alquimistas como para los Rosacruces. «Frecuentemente se olvida que la rosa blanca de los York se debe a que descendían de Edward III por línea femenina; la rosa roja de los Lancaster indica la línea masculina», indicó con orgullo. El sacristán respondió una serie de preguntas de Grace y a partir de esas respuestas, ella pudo concluir que las rosas blancas simbolizan la esperanza de que el corazón puro y el buen juicio prevalezcan ante la pasión egoísta. «Ése debería ser el objetivo espiritual de todos los seres humanos», afirmó el sacristán.

—He tomado notas, Alex —dijo Simon en voz baja—. Todos los iniciados en esta antigua sabiduría se esfuerzan por estar «abiertos a la gracia de la rosa». Will lo escribió, ¿te acuerdas? Habitualmente se asocia a la rosa con el amor romántico, pero este increíble mensajero nos dijo hoy que, paradójicamente, simboliza al mismo tiempo pureza y pasión, deseo carnal y perfección celestial, virginidad y fertilidad, vida y muerte. Casi tuve la certeza de que era un enviado que debía decirnos que la rosa vincula a las diosas Isis y Venus con la sangre de Osiris, Adonis y Cristo. Cuando la rosa roja, símbolo de la esencia masculina, se une con la blanca, como la rosa de los Tudor, se convierte en la base de la magia y la metamorfosis del alma. Él dijo que eran «los medios a través de los cuales la divinidad emana de nosotros».

—Ésta es la metáfora subyacente en toda la búsqueda de Dee —le interrumpió Alex—. El mensaje de la rosa está presente en todas las corrientes espirituales e incluso estéticas. Si logramos armonizar las características opuestas que representa, nos convertiremos en seres cuasi divinos. Para decirlo de una manera sencilla, la unión de las rosas blancas y rojas simboliza una boda celestial, que reúne lo mejor de la esencia terrenal de lo «femenino» y lo «masculino».

Simon no estaba seguro de haber comprendido todo lo que Alex había dicho, pero asintió, revisó sus notas y continuó.

—La rosa blanca simboliza específicamente pureza, inocencia, tolerancia, amor incondicional. Está relacionada con la energía femenina, a veces necesariamente pasiva, y es la elegida para iniciar a todos los nuevos miembros de la Orden en la Antigua Sabiduría. El jabalí que mata a Adonis es el invierno que mata al verano, ésa es la base filosófica de los Rosacruces. Las flores que brotan de la sangre del jabalí abatido por Adonis, es decir, el Sol, simbolizan la resurrección, lo cual también es muy sexual y femenino, como dijo Henry. ¿Sabes quién fue uno de los fundadores de la Orden de los Rosacruces?

La respuesta era innecesaria.

—Has obtenido un buen dato de una manera imprevista, a través de un mensajero del otro mundo, que llegó en un momento muy especial. A juzgar por tu relato, te estaba esperando. Sin duda, no es casual que tuviera ese aspecto, pero ¿quién lo envió? ¿Alguien más sabe algo sobre este día? ¿Qué averiguaste sobre San Jorge?

—La fraternidad de la Cruz Rosada tuvo su origen en Alemania a comienzos del siglo XVII, poco después de que Dee viajara a Praga en 1580 bajo los auspicios de la reina Isabel y Leicester.

»Dee difundió personalmente las ideas isabelinas relativas a la ciencia, la poesía y la mística. El nombre "rosacruz" deriva de la cruz de San Jorge y la caballería inglesa. En la Europa medieval, y aún hoy en día, pertenecer a la Orden de la Jarretera era un honor.

Grace le arrebató el teléfono a Simon para hablar brevemente con Alex con una impaciencia inusual en ella, pero deseaba transmitirle toda la información obtenida en el transcurso de la extraordinaria e impactante conversación de esa tarde.

—Alex, con respecto a la rosa, Dee la eligió, al igual que otros antes que él, porque es el símbolo que congrega fraternalmente a toda la humanidad. Si logramos comprender su mensaje, al combinar el rocío, que como tú dijiste es el aliento divino, con el espíritu de la rosa, se produce una suerte de magia que trasmuta el alma humana en oro y realiza un acto de sanación. Ésa es la teoría y me encanta la idea.

Alex la había escuchado atentamente, sin emitir juicio alguno, apreciando la filosofía que subyacía en sus palabras.

—Gracias, lo has expresado de una manera muy hermosa, Grace.

—Y una cosa más para finalizar —dijo Simon, que había recuperado el teléfono—. Concéntrate en el correo electrónico que Will no pudo enviarte. Nuestro sacristán alquimista asegura que los iniciados en la alquimia y la masonería, al igual que los Rosacruces, estos últimos seguidores de Bruno y Dee, consideran que la luz es la

Fuente Divina. Ellos asisten a reuniones a las que denominan «encuentros de luz», en las cuales expertos del presente y el pasado superan los límites temporales para compartir «la luz y la sabiduría de la rosa». ¿Comprendes el significado de la luz que atraviesa los vitrales de un rosetón en una gran iglesia como Chartres? Allí estuvo Will. Me pregunto si logró establecer ese vínculo con otros, a través del tiempo y el espacio. Y ahora, dime, ¿qué novedades tenéis por ahí?

Alex estaba embelesado por esa extraordinaria información y se demoró un instante en responder la penúltima pregunta de Simon.

—Simon, creo que lo hizo pero no puedo explicar por qué lo creo.

Alex recordó lo que Lucy había dicho acerca de la luz y el aroma a rosas en el laberinto. Sabía que había vivido algo inusual, que tal vez había percibido la presencia de Will. Se sintió privilegiado por estar cerca de ella y también sintió menos temor por lo que pudiera ocurrirle. Luego siguió relatando los últimos acontecimientos.

—Mordieron el anzuelo, pero cuando llegó el momento de dejarla partir, apenas logré hacerlo. Ya han pasado horas desde entonces.

—No te preocupes por ella, Alex. Lucy es única. Es una criatura de Shakespeare, una heroína disfrazada, como Viola o Rosalind. Será más lista que ellos.

Alex pensó que Simon estaba en lo cierto, más de lo que él mismo podía suponer. Y le reconfortó el elogio.

—Lo sé. Debo irme. Te veré aquí más tarde. No pierdas de vista al tipo que te vigila. Esos ojos oscuros pertenecen a un israelí intolerante con quien me crucé en

Francia. Se llama Ben Dovid. Se asoció a Temple y Walters porque quiere tener su propio templo en Jerusalén. Calvin le conoció mejor cuando estuvo allí en Pascua. Es partidario de la idea de destruir las mezquitas del Monte del Templo. No le provoques.

Simon se preguntó por qué motivo Calvin le había dado esa información, pero no hizo comentarios. Alex cortó y de inmediato marcó otro número.

Fitzalan Walters presidía la mesa en la suite del hotel. Iba impecablemente ataviado y estaba flanqueado por Angelo, el hombre de los ojos amarillentos, y el francés de cabello cano que había conducido el vehículo en Francia. El profesor sirvió el vino para su invitada con exagerada amabilidad y se detuvo al llegar a la mitad de la copa.

—Sé que el alcohol inhibe el efecto de la medicación y le han prohibido beber, pero un sorbo no va a hacerle daño. Este vino blanco de Borgoña es perfecto para acompañar el rape.

Lucy mantenía una postura estudiada, se esforzaba por demostrar seguridad y capacidad de decisión. No obstante, se estremeció al comprender las implicaciones de las palabras de Walters. La ponía a prueba una vez más. Poco antes, le había preguntado cuántos años tenía cuando su madre se marchó de Sidney. Ella había tratado de ocultar su alarma. Comenzó a sonar el teléfono situado encima de una mesa auxiliar.

—Es Alex. Seguramente está preocupado por mí. Será mejor que me permitan contestarle —dijo Lucy.

Su anfitrión asintió sin discutir. Era sorprendentemente gentil, inteligente y educado.

—Me encuentro bien, Alex, y antes de que me lo preguntes, sí, como con regularidad. Me han ofrecido una buena cena. Tú también debes comer algo. Te llamaré en cuanto terminemos con este asunto.

Lucy había procurado ocultar la emoción que le producía oír la voz de Alex. No quería demostrar debilidad. En cuanto terminó su conversación, miró desafiante al profesor Walters, que a su vez tenía la vista fija en la llave que asomaba de su chaqueta.

—Ha sido muy afortunada, señorita King, su médico le dedica un cuidado muy personal. Tal vez deberían sancionarle. Es aceptable perder una paciente, pero nunca dormir con ella. —Lucy no comprendió el significado preciso de esas palabras. Podían indicar rechazo hacia la sensualidad o una tendencia al voyeurismo. No obstante, ignoró la impertinencia y permaneció impasible. Walters cambió de tema—. ¿Por qué debemos esperar hasta las once de la noche? —preguntó, con una suavidad amenazadora.

La puerta de estilo Tudor se abrió. Guy Temple regresó a la suite y se reunió con ellos sin pronunciar una palabra.

—En primer lugar —respondió Lucy—, porque será más fácil si El Ciervo Blanco está cerrado, de lo contrario, podrían aparecer muchos curiosos. Además, creo que la hora ha de ser absolutamente precisa. El zodiaco estará a cuatro grados de Tauro a eso de la medianoche si mis cálculos son correctos. Algo va a suceder entonces.

—Entiendo, es la hora en que Hamlet ve al fantasma. Muy poético. ¿Está completamente segura de que ese lugar, adonde ha aceptado llevarnos, es el correcto?

—Sin duda. Mortlake fue el fin de Dee, pero no el principio, había nacido cerca de la Torre de Londres. Y si bien Stratford fue el principio y el fin de Shakespeare, él no podía saberlo antes de morir. Después de analizar las pistas, tengo la seguridad de que él fue el autor de los acertijos, es probable que estuvieran dedicados a Dee. Por lo tanto, ha de estar en la posada. Es el único lugar donde convergen todas las pistas. El Ciervo Blanco, Shakespeare, la rosa, *Venus y Adonis.* Aparentemente, era el lugar que ambos elegían para conversar sobre temas esotéricos.

Fitzalan Walters, Guy Temple y Lucy King habían pasado la mayor parte de la tarde en la suite que Walters ocupaba en Alveston Manor, el hotel de Stratford, estudiando los textos. Lucy observó detenidamente los originales una vez más, y sintió placer al tocarlos. Le divertía pensar que sus captores no habían descubierto el laberinto dibujado en el reverso de las hojas y que, en consecuencia, no habían visto el rostro que se distinguía claramente al armar el rompecabezas. Sólo un niño brillante de siete años de edad había cazado al vuelo la importancia de esos dibujos.

Sin embargo, ellos tenían la extraordinaria Biblia del siglo XVII que había pertenecido a la familia de Diana. Al tocarla, Lucy había sentido que transmitía una poderosa energía. Le indignaba que ellos la hubieran robado, que la hubieran estudiado. Ella y Alex no habían tenido acceso a la información que ese libro había proporcionado a los ladrones. No obstante, también les había ocultado algunos de sus secretos. Ciertas palabras que se veían en el estuche bordado también estaban anotadas allí: a lo largo de los Proverbios, todas las alusiones a la sabiduría, las perlas y los rubíes estaban subrayadas. Los versos finales de cada pergamino estaban copiados en la portada del libro, rodeando la misteriosa Tabla de Júpiter. ¿Eso sugería que esas palabras debían utilizarse para hacer algún cálculo, similar al que Alex había realizado con el salmo? Lucy intuía que de allí podía surgir un claro mensaje.

Además, sus captores contaban con una minúscula reproducción del «retrato arco iris» de la reina Elizabeth, pintado a mano en el interior de la contratapa. En el margen se leían anotaciones sobre Astrea, la diosa de la justicia, sobre la cual había hablado Henry. También se veían citas de los Proverbios, que mencionaban las perlas, los rubíes y la sabiduría, a la cual siempre denominaban «ella».

Lucy se percató en ese momento de que habían presentado a la reina Isabel, engalanada con perlas y rubíes, como la encarnación viva de la sabiduría, lo cual restaba importancia al hecho de que fuera una mujer quien gobernaba. Quizá Dee era uno de sus propagandistas, el creador de su «estilo». Lo más probable era que en aquella época él ya había anticipado que existiría otra mujer sabia y poderosa, tal como había sugerido Henry. Los nuevos descubrimientos planteaban nuevos enigmas. Lucy siguió reflexionando mientras bebía su té, sin compartir esas ideas con sus acompañantes.

La Biblia les había guiado hacia Stratford, el alfa y el omega de Shakespeare, y había permitido que ella les convenciera de que hallarían la «marmita de oro» mencionada en el último texto, el que Diana había escrito. Explicó entonces que una semana antes, mientras buscaba en Internet información sobre *Venus y Adonis*, el poema de Shakespeare, había visto por primera vez un dato que intuitivamente le había parecido muy importante. Pidió al profesor que introdujera ese dato en su lujoso ordenador portátil, y juntos esperaron a que apareciera la imagen: una magnífica pintura de la obra de Shakespeare, la única existente, un «patrimonio nacional», de acuerdo con la cita. El mural había permanecido oculto durante siglos, era obra de un artista contemporáneo al escritor y había sido descubierto casi por accidente, al quitar un panel para reparar una vieja pared. ¿Escondía algún secreto acerca del propósito original de la habitación? ¿Qué rituales habría presenciado? ¿Por qué una obra de esas características había sido pintada en la vulgar pared de una modesta posada? Según se explicaba, aparentemente databa del año 1600, una fecha muy cercana a la muerte de Giordano Bruno. Ella y Alex habían considerado la posibilidad de que él formara parte de su búsqueda y él había sugerido que el santuario consagrado al primer mártir de Inglaterra podría ser el lugar apto para que se produjera el Rapto de los seguidores del profesor Walters. «¿Por qué no?», había preguntado, encogiéndose de hombros. Lucy omitió ese comentario y entusiasmó a sus dos acompañantes con su relato y con la insinuación de que la antigua posada de St. Albans era un lugar donde se habían pronunciado antiguas profecías y donde se produciría una revelación.

Luego, desde su propio teléfono, Lucy hizo los arreglos necesarios para conseguir las llaves de la parte de la posada que no se utilizaba.

—Tiene que ser esta noche —insistió.

—¿Qué puede decir sobre la pista del alfa y el omega? —preguntó Guy Temple.

—Supongo que El Ciervo Blanco es el lugar donde surgió la idea de esta búsqueda y por lo tanto, allí terminará —contestó Lucy, con una seguridad abrumadora.

—Y, como corolario, algo comenzará una vez que hayamos encontrado lo que está enterrado allí —concluyó, satisfecho, el profesor Walters. Tanto él como Temple estaban de acuerdo con Lucy—. Eso significa que el Rapto comenzará hoy, cerca de la medianoche, no antes —reflexionó Fitzalan al tiempo que agitaba una copa de vino—. Ellos han comprendido la importancia que esta fecha ha tenido durante siglos: el número, la Realización del Hombre. Es el número vinculado con la piedra fundacional del mundo entero, el centro del Templo de Jerusalén. Seguramente fueron los ángeles quienes se lo dijeron a Dee. Estamos en el lugar indicado, en el momento indicado. O, mejor dicho, estaremos. Por ahora, podemos prolongar nuestra cena —propuso Walters—. Ha de comer un plato con fruta después del pescado, la comida previa a la iniciación es muy importante, al igual que la última cena. Debe ser adecuada para el encuentro de los hombres con los ángeles. Incluso Próspero alimentó a Ferdinand con mejillones y agua de mar antes de permitirle ver a los dioses, además de a su futura esposa. Y esta noche nosotros debemos estar preparados para algo extraordinario, señorita King. —Lucy advirtió que Walters estaba exaltado y farfullaba incoherencias. Aunque tal vez tuvieran alguna relación que ella no podía comprender. Walters siguió parloteando—. Guy siempre come fruta. ¿Sabía que también él fue sometido a una intervención de corazón? Un baipás. En verdad, estuvo al borde de la muerte. ¿No le habló de ello mientras los dos estaban secuestrados en Francia? Un ángel habló con él, sólo una vez, y ahora come saludablemente.

Lucy detectó una nota de cinismo en las palabras del profesor. Le sorprendió que el hombre al cual se refería no hiciera comentarios, incluso le vio un poco angustiado.

El reloj del salpicadero de nogal del Lancia, un modelo más espacioso que el reluciente cupé utilizado para secuestrarla en Francia, indicaba que faltaban veinte minutos para la medianoche. Atravesaron los arcos en dirección al aparcamiento de la posada El Ciervo Blanco. Angelo, que estaba sentado junto a Lucy, abrió la puerta para que ella bajara mientras Temple salía del asiento delantero. El simulacro de caballerosidad la desconcertó, hasta que comprendió que esos hombres creían verdaderamente que estaban a punto de ser testigos de un momento trascendente.

—Angelo y yo estaremos en la puerta principal en diez minutos —dijo Walters, y partió con su coche.

La extraña pareja formada por Lucy y Temple se dirigió a la recepción del hotel.

—Soy Lucy King. Trabajo para una productora de televisión. Hablé hace unas horas con el señor McBeath. —La información no había despertado el menor interés en la joven que atendía la recepción. Apenas levantó la vista del libro de contabilidad que tenía delante para mirarles. Lucy sonrió, pensando que, obviamente, no sabía nada acerca del Rapto.

—¡Ross! —gritó la joven, mirando hacia la escalera.

Lucy y su carabina esperaron en la penumbra.

32

Día de San Jorge de 1608,
en la posada El Ciervo Blanco, cerca de Londres

La luz de las velas oscila cuando retiran las dos grandes bandejas de la mesa cubierta de rosas. Llenan las copas de vino y alguien propone un brindis.

—Nuestro proyecto ya tiene un conductor. En esta última hora de la fiesta de San Jorge, levantad vuestras copas, ¡por Berowne!

El hombre sentado en un extremo de la mesa, aparentemente inmune a la cantidad de alcohol trasegado, se pone de pie con brío y aparta la silla. El elegido cuenta con el apoyo entusiasta de todos los comensales. Se ven lugares vacíos alrededor de la mesa. En la habitación llena de humo resuenan las risotadas.

Un hombre alto deja de dar chupadas a su pipa para dirigirse al maestro de ceremonias.

—Will, esperáis que él lleve a cabo los trabajos de un verdadero iniciado. ¿Cómo logrará hacer sonreír a los enfermos graves?

Un anciano se adelanta en el extremo opuesto de la mesa. Es, claramente, el jefe del grupo. La preocupación dibuja surcos en su rostro, pero no oscurece el interés que le despierta la conversación.

—Y además, ¿tiene alguna posibilidad de persuadir a los fanáticos despiadados? Quienes empuñan la espada celestial deben ser bondadosos y a la vez estrictos. La pobreza de espíritu de esos hombres es profunda, no es sencillo comprender qué albergan en su interior, aunque por fuera sean ángeles —agrega, apartando una pequeña bola de cristal.

El hombre más joven vuelve a tomar asiento.

—Como vos sabéis muy bien, mi buen doctor lord Francis, el amor aprendido en los ojos de una mujer infunde un poder invencible, capaz de acometer las tareas de Hércules. El poeta no debería tomar la pluma hasta que su tinta esté impregnada de suspiros de amor. Él triunfará, ¿no es acaso lo que deseamos? La rosa roja del rey deberá retroceder ante la rosa blanca de su reina. La frente de su dama está adornada de negro, lo cual destaca su piel clara. Un verdadero ángel de melancolía. Su oscura belleza es celestial y es sabia su tolerancia, es estímulo para el genio y acicate para el ingenio.

Una mujer con el cabello negro como un ala de cuervo, sentada a la izquierda del anciano, en uno de los extremos de la mesa, levanta la cabeza y alza la copa hacia el orador.

—Por *Rosa Mundi*, Will. Dos rosas fundidas en una. El secreto del amor.

Cada uno se halla en una esquina de la mesa en medio de la cual se encuentran sus miradas. El sonido de unos pasos en el pasadizo es lo único que perturba la carga erótica de esas miradas. Las pisadas avanzan por un pasadizo que conduce desde el cuerpo principal de la posada hacia la escalera situada detrás del hogar. Poco después se abre una puerta disimulada entre los paneles y todos los rostros se giran para observar a los recién llegados; todos los ojos les miran sin pestañear hasta que el hombre que había propuesto el brindis se pone de pie, serenamente, una vez más, para decir:

> Tú, ciego y tonto amor, ¿qué le haces a mis ojos,
> que contemplan, y no ven lo que ven?

Una joven beldad de cabello y ojos oscuros vacila en la entrada antes de adentrarse en la habitación en penumbra mientras su compañero, boquiabierto, permanece inmóvil en su lugar. La muchacha advierte que todos los rostros que pueblan esa sala se han vuelto hacia ella. El silencio gélido se quiebra sólo cuando comienza a juguetear con las llaves que sostiene en la mano. Un extraño olor, no del todo agradable, se esparce por la habitación. Ella está tensa, los latidos de su corazón retumban en sus oídos. Se siente como una niña que ha interrumpido la cena de los adultos. Respira con deliberada lentitud. Luego, se dirige hacia la puerta que está en la pared opuesta, oculta tras una cortina. El fuego está crepitando. Ella sabe que es el momento.

—Aquí no hay raptos o ángeles, a menos que yo lo sea —susurra. Luego observa al hombre que le ha hablado. Su cara la resulta extrañamente familiar. Él habla nuevamente, dirigiéndose a sus amigos y a ella.

—Caballeros y damas. No hay remedio, esta «Señora de la Luz» ha demostrado una vez más que la belleza es morena. —Su mirada se posa primero en la mujer con el cabello como ala de cuervo y se desplaza hacia Lucy. Ella reúne el coraje necesario para responder sin intimidarse.

—«Y a través de la grieta del muro, pobrecillos, debemos contentarnos con susurrar».

Todo el grupo se echa a reír, salvo el anciano de ojos inquietos que está sentado en el otro extremo de la mesa.

—¿La Señora de la Luz, Will?

—Nadie más que ella, su señoría: una visión que gracias a vuestras artes y las mías, hemos convocado para encarnar lo que imaginamos.

—Sabréis entonces, bella dama, que la rosa nos otorga aquello que es eterno —contesta el doctor John Dee, dando la bienvenida a la hermosa intrusa—. Y el hijo del filósofo llegará y cuanto está torcido sanará, sin duda, cuando logréis comprender su significado, aprehender su verdadera esencia. Cada uno de nosotros desea poseer la Rosa del desierto, que florece en el centro del laberinto.

Cautivada por esas palabras que aún no lograba entender claramente, Lucy desvía la mirada de quien evidentemente era el mentor del grupo para observar nuevamente al enigmático hombre al cual llamaban Will, y que ella decide bautizar William Shakespeare. Él se dirige a la verdadera Lucy mientras ésta intenta articular alguna palabra para formular la pregunta apropiada.

—Debéis continuar y decidir el final de nuestra obra, y deberéis improvisar, vuestros personajes crearán sus propios parlamentos. De modo que, por ahora, vos saldréis hacia allí y nosotros nos iremos por aquí.

Las palabras resuenan con estrépito en los oídos de Lucy y resuenan de forma caótica en su mente, pero los latidos de su corazón suenan con tal fuerza que apagan cualquier otro sonido y no consigue oírlas. Vislumbra la pintura en la pared situada detrás de ellos. Se detiene abruptamente e intenta discernir los detalles en la penumbra. Se siente cómoda al ver esas imágenes, aunque la inquietan los extraños espíritus que pueblan la habitación. Sus ojos se detienen en el caballo recién pintado con una rosa en la boca. Ve también un caballero caído junto a los cascos del noble bruto. Hay un árbol con un agujero en la base del tronco. Se siente aturdida otra vez. Cree estar soñando, pero sabe con certeza que no es así. Su mente se desplaza desde la suave tonalidad de la Leica de Will a las advertencias de Alex acerca del efecto de los fármacos cuando se consume alcohol, como aquella noche en el Támesis. Se pregunta cuántas posibles formas de ver puede haber, pues duda de que él tenga razón.

Ahora las risas son estridentes; los sonidos son casi molestos; el momento, fugaz. Ella abre la puerta enseguida y ve la calle opuesta al pasaje desde el cual había entrado junto a Guy Temple. Mira hacia atrás. Todos se han ido. Aquel episodio nunca ha sucedido. Había visto la habitación tal como fue alguna vez, cuando ellos pronunciaron su nombre, cientos de años antes, por haber elegido una antigua entrada, ya en desuso, para evitar miradas indiscretas. El tiempo es un palíndromo.

Todas las luces se han apagado. Sólo distingue el haz que emite la linterna mientras avanza por el antiguo pasadizo, prácticamente fuera de uso, que conduce a la tienda de cerámica. Durante cientos de años ese espacio había formado parte de las habitaciones de la posada.

En ese momento Lucy advierte que Guy Temple, nervioso e inquieto por lo que acaba de contemplar, cae junto al marco de la puerta. Está pálido y mareado.

Lucy abrió la puerta de entrada de la tienda y la figura compacta de Fitzalan Walters traspasó el umbral, seguida por su corpulento Lucifer, como de costumbre, pues así solía llamar a Angelo. Walters sintió una extraña emoción cuando vio la expresión de Lucy. La atmósfera era densa; el aire, frío y húmedo, olía a hollín. El profesor miró a Temple.

—¿Has visto un fantasma? —le espetó con frialdad.

El interpelado no se hallaba en condiciones de discutir o dar explicaciones. Se apoyó contra la pared e iluminó con la linterna el mural que Lucy estaba observando. Ella se molestó: los detalles le parecieron menos vívidos, menos acabados. Y en efecto, comprobó que la obra estaba protegida por un vidrio y que era más pequeña de lo que creía, pero evitó que Walters adivinara sus impresiones.

—La última señal debería estar por aquí —dijo enérgicamente—. El texto central dice: «Quiero cambiar el Muro y realizar mi Deseo». Esta pintura muestra a Adonis, que ha muerto a causa del ataque del jabalí. Puede haber una señal: tanto en el cuello típicamente isabelino del traje como en la rosa de la brida del caballo o la que la montura lleva en la boca.

Walters forcejeó inútilmente con los interruptores eléctricos. La luz era insuficiente para analizar la obra que tenía delante. Lucy le explicó que había sido necesario cortar la luz debido a una pérdida de agua en el baño de arriba. La filtración había dejado huellas en el ángulo superior derecho. Una injuria, tratándose de una obra de arte única y valiosa.

—Bien, señorita King. ¿Ésta es la obra cuyo tema es el *Venus y Adonis* de Shakespeare, pintada en la misma época en la cual el poema fue publicado?

Ella asintió.

—Éste debía de ser un lugar donde se reunían inicialmente los miembros de la Rosacruz, la hermandad mística fundada a instancias de Dee. Probablemente, Shakespeare participara de esos cónclaves. Bacon también era un miembro destacado de la fraternidad, al igual que Spenser y John Donne, y sir Philip Sidney, antes de su temprana muerte. Todos eran hombres de letras del periodo isabelino. —*Y quizá también hubiera entre ellos una brillante escritora*, pensó Lucy. Luego iluminó con su linterna la imagen central del caballo y el jinete con la cruz roja de los caballeros de San Jorge—. Edmund Spenser escribe sobre él en *La reina de las hadas.* Aquí, en la pintura, el caballo se apoya sobre Adonis. Para los pueblos de Oriente, su nombre significa «Señor del Sol» —explicó Lucy antes de alejarse a fin de admirar el mural. A la derecha vio el jabalí, símbolo del invierno, cuyos poderes destructivos quedaron anulados cuando Adonis fue devuelto a la vida por las flores rojas que brotaron donde había caído su sangre—. El amor y el sufrimiento de Venus hicieron posible su resurrección —dijo, con tono desafiante—. Existe un manifiesto paralelismo con la historia de Cristo. De hecho, las obras en las que Venus sostiene la cabeza de Adonis muerto inspiraron el tema de la *Pietà*.

Lucy intentaba dejar en evidencia la relación entre el mito pagano y la iconografía cristiana. Walters ignoró el paralelismo. Prefirió acercarse a la pintura. El profesor y Angelo estaban concentrados en la observación. Temple, en cambio, parecía ausente e inquieto.

—Adonis era un personaje importante para Dee —continuó Lucy, enfocando su figura con la linterna—. Esta rosa representa su corazón y su alma. Los Rosacruces tenían un punto de vista diferente acerca de la resurrección, su propósito era convertir la oscuridad en luz y el invierno en verano. —Lucy reflexionó sobre sus propias palabras y descubrió que en todas ellas había una alusión a Will.

—Sí, muy diferente. ¿Cuál era entonces el objetivo de los Rosacruces?

—El éxtasis. Esperaban alcanzarlo en parte gracias a la magia, el instrumento que les ofrecía un enfoque matemático para comprender el mundo tangible. Las matemáticas permitían un acercamiento al segundo mundo, el mundo celestial. Por encima de él está el mundo supracelestial, un nivel superior al Paraíso, al que sólo se puede llegar con la ayuda de los conjuros de los ángeles. Los Rosacruces suponían que cuando alcanzaran ese nivel serían uno con la jerarquía angélica, para la cual todas las religiones eran una. Dee así lo creía y pensaba que había hablado con ángeles bondadosos. Lamentablemente para él, era sólo Edward Kelley quien le hablaba y le daba mensajes, y era una persona poco fiable, pero el movimiento que Dee propulsaba incluía a todas las confesiones religiosas, protestantes y católicos, musulmanes y judíos. Todos eran uno en el cielo de los ángeles.

Si Lucy había esperado conmover a esos hombres con una propuesta ecuménica y espiritual, el resultado fue decepcionante. Al observarlos, comprobó que uno de ellos cruzaba los brazos sobre el vientre como si padeciera un terrible dolor de estómago mientras el otro, sin poner en duda la validez de sus propias ideas y los mensajes de sus propios «ángeles», le dedicó una mirada impasible. Ella esbozó una sonrisa. Estaba decidida a arriesgarse.

—Los tres mundos son fascinantes, ¿verdad? Usamos nuestro cuerpo terrenal en el mundo físico y ejercitamos el espíritu y los sentimientos desinteresados en el mundo celestial, pero aplicamos el intelecto únicamente en el nivel superior. Adán y Eva vivieron en el Edén, una especie de Paraíso; Eva pretendía acceder al Paraíso supremo cuando tomó la fruta del árbol del conocimiento. Fue una mujer quien quiso liberarnos de la ignorancia, proporcionarnos la posibilidad de alcanzar el verdadero conocimiento. Sin duda, el hombre que siga creyendo que ese conocimiento es una prerrogativa masculina es un ignorante.

Walters la fulminó con la mirada. Ya había oído esa cháchara feminista antes, esa herejía humanista según la cual el hombre, iluminado por el conocimiento, tenía la capacidad de ser Dios porque su esencia era divina. Las mujeres, de acuerdo con esa teoría, debían recibir felicitaciones por aspirar a una mejor educación, pero las damas académicas se habían infiltrado en la sociedad y la habían desequilibrado. Eran la causa de la decadencia moral y el caos en el hogar, habían modificado las pautas de las relaciones maritales, y habían perdido el debido respeto a los hombres. No obstante, el profesor quería obtener su premio cuanto antes, por lo que decidió mostrarse indulgente.

—Es usted una mujer muy instruida, señorita King. Entiendo que Dee y sus allegados eran aficionados a la alquimia, lo cual es una sencilla interpretación de la vida religiosa: la transmutación de la esencia material de las personas en oro.

Lucy sabía que él quería agregar: «No obstante, era una interpretación errónea». Prefirió concentrarse otra vez en Venus y Adonis. Era una pena no disponer de mejor iluminación para examinar las imágenes, plenas de símbolos relacionados con la filosofía hermética de Dee y Shakespeare. Recordó la frase «Quiero cambiar el Muro», tal como la había visto, escrita con letras ígneas en la página que la había acompañado mientras recorría el laberinto de Chartres.

Temple se removía inquieto junto a ella. Aún no se había recuperado de la impresión causada por aquella escena tan sorpresiva. Si bien era un ferviente devoto, no lograba explicarse lo sucedido. Lucy pensó que quizá temía haber sido víctima de una influencia demoniaca. Estuvo a punto de echarse a reír, pero fue piadosa. Los espíritus que poblaban aquella habitación la habían sorprendido, pero a Guy Temple le habían provocado verdadero terror. En ese momento, él comenzó a recitar el texto que Lucy había recordado. Tal vez de ese modo intentaba aplacar el efecto de esas apariciones o evitar su regreso.

—Quiero cambiar el Muro y realizar mi Deseo —dijo en voz alta—, descubrir lo que soy o lo que siempre fui. ¿Dónde está nuestro objetivo, FW? Señorita King, estamos buscando un objeto o una puerta que se abre con esta llave, ¿verdad? ¿Hay alguna abertura oculta en el mural?

La joven recorrió la pintura con la mirada en un intento de localizar la respuesta. Se concentró en los detalles que había comentado con Alex para identificar las pistas que él había encontrado, aunque, para evitar el riesgo de que Lucy recitara un parlamento ensayado, y sus enemigos lo notaran, él sólo se había referido vagamente a los paneles. ¿Se trataba del vidrio que protegía la pintura?

—Sin duda, ellos no desearían que profanásemos esta obra. Tal vez debamos cambiar el Muro, para saber cuál es el legado —aventuró Lucy con genuina incertidumbre—. Quizá haya otra pista relacionada con la rosa o con Adonis, dado que es el personaje que resucita.

Temple se dirigió a las otras paredes de la habitación, recitando como un enajenado.

Súbitamente, la intuición de Lucy se activó.

—Todo lo que arde... Todas las piezas unidas... —musitó con entusiasmo—. Esta pared albergaba el hogar. Aquí, detrás de los paneles de madera, deberíamos encontrar la grieta a través de la cual los temerosos amantes pueden descubrir el pasado.

Walters comprendió que las palabras de Lucy hacían referencia al antiguo texto, aunque se preguntó por qué creía que allí había una chimenea oculta. No obstante, era verosímil.

—Entonces, ¿quitamos esto? Los custodios del patrimonio cultural no lo aprobarían, pero tal vez estemos en lo cierto.

Los cuatro tantearon los paneles, y al cabo de diez minutos encontraron la grieta.

—Guy, necesito el cortaplumas de tu llavero —pidió Walters.

Temple dejó de recitar el extraño rosario inspirado en los documentos.

—Sí, FW —respondió lánguidamente.

Temple sentía frío en el pecho y las extremidades. Recordó a los arqueólogos que al abrir un antiguo sepulcro habían contraído un virus. La atmósfera de la habitación cerrada le producía claustrofobia. Su jefe, por el contrario, estaba incomprensiblemente eufórico. Él no tenía fuerzas para compartir su exaltación y le inquietaba el posible regreso de los espíritus y aquel olor mezcla de humo, cerveza, orina y comida.

—Bien, intenta aflojar este panel —indicó Walters, señalando un sector de la madera.

El interpelado lo intentó sin demasiado éxito. El profesor le entregó la linterna y le arrebató con desdén el cortaplumas, con el cual comenzó a hurgar frenéticamente en la pared. Los dos hombres estaban tensos. De repente, el panel cedió produciendo gran estruendo y una nube de polvo. Lucy dejó escapar un grito, el ruido la había cogido por sorpresa. Temple, aturdido, arrojó la linterna, que se estrelló contra el piso.

—Señorita King, haga el favor de alumbrarnos. Guy nos ha dejado a oscuras —dijo sarcásticamente el profesor mientras avanzaba a tientas en la habitación sumida en la penumbra. Walters silbó cuando Lucy dirigió el haz de luz hacia el nicho que contenía el cofre con las inscripciones.

—Eso es. Un antiguo horno tapiado durante años, además del hogar. Angelo, trae ese cofre. Estamos a punto de vivir un momento trascendente. Thomas Brightman nos dijo que el primero de los siete grandes cálices de los que habla la Biblia, es decir, las siete formas que asumiría la ira divina, fue la llegada de Isabel al trono de Inglaterra, en 1588. La Séptima Trompeta de la Revelación sonó en 1588 con ocasión de la derrota de la Armada Invencible.

»Es razonable que el momento de mayor dicha, desde entonces hasta el fin del mundo, provenga del redescubrimiento de los conocimientos de uno de los hombres más destacados de su reino. Es probable que los cofres contengan concretamente el séptimo cáliz. Éste es un instante verdaderamente apocalíptico.

Lucy había retrocedido imperceptiblemente para observar el aspecto enfermizo que había adquirido el rostro de su captor. Su colega también parecía presa de la exaltación. Sin duda, eran terroríficos. Lucy rogó que aquella pesadilla finalizara cuanto antes. En ese estado, ningún razonamiento era posible. Ella había leído sobre los «siete cálices» mientras buscaba datos sobre Dee y Bruno. Sabía que Thomas Brightman había contabilizado las trompetas y los cálices de la Revelación desde la época de la antigua Roma y había calculado la fecha en la cual los judíos «se convertirían en un pueblo cristiano», hecho que, de acuerdo con esos cálculos, sucedería en 1630. Comenzaron a proponerse interpretaciones y fechas alternativas cuando la realidad no corroboró esa hipótesis, con lo cual los cálices y las trompetas se multiplicaron de forma descontrolada. No obstante, Lucy consideró que no era el momento más oportuno para ponerse a hacer cálculos matemáticos con Walters.

Angelo se adentró lentamente en el enorme hogar de estilo Tudor, tomó el cofre y lo depositó sobre una mesa. Temple avanzó unos pasos para ser testigo de aquel momento y se hincó de rodillas frente al cofre. Había vuelto a murmurar. Lucy estaba azorada. Walters pronunció las palabras que rodeaban la Tabla de Júpiter. Según se decía, le protegerían y convocarían a los ángeles:

—Elohim, Elohi, Adonai, Zebaoth.

Lucy le observó y comprobó con horror la extremada palidez del fanático. El color ceniciento de ese rostro le recordó sus días en el hospital. Estaba a punto de hablarle cuando comprendió que estaba absorto en su trofeo y no veía nada más que el cofre. Por fin se giró hacia Lucy, presa de una exaltación que no lograba ocultar.

—Ábralo. —Walters no había formulado una amable petición.

Tal y como Lucy había previsto, finalmente se había despojado del disfraz de caballero respetuoso. El único ornamento de la tapa era una rosa y los bordes dorados. Era un macizo y hermoso cofre de tamaño medio cubierto de polvo.

Lucy se estremeció al leer las palabras grabadas en él.

> *«Sólo podréis atreveros a abrir este cofre si sois la Dama Oscura de la Luz, hermana y amada, y su caballero, un Rosacruz leal y veraz. Una plaga asolará vuestro hogar si no lo fuerais. Las palabras de Mercurio son severas después de las dulces canciones de Apolo».*

Ella notó la energía procedente de esas palabras escritas en una época tan lejana, si bien no había referencia alguna a los ángeles o las trompetas. El profesor la miró con verdadera ansiedad.

—No me atrevo a abrirlo, doctor Walters. Tal vez yo sea la Señora de la Luz, pero usted no es el caballero

Rosacruz. Alexander debería estar aquí para cortar, simbólicamente, el nudo gordiano, porque, según creo, son necesarias dos llaves.

Walters no estaba dispuesto a permitir que las formalidades le desviaran de su objetivo. Sin parpadear, apuntó el cortaplumas hacia Lucy.

—En primer lugar, aquí no hay tal nudo. Segundo, el legendario nudo no fue desatado sino cortado por Alejandro Magno. Nosotros haremos lo mismo. No permita que esas palabras la sugestionen, pues la maldición no existe y ambos lo sabemos. Da igual lo que crean mis subordinados. Estamos en el siglo XXI. Además, la Señora de la Luz y el Leal Caballero del Nudo ya se han unido —afirmó de forma despectiva.

Sus palabras causaron un profundo impacto. Lucy se preguntaba cuánto había de cierto en ellas. No había interpretado la inscripción de esa manera. Era plausible, pero ese significado le asustaba. ¿Cómo sabía ese hombre algo que era un secreto entre ella y Alex? Por otra parte, en su razonamiento había una contradicción inadmisible: el mismo hombre que se había enfervorizado hablando de cálices y trompetas le aconsejaba no creer en «supercherías». ¿Era un fanático, un demente o sencillamente un charlatán que se aprovechaba de los crédulos?

Entretanto, Guy Temple estaba cada vez más pálido. Ella advirtió que su piel estaba sudorosa y que tenía frío. No pudo evitar apiadarse. Se agachó junto a él y le imploró a Fitzalan Walters:

—Por favor, envíe a Angelo a buscar al doctor Stafford. Tal vez no esté lejos. Tengo la esperanza de que nos haya seguido... —La voz de Lucy se apagó cuando un reloj dio la primera campanada. Tal vez señalara las doce y media.

Walters no se conmovió. Estaba concentrado en su Santo Grial. Levantó a Lucy por la fuerza y nuevamente la amenazó con el cortaplumas. Instintivamente, ella apagó la linterna y se alejó. Ya no era la Señora de la Luz. La habitación había quedado completamente a oscuras. Angelo trató de apresarla, pero ella se escurrió como si fuera un espíritu. También Walters fue tras ella y aferró un mechón de su cabello. De pronto, los dos hombres se detuvieron.

Un potente aroma a rosas, más sofocante que agradable, les obnubiló los sentidos. Nadie se movió. Desde el centro de la habitación se difundió una luz amarilloverdosa. Un ser pequeño y etéreo, un ángel, con un aspecto muy parecido al de Lucy, estaba suspendido en el aire, sobre el antiguo cofre. Su luminosidad destacaba el caballo con la rosa en la brida, el caballero caído, el árbol. Guy Temple, con una mano sobre el pecho, se agachó aún más, y suspiró con aflicción: esa aparición deslumbrante y maravillosa era una grave admonición.

Lucy permaneció inmóvil mientras los latidos del corazón le martilleaban los oídos. Observó al ángel con los ojos y con el alma y luego a Fitzalan Walters que se precipitaba hacia el cofre riendo y con los brazos en alto para abrazar al ángel. Los suspiros y las risas cesaron en ese instante y resonó una explosión ensordecedora, acompañada por un arco de luz azul y una columna de humo y la nítida sensación de que algo se alejaba volando en la oscuridad.

—¡Oh, Dios! ¡Alex!

La exclamación de Lucy fue, más que un grito, un susurro.

33

Arrodillada detrás de ella, Siân la abrazó y la acunó suavemente. Lucy no despegó los labios.

Tenía grabada en la mente la imagen de Walters tratando de asfixiarla y el sonido de su risa metálica y demencial. No obstante, sus ojos veían el cuerpo tendido a uno o dos metros de ella y a Alex, cerca de él. Aún sentía en la cara su aliento, el aroma de su perfume y un olor extraño, ácido y acre. Poco a poco, logró distinguir la voz de Alex, aunque sin su calidez, tal y como la había oído más de una vez bajo los efectos de la anestesia. Se sentía abandonada y sola, pero él estaba allí.

Una luminosidad más intensa y constante reemplazó a los oscilantes rayos de las potentes linternas. Lucy miró a su alrededor. El lugar se había llenado de desconocidos vestidos con uniforme en cuestión de pocos minutos. Angelo se hallaba tendido en el suelo, Calvin le sujetaba mientras otro hombre lo esposaba. Una mujer le entregó a Alex una sábana con la cual él cubrió el cuerpo de Walters, que yacía boca abajo frente a él, y una voz con inconfundible acento escocés hablaba serenamente con Guy Temple, a poca distancia de Alex.

Los momentos siguientes parecieron reducirse a segundos en cuanto Lucy oyó la voz del médico que se dirigía al equipo de emergencias.

—El paciente de la derecha sufre una angina de pecho, pero no hay evidencia de infarto de miocardio.

»El de la izquierda sufrió una descarga eléctrica de la lámpara que pende del techo. No ha perdido la conciencia, sólo ha divagado y reído incoherentemente unos minutos. Tiene los labios morados, marcas de quemaduras en los dedos de la mano derecha y una ligera arritmia, pero su respiración es normal. No se ven heridas, pero teniendo en cuenta que la descarga le arrojó a varios metros de la fuente de electricidad, no podemos descartar una fractura en la columna.

El médico y su equipo se marcharon al cabo de unos minutos.

Nuevamente oyó la voz inexpresiva de Alex.

—¿Lucy?

Alex relevó a Siân en la vigilancia y se agachó junto a ella. Casi un año antes, le había dedicado la primera sonrisa a ese hermoso rostro. Por entonces Lucy se había cortado el cabello negro y sedoso, los ojos enormes destacaban en el rostro pálido y delgado. Con el transcurso de los meses el cabello había crecido —ya le caía por debajo de los hombros—, había aumentado de peso, su rostro había adquirido un color saludable y sus mejillas ya no estaban hundidas, pero en ese momento su cara tenía una expresión sombría y sus ojos miraban exhaustos. Nunca la había visto tan vulnerable.

Alex la cogió en brazos.

—¿Lucy? —La voz de Alex volvía a sonar melodiosa.

Una puerta se abrió lentamente y las maderas del piso crujieron, pero ella ignoró la visita hasta que la luz del sol inundó la habitación. Hizo una mueca y se cubrió los ojos con la sábana. Oyó el crujir de las ventanas al abrirse y sintió la caricia del aire fresco en el rostro; luego se produjo un ruido intrigante que la obligó a abrir los párpados y espiar. Él había dejado en la mesa contigua una taza de té y una perfecta rosa blanca rodeada de un ramo de capullos rosados.

—Madame Hardy —dijo la voz profunda al tiempo que le acariciaba la mejilla—. Es la primera rosa blanca del año, cortada de un antiguo jardín inglés. Diría que ha florecido una o dos semanas más temprano que de costumbre —agregó, y después de darle un beso, salió de la habitación.

Ella trató de poner en orden sus ideas. Estaba en la habitación de Alex, en la casa de Longparish, había regresado allí poco después de las tres de la mañana. Había soñado, había visto caras pícaras, había emprendido un largo viaje para regresar a él. Ahora podía detenerse. Contempló la rosa y admiró su erotismo. Un elegante damasco, con cien pétalos en torno a un centro aún oculto. *Se habrá abierto al final del día.* El perfume estaba sutilmente presente.

Lucy bebió el té y miró el reloj. Habían pasado unos minutos de las diez. Se cubrió con una bata y se dirigió hacia la ventana abierta desde donde vio cortar el césped a Henry. El jardín estaba lleno de brotes y flores tempranas y los primeros racimos de glicinias trepadoras comenzaban a entrar a través de los parteluces de la ventana.

Encontró a Alex en la cocina a solas con sus pensamientos, con una taza de café en una mano y la llave de plata de Will en la otra. Miraba el cofre, instalado sobre la mesa de fresno.

—James McPherson lo dejó esta mañana, junto con la Biblia de mamá. Vino hasta aquí sólo para traerlos.

—¿Te ha dicho si podemos conservar el cofre? Quizá los de Patrimonio Nacional estén interesados en él.

—Ya se había definido que sí, salvo que lo reclamaran Suzie, la arrendataria de la tienda, o los dueños del pub. —Alex le dedicó una sonrisa y dejó su taza—. Todos fueron muy generosos y consideran que podemos defender genuinamente nuestra propiedad, aunque deberíamos ofrecerlo en primer lugar a los museos del país si quisiéramos venderlo a un comprador extranjero.

Lucy miró el silencioso objeto sin decir una palabra. Parecía totalmente inocente, pero sin saberlo había sido causa de disputas, penurias, curiosidad y sufrimiento. Distinguió la huella que el zapato de Fitzalan Walters había dejado en el polvo. Había pisoteado la rosa y la suela había tocado los herrajes. Tal vez, después de todo, la maldición existía.

Ella se dio media vuelta para poner la tetera en el horno eléctrico.

—¿Lo abrimos? —preguntó Alex con timidez.

—No parece el momento más oportuno. Hoy han sucedido demasiadas cosas.

Lucy regresó y apoyó sus manos en los hombros de Alex, sin apartar la vista del cofre.

—¿Sabes algo de Walters y Guy Temple?

—Los villanos están bien —respondió Alex con una nota de ironía en la voz—. McPherson arrestó al conductor del coche, que se negó a hablar en inglés. Angelo está en Paddington Green, seguramente le acusarán de secuestro y tal vez, también de homicidio no premeditado. Supongo que en alguna medida, se hará justicia. Temple ha sufrido otro ataque leve, en el lugar donde debería estar su corazón. Será transferido a Brompton en algún momento del día. Allí podremos vigilarle.

—¿Qué sucedió con Fitzalan Walters? —preguntó Lucy, apretando involuntariamente los hombros de Alex—. Honestamente, creí que había muerto.

Alex cubrió las manos de Lucy con las suyas.

—Walters no está en las mejores condiciones, pero fue afortunado porque saltó el fusible del interruptor. Aparentemente, encontraron un pequeño corte en la muñeca, pero el electrocardiograma y la ecografía no muestran anomalías. Hablé con Amel esta mañana y le mencioné la descarga eléctrica que había recibido Walters. Él asegura que le produjo daños en el sistema nervioso, pero yo lo dudo. El diablo es inmortal. —Alex trataba de bromear—. Creo que volverá a la carga.

—Y se vengará de todos nosotros. —Un escalofrío recorrió el cuerpo de Lucy, pero trató de ocultar lo que sentía. Él tenía aún la llave en la mano, y esta vez fue ella quien preguntó—: ¿Quieres abrirlo?

Lucy había establecido una analogía entre Fitzalan Walters y Malvolio, que no estaba exenta de veracidad. No obstante, Alex respondió con su característica ecuanimidad y un poco de humor:

—Los demás también quieren estar presentes. Están durmiendo un poco, y vendrán más tarde, pero tal vez sería preferible un elenco más reducido para dar comienzo al Rapto desde nuestra cocina de Hampshire.

—¿Pandora se habrá sentido así? —preguntó Lucy con una sonrisa.

Ambos se pusieron en pie. Lucy se quitó la cadena con la llave de oro con dedos temblorosos, aunque apenas se notaba. Él observó respetuosamente el cofre, una vez más. Con cierta solemnidad introdujo la llave de plata en una de las cerraduras y la llave de oro en la cerradura situada en el extremo opuesto. Alex asintió, las dos giraron al unísono y el mecanismo se abrió de inmediato.

Los dos contuvieron el aliento mientras Alex abría la tapa. Aún no sabían cuál era el contenido del cofre, pero estaba a treinta centímetros de profundidad, cubierto por una densa capa de pétalos de rosa de colores tenues, de los cuales emanaba un perfume absolutamente embriagador. Ese minúsculo espacio parecía albergar un jardín en flor.

—La rosa es el símbolo de lo perenne y lo eterno, Dee me lo dijo —afirmó Lucy. Alex la miró. Todas las preguntas le parecieron superfluas.

Se limitaron a espiar el interior durante un buen rato. Ambos llegaron a la misma conclusión. El cofre estaba lleno de pétalos de flores, pero daba la impresión de haber otros objetos. Lucy tomó con cautela el único que sobresalía en el centro, envuelto en una hoja de pergamino. Alex la miró, alentándola a seguir. Ella retiró el envoltorio, con sumo cuidado, para no dañar el pergamino ni el contenido, y le entregó a Alex el pliego escrito y en su palma brilló una pequeña joya de oro, simple y hermosa, con una docena de perlas y otros tantos rubíes incrustados, y un solo zafiro en el centro; formaban una figura que los dos reconocieron de inmediato: una medialuna, por encima de ella un sol y más arriba, una cruz. Visto de otra manera, alfa arriba, omega abajo; y desde una perspectiva más abarcadora, los símbolos entrelazados de Venus y Marte, el hombre y la mujer, las «monas» de John Dee.

Sobre la mano de Lucy descansaba un emblema modesto que homenajeaba a todas las religiones existentes desde la antigüedad, con la esperanza siempre renovada de la hermandad entre los seres humanos.

Alex señaló las palabras escritas en el pergamino.

—Es una cita, pero no conozco la fuente.

Lucy leyó en voz alta.

—«Cuando los dos sean uno, cuando el interior sea igual al exterior, el arriba igual al abajo, y cuando lo masculino y lo femenino sean uno solo, entonces ingresaréis en el reino».

Lucy y Alex se miraron. Habían comprendido perfectamente. El resto debía esperar hasta que llegara ese día. Alex estrechó a Lucy entre sus brazos y durante largo rato ninguno de los dos habló. Lucy sabía que en los pensamientos y emociones más profundas de Alex estaban su madre, Will y ella; sabía que esas emociones eran frágiles y que él no diría una palabra, y lo sabía porque sus propios pensamientos, sus emociones y sus sensaciones eran muy similares. Luego, él preguntó simplemente:

—¿Será en el solsticio de verano?

Ella le respondió con la mirada. Luego, sus palabras dijeron:

—En el Jardín del Edén de Diana.

34

Ella había dormido hasta bien entrada la mañana. Oyó el abrir y cerrar de la puerta así como el traqueteo de las persianas mientras intentaba despertar de un sueño vívido e inquietante. Se incorporó enseguida, aterrorizada y con un ligero mareo, pero esbozó una sonrisa al ver el jarrón habitual, junto a la cama menos habitual. Alex había escrito sólo diez palabras con la pluma estilográfica, el medio más eficaz para expresar sus sentimientos: «Rosa Mundi: cortada para mi amor, en el solsticio de verano».

Lucy se asomó por la ventana del cuarto de Will cuando un golpe en la puerta precedió a Max. Ella le tendió la mano y ambos permanecieron unos instantes mirando hacia abajo, sin hablar. Un hombre y dos mujeres entraban por la puerta trasera de la cocina llevando cajas y vajilla. Max ya estaba elegantemente vestido con chaqueta y pantalón; la luz brillaba en su cabello. Era igual a su padre. Lucy le abrazó.

—Papá me ha pedido que te ayude a llevar las cosas a su cuarto en cuanto estés lista. Siân llegará enseguida y debemos partir hacia Chartres a las once. Ah, se me olvidaba. Abajo hay una caja para ti.

Lucy le entregó una bolsa y le colgó una prenda en el brazo.

—Gracias, Max. ¿Puedes llevar esto por mí? Dejaré el vestido y los zapatos en la habitación del tío Will, pero tu papá no debe verlos, trae mala suerte. Me cambiaré aquí. A Siân no le molestará ayudarme.

—¿También trae mala suerte que yo los vea? —preguntó Max, con una mirada increíblemente seductora para un niño que acababa de cumplir ocho años. Lucy sonrió y con una seña le indicó que sus labios deberían permanecer sellados. Él le hizo la muda promesa de no divulgar un solo detalle y, encantado con la posibilidad de conocer el secreto, espió con gesto cómplice la seda plateada guardada en el ropero. Dibujando un círculo con el pulgar y el índice, Max dio su aprobación; luego, Lucy le recordó que debía cumplir su parte del trato.

Eran las diez en punto, hora de Francia, cuando a través de las ventanas que miraban al jardín llegaron hasta ella las voces de Simon y de otros invitados que estaban en la casa. Estaban terminando su desayuno. Ella se sintió súbitamente tranquila y se alegró de encontrar a Henry en la cocina.

—No hay prisa, Lucy, todavía nos queda casi una hora. Hace un rato llegó esto para ti —dijo, señalando una caja con flores.

Lucy tomó la tarjeta que la acompañaba. Las había enviado su padre. Sus palabras intentaban compensar el hecho de que no estuviera allí para darle la consabida bendición y desearle suerte y felicidad. Ella le enseñó la nota a Henry y le abrazó.

—Estoy triste por él —dijo—, pero feliz porque sé que ese espacio de mi vida ya no estará vacío.

Un niño estaba de pie en la sombría nave lateral del transepto sur de la catedral de Chartres. Arriba se veía el vitral de St. Apollinaire, y junto a él, una piedra diferente de las demás, su blancura destacaba entre el gris que la rodeaba. En el cénit la luz era un alfiler dorado. Se acercaba el mediodía de la víspera del solsticio, el día más largo del año.

Su padre se dirigió al selecto grupo que le rodeaba.

—Queridos amigos, vamos a presentarles una obra breve del siglo XVII, un verdadero milagro. Mi hijo les ofrecerá «*Non angli, sed angeli*».

Un puñado de turistas se detuvo al ver que Max subía al escenario.

—En unos minutos, un rayo de sol brillará a través del pequeño vitral de ahí arriba —anunció Max, señalando hacia la ventana— e incidirá en este lugar del suelo, como ocurre todos los años en el solsticio de verano. —Después de indicar la cuña de metal, el niño continuó—: Como pueden apreciar, este espejo cóncavo ha sido colocado de manera tal que pueda dirigir la luz a través del cristal que hemos fijado allí. —Dicho lo cual, se agachó para mostrar los objetos con el espíritu de un futuro presentador televisivo. Grace y Lucy se miraron, divertidas. Max estaba entusiasmado con su papel—. La pequeña esfera de cristal del doctor Dee dividirá el rayo —anunció, señalando el haz de luz—; luego, una sección rebotará en el espejo e iluminará la tarjeta blanca, que está aquí, y la otra rebotará en el otro espejo, el de allí, y chocará con esta placa, que ha sido grabada a mano, hace cientos de años, por

Durero. Se llama «tres». Necesitaremos un poco de suerte —comentó Max, riendo—, pero si las mediciones son correctas, lograremos crear la imagen de un ángel suspendido en el aire, frente a la tarjeta.

Lucy reía, fascinada al comprobar que los conocimientos científicos de Max superaban los suyos. Se preguntó si Alex le estaba negando a su hijo la posibilidad de ser niño, y se propuso cocinar y salir a pasear en bicicleta con él tan a menudo como fuera posible.

—El equipo que ven aquí formaba parte de una colección de objetos de los siglos XVI o XVII. En nuestra época, podríamos utilizar un rayo láser y la imagen resultante sería un holograma, pero queremos comprobar qué resultado podría obtenerse con el rayo de sol. ¡Observen! Puede suceder de un momento a otro.

El punto de luz solar se movió por el suelo en la penumbra de la nave lateral hasta alcanzar el espejo y, para deleite del grupo, reapareció la difusa imagen del ángel durante un instante fugaz, literalmente unos segundos, tal y como le habían visto por primera vez dos meses antes, la noche de San Jorge en la que fuera alguna vez la sala de banquetes de la posada El Ciervo Blanco. El efecto era igualmente seductor, si bien carecía de la nitidez que se había logrado en aquella ocasión, cuando Alex había utilizado rayos láser y prismas en un lugar totalmente a oscuras. «El ángel de Lucy» aparecía y desaparecía en el transepto sur de la catedral de Chartres mientras el sol cruzaba el meridiano y seguía su curso, repitiendo una trayectoria que se había observado en ese lugar —aunque sin ángel— durante cientos de años. Un discreto aplauso, acorde con un lugar dedicado al culto religioso, acompañó la visión.

No son anglos, sino ángeles, repitió Alex para sí.

Los espectadores casuales siguieron su camino. Amel Azziz, que había viajado en el Eurostar con Zarina Anwar y había llegado a tiempo para observar el espectáculo, le guiñó el ojo a Max. Aunque era obvio que el niño había ensayado bajo la guía paterna, de todos modos estaba impresionado. Amel se sumó a las bromas cuando Grace le ofreció a Max un trabajo en la televisión y le propuso aprender junto a él en el quirófano, en «el ámbito verdaderamente científico» de la cirugía de miocardio. Alex rió al oír las propuestas.

Un hombre alto que estaba junto a Henry se acercó a Max para estrechar su mano.

—¡Max, Alex! Como dijo Ferdinand a Próspero, ¡una visión majestuosa!

Richard Proctor, el padrino de Alex, había obtenido de monseñor Jerôme, un antiguo amigo, el consentimiento para hacer la demostración.

—Pese a que el lugar está levemente iluminado, y el solsticio es mañana, creo que literalmente convocamos algunos espíritus. Próspero lo habría aprobado: «Espíritus, que por mi arte he convocado para encarnar mis fantasías».

—¿Era realmente posible hacer un holograma en el siglo XVII?

Alex, con las manos en los bolsillos, meneó la cabeza.

—¿Cómo saberlo? Encontramos esos objetos en uno de los cofres. Dee era un matemático astuto, no habría tenido dificultad para dibujar el ángel y experimentar con los espejos que le había regalado Mercator. Bruno se interesó en el Sol, de una manera muy penosa, supongo, mientras estaba en la oscuridad de la celda donde le había confinado la Inquisición, sin papel ni pluma. Descubrió muchos secretos del sistema solar, aunque desde una perspectiva más filosófica que científica. Ambos redescubrieron la manera en que los antiguos griegos y egipcios utilizaban el sol para hacer que las estatuas hablaran. Por supuesto, son conjeturas, pero Dee creó trucos similares para el teatro. Con una mirada retrospectiva, diría que el diagrama que acompañaba a los objetos tenía ese propósito. Si fue posible por obra de su voluntad, por accidente o por la intervención de los ángeles, es otra cuestión —concluyó Alex entre risas.

—¿No habrían podido lograrlo por sí mismos?

—Es poco probable. Tendrían que haber elegido un lugar como éste para poder controlar la fuente de luz, pero el grabado en vidrio es asombroso. El tema de la *Melancolía I* de Durero es el estudio saturnino de la magia y la *Melancolía II* podría ser su grabado de St. Jerome, el santo patrono de los alquimistas. Siempre se rumoreó que existía un tercer grabado, que se había perdido. En nuestra placa de vidrio sólo se ve un III en números romanos, pero es posible que sea la obra de Durero, la pieza perdida del rompecabezas. En los tres niveles de iniciación, la capacidad para convocar a un ángel, por cualquier medio, indica el grado máximo. Durero era, indudablemente, un estudioso de la filosofía hermética. Si este grabado es un Durero o un fraude, no lo sé.

Lucy parecía una niña desilusionada. Alex no le había adelantado lo que ocurriría en la habitación de El Ciervo Blanco para evitar que sus reacciones perdieran espontaneidad. La explicación posterior había sido muy escueta. Estaba segura de que había algo más.

—Alex, ¿crees que aquella aparición en el río se produjo de la misma manera? —Él asintió—. Entonces, piensas que Dee nunca convocó a un ángel y que deliberadamente hacía ese truco.

—Yo lo entiendo de una manera diferente. Cuando un pagano ingresaba en el Paraíso, accedía a la Epopteia, es decir, la visión de los dioses durante el rito de iniciación. Los Misterios dicen que los aspirantes lograban esa visión por medio de alguna invocación mágica del operador, y tal era la denominación que recibía Dee. Próspero hace lo mismo para bendecir la unión de Miranda y Ferdinand. Dee lo habría calificado de «boda alquímica».

—En otras palabras, es una estafa.

—No lo creo. Dee consideraba la ciencia como parte de la magia, y un medio para plasmarla. Las maravillas artificiales logradas a través de las matemáticas demostraban que un hombre podía obrar milagros comparables a los de Dios y confirmaban que, como decía Pico, cualquier persona tenía la posibilidad de elevarse por encima de los ángeles. La filosofía de Amel es muy parecida. Los prodigios del ilusionista intentaban reflejar la vida celestial. Incluso Shakespeare decía que sus actores eran «sombras» de las personas que encarnaban en sus interpretaciones. No era un truco.

—Creo que algunas personas pueden ver ángeles, así como otras pueden ver fantasmas, o sentir la presencia de Dios sin intervención de la razón. Tienen fe, algo que se encuentra en lo más profundo de su ser, que está más allá del conocimiento. Es semejante a la emoción que produce la música. Lo mismo ocurre en Chartres. La oscuridad es mística, al igual que la luz o el infinito de Bruno. Algo se cristaliza dentro de nosotros si estamos abiertos a la sutileza.

—Tienes razón, Lucy —intervino Amel, que les había escuchado—, al menos yo opino lo mismo. T. S. Eliot dijo que deberíamos quedarnos quietos y dejar que la infinita oscuridad de Dios se apodere de nosotros. El vitral nos baña de una luz exquisita, una vibración sutil semejante a la música. Nos acercamos a nuestra esencia divina si podemos verla u oírla, sentirla, y responder a ella.

—Es verdad —convino Alex—. Podemos ver a los ángeles, a los fantasmas y a los dioses si tenemos conciencia de ellos y no es posible si no son parte de la misma. Algunas personas aparentemente pueden proyectar aquello que habita en su conciencia hasta tornarlo tangible, y otras son sensibles a lo que mi madre denominaba «corrientes telúricas», que se generan debajo de la corteza terrestre. Tú eres como ella, Lucy. Las percibes de una manera enérgica, visible, luminosa. En última instancia, ¿quién puede decidir qué visiones son verdaderas y cuáles son sólo una ilusión?

Lucy le besó. Ella y Alex tenían maneras levemente distintas de comprender el mundo, y cada uno de ellos aceptaba la perspectiva del otro. Ella estaba segura de lo que veía, su enfermedad le había otorgado una profunda sensibilidad para percibir el mundo que la rodeaba, pero no tenía la necesidad de utilizarla para intimidar a los demás, tampoco necesitaba convencer a Alex. El 23 de abril, día de San Jorge y fecha de nacimiento de Shakespeare, los 34° del zodiaco le habían permitido atravesar los mundos, le habían ofrecido una visión que Temple había compartido con ella y había puesto en peligro su salud. No podía explicarlo claramente, no lograba describir completamente el aroma a rosas que rondaba siempre a su alrededor, la luz que veía a menudo, a la cual algunas personas podían otorgarle la forma de un ángel. Alex respetaba su inteligencia y la correspondía con un espíritu generoso. Siempre estaba dispuesto a escucharla, nunca descalificaba su punto de vista: era el único hombre verdaderamente fuerte que había conocido.

Alex acompañó a Lucy hacia el laberinto mientras Max y Henry recogían el instrumental y el resto de los amigos recorría la catedral. Habían caminado juntos por allí el día anterior. El padrino de Alex y el obispo de Chartres les habían ofrecido sus respectivos puntos de vista en respuesta a algunos de los misteriosos interrogantes del laberinto una vez que terminaron el recorrido. En Lucca existe un laberinto similar tallado en una columna con una inscripción en latín cuya traducción es: «Éste es el laberinto construido por Dédalo, el cretense. Nadie encontró jamás la salida, excepto Teseo, gracias al hilo de Ariadna».

El obispo había dicho que tal vez la importancia del laberinto de Chartres se debía a que simbolizaba la lucha espiritual del ser humano que a lo largo de la vida trata de vencer a sus propios demonios. Una lucha que había comenzado con Adán y Eva, el tema del vitral que veían en ese momento. Las victorias de Teseo y San Jorge, y de Cristo en el desierto, representaban la posibilidad de recuperar el Paraíso y Ariadna, con su hilo, era la Gracia Divina, el sendero hacia la redención de la humanidad. *Una entidad de género femenino*, había reflexionado Lucy.

Para Alex, las ideas del obispo se vinculaban con la imagen de Lucy saliendo de su laberinto, renovada, apta para encontrar su propio paraíso, y también aludían al hilo que ella le había ofrecido para salir de su largo invierno. El día anterior, Lucy le había convencido de que el laberinto tenía el poder de generar alquimia. Si lo recorría con una actitud abierta, podía curar el alma, estimular cambios en la manera de percibir y sentir. A ella le había sucedido, y según creía, también a Will. Le había dicho que las rosas blancas de Siân eran un homenaje a una energía femenina que ella aún no había descubierto, y al mismo tiempo una declaración de su amor, ya no apasionado, pero incondicional. Siân descubriría algún día esa parte oculta de su ser, ya había comenzado a hacerlo.

El laberinto encarnaba una idea común a todas las religiones. En ese momento las personas que ocupaban los asientos proyectaban sombras en el hermoso sendero serpenteante, pero el día anterior Alex había podido contemplar con alegría la rosa que delineaba. Tratando de encontrar la solución a un acertijo matemático en algún lugar de esa gran catedral, había recorrido esos recovecos con la mujer que amaba, contando cada giro hacia el centro. Sabía exactamente cuántos serían: 34 giros les llevaron hasta el corazón del laberinto y otros tantos los llevaron hasta la salida. Por la misteriosa iglesia pasaban los ejes del Sol, la Luna y la Tierra. Era el lugar donde podían atravesar el tiempo y el espacio y adquirir un conocimiento de otra índole.

Alex rodeó con su brazo la cintura de Lucy mientras su mirada se posaba en los coloridos ángeles que les observaban desde el hermoso rosetón del Juicio Final. El característico perfume de Lucy le hizo sonreír. De pronto, una conversación atrajo su atención. Oyeron una voz con acento americano que ya les resultaba familiar. Calvin pronunciaba palabras emotivas, dirigidas a Henry, a Max y a Siân, a quien tenía tomada de la mano. También ellos contemplaban el vitral.

—Sus ideas son completamente egoístas. La teoría del Rapto implica una lectura negativa, chovinista y apocalíptica de la profecía del Antiguo Testamento. Walters y la gente de su calaña dejan de lado el mensaje cristiano de misericordia y justicia para toda la humanidad, pero, como ha dicho Simon, encuentran oídos crédulos en personas que desempeñan cargos importantes en mi país, y en un presidente que admite abiertamente creer en ellas. Debemos encontrar una manera de detenerlos y limitar su influencia. De lo contrario, las consecuencias serán devastadoras para el futuro de la cristiandad y frustrarán todos los intentos para lograr la armonía entre las distintas religiones del mundo.

Simon estaba un poco rezagado, junto a Grace. Al oír las palabras de Calvin había tomado conciencia de sus propios prejuicios. Se acercó a él y le miró a los ojos. Le recordaron a los de Alex y los de Will. Sin sentimentalismo, le estrechó con fuerza la mano y volvió a mirar el vitral.

—Deberíamos tener presente —agregó Henry, al advertir que un desconocido les observaba— que en cuanto tu profesor abandone el hospital regresará a Washington con un cúmulo de promesas no cumplidas, por lo que, aunque ahora están ocultos, ellos siguen aquí. Los fanáticos del Rapto están decididos a descubrir el «séptimo cáliz» en algún lugar. Quieren una guerra.

Lucy se estremeció. Y aunque sentía la presencia protectora de Alex se preguntó si ya habían salido del laberinto o seguían atrapados en una última curva, que hasta entonces había permanecido oculta.

Faltaban segundos para las dos cuando Alex y Lucy encabezaron una procesión formada por sus amigos y familiares y se dirigieron al ayuntamiento, situado en el centro de la ciudad. A las cuatro estaban en L'Aigle. En el jardín, a pleno sol, Simon vio a una desconocida que rondaba como un fantasma y buscó a los anfitriones. Sólo Alex permaneció impasible. Hizo la presentación entre Lucy y la joven cuyo rostro inolvidable aparecía en las fotos de Will en Sicilia.

—*Mi dispiace, Laura. Non parlo bene l'italiano, ma le presento sua sorella, Lucia. Lucy.*

Lucy les miró a ambos totalmente desconcertada. La recién llegada rió y le aseguró a Alex que hablaba el italiano mejor que su hermano. Luego siguió hablando en un correcto inglés. La explicación que dieron después superaba la imaginación de cualquier persona y sobre todo, la de Lucy. Alex se había comunicado telefónicamente con el padre de Lucy —entre los datos registrados en el hospital estaba su número— un par de semanas antes para hablarle sobre sus planes para el día del solsticio y pedirle que estuviera presente. Alex le aseguró que se había negado categóricamente, pero el persuasivo doctor Stafford había logrado convencerlo de que, por el bien de su hija, debía revelar algunos secretos. Así había obtenido una dirección. Luego, se había obcecado en realizar una tarea silenciosa de búsqueda para no alentar vanas expectativas y había rastreado a la ex señora King, que vivía en San Giuliano Terme, un pueblo de la Toscana con su nombre de soltera, Sofia Bassano. Su respuesta había sido conmovedora, le había enviado una fotografía suya y otra de su hija Laura, de quien decía que se parecía mucho a su hermosa Lucy. Sofia no había podido casarse con el padre de Laura porque su primer esposo se había negado obstinadamente a concederle el divorcio. Tampoco le había permitido ver a su primera hija.

Alex se había sorprendido profundamente al ver la fotografía de Laura. Reconoció a la joven con el cabello rizado que le rozaba la cadera y el rostro semejante al de Lucy. Will la había conocido en una excursión por la costa de Siracusa. No había más que decir, más misterios que desvelar, salvo el que encerraba en sí mismo aquel encuentro, pero en la nueva vida de Alex ya no tenía cabida el asombro.

—Cuanto más se esforzaba por acercarse a ti, más iracunda era la obstinación de tu padre, y le aterrorizaba pensar en las consecuencias que eso podría tener para ti. Puedo jurarlo —explicó Laura. Más allá de su acento, hablaba con claridad y fluidez.

Lucy pensó que la decisión de su hermana hablaba de su coraje y la abrazó en silencio.

Luego las hermanas trataron torpemente de conversar, pero la emoción les impidió completar una frase coherente. Alex sabía que Sofia planeaba visitar a Lucy en Londres en enero. Se había preparado para ese momento durante años, pero no quería arruinar el día más importante en la vida de su hermana reviviendo los dramas del pasado.

Finalmente, Alex miró a Lucy y le señaló el reloj. Eran las cinco. Ella pasó junto a él y le besó sin decir una palabra. Alex nunca dejaba de sorprenderla, era un hombre profundo y misterioso a pesar de la camisa de batista y el traje de lino color crema y de la luminosidad que siempre parecía emanar de él. A menudo había notado ese contraste. Sonrió para sus adentros y fue hacia la escalera seguida por Grace y Siân. Vestida con un sencillo vestido entallado de seda color ostra —Alex lo denominaba «color luz de luna»— que le llegaba a la rodilla, una hora más tarde se reunió con él en el jardín cuando el sol empezó a declinar. En el vestido de Lucy se distinguía una morera bordada, similar a la que adornaba el corpiño de la dama del retrato. Llevaba el cabello recogido en una trenza, adornada por la excepcional joya isabelina y llevaba un ramo de gardenias que Laura le había traído del jardín de su madre. El matrimonio civil de Lucy King y Alexander Stafford, celebrado en el ayuntamiento de Chartres, fue bendecido por el deán de Winchester. Venus y un centenar de rosas perfumadas fueron testigos.

Henry abrazó a su hijo y besó a la novia.

Algo más de treinta invitados se reunieron en el jardín después de la breve ceremonia para brindar con champán a la luz del crepúsculo.

Simon, en su condición de mejor amigo del novio, logró controlar su habitual elocuencia. Eligió pronunciar unas pocas palabras, cuidadosamente elegidas, y propuso sencillamente brindar por el hombre que se había convertido en un amigo tan querido y por la extraordinaria mujer que estaba a su lado.

—Todos bendecimos el día en que un ángel llegó a tu vida. No era un holograma, sino un ángel de verdad —dijo Simon, haciendo una reverencia a Lucy. Ella la retribuyó con una sonrisa burlona, no por eso menos hermosa. Él alzó su copa y dijo—: Por Alex y Lucy.

Los demás corearon el brindis.

Calvin avanzó con paso seguro, mirando a Simon para pedir su aprobación. Al ver que asentía con gesto amigable, se dirigió a Alex y Lucy.

—Los he conocido hace poco y espero conocerlos mejor con el tiempo —comenzó Calvin. Siân parecía contenta. También Alex y Lucy—. El matrimonio requiere valentía y compromiso, y creo que apreciarán estas palabras del Evangelio Gnóstico de Tomás. Sé que no eres creyente, Alex, pero me atrevo a decir que estas palabras serán importantes para ti. —Calvin se aclaró la garganta y recitó—: «Cuando los dos sean uno, cuando el interior sea igual al exterior...».

Alex y Lucy se cogieron de la mano mientras escuchaban la frase que habían descubierto en el envoltorio de la joya guardada en el cofre de John Dee. Nadie más las había visto, además de ellos. El cofre había sido reservado para ese día. Parecía imposible que Calvin lo supiera y que hubiera elegido exactamente esas palabras. Aunque tal vez no lo fuera, pensó Alex.

Cuando Calvin finalizó con su breve cita propuso un brindis por los «dos que son uno». Cuando el murmullo cesó, Amel Azziz, estimulado por la emotividad reinante y por el aroma del jardín, también quiso decir unas palabras.

—¿Puedo agregar un brindis? —preguntó, y guiñó el ojo, como era su costumbre. Se le veía tan dichoso como a Henry por el desenlace de los acontecimientos. Alex era una persona especial para él. Le consideraba merecedor de una mujer como Lucy. Ella había provocado en Alex un cambio sutil que Amel advertía con satisfacción. Alzando su copa, pronunció claramente estas palabras—: «En el tramo más árido y enceguecedor de un desierto de infinito dolor, perdí la cordura y encontré esta rosa». Es una frase de Rumi, el poeta sufí. Creo que es oportuna —explicó Amel, dirigiéndose a Alex. Luego hizo su brindis—: Por Alex y su rosa.

—Gracias, Amel —repuso Lucy y le abrazó emocionada.

Grace recordó de pronto la rosa del cofre y secó una lágrima que le rodaba por la mejilla. Miró implorante a su mejor amiga y mientras los invitados comenzaban a conversar, preguntó:

—Lucy, ¿qué hay dentro del cofre además de la joya que adorna tu cabello? Nos has pedido que esperemos hasta esta noche. Prometiste que lo abriríamos hoy.

—Yo tampoco sé todavía cuál es el contenido del cofre, sospecho que más preguntas que respuestas, cosas importantes acerca de las cuales deberemos pensar. Ése es el verdadero tesoro —contestó, mirando a Alex—. En cuanto al contenido material, creo que es hora de que cumplamos con lo prometido.

Una mujer había salido de la casa para hablar con Henry, que a continuación pidió a los invitados que pasaran al jardín de invierno donde, entre el perfume de los azahares, los esperaba la mesa servida. Simon y Grace los guiaron hacia allí. Lucy y Alex debían ser los últimos, de acuerdo con la tradición. A medida que pasaban, Simon y Grace entregaban a cada invitado una vela encendida, que debían colocar frente a ellos en la mesa. Una fila de luces se desplazó por el jardín y duplicó su brillo en los cristales del invernadero. Henry cerró el desfile junto a Laura. Entonces los antiguos cofres que le habían legado a Alex ese «ángel», se delinearon en los cristales.

Alex y Lucy se demoraron en el jardín de Diana para beber una copa de champán.

—Éste es nuestro propio sueño de una noche de verano. La hora del solsticio se acerca. Se producirá a medianoche en este jardín donde el bien impera sobre el mal, donde todo es misterioso y único —dijo la flamante señora Stafford. Luego se apoyó en él e hizo girar el dedo siguiendo el sendero de la fuente de Venus. Esa noche, más que nunca, de Alex emanaba esa «luminosidad» que Lucy reconocía en él, y una sonrisa se dibujaba en sus labios.

—¿Vas a emborracharte esta noche? Nunca te he visto ebria.

Lucy rió y movió enfáticamente la cabeza.

—¿Crees que sería capaz? Quiero tener presente cada minuto de esta noche.

Alex quería decirle una cosa desde esa tarde, pero temía ensombrecer su alegría. Decidió hacerlo de todos modos.

—Lucy, lamento de verdad que tu madre no haya venido con Laura. Habría deseado que esa búsqueda también hubiera terminado, que por fin la hubieras encontrado.

Lucy no comprendió inmediatamente a qué Laura se refería. Luego le sonrió con picardía, pero no era el momento de hacer preguntas. Dejó la copa en el borde de la fuente. Con una mano apoyada en cada mejilla, movió suavemente la cabeza y dijo:

—¿Aún no lo sabes, Alex Stafford? La he encontrado. Aquí.

Él la miró aliviado y en silencio articuló un «sí». Diana había ocupado ese lugar en su vida, nadie habría podido hacerlo mejor.

—Brindemos por Diana, por la pluralidad de ideas, por que no existan dogmas acerca de aquello que no es posible conocer —propuso, y al ver que su copa estaba casi vacía, tomó la de Alex y bebió todo su contenido—. ¿Alguna vez la gente podrá entenderlo? —preguntó, riendo.

—¿Los gobiernos autoritarios se lo permitirán?

Lucy dejó que el peso de su cuerpo descansara sobre Alex.

—Creo que es parte del legado del cofre. Simon, Grace, y Calvin, y tú y yo, y todas las personas que son como nosotros, deberíamos alertar acerca de la terrible influencia que esa gente tiene en la política, en la justicia, en la libertad de decisión. En la Revelación, Jesús es el héroe «con una espada en la boca». Podemos combatirlos con la palabra.

Lucy tocó la hermosa joya con la mónada que llevaba en el cabello. La consideraba un regalo de bodas de John Dee y Próspero. Tal vez no fuera mágica, pero todo su ser había captado su valor. La había usado todos los días desde aquella mañana en Longparish. La enseñaba a reconciliar sus propias contradicciones, a incluir lo «extraño», lo «diferente». Había hecho suya la idea de que lo interior igualara a lo exterior, lo femenino a lo masculino, y quería que esa idea se plasmara en su cuerpo.

Después de discusiones largas y obstinadas, había llegado a un acuerdo con Alex y había conversado con James Lovell acerca de un ajuste en la medicación. Confiaba en que la dosis de inmunosupresores se podía reducir al mínimo, porque en el plano psicológico se sentía completamente unida a Will. Era poco convencional, pero había excelentes razones para alentar esa modificación, sería beneficioso para su salud, especialmente si alguna vez intentaba tener un hijo. Con esos argumentos había persuadido a su médico. Gradualmente había dejado de tomar los inhibidores de calcineurina y los había reemplazado por el novedoso sirolimús; era menos agresivo para sus riñones y reducía la posibilidad de una posterior enfermedad coronaria. Aún estaba en etapa de experimentación, lo cual inquietaba a Alex, pero dos meses después del cambio de medicación Lucy estaba radiante. Ella estaba convencida de que podía prescindir por completo de los fármacos, pero Alex no estaba dispuesto a aceptarlo. Consideraba que, si bien la etapa inicial había sido exitosa, la evolución requería un seguimiento permanente. Ella creía que en su caso jamás habría rechazo. Will era una parte de su ser.

—Fue un recorrido verdaderamente laberíntico. Espero que la fe que Dee depositó en nosotros sea justificada, que después de cuatro siglos estemos preparados para comprender sus crípticos mensajes. ¿No hemos comprobado que en nuestra época la situación es más inquietante que en la suya? ¿No existen acaso personas como Walters que quieren servirse de dioses vengativos y mezquinos para afianzar su propio poder?

—Pero cuando habla el Amor, Lucy, «la armonía de su voz embriaga a los dioses del cielo». Si los trabajos de amor perdidos realmente se han ganado, tal vez sepamos la respuesta. —Alex rió con entusiasmo y tomó su mano—. Al menos, nos condujiste a la salida, Ariadna, y te aseguro que para mí no eres un ángel sino una diosa. ¿Habrá más pistas esperándonos?

—Laberinto: estructura compleja compuesta artificiosamente por calles y encrucijadas, en la cual es difícil encontrar la salida. Cosa confusa y enredada —recitó ella, de memoria, y le besó sensualmente. Luego dijo, burlona—: Alex, ¿tu firmeza completa mi círculo?

Cuando recuperó el aliento, Alex replicó:

—¿Y nos hace terminar donde comenzamos?

Lucy le tomó de la mano y le condujo hacia las luces refulgentes.

Epílogo

Día de San Jorge de 1609

—Y de esta manera, caballeros y bellas damas, han sido ganados finalmente los trabajos de amor perdidos —concluye el relator con una exagerada reverencia.

Se oyen aplausos y ríen las personas sentadas en torno a la larga mesa. Las copas vuelven a llenarse a la luz de las velas.

—Will, sabemos que os agradan esas palabras incomprensibles, pero, ¿nos diréis qué significa Nueva York? —preguntó uno de los hombres sentados a la mesa.

—¿Y tictac? —agregó otro.

Entre risas, los presentes proponen significados, a cual más ridículo, hasta que un hombre que fuma una pipa pronuncia la última palabra.

—A decir verdad, «dispuesto al Rapto» es muy ingenioso.

—Will, ¿cuándo concluirá todo esto? ¿Alguna vez veremos el fin? —La beldad de cabello y ojos oscuros sentada en uno de los extremos de la mesa, se pone en pie para entregarle un trozo de tela con un hermoso bordado. Él envuelve con ese paño una rosa gálica, la sujeta con dos mechones de cabello, uno negro y otro rubio y la coloca suavemente en un baúl, que aparentemente se utiliza para guardar elementos de utilería.

—Y una rosa roja, cortada en el solsticio de verano —dice, mirando a la dama. Vacila un instante y luego se dirige a ella con una expresión sutilmente cómica.

—En doce meses y un día habrá concluido. Así será, aunque, en este caso, la verdadera duración de esos «doce meses» es un misterio. Una obra de teatro abarca una vida entera en una hora. Nueve primaveras han transcurrido desde que comenzamos a idear nuestra obra. Un hombre será el encargado de decidir finalmente su duración.

—Y una mujer. Porque dependerá de cuán largo sea el hilo —responde la dama, desafiante. Luego señala un espacio vacío a la cabecera de la mesa—. ¿En qué se transformará su corazón? ¿Florecerá donde ha sido plantado?

—¿Os referís al corazón o al ciervo blanco? ¿Al corazón de ella, que antes era de él? ¿Al corazón que perteneció a... —El hombre interrumpe la frase y señala la silla vacía—, y le dirá dónde está oculto? ¿Al corazón que era mío y vos me habéis robado? ¿Tal vez al corazón de él, que se entrega libremente en el solsticio de verano? ¿Al corazón que late en su pecho, o al corazón que habitaba el pecho que ya no palpita? Bien, a decir verdad, uno de ellos es un corazón con ingenio y voluntad. Y el otro, el ingenioso corazón de Will. Y todos ellos son uno solo. —Su compañera de cabello negro hace un gesto admonitorio con el dedo. Él continúa—. No, mi señora. El corazón del doctor descansará durante algún tiempo en la oscuridad. En busca de la luz, latirá desbocado en el pecho de la Sabiduría. Aun en reposo lo nutre, jamás lo desorientan las palabras enigmáticas. Una vez más se dejará llevar por la pasión, su propósito es claro. La madurez lo es todo.

Con otro ademán, ella indica que no le interesan sus juegos de palabras y dice con vehemencia:

—Mi buen artesano de la pluma, aún no habéis dicho que muchos hombres devotos saben odiar, pero son pocos aquellos a quienes la religión ha enseñado a amar. ¿Siempre será así? ¿Llegará el día en que los pedantes dejen de sermonear como maestros de escuela para escuchar con la mente y el corazón las nuevas ideas y ampliar así su estrecha visión del mundo?

La dama le entrega un diminuto retrato con expresión desolada.

—No, señora Bassano. Esto debe permanecer junto al Libro del Rey, debéis legarlo a vuestra familia. En vuestro corpiño están los símbolos, las respuestas a los acertijos. No puedo aceptarlo —responde él, dejándolo a un lado.

—Es sólo una copia. Significa mucho para vos.

—Mi copia —dice enfáticamente Will, y continúa con la tarea de colocar los objetos en el cofre—. A la mónada con piedras preciosas que él creó para la reina en el alfa de su reinado, y que ella le entregó para que la conservara al llegar su omega, sólo agregaré mi pieza inconclusa, el bastón roto, y la esfera de cristal que tal como él nos dijo, es originaria de otro mundo. Nos aseguró que la recibió de los ángeles, con un mensaje de sanación que sólo será comprendido cuando ellos resuelvan el último acertijo que nos ha dejado: cuando la rosa blanca florezca en una casa como la que ha descrito, en un país que haga de esa flor su insignia.

Ella introduce esos objetos en el cofre lleno de rosas con su mano enguantada y lo coloca junto a otro cofre, mucho más pesado, atado con una cuerda.

—Que repose aquí su ángel...

Su compañero toma nuevamente la palabra.

—Pero, con respecto a lo que dijisteis, sí, sin duda ese día llegará. Aquí está escrito. El buen doctor asegura que será... —Will interrumpe la frase para leer un pergamino que luego entrega a la dama—. Ella se unirá a un Will con voluntad poderosa y temperamento inquieto cuando Astrea ascienda, en el este del oeste de Occidente. Este pájaro en la mano vale por dos, y en consecuencia, el brillante Sol aparecerá una vez más para ceder su poder a la apacible Luna. Y entonces, mientras los pedantes pasan el más frío de los meses, enero, tal y como lo denominan los estudiosos de Oxford y los jurisconsultos, nuestra pareja avanzará. Los fanáticos vivirán un largo invierno y los otros celebrarán el rito de la primavera.

—Será una obra muy larga, mi buen amigo, pero, dado que habéis decidido no acompañar con palabras estos objetos, ¿cómo podrán comprender su significado? —pregunta ella, mirándolo fijamente con sus brillantes ojos oscuros. Él le entrega el pergamino que acaba de escribir.

—Improvisarán, señora Bassano. Los personajes se han forjado sabiamente y ellos sabrán encarnarlos.

A la luz de las velas, ella lee en voz alta las breves líneas:

«Ella es hermana y novia, y más preciosa que los rubíes. Nada de lo que puedas desear es comparable a ella. Es bondadosa y en su camino sólo hay paz».

Cada uno de ellos coge una llave y cierran ambos extremos del cofre.

Nota de la autora

John Dee enterró muchos de sus documentos, incluidos los referidos a las «conversaciones con los ángeles», en los terrenos circundantes a su casa de Mortlake a principios del siglo XVII. Si bien sir Robert Cotton halló una cantidad importante de esos documentos, se cree que otros aún permanecen ocultos. La colección de libros de Dee desafortunadamente se ha dispersado y el destino de esos volúmenes es incierto. Alguno de ellos aparece en un lugar inesperado de forma ocasional.

En diciembre de 2004, una esfera de cristal que había pertenecido a John Dee fue robada del Museo de Ciencias de South Kensington. Mientras escribía este libro fue recuperada, junto con dos retratos renacentistas pertenecientes al Victoria and Albert Museum. El caso aún no ha sido juzgado, por lo cual todavía no se dispone de más información al respecto.

En los últimos tiempos se ha considerado la posibilidad de que Giordano Bruno sea beatificado. En Roma, más precisamente en Campo dei Fiori, el lugar donde fue quemado en la hoguera, un monumento rinde tributo a su memoria.

Las obras de ficción cuyo tema es el Apocalipsis y el Rapto han creado gran cantidad de adherentes a sus profecías y venden millones de ejemplares en todo el mundo, particularmente en los Estados Unidos: un presidente de esa nación se cuenta entre sus lectores.

El concepto de memoria celular es objeto de investigación de alto nivel científico. Hasta ahora, las opiniones al respecto difieren: algunos especialistas lo consideran absurdo, otros opinan que es una fantasía fundada en la interpretación errónea de sus «síntomas» y existen también quienes consideran que se trata de un fenómeno explicable.